U0898301

苏光文　胡国强　主编

20世纪中国文学发展史

ERSHI SHIJI ZHONGGUO WENXUE FAZHANSHI

图书在版编目(CIP)数据

20世纪中国文学发展史/苏光文,胡国强主编. —重庆:西南师范大学出版社,2008.5

ISBN 978-7-5621-1491-8

Ⅰ.2… Ⅱ.①苏…②胡… Ⅲ.文学史—中国—20世纪 Ⅳ.I209.6

中国版本图书馆CIP数据核字(2008)第044504号

责任编辑:李 玲 钟小族

封面设计:白 妤

版式设计:白 妤

20世纪中国文学发展史(下)

ERSHI SHIJI ZHONGGUO WENXUE FAZHANSHI

苏光文 胡国强 主编

出版发行:西南师范大学出版社

网址 www.xscbs.com

地址 重庆市北碚区天生路2号

邮编 400715

电话 023－68254353

经　　销:全国新华书店

印　　刷:重庆东南印务有限责任公司

开　　本:787mm×1092mm 1/16

印　　张:27

字　　数:544千字

版　　次:2008年7月 第2版

印　　次:2008年7月 第1次印刷

书　　号:ISBN 978-7-5621-1491-8

全套(上、下册)定价:78.00元

下 卷

目录

目录

第4编

文学的意识形态中心化

（1949~1976）

第一章　文学的意识形态中心化

1949年中华人民共和国的成立，标志着社会主义制度在中国大陆的确立。中国共产党根据马克思列宁主义的文艺观和领导革命文艺运动的实践经验，高度重视新中国文学的意识形态性质，一开始就把文学置于从属政治的地位。因此，《在延安文艺座谈会上的讲话》所阐述的理论原则，自然成为制定新中国文艺方针的经典依据；解放区革命文艺运动的传统，开始在全国范围内（除台湾地区）得到延续与发展。在文艺从属于政治的神圣原则下，必然强调文学与政治的紧密配合和文学为政治服务的直接性，要求作家"学习政策，宣传政策"，在生活中寻找政策的具体体现，不断强化文学的政治功利作用。文学负载的政治任务越来越重，文学的特点与规律也就变得无足轻重了。虽然在建国后二十七年的发展过程中，曾在政治环境比较宽松的时候，出现过对单一文学观念的质疑与反拨，比如1956年前后出现的捍卫现实主义的文学思潮，就曾企图超越狭隘的为政治服务的规范，开拓更广阔的文学发展道路，但在"左"倾思潮的压制与政治运动的冲击下，很快就在文坛上消失了。每经历一次政治对文学的批判，文学的政治功利性就得到进一步加强，文学的特点与规律也就进一步被忽视，文学创作的天地也就变得更加狭窄了。如果说本时期前十七年的文学，在"左"倾思潮受到抑制而艺术规律得到部分回归时，还出现过几度短暂的辉煌，那么，到了20世纪60年代后期与70年代前期，也就是"文革"十年，文学的政治功利性已被强调到无以复加的地步，文学完全丧失了自身的特点与独立品格，彻底沦为政治的奴仆与阶级斗争的工具了。

第一节　文学政治功利性的强化

新中国文学从起步时就带有较强的政治功利性。在中华人民共和国即将成立的前夕，即1949年7月2日至19日，在北平（即今北京）召开了中华全国文学艺术工作者代表大会(即第一次文代会)。大会最具实质性指导意义的报告是周扬的《新的人民的文艺——关于解放区文艺运动的报告》。这位从20世纪30年代起就从事无产阶级文学运动的领导者,分别从解放区文学艺术的“新的主题、新的人物、新的语言和形式”以及群众文艺活动和旧戏改革等方面,详细介绍了解放区文艺运动的情况并概括了其实践毛泽东文艺路线的经验,把解放区文艺作为典范推荐给大会与全国文艺界。这实际上是把解放区在其特定历史环境中产生的文艺运动,当作毛泽东文艺方向的样板和新中国文艺的发展模式来确认的。他明确指出,毛泽东的《在延安文艺座谈会上的讲话》(以下简称为《讲话》)中提出的文艺为广大人民服务并首先为工农兵服务的方向也就是“新中国文艺的方向”,解放区文艺的实践证明了“这个方向的全面正确”,“除此之外,再没有第二个方向了”。由于这种文学观念建立在阶级论与反映论基础上,而且是以政党领袖的名义提出来的,是从政治角度来确定文学的地位,把文学看做是“革命机器上的齿轮和螺丝钉”,因而也就必须要求文学从属于政治并为政治服务。这种文学观念,在阶级斗争与民族矛盾居于主导地位的20世纪30年代与40年代,有其历史的合理性,但新中国成立后的形势毕竟不完全等同于解放区的情况,因而应该根据新中国文艺界会师后的作家队伍、更广泛的服务对象与更新鲜的社会现实,来对文艺方针政策进行必要的调整,丰富与发展解放区文艺运动的经验,使其更适合新中国繁荣文艺的需要。而这次大会并未根据新的时代特点对解放区文艺传统与经验加以调整,而是继续将这种文学观念作为金科玉律照搬沿用,这就使得文艺与政治的关系无法得到正确的处理,文艺只得继续在为政治服务的轨道上运行;同时,也为“左”倾文艺思潮的泛滥提供了可乘之机,而且后来愈演愈烈,直到把文艺的政治功利性推向极端,使文艺难以得到健康发展与明显提高,最后陷入绝境。

由于政治对文艺的严重干预,新中国文艺一开始起步,“左”倾思潮也就随之萌动。就在第一次文代会刚刚结束之后,1949年8月至11月,在上海文艺界就展开了关于“可不可以写小资产阶级”的论争。在论争中,那种把文艺为工农兵服务的方向庸俗化、机械化、简单化的倾向不但未受到应有的批评,反而使坚持正确意见的文艺家背上了“坚持小资产阶级文艺方向”、“是对毛泽东文艺路线的一种含有阶级性的抗拒”的罪名,这就无异于向人们表明,对文艺的工农兵方向是不允许有任何补充与修正的①。又如1950年初在天津引发的关于文艺与政治关系的初步讨论,批判者把文艺为工农兵服务直接引申为“为政治服务”,把政治标准视为文艺批评的唯一标准,否认对艺术

① 详见1949年8月至11月《文汇报》与1949年第4期《文艺报》上何其芳的文章。

规律与艺术性的合理探讨，这就必然助长了创作上图解、演绎政治概念的不良倾向[①]。

但这时的"左"倾思潮在文艺界的表现还只是局部性的，到了1951年5月就发展为全局性的了，这就是持续半年之久的席卷全国的对电影《武训传》的批判运动。这场运动由于是毛泽东亲自发动和领导的，因而它对文艺界的强烈震撼与深远影响是任何文艺批评都无法比拟的。从此以后，文艺上出现的许多分歧与论争，往往都上升到阶级斗争的高度来看待，所谓文艺批评实际上变成了政治批判。不容讳言，电影《武训传》存在着这样那样的缺点甚至错误，但都属于文艺创作上的思想认识和艺术把握的问题，完全可以通过心平气和的讨论来取得比较科学的认识与实事求是的结论，而当时为了在政治上与资产阶级作斗争的需要，把本来属于思想认识的问题，提高到无产阶级与资产阶级的斗争高度来对待，把本来是一场文艺问题的讨论，变成一场性质严重的政治斗争来进行。这种以行政手段来解决创作问题的方式，对本时期中国文艺的发展，产生了巨大的消极影响。最显著的就是使文艺从属于政治的关系更加凝固化，文艺作品的政治功利性进一步强化，而且由于有当时享有崇高威望的政治领袖的直接干预，它的正确性达到了令人无可怀疑的地步。

就在批判电影《武训传》的斗争刚刚发动不久，对肖也牧创作倾向的批判又拉开了序幕。1951年6月10日，陈涌发表了《肖也牧创作的一些倾向》一文[②]，肯定了肖也牧以前也写过反映农村生活的好作品，但认为《我们夫妇之间》、《海河边上》不健康，是"根据小资产阶级观点趣味来观察生活、表现生活"，这是"接受各种外来的非无产阶级思想的影响"的表现，它"带有严重的性质"。接着，批评调子越来越高，甚至要把肖也牧"评为敌对的阶级"[③]。这种批判发展到后来已不仅仅局限于肖也牧的作品，并进而点名批判了电影《关连长》与原著小说（朱定）、长篇小说《我们的力量是无敌的》（碧野）与《战斗到明天》（白刃），而且由北京扩展到全国，形成了一场颇具规模的批判"小资产阶级创作倾向"的运动，与对电影《武训传》的批判运动紧密结合，相互呼应。这场批判运动向文艺界表明，从解放区开始的革命文艺传统不容更改，为工农兵服务的方向不可动摇，而且向人们作了明确的暗示：凡是离开工农兵题材的创作，都是脱离为工农兵服务方向的；同时又据此为文学创作划出了许多人为的"禁区"，使创作的表现范围更趋狭窄，作品题材更趋于单一化。

在接连不断的对文艺的政治批判声浪中，在新中国成立初期已经抬头的"左"倾文

---

① 陈涌：《论文艺与政治的关系》，《人民日报·人民文艺》1950年第39期。

② 《人民日报·人民文艺》，1951年6月10日。

③ 李守中（冯雪峰）：《反对玩弄人民的态度，反对新的低级趣味》，《文艺报》1951年第5期。

艺思潮又有了进一步发展。把文艺为政治服务进一步变成为具体政策服务、为当前中心工作服务，于是引发了许多新的弊端：文学创作上出现了相当严重的公式化、概念化倾向，文艺批评中教条主义方法与简单粗暴的作风盛行，文艺领导违背艺术规律采用行政命令方式和不恰当的干涉，给文艺创作带来的危害日益突出，这一切都严重地阻碍了本时期文艺的繁荣。在这种情况下，1953 年 9 月 23 日至 10 月 6 日，全国第二次文代会在北京召开，就是为了总结四年来的正反两方面的经验教训，探讨繁荣文艺的新途径。这次大会提出了文艺在"过渡时期"的基本任务，确定了社会主义现实主义作为文艺创作与批评的"最高准则"，同时，积极清算了文艺创作上的公式化、概念化和文艺批评中的教条主义与粗暴作风以及文艺领导的行政命令方式，竭力为文艺的健康发展铺平道路。这次大会所做的种种努力，产生了良好的作用，在会议后的两三年中，不少过去卓有成就的老作家在创作上有了新的收获，同时也涌现出一批颇有才华的青年作家与富有生气的作品，出现了新中国成立以来文学创作的第一个丰收季节。这一事实证明，只有摆脱"左"倾思潮对文艺的束缚，只有遵循艺术的特点与规律，才能促进文艺的繁荣。

当政治批判的硝烟还未散尽，文艺工作者余悸尚存的时候，1954 年毛泽东又亲自发动了对《红楼梦》研究的批判运动。如果说对《武训传》的批判是针对资产阶级改良主义的话，那么，这次对《红楼梦》研究的批判主要是反对资产阶级唯心主义，其目的是清除胡适派的资产阶级学术思想在我国文化界的影响，从思想上为社会主义改造与社会主义建设扫清障碍。两位"小人物"李希凡、蓝翎向著名学者俞平伯的挑战以及受到某些"大人物"冷遇的情况，被毛泽东认为是无产阶级与资产阶级思想斗争的具体反映。毛泽东从整个意识形态领域内的阶级斗争需要出发，发动了这场在全国范围内持续一年多的批判运动。运动由对俞平伯的《红楼梦》研究的批判转向对胡适文学观的批判，由文学研究领域扩展到整个文化学术领域。由于是从阶级斗争高度来进行的政治批判，学术层面不可能充分展开讨论，因此许多批判往往缺乏科学的态度与客观的分析。这次批判运动使文化生态环境进一步恶化，"左"倾思想也因此有了进一步泛滥的基础。不但文艺创作中的公式化、概念化倾向没有得到克服，而且由于文艺批评中庸俗社会学开始盛行起来，更加深了公式化、概念化的通病。

对《红楼梦》研究的批判运动尚未全部结束，1955 年另一场规模巨大的对胡风文艺思想的批判运动又开始了。胡风(1902～1985)是 20 世纪中国文学发展史上独具特色的文艺理论家。从 20 世纪 30 年代开始，他与左翼文学内部的另一些文艺理论家的分歧就已经壁垒分明了，而且论争持续到 40 年代。新中国成立之后，过去存在的分歧与论争仍然以或明或暗的方式继续着。从 1952 年起，文艺界就曾多次举行座谈会“帮助”胡风清算他理论上的“错误”。1953 年初，林默涵、何其芳又在《文艺报》上发表文章，认定胡风文艺思想是“反马列主义的”。胡风不服，于 1954 年 6 月按组织程序上书党中央，递交了长达 30 余万字的《关于几年来文艺实践情况的报告》（简称《意见书》），主要内容是反驳林、何对他的批判，并全面申述了自己的文艺观点，于是引发了在全国范围内展开对胡风文艺思想的批判。但从 1955 年 5 月中旬开始，性质发生了突变，《人民日报》在“关于胡风反革命集团的一些材料”的通栏标题下，陆续摘要公布了胡风写给他人的信件，并加上了毛泽东亲自撰写的编者按语，正式把胡风和他的朋友们确定为“一个暗藏在革命阵营的反革命派别，一个地下的独立王国，这个反革命地下王国，是以推翻中华人民共和国和恢复帝国主义国民党的统治为任务的”①。这不仅使胡风本人横遭迫害，蒙受牢狱之灾达二十多年之久，而且还株连一大批人，造成本时期文坛上一桩最大的冤案。造成这一冤案的原因之一在于胡风的文艺思想来源较为驳杂，并在特殊的历史环境中形成，因而具有与众不同的个性色彩。它是一种体验式的现实主义文艺思想，重视创作主体，强调“主观战斗精神”，这与从政治观照文艺的视角不同，因而就被那些主张文艺为政治服务的革命现实主义者视为异端。而在《讲话》前开始形成自己文艺思想、在《讲话》发表之后又不愿放弃自己观点的胡风，在新中国成立后所形成的体制和排斥多元文学观念的情况下，就必然被列为讨伐的目标。他的文艺观点中那些片面与偏激之处，就被看做是对《讲话》的抗拒而不容申辩。而另一个重要原因是文艺界的宗派主义。宗派主义在文艺界由来已久，从 20 世纪 30 年代左翼文学阵营开始，直到新中国成立后的文艺界，宗派主义圈子之间的明枪暗箭从来没有停止过。胡风和他朋友们的许多书信，正是宗派主义的产物和表现，但却被人献上了政治斗争的祭坛，当成了反革命的密信，文艺思想问题一下上升为敌我斗争，引发了一场肃清反革命分子的政治运动，使胡风及其伙伴遭到灭顶之灾。

1956 年 5 月，毛泽东提出了“百花齐放、百家争鸣”的方针，其目的是为了调动一切积极因素，促进科学的进步和艺术的发展，促进我国社会主义文化艺术的繁荣。“双百”方针的提出使得长期遭受“左”倾思潮压抑的广大文艺工作者有“如霈化雨，如生春风”之感，于是在文艺界出现了由于思想解放而产生的空前活跃的局面。当时，文艺界热烈探讨的问题很多，在文学理论上集中表现在关于现实主义的争鸣上。针对教条主义的危害与创作上的公式化、概念化的顽症，出现了一批切中时弊、有探索创新勇气的

---

① 《“关于胡风反革命集团的第二批材料”的按语》，《人民日报》1955 年 5 月 24 日。

文章,如秦兆阳的《现实主义——广阔的道路》、周勃的《论社会主义的现实主义》、钱谷融的《论"文学是人学"》等等。其中以秦兆阳的文章反响最大,一度成为争鸣的热点。秦兆阳认为,现实主义应该是一条广阔的道路,而教条主义把这条路搞得越来越狭窄,为此必须反对教条主义。他批驳了苏联的社会主义现实主义的定义,认为对"真实"的修饰与限制是扭曲与破坏了现实主义的"真实",削弱了现实主义真实的客观性,是文艺上概念化、公式化的一个重要来源。他认为,对《讲话》的庸俗化理解与阐释,主要集中在文艺与政治的关系上,就是把文艺为政治服务的命题绝对化、庸俗化,把它简单看成是为当前的具体政策、具体工作服务,把文艺工作完全视为政治工作的传声筒,根本无视文艺特性和文艺规律,把文艺领导也完全变成行政命令。他认为"现实主义文学的思想性和倾向性是生存于它的真实性和艺术性的血肉之中的",片面强调政治性,离开艺术性、真实性要求政治性、思想性,这就是造成创作上公式化、概念化难以克服的一个重要原因。教条主义者不能正确区分《讲话》的基本原理和因时、因地而实行的具体策略,往往把后者也等同于前者,结果既不能领会《讲话》精神,也不能用以指导现实主义文艺的发展。在争鸣中,还批评了把社会主义现实主义只看作"肯定的现实主义"的狭隘观点,把革命文艺限定于歌颂职能,把政治标准简单化、庸俗化的思想。通过理论争鸣,加深了文学界对现实主义的认识,增强了捍卫现实主义的信心和勇气,这对"左"倾文艺思潮是一次有力的冲击。

与此同时,与理论的先导相呼应,在文学创作领域内出现了"写真实"、"干预生活"的创作潮流。许多作品敢于直面现实,尖锐地揭露与抨击社会生活中的消极落后现象与腐朽庸俗的思想作风,高扬现实主义文学的批判精神,产生了振聋发聩的作用。如王蒙的《组织部新来的年轻人》、耿简的《爬在旗杆上的人》、南丁的《科长》、李準的《灰色的帆篷》、何求的话剧《新局长到来之前》、杨履方的话剧《布谷鸟又叫了》、何迟的相声《买猴儿》等等。还有的大胆涉足当时被视为"禁区"的爱情题材,揭示了人们在爱情上的道德情操与丰富复杂的内心世界,既给人以思想冲击又给人以审美感受,恢复了文学是人学的本质特征。当时影响较大的作品在小说方面有宗璞的《红豆》、陆文夫的《小巷深处》、邓友梅的《在悬崖上》、李威仑的《爱情》、丰村的《美丽》等,话剧有岳野的《同甘共苦》等。

然而,这种欣欣向荣的景象,很快就被1957年下半年的"反右"斗争浪潮冲刷得衰败不堪了。一批敢于"干预生活"与突破"禁区"的文学作品,被打成"反党反社会主义的大毒草",一批经过独立思考、有真知灼见的理论,被斥责为"修正主义文艺思想",一批有成就的老作家、有探索精神的理论家与有才华的青年作家,被划为"右派分子"逐出文坛，剥夺了创作与研究的权利。在阶级斗争扩大化的推动下，“左”倾文艺思潮迅速膨胀，以往那些分散表现出来的“左”倾文艺思想，现在都汇集在一起，以空前强大的声势袭击着本时期文坛。一些本来已经澄清的问题，又重新被搅乱或歪曲并推向“左”的极端。比如，在文艺与生活的关系问题上，歌颂与暴露是个焦点，而运动全面否定了文艺的暴露功能，只承认有歌颂功能；在“写真实”的问题上，重申不能使用“鲁迅笔法”，不能容忍描写阴暗面，把“写真实”定性为反党反社会主义，对“真实论”进行了激烈的批判。又如在文艺与政治的关系问题上，不但强调文艺从属于政治、必须为政治服务，而且要求作家为当前政治任务与具体政策服务，认为凡是不愿意这样做的作家，都是企图“脱离社会主义，脱离当前人民的斗争，摆脱党的领导”[①]。对于那些维护现实主义原则，反对教条主义观点，提倡“人性”、“人情”的主张，要求创作自由与艺术民主的呼声，一律扣上反对文艺为政治服务、否定文艺的阶级性、抗拒思想改造、反对党的领导等罪名大加讨伐。反右斗争仍然沿用了政治运动与群众斗争的方式，简单粗暴就成为必然，生机勃勃的文坛遭到了全局性的严重摧残，从此，“不求艺术有功，但求政治无过”成了文艺界人士的普遍心态。

在反右斗争之后，1958 年夏天在中国大地上又掀起了“大跃进”的狂潮。这股狂流以蔑视客观规律、搞“瞎指挥”、刮“浮夸风”和“共产风”为主要特征，把国民经济推到了崩溃的边缘，使人民群众陷入巨大的灾难之中。这股社会思潮在文学上的反映就是“新民歌运动”。在从中央到地方各级领导的重视之下，新民歌运动以空前规模在城乡蓬勃兴起。这些民歌，除了少数作品之外，绝大多数都是“左”倾狂热、浮夸空想的产物。它是“左”倾幼稚病的具体表现，是文学对政治采取实用主义和迎合态度的结果。而当时的《文艺报》、《人民日报》还发表社论，对此大加肯定，认为新民歌开一代诗风，是共产主义文艺的萌芽，是革命现实主义与革命浪漫主义结合的典范。于是，新民歌运动的做法被带到整个文艺界来，“演中心、画中心、唱中心”成了指导文艺创作的口号，“领导出思想，群众出生活，作家出技巧”，成了盛行一时的创作方法，文艺的政治功利性得到了前所未有的强调，文艺的作用就只是为当前中心工作服务了。在这种情况下，粗制滥造成风，公式化、概念化流行，使本时期文艺又一次出现严重的倒退现象。

经历了 1957 年的反右斗争与 1958 年的“大跃进”运动，文艺界与其他领域一样，“左”倾错误迅速蔓延开来，形成了一种强大的政治威压，使大家喘不过气来，很需要做一次休整，然而形势仍继续紧张下去，因中苏关系恶化以及与国际共产主义运动的分

① 周扬：《文艺战线上的一场大辩论》。

歧,1959年冬又开始进行反对修正主义的斗争,文艺界首当其冲。1960年7月22日至8月13日,在北京召开的全国第三次文代会,就是以反对修正主义作为大会的基调。在这种情况下,大会的基本倾向必“左”无疑,很难有符合文艺规律的理论建树。大会的第一个内容就是大讲修正主义在文艺上的各种表现,再次把“人性论”、“人道主义”、“和平主义”等列为批判重点,为文艺创作划出一个又一个“禁区”,把许多本来是正确的文艺观点也作为修正主义来批判。大会的第二个内容是强调文艺为政治服务,特别是为当前政治服务,在当时就是为“反右倾”、“反修正主义斗争”服务。第三个内容就是提倡革命现实主义与革命浪漫主义相结合的创作方法。大会在阐释时由于立足于当时政治需要,没有从文艺自身的特点与规律来作科学的论证。大会的第四个内容是再次阐述了“双百”方针的重要性与正确性,但却把过去那些违背“双百”方针的做法加以肯定和赞扬。幸好大会之后不久,为了改善全国困境、纠正“左”倾错误,党中央提出了调整方针,第三次文代会确定的反修斗争纲领才没有在文艺界大规模地实现,才没有继续造成更大的危害。

1960年冬,党中央和毛泽东开始纠正农村工作中的“左”倾错误,并且决定对国民经济实行“调整、巩固、充实、提高”的方针。文艺界的调整工作是在周恩来的领导下进行的,从1961年到1962年文艺领导部门做了大量工作,收到了积极的效果。但是,1962年9月召开了党的八届十中全会。在会上,毛泽东提出了“千万不要忘记阶级斗争”的口号,会后,毛泽东又先后对文艺问题做了两次批示。他认为,文艺界已“跌到了修正主义边缘”,已到了非彻底改造不可的地步了。江青伙同康生等人大肆煽动文艺界“左”倾思潮,掀起否定一切的文艺大批判的恶浪。康生把小说《刘志丹》打成“为高岗翻案的大毒草”,江青判定剧本《李慧娘》是“借厉鬼向共产党复仇”,同时还发起对“中间人物论”、“现实主义深化论”的批判,殃及了一些作家与作品。此外,对电影《早春二月》、《北国江南》、《林家铺子》、《舞台姐妹》等,强加“阶级调和论”、“资产阶级人性论”、“中间人物论”等罪名,把这些影片统统打成“修正主义的毒草”。这些批判采用了过去惯用的政治运动的方式,断章取义,穿凿附会,罗织罪名,无限上纲,所谓文艺批判完全成了政治判决,形成了新中国成立后十七年“左”倾思潮的高峰。

1966年2月,江青与林彪合谋,炮制了《林彪同志委托江青同志召开的部队文艺工作座谈会纪要》(以下简称《纪要》)。这是一份打着“文化大革命”和捍卫马克思主义、毛泽东思想的旗号,对社会主义文艺进行疯狂摧残与破坏的纲领性文件。《纪要》声称,新中国成立以来的文艺界“基本没有执行”毛泽东的文艺方针和政策,而且“被一条与毛主席思想相对抗的反党反社会主义的黑线专了我们的政”,而“这条黑线就是资产阶级文艺思想、现代修正主义文艺思想和所谓30年代文艺黑线的结合”。根据这个无中生有的论断,《纪要》不仅全盘否定了新中国成立十七年以来文艺工作的成绩,竭力诋毁古今中外一切古典文学的优秀遗产,而且还全盘否定了30年代以鲁迅为首的革命文艺运动的巨大贡献。《纪要》在此基础上,提出了一套完全违反马克思主义、毛泽东思想的文艺理论观点和行动纲领,推行了一条法西斯文化专制主义和文化虚无主义的路线。它恶性膨胀了过去历史上“左”倾教条主义、形而上学和庸俗社会学,并为适应现实政治的需要,使之更加理论化和系统化,因此出笼以后,极“左”思潮以比较完整的形式统治了文艺界。江青把全国京剧现代戏观摩演出会的较好剧目窃据在手,经过“三突出”的规范与从路线斗争出发的改制之后,树为“革命样板戏”。在林彪集团覆灭后,“四人帮”把老一辈无产阶级革命家视为他们篡党夺权的最大障碍,于是利用他们手中的政治与文艺大权,组织人马以“样板戏”为样板,大肆炮制为其篡党夺权制造舆论的“阴谋文艺”,大写与走资派的斗争,塑造“反潮流”的英雄。电影《反击》与《欢腾的小凉河》、话剧《盛大的节日》、小说《虹南作战史》与《西沙儿女》、诗报告《西沙之战》等均是“阴谋文艺”的代表作。文艺已完全丧失了自身的本性而沦为政治斗争的工具。

1972年以后,针对“四人帮”极“左”思想统治下文艺的荒芜,周恩来进行了多次批评与直接干预,毛泽东也对此发表了重要谈话,处于肃杀冬天里的文艺园地才萌发了一点绿色的生机。同时,有一部分文艺工作者在那种严酷的环境中,敢于抵制“主题先行”、“三突出”等理论,坚持从生活出发,遵循文学的特点与规律去从事创作并取得可喜的成绩,如姚雪垠小说《李自成》第二卷、黎汝清的《万山红遍》、孟伟哉的《昨天的战争》第一部、曲波的《山呼海啸》、张扬的《第二次握手》以及晋剧《三上桃峰》、湘剧《园丁之歌》、电影《创业》与《海霞》等。但“四人帮”对于文艺界的转机极为不满,他们先后利用各种方式,把《三上桃峰》、《园丁之歌》打成“为修正主义路线翻案的大毒草”,给电影《创业》与《海霞》强加了“政治上艺术上都有严重错误”的罪名。他们这样做的目的就是要让文艺继续为他们实现政治阴谋服务。这种状况一直持续到1976年秋才得以结束。

新中国成立后的二十七年,文学一直受到政治的严格规范,忠实地在为政治服务的轨道上运行,稍有逾越便会招致严厉的批判,因此文学的政治功利性处于不断被强化的过程中,而文学自身的特点与规律则被忽视,在“文革”时期,文学作为政治斗争工具的职能被发挥到了极致,已无文学可言了,这在世界文学史上也是罕见的。在这种生存状态中,文学不可能得到健康的发展,也难以出现真正的繁荣。这其中所包含的沉痛的历史教训是值得认真总结与深刻记取的。

第二节 创作概述

新中国成立后的二十七年,由于文学始终处于从属政治的地位,因而文学创作一直以完成政治教化的任务为己任,这对于规范作品的题材范围、主题思想、人物形象、艺术形式甚至审美情感,都产生了决定性的作用。随着"左"倾思潮对文学冲击的不断增强,文学的政治功利性不断强化,严重压抑了作家的创作主体意识,窒息了艺术创新的生机,使文学创作的境遇越来越艰难,单一的社会政治层次构成了这一历史时期文学的基本形态。在前十七年中的某些时候,由于政治环境的相对宽松和作家对现实主义的执著,文学创作曾出现过短暂的丰富多彩,留下了一些名篇佳作。而在"文革十年",由于极"左"思潮猖獗,文学创作已完全听命于政治权威的驱使,它已不再被视为艺术创造而只当作是一种政治行为了。在"三突出"等帮派文艺思想的泛滥之下,只有"阴谋文学"才是文坛的主流。

从新中国成立初期开始,"颂歌文学"就作为一种基本文学形态而存在了。它虽在不同时期的内涵有所变化,但以正面歌颂为主是它的基本内核。20 世纪 50 年代的"颂歌文学"的基本主题之一,是歌颂祖国、党、领袖和新的社会制度与新的生活。"中国人民从此站起来了"的庄严声音与崭新的社会现实生活,激发了作家们空前的创作热情。最先敞开歌喉高唱赞歌的是敏感而易于激动的诗人们。郭沫若的《新华颂》为 50 年代的颂歌定下了基调,接着何其芳的《我们最伟大的节日》、胡风的《时间开始了》、严辰的《我们是光荣的中华人民共和国主人》、冯至的《我的感谢》、臧克家的《我们终于得到了它》、绿原的《从 1949 算起》等,成为 50 年代初期诗歌大合唱的主旋律。在小说创作方面,讴歌农村生活的变革与出现的新人新事,成为当时大批短篇小说创作的主要内容。赵树理的《登记》、谷峪的《新事新办》与《强扭的瓜不甜》、马烽的《一架弹花机》与《结婚》、康濯的《春种秋收》与《牲畜专家》系列小说等,就是这方面有代表性的作品。在戏剧创作方面,最早塑造毛泽东形象的剧本是李伯钊创作的歌剧《长征》,它表达了人们对这位在中国革命历史过程中曾经发挥过关键性作用的政治伟人的赞颂之情。而最早运用话剧来表达人民群众对新社会的热爱与对共产党的感激之情的是老舍创作的《龙须沟》。由于这个剧本对巩固新生政权、宣扬社会主义制度的优越性发挥了良好的社会作用,因而受到特殊的鼓励,作者老舍被授予"人民艺术家"的光荣称号。20世纪50年代"颂歌文学"的基本主题之二，是歌颂抗美援朝的志愿军英雄人物与鲜血凝结成的中朝人民的战斗友谊。在这方面出现最早、影响最大的是魏巍的散文《谁是最可爱的人》，作者后来陆续发表的《汉江南岸日日夜夜》、《年轻人，让你的青春更美丽些吧！》、《自豪吧，祖国》等，都是传诵一时的名篇。在诗歌创作上，身为志愿军战士的诗人未央，以他丰富的生活体验与炽热的爱国热情，写出了一批讴歌志愿军高度爱国主义精神与国际主义的诗篇，如《祖国，我回来了》、《枪，给我吧》、《驰过燃烧的村庄》等，受到了广泛的好评。其他一些诗人也多次深入朝鲜战场体验生活，创作了一些比较优秀的诗篇，如严辰的《英雄与孩子》与《同一片云彩下》等，田间的《雷之歌》、《北京——平壤》等，李瑛的《钢铁运输兵》，沈西蒙的《杨根思》，胡可的《战线南移》，宋之的的《保卫和平》等，在诗歌的舞台上再现了志愿军的英雄形象与可歌可泣的光辉业绩。在小说创作方面，出现了杨朔的《三千里江山》、陆柱国的《上甘岭》、寒风的《东线》、路翎的《洼地上的"战役"》与《初雪》、巴金的《团圆》与《黄文元同志》等作品，热情地颂扬了援朝铁路职工与志愿军指战员英勇奋战、不怕牺牲的革命英雄主义精神。20世纪50年代"颂歌文学"的基本主题之三，是歌颂中国共产党领导下的民主革命战争与献身其中的工农兵群众。新中国是在无数革命前辈前仆后继、艰苦卓绝的斗争中诞生的，人们在欢庆这来之不易的革命胜利的时候必然会怀念那些为这场伟大革命作出过贡献的英雄与先烈们，颂扬在中国共产党领导下的人民军队与工农群众。而那些从战火纷飞年代走过来的作家，又积累了大量民主革命战争的素材与亲身的生活体验，这时他们便相继创作了一批反映革命斗争历程的作品。在长篇小说中，刘白羽的《火光在前》、柳青的《铜墙铁壁》、杜鹏程的《保卫延安》等，再现了人民解放战争艰苦卓绝的战斗场面与英雄人物；孙犁的《风云初记》、徐光耀的《平原烈火》、知侠的《铁道游击队》等，描绘了抗日战争中人民群众英勇不屈的斗争；立高的《永远向着前面》、马加的《开不败的花朵》、高云览的《小城春秋》、陈登科的《活人塘》等，颂扬了中国共产党领导人民大众进行的解放斗争。在短篇小说中，峻青的《黎明的河边》、王愿坚的《党费》、菡子的《妈妈的故事》、肖平的《三月雪》等，表现了不同革命战争时期的斗争生活，歌颂了革命前辈的英雄主义精神与崇高壮烈的行为。在诗歌创作方面，主要表现在叙事诗上，如李冰的《刘胡兰》，塑造了革命烈士刘胡兰的英雄形象，歌颂了革命者坚贞不屈、视死如归的高尚品质。乔林的《白兰花》，取材于大别山革命根据地的斗争生活，描述了一个单纯幼稚的农村少女成长为革命战士的经历，讴歌了中国农民倔强的性格与刚毅的斗争精神。高缨的《丁佑君之歌》是根据真人真事创作的，作者在当时敢于歌颂一个出身于富裕盐商家庭的姑娘成为坚强的革命战士的英雄事迹，表现了可贵的创作胆识与勇气。

“颂歌文学”在20世纪50年代初期的大量涌现，既是当时社会情绪的产物，又是政治对文学选择的结果。当一个崭新的时代刚刚拉开序幕，一切都充满朝气与希望的时候，作家们从不同的方面来讴歌这个时代和为这个时代的到来而奋斗的历史是很自然的。它既反映了时代的情绪和人民的心声，又对巩固新生政权、提高人民政治觉悟起到了很大的作用。其中出现了一些经得起时间检验的既有思想价值又有审美价值的作品，但也有相当多的作品存在着明显的不足。这主要表现为创作个性模糊，表现感情单一，艺术手法单调，给生活涂抹了过多的英雄主义与理想主义的色彩。

随着政权的巩固与经济建设的开始，各种政治运动相继以轰轰烈烈的声势出现了。在为政治服务原则的指引下，作家们纷纷深入生活，在“赶任务”的口号下，写出了大量配合这些政治运动的作品。在反映农业合作化运动方面，影响较大的小说有李凖的《不能走那条路》、康濯的《春秋前传》、刘澍德的《桥》、孙犁的《铁木前传》、欧阳山的《前程似锦》、赵树理的《三里湾》、秦兆阳的《在田野上，前进!》等；话剧剧本有安波的《春风吹到诺敏河》、海默的《洞箫横吹》、杨履方的《布谷鸟又叫了》等。在反映工业化建设与工人生活方面，影响较大的小说有草明的《火车头》、周立波的《铁水奔流》、雷加的《春天来到鸭绿江》、萧军的《五月的矿山》、艾芜的《夜归》、白朗的《为了幸福的明天》，以及工人作家胡万春的《骨肉》、费礼文的《一年》、唐克新的《我的师傅》等；戏剧创作有影响的话剧是夏衍的《考验》、艾明之的《幸福》、崔德志的《刘莲英》等。在反映对资本主义工商业进行社会主义改造方面，最有名的作品是周而复的长篇小说《上海的早晨》。不可否认，这些紧跟政治形势、积极配合政治运动的作品，其中有少数至今仍在文学史上有一定的地位，但相当多的作品即使在当时博得了一片赞誉，后来随着时间的推移也就很快被历史遗忘了。这类作品的弊端在于：它们大都以现成的政治结论或方针政策作为“先验的本质”，把丰富复杂的社会生活纳入既定的创作模式来进行描写，或者编选情节与人物来阐释现行的方针政策，作品中没有作者对生活的独立思考与独特发现，人物形象没有自己的个性与行为逻辑，他们往往只是某种政治概念的符号或时代精神的单纯传声筒，因此，矛盾冲突的简单化，情节结构的公式化，人物性格的概念化，就成为这类作品的共同特征。这就是继“颂歌文学”之后出现的又一种文学形态——“图解文学”。在“文艺为政治服务”的前提下，文学与现实的审美关系被改变为文学对政治的依存关系，政治标准成了衡量文学作品的唯一尺度，这就必然造成图解政治概念与现行政策的创作倾向。即使那些具有深厚现实主义修养的作家，在那个特定的时代，其作品也难以完全摆脱政治要求的影响，只是由于他们比别人有更清醒

的认识与精深的艺术功底，因而能在一定程度上疏远或超越图解政治的创作模式，让自己的作品有更多的生活真实与审美价值。

1953年第二次全国文代会后，文学创作思想比较活跃，开始力图摆脱片面的形而上学的文学观念；同时，苏联文学界反对教条主义、批判无冲突论和对典型问题的讨论也对我国文学界形成了强烈的冲击。特别是在“双百”方针提出前后，我国文学创作的整个态势发生了明显的变化，一批有探索勇气与创新胆识的作家，在“写真实”与“干预生活”的口号下，开始突破50年代初期那种“颂歌文学”与“图解文学”占主导地位的格局，形成了一股敢于揭露矛盾、描写人情、表现人性的创作潮流。这就是另一种文学形态——“干预生活的文学”。这种文学首先在小说创作中表现出来，出现了一批敢于揭露官僚主义、宗派主义、主观主义和其他社会弊端的小说，如王蒙的《组织部新来的年轻人》、耿简的《爬在旗杆上的人》、南丁的《科长》、李国文的《改选》、李凖的《灰色的帆篷》、刘绍棠的《田野落霞》等，这些作品突破只许歌颂不准暴露的清规戒律，大胆揭示社会生活中存在的矛盾，抨击了党内与社会上的种种弊端。还出现了一批敢于从人性、人情角度描写爱情生活的小说，如宗璞的《红豆》、陆文夫的《小巷深处》、丰村的《美丽》、邓友梅的《在悬崖上》、李威仑的《爱情》等，它们把笔触伸向人的感情世界的深处，展示了爱情生活中高尚的道德情操与人情美、人性美，鞭挞了陈旧腐朽的思想意识与自私自利的丑恶灵魂。这些作品的可贵之处是对“左”倾教条主义设置的创作禁区的冲击与突破，使现实主义得到了深化与发展。在诗歌创作上，一些诗人开始对诗歌的矫情与虚饰状态表示不满，他们从高唱颂歌的亢奋中转向关注社会现实矛盾，其作品也由颂歌型转向批判型。邵燕祥发表了长诗《贾桂香》，对死于封建陈腐观念与官僚主义作风的青年女工，表示了深深的同情和强烈的义愤。艾青在寓言诗《养花人的梦》、《蝉的歌》、《黄鸟》中，抨击了文坛上的教条主义和公式化、概念化倾向。流沙河在《草木篇》中，借“草木”寓“性情”，赞美了白杨的刚直不阿、仙人掌的顽强坚毅与梅的谦虚高洁，痛斥了品格卑劣的藤和伪装自己的毒菌，表达了自己对人生社会的独特理解。还有其他一些诗人出于强烈的社会责任感，写下了不少“干预生活”的诗篇。在戏剧创作上，也出现了一批揭露现实生活中矛盾冲突与消极落后现象的剧本，如海默的《洞箫横吹》揭露了农业合作化运动中弄虚作假的现象，杨履方的《布谷鸟又叫了》反映了官僚主义对正常人性的压抑，何求的《新局长到来之前》讽刺了阿谀奉承的腐朽作风，岳野的《同甘共苦》揭示了爱情生活中新旧思想的冲突，等等。然而这股创作潮流未能持续多久，在1957年“反右”斗争急风暴雨的袭击下，很快就销声匿迹了。“颂歌文学”与“图解文学”仍然是盛行于文坛的两种基本文学形态。在1958年“大跃进”的政治狂热中，它们变成说大话、说假话、说空话的工具，竭力歌颂“共产风”、“浮夸风”，唯心地印证现行政治运动的正确性，为政治失误推波助澜。当然，这些作品也随着政治运动的结束而寿终正寝了。

到了20世纪50年代末60年代初，文学创作出现了一场持久不衰的历史题材创作热潮。其中数量最多的还是反映中国民主革命斗争历史的作品。在小说创作方面，出现了一批在思想与艺术上都达到了新高度的长篇小说，如《红旗谱》(梁斌)、《林海雪原》(曲波)、《红日》(吴强)、《青春之歌》(杨沫)、《苦菜花》(冯德英)、《三家巷》(欧阳山)、《红岩》(罗广斌与杨益言)、《野火春风斗古城》(李英儒)、《战斗的青春》(雪克)等。在电影文学创作方面，也出现了一批在人物刻画与风格样式上有新突破的电影剧本，如《聂耳》(于伶等)、《回民支队》(李俊等)、《战火中的青春》(陆柱国)、《风暴》(金山)、《红色娘子军》(梁信)、《吉鸿昌》(陈立德)、《小兵张嘎》(徐光耀)、《革命家庭》(夏衍)等。在戏剧创作上，出现了几部影响很大的追求民族化的歌剧，如《红霞》(石汉)、《红珊瑚》(赵忠等)、《江姐》(阎肃)、《柯山红日》(陈其通)等。除了反映革命斗争历史之外，中国古代、近现代历史上的某些史实与人物，也成为许多作品竞相表现的题材。小说方面，长篇有姚雪垠的《李自成》第一卷、李六如的《六十年的变迁》等；短篇有陈翔鹤的《陶渊明写〈挽歌〉》与《广陵散》、冯至的《白发生黑丝》、姚雪垠的《草堂春秋》、黄秋耘的《杜子美还家》与《鲁亮侪摘印》、李束为的《海瑞之死》、蒋星煜的《李世民与魏征》等。戏剧文学创作出现了老舍的《茶馆》与《神拳》、郭沫若的《蔡文姬》与《武则天》、田汉的《关汉卿》、曹禺等人合作的《胆剑篇》等。电影文学创作出现了《林则徐》(叶元与吕宕作)、《甲午风云》(郗侬与叶楠等作)、《桃花扇》(梅阡与孙敬改编)等。虽然形成这次历史题材创作热潮的原因是多方面的，但从相当多作者的创作心态来看，最重要的一点是慑于历年来频繁开展的文艺批判运动，对触及现实矛盾的忌讳甚多，许多人便将目光投向历史领域，从中寻求创作出路。事实上，在历史题材的创作中，作家确实能获得比现实题材更多的创作自由与施展艺术才能的机会，同时可以避免一些敏感的现实问题的纠缠。但由于“左”倾思潮的恶性膨胀，作家们想从历史题材中寻找避风港的企图也被粉碎了，后来那根高高举起的“影射现实”的大棒，使得从事历史题材创作的作家也无处逃遁了。对新编历史剧《海瑞罢官》(吴晗)与昆曲《李慧娘》(孟超)的讨伐，便是典型的例子。

“文革”十年，由于“四人帮”疯狂推行文化专制主义与历史虚无主义，不但否定了人类文化的优秀遗产，也抹杀了20世纪中国文学发展过程中“五四”以来一切文艺的成就，许多作品被打成“毒草”，广大文艺工作者被剥夺了进行艺术创作的权利，并遭到

残酷的政治迫害。本时期文艺园地一片凋零，只有八个“样板戏”在点缀着“革命文艺的繁荣”。在江青及其党羽炮制的一整套唯心主义创作论的培育下，中国文坛出现了一个新品种——“阴谋文学”。这种文学的实质就是借“文学”之名行“政治阴谋”之实。它是“四人帮”搞政治阴谋的工具。其代表作品有长篇小说《虹南作战史》、《牛田洋》，电影剧本《春苗》、《欢腾的小凉河》、《反击》、《盛大的节日》，诗报告《西沙之战》等。这些作品首先打着与“走资派”斗争的旗号，妄图打倒党和国家一大批领导干部，借以实现“四人帮”改朝换代的政治目的；其次是打着反映“文化大革命”的旗号，为“四人帮”涂脂抹粉，歌功颂德，树碑立传。它们表现形式的特征是赤裸裸地图解“四人帮”的政治观念，采取影射与暗示的手法，把矛头指向老干部，塑造“救世主”与“反潮流的英雄”。这是那个特定时代政治与文学结合而成的畸形儿。除此之外，还有两类文学创作：一类是自觉不自觉地按照当时流行的观念与模式创作出来的作品，深受极“左”路线的影响，在创作方法上背离了现实主义，如浩然的《金光大道》、《西沙儿女》、《百花川》等；还有一类由于作者坚持了对生活的独立思考，创作上遵循了现实主义原则，比较真实地反映了历史与现实生活，虽不免带有那个特定时代的某些印记，但仍不失为较好的作品，如黎汝清的《万山红遍》与《海岛女民兵》、克非的《春潮急》、李心田的《闪闪的红星》、孟伟哉的《昨天的战争》（第一部）、曲波的《山呼海啸》、郑直的《激战无名川》、郭澄清的《大刀记》等等。

“历史是无情的，也是富于戏剧性的。‘四人帮’篡党夺权首先从文艺战线开刀，人民则用文艺的重锤敲响了他们覆灭的丧钟。”[①]1976 年清明节前后在天安门广场爆发的诗歌运动，既是一次群众性的文学创作活动，又是一次敢于面对政治淫威的特殊战斗，它不仅预示着“四人帮”灭亡之日的即将到来，而且也宣告了“四人帮”践踏文艺创作的时代即将结束与新时期文艺复兴的开端。

① 周扬：《继往开来，繁荣社会主义新时期的文艺》，《人民日报》1979 年 11 月 3 日。

第二章　小　说

本时期的小说创作并非一帆风顺，而是经历了一条艰难曲折的发展道路。

20 世纪 50 年代初期，为开创社会主义新文学，许多作家满腔热情、努力适应新时代的要求，创作出一批“新题材、新人物、新主题”的小说。《铜墙铁壁》、《火光在前》、《平原烈火》、《开不败的花朵》等作品，从不同侧面再现了民主革命进程中可歌可泣的英雄事迹。《三千里江山》、《上甘岭》、《枫》等反映抗美援朝斗争生活的小说，着力在残酷的战争生活中表现中国人民抗击侵略的崇高爱国主义和英雄主义精神。路翎的《洼地上的“战役”》则通过朝鲜战场上的一段爱情故事，深刻细腻地剖析人物内心世界复杂微妙的感情，可谓独具一格。《登记》、《结婚》、《新事新办》、《挑对象》等反映农村现实生活的小说，集中表现婚姻爱情问题上新旧观念的冲突，主题具有普遍的现实意义。肖也牧的《我们夫妇之间》，虽也是写婚姻题材，但揭示的主题和刻画的人物思想性格不落俗套，颇有新意和深意。本时期的小说从起始就努力伴随着时代的步伐而前进。但是由于多数作家对适应新形势的要求还有一个过程，加之当时文艺指导思想上出现急功近利的偏差，使小说创作题材还较狭窄，不少作品反映生活还流于表面，从概念出发去剪裁生活的现象还较普遍。

1953 年第二次全国文代会之后，强调发扬现实主义精神，尊重文艺自身的规律，促进了 50 年代中期小说创作的发展，出现了可喜的变化。赵树理的《三里湾》、孙犁的《铁木前传》、康濯的《春种秋收》、李準的《不能走那条路》、刘澍德的《桥》等描写农村生活的小说，冲破表现婚姻爱情问题上新旧思想斗争的狭窄主题范围，开拓了反映农村变革新的主题领域。杜鹏程的《保卫延安》、孙犁的《风云初记》、高云览的《小城春秋》，以及峻青的《黎明的河边》、王愿坚的《党费》等描写革命斗争历史的小说，避免单纯注重故事情节的倾向，开始注意将故事性与人物性格刻画结合起来，思想性和艺术性明显提高。《铁水奔流》、《火车头》、《夜归》等反映工业建设的小说，以及《茫茫的草原》、《欢笑的金沙江》、《地上长虹》等反映少数民族人民生活的小说的出现，表明作家们开始扩大反映生活的视野，把笔触伸向了过去被忽视的生活领域。1956 年“双百”方针提出后，王蒙、李国文、陆文夫、邓友梅等青年作家，敢于直面现实、正视人生，创作了一批“干预生活”的小说和爱情小说，显示了现实主义的深化。尽管这些作品在反右斗争时被打成“毒草”，但历史已证明，它们在 20 世纪后半期中国小说发展中的意义和自身的思想艺术价值是不可否定的。

20 世纪 50 年代末至 60 年代初，小说创作出现第一个高潮。长篇小说不仅数量剧增，而且佳作不时问世。梁斌的《红旗谱》、杨沫的《青春之歌》、吴强的《红日》、欧阳山的《三家巷》、柳青的《创业史》、周立波的《山乡巨变》、艾芜的《百炼成钢》、周而复的《上海的早晨》等长篇，无论是取材于革命历史或是取材于当今现实，都自觉地站在时代的高度去洞察、观照充满复杂矛盾的社会生活及历史的流向，在广阔的社会历史背景上开展对各种人物命运的描写，概括了丰富而深远的社会生活内容，塑造出多种多样的艺术典型，思想性和艺术性都达到一个新的水平。短篇小说创作也硕果累累，涌现出像《百合花》、《李双双小传》、《新结识的伙伴》、《我的第一个上级》、《锻炼锻炼》、《赖大嫂》、《达吉和她的父亲》等一批立意深邃、构思新颖、技巧较佳的优秀篇什。这些短篇不仅对题材和主题开掘较深，而且塑造了个性鲜明、具有时代特征的人物形象。此外，60 年代初，历史小说创作蔚然成风，成为这一时期小说繁荣的一个重要方面。《陶渊明写(挽歌)》、《杜子美还家》、《海瑞之死》等小说，借用历史故事、历史人物曲折地表达了对现实的某些针砭。这段时间小说创作的丰收，根本原因是作家们自觉地遵循文艺创作的规律，坚持现实主义优良传统。不少作家经历了较长时期的生活实践和艺术实践，不仅有着深厚的生活积累，而且对艺术创作的特点、规律的认识、把握、运用更加自觉，他们竭力避免迎合政治潮流去“紧跟中心”，力求依照艺术的规律和特点，把自己所熟悉的生活和对生活的真实感受，提炼、熔铸为典型的社会生活图景，在鲜明、生动、形象的艺术描绘中揭示历史和现实生活的本质。

20 世纪 60 年代中期，“左”倾思潮再次泛滥，严重窒息了文艺界的生机，小说创作从繁荣跌向凋零，虽然产生了《李自成》(第一卷)、《风雷》、《艳阳天》、《欧阳海之歌》等少量有一定影响的作品，但这些作品都在不同程度上带有“左”的思想影响的痕迹。直至“文革”十年文艺遭受空前浩劫，小说园地更是萧条，作品数量甚少，有的成为“四人帮”阴谋活动的工具，如《虹南作战史》；有的受极“左”路线严重影响，如《飞雪迎春》、《金光大道》；也有较好的，如《昨天的战争》、《万山红遍》、《第二次握手》，表明在文化专制下现实主义文学仍然存在。

总观本时期的小说，由于文艺一直处于从属政治的地位，政治对文艺干预太多，因而存在的问题是须重视的。首先是现实主义的深度不足，强调歌颂而回避矛盾或把矛盾简单化，使作品思想深度削弱。其次是题材上的失衡，除革命历史题材和农村生活题材较受偏爱外，其他生活领域则被冷落，本来就丰富多彩的社会生活，在小说创作中却变得十分单调。此外，在艺术形式、艺术手法上沿袭传统的东西多，缺乏探索创新，未能形成多样化的艺术风格。

第一节　孙犁·杜鹏程·梁斌

孙犁(1913～2002)，原名孙树勋，河北安平人。

孙犁于1945年发表成名作《荷花淀》，50年代后在短、中、长篇小说创作中取得了显著成就，主要作品有小说散文集《白洋淀纪事》、中篇小说《村歌》与《铁木前传》、长篇小说《风云初记》。孙犁的小说作品虽不多，但却精致，风格独特。他善于发掘那些看似平淡无奇的日常生活中深藏的底蕴，并以朴素而自然的艺术笔触作富有诗情画意的描绘，使他的小说不仅时代色彩鲜明，生活气息浓郁，而且犹如白洋淀里的荷花秀丽俊逸，清香四溢，浸入肺腑。

1958年出版的《白洋淀纪事》是孙犁影响最大的一部小说、散文合集，其中收有作者1939年至1950年创作的短篇小说二十八篇，充分体现了他的创作特色和风格。这些作品尽管描写的是民族解放与人民解放战争时期解放区人民群众的斗争生活，但作家并未去铺写那些紧张激烈的斗争场面，也没有迭宕曲折、引人入胜的故事情节，而是选取一些很平常的生活事件，深入开掘生活本身蕴含的丰富矿藏，提炼出富有艺术感染力的情节和场面，从中折射出时代的面貌和人民群众精神面貌的变化。《山地回忆》讲述的是作者打游击时结识的一家农民的普通故事，着力描写农家少女给自己留下的美好印象。透过这个平常的故事，我们可以看到解放区人民群众的高尚美德和军民之间的真挚感情。《正月》通过对一户农家三个女儿婚嫁的日常琐事的描写，透露出人民生活的苦难和他们的觉悟，从中可窥见民族新生的希望。《吴召儿》、《光荣》、《碑》、《妞儿》等，无一不是写凡人凡事，却让我们感受到人民群众对革命的坚定信念和民族的精神气质。以小见大、平中见奇是孙犁小说一个突出的特点。此外作家还善于将人物的刻画、景物的描写、感情的抒发有机融为一体，展现出一幅幅形象生动、极富诗情画意的生活图景。《荷花淀》将女主人公融入白洋淀明丽如画的风光中加以描绘，处处洋溢着女人们对正在进行革命斗争的丈夫的一往情深，表达她们渴望参加战斗、追求新生活的强烈意愿。对抗日战争的时代风云，是通过如诗如画的生活画面展现在读者的眼前。善于营造诗的意境，令人遐想、回味、神往，也是孙犁独特的艺术匠心的表现。

20世纪50年代初期出版的长篇小说《风云初记》，显示孙犁已形成的艺术风格更臻成熟，也表明他的创作向反映生活的广度和深度大步迈进。《风云初记》正如书名所标示，它描写的是中国人民进行抗日战争、争取民族解放卷起的时代风云。小说以"七七"事变后，冀中人民在中国共产党领导下开展抗日斗争为背景，通过对滹沱河沿岸五家农民的生活史和精神面貌变化的描写，展示在民族矛盾日益激化的形势下，各阶级、阶层之间的复杂关系及其发生的变化，预示民族解放的革命风暴即将来临。作品在表现这一严肃的题旨时，没有正面展开惊心动魄的革命风暴的描写，也没有浓墨重彩描绘人民斗争的英雄壮举，作家依照自己独特的创作个性以"较多的日常生活来反映出风云变幻的时代风貌"，采用诗意的笔触描写"时代的波涛扩散出来的波纹与浪花"，使"读者可以沿着这波纹与浪花，看到抗日时期雄伟的'乱石崩云'之状、'惊涛裂岸'之声"①。小说在章法上不大讲究篇章结构，不注重情节的连贯与缜密，常以作者之意连缀章节，看似疏散，而内在的表情达意则自然流畅，舒卷自如，呈现出散文化的结构特征。淡化故事情节，强调、突出细节和场面的描写，不仅使吴召儿、李佩钟、蒋俗儿等不同人物在革命斗争进程中内在感情及精神面貌的各种变化得以充分表现，而且也使小说呈现出生活本身那样丰富多彩的色调。采用散文化构思与笔法写长篇小说，在本时期作家中孙犁率先作了成功的尝试，使他创作上的独特风格更加得到文艺界的肯定。

孙犁的小说创作没有沉醉于对以往革命斗争生活的回忆，他努力开拓自己创作的视野，关注现实农村的变革和在新的历史时期农民生活和心态的变化。1956年出版的《铁木前传》正是这样一部反映农村现实生活的中篇小说。小说描写铁匠傅老刚和木匠黎老乐两家人在贫困生活中，老少两代相互扶持，相依为命，建立了深厚友谊并结成亲家，可在50年代后黎老乐富裕起来成了东家，而傅老刚则成了他的雇工，受到曾是阶级弟兄的剥削，两个家庭由此产生难以调和的矛盾。作家在描述这一悲剧故事时，没有精心编织曲折的故事情节和激烈的矛盾冲突，也没有直接记录社会历史的变迁，而是选取两个家庭十几年间的几段生活场景，通过多种多样的生活画面，展示人物的命运和人物心理、感情的变化，让我们从中窥视到50年代初期我国社会经济体制大变革中各种人物的思想感情、精神状态和人与人之间的复杂关系及发生的新的变化。

① 钟本康:《风格独特的〈风云初记〉》,《文艺报》1963年第5期。

从《铁木前传》反映社会生活的深刻性和所描写的人物命运内涵的丰富性，足以显示出作家对社会生活的洞察、认识更深入了一层。与孙犁以往的小说相比，尽管《铁木前传》的故事性要强些，情节也丰富一些，增添了几分悲剧色彩，但作家一贯的艺术风格并未因此而改变，小说的情节依然单纯明净，许多地方呈现给我们的依然是一幅幅充满乡土气息的农村生活风俗画，处处洋溢着诗情画意，被称作是一部诗的小说。

孙犁小说擅长散文化的构思与笔法，虽然有时会使人产生诗情画意有余、波澜壮阔不足的感觉，但总的来看这种散文化的追求是作家独特的艺术气质的体现，他的追求应该说是成功的，使他的小说获得了不同于传统故事小说的审美价值并获得较强的艺术生命力。孙犁小说的独特风格在许多中青年作家中产生了有力的影响，他的创作实践，无疑对本时期及其以后的小说的发展提供了有益的经验。

杜鹏程(1921～1991)，陕西韩城人。

杜鹏程是一位在军旅生活中成长起来的作家。他的小说注重在形象的描绘中融入理性的思考和激情的抒发。作家善于高屋建瓴地洞察与把握历史的变化进程，通过具有典型意义的矛盾冲突揭示时代的本质，并以粗犷豪放的笔触描写在生活激流、矛盾漩涡中舍身拼搏的英雄人物，充分展示英雄人物的崇高精神境界和豪迈正气，产生震撼人心的艺术力量。

成名之作《保卫延安》是杜鹏程多年生活积累和辛勤耕耘的结晶，也是本时期最早出现的一部正面描写大规模人民解放战争的长篇小说，它集中地体现了作家的创作成就与创作特色以及文学创作的历史意义。

小说的突出成就首先是对人民解放战争及其转折变化历程作了真实的艺术概括，被称为是一部英雄的史诗。1947年3月爆发的延安保卫战是一场敌我力量十分悬殊而又对整个解放战争具有决定性意义的战役。作家在对这场战争的本质与规律有深刻理解的基础上，以饱满的激情、遒劲的笔力，着重展开青化砭、蟠龙镇、沙家店、九里山等几次大战役的真实描写，并从侧面反映刘邓大军挺进大别山和陈赓兵团抢渡黄河等历史事实，从而将延安保卫战与整个解放战争联系起来，构成波澜壮阔的战争画卷，艺术地再现了我军由弱到强，从战略防御转为战略反攻的转折变化历程。小说在描写这一转折变化历程时既尊重历史本身的真实，又准确把握历史发展的必然趋势。作家用了不少笔墨描写我军撤离延安，在陇东高原、长城线上、大沙漠中的艰苦行军，反映战争一开始敌我力量悬殊的严峻局势。小说集中描写我军在撤退过程中，运用灵活机动的战略战术，抓住有利时机打击敌人猖狂气焰，使我军逐渐转危为安，变被动为主

动,形势发生有利于我军的变化。小说的史诗精神正是建立在这一历史真实的基础上的。

歌颂革命英雄主义和革命乐观主义是贯穿《保卫延安》整部作品的基调,但作家不是作廉价的歌颂。小说没有回避战争的残酷性,如实描写了在这场敌我力量悬殊的战争中,我军指战员所承受的各种痛苦煎熬和付出的巨大代价。作家笔下的周大勇、王老虎、孙全厚、马全有等英雄人物无一不经受了饥饿、疲劳、疾病、流血、死亡的严重威胁和考验,有的带着病痛艰苦行军,有的在极度饥饿和疲劳中默默离开人世,有的为革命流尽最后一滴血,有的壮烈跳崖,充分表现出我军指战员的英雄主义气概,小说把描写战争的残酷性与歌颂革命英雄主义、革命乐观主义辩证地统一起来,为军事文学创作提供了一条创作思路。

尽管在小说中作家有时也情不自禁地直接站出来对英雄人物的崇高精神进行赞颂,但更注意将革命英雄主义和革命乐观主义融贯在人物的具体言行及思想感情的描写中加以表现,从而避免成为一种空洞的宣扬。平时少言寡语、战场上勇猛如虎的王老虎;忍受病痛折磨、鞠躬尽瘁的孙全厚;舍生忘死、纵身跳崖的马全有;与敌人同归于尽的赵万胜等英雄人物,正是在他们的实际行动中闪耀出革命英雄主义和革命乐观主义的光芒。特别是小说刻画的主人公周大勇,对他在青化砭战斗中冲锋陷阵、蟠龙镇战斗中大智大勇诱击敌人、长城线上负伤突围,作家用了较多笔墨进行生动细腻的描写。革命英雄主义和革命乐观主义通过对周大勇的刻画得到更集中更形象的体现。

《保卫延安》作为一部描写大规模人民解放战争的史诗性小说,全书不仅呈现出磅礴雄壮的气势,而且洋溢着高昂的激情。小说虽然描写的是延安保卫战前半年的几次战役,但作家的眼光并没有局限于具体的战役去单纯再现其变化过程,而是站在整个解放战争的高度以开阔的视野,纵观战争的全局,从大处落墨,通过每个具体战役的描写,反映整个战争全局的变化。在具体描述中作家善于用粗犷、豪放的笔触去抒写那些最尖锐、最突出、最激烈的场面和情节,显现出紧张、急速跳动的战争脉搏。这种宏观的艺术概括与微观的艺术描写,使小说描绘的战争画卷雄伟壮阔、气势恢宏。杜鹏程亲身经历了这场人民解放战争,深深体验到战争生活的艰辛与取得胜利的喜悦,并同广大指战员建立了血肉感情。当他提笔回忆这段战争历史时,往往难以抑制胸中汹涌的激情波涛。因此作家无论对战争生活、战争场面或是人物行动,常常不是作客观冷静的描写,而是将主观感情融入其中,甚至直接抒情议论,小说字里行间充溢着浓烈的感情色彩,整部作品仿佛是从作者感情的喷泉里喷发出来的,正如作者所说:"这粗劣的稿子里,每一页都浇洒着我的眼泪","写到那些激动人心的场景时,笔跟不上手,手跟不上心，热血冲击胸膛，眼泪滴落在稿子上”①。作家的真实激情正是小说产生艺术感染力的重要因素。

《在和平的日子里》是杜鹏程继《保卫延安》后又一部小说力作。当作家的艺术视角从对革命战争历史的回忆转向对和平时期建设生活的关注时，并没有沉湎于对新生活的单纯歌颂，而是敏锐地洞察到和平时期的新生活仍有风雨雷鸣，仍然充满复杂矛盾的斗争，每个革命者仍面临严峻的考验。《在和平的日子里》通过一对曾在革命战争年代同生死共患难，建立了深厚友情的老战友闫兴和梁建，在进入和平建设生活后产生的思想、观念冲突，警示人们必须对现实保持清醒的认识，必须在历史发生转换变化后对人生作出正确的选择。这种对现实严肃而深沉的思考，表明作家在现实主义创作道路上有了新的迈进。小说在艺术风格上，较之《保卫延安》既有继承也有变化。饱满的激情，雄浑的气势，高昂豪放的格调，富有哲理性的抒情议论，善于在矛盾的尖端、斗争的漩涡中刻画人物性格等特点，在《和平的日子里》依然明晰可见。但作家采用粗犷笔触的同时注重了细腻描写，在抒发澎湃激情时结合深沉思考，在描写人物外部行动时加强内心世界剖析，这无疑是作家积极探索、不断进取、努力自我超越的体现。

梁斌(1914～1996)，原名梁维周，河北蠡县人。

梁斌生长在农村，长期从事农民革命活动的经历不仅使他熟悉农民的生活，热爱农民，对农民有一种特殊的亲切之感，而且也使他对农民革命运动的特点、规律及历史地位、历史意义有了更深刻的理解。他的多卷长篇小说《红旗谱》、《播火记》、《烽烟图》正是以现实主义笔触描绘中国农民革命斗争的壮丽史诗，对民主革命时期农民的历史命运作了深刻的艺术概括。梁斌的小说以宏大的历史画面，丰满而内涵深厚的人物形象和鲜明的民族风格著称，深受广大读者喜爱和文艺界的好评。

《红旗谱》是梁斌创作成就与特色的集中体现。作家以开阔的艺术视野，以我国整个民主革命为背景，描绘冀中人民革命斗争波澜壮阔的历史画卷，形象地展示出冀中人民的血泪生活史和反抗斗争史。小说围绕大闹柳树林、反割头税斗争和保定二师学潮三大事件，以朱、严两家为代表的农民阶级与以冯老兰父子为代表的地主阶级的矛盾为线索，描写三代农民的反抗斗争。朱老巩大闹柳树林，是无产阶级登上政治舞台之前老一代农民反抗斗争的缩影，其悲剧结局表明，旧时代农民的自发反抗没有无产阶级的领导是不可能成功的。朱老忠、严志和继承了老一辈的反抗精神，他们的斗争

① 杜鹏程:《保卫延安·重印后记》。

跨越了新旧两个时代，在得到共产党指引之前，他们的斗争仍免不了同老一辈同样的悲剧命运，有了共产党指引后才逐渐走上自觉革命的道路。江涛、大贵是年青一代农民，他们的斗争一开始就接受共产党的指引和革命真理，成为革命运动的骨干，并用先进思想影响父辈，把革命运动推向高潮。小说把三代农民的斗争放在广阔的历史背景下，结合中国革命形势的变化来描写，概括了深厚的历史内容，不仅反映了大革命前后我国北方农村与城市复杂阶级斗争的风貌，而且揭示了农民斗争从自发反抗到自觉革命的发展历史。

朱老忠形象的成功塑造是《红旗谱》的一个突出成就。作家把这一农民英雄放在中国从旧民主革命向新民主革命转变的特定历史时期中，并将其个人命运与整个民族的命运联系起来进行刻画，充分揭示人物思想性格的发展变化，使形象具有相当的历史深度和典型性。朱老忠的生活道路经历了新旧两个时代，他从小生活在残酷的阶级压迫和阶级斗争之中，养成了他天不怕、地不怕、为朋友两肋插刀、顽强反抗的坚韧性格。但朱老忠并非天生的无产阶级英雄，他是经历了斗争的磨难和考验，逐渐把个人的反抗融合到无产阶级的集体斗争中，从一个自发反抗的农民草莽英雄变成无产阶级自觉革命的先锋战士。朱老忠这一形象是很典型的，在他身上汇集了我国古代农民英雄豪杰的传统品格，但他又不同于古代农民英雄，他身上的传统品格在无产阶级革命时代得到新的洗礼和升华，具有了新的意义，他的思想境界大大高过一切旧式的农民英雄，闪烁着革命时代的精神光辉。

小说刻画的其他重要人物也颇有特色。严志和作为大革命时期另一类农民的代表，其性格与朱老忠形成鲜明对照。他经过了痛苦的历程，逐步觉醒才走上了革命道路，反抗性与软弱性、革命性与动摇性常在严志和身上发生矛盾，充分显示出人物性格的复杂性，这一形象较典型地反映出革命大动荡年代觉悟较慢的那部分农民的思想状态和行为轨迹。反面人物冯老兰和冯贵堂，前者是旧式封建老地主，后者是带有资本主义色彩的新式地主，作者对这两个人物的刻画一方面揭示其共同的反动本性，同时又注意表现他们不同的思想行为方式，使形象鲜明突出。通过这两个形象可以看到中国地主阶级的历史演变。

梁斌的小说创作致力于民族化的探索。他曾谈到，我国的文学艺术，几千年积累了丰富的创作经验，形成了自己特有的民族形式，社会主义文学应继承民族传统，我们文学艺术事业越发展，越是要求民族化。《红旗谱》正是继承了民族文学的优良传统，适当吸收外国小说的某些长处，并结合时代特点加以创新，形成富有民族气魄、民族特色的鲜明艺术风格。在内容上，小说从中国的特定历史环境出发描写农民斗争、农民运动,无论是朱老巩大闹柳树林,或是朱老明"对簿公堂",也无论是朱老忠自架锅灶义务帮助农民杀猪以之同冯老兰相对抗,或是声势浩大的反割头税群众斗争,从事件的发生、发展到斗争的方式方法,都具有民族的传统色彩。作品刻画的主要人物朱老忠、严志和、江涛、大贵等,尽管他们各自的经历不同、性格相异,但都表现出中国劳动人民勤劳勇敢、不甘屈辱的民族精神,从他们身上可以清楚地看到民族传统的继承和新时代的影响。小说在描写具有民族特点的农民斗争生活的同时,还生动地展现了冀中农村的风土人情、生活习俗、自然景物。赶年集、走庙会的热闹情景,除夕"踩岁"、"插春"的风俗,运涛成亲的喜庆场面,朱老忠等人上坟的庄重仪式,这一幅幅散发出浓郁乡土气息的民俗风情画,也大大增添了小说的民族化色彩。在艺术手法上,《红旗谱》适当地借鉴了西方小说心理描写的长处,但主要是继承了中国小说的传统手法,注重通过人物自己的语言和行动来表现人物的性格,同时注重通过生动完整的故事情节来塑造人物形象。小说采用了大故事穿插小故事的办法,使情节发展曲折多变,引人入胜,而情节的发展又是人物成长成熟的历程。在语言上,作家善于把人民群众的日常生活用语加工提炼成文学语言,既通俗自然、生动形象、富有表现力,又洋溢着浓厚的乡土气息。梁斌对民族化的探索实践对20世纪中国小说走民族化的发展道路产生了积极影响。

第二节　赵树理·柳青·周而复

赵树理(1906～1976),原名赵树礼,山西沁水人。

赵树理于30年代开始文学创作,1943年发表《小二黑结婚》、《李有才板话》,标志着他创作的成熟。50年代后赵树理坚持现实主义精神,继续在民族化、大众化道路上前进,并取得了丰硕成果,创作了《登记》等十多个短篇小说,结集为《下乡集》,还创作了长篇小说《三里湾》等。"文化大革命"中赵树理惨遭迫害含冤去世。

赵树理没有忘记一个"文摊文学家"的使命,对他所熟悉的农村生活依然保持着浓厚的兴趣,坚持"身入"农村,在急剧变革的农村社会生活中获取创作的源泉。他的小说创作总是紧扣生活的脉搏,在反映农村社会前进的同时,及时提出生活中普遍存在而又急需解决的问题,较之其他同类小说更具现实主义深刻性。

《登记》是赵树理在本时期的第一篇小说,作品虽是写农村婚姻爱情生活,但表现了新社会里的新问题，通过农村妇女小飞蛾和女儿艾艾的婚姻爱情波折及命运，深刻揭示出旧思想意识及习惯势力并没因旧的社会制度的消亡而消亡，依然还普遍存在并继续毒害着人们，提醒人们必须坚持同封建思想、旧习惯势力进行斗争，继续完成反封建的任务。如果说这篇小说表现的主题还属于民主革命的范围的话，那么他在1958年创作的《锻炼锻炼》及其以后的一些短篇则转向反映社会主义时期现实农村生活中所出现的新矛盾。在掩盖矛盾、粉饰现实的风气盛行的“文艺大跃进”年代，赵树理不随波逐流，坚持写自己对生活的真实感受，敢于正视现实矛盾，这是难能可贵的。《锻炼锻炼》所描写的两个妇女“小腿疼”和“吃不饱”，是很典型的落后人物形象，作品对她们好吃懒做、投机取巧、损公利己、撒泼死赖的思想行为作了入木三分的刻画，同时也批判了社主任王聚海对落后思想行为一味迁就、不讲原则、姑息迎合的“和事佬”思想作风。赵树理写这篇小说是想把事实如实地反映出来，让农民看到自己身上的问题，以便受到教育，提高觉悟。但小说在客观上产生了更深刻的意义，它使人们从中看到农民的思想状态和觉悟程度，不可能像当时“左”倾错误所提出的“跑步进入共产主义”。

《三里湾》是赵树理本时期的重要代表作，也是最早出现的一部描写农业合作化运动的长篇小说。作家没有去描写这场运动表面的轰轰烈烈，也没有去写运动中的阶级斗争、路线斗争，而是根据自己对生活的实际感受，通过对村支部书记王金生、村长范登高、老党员袁天成、中农马多寿四人在合作社整党扩社等工作中产生的矛盾冲突的具体描写，真实地表现合作化初期各类人物的思想、行为和内心世界，不仅反映了这场运动给农村的生产关系、家庭关系、婚姻及道德观念带来的变化，而且深刻揭示了社会主义改造的艰巨性和复杂性。

小说用不少篇幅描写马家大院这个落后保守的封建个体经济典型，尤其是对马家大院的主宰者马多寿固守封建宗法观念和私有经济作了深入剖析。为了阻止新生活潮流影响到马家大院，他千方百计把马家大院封闭得严严实实，为了阻止合作社发展，他利用“刀把子”地大做文章，他起初反对四儿子马有翼同袁小俊结婚，后又强迫马有翼同袁结婚，无不是考虑维护马家大院现存的封建秩序。但马多寿终究未能阻挡历史发展的必然潮流，他的所作所为最终导致了马家大院的四分五裂，迫使他不得不作出新的选择。小说对马家大院及其主宰者的描写，有力地说明，帮助农民摆脱千百年来形成的私有观念、抛弃旧的思想意识，是一项艰巨而长期的任务。这正是小说思想内涵的深刻之处。

赵树理小说具有鲜明的民族化、大众化艺术风格。他从30年代走上文学创作道路开始就抱定“为农民而写作”,努力使自己的作品为农民所喜闻乐见。在创作实践中,他注重从民族文学和民间文学的传统中吸取营养,40年代形成了民族化、大众化的鲜明艺术风格,50年代后这一风格更加成熟。首先,他的小说故事性强,很适合农民的欣赏习惯。他善于用叙述的艺术讲故事,也善于用大故事套小故事的办法把日常生活事件编织成曲折起伏、生动完整的故事。其次,他善于采用白描手法刻画人物,以简洁朴素的笔墨直接勾画人物的言谈举止,显示其思想性格特征。同时他善于给笔下人物取绰号,既幽默风趣,又增加了人物性格的鲜明性。此外,他的小说语言,是在北方农村生活用语和民间文学语言基础上形成的,不仅符合农民的说话习惯,做到口语化、通俗化,富有地方色彩,而且生动、形象,幽默感强。

柳青(1916～1978),原名刘蕴华,陕西吴堡人。

柳青是个创作态度相当严肃的作家,他长期坚持扎根农村生活,和农民同甘苦、共命运,最了解、熟悉、关心农民,但他绝没有把自己仅仅作为农民倾诉苦难渴望新生活的代言人,他在创作中总是以宏阔的视野,力图站在历史的高度,把探索农民的历史命运、思考农民的生活道路,作为自己艺术追求的目标。柳青几十年的创作始终坚持现实主义道路,一步一个脚印向前迈进,不仅取得了丰硕成果,而且形成了自己鲜明的创作个性。

40年代初出版的短篇小说集《地雷》,是柳青开始步入文学创作道路的最初成果。这个集子中的作品,虽然显得稚气,缺乏艺术的提炼,流于生活表象的东西较多,但作品散发出的较浓生活气息和对根据地军民(尤其是农民)在民族解放斗争中精神面貌所作的一定程度的真实描写,可以看出作家一开始就努力学习运用自己还不太熟悉的现实主义创作方法。

1947年出版的《种谷记》,是作家经过深入米脂县农村三年生活完成的第一部长篇小说,标志他创作上的重要进展。如果说柳青初期的短篇小说还局限于表现生活的细枝末节的话,那么《种谷记》则转向对生活主流动向的关注,正如冯雪峰所指出的:“这部小说的价值,是在于它把当时共产党抗日根据地陕北的一个村庄的面貌介绍给我们。”小说以王家沟农民组织变工队开展互助合作生产这一新生事物为题材,真实表现了各种人物在这一农村变革中的思想变化,使我们看到了农村中新的力量正在成长壮大和历史发展的必然趋势。尽管小说还缺乏艺术概括的力度,有些描写过于琐细,对具有典型意义的矛盾冲突的提炼不够充分,但小说散发出的浓郁生活气息,其描绘农村生活图景的真实生动,刻画人物的精细,可见作家对现实主义笔触的运用比以往成熟。《种谷记》的问世，表明柳青已具备把握生活历史动向的能力，也初步显露出他表现复杂生活和刻画人物性格的艺术才能。

柳青在自己的创作道路上，总是一丝不苟，严格要求，不断探索前进。1951年出版的第二部长篇小说《铜墙铁壁》，在反映生活的广度和深度上、人物形象的塑造上、艺术构思的严谨上较之《种谷记》又大大前进了一步。在这部长篇中作家的艺术视野更加开阔，也更加深邃。小说以延安保卫战为背景，描写根据地人民群众保粮支前的动人事迹，展现了一幅人民群众舍生忘死支持革命的壮丽图景，从而揭示"战争的伟力之最深厚的根源，存在于民众之中"的深刻主题。小说刻画的主人公石得富，虽然性格显得单一，其内心世界揭示不够充分，但比《种谷记》刻画的王加扶要鲜明、丰满得多，作家将石得富放在艰苦复杂的战争环境中经受各种考验，在敌我斗争和革命队伍矛盾的双重冲突中，他那高度的革命责任感、忘我的牺牲精神、顽强的革命意志得到较充分的体现。同时作家还注意通过他的爱情生活和与战友的亲密关系表现其人性美，使这一形象具有较强的艺术感染力。作家对石得富形象的刻画，已经克服了《种谷记》中那种艺术提炼乏力的弱点，创造艺术典型的自觉性和能力都明显增强。此外，《铜墙铁壁》的艺术结构显然比《种谷记》严谨，再没有那些游离基本主题的琐细描写。小说无论是描写对敌斗争或是刻画人物思想性格都紧紧围绕沙家店粮站的工作这一中心来开展，故事情节的发展既富有变化又脉络清楚，可以看出作家已能较自如地驾驭具有一定复杂性的题材。

新中国成立后，柳青为了更好适应历史的新变化，保持与社会同步前进，认真总结自己创作的经验，加深了对"生活是创作的基础"这一基本原则的认识，他主动放弃了在北京生活和工作的优越环境，深入到陕西省长安县农村安家落户，扎根皇甫村生活达｜四年之久。在这期间他参加了农村对私有制进行社会主义改造的全过程，对生活有了更深切的体验，创作了散文集《皇甫村三年》、中篇小说《狠透铁》，不过他的主要精力是在构思和写作多卷长篇小说《创业史》上。柳青本来计划写四部连续性长篇来反映我国农村社会主义改造的全部历史过程，但由于主客观的原因，这一宏伟计划未能全部完成，只出版了第一部和第二部的上卷。

《创业史》是柳青创作道路上的里程碑，标志着他走向全面成熟。作家在这部小说中对农民应该和必定走上一条什么生活道路这一历史话题所作的思考，是深刻而富有意义的。小说在土改刚刚结束，对私有制的社会主义改造刚刚开始，农村社会正处于重大转折的背景下，选取我国西部地区的一个村落——蛤蟆滩为典型环境，对各阶级、各阶层人物在私有制变革中产生的不同态度、心理、行为以及由此引起的复杂矛盾斗争进行了真实的描写,深刻揭示出变私有制为公有制,引导农民走社会主义道路是历史的必然。作者表现这一题旨时,并没有对农村合作化运动作简单、廉价的歌颂。他一方面清醒地认识到对私有制变革是农民的自我教育运动,不能简单地用行政命令、用阶级斗争路线斗争的方式去强迫农民放弃私有观念,因此,小说没有去描写轰轰烈烈的重大斗争,也没有把梁生宝写成一个咄咄逼人的英雄,而是着重描写梁生宝以实干的精神带领互助组克服重重困难,取得丰收,显示集体力量的伟大和给农民带来的实实在在的好处,从而吸引农民走社会主义创业道路。另一方面作家也深切感受到农民要摆脱几千年形成的精神枷锁谈何容易!他笔下的梁三老汉在选择创业道路上的犹豫、徘徊,出现的矛盾心理,经历的痛苦思想历程,正说明这场变革的艰巨性和复杂性。小说深刻的思想底蕴,无论在当时或是现在,都具有重要的启迪意义。

《创业史》在艺术上也是成熟的,从小说的整体构思、结构布局到具体艺术手法的运用,都表明作家的艺术概括力和艺术表现力已达到相当高的水平。在艺术构思上,作家善于把表现生活的广度与深度结合起来。小说以梁生宝互助组的巩固和发展为基本线索,贯穿同党内的错误思想、同富裕中农的自发势力、同富农的敌视破坏、同落后农民的保守思想等多方面的矛盾冲突,把各处人物汇集到变革的洪流中,构成壮阔的丰富多彩的农村生活画卷。同时又把人物的过去与现在、农村与城市联系起来,展现出蛤蟆滩斗争的广阔背景。不仅使小说表现的内容既有历史的深度,又有社会的广度,而且呈现出史诗的规模与气势。柳青还擅长细节描写和心理描写,这一特长在《种谷记》和《铜墙铁壁》中已经显露,在《创业史》中得到更充分的发挥。作家正是运用精确的细节描写使笔下人物的相貌、神情、心理、行动十分生动形象地展现在读者面前,像梁三老汉、郭世富、郭振山等人物犹如实际生活中的活生生的人一般。细节描写和心理描写的成功运用,既突出了人物的鲜明性格,又充分揭示出人物的内心世界。柳青也是一位富有激情的作家,他善于将激情融入精细的描写中,表现出对不同人物强烈的爱憎感情。同时又常常采用直接抒发和哲理性议论的方式来表达,这种抒情性的议论尽管显得有些繁复,但不乏精当之处,对深化作品的思想内涵起了重要作用。

周而复(1914～2004),原名周祖式,安徽旌德人。

周而复30年代开始文学创作,写有大量诗歌、散文、戏剧、小说、评论等各类作品。其多卷长篇小说《上海的早晨》和《长城万里图》成就最突出。周而复所从事的工作,使他与社会各种人物有广泛接触,特别熟悉了解那些对历史进程有重要影响的人物和事件。他善于站在宏观历史的角度,去描写这些人物的命运,全面展现社会生活图景、反映社会历史的变化。他的小说规模宏大，内容丰富，底蕴深厚，构思宏伟，境界开阔。

《上海的早晨》以50年代初期我国最大的工业城市上海为中心，描写党和人民政府领导工人阶级对民族资产阶级和资本主义工商业进行社会主义改造的过程。小说在题材上具有开拓性意义。描写对资产阶级和资本主义工商业的社会主义改造，是以往文学创作中不曾涉及的一个新的生活领域。无产阶级取得政权后，如何对待资产阶级和资本主义工商业，是个新课题。在我国是通过公私合营的方式对其进行社会主义改造，逐步变私有制为公有制。这场变革本身就十分艰巨、复杂，文学创作要准确把握和反映这场变革更有相当的难度。周而复率先闯入这一新的题材领域，触及新的生活课题，不仅表现出一个艺术家的胆识和责任感，也为文学创作反映现实生活开拓了新的视野。

作家在这部小说中，以开阔的视野将对资产阶级和资本主义工商业的社会主义改造放在新中国成立初期整个社会的复杂环境中进行描写，概括了相当深广的社会历史生活内容。尽管对资产阶级和资本主义工商业的改造是采用和平的方式进行的，但这是我国政治经济战线上的一场重大变革，牵涉到社会生活的各个方面，充满了复杂的矛盾和斗争。小说以对资产阶级和资本主义工商业和平改造过程中限制与反限制、改造与反改造这一基本矛盾为中心线索，对我国50年代前期的历史环境作了广阔描写，抗美援朝斗争、农村土地改革、工人阶级与资产阶级矛盾、农民与地主的矛盾、工人阶级内部的矛盾、资产阶级内部的矛盾，作家尽收笔下，展现出一幅广阔而丰富的社会历史生活图画。不仅真实地再现了50年代前期各阶级、阶层的生活状况和精神状态，而且揭示了阶级关系、阶级斗争的复杂性及对资本主义工商业进行社会主义改造的必然性，昭示了中国在从半封建半殖民地社会转向社会主义时代后民族资产阶级的历史命运。

小说在对社会现实作全景观照的同时，主要笔力是写城市生活，特别是着力刻画了一批资本家形象，这是小说最引人注目的成就。作家对这些资本家形象的刻画，一方面有力揭示其凶狠贪婪、唯利是图的阶级本性，同时又根据人物的社会地位和生活经历，写出不同人物的个性特征。沪江纱厂总经理徐义德，奉行“人不为己，天诛地灭”的人生哲学，不择手段盘剥工人，牟取利润，人称“铁算盘”，在滚滚而来的历史潮流面前，他先是顽固抗拒，彻底失败后，不得不重新选择自己的出路。佑福药房的经理朱延年，与封建地主有着血缘关系，靠投机钻营、买空卖空起家，他的唯利是图带有疯狂性和冒险性，公然制造假药给前线的志愿军，用色情诱腐党的干部，最终受到法律制裁。兴盛纺织厂总经理马慕韩，人称“红色小开”，进过大学，年少气盛，继承父业后怀有远大抱负，不仅要成为企业家，而且要“跨上政治舞台，担当一名角色”，因此他很注意紧跟形势，很注意研究政策法令，以便进行“合法斗争”，来维护自己的利益。通达纺织厂董事长潘信诚，社会阅历深，老成持重，不看准风向不轻易行动，尽管他为自己成为世界财阀的美梦被中国共产党的政策所破灭甚感惋惜，但他深感历史潮流不可抗拒，而采取一种比较现实的随大流走的态度。还有老爱讨好政府高级干部、到处吃得开兜得转的工商界政客冯永祥，精通税务、号称“智多星”的烟草公司老板唐仲笙等等。作家笔下的众多资本家形象，各不相同，具有较鲜明的个性特征。值得称道的是作家刻画这些资本家形象时，不仅从他们的政治经济活动大处着眼，还注意对他们的社交活动、家庭生活的描写和心理世界的剖析，使人物的思想性格得以淋漓尽致地展现。小说刻画的这些资本家形象填补了20世纪50年代中期我国文学人物画廊的空白。作品构思较严谨，尽管反映的生活面很广，人物众多，头绪纷繁，但作家将主要笔力集中于描写城市中改造资本主义工商业的斗争，紧紧抓住工业资本家徐义德和商业资本家朱延年两个人物的活动线索，组织各种人物关系，联络各种矛盾冲突，情节的开展复杂而不散漫，丰富却不杂乱。

《长城万里图》是周而复进入90年代后完成的一部新作。全书共六部，这样的鸿篇巨制在20世纪中国小说中是罕见的。描写抗日战争是小说的一个热门题材，但大多数作品或只是从某个具体角度切入，反映战争的一个侧面，或只是注重写战争中的传奇人物和故事，都未能在整体上反映抗日战争的全貌。周而复的《长城万里图》，没有局限于同类题材小说的格局，力图从更大规模上对抗日战争作整体的观照和反映。作家采用宏观的视野，高屋建瓴，俯瞰整个战争的风云，笔涉多面。“八一三”上海战役、南京保卫战、平型关大捷、台儿庄战役、武汉大会战、桂柳战役等重大战事；各党派、各种政治势力的活动及不同表现；前方的浴血奋战，后方的暗流涌动；中国战区的局势变化，国际上两大敌对阵线力量的消长及对中国局势的影响，这些方方面面，小说都作了或详或略、或直接或间接的描写，展现出抗日战争风云变幻的完整图景。这种整体的观照和描写，较之其他同类题材的小说，显然更给人新颖的感觉。

坚持从历史真实出发、不随声附和是周而复创作的一个重要特点。抗日战争本是中华全民族的抗战，不是哪一个政党、哪一个领袖的抗战。作家正是基于这一基本历史事实的认识来描写抗日战争时期中国共产党和国民党两大政治势力的活动，各自所扮演的角色、所产生的作用。小说对中国共产党在敌后根据地积极组织、领导群众开展抗日救亡斗争，利用政治优势广泛团结各界人士，组成抗日统一战线，既诚心联合国民党，又时时提防国民党铲除异己的野心，在军事上，领导八路军对敌作战，取得平型关战役的胜利等活动都作了细致描写，着重表现中国共产党在抗日战争中的精神感召作用。对国民党的描写要复杂得多，抗日战争中国民党所处的地位不同于中国共产党，是执政者、统治者，其所作所为是为了维护自己的既得利益和统治地位。面对日寇的侵略、国土的沦丧，从维护自身统治地位出发，他们也不甘缚手就擒，去做亡国奴，何况他们之中还有不少爱国之士，因此国民党有抗日的一面。但他们又害怕中国共产党和革命势力的发展威胁自己的统治，因此又有反共反革命的一面。小说对“皖南事变”的详尽描写，对国民党竭力推行“防共、溶共”政策的周密描写，充分揭露了他们反共反革命的面目。同时小说用了大量篇幅描写以国民党军队为主体的正面战场。台儿庄战役，由于将士协调一致，浴血奋战，夺取了胜利，既显示了国民党军队的战斗力，也显示了官兵同仇敌忾的战斗决心。上海、南京等战役虽然失利，并不是国民党不抗战，而主要是指挥和决策上的失误，官兵们仍然付出了沉重的代价，作家把各种复杂矛盾放在抗日战争大环境中进行整体审视，加以梳理，把握时代潮流的主导方向，真实地描绘出一幅长城万里图，从而表明抗日战争是全中华民族共同构筑万里长城抵御外来侵略的战争，战争的胜利是全民族共同的胜利。

将蒋介石作为主角来刻画也是小说的一种有益尝试。周而复摒弃了以往文学创作只能让蒋介石充当反面配角，采用漫画写法的习惯定势，而是力求将其还原到人的位置，通过细腻的描写，表现其复杂的思想性格。小说中的蒋介石既有反共反人民、逆历史而动的一面，在某种情势下又有顺历史而行的一面；他既恐惧日寇的侵略，几次派人与日方密谈求和，又坚持有条件的求和，不甘做亡国奴；既想依赖美国援助，又不愿对美国人卑躬屈膝；既专横跋扈，刚愎自用，心狠手辣，但又勤于政务，而不沉于酒色，有时也宽宏大度。描写蒋介石这样的历史人物，作者当然还不可能摆脱现实因素的制约，但努力写出人物复杂的思想性格，在这个被视为一团漆黑的历史人物身上客观地透出一些亮色，已是不易。

第三节　马烽·李凖·茹志鹃

马烽（1922～　），原名马书铭，山西孝义人。

马烽是“山西派”或“山药蛋派”的代表作家之一。他主要致力于短篇小说创作。有短篇小说集《村仇》、《太阳刚刚出山》、《我的第一个上级》等。马烽虽然从小参军，尔后又从事编辑工作，远离家乡，却一直深眷着家乡的热土，深深地植根于家乡的热土。他的作品不仅记录了山西人民所走的每一个历程，而且自觉地紧合现实时代节拍，尽量使作品对现实生活起到推波助澜的作用。马烽的创作带有明显的政治功利性，这既是他本人的自觉行为，也是山西派作家的共同主张，更是当时形势的要求。《人民日报》在转载《结婚》时所加的按语就写道："这是文艺工作者忠实地执行毛泽东文艺路线所产生的，具有教育意义的优秀短篇创作之一。"①

马烽力图通过文艺来形象地反映农村各个时期变化的本质与特征，作品着力表现"新的时代，新的生活，新的群众，积极反映生活中新的革命的具有无限生命力的新事物"②。他着力表现不同时期的农村新人、新事，描写农村中先进人物在社会主义建设中的积极性和他们的社会主义和共产主义精神品质：热爱饲养工作的赵大叔(《饲养员赵大叔》)、坚决要求参加农业劳动的高小毕业生韩梅梅(《韩梅梅》)、具有先集体后个人的优良品质的田春生和杨小春(《结婚》)、废寝忘食地领导群众生产运动的杨书记(《停止办公》)、不顾个人安危的土水利专家老田(《我的第一个上级》)，这些可歌可泣的形象身上闪现的是一种崇高的精神火花。作者之所以满腔热忱地歌颂他们，是因为他们是新时代的代表。值得注意的是，马烽虽是以一个先进思想者的眼光在观察生活、认识生活、表现生活，为党在每一个时期的政策进行宣传、呐喊，但他的作品却并不一味粉饰生活，虽有刻意解释政策的痕迹，但从整体上看，马烽还是努力在遵循艺术规律——写人，写人的思想与人的行为。

强调和追求大众化的艺术风格是"山西派"作家的创作宗旨，也是马烽自己的创作原则。他说："文章是写给群众看的……所谓'群众化'，实际上就是要使我们的作品要朝着自己的民族的特点，民族的风格……民族的形式努力"③。马烽是切实实践了自己的誓言的。首先，他的小说十分重视故事性，善于把人物与故事情节契合起来，如同讲故事那样把事件的始末交代得清清楚楚，从故事的步步展开去揭示人物性格。他讲故事不用平铺叙述，笔触错综多变，因而故事常常波澜起伏。赵满屯(《三年早知道》)的性格是在一连串有趣的故事中体现出来的。《我的第一个上级》是马烽的代表作，作者是采取先抑后扬的手法写老田。先用了大量的篇幅写老田的"怪"、"可笑"，甚至令人恼火的一系列表现：三伏天穿夹棉裤，裤脚是扎住的；驼背，倒背着手，迈着八字步在街上走，被"我的自行车撞倒了也不生气"，更有甚者，他身为防汛副总指挥，当"我"向

① 《人民日报》1957年7月10日。

② 马烽：《短篇小说的新、短、通》，见《马烽研究资料》。

③ 马烽：《短篇小说的新、短、通》。

他报告安乐庄决了口的汛情时，却依然躺在那里没有动；可是，当得知“三岔河也发洪了”的汛情时，却像中了电似的，“变成了另一个人”，立即下命令，组织抢险，带病第一个跳到冰冷的洪水中，忍受着风浪和寒冷的袭击。老田的形象就是随着情节步步发展、“怪”谜的解开而“高大”起来的。马烽不仅注重以重大情节的流动来展现人物性格，而且也注意通过平凡而典型的细节来刻画人物。赵大叔(《饲养员赵大叔》)会唱戏，爱唱戏，有时说着说着就来一段戏的唱词或道白，让人发笑不止。这些引人发笑的细节充分展现了赵大叔的乐观性格，而到太原看儿子时半夜起来在三层洋楼上找他的牲口、剃了半个头就冒雨去找金黄后等细节表现了他热爱工作、热爱牲口、热爱集体的品德。

其次，马烽的小说表现手法多样，他根据不同内容而选取不同的表达方式，使形式与内容得到了完美的有机统一。《结婚》、《停止办公》用的是客观叙述；《韩梅梅》用的是书信形式；《饲养员赵大叔》、《三年早知道》用的是讲故事的形式；《我的第一个上级》虽然也是讲故事，但与前面的讲故事形式不同，是由“我”直接讲述。这些不同的表达方式完全是由内容来决定的。《韩梅梅》之所以用书信体，并加了一个开头和结尾，是考虑到这不仅能真实地反映韩梅梅的思想情绪，更主要地是想介绍一下吕萍，因为韩梅梅的思想觉悟的提高是与团组织的教育以及吕萍的模范行为的影响分不开的。

第三，语言通俗、朴素、纯洁。马烽认为：“群众喜欢简练朴素的文字，我们就不应该写那些洋腔洋调疙里疙瘩的句子”[①]。的确，在他的作品中无论是叙述语言还是人物对话语言，都是农民能听得懂，有些甚至是他们平常自己说的话。马烽常常巧妙地把俗话、谚语通过选择加工融入作品中，增强了浓郁的乡土气息和特有的山西风味；作品中没有繁文冗句、琐细的风景描写和大量的心理描写，只是通俗、朴实地对人物、事件进行叙述。往往开头三言两语就勾勒出人物肖像的轮廓，必要时，比如对人物心理活动或经历，作者就直接出面并设身处地地加以叙述，因此，马烽的小说大部分都能做到人物语言和叙述人语言统一在口语化和性格化的基础上。

李準(1928～2000)，蒙古族，祖上原姓“木华梨”，河南洛阳人。

李準是本时期写农村题材的作家中产量最丰的一个，仅“文革”前就写了40余篇中短篇小说。曾出版过《不能走那条路》等多个短篇小说集。除短篇小说外，他还写戏剧、电影、散文，“文革”后致力于长篇小说的创作，但从总体上看，具有独特创作个性和

① 马烽：《短篇小说的新、短、通》。

特点的还是短篇小说。李準全部小说创作的立足点在于他十分自觉地把自己的创作活动同现实的革命斗争和政治运动结合起来,敏锐地提出现实生活中出现的问题并力图寻找解决问题的办法。李準是一位带有强烈使命感的作家。土地改革结束不久,他批评农民中的“自发”倾向,高喊宋老定等“不能走那条路”;合作化初期,老社和新社间的矛盾,在淳厚无私与胸怀磊落的农村老共产党员的感召下终于“冰融雪化”;在大跃进时代,有李双双的公共食堂和“人比天高”的气魄和力量。

正是因为李準的创作总是在努力追赶着时代,一些作品明显地带有赶造痕迹,明显地阐释某些政策概念。但李準也不是一味地唱赞歌,他也敢于干预生活,希望干预生活。但是,当《灰色的帆篷》和《芦花放白的时候》一出现就受到了批判时,他又认为是“迷误”,是“受到泛滥的资产阶级文艺思想冲击,创作曾一时染上阴影”。这些批评,不仅扼杀了他干预生活的积极性,而且导致了1958年以后一段时间创作上有意回避现实矛盾,出现思想浮浅的情况。

李準很注重塑造农村新人形象,他的笔下有坚决走互助合作道路而又对落后群众做耐心细致思想工作的进明(《白杨树》),有心胸开阔的农村基层干部郑德明(《冰化雪消》),有一心爱社的饲养员张存厚(《雨》)与孟广泰(《孟广泰老头》),有为改变穷社面貌干劲十足的韩芒种(《两匹瘦马》),而最具个性化、最成功的还是坚持原则、光明磊落、活泼爽朗、热情能干的青年妇女李双双(《李双双小传》)。《李双双小传》是标志李準艺术成熟的代表作。这篇小说之所以优秀,就在于塑造了一位农村新的妇女形象。小说通过对李双双这一形象的刻画,展现了社会主义新农村中妇女的崭新面貌,写出了农村妇女走向社会第一步的觉醒。作品巧妙地编织了李双双同丈夫孙喜旺之间的富有喜剧韵味的家庭矛盾冲突,以及与自私自利的孙有之间在公与私方面的冲突和较量,让人物在矛盾和斗争冲突中体现出人物各自的性格特征。小说虽以“大跃进”为背景,以办公共食堂为中心事件来刻画人物,但应该看到,作者的着眼点并不在歌颂公共食堂和大跃进上,而是写人。诚如作者所说:“我写李双双和孙喜旺这两个人物,是写两种道德观的斗争……同时也是写中国农村妇女参加社会的第一步的觉醒”,“食堂没有了,但李双双这个人物还在。”我们虽然反对文艺从属于政治,但文艺却是不能脱离政治的。我们要把以“大跃进”为背景的作品与特意歌颂“大跃进”的错误的作品区别开来。

李準歌颂时代新人,是把新人放在矛盾斗争中展现的,因而歌颂新人也就自然而然地要去嘲讽、批判另一些有旧意识旧思想的人。宋老定(《不能走那条路》)、魏虎头(《冰化雪消》)、张满喜(《农忙五月天》)、孙喜旺(《李双双小传》)都是被批判与嘲讽的对象,但对这些人,作家带着几分幽默的诚挚和善意的微笑。被批判和嘲笑的人也塑造得很成功,因此,作家曾被说成专写"中间人物"。李凖始终恪守"能够让农民听听,笑一笑,从笑声中来摆脱他们的落后,从笑声中认识到什么是先进"的创作宗旨,努力把作品写得符合农民品味,让农民爱看。他从中国古典小说吸取营养,讲究故事的完整和情节的曲折,一切矛盾、冲突、斗争都是通过生动的故事情节的展开与推进而得到解决的。在人物的刻画上特别注意对话和细节的描写,因此人物性格突出。宋老定和董守贵同是落后、保守的老农民,但各有各的落后和保守的方式;孟广泰、张存厚、郑德明同是具有新思想的老农民,他们也各有着自己"新"的表现,水车事件和炊事改革等典型情节中的具有个性化的言行细节突出了他们各自不同的性格。

李凖十分注意语言的锤炼,他的作品语言来自群众,但又不照搬,决不使用别人听不懂的方言。他是把群众中生动活泼的语言,经过加工提炼为文学语言的,具有洗练、朴素、明朗、生动逼真的特点。李凖的小说中绝少华丽辞藻,有的只是性格化了的、有着浓厚生活气息的语言;即使渲染气氛的场景描写也多用白描而不去刻意修饰。

茹志鹃(1925～1998),祖籍浙江杭州,生于上海,曾用名阿如、初旭。

茹志鹃的童年是不幸的,但青年时代却又是幸运的。共产党把她这个只读过四年书的普通女孩子培养成了作家,因而她一踏上文学创作道路,就以"微笑"面对生活,面对社会,面对人生。她的创作始于1943年,但真正代表着艺术上的成熟并能体现其风格的是发表于1958年的《百合花》。《百合花》经《人民文学》等刊物的转载,在评论界引起了强烈的反响,也从此奠定了她在文坛上的地位。

茹志鹃的创作成就,主要体现于短篇小说。从内容上看,大致可分为三类:一是反映战争年代军民斗争生活的,如《吴大妈》、《澄河边上》、《百合花》、《三走严庄》;二是反映五六十年代社会生活的,如《如愿》、《春暖时节》、《静静的产院》等;三是粉碎"四人帮"后批判极"左"思潮、探索历史经验教训的,如《剪辑错了的故事》、《家务事》、《儿女情》等。如果从时间上分,可以"文革"为界,分为前后两个时期:前一个时期,因情感高于理智,在作品中处处可见其对生活天真的微笑;后一个时期,作家发现"我们的生活并不向每一个人都张开美丽的翅膀"[①],作品开始了对历史的反省与经验的探索。

茹志鹃的作品表现新生活的自不必说,就是战争题材和反映"文革"的错误的作品却无不表现了她对生活热爱的乐观态度。极端严酷的战争时期,通讯员(《百合花》)是

① 茹志鹃:《〈草原上的小路〉的创作及其他》。

那样的无忧无虑，他热爱生活，战争空隙还忘不了要在枪筒上插上几枝花；老古(《剪接错了的故事》)虽然被人当绊脚石踢到一边，但他还是“颤巍巍地站了起来，颤巍巍地走出村去”，决心寻找老甘，寻找希望，并未因此而怨谁、恨谁，更没有颓唐，丧失信心。母亲(《家务事》)把一个正发高烧的孩子扔在家里，赶去“五七”干校集合，当工宣队头头问她在想什么时，她却平淡地说：“没什么，不过是些家务事。”她本已承受着巨大的精神负荷，但悲而不伤，哀而不诉，这是何等的坚强！

茹志鹃小说人物中，妇女形象占了相当的比例。有表面羞涩腼腆，但在关键时刻果断冷静的新媳妇(《百合花》)，有不甘落后努力向上的谭婶婶(《静静的产院》)，有不享清福而坚持参加集体劳动的何大妈(《如愿》)，有冲破个人小家庭的局限而自觉投入时代洪流的静兰(《春暖时节》)，有不断摆脱旧意识旧习惯羁绊的王三娘(《里程》)，有乐观爽朗、朝气蓬勃的阿舒、荷妹(《阿舒》、《静静的产院》)。这些妇女性格不同，情态各异，即使是同一时期，同一年龄，相同职业的妇女之间也是各自能成为“这一个”。

茹志鹃无论是回顾昨天的战争还是讴歌现实新生活，在选材立意上都有自己的独特视角。她并不正面描写激流大川，仅仅采撷其中的一朵小小浪花来分剖细描，从而以小见大。《百合花》不去写解放战争中两军严酷的拼搏厮杀场面，而是独辟蹊径，选取在一次战役中前沿包扎所的战士向当地老百姓借被子的平凡故事来表达军民鱼水情谊和“兵民乃胜利之本”的庄严主题。《如愿》仅写了家庭中儿子让母亲在家休息，母亲却要坚持参加集体劳动的一些家庭琐事；《春暖时节》则写的是一对夫妇由隔膜到理解以至共同参加社会主义建设的过程中的小纠纷；《家务事》则是集中地描写了金凤从干校回家最后一天的假期生活：送大女儿上山下乡，送小女儿看病，得到医生的照顾开了四天病假单，第二天清晨，金凤拿着病假单到干校准备请假，还未来得及开口就被推上了车，一路上因小女儿生病在家而牵肠挂肚的感受联想，作家就是通过这些家务事、儿女情折射出了时代的特征。正缘于此，茹志鹃的小说里才得以体现更多更重的人情、人性和亲情，也正缘于此，作家才一度被冠以专写家务事儿女情不写重大题材而受到责难和批判。

茹志鹃善于使用具有象征意义的细节来塑造人物、突出主题。《百合花》里，通讯员枪筒上插的野菊花象征着通讯员热爱生活，对生活充满希望的乐观精神；新媳妇的百合花被则是联系军民鱼水关系的纽带。《如愿》里的苹果、绒毛狗、手提袋，《春暖时节》里的大虾，《里程》里的王三娘搭过桥的那块大石头，《高高的白杨树》中的白杨树，这些都帮助作品画龙点睛地阐明主题，更有助于作者精确地刻画人物的思想和情感变化。

茹志鹃短篇小说的情节一般都比较简单，情节的简单与细节的生动细腻的描写互为补充而相得益彰。作者认为，“故事越单纯，笔就越闲，就越能集中刻画人物，也就有更多篇幅放在人物的刻画上”[①]。因此，它是茹志鹃特有的艺术表达方式之一。

茹志鹃前期的短篇小说，其实就是散文和诗，有人谓之“委婉、细腻、抒情”，有人概括为“清新俊逸”，总之，是色彩柔和而不浓烈，调子优美而不高亢，“独具女性作者的细致观察和越轨的笔致又增加了不少明丽的新鲜”[②]。“文革”后的作品虽较多地保留了作者的细腻抒情、委婉隽永的特色，但那种贯串全篇的深刻生活哲理，没有“圆满结局”给人以充分想象余地的结尾，在作者过去的作品是少见的。《剪辑错了的故事》、《家务事》或打破时空顺序采用“意识流”手法，或虽按时间顺序但充分表现杂乱无章的“潜意识”，这些表现手法在前期作品中是没有的，语言上柔美抒情的成分稍有减弱，出现了一些冷峻、讽谕、诙谐，形成了一种柔美中见刚健，抒情中见沉思的新格调。

第四节 杨沫·欧阳山·峻青

杨沫(1914～1995)，原名杨成业，湖南湘阴县人。

杨沫是一位才华卓具的女作家。在她六十余年的文学生涯中，创作了许多揭露日寇侵华罪行、反映人民抗战生活的小说和散文，从 1934 年发表的第一篇散文《热南山地居民生活素描》，到 90 年代出版的《英华之歌》，让人们看到了作者对生活认识的不断深入，对艺术孜孜不倦的追求。但给读者真正留下深刻印象，且在中外文坛影响较大的是她的长篇小说创作。

杨沫的生活经历异常丰富。她曾有过“失学、失业、到处流浪”的遭遇，也有“彷徨、苦闷、走投无路”的心境，但自从她结识了共产党人而走上革命道路后，她就积极投身于民族解放斗争。她亲眼目睹了“九一八”后风起云涌、激昂悲壮的学生运动和敌伪统治下北平的白色恐怖，亲身参加了冀中平原艰苦卓绝的抗日游击战争。这为她的“青春三部曲”的创作打下了坚实的生活基础。杨沫怀着一种强烈的历史使命感，“心里就常常萌动着一种想拿起笔来写出他们英雄事迹的愿望”，所以，从 1950 年开始，作者利用繁忙的社会活动之余和与多种疾病作斗争的间隙时间，花了整整 40 年时间，终于在

① 冬晓：《茹志鹃谈短篇小说创作》，《开卷》(香港)1979 年第 7 期。

② 借用鲁迅评萧红的《生死场》的话。

1990 年冬完成了长篇巨著“青春三部曲”:《青春之歌》、《芳菲之歌》、《英华之歌》。

表现知识分子的成长过程,探索知识分子的人生道路,这是杨沫在以描写知识分子为题材的同类长篇小说中的不同凡响之处,也是她对 20 世纪中国文学的一大贡献。

《青春之歌》是“三部曲”中影响深远的一部长篇小说。作者从生活的真实出发,以 1931 年“九一八”事变到 1935 年“一二·九”运动这段历史为背景,以林道静的成长道路为主线,满腔热情地讴歌了一代知识分子由个人奋斗到投身革命的人生征途和心灵历程,谱写出了一曲知识分子的青春赞歌。小说的成功之处,体现在塑造了林道静这个 30 年代从个人反抗走向革命道路的知识分子的典型形象。她从一个小资产阶级知识分子成长为一个无产阶级革命战士,经受了人生旅途上横亘着的道道关口的严峻考验,走过了一条相当痛苦曲折的人生道路。第一道人生关口,是与封建主义家庭决裂,同余永泽恋爱结合。她为反抗封建包办婚姻而出走,独自逃到北戴河谋生,幻想“自己养活自己”,“尊严的做人”,但冷酷残暴的社会沉重地击碎了她的幻想,使她陷入了余敬唐设置的圈套中。面对这黑暗的现实,她既不甘堕落,又无力反抗,便以跳海自杀来进行抗争。这时余永泽救起了她,他们相爱到结合,但她与余永泽的结合并没有获得自由独立的人格,她再度陷入了苦闷彷徨的境地。林道静的这段历程,既表现了当时小资产阶级知识分子的不幸遭际,又表明了个人反抗的软弱无力。同余永泽彻底决裂,到经受农村和狱中生活的锻炼考验,这是林道静在人生道路上突破的第二道关口。个性解放的要求和倔强的性格,使她渴望着“独立生活”,做“自由的人”;对下层劳动人民的关心同情,使她同余永泽的感情出现了裂痕;学生爱国运动的影响,共产党员卢嘉川的启发教育,使她认清了余永泽这个冷酷自私、平庸琐碎的小人的本来面目;实际斗争的锻炼,增强了她对革命的坚定信心。为了投身抗日洪流,她克服自身的弱点,终于同余永泽彻底决裂了。这是林道静人生道路上的一个转折点,是她冲破个人奋斗的小天地,到社会斗争的广阔天地里锻炼成长的界石。第三道关口,是第二次被捕出狱后加入中国共产党,到北大领导学生运动。林道静在狱中经党组织的帮助,特别是江华、林红等共产党人的言传身教,不断克服自己的个人主义思想,挣脱个人感情的羁绊,“认识真正的生活,认识了真理”。出狱后,加入了中国共产党,被组织安排到北大领导学生运动。她在复杂形势和饥寒交迫中,顽强地为党工作,宣传和动员群众参加抗日救亡运动,使一度彷徨苦闷的北大学生走进了“一二·九”爱国运动的行列。这时的林道静已脱离了旧我,逐步走向成熟。林道静的形象,再现了 30 年代正直的知识青年追求真理的曲折道路和痛苦历程。它形象地告诉人们,知识分子只有把个人命运同国家、民族的命运联系在一起,才有真正的前途,才能“永葆其美妙之青春”。

小说还塑造了革命者卢嘉川、江华、林红等共产党人形象。他们在作品中是以“党的使者”的身份出现的，对林道静完成人生道路的重大转折起了关键性的作用。作者曾说，《青春之歌》“首先是‘要’把自己多年来凝聚在心头的对于共产党员的崇高品质和视死如归的浩然正气的深挚的情感写了出来”。小说着重描绘了他们坚定的共产主义信念和为之献身的不屈意志与无私无畏的英雄气概。他们出现在林道静人生道路上的不同阶段，对林道静的成长起了引路和榜样的作用。小说正是通过这些共产党人在斗争中的表现，以及林道静与这些共产党人相处时的感受和情感波澜，既表现出共产党员的勇敢机智、顽强不屈的斗争精神、坚韧的人格力量和出色的领导才能，也显示了共产党领导的伟大作用。

小说还描写了走着不同人生道路的形形色色的知识分子形象。作者通过这些形象的塑造，不仅扩大了小说的容量和内蕴，而且更重要的是全面对知识分子的命运与人生道路作了有意义的探索。在这些形形色色的知识分子中，有由不问政治、从软弱动摇到在时代的召唤下日益觉醒而积极投身爱国学生运动的许宁、王晓燕父女；有不顾民族危亡、追名逐利、自私虚伪的极端个人主义者余永泽；有曾参加过学生运动，但最终经不起时代风雨的考验，贪图享受，堕落为资产阶级玩物的白莉萍；有投机革命、出卖灵魂的叛徒戴愉等等。这些形象与林道静、卢嘉川、江华、林红等形象结合在一起，组成了当时知识分子阶层的基本面貌，真实地反映了大动荡年代各类知识分子的精神风貌。

浓郁的抒情色彩，是贯穿《青春之歌》的显著的艺术特色。由于作者在塑造林道静这一主要人物形象时融入了自己的生活经历和情感体验，所以其形象真切、生动而富有感染力。正如作者所说，假如“没有我生活经历中那许多刻骨铭心的感受，我就写不出《青春之歌》”。作者不仅写了林道静的生活史，而且更主要的是描绘了她的思想史、感情史。小说笔酣墨畅，恰如其分地描写了林道静在对待一些关键问题上感情方面的挣扎，如她与余永泽感情破裂以至最后分手的复杂矛盾的感情世界，她与卢嘉川的纯真爱情，她由敬他到爱他的感情发展过程等等，都描写得细腻逼真，曲折动人。

小说在艺术上的主要成就还体现在真切精微的心理描写上。作者善于通过多样的对比，或把人物外貌描写与人物内心世界的揭示结合起来等手法，展示人物的不同性格，揭示人物的丰富而隐秘的内心世界。如余永泽和林道静对魏老三从农村来到北平他们的家里时，两人不同的语言和行动，就展示了他们不同的内心世界。再如对青年女性的爱情心理的描写，对各类知识分子的复杂心理的插写，都很真切动人，很符合人物的身份和性格。

欧阳山(1908～2000)，原名杨凤岐，湖北荆州人。

欧阳山是从20年代中期就步入文坛的有影响的作家。他从1924年发表第一篇揭露旧社会的黑暗与罪恶，歌颂青年反抗斗争精神的短篇小说《那一夜》起，到1946写成长篇小说《高干大》，三十多年间，共发表和出版了二十多部长、中、短篇小说和小说集。如果说，他早期的小说还停留在反映小资产阶级知识分子的思想情绪以及要求个性解放的愿望的话，那么，在写作《七年忌》、《崩决》、《给予者》、《苦果》时，其题材和内容就有明显的突破了，作者已走出描写小资产阶级知识分子生活的圈子，转向更为广阔的社会生活。它们不仅反映了工农群众的痛苦生活和他们的愤怒抗争，而且描写了抗日民族解放战争中广大民众同仇敌忾，保家卫国的动人事迹。特别是作者经过延安整风和文艺座谈会之后，更以崭新的面貌，倾注满腔热情表现新的人物和新的世界。他的长篇《高干大》是突出的代表。小说反映了解放区农村合作经济的发展，塑造了共产党员高生亮(外号高干大)的形象，着重刻画了他大胆革新创造，勇敢地同官僚主义、教条主义以及封建迷信势力作斗争的精神和对革命忠诚、舍身忘我、脚踏实地的优秀品质。尤其值得一提的是，作者没有把人物简单化，在描写高干大的优秀品质和革新创造精神的同时，没有回避主人公自身的弱点，写出了他克服自身弱点的过程。小说于1947年出版后，受到广大读者的欢迎。

50年代以后，欧阳山担任了文艺领导工作，同时坚持深入生活，不倦地进行文艺创作。在写出反映海南岛人民斗争生活的《英雄三生》和描写农业合作化运动的《前程似锦》等中篇小说后，又于1957年开始了多卷革命历史长篇小说《一代风流》的创作。作者根据他的生活经历和对生活的深切感受，经过近三十年的艰苦努力，终于在1985年出齐了《一代风流》系列小说:《三家巷》、《苦斗》、《柳暗花明》、《圣地》、《万年青》。这五卷小说，反映了从1919年到1949年间，中国人民的革命斗争生活。其时间跨度之大，历史事件之纷繁，人物形象之众多，在20世纪中国文坛上不仅实属少有，而且填补了以小说形式反映南方革命斗争历史题材的空白。

《三家巷》是五卷中成就最高、影响最大的一部作品。小说对于革命斗争历史题材的反映，应该说是对此类题材创作的大胆而有益的探索。它的独到之处，在于作者没有重复过去此类题材创作的老路子，而是独辟蹊径，不直接、正面表现革命斗争的主流部分，而主要把笔力集中在叙述一条小巷中三个家庭的历史，通过他们的日常生活，通过他们之间错综复杂的关系和感情纠葛，反映出阶级力量的消长和时代风云的变幻。这三个家庭，一个是代表手工业工人家庭的周家，一个是代表买办资本家庭的陈家，一

个是代表官僚地主家庭的何家。他们既是邻友，又是亲戚，各成员之间还有着婚恋关系、同学关系，从而结成了千丝万缕的联系。这些成员中的男女青年们曾经振振有词，大谈国家的前途，发誓“今后永远提携，为祖国富强而献身”。但是随着阶级斗争形势的急剧变化，这种关系正在被打破，也正在发生着必然的分化。周炳和他周围青年男女由于不同的立场和态度，走上了不同的生活道路；周炳、周榕积极寻找共产党，继续投身工农革命；陈文雄动摇、投降、叛变；何守仁、李民魁、张子豪很快站在反动势力一边成为时代的渣滓。小说通过对这些日常生活事件的描写和他们相互关系的展示，让读者看到了社会各阶级成员在革命与反革命的大搏斗中的心理和性格，感受到了时代的脉搏。这无疑达到了从普通日常生活切入来反映革命历史斗争这一重大题材的艺术效果。

小说的独到之处，还表现在对主人公周炳形象的塑造上。作者曾说，他“既没有把他当作英雄，更没有把他当作理想，既谈不到歌颂，有时还有些非议”，“但是同意他继续革命，把整个过程走完”。小说正是按照作者的这一意图，把周炳放在特定的历史条件和社会生活中，塑造成了一个思想性格复杂的人物。他出生于一个手工业工人的家庭，从小受尽了歧视、压迫和剥削。贫穷的家庭和生活的不幸，使他具有善良正直、吃苦耐劳、痛恨剥削者、同情贫苦人的优秀品质。然而他又是生活在三家巷这个特殊的环境里。三家中青年男女间的交往、爱情、婚姻以及与陈何两家的世亲关系，又必然使他受到封建主义、资产阶级思想的影响。因此，在他的身上，既有工人阶级的思想意识，又有知识分子的气味。一方面，他反抗黑暗现实，追求革命，坚定顽强；另一方面，他又有小资产阶级知识分子的狂热、幼稚、多愁善感、消沉等思想弱点。小说的成功就在于作者没有按照固定的格式把周炳简单化，而是既写出了他怎样革命，又写出了他复杂的感情以及内心的阴暗面。这样描写，就形象地说明了像周炳这样的知识青年要真正走上革命道路是多么不容易。他要经过一个痛苦磨炼的过程，要在革命斗争中，在共产党的教育下不断自觉地克服自身的弱点，挣脱个人思想的羁绊，才能走完这个改造的过程。

小说的独到之处还从对反面人物陈文雄形象的塑造充分体现出来。作者没有把这个人物简单化、脸谱化、类型化，而是遵循生活的逻辑，逐步展示他思想性格的发展，写出了他由顺应时代潮流、投机革命到出卖革命投靠洋人，成为洋奴买办、外国绅士的演化过程。他少年英俊，风度翩翩，才华横溢，显得与众不同。当革命风暴席卷广州，他顺应时代潮流，慷慨陈词，发誓要“为祖国富强而献身”；省港大罢工时，他混进罢工委员会，当上了“工人代表”；沙面罢工中，他施展钻营手段，捞取政治资本，俨然成了三家巷中领袖般的人物。他要尽两面手法，形势紧张时，一方面临阵脱逃，躲在周泉家里不去参加游行，另一方面又向主子献媚，破坏罢工运动，当上了洋行经理。广州起义前夕，他表面上和共产党拉上关系，暗中却干着反共的罪恶勾当。他是一个阴险狡诈、做事不露痕迹的买办洋奴。作者这样描写和处理这个人物是颇费一番心思的。正因为如此，陈文雄的形象是成功的，它不同于这之前一般小说中的反面人物形象。这是作者的高明之处，也是作者对生活的独特感受在艺术实践中的独特创造。

鲜明的民族特色与浓郁的地方色彩，是欧阳山小说创作中艺术上呈现的主要特点。如果说40年代的《高干大》正在作努力的探索，且取得了可喜成效的话，那么50年代末的《三家巷》在这方面就更加突出，更臻于成熟了。作者继承了我国古典小说的优良传统，在小说的结构方式上采用了传统的结构手法，使全书的情节结构安排错综交叉而又线索分明，跌宕起伏，曲折有致；故事有头有尾，事件来龙去脉清楚，显示了作者结构布局的功力。在人物塑造上，主要运用了白描手法。作品很少采用插叙、倒叙手法，很少孤立静止地作冗长的心理描写，而着重通过人物的语言和行动表现人物性格。小说吸收了广东的方言谚语，不仅语言平易自然，生动活泼，而且具有鲜明的地方色彩。

峻青(1922～1991)，原名孙俊卿，山东海阳人。

峻青是擅长写革命斗争题材的有成就的作家。他十八岁投身革命，参加过抗日民族解放战争和人民解放战争，战斗中许多可歌可泣的英雄事迹深深地感动着他，使他总觉得自己有责任将已经过去了的那段令人难忘的斗争生活再现出来。他说："在那些艰苦的日子里，多少父老兄弟在我的身边倒下去了，多少英雄儿女的壮烈事迹深深地刻在我的记忆里，每一想到这些为了党和人民的共同事业而慷慨地贡献了自己的宝贵生命的人们，我的心就情不自禁地跳动起来，发生了一种要用文学创作来表现他们的强烈冲动，这种冲动促使我写出了这些作品。"正是这种难以抑制的革命激情和崇高的使命感，峻青回忆了同故乡山东老区人民战斗的峥嵘岁月，描写了战争年代中所熟悉所难忘的英雄人物，相继发表了《马石山上》、《党员登记表》、《黎明的河边》、《最后的报告》、《交通站的故事》等短篇小说。这些小说的共同特点是，作者善于用浓重的笔墨，从正面描绘革命斗争的艰难、残酷，刻画在艰苦的环境中解放区人民对革命事业的无比坚贞，以及他们大义凛然的革命英雄主义和崇高的自我献身精神，为我们绘制了一幅幅色彩绚丽、气吞山河的历史画卷，为青年一代提供了一部生动形象的传统教材。

50年代以后，峻青也写了一些反映胶东人民在和平建设时期的英雄业绩的小说，如《老水牛爷爷》、《苍松志》、《山鹰》、《丹崖白雪》等,但总的来看,都不如描写革命历史斗争题材小说的成就高,影响大。而正是这些革命斗争题材小说的创作,确立了峻青在20世纪后半期中国文学史上的地位。

峻青描写革命历史斗争生活的小说从不回避革命斗争的艰苦、残酷,甚至流血牺牲。他往往把人物置放在惊心动魄的战争场面、尖锐复杂的矛盾旋涡中去经受血与火、生与死的考验,使人物性格闪现出灿烂夺目的光彩,展现蕴积在人物身上的那种强大的精神力量。《黎明的河边》就鲜明地体现了这一创作特色。小说描写的是1947年国民党军队进攻胶东解放区时,通讯员小陈一家为掩护武工队队长通过敌人封锁区,而英勇献身的事迹。作品始终把小陈置于尖锐激烈的矛盾冲突之中。他危难中受命,要带领两名武工队负责人连夜突破敌人的封锁线,到潍河东开展工作。这必然要遇到种种艰难险阻,对于一个十八岁的小战士来说,无疑是一个严峻的考验。"潍河阻击战"是小说情节的高潮,也是展现小陈英雄性格和崇高思想境界的最动人的章节。当敌人卷土重来,捆绑住他的母亲和弟弟作人质,步步向他逼进的时候,他能听从母亲的召唤,开枪向敌人射击;母亲和弟弟牺牲后,他强忍着巨大的悲痛,在身负重伤的情况下,抱住还乡团头子跳下了浊浪滚滚的潍河,为革命献出了年轻的生命。小说就是通过这一系列描写,展现了他勇敢机智,忠于革命事业,富于自我牺牲的精神。

峻青是一位富有独创性的作家。他的小说创作中所显示出来的这种特色,其美学风格是悲与壮的高度融合,同时又始终洋溢着革命乐观主义和革命理想主义的精神。所以说,悲壮的格调和理想化的色彩是他描写革命历史斗争题材小说的又一个显著特点。

在峻青的小说中,人物活动的环境总是十分险恶严峻的,人物所进行的艰苦斗争又总是惊心动魄的。作者就善于把人物放在这样的环境中,通过他们在血与火、生与死面前的举止、抉择等一系列矛盾冲突来表现他们的思想性格和精神品质。《党员登记表》写的是女共产党员黄淑英母女为保存一张全区党员登记表,与敌人英勇斗争的故事。小说以一张"党员登记表"作为中心线索来安排组织矛盾冲突:在白色恐怖笼罩的敌占区海莱山区,敌人为破坏这个地区的党组织,利用叛徒黄有才的告密,千方百计要想得到这张党员登记表,在敌人连续十个昼夜的严刑拷打下,黄淑英坚贞不屈,最后壮烈牺牲,谱写了一曲共产党人的正气歌。《黎明的河边》更能体现这一悲壮的风格。小说一开始就把人们带进了尖锐激烈的矛盾之中:河东的武工队由于叛徒告密被打垮,队长和副队长都壮烈牺牲,"我"和老杨必须连夜过河,整顿队伍,坚持斗争。任务是这样的紧迫,斗争是这样的艰险。小陈为掩护"我"和老杨过河,在被敌人发现、包围的严峻形势下，在敌人采取诱降、拆散骨肉等卑劣手段的压力下，大义凛然，与敌人展开了殊死搏斗，最后壮烈牺牲。这种把人物置于矛盾冲突的尖端，通过人物在危难关头的一系列行动的描写，充分地展现了人物在艰难困苦中的崇高精神境界。

峻青在浓墨重彩描绘革命斗争的艰难残酷时，始终都在作品中洋溢着一种革命乐观主义和革命理想主义的精神。他的作品，使人感受到一种强烈的革命激情和正义的力量。尽管人物的处境险恶，斗争残酷，为革命的胜利付出了鲜血和生命的代价，但在这种悲壮的气氛中，带给人的却是振奋、激昂、信心和力量。无论是《马石山上》的十位八路军战士，《党员登记表》中的黄淑英，还是《黎明的河边》中的小陈，《交通站的故事》中的姜老三，在他们的身上，分明充溢着一种面对困难和险恶而具有的无坚不摧的力量，面对凶恶狡猾的敌人而表现出来的蔑视它、战胜它的英雄气概，面对死亡而大义凛然与视死如归的精神。

为了突出这种悲壮的风格，峻青还常常在小说创作中着力于场面的烘托和气氛的渲染，把自然环境的描写、故事情节的发展、人物性格的刻画结合起来。他的小说故事性强，场面惊险，情节曲折紧张，真可谓波澜起伏，险象环生，扣人心弦。《黎明的河边》写“我”和老杨、小陈三人夜间经过敌占区从永安到河东的一段路上所遭遇到的情况就很惊险：小说先渲染了“暴风雨之夜”的严峻的斗争环境，为后面情节的发展埋下了伏线。然后写他们三人和敌人的遭遇战。由于天黑，他们走进了荒草洼，迷失了方向。天快亮时意外地发现了河边，不料摆渡的船又被暴涨的河水冲走了。后来，庆幸地找到了小陈爹，正准备渡河，敌人又追上来了，步步向他们逼近。在这个万分危急的时刻，小陈娘、小陈弟弟相继牺牲，小陈也负了重伤，矛盾冲突达到白热化的程度，故事情节回旋起伏，紧张惊险，有力地烘托了小陈的英雄性格，深深地打动着读者的心。

第三章　诗　　歌

由于社会制度的变迁与社会心理情绪的导向，本时期的诗歌创作在性质上异于前一阶段，在风格上也与前一阶段大不相同。总体上以社会意识和政治意识的不断强化为特征，统率着题材的选取、主题的把握和形式的构成，决定诗潮的发展趋向。诗与政治逐渐演化为主从隶属关系，政治成了诗的主干。

新中国的成立，新生活的开始，给人们带来蓬勃的青春朝气和为理想而献身的无私精神，使“眼里曾含着泪水”的诗人在20世纪50年代初期充满着希望、光明和欢乐。自然，由于诗与政治关系过于密切，诗的发展道路与曲折的政治历史几乎是同步运行。比如，1956年，在“双百”方针鼓舞下，出现了主张“干预生活”或进行艺术探索的青年诗人，但在1957年的“反右”中他们却成了“反现实反人民”的阶级敌人。

为切合时代，配合当代的政治运动，要求有新的表现领域、新的主题、新的“诗体”形式，并由此而出现了“颂歌”与“战歌”两种诗体模式。

所谓“颂歌”，是指一种正面赞颂为主的歌唱，而所谓“战歌”，则是指以充沛的战斗激情表现批判性主题的作品，二者或明或隐，都可在20世纪中国诗歌发展过程中找到传统。“战歌”是对30年代左翼诗歌、抗战诗歌及解放区诗歌乃至国统区讽刺歌谣的继承。在50年代后接踵而至的政治运动和国际斗争中，轻车熟路地发挥“匕首”、“投枪”的作用。而“颂歌”早在40年代的解放区，其思路就已形成，即把对人民解放战争和解放区建设的歌颂，升华为对战争指挥者和解放区缔造者中国共产党及其领袖的歌颂，50年代后大量涌现且发展为一种普遍模式。

为与这样的题材、主题相适应，在艺术方面和表现形式上也出现了两种基本的抒情方式。一是以郭小川、贺敬之为代表的“政治抒情诗”，所写的内容都是社会生活的重大事件，通篇都是澎湃的激情和高屋建瓴的“见解”，有强烈的政治性和鼓动性，“无论是歌、无论是诗，都是炸弹和旗帜”，被称作“政论的诗，诗的政论”。一是李季、闻捷为代表的“生活抒情诗”，即在对生活的场景和事件摹写的基础上来表现新的生活风貌和诗人精神境界的抒情方式。这即是因回避在诗中流露"顽固的资产阶级个人主义"情绪,而使抒情诗也具有叙事倾向,又以抒情、乐观的调子,歌颂现实生活。这与50年代纯真美好的社会情绪,无疑是颇为吻合的。即便是流传一时的《天山牧歌》除因取材于边地自然风光,少数民族的生活习俗,以及在大家对爱情都还很"拘谨"时,表现了爱情的甜蜜欢快,因而有迷人的浪漫色彩外,基本抒情方式仍然是没有差别的。另外,还有一种是以公刘为代表的意境抒情方式。50年代后期开始,主要出现在以表现新生活为主要职责的年轻诗人的创作中,他们努力协调描述与抒情、表现外部世界与表现内心感受的矛盾,并借鉴我国古典诗歌中情境交融的方式,往往从对具体事物的描绘出发,达到对某一观念、情绪、心态揭示的升华,或把这种题旨、情绪寄寓于具体的描绘之中。

当然,这一阶段的诗歌也存在着明显的缺陷和不足。首先,诗歌表现情感领域越来越狭窄。这一时期的诗歌大多表现社会主义劳动建设,洋溢着昂扬乐观的情感。就有人呼吁闻捷"把奖章从爱人的衣襟上拿下来"。劳动和建设成了爱情取舍的标准,甚至是唯一的标准。人的生活领域,尤其是情感领域,本应更广阔、丰富和复杂一些。而诗更应该把丰富、复杂的情感开掘得更深刻些,更应该表现深层意识中丰富的哲理意蕴和个人体验,而不应该仅停留在从外部世界、社会政治生活的层面来观察和表现生活。之所以出现这一弊端,就是因为当时的诗歌观念认为,诗歌的职能是赞美和歌颂。其次,是诗的个性化程度的削弱和模糊。既然认为诗中不应该表现诗人个人的小"我",应是时代、阶级、人民的"大我",因而出现的"大我"就应具有高度无产阶级觉悟。正如郭小川所说,诗人就是政治"宣传鼓动员",为革命难免要发言,诗,其实都是"发言集"。这样的"发言集"难道还有可能有不同的意见和声调吗?若诗人不满足于这种以对生活场景进行描摹和"大我"的激情宣泄的抒情方式,希望在诗中有更加独特的自我意识,往往将受到尖锐的批评。比如艾青的《在智利的海岬上》(1957)、邵燕祥的《贾桂香》(1957)、郭小川的《望星空》(1959),在当时都受到了严厉的批评谴责。诗人们若要保持自己的创作个性,就只能缄默;若要引吭高歌,就只能模糊自己的创作个性。所谓的风格、个性,就只能表现在取材的领域、情感色彩的浓淡上。第三,诗歌把握世界的艺术方法比较单一。因为对社会主义现实主义的推崇,使这既是思维原则又是创作方法的社会主义现实主义,被认为是诗的唯一创作方法,在这一文艺思想的影响下,前两个缺陷不但不可能有所纠正,反而越来越偏激,并使其他艺术方法受到不容置疑的否定。

除此之外,上自《诗经》、《楚辞》,经汉魏乐府、唐诗、宋词、元曲,源远流长的古典诗词创作传统也得到了继承和发展。1957年，毛泽东的十八首诗词正式发表，旋即轰动诗坛，朱德、董必武、陈毅、叶剑英，以及柳亚子、赵朴初、郭沫若等受到极大鼓舞，他们在新旧社会更替、革命成功之际，常常诗兴大发，兴会无前，创作了不少诗词。他们的诗，不仅具有革命政治内容，而且具有高度的艺术技巧，做到了革命的政治内容与完美的艺术形式的统一。因为老一辈革命家对旧体诗词有很深的造诣，能熟练驾驭旧体诗词，因而旧体诗词格律并未束缚他们的壮志豪情的抒发。正如马克思所说："石匠是在严格的规矩中，施展他们的创造才能的。"

在"文革"十年，诗与诗人同国家与人民一起经受了劫难。前七年，诗与其他文学作品一样，已不复存在。1972年以后，虽有少数文学刊物恢复出版，但在那种极"左"思潮甚嚣尘上的年代，没有真正的诗存活的空间，只有那些为"四人帮"歌功颂德、为极"左"路线摇旗呐喊的诗词泛滥成灾，但已丧失了作为诗的基本品格。与此同时，人民群众为了表达自己的内心情感与生活体验，开始在暗中形成了一个相互交流、传抄的"地下诗坛"。这是那个特殊年代出现的一种特殊的文学创作现象。它为天安门诗歌运动的爆发与新时期诗歌新潮的崛起积蓄了强大的内在力量。

第一节　郭小川·贺敬之

郭小川(1919～1976)，河北丰宁人。

从青年知识分子成为革命战士的生活道路使郭小川的笔总是听从革命的召唤，追求斗争的文学与"评论生活"。他总是选取有重大社会意义的题材，号召青年人以百倍的勇气和毅力投入社会主义革命和经济建设中。郭小川的诗歌创作可分为四个阶段。

从1955年郭小川发表《投入火热的斗争》开始，其后陆续发表了以《致青年公民》为总题目的一组"楼梯式"诗歌。这是他本时期诗歌创作的开端，这些诗充满激情，很富有鼓动性，产生了很大的影响。但他自己却认为，那是"浮光掠影"甚至是"粗制滥造"的产品。

从1956年到1959年，以他前期的"怀疑"为起点，郭小川开始了他50年代中期到60年代初的艺术探索。这是郭小川创作最复杂的阶段。一方面，与当时整个诗坛创作趋向一致，甚至于发表了《射出我的第一枪》、《县委书记浪漫主义》、《雪兆丰年》等配合"反右"、"大跃进"等政治运动的浮躁之作；另一方面，则是大量以战争年代的生活为题材的叙事诗,比如“爱情三部曲”(《白雪的赞歌》、《深深的山谷》、《严厉的爱》)、《一个和八个》、《将军三部曲》。另外,还写了在当时引起争议的《致大海》、《望星空》等抒情诗,表明诗人已注意到创作个性。首先,意识到要做一个“自觉的诗人”,应把生活矛盾,把人的丰富思想感情作为开掘的对象,并努力表达出自己独特的观察、思考和发现。通过从个人的心灵与历史进程的某些不和谐之处走向和谐的过程中,把个人有限的生命投入无限的历史发展中去,从而获得与历史发展相通的灿烂人生。尽管在这里作者过分绝对化地赞美了作为革命象征的“大海”的神圣,但他从个人与社会谐调的角度来探索人生的主题,则是他追求的“自己观察生活的方法”和“独到的见解”的结果。在1959年发表的长诗《望星空》中,诗人不仅认识到个人心灵与历史进程有不和谐之处,进而认识到“缺陷”是普遍存在着的,并因而“惆怅”地感到“人间远不辉煌”。在一派豪情万丈的放声歌唱中,这种浅吟低唱的风格,这种在另一层次把握现实人生的方法,诗人自己当时也不免惶惑和惊恐,因而在诗的后半部又回到豪言壮语的模式中,而把前面个性化的创作当作是个人虚无主义思想加以谴责和否定。其次,在几部叙事长诗中也体现出郭小川这一时期的艺术探索,作品既热烈地肯定了斗争的精神,个人对社会集体的投入,以革命事业的原则和利益来规范个体的感情和行动,又表现了对和平生活、对爱、对人道精神的向往,以及对个人感情世界的价值的肯定。《深深的山谷》写一对曾经彼此相爱过的知识分子,在艰苦斗争中分化后,即使有很深的感情,也终因生活目标的不同,不得不痛苦的分手。而《白雪的赞歌》则说明在生活目标一致情况下的信任、关怀,犹如一根细带将夫妇二人连得更紧,给予他们力量战胜物质的匮乏和感情的危机,获得人生的富足。《一个和八个》(1957)的主人公本是一名共产党员,却被怀疑为敌人的奸细,被投进八路军随军监狱,面对八名真正的罪犯的挑衅欺辱以及他所忠诚的革命集体的误解和鄙弃,这双重的痛苦和复杂的环境,如何以自己先进的人生观和思想性格的力量去影响、感化、改造这些罪犯,给黑暗的角落以亮光,从中体现出诗人的认识:爱、同情心、人道的力量,是建立新世界的手段。这一阶段的创作,仍然存在着许多矛盾。比如在《望星空》中前后的不一致,在《深深的山谷》中男主人公在悬崖边长达五十多行的内心独白,“死神像影子一样追踪着我——你是战斗,还是逃跑?”对只是保全个人、苟且偷安的“个人主义”严厉鞭挞,即把50年代的一个普通的社会思潮拿来一本正经地说教读者。

1960年到1965年,郭小川任《人民日报》特约记者,随着“记者”的足迹所至写了大量取材于不同地域的抒情诗,呈现出浓郁的地域色彩,但前期的思想探索、艺术个性的发挥却明显地消退了,更主要的是表现“继续革命”的主题。比如《林区三唱》(《祝酒歌》、《青松歌》、《大风雪歌》)大都吸取古典诗歌里面的托物咏志、借景抒情的传统方法,反映时代精神;比如《甘蔗林——青纱帐》、《厦门风姿》、《昆仑行》等,这些作品都以现实生活与战争年代的精神联系和沟通作为其思想感情的内核。《乡村大道》中宽阔与险峻统一,《甘蔗林——青纱帐》中香甜与严峻并存。

由于郭小川的创作向着现实政治路线的贴近,60 年代以后越来越"左"的社会思潮和政治路线,对他创作的影响是无法避免的。60 年代初期,他就表示"要认真思考当前的两个最重要的问题:第一,是国际上的反对现代修正主义的斗争;第二,是国内如何继续高举三面红旗"。因此,在 60 年代特别是 1963 年以后的创作(如《昆仑行》)存在着比较复杂的情况。某些作品又退回到用形象化的语言阐释现行观念的老路子。郭小川十分重视艺术独创性。1959 年,他在总结自己的创作时说:"我越来越有一个顽固的观念:一个诗作者,要有独特的风格。"艺术独创性本来是与内容联系在一起的,但由于当时特定的时代环境的限制,郭小川只局限在诗体的外在形式的尝试。主要是在两个方面:一是因重视表达思想理念和政治激情,而寻找通过渗透激情的感情形象来表现观念的途径;二是重视激情倾泻与节奏、韵律的关系。他在诗的形式(句式章法)上试验,基本以节律为中心进行。在这一阶段,常合两个短句为一个长句,铺陈排比,行文押韵,复沓、对偶,被称为"新辞赋体",这一形式,可尽情抒怀,从容修辞。

"文革"期间,郭小川被剥夺了"政治生命",从而失去了发表作品的权利,但他在困难条件下坚持写作,并化名发表了一些作品。这些作品(如长诗《万里长江横渡》、《长江组歌》、《江南区三唱》等),由于受到当时的政治潮流和诗歌创作模式的影响,没能超越当时报刊发表的诗歌作品的一般状况。作于 1975 年的《团泊洼的秋天》、《秋歌》等诗篇,能代表其最高艺术成就,成为后来广为传诵的作品。这些作品是新颖的形象、精辟的议论、强烈的抒情的融合,因而能感人以形,动人以情。

贺敬之(1924～),山东峄县人。

贺敬之的诗,按内容和艺术形式,大体上可划分为两大类。一类在主题和抒情方式上都基本上沿袭了《回延安》的特点:在现实与历史的交错中,把抒情主体的个人感情和对于历史变迁的时代感情结合起来,从战争年代的往事追溯中,发掘推动现实发展的精神力量,感情浓烈、真挚,选取的意象和"信天游"这一民歌形式,都极富陕北地方色彩,增强了这些作品的亲切感,比如《回延安》、《桂林山水歌》、《三门峡歌》、《又回南泥湾》、《西去列车的窗口》等。这类作品对当时的政治抒情诗潮流产生了重要的影响。另一类作品篇幅更长,气势更恢宏,更能体现贺敬之抒情诗的风格。如《放声歌唱》(1956)、《东风万里》(1958)、《十年颂歌》(1959)、《雷锋之歌》(1963)、《中国的十月》(1976)、《八一之歌》(1977)等，大都从一个政治命题出发，以充沛的激情，力图从历史和现实去展开纵横交错的开阔视野，去思考与回答历史和现实的问题，阐发自己的政治理想、信念和感受到的时代精神，并以此作为贯穿全诗的感情和思想脉络去结构作品，因而具有强烈的政治思辨色彩和时代特征。

在中国的
　　神圣般的
　　　　国度里
创造一切的
　　神明
　　　　正是
　　　　　我们自己！
但是，
　　在我们心脏的
　　　　炉火中
　　在我们血管的
　　　　激流里
　　　　　　燃烧着
　　　　沸腾着的
却有一个共同的
　　　　最珍贵的
　　　　　元素
我们生命的
　　　　　永恒的
　　　　　　　活力
这就是
死！

1963年，在全国"向雷锋学习"的热潮中，他创作的这首《雷锋之歌》，也力图赋予当时树立的雷锋这一时代英雄以伟大意义。

贺敬之的诗歌大致具有以下几个特点。

一是自觉追求把诗作为对现实问题的回答,具有强烈的政治性和鲜明的时代烙印。他常常以长卷的方式,对社会生活的时代特征及其历史巨变进行宏观概括和整体把握,希望创造视野开阔、襟怀博大的"时代史诗"。"政治"是其诗认识现实、概括时代的出发点;而其"政治"又常是与现时性的政治概念、具体政策、特定的政治运动紧密相联的。所以,他的诗歌不仅要受到诗歌创作艺术规律的检验,而且首先要与"政治"一道接受实践的检验。当时变幻莫测的政治风云,常常使诗人及其诗作处于尴尬之地。同时,由于执著于对现状的热情肯定,使他在对时代的把握和现实的概括上,缺乏一种更为宽阔的超越的视野,而易于表现出对现状过分满足的不切实际的夸张,他的作品中常常出现这类极端化的句子:"五千年的白发,一万里的皱纹,一夜东风全吹尽",而新中国是"望不尽的——东风……红旗……朝霞似锦",等等,这种囿于现时政治和对社会人生的满足感,正是贺敬之政治抒情诗之所以不足的内在思想原因。

第二,激情和想象是贺敬之政治抒情诗的思想和情感这两大主干的主要表现方式,思想以激情的方式倾泻出来。为了淋漓尽致地表达,常常运用复沓和铺陈的手段,而为了使激情不致过分盲目泛滥,他又借鉴古典诗词中节奏相应的排比、对偶,将激情规范于富有一定音乐感和节奏感的"轨迹"之中,思想和激情不仅穿上了形象的外衣而且还极富个性特色。其诗中常有对某一生活场景的概括性描绘,手法主要有两种:一是十分注意以情写景,诗中的自然景象或生活场面,都成为感情和理念升华的载体,这种手法在《回延安》、《三门峡——梳妆台》等诗中屡见不鲜;另一种手法是把具体的描写加以虚拟化处理,赋予象征色彩,在思想和感情的逻辑展开中,赋以某种抽象的命题。比如《雷锋之歌》中,"长征路上/那血染的草鞋/已经化进/苍松的年轻……/淮海战场/那冲锋的呼号/已经飞入/工地的夯声/……"这一手法的应用,使历史与现实、具体与抽象能有机组合,使作者所要表达的对于昨天和今天、战争与建设、精神动力和现实行为的继承与转化等问题的理解,得到具体可感的体现。这一形象构成方式与抒情方式为当时写作的政治抒情诗竞相模仿,后来这类"象征体系"竟演化为观念代号。

第三,除一部分民歌体作品外,贺敬之的诗多是"楼梯体"形式。这一自由体式的"长句拆引"的表达方式,适于描绘宏阔画面,传达复杂的思想观念、产生磅礴的感情气势。因为长句便于观念、情感的表达渲染,拆引即可突出节奏。"楼梯式"经贺敬之、郭小川的改造,借鉴我国古曲诗歌的表达手法,在语言的收敛上、在排比对偶的运用上都有创新,使这一诗歌形式在政治抒情性诗中得到广泛使用。

第二节 闻捷·李瑛

闻捷(1923～1971),江苏丹徒人。

50 年代初期西北边疆新闻工作者的生活积累,诞生出闻捷五六十年代崭露其文学才华、最有影响的两类诗作。一类是收入《天山牧歌》(1956)诗集,反映天山南北少数民族兄弟在新的社会形态下新的生活与精神面貌的抒情短诗。诗评家谢冕认为:"这部分诗的成就在于,在一幅幅生动的西北民族风俗画中,展示主人公在保卫祖国、建设边疆以及爱情生活中生长出来的社会主义精神面貌。"[①]"西北民族风俗画",首先说明了闻捷的这些爱情题材的抒情诗,善于捕捉富有乡土色彩和生活情趣的场面与情景入诗的特点。组诗《吐鲁番情歌》中的吐鲁番,组诗《果子沟山谣》中的果子沟,还有博斯腾湖畔和硕草原、果园牧场、骏马羊羔等等西北边疆民俗风情特有的景象、物象与少数民族日常生活劳作等事象,均给人明丽如风景画、优美恬淡的视觉感受。同时这类爱情诗的画面效果因渗透新疆民歌的特别韵味,给人旋律轻快如歌、清新怡人的听觉享受。代表作《苹果树下》与《舞会结束以后》,即以咏唱者或姑娘与小伙子歌唱式句法和句式的运用,模仿当地民歌表情达意。这也是新疆少数民族特有的婚恋习俗的诗化表现,其抒情性由于融入民族的音乐美而得到美妙的强化。"西北民歌风俗画"的印象式点评,还深一层地揭示出闻捷爱情诗富有天山南北少数民族的个性与情调。换言之,诗人对诗中人物民族气质的性格表现,亦是其爱情诗风俗描写有魅力的所在。维吾尔族的诙谐,哈萨克族的爽朗,蒙古族的豪放,都在诗中得到生动再现。《苹果树下》、《舞会结束之后》中的小伙子,用歌唱那么热烈、急迫、率真地表白心中真挚纯洁的爱情,而诗中的姑娘,不管是接受还是拒绝,都那么落落大方,友好坦诚,民族个性的类型特征,如此形象、鲜明地呈现在读者面前。

抒情主人公"爱情生活中生长出来的社会主义精神面貌",意指闻捷爱情诗反映出新时代青年男女的宽广胸怀与远大志向,具有鲜明的时代色彩。主要有以下两个方面的意义:(一)表现出 50 年代时尚单纯的爱情观,即爱情是劳动的产物,并与劳动紧密地结合在一起。《苹果树下》用苹果从开花到结果的全过程,喻爱情在共同劳动中的成

① 谢冕:《共和国的星光》,春风文艺出版社 1983 年版。

熟。姑娘择偶的标准，主要不是小伙子美妙的歌喉与痴情的歌唱方式，而是对待劳动的态度。“夜莺飞去了”，但“莺还会飞来的，/那时候春天第二次降临，/年轻人也要回来的，/当他成为一个真正矿工”（《夜莺飞去了》）。为了祖国的社会主义建设事业，年轻人毅然告别心爱的姑娘，他将在矿井的艰苦劳动中得到锤炼，他们的爱情于是因劳动而得到培育。劳动与爱情的关系被如此简单纯粹的理解及付诸行动，却是新中国成立初期自然而然的社会风尚。（二）表现出50年代对待爱情无限忠贞的道德观。《舞会结束之后》中的琴师与鼓手，都是出众的小伙子，维族姑娘吐尔地汗对他们的才华给予同样肯定的评价：“你的鼓敲得真好，/年轻人听见就想尽情地跳；/你的琴弹得真好，/连夜莺都羞得不敢高声叫。”但她拒绝了他们的求爱，坚定地等待着到乌鲁木齐发电厂工作的阿西尔。《爱情》中的小伙子在剿匪战斗中失去了一只手，请求女友忘记他，却得到“那怕他失去了两只手，/我也要为他献出终生”的回答。可见时代的影响在边疆少数民族青年男女爱情生活中的闪光。闻捷爱情诗作为抒情诗体式的特别之处，主要体现在小叙事诗形式的创造性运用上。诗人把人物和情节视为其抒情短章最基本的要素，由人物的活动构成戏剧性情节，再由情节的发展点化主题。叙事性作品的形式借用，成为闻捷抒情短章的重要特点之一。与一般叙事性作品小说等比较，闻捷抒情短章中的人物只有类型化的特点，而情节发展并不看重其连贯性，好像一个个跳跃推进的情节点连缀，最后完成卡通片似的风俗画面组合。《苹果树下》、《葡萄成熟了》，《舞会结束以后》、《种瓜姑娘》等诗作，青年男女的个性是看不到的，诗人笔下的人物主要侧重于心灵世界的投影，情节的设计在于浓缩外化人物感情经历的过程，以及方便民俗文化环境的显示。

闻捷也曾在东南沿海和兰州等地深入生活，出版过诗集《祖国！光辉的十月！》、《河西走廊行》和叙事诗《东风催动黄河浪》等，但其中的抒情短诗因受时代的局限太多，对诗坛的影响远不及《天山牧歌》。

具有史诗规模与气派的长篇叙事诗《复仇的火焰》（包括第一部《动荡的年代》、第二部《叛乱的草原》和第三部《觉醒的人们》的《前奏曲》），是闻捷对诗坛最大贡献的另一类诗作。诗人希望艺术地“记载下解放初期聚居在巴里坤草原的哈萨克民族从怀疑、反对，到拥护共产党的历史过程，记载下帝国主义者和国内反动派的幻梦和末路”。虽然因“文化大革命”第三部仅开头而未果，但从全诗已完成的部分，一万余行的篇幅，已可看到长诗宏伟的规模，庞大的结构，头绪纷繁的情节，形形色色的人物，以及诗人驾驭长篇叙事诗文类形式的出众才华。长诗的艺术成就主要体现在以下两个方面：（一）“诗体小说”之誉。长诗以惯匪乌斯满勾结帝国主义者发动叛乱，同人民解放军依靠民众平息叛乱，粉碎国内外反动派阴谋的矛盾，作为贯穿全诗的主要情节线索，在此基础上努力展现出开阔的历史场景。同时，与故事有关的主要人物的思想性格，都得到不同程度的艺术表现。其中青年牧人巴哈尔，与其情人苏丽亚，以及外国领事马克南，惯匪乌斯满，部落头人阿尔布满金，哈萨克牧民布鲁巴大叔与民族干部沙尔拜，个性都比较鲜明。巴哈尔形象丰满更有深度。(二)作为长篇叙事诗形式的抒情性有出色的艺术表现。不论是章节布置，还是故事情节安排，闻捷处处考虑到是否便于充分发挥诗歌抒情的特长，因此诗人不论写景、叙事，还是刻画人物，都包含强烈的爱憎，带有浓重的感情色彩。第一部巴里坤草原风光与第二部哈萨克牧民草原婚俗描绘的抒情性处理，尤其为人称道。而且全诗通篇运用四句一组，第二、四句押韵的四行体新诗格式，接近自由体诗的句法，与非民歌体新诗的语言策略，成功保证了长诗抒情个性的凸现，这在 50 年代末和 60 年代初是难得的。

李瑛(1926～　)，河北丰润人。

李瑛在中学时开始写诗，40 年代后期就读北平大学期间，即在《文学杂志》、《中国新诗》和《大公报》文艺副刊发表诗作。1949 年春参加人民解放军随军南下，一年半的战斗生活，出生入死极为深刻的印象，成为诗人第一部诗集《野战诗集》的表现对象。新中国成立初赴朝参战，实地感受志愿军战士的情操与风采，结成诗集《战场上的节日》。五六十年代诗人共先后出版以自选集《红柳集》(1963)为代表的 10 余部诗集，作为 20 世纪中国文学发展史上第一代军旅诗人的佼佼者登上新中国诗坛。这个时期李瑛确信“诗必须成为斗争的武器，这是诗的荣誉。对于一个写诗的人来说，参加斗争是他庄严的战斗职责”[①]。因此，反映军旅生活，歌颂爱国主义和革命英雄主义，歌颂军营内外的进取精神和时代亮色，为其诗作题材选择与主题提炼的主要倾向。诗人不论咏唱渡江南下舍生忘死的勇士，战斗在朝鲜战场的志愿军英雄，保卫南海诸岛的无畏水兵，高原巡逻艰苦卓绝的战士；还是咏唱荒无人烟戈壁滩上的兵站，雄踞山巅以天为伴的哨所，整肃威严的军港，战斗热情高昂的城市……均能以其出色的诗笔，表现出人民战士对祖国、人民的赤胆忠心，对共产党领导的事业的坚定信念，以及乐观、豪迈、刚毅、执著等等闪耀时代精神的优秀品质。因为最能体现诗人诗歌风格与成就的诗作大多取材于军旅生活，而普通士兵几乎成为诗集中表现的抒情形象，李瑛被诗坛誉为“战士诗人”。

① 《献给火的年代·后记》。

诗人这个时期已经把握住诗之为诗的艺术真谛了，他很清楚“诗是属于感情领域、美学范畴的一种特殊的文学形式”，“诗人所从事的工作，就是创造人的精神美”①。于是诗人以极大的热忱去发现和表现自己生活体验中获取的美感，并努力追求具有抒情个性艺术境界的具体表现。他的主要方法就是从小处落墨，通过日常生活的细节去捕捉和诗化特定时代战士闪光的思想与美好的情操。这与诗人品味生活，喜欢驻足于细节的画面感，并以联想深化主题的创作习惯分不开。如通过“哨所的雄鸡”在“一团混沌”中，“昂立在群山之上，拍一拍翅膀，引颈高唱”，表现平凡的边防生活中战士们“豪迈、威严”精神状态的画面(《哨所鸡啼》)；战士保卫边关，夜深了，他们仍然保持高度警惕，站岗放哨，“月，在山的肩头睡着，山，在战士肩头睡着”的优美画面(《边寨夜歌》)；写夜巡战士的坚韧与灵动，以寥寥数笔勾勒出战士们“轻轻，再轻轻，/躲开月光，沿低谷潜行；/三块岩石，却有三双耳朵，/三簇野草，却有三双眼睛”静动相生的画面(《月夜潜听》)……战士的情操美常常通过山川美、风物美的微缩画面，富有艺术魅力地含蓄表达出来。所以，李瑛的战士诗中，咏物诗似不少见。为了让尺幅画面包容万里风情，诗人每每借助想象与联想拓展时空，用以小见大的手法赋予画面较丰富的精神内涵：由书桌上一颗晶莹的石子看到安第列斯山脊古巴的国土，“那纬红色的花纹，/就是你的朝霞，/闪光的白点，/就是你亮晶晶的雨”(《古巴情思》)；观赏蒙族射手英姿而“分明看见一个英武的民族，/正策马驰骋在历史的高原”(《射箭》)。为了让画面获得诗美的境界，诗人常用的艺术技巧是寓情于景，让景象、物象和事象都包蕴在诗的情韵之中：“挤奶员想着忍不住笑，/一颗心全泡在奶浆里了，/泡在奶浆里的还有一片蓝天，/火红的头巾，嫩绿的草”(《挤奶员》)；荒僻塞外的“一朵云，/拧下一阵雨，/匆匆地掠过车篷”，“车队切开大戈壁，/碾着一道七彩的虹”(《雨中》)；“一枝枝嫩绿的柳丝，/正蘸着高原的黄色，/写春的诗篇”(《高原一瞥》)等等，都可见到。李瑛五六十年代诗作的这种写法最为常见，他“以轻盈的笔触，精巧而又自然的描绘，表现欢动的生息和生活的美妙，意象丰富语言活泼，在清纯的色调中常常有浓淡对比，使其色彩纷呈；在传神的描绘中常常融入辽远的想象”②，从而构成其细密飘逸、柔美矫健的主导风格。

不过，李瑛五六十年代诗风的形成还离不开以下两方面形式上努力的作用。首先是从一个侧面窥探战士们崇高精神境界与美好心灵的创作意旨，使之抒情诗大都篇幅短小，结构精巧。如《雨》全诗 18 行，细致的雨景描写悄悄地溶进战士的思绪，抒情结

---

① 《李瑛诗选·自序》。

② 张同吾：《艺术的自觉与灵魂的自由》，《文学评论》1995 年第 1 期。

构谨严而又精致。其次是张光年所评述的：李瑛"善于挑选独具特色的语言，用来描绘、渲染不同的景色和情态"[①]，工于用词造境，往往一两个字，诗的境界全出，表现出诗人把握诗歌语言不俗的艺术感受力。诸如《夜过珍珠河》中"入夜，拾得一条闪光的小河"的"拾"字；《巡逻晚归》"远处，牧女的银镯子一亮，/羊群回圈了"的"亮"字；《雨中》"拧下一阵雨"的"拧"字，均可体味上述诗韵。

李瑛在"文化大革命"后期又出版《枣林村集》(1972)等五本诗集，诗风没有多大变化。70年代末的长篇抒情诗《一月的哀思》，被视为诗人在新的历史时期即将开始时，其创作历程中颇具里程碑意义的作品。这部特殊历史背景下诞生的诗篇，在当时难以数计悼念周恩来总理的诗篇中引人注目。全诗至为感人的部分，是十里长街送灵车的悲壮场面，诗人用视听觉交错的艺术手法，以静写动，倾诉整个民族悲哀与愤懑交织的情绪，从而诗意地烘托出周总理的伟大人格及其感召力。诗作表现出诗人描绘宏阔长卷，诗情浓烈激越，悲壮深邃，借飞腾想象抒情铭志，不同于前期诗风的诗艺才华。

李瑛80年代以后的诗作，风格呈多样化发展态势，仍有不少作品贴近社会现实，从平凡的生活细节中发现美的律动，诸如一切春雨让诗人想到"种子、生命、瞳仁和掀动翅膀"的美的画面(《春雨》)；"打开窗子，泡杯新茶，/便看见一个绿得透明的江南，/和一个庄严而纯洁的中国/——年轻的中国"(《春茶》)。与之比较诗人表现革命历史题材的作品内涵情思却更有厚重感，诗集《山草青青》可为代表，诗人诗的触角因当代意识的导引，开始延伸到历史与生命等颇具内涵的诗学命题。然而李瑛诗在新时期因风格发展而给诗坛的影响集中在以下两类集子的作品中：(一)《我骄傲，我是一棵树》等反映诗人80年代艺术探索和美学取向的诗集，用拟人、夸张等手法和鲜明的形象，表现奔放的激情和对理想的追求与向往；(二)90年代初《睡着的山和醒着的河》与《多梦的西高原》等表现李瑛诗歌艺术魅力与杰出才华的诗集，让我们走向宏阔的哲学世界与文化疆域，成功地拓宽新诗的内涵，提高新诗的艺术品位。

---

① 李瑛：《红柳集·序》。

第三节 毛泽东等的旧体诗词

中国自古以来被称为"诗词大国"，从《诗经》开始，经过楚辞、汉魏乐府、唐诗、宋词、元曲等几个重要发展阶段，真是繁花似锦，气象万千；其创作成就，无论是数量还是质量，在中国文学史上都享有很高的声誉，在世界文学史上也是十分罕见的。从清代到民国初年旧体诗词（也称古典诗词、传统诗词）逐渐没落，"五四"新文化运动以后新诗陡然崛起。"五四"时期的新诗运动，是反对封建提倡民主、反对迷信提倡科学的新文化运动的重要一翼。新诗的发展道路虽然曲折多艰，但成就仍然琳琅满目，并从一开始便以其"新"而独占了新文学的诗坛。新民主主义革命时期广大革命和进步诗人的新诗，反映了中国现实生活的各个方面，抨击黑暗，歌颂光明，确立了自觉为革命斗争生活服务的优良传统。它们汹涌着革命激情，洋溢着革命的理想和信念，"是东方的微光，是林中的响箭，是冬末的萌芽，是进军的第一步，是对于前驱者的爱的大纛，也是对于摧残者的憎的丰碑"。[①] 对于"五四"新文学运动全盘否定旧体诗词，提倡新诗，郭沫若在 1962 年曾说："'五四'时期对旧的一概反对，我的观点也有个逐渐转变的过程。特别是看了毛主席的诗词以后，根本上有个改变。主席的诗不能说是旧的。不能从形式上看新旧，而应从内容、思想、感情、语汇上来判断新旧。"[②]事实正是这样，在 20 世纪的半个多世纪中，毛泽东以科学的无产阶级世界观，丰富的革命生活阅历，深厚的文学修养，创作了许多脍炙人口的优秀的旧体诗词，在实际上起了历史的纠偏补正的作用。肖三、冰心也曾说："不薄新诗爱旧诗。"[③]这是诗人们的见解，也是历史本身的结论。

中国旧体诗词的艺术传统是非常深厚的。可以说，从先秦时代到近代，数千年间，旧体诗词的巨流都是气势磅礴地奔腾着，不管是晦冥风雨，还是万里晴天，它都在中国文学史上熠熠生辉。旧体诗词的许多优秀之作，在它们问世的时候，就已经不胫而走，或给人谱曲弹唱，流传于舞榭歌台；或给人辗转传诵，低吟于井台酒肆。当年它们就已经影响千家万户，邻国异域，有的还演变成为谚语格言，活在人民的口头上；或者跨越

---

① 鲁迅：《白莽作〈孩儿塔〉序》。

② 《诗座谈纪盛》载《诗刊》1962 年第 3 期。

③ 《诗座谈纪盛》载《诗刊》1962 年第 3 期。

重洋,使欧洲、美洲、非洲的千百万读者也为之倾倒。中国旧体诗词,在世界文学宝库中,卓然雄踞一席。"五四"新文化运动以来,中国的新诗创作,虽然也获得了相当成就,但是,正视现实的人都会看到,直至今天新诗的读者范围以及受人喜爱的程度,仍然比不上旧体诗词中的那些优秀之作。中国旧体诗词源远流长,经过历代诗人特别是名家的创作实践,形成了自己固有的传统。比如,有一套比较完备的诗词形式,有严谨的诗词格律,有多种可用而有效的表现手法,有大量富于传统色彩的诗词语汇等。诗歌属于意识形态,同时又是语言艺术。作为意识形态,它受经济、政治、宗教、哲学等的影响;作为语言艺术,它不能不受到语言发展规律的制约。诗歌要求有节奏、有韵律(不是韵脚),这是只有适当地运用每个民族的语言特征(即语言、语调等)才能取得的。语言特征是一个民族在社会生活发展过程中自然形成的,可以随时代的演进而变化,但绝不能硬性割断或任意强加。中国旧体诗词的各种诗体,大致都起于民间,其音调之和谐总是先由人民大众无意中取得,经过一定时间不自觉的沿用,然后经过诗人、词客的加工,著为定式,这就产生了所谓的"格律"。格律可以突破,可以推翻,但推翻之后又必须有新的格律取而代之,而新格律的形成,仍然要经过酝酿孕育的阶段,并且谁也没有把握何时可以诞生,更不用说长大成年了。斯大林曾说过,语言是有"巨大稳固性的","语言的语法构造和基本词汇,是许多时代的产物"。[①] 实践表明,诗人用来表现生活,抒发感情的文学手段,特别是某一种文学样式所运用的文学语言,更是具有相对稳固性。有所变化,也只能是慢慢的变化,不可能有突然的质变。旧体诗词之所以为旧体诗词,它的一个秘密似乎也在这里。1965 年 7 月,毛泽东在《致陈毅同志》谈诗的信中说:"律诗要讲平仄,不讲平仄,即非律诗。"又说:"诗要用形象思维,不能如散文那样直说,所以比、兴两法是不能不用的。赋也可以用,如杜甫之《北征》,可谓'敷陈其事而直言之也',然其中也有比、兴。"他最后还总结说:"以上随便谈来,都是一些古典。"这里所谓"古典旧体",当然是指旧体诗词的一套相对固定的形式和表现手法。既然要写旧体诗词,这些"旧体"是不能不谈的。

毛泽东等的旧体诗词不是孤立的文学现象,它与 20 世纪中国现代诗歌中的主流新诗差不多同时产生,担负着同一使命,取得同一步伐,是其不可分割的一个方面。毛泽东等的旧体诗词从一开始便属于 20 世纪中国现代诗歌中的最精粹部分。20 世纪 20 年代,它如"一线阳光穿云出,愈见姣妍"[②],反映着那个时代诗歌创作的最高成就;

---

① 斯大林:《马克思主义和语言问题》。

② 周恩来:《雨中岚山——日本京都》。

30 年代，鲁迅赞美殷夫的诗“属于别一世界”[1]时，它便早已生动地记述了这“别一世界”的革命生活和斗争；40 年代，它又成为了记录中华民族解放、独立、民主的革命史诗；新中国诞生后，它又同其他优秀新诗诗人和旧体诗词的优秀诗人的优秀诗作一起，共同构成了中国社会主义诗歌的最强音。对于新诗和旧体诗词的创作和发展方向，毛泽东曾经作过许多正确的阐述，表达了他对社会主义诗歌发展繁荣的殷切期望。1957 年元月他在《致臧克家等同志》谈诗的信中说道：“这些东西，我历来不愿意正式发表，因为是旧体，怕谬种流传，贻误青年……诗当然应以新诗为主体，旧诗可以写一些，但是不宜在青年中提倡，因为这种旧体裁束缚思想，又不易学。”1958 年 3 月 22 日在中共中央召开的“成都会议”上，他号召搜集民歌，还指出：“中国新诗的出路，第一条是民歌；第二条是古典。在这个基础上产生出新诗来。”在 1965 年 7 月《致陈毅同志》的信中又说道：“但用白话写诗，几十年来，迄无成功。民歌中倒是有些好的，将来趋势，很可能从民歌中吸收养料和形式，发展成为一套吸引广大读者的新体诗歌。”针对一些人将他谦称自己的诗词是“谬种”并和旧体诗词画上等号，使旧体诗词的发展受到了不公平的待遇的偏差情况，毛泽东也作出了正确的解释。那是 1965 年夏天的一个夜晚，在武昌，当时任中共湖北省委秘书长的梅白在听毛泽东谈旧体诗词时，于是乘机向毛泽东提出了一个问题：“主席为什么说怕谬种流传，贻误青年？”躺在一个藤椅上，仰望着天上点点繁星的毛泽东回答道：“那是针对当时的青少年说的。旧体诗词有许多讲究，音韵、格律，很不易学，又容易束缚人们的思想，不如新诗那样‘自由’。”“但另一方面，旧体诗词源远流长，不仅像我们这样的老年人喜欢，而且像你们这样的中年人也喜欢。我冒叫一声，旧体诗词要发展，要改造，一万年也打不倒。因为这种东西最能反映中华民族和中国人民的特性和风尚，可以兴观群怨嘛！哀而不伤，温柔敦厚嘛！”[2]毛泽东的这番话，以一分为二的观点，对旧体诗词作了正确的评价，肯定了它的主流，指出了旧体诗词要改造，要发展，仍然具有强大的生命力。这是毛泽东关于旧体诗词的很重要的见解，可以看做是他 1957 年致臧克家等的信和 1965 年致陈毅的信的观点的补充和发挥。

因此，旧体诗词不单在有几千年悠久历史的中国文学史上享有很高的声誉，而且在今天它仍然可以言志传情、培养情操、增强气质，对弘扬中华民族文化、建设社会主义精神文明和构建富强民主文明和谐的社会主义现代化国家都有着巨大的不可替代

---

① 鲁迅：《白莽作〈孩儿塔〉序》。

② 梅白：《回忆毛泽东谈诗》。

的作用。

有些人认为"五四"新文化运动导致了中国传统文化的断层,用"全盘性反传统主义"概括它的基本属性,说它"以全盘否定中国过去为基础的思想革命和文化革命,是现代社会改革和政治改革的根本前提"[①]。显然,这一看法是片面的。用文化遗传变异的观点来考察断层固然表现出传统的非连续性,但绝不是对传统的全然割断而不表现出任何联系。作为中国传统文化主要代表的旧体诗词在这一点上表现得尤为突出。诸如鲁迅、郭沫若、胡适、柳亚子、茅盾、郁达夫、闻一多、田汉、周作人、林语堂等人,他们在批判传统文化的同时也以各自创作的旧体诗词表现出对传统的复归与弘扬。

1941年9月5日,在革命圣地延安,由林伯渠倡导成立了"怀安诗社",李木庵任社长。他们熟练地运用旧体诗词披襟述怀,先后有五十多位诗人创作了约两千余首诗词,影响很大。诗社在旧体诗词的通俗化、革新格律、订正诗韵等方面,都作了一些可贵的探索、尝试,取得了一定的成绩。

在我国现当代异彩纷呈的诗坛上,旧体诗词的创作一直长盛不衰,它以崭新的时代内容、丰富多彩的艺术形式为世人所瞩目,深受广大读者的喜爱。致力于旧体诗词创作的,有于右任、黄炎培、沈钧儒、续范亭、李木庵、钱来苏、熊瑾玎、周世钊、赵朴初、夏承焘、聂绀弩、沈祖棻、邓拓、胡乔木、李锐等,他们大多是在旧体诗词方面有着深厚功底的学者、专家、社会名流。但最为引人注目的是毛泽东、周恩来、朱德、董必武、陈毅、叶剑英、谢觉哉、吴玉章、林伯渠等老一辈无产阶级革命家的旧体诗词创作。他们的诗词公开发表和结集出版,在现当代诗坛上产生了广泛而强烈的影响,成为百花齐放的诗苑的一件盛事。

毛泽东等老一辈无产阶级革命家,在半个多世纪以来既为中国革命创立了永垂青史的宏伟业绩,又挥毫走笔,抒怀遣兴,谱写了大量弥足珍贵的壮美诗篇。这些诗篇是描绘中国革命的伟大史诗,是无产阶级文学艺术的绚丽瑰宝。它们真实而生动地记录了中国革命的各个历史时期的战斗历程,展现了我国社会主义革命和建设的雄伟画卷,集中地表现了老一辈无产阶级革命家的博大胸怀和献身共产主义的崇高精神境界。

毛泽东(1893～1976),湖南湘潭韶山人。

---

① (美国)林毓生:《中国意识的危机——"五四"时期激烈的反传统主义》,穆善培译,贵州人民出版社1986年版。

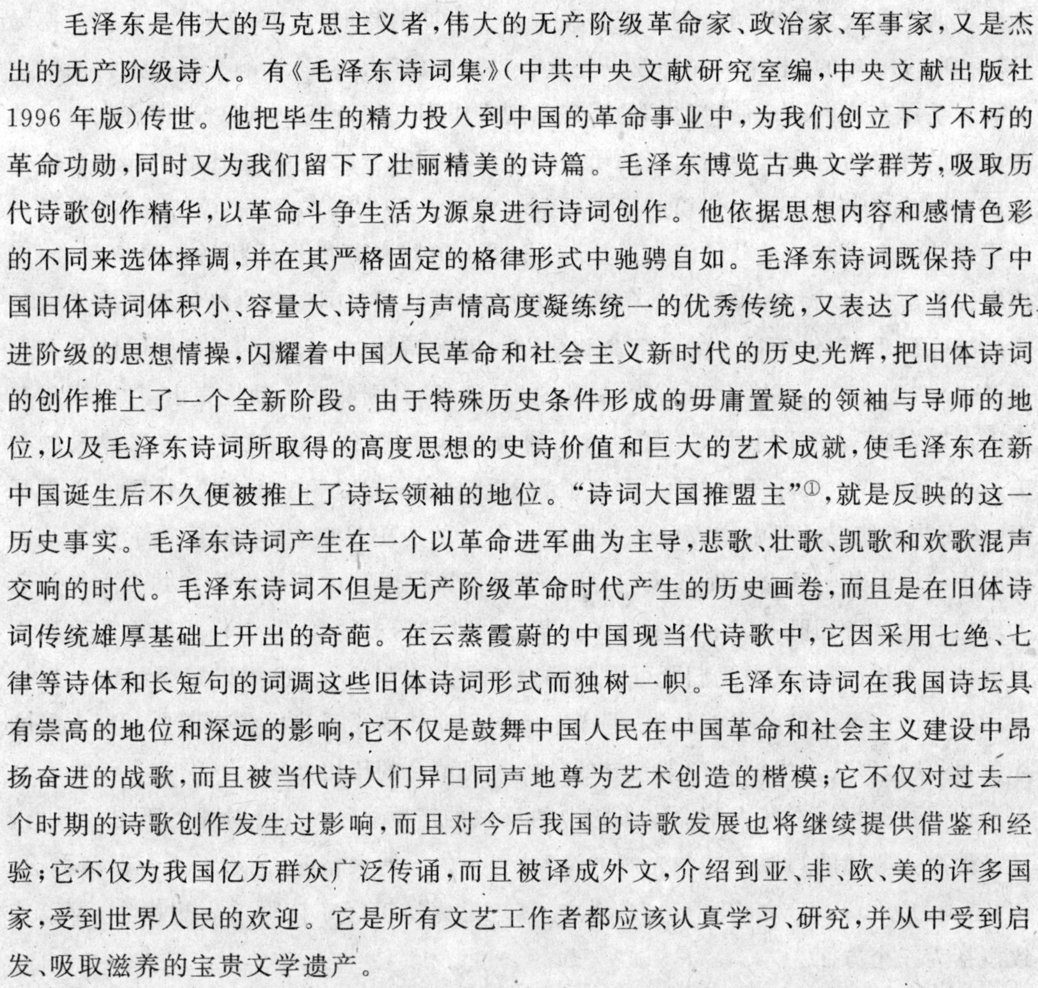

毛泽东是伟大的马克思主义者，伟大的无产阶级革命家、政治家、军事家，又是杰出的无产阶级诗人。有《毛泽东诗词集》（中共中央文献研究室编，中央文献出版社1996年版）传世。他把毕生的精力投入到中国的革命事业中，为我们创立下了不朽的革命功勋，同时又为我们留下了壮丽精美的诗篇。毛泽东博览古典文学群芳，吸取历代诗歌创作精华，以革命斗争生活为源泉进行诗词创作。他依据思想内容和感情色彩的不同来选体择调，并在其严格固定的格律形式中驰骋自如。毛泽东诗词既保持了中国旧体诗词体积小、容量大、诗情与声情高度凝练统一的优秀传统，又表达了当代最先进阶级的思想情操，闪耀着中国人民革命和社会主义新时代的历史光辉，把旧体诗词的创作推上了一个全新阶段。由于特殊历史条件形成的毋庸置疑的领袖与导师的地位，以及毛泽东诗词所取得的高度思想的史诗价值和巨大的艺术成就，使毛泽东在新中国诞生后不久便被推上了诗坛领袖的地位。“诗词大国推盟主”[①]，就是反映的这一历史事实。毛泽东诗词产生在一个以革命进军曲为主导，悲歌、壮歌、凯歌和欢歌混声交响的时代。毛泽东诗词不但是无产阶级革命时代产生的历史画卷，而且是在旧体诗词传统雄厚基础上开出的奇葩。在云蒸霞蔚的中国现当代诗歌中，它因采用七绝、七律等诗体和长短句的词调这些旧体诗词形式而独树一帜。毛泽东诗词在我国诗坛具有崇高的地位和深远的影响，它不仅是鼓舞中国人民在中国革命和社会主义建设中昂扬奋进的战歌，而且被当代诗人们异口同声地尊为艺术创造的楷模；它不仅对过去一个时期的诗歌创作发生过影响，而且对今后我国的诗歌发展也将继续提供借鉴和经验；它不仅为我国亿万群众广泛传诵，而且被译成外文，介绍到亚、非、欧、美的许多国家，受到世界人民的欢迎。它是所有文艺工作者都应该认真学习、研究，并从中受到启发、吸取滋养的宝贵文学遗产。

在20世纪的半个多世纪中，毛泽东在那些戎马倥偬的战斗岁月里，在日理万机的繁忙工作中，创作了不少洋溢着革命豪情的诗篇，再现了我国人民革命和建设社会主义龙腾虎跃的生活画面，正确评价了中国历史的重大事件和历史人物的千秋功过。毛泽东诗词是时代的诗，它跳动着时代的脉搏，激荡着时代感情的潮汐，闪耀着时代精神的光辉。毛泽东诗词所取得的这一史诗性的成就，在我国现代诗人中还没有哪一个能够达到。毛泽东一方面领导人民群众开创了中国无产阶级和社会主义历史时代的新纪元；另一方面，又用如椽的诗笔，记写了这一新纪元到来的历史，向全世界宣告了中国无产阶级新纪元的诞生。毛泽东诗词分别创作于新民主主义革命与社会主义革命

① 胡国强主编:《陈毅诗词选注·枣园曲》，西南师范大学出版社1992年版。

和建设两个伟大历史时期。创作于新民主主义时期的诗词(从1915年的《五古·挽易昌陶》到1949年的《七律·和柳亚子先生》),以"红旗"为线索,奏响了革命进行曲的主旋律。毛泽东诗词以革命"诗史"的姿态出现在中国现代诗苑中,它总是把诗人自己革命激情的抒发与对伟大革命时代的历史进程的叙写结合起来,把宏伟的中国革命建设的历史脚步声谱录进每一诗篇的字里行间。在他公开发表的70多篇诗词中,通过对反军阀斗争和大革命运动的深切关注,对井冈山道路和万里长征壮举的热情赞颂,对抗日民族解放运动和人民解放战争的高亢咏唱,概括了我国艰苦卓绝的新民主主义革命的战斗历程;创作于社会主义革命和建设时期的诗词(从1950年的《浣溪沙·和柳亚子先生》到1973年的《七律·读〈封建论〉呈郭老》),则鲜明生动地突出了"一唱雄鸡天下白"、"换了人间"的时代主题。诗人通过对新中国的讴歌,对社会主义建设的赞美,对反对霸权主义斗争的抒写,再现了我国社会主义革命和建设波澜壮阔的历史画面,从而艺术地记录了中国人民半个世纪中走过的历史足迹,生动地反映了两个革命阶段中我们民族与社会的时代风貌,展示了中国人民崇高的精神世界和共产主义的远大理想。这些诗词既有纵的线索和各个革命时期的历史轮廓,又有横的断面和重要历史事件的具体画幅,从中我们既可看到群众斗争的暴风骤雨,也可以感受到革命领袖人物个人的澎湃心潮。也就是说,毛泽东诗词生动地描绘了我国各个历史时期重大的斗争,形象地展现出中国共产党领导的中国人民革命的历史面貌。

作为社会生活在伟大革命家头脑中的反映的产物,毛泽东诗词既是历史的画卷,又是他个人心境的写照。这些光辉的诗篇,思想内容博大精深,艺术形式丰富多彩,是诗,是画,是乐章。吟之,其情动人;思之,其理感人。毛泽东诗词的思想内容,可以大致概括为三个方面:

(一)反映中国革命先驱者的战斗风貌和革命武装斗争生活,歌颂我党、我军、我国人民的英雄气概和革命乐观主义精神,表现了无产阶级革命家高瞻远瞩、不畏艰险、敢于斗争、敢于胜利的革命情怀。

1921年7月中国共产党诞生后,领导中国人民进行了新民主主义革命,特别是从1927年南昌起义、秋收起义、广州起义后,党领导了长期艰苦卓绝的武装斗争,演出了一幕幕前仆后继、威武雄壮的历史话剧。诗人创作于这一时期的诗词,大多数是反映这一斗争生活的。其中,创作于"五四"前后重大革命时期的诗词,如《七古·送纵宇一郎东行》记叙了欢送好友东渡求学救国的赋诗赠行活动;《沁园春·长沙》抒发了诗人革命的豪情壮志;《菩萨蛮·黄鹤楼》则抒写了大革命失败前夕诗人的"苍凉"心情,这些诗词反映了革命先驱者的战斗风貌。从《西江月·秋收起义》、《西江月·井冈山》到

《清平乐·会昌》共11首词作，创作于秋收起义至二万五千里长征前夕。这些诗篇反映了在中国共产党和毛泽东领导下人民军队的诞生、成长，以及土地革命战争时期敌军"围剿"与我军"反围剿"的斗争，生动而又形象地体现了毛泽东坚持革命武装斗争，开辟光辉的井冈山道路，建立农村革命根据地，以农村包围城市的战略思想，歌颂了红军指战员的英雄业绩。《十六字令三首》、《忆秦娥·娄山关》、《七律·长征》、《念奴娇·昆仑》、《清平乐·六盘山》等诗词创作于中央红军长征与三大主力红军会师前夕。这些诗词抒发了诗人伟大的襟怀和革命的豪情，表现了长征胜利后将要开创新局面的决心，但更为重要的是为我们塑造了昂首天外、英勇无畏的红军战士和无产阶级革命家的英雄形象。创作于新中国诞生前夕的《七律·人民解放军占领南京》，形象地表达了"将革命进行到底"的光辉战略思想，欢呼中国人民革命的伟大胜利，表现了伟大的无产阶级革命家的壮阔情怀。

（二）欢呼中国人民革命的胜利，歌颂伟大的社会主义革命和建设，表现中国共产党人反对帝国主义、反对霸权主义的斗争决心。

随着新中国的诞生，社会主义革命和建设时期的到来，毛泽东的诗词创作进入了一个新的时期。《浣溪沙·和柳亚子先生》、《浪淘沙·北戴河》、《七律·和周世钊同志》、《水调歌头·游泳》、《七律二首·送瘟神》、《七律·到韶山》、《七律·登庐山》、《七律·答友人》、《水调歌头·重上井冈山》、《念奴娇·井冈山》等诗词绝大多数创作于20世纪50年代，少数创作于20世纪60年代中期。诗人时刻关注着现实生活的发展，胸怀时代豪情，及时记录下了历史前进的脚步声。这些作品，或纵览千古，赞颂今朝；或新旧对比，讴歌胜利；或回溯历史斗争，瞻望未来前景；或洞观寰宇风雷，揭示时代本质，从不同侧面直接或间接地描绘了社会主义革命和建设所取得的辉煌成就，表现了无产阶级革命家热爱祖国、热爱人民、无限忠于共产主义事业的高尚品质和坚强信念。从描写和歌颂革命斗争到描写和歌颂生产建设，这是毛泽东诗词题材的重大变化。

《七绝·为李进同志题所摄庐山仙人洞照》、《七律·和郭沫若同志》、《卜算子·咏梅》、《七律·冬云》、《满江红·和郭沫若同志》、《杂言诗·八连颂》、《念奴娇·鸟儿问答》等诗词创作于20世纪60年代初期和中期。这些诗词针对当时的国际政治形势，感时咏事，抒写情怀，正面描绘了我国人民在中国共产党的领导下，在面临国际风云变幻，国内经济暂时困难形势下的英勇斗争，表现了诗人作为一个马克思主义者洞察时代本质，不为"妖雾"迷惑，坚持原则，勇于和善于斗争的革命气概和策略思想，同时也塑造了共产主义战士和中国人民的光辉形象。

（三）展示诗人丰富的精神生活，突出表现了无产阶级革命家的精神境界和思想情操。

创作于抗日战争爆发前夕的伟大诗篇《沁园春·雪》，最能体现毛泽东诗词中的上述思想内容。此词寓深厚的爱国主义感情于北国雪景的描绘之中，并在对历史人物的评点中抒发无产阶级雄视百代、创造崭新历史的伟大抱负和必将取得中国革命最终胜利的坚定信心。《虞美人·枕上》、《贺新郎·别友》、《沁园春·长沙》、《七律·和柳亚子先生》、《蝶恋花·答李淑一》、《七律·答友人》、《七律·吊罗桓同志》等诗词，有的写于新民主主义革命时期，有的作于社会主义革命和建设时期。这些诗词，或抒写革命真挚的爱情，或表达朋友间诚笃的友谊，或寄托对为革命而献身的亲人、战友的怀念和悼念，更多的是抒发无产阶级革命家为中国革命、为共产主义而奋斗的高尚情操、斗争精神和英雄气概，都是情真意挚的感人之作。

"推翻历史三千载，自铸雄奇瑰丽词"①。毛泽东在领导中国人民革命和社会主义建设的半个多世纪中，以其博大精深的思想，伟大质朴的领袖风度和炽热的诗人气质，熔铸出无比壮丽的革命诗篇。他以旧体诗词形式反映了中国人民的革命斗争和社会主义建设的新生活，记录了我国社会主义新纪元诞生的历史，并把我国旧体诗词的创作引向了新阶段。他在坚持党性原则，继承民族传统，探索新的创作方法，运用形象思维，锤炼个性化的语言和艺术风格等方面，都取得了公认的巨大成就。他承前启后，继往开来，为中国现代诗歌的繁荣和发展作出了独特的贡献，在中国文学史上有着不可泯灭的历史地位。由于毛泽东具有深厚的文学素养和艺术造诣，能在继承中外文学优秀传统基础上大胆创新，独铸伟词。特别是他具有长期丰富的创作实践经验，从而使其诗词达到了革命的思想内容和完美的艺术形式的高度统一，逐渐形成了他的独特的艺术风格：规模宏伟，波澜壮阔，气势磅礴，画面壮丽，含蓄深厚，这是他的诗词主要特色。雄浑、豪放、壮丽、挺拔、畅达则是他的诗词达到的艺术境界。这一风格在古代的豪放派诗人中并不少见，但是毛泽东笼罩古今、旋转乾坤的磅礴气势，却是古人无法企及的。毛泽东诗词的这一艺术风格的形成是由多种因素构成的：

(一)诗人想象超拔，常常超越时空的羁绊，突破具体生活的局囿，气象宏阔，将历史、现实、哲理、理想入诗，构成宏伟瑰丽完整的艺术境界。毛泽东诗词堪称开一代诗风，拓一代诗境，他将旧体诗词推向了一个新的高峰。《贺新郎·读史》、《念奴娇·昆仑》、《水调歌头·游泳》等都是其代表之作。

(二)毛泽东诗词诗情画意、千姿百态的艺术境界，是最有情趣意味的。诗人常用

① 柳亚子：《七律·即席赋诗三首录呈毛主席》。

绘画的方法将这种境界描绘出来，他将情与景、虚与实、形与神、动与静等美学范畴化入画面。《沁园春·长沙》、《沁园春·雪》、《忆秦娥·娄山关》等就是这种意境的形象体现。

（三）诗人善于形象思维，成功地运用了丰富的比兴手法，他擅长运用拟人、拟物、对比、比喻、夸张、象征等艺术手法，加强作品的形象性。《七律·长征》是作者善于运用形象思维的范例，而《七律二首·送瘟神》、《七律·冬云》、《满江红·和郭沫若同志》、《念奴娇·鸟儿问答》等是诗人成功地运用比兴等手法的体现。

（四）诗人善于批判地继承中外文学遗产，做到古为今用，推陈出新，化腐朽为神奇。诗人具有很高的中国古典文学修养，常常对传统题材进行新意的革新，对历史典故、古代神话传说和寓言故事加以灵活运用，对前人诗句和民歌民谣进行巧妙的点化，翻出新意，另造新境，表现出鲜明的时代色彩，融入了新的思想内容，并大大增强了诗词的形象性和含蓄性。诗人对旧体诗词格律运用自如，而又能根据诗词内容的需要予以突破，做到古为今用。《渔家傲·反第一次大"围剿"》、《七律·人民解放军占领南京》、《卜算子·咏梅》、《蝶恋花·答李淑一》等都是这方面很好的例子。

（五）革命现实主义与革命浪漫主义相结合的创作方法是毛泽东提出并大力倡导的社会主义文艺创作方法，他的诗词创作很好地实践了这一创作方法，在改造现实的斗争中畅想未来，在艰苦的斗争中展现革命乐观主义和革命英雄主义精神。他的许多名篇，如《贺新郎·别友》、《沁园春·长沙》、《七律·人民解放军占领南京》、《水调歌头·游泳》、《七律二首·送瘟神》、《蝶恋花·答李淑一》、《七律·答友人》、《七律·和郭沫若同志》、《贺新郎·读史》等都是运用"两结合"创作方法的光辉范例。

（六）毛泽东诗词的语言是丰富多彩的，他在长期的艺术实践中为我们积累了丰富多彩的语言艺术经验。毛泽东诗词的语言刚劲质朴、绚丽多彩、鲜明生动、洗练含蓄，而又富于优美的韵律。《沁园春·长沙》、《念奴娇·昆仑》、《沁园春·雪》、《水调歌头·游泳》、《七律·登庐山》等都是其代表作。他的独特的语言成就，也是值得我们认真学习的。

毛泽东诗词以其内容的博大精深和艺术的臻善完美，成为中国现代诗歌的精粹部分，受到了文艺界的广泛赞誉。贺敬之在《谈谈革命的浪漫主义》一文中曾说："毛主席的诗词继承了古代诗词的传统，但是当我读着它们的时候，使我如登泰山之巅，回首再看我热爱的古代诗人的一个个山峰，就不能不感觉到'一览众山小了'。"郭沫若也曾说："我自己是特别喜欢诗词的人，而且有点目空一切的，但是毛泽东同志发表的诗词却使我五体投地。"[1]同时,毛泽东诗词被翻译为英、俄、法、德、日等几十个国家和民族的文字在世界广泛流传,受到国内外读者的热烈欢迎,并将使进入一个明媚春天的我国社会主义诗歌创作从中获得不可或缺的启发和借鉴。

周恩来(1898～1976),江苏淮安人。

周恩来是伟大的马克思主义者,伟大的无产阶级革命家、政治家、军事家,也是才华横溢的诗人。他的旧体诗大多创作于辛亥革命至"五四"运动后的十年间,显示了诗人作为一个伟大的无产阶级革命家在青年时代的志向、抱负、情操和品质。有《周总理诗十七首》(四川人民出版社 1977 年版)传世。

《春日偶成二首》、《送蓬仙兄返里有感》、《次皞如夫子伤事原韵》、《大江歌罢掉头东》等诗抒发了作者忧国忧民、改造旧社会的豪情壮志和为"中华腾飞"而顽强奋斗的宏伟志向与高尚情操。《千古奇冤》一诗写于 1941 年 1 月 11 日晚,诗中揭露了国民党反动派策划的"皖南事变",声讨了他们残害我数千名新四军战士和扼杀革命舆论的滔天罪行,这是对牺牲的新四军指战员的深切哀悼,更是对国民党反动派的有力控诉、无情揭露、愤怒声讨和严正抗议。他的诗篇具有雄浑深沉、声情激越的艺术风格。而风骨开张、沉郁挺拔、对仗工整、韵律严谨,讲究自然活脱,含蓄隽永,则是周恩来诗歌的突出特点。

朱德(1886～1976),四川仪陇人。

朱德是伟大的马克思主义者,伟大的无产阶级革命家、政治家、军事家,又是一位享有盛誉的元帅诗人。他的诗作大都是在戎马征战和视察祖国各地的间隙之际写就,不仅记载了诗人半个多世纪以来不平凡的斗争经历,抒发了他的坦荡胸怀和豪迈的气魄,而且反映了中国新、旧民主革命和社会主义革命与建设发展的历史足迹。《题护国岩》、《秋兴八首用杜甫原韵》、《艾承庥局长六十寿赠诗》(四首)、《太行春感》、《寄语蜀中父老》、《赠友人》、《抗战五周年挽八路军阵亡将士》、《游南泥湾》、《和郭沫若同志〈登尔雅台怀人〉》、《感事八首用杜甫〈秋兴〉诗韵》、《纪念八一》、《纪念党的四十周年》、《庆祝中国人民解放军建军三十五周年》、《喜读主席词二首》等诗篇都是他的代表之作,这些诗词载于《朱德诗词集》(中共中央文献研究室编,中央文献出版社 2007 年版增订本)。

---

① 郭沫若:《浪漫主义和现实主义》。

这些诗篇渗透着历史的真实感与现实的生命力，表现了高度的爱国主义思想和革命英雄主义精神，朱德诗词是他革命一生、战斗道路的艺术体现，更是中国人民自辛亥革命以来，特别是中国共产党领导的中国革命斗争的真实、生动的记录。续范亭曾作诗称颂朱德："敌后撑持不世功，金刚百炼一英雄。时人未识将军面，朴素浑如田家翁。"[①]人如此，其诗也如此。朱总的诗作既有刚健豪迈的风骨，又有质朴淳厚的韵味。朱总受杜甫诗歌影响较深，善古风，放情长言，绝句更能引人入胜。朱总的诗歌多用直叙其事、直抒胸臆的写法，通俗晓畅，语浅意深，这和他喜欢白居易的"元和体"，受白居易诗风的影响，是有一定关系的。他主张诗歌应该通俗化、大众化，要朴素、明朗，他的诗篇就是他这一主张的很好实践。朱总在他的诗词创作时，善于把自然景物、社会画面、历史故事、神话传说、理想世界熔铸在一起，调动写意、纪实、抒情、议论等各种手法。朱德诗歌中有的诗篇气势磅礴，有的诗篇沉郁顿挫，有的诗篇明快亢亮，有的诗篇清新活泼，显示出了绚丽多彩的艺术风格。他的诗词语言丰富多样，或质朴刚劲、凝练含蓄，诗句工整匀称；或语意双关，冷嘲热讽，一针见血，入木三分；或语言丰富生动，极富文采，音调铿锵，具有优美的旋律；或不事雕琢，不用典故，思想境界自然流露。

董必武（1885～1975），湖北红安人。

董必武是伟大的无产阶级革命家，中国共产党的创始人之一，又是著名的诗人。他一生为党、为国辛劳，赋诗仅为余事。他的诗作题材广泛，内容深邃，举凡时代风云、国家政要、生活见闻、山川美景、友朋交游、亲子诲勉等等，都涉笔成篇，诗趣盎然。他的诗篇多为感时纪事，酬唱述怀，情词并茂，律切精深之作。从 1917 年开始，特别是 1939 年到 1975 年间所作的 1300 首旧体诗，是董老革命生涯的重要记录，真实地反映了中国革命历史的进程，是 20 世纪半个多世纪中国革命斗争和社会主义建设的缩影，是一部难得的革命史诗。这些诗歌从多方面、从不同角度展示了他作为无产阶级革命家的广阔胸怀，表现了他鲜明的爱憎和虚怀若谷、严于律己、老当益壮的革命精神。同时，歌颂了党和老一辈无产阶级革命家的丰功伟绩，歌颂了解放区和新中国的新气象，歌颂了无产阶级的英雄人物，揭露了腐朽的国民党反动派的罪行，鞭挞了资产阶级野心家、阴谋家的丑态。

《三台即景》、《别延安》、《感时杂咏》、《答徐老延安赠别诗》、《闻延安成立怀安诗社，赋四绝句，兼呈吴徐谢林诸老，朱总司令，叶参谋长》、《重庆办事处五周年纪念》、

---

① 续范亭：《赠朱总司令》，载《怀安诗选》，人民文学出版社 1979 年版。

《中秋望月》、《访问井冈山》、《九十初度》等诗，均载于《董必武诗选》(人民文学出版社1986年版)。这些诗篇从不同侧面反映了这些内容。毛泽东曾赞誉"董老善五律"①。董必武的诗形式多样、技巧娴熟、格律严谨、意新语工、字斟句酌、用典精辟、天衣无缝、简洁凝练、字少意浓、挥洒自如，具有醇厚古朴的风格特色。

陈毅(1901～1972)，四川乐至人。

陈毅是伟大的无产阶级革命家、军事家、外交家和闻名遐迩的"元帅诗人"。有《陈毅诗词全集》(陈昊苏编，华夏出版社1993年版)传世。陈毅早年的诗作，已经具有反抗旧社会的思想倾向和斗争要求。参加中国共产党投身革命后数十年来依马走笔，秉笔勤书，集中反映了"五四"前后、大革命时期、井冈山会师、赣南游击、江南抗日、淮海战场到新中国诞生后从事党政领导工作的见闻、感受，突出地歌颂了人民军队、人民战争与社会主义革命和建设，抒发了他献身革命、履险如夷的豪情壮志和光明磊落、严于解剖自己的坦荡胸怀。诗人在他的诗词中，总是以真切而炽热的语言来抒发他对党、对人民的深厚感情，讴歌以毛泽东为领袖的中国共产党领导中国人民艰苦奋斗创立的"空前古"的不朽伟业。陈毅的一生，很长时间是在枪林弹雨中度过的，他那些在深山密林里，在行军的马背上"哼"成的诗词，那些溅着血迹、染着炮火硝烟的诗词，充分反映了他高昂的革命英雄主义和革命乐观主义精神。诗人正直刚强、襟怀坦白、光明磊落、严于律己、敢于斗争、善于斗争，他的诗词充分表现了他生命不息、战斗不止的革命斗争精神。

他的诗词名篇甚多，《赣南游击词》、《赠同志》、《梅岭三章》、《卫岗初战》、《孟良崮战役》、《记淮海前线见闻》、《莫干山纪游词》、《感事书怀》、《咏三峡》、《六十三岁生日述怀》、《冬夜杂咏》、《题西山红叶》等都是脍炙人口、广为传诵的优秀诗篇。毛泽东曾赞誉陈毅的诗歌"大气磅礴"②，极为准确地概括了陈毅诗词艺术的主要风格，也就是气度恢宏、意境开阔、朴素雄劲，奔涌着壮阔豪迈、炽烈明快、坦诚直率、慷慨悲壮的情感，显示了"横槊将军"(林伯渠语)的精神气质。陈毅诗词体裁兼备，他能灵活地运用白话诗和三言、四言、五言、六言、七言、杂言、古诗、格律诗、长短句等形式来抒情写意，歌颂革命事业。他的诗词还很好地体现了毛泽东提出的革命现实主义和革命浪漫主义的

① 毛泽东：《给陈毅同志谈诗的一封信》。载胡国强主编：《毛泽东诗词疏证》，西南师范大学出版社1993年版。

② 毛泽东：《给陈毅同志谈诗的一封信》。载胡国强主编：《毛泽东诗词疏证》，西南师范大学出版社1993年版。

完美结合。在诗词领域中，以他的创作实践，探出了一条古为今用、推陈出新的途径。

叶剑英(1897～1986)，广东梅县人。

叶剑英是伟大的无产阶级革命家和才华卓绝的诗人。他从青年时代起，在长期的革命生涯中，宵旰忧勤，口吟笔耕，写下许多优美的诗篇。诗人的笔触横贯斗争数十年，纵括人间沧桑事，涉及的领域极为广泛。这里有共产主义的信誓，有战争烽火的纪念，有对祖国山河的礼赞，有对社会主义革命和社会主义"四化"建设成就的颂扬，有缅怀战友的低吟，有对霸权主义的讨伐和对第三世界人民革命斗争的讴歌。

《满江红·香洲烈士》、《登祝融峰》、《看方志敏同志手书有感》、《满江红·悼左权同志》、《过五台山》、《重游延安》、《建军纪念日怀战烈》、《攻关》、《重读毛主席〈论持久战〉》、《远望》、《八十书怀》等是其优秀之作，均载《叶剑英诗词选集》(人民文学出版社1991年版)。这些诗词是中国革命的壮丽史诗，是一个无产阶级革命家广阔胸怀的袒露，让我们看到了诗人共产主义的精神境界，字里行间充满了对党对人民的热爱，对敌人对丑恶的憎恨，表现了他坚定的立场和高尚的情操。毛泽东曾在给陈毅谈诗的信中称誉"剑英善七律"。叶帅不但善七律，也善五律，同他写的绝句和词章一样意近旨远，内容宏深，气势磅礴，风格豪放，格调清新，语言优美，为人们所珍爱。在许多壮美瑰丽的诗篇中，他把革命理想熔铸于现实的形象之中，使二者的结合，达到了水乳交融的地步。叶帅有些诗词才思超拔、诗意葱郁，具有清新隽永、明朗自然、秀逸疏淡、语言精练、跌宕多姿的艺术风格。他以诗纪事写景，述怀明志，表现了无产阶级革命家坚定不移的共产主义理想和热爱祖国、以天下为己任的崇高品质和矢志革命的决心。叶帅的许多律诗、绝句和词章，格律严谨，在字数、韵脚、声调、对仗等方面都很讲究。如大家熟悉的七律《远望》，真正达到了郭沫若提出的诗歌的要求，不仅内在的韵律美，外在的韵律也美，其意境描写、平仄押韵、对仗工整，可以说都达到了炉火纯青的地步。叶帅不仅尊重历史的继承性，善于运用旧体，改造旧体，而且着意创新，使用新词妙语，尽量做到通俗明快，为我们树立了学习的榜样。

吴玉章(1878～1966)，四川荣县人。

吴玉章是伟大的无产阶级革命家和杰出的诗人。吴老一生不仅喜欢读诗，而且喜欢写诗，但由于战争等种种原因，他的诗作散佚不少，存世的不多。

《东游述志》、《留日诗草》、《和印泉老兄"七七"三年抗战纪念感赋原韵》、《悼伯渠同志》、《纪念我党成立三十九周年》、《纪念辛亥革命五十周年》、《忆赵世炎烈士》等诗，是他的代表之作，载《吴玉章诗选注》(胡国强主编，西南师范大学出版社 1991 年版)，这些诗篇反映了他从参加同盟会领导的旧民主主义革命到参加中国共产党领导的新民主主义革命和社会主义革命与建设的各个时期的活动，记述了中国近现代史上一系列的重大斗争事件。在这些诗篇中，我们看到了他对人民、对国家、对党的深厚感情，看到他作为一个杰出的无产阶级革命家的高风亮节。他的诗篇气魄宏大、沉雄豪壮、刚健质朴、辞拙意工、明白如话、真切感人。他的诗篇对于我们今天的广大读者，尤其是青少年一代了解中国历史，加强爱国主义教育、革命传统教育和共产主义理想教育，都有着极其重要的意义。

谢觉哉(1884～1971)，湖南宁乡人。

谢觉哉是伟大的无产阶级革命家，也是一位优秀的诗人。他的诗词深刻而生动地记述了中国共产党领导的中国革命的战斗历程和社会主义建设事业的风貌，袒露了一个无产阶级革命家的广阔胸怀，让我们看到了诗人的共产主义精神境界，看到了他对党、对祖国、对人民的无限忠诚和热爱，对国内外一切反动派的无比憎恨与鄙视。这些诗词真实、生动而又具体地表现了他在中国革命的漫长岁月里出生入死、艰苦卓绝的战斗情景；描写了他临危不惧、气贯长虹的坚定的立场和高尚的情操，反映了他万里长征永不停步的革命精神。

他的优秀之作甚多，如《自洪湖脱险抵上海作》、《天明始觉身满霜》、《六十自寿》、《在范亭处谈毛主席的思想方法》、《延安留别》、《泛舟古田水库》、《四十周年党庆》、《易于流泪》、《千古艰难唯一死》等，这些诗词均载于《谢觉哉诗词选》(胡国强选注，西南师范大学出版社 1989 年版)。他的诗词不刻意求工，而出自胸臆，信手拈来，往往都成佳句。他的诗词熔经铸典，以古利今，清词如海，健笔凌云，绮密瑰妍，庄谐并用，沉雄处如魏武横槊，奇矫处如鹰鹫巡天。他的诗篇多是五言、七言，词作较少，其中绝句更能引人入胜。董必武称赞他“传家绝业诗千首，报国多方笔一支”。林伯渠赞誉他“清词如海复如潮，健笔春秋百宝刀”。这些评价都说明谢觉哉的诗词，不仅有重要的历史文献价值，而且还有深刻的思想教育意义和艺术审美情趣，是他留给后代丰厚的精神财富。

林伯渠(1885～1960)，湖南临澧人。

林伯渠是伟大的无产阶级革命家和著名的诗人。他的诗篇反映了他从一个旧民主主义者转变成为忠诚的共产主义战士所经历的道路，描写了他在旧民主主义革命及其以后各个历史时期的革命活动，而以伟大的新民主主义革命和社会主义革命、社会主义建设时期的斗争生活为主。他的诗篇字里行间充满他对党、对人民的热爱，对敌人、对丑恶现象的憎恨，表现了他的高风亮节和献身共产主义事业的崇高精神。

《游爱晚亭》、《别梅坑》、《长征》、《咸榆道中即景》、《纪念建军节》、《祝贺建国十周年》等都是他的优秀代表作，均载于《林伯渠同志诗选》（中国青年出版社 1980 年版）。他的诗篇意旨宏深、内容丰富、语言精练、情高韵美，叙事如数家珍，遣词雅俗共赏，有独特的风格，音韵铿锵，读之而余味无穷。林伯渠于 1941 年 9 月 5 日在延安倡议成立了怀安诗社，参加者多为在延安的革命老前辈和一些社会知名人士，诗社于 1949 年 9 月结束，历时八年，取得很大成绩，他的倡议之功是杰出的，对旧体诗词的改革、发展产生了积极的影响。

在旧体诗词创作中有特色、有影响的诗人还很多，而鲁迅、郭沫若、柳亚子、赵朴初、聂绀弩等是其杰出的代表。

鲁迅（1881～1936），浙江绍兴人。

“鲁迅是中国革命文化的主将，他不但是伟大的文学家，而且是伟大的思想家和革命家”[①]。鲁迅既是著名的小说家、散文家，又是杰出的诗人。在中国现代文学史上，他是最早提倡新诗、创作新诗的重要诗人之一，是中国新诗运动的倡导者，新诗作者的培育者；同时，他还擅长写作旧体诗词，是我国旧体诗词优秀传统的继承人。

鲁迅的诗歌现存有七十九首，其中旧体诗六十八首，新诗十一首。[②] 鲁迅的旧体诗，在他的全部著作中虽然数量极少，但思想内容丰富，艺术成就突出，战斗性强，在中国无产阶级文学宝库中，这些诗词和他的其他作品如小说、杂文、新诗等，同样是刺向敌人的“投枪”和“匕首”。这些诗词是他和中国人民一起同国民党反动派等阶级敌人进行斗争的产物。它真实地反映了中国广大劳动人民的苦难生活，喊出了被压迫被剥削者的呼声；尖锐地揭露了国民党反动派的黑暗统治，愤怒地声讨了国民党反动派进行军事“围剿”和文化“围剿”的滔天罪行；热情地歌颂了中国共产党及其领导的革命根据地的壮大和发展，以及对中国革命寄托的殷切的期望。这些诗词是战斗的檄文，表达了中国人民的悲愤和革命呼声，记录了革命前进的步伐，不愧是一代诗史。

《自题小像》、《赠邬其山》、《无题》（惯于长夜过春时）、《湘灵歌》、《无题二首》（大江

① 毛泽东：《新民主主义论》。

② 载周振甫注释的《鲁迅诗歌注》，浙江人民出版社 1980 年版。

日夜向东流)、《无题》(血沃中原肥劲草)、《自嘲》、《题三义塔》、《无题》(万家墨面没蒿莱)、《亥年残秋偶作》等诗，都是他的优秀代表之作。郭沫若在《鲁迅诗稿·序》中曾说："鲁迅先生无心作诗人，偶有所作，每臻绝唱。或则犀角烛怪，或则肝胆照人。如'横眉冷对千夫指，俯首甘为孺子牛'，寥寥十四字，对方生与垂死之力量，爱憎分明，将团结与斗争之精神，表现俱足。此真可谓前无古人，后启来者。"鲁迅的旧体诗词在艺术上也是卓越的，深刻忧愤的思想内容和激越铿锵的语言艺术，构成了他沉郁顿挫的艺术风格。许寿裳在《鲁迅旧体诗集·序》里指出：鲁迅旧诗之特色，一是使用口语，极其自然；二是解放诗韵，不受拘束；三是采取异域典故；四是讽刺文坛阙失。这里指出的是鲁迅旧诗具有语言通俗优雅，用韵贴切自然，用典含蓄深刻，耐人寻味，讽刺辛辣的特色。许寿裳还评价说："诗虽不多，然其意境声调俱极深闳，称心而言，别具风格。"此外，鲁迅旧体诗词的表现手法还有如下几点也较为突出，如善用映衬手法，把相反的两种现象进行强烈的对比；善用烘托的手法，写出环境气势从而突出主旨；善用反复强调的手法。鲁迅的旧体诗词为我国旧体诗词继承、改革、发展作出了独特的贡献，这是我们应该认真学习的。

郭沫若(1892～1978)，四川乐山人。

郭沫若是我国杰出的作家、诗人和戏剧家，又是著名的历史学家和古文字学家。早在"五四"运动时期，他就以充满革命激情的诗歌创作，歌颂中国人民革命，歌颂社会主义和共产主义。他开一代诗风，成为我国新诗运动的奠基者。他承前启后，继往开来，发扬了历史上进步诗人的优良传统，为后起的诗人树立了不朽的楷模。回想"五四"时期，新诗为了挣脱旧体诗词的格律"镣铐"，神往于西方的自由风气，轻视我国古典诗词和民歌的传统，主张形式上的散文化，比兴手法荒疏了，形象思维退化了，大大影响了新诗的发展和应取得的成就。郭沫若对全盘否定旧诗，提倡新诗这种极端的观点也有一个认识过程，特别是他读了毛泽东诗词后，他的认识有了一个飞跃的提高，否定了自己以前的极端观点。

郭沫若会写旧体诗词，在旧体诗词创作上也是成就卓著的，特别是在新中国成立后，他的旧体诗词创作不单数量大，而且水平高，影响大，和他的新诗一样受到了广大读者的热爱和诗歌界的好评。《归国杂吟》(七首)、《登尔雅台怀人》、《赠陈毅同志》、《〈光荣的中国人民志愿军〉题辞》、《看〈孙悟空三打白骨精〉》、《满江红·领袖颂》、《满江红·读毛主席诗词》、《悼念周总理》、《水调歌头·粉碎"四人帮"》、《念奴娇·怀念周总理》、《满江红·怀念毛主席》等都是郭沫若旧体诗词的优秀之作。他的旧体诗词新

中国成立前创作的，散见于他的诗集、散文集中，新中国成立后直到他逝世前创作的收入了《沫若诗词选》（人民文学出版社 1997 年版）。

他的旧体诗词具有浓厚的诗人气质，热情充沛，思想深刻，豪迈奔放，具有浓郁的革命浪漫主义精神。这些诗词有的充满爱国主义精神，反抗日本帝国主义、国民党反动派的侵略压迫；有的歌颂中国人民的革命胜利和社会主义建设的伟大成就；有的揭露了帝国主义、霸权主义一伙的丑行；有的声讨了“四人帮”一伙的滔天罪行；有的歌颂毛主席、周总理等老一辈无产阶级革命家的丰功伟绩，读之使人感奋兴起，具有很强的教育作用。他的旧体诗词也同他的新诗一样，取得了杰出的艺术成就。郭沫若以革命浪漫主义的激情，雄伟的气魄，丰富多样的风格，多彩多姿的语言，歌颂革命，追求革命，表现爱国主义、革命民主主义的思想，反映追求社会主义、共产主义社会的理想，歌颂了中国共产党和中国人民在中国革命和社会主义建设中取得的光辉业绩。

郭沫若在诗歌创作上的创造精神，他的宝贵贡献，他的卓越才华，都为我们树立了楷模，值得我们永远继承和借鉴。

柳亚子(1887～1965)，江苏吴江人。

柳亚子是一位忠贞的爱国主义者，坚定的民主主义革命家，杰出的革命诗人。在我国近现代革命史上，他是一位受到社会各界广泛尊敬的爱国志士和进步人士，特别以充满革命热情的诗人知名于世。柳亚子是毕生从事旧体诗词创作的卓然大家，郭沫若在《柳亚子诗词选·序言》中赞扬说：“亚子先生是一位典型的诗人。他有热烈的感情，豪华的才气，卓越的器识。他的精神是随着时代的进步而进步的。他以他的诗词鼓吹过旧民主主义革命，颂扬过新民主主义革命。其诗词意气风发，声调激越。中国的文学语言，无论雅言或常语，在他的笔下就像是雕塑家手里的软泥，直是得心应手。他是一位诗人，但不同于寻常的诗人，而是一位能够不断革命的诗人。”

他一生作诗近万首，词也有百首之多，收入《柳亚子文集·磨剑室诗词集》（上海人民出版社 1985 年版）。其代表作有《题〈张苍水集〉》、《吊鉴湖秋女士》、《空言》、《存殁口号》、《沁园春·次韵和毛润之咏雪之作》、《国庆观剧》、《浣溪沙·火树银花不夜天》等。他的诗词“反映了前清末年直到新中国成立后这一长时期的历史”，是名副其实的“史诗”。毛泽东称赞其诗“慨当以慷，卑视陈亮、陆游，读之使人感奋兴起”[①]，郭沫若称他是“今屈原”。作为反清志士、南社的领袖人物、国民党左派代表和中国共产党的

① 毛泽东：《致柳亚子》，载《毛泽东书信选集》，人民出版社 1983 年版。

亲密朋友，其社会理想、道德追求、人格魅力在他的诗词中都得到了饱满而充分的展示。他的诗词清新俊逸、才气纵横、慷慨热烈、激越健举、淋漓酣畅、好用典故、感情真挚。他与毛泽东的诗词唱和，在诗坛传为佳话，在中国诗歌史上产生了重大影响。

赵朴初(1907～2000)，安徽巢湖人。

赵朴初是享誉中外的著名诗人，有《滴水集》(人民文学出版社 1961 年版)、《片石集》(人民文学出版社 1978 年版)等行世。诗歌原本不是他的本行，最初只是爱好而尝试写作，随后又由学旧体诗词而想到创新，希望能在中国诗歌的创建中起一点"探路人"、"摸索者"的作用。因此，他不仅能写各种诗词，而且在曲的创作上成就卓著，《某公三哭》、《故宫惊梦》等都是脍炙人口的名篇。

他的诗词曲等作品反映了新中国成立以来，我国社会主义建设事业突飞猛进的发展，歌颂了中国共产党的英明领导，描绘了中国人民建设祖国意气风发的精神面貌，对帝国主义、霸权主义和一切反动派进行了辛辣嘲讽和无情的鞭挞，他的诗篇深受社会各界和广大读者的喜爱。他把过去传统文学中被贬为不能登大雅之堂的"小道"，甚至被斥为"淫词"的"曲"这种旧体诗词形式加以批判继承，使之发扬光大，而且取得了可喜的成绩。他的诗篇敏感于时代形势，古今交融，思路开阔，内涵丰富。而嘲讽之作，嘻笑怒骂，尖锐泼辣，别具亦庄亦谐、犀利畅快的风神。

聂绀弩(1903～1986)，湖北京山人。

聂绀弩是著名的杂文家。他青年时的志愿是写小说，其次是写新诗、散文。中年以杂文倾动一时，夏衍曾评价说："鲁迅以后杂文写得最好的，当推绀弩第一人。"晚年以旧体诗声震文坛，其成就达到罕见的高度，因而胡乔木在《散宜生诗・序》中说："它的特点也是过去、现在、将来的诗史上独一无二的。"他的旧体诗还得到了许多专家、学者的赞赏，产生了较大的影响。他的《散宜生诗》(人民文学出版社 1982 年版)是把原在香港野草出版社的旧体诗集《三草》(指《北荒草》、《赠答草》、《南山草》)一书加以删订而出版的。这些诗记录了他以及与他相关的一些同志二十多年来真实的历史，这段历史是痛苦的，也是值得我们认真纪念的。

他的旧体诗"格调高"，"呈奇峰处处"。[①] 他的旧体诗有三个特点：一是人生眼光旷达；二是人物神情活跃；三是感情内涵深厚。聂绀弩的旧体诗颇有鲁迅风格，他古典

---

① 高旅：《散宜生・序》，载《散宜生诗》，人民文学出版社 1982 年版。

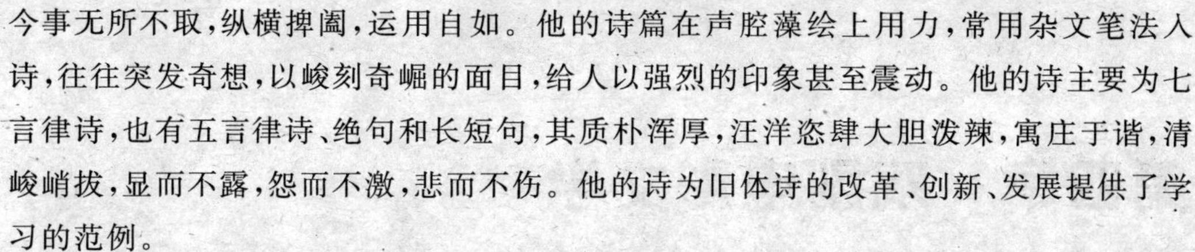

今事无所不取，纵横捭阖，运用自如。他的诗篇在声腔藻绘上用力，常用杂文笔法入诗，往往突发奇想，以峻刻奇崛的面目，给人以强烈的印象甚至震动。他的诗主要为七言律诗，也有五言律诗、绝句和长短句，其质朴浑厚，汪洋恣肆大胆泼辣，寓庄于谐，清峻峭拔，显而不露，怨而不激，悲而不伤。他的诗为旧体诗的改革、创新、发展提供了学习的范例。

第四章　戏剧电影文学

在这一时段内，戏剧电影文学取得了长足发展。从总体看，它表现为一种艺术审美功能和政治功能的双向颤动。这种颤动的结果，是作品的政治功能逐步被强调到了一个极其畸形的高度，艺术审美功能日益被衰减到了 20 世纪中国文学发展史上空前程度。

1949 年第一次文代会的召开，赋予了剧作家们以新的生命和新的文学意识。戏剧为人民服务与为政治服务，为多数剧作家所共识。他们以无比的真诚与热情把戏剧创作当作“服从”与“服务”的“工具”和“武器”。《红旗歌》、《龙须沟》、《战斗里成长》等，都是这方面的扛鼎之作。其他如《在新事物面前》、《激流勇进》、《刘莲英》、《春风吹到诺敏河》、《枯木逢春》、《万水千山》、《战线南移》、《保卫和平》、《兵临城下》、《南海长城》、《红色风暴》等都是重大题材和以工农兵为主角显示其“颂歌”式特色的剧作。同时，也出现了一批宣传共产主义人生观、道德观为内容的剧作，如《妇女代表》、《妯娌之间》、《赵小兰》、《家务事》等都以浓厚的生活气息和独到的艺术构思，启发人们树立无产阶级人生观和恋爱观。

郭沫若、田汉、老舍、曹禺等著名戏剧家，遵循“古为今用”的原则，将历史研究与戏剧创作结合起来，推出了《茶馆》、《蔡文姬》、《胆剑篇》、《关汉卿》、《王昭君》等优良之作。在 20 世纪 50 年代初期的剧作中，《考验》、《新局长到来之前》、《洞箫横吹》、《布谷鸟又叫了》等作品，则是“干预生活”、触及时弊的产物。

歌剧方面，《洪湖赤卫队》、《江姐》、《柯山红日》、《红霞》、《红珊瑚》、《刘三姐》等以革命历史斗争题材为主要内容的作品，虽然具有强烈的政治功利色彩，但它们在继承民族传统的同时，又有浓郁的地方色彩，因而深受观众喜爱。戏曲方面，一是对旧戏加以整理改编，如昆曲《十五贯》、越剧《梁山伯与祝英台》、豫剧《花木兰》、京剧《杨门女将》、绍剧《孙悟空三打白骨精》等，都显示了戏曲改革的实绩。其中，《梁祝》被看做是戏曲改革的典范之作，《十五贯》获得了“一出戏救活了一个剧种”的美誉，被认为是一部现实主义佳作。二是新编戏曲也取得了可喜的实绩，如评剧《小女婿》、《刘巧儿》，吕剧《李二嫂改嫁》，豫剧《朝阳沟》，沪剧《红灯记》等，都在思想性、艺术性上达到了一定的水平。

20世纪60年代“以阶级斗争为纲”的社会生活，严重地影响着作家的艺术感受。这种影响反映在题材选择上，就是偏重于思想政治层面，直接以阶级斗争或以意识形态领域的阶级斗争为内容的作品大批涌现，如《槐树庄》、《霓虹灯下的哨兵》、《青松岭》、《箭杆河边》、《丰收之后》等。

“文革”十年，阴谋文艺横行，戏剧政治化，“八亿人看八个样板戏”。为数不多的帮派戏剧把虚假和模式化推向极端，从而使戏剧在众多方面丧失和遗忘了自己。

从1949年到1957年年，电影剧本以反映革命历史题材的居多。《桥》、《中华儿女》、《赵一曼》、《董存瑞》、《南征北战》、《智取华山》等作品，艺术地歌颂了勤劳勇敢的中华儿女，塑造了一批可歌可泣的工农兵英雄形象。同时，这期间出现了一批较好地反映现实生活矛盾和斗争的作品，如《上甘岭》、《怒海轻骑》、《马兰花开》等。历史传记和文学名著改编的剧本数量不多，但质量较高，《祝福》、《李时珍》、《家》都是优秀之作。

从1957到1965年，电影剧作在“双百”方针的指导下，一方面是政治功能的进一步强化，同时，题材、样式、风格显示出多样化形态。以旧民主主义革命为题材的有《林则徐》、《甲午风云》；反映新民主主义革命时期中国人民斗争生活的作品有《红色娘子军》、《白求恩大夫》、《聂耳》、《舞台姐妹》等；反映社会主义革命和建设的作品有《老兵新传》、《北国江南》等；还有反映边疆生活的《五朵金花》、《冰山上的来客》、《天山的红花》。这时还出现了一些较好的喜剧电影剧本，如《今天我休息》、《魔术师的奇遇》、《七十二家房客》等。这一时段根据文学名著改编的电影文学剧本中，《早春二月》、《林家铺子》、《革命家庭》、《青春之歌》、《红旗谱》、《红日》、《李双双》等，不仅在运用电影文学的特殊表现手段反映生活方面有所创新，而且注重风格的追求，取得了较高的艺术成就。

1966年到1976年的“文革”十年，是我国电影文学创作大倒退的十年。其间问世的作品大都明显地受到了“四人帮”鼓吹的“三突出”模式影响，也有少数作品抵制了“四人帮”的干扰，力求从社会生活出发，坚持电影文学的创作规律，取得了难能可贵的成就，《创业》、《海霞》、《闪闪的红星》等，都是比较好的篇什。

第一节 老舍·田汉

20世纪50年代以后，老舍主要致力戏剧创作。从1950年到1965年，他共写剧本二十三部。其中，有多幕话剧《方珍珠》、《龙须沟》、《春华秋实》、《茶馆》、《全家福》、《女店员》、《西望长安》等十五部。反映北京市井生活，塑造普通“老北京”市民群像，展现京都风俗人情，是老舍在新中国成立以后话剧创作最鲜明的特色。人们习惯把这些剧作称为京华风俗剧。老舍的京华风俗剧不是市井风物礼俗的罗列或浅层市民心理直述，它所追求的是对京华风俗世态深层积淀的穿透与挖掘，是一种以鲜明的民族文化为背景和特征的地域性与民族性相结合的戏剧化呈现。它不仅在局部(包括内容、人物、语言、场景、艺术手法等各方面)自然而然地透露出北京彼时彼地的生活情状、人文心理，而且从整体上也笼罩在一种独特的“京味”氛围之中，让观众一看就能领略到真切生动的风俗画韵味。

展现具有鲜明京华文化特征的京华市民生活情状、心理情绪、社会背景，是老舍京华风俗剧在取材上的主要特色。最能体现这一特色的剧本是《龙须沟》和《茶馆》。

《龙须沟》写于1950年。龙须沟是北京天桥东边下层劳动人民聚居处的一条污水沟。数百年来，沟沿人民深受其难。新中国成立后，人民政府在百废待兴的困境中，及时整治了这条沟。在剧中，沟的命运和沟沿上人民的命运紧密联系，“沟”的变化同社会制度紧密相关。剧本形象地说明：旧社会，沟臭；新社会，“沟不臭，水又清，国泰民安享太平”。老舍通过普通市民日常的、平凡的生活，深刻地反映了时代的变化，从而真实地展现了我们民族历史的变迁。

在《茶馆》中，老舍把茶馆设置为一个具有丰富内涵的民族文化实体。正如他在剧中指示词所说，它“简直可以算作文化交流的所在”。全剧通过这个特定的“窗口”，展现了40年代以前中国三个不同时代的生活场景，让观众窥视了“三个时代”里人民的生活观念和精神状态。在进进出出的数十个人物中，组成了一个社会的两个层面：一面是庞太监、唐铁嘴等腐朽没落的丑类和劣迹斑斑、阴鸷乖戾的马五爷和小刘麻子们；一面是秦仲义那样的为实现“实业救国”梦而殚精竭虑的民族资本家。由于《茶馆》艺术地展现了黑暗中国的生活情状和民族发展历史的真实，它不仅深受中国人民的欢迎，也强烈地震撼了西方与日本。他们认为《茶馆》“有助于人们更加理解一个完全陌生的民族及其历史”。

老舍京华风俗剧的又一特色，是它生动地展示了蕴含丰富的中华民俗文化内容。作者主要是从两方面来加以展示的。一是各式各样的京华风俗，比如上茶馆，玩鸟，玩鼻烟壶，相面，说媒拉纤，甚至从“裕泰茶馆”的“老字号”到改用“女招待”的变迁，都清晰地反映了一定时代的社会关系和人们的精神面貌。二是各式人物本身所具有的民俗文化性质，其中包括语言行状和处世哲学等。比如穿灰大褂与穿“洋缎大衫”的冲突，从见面请安礼到鞠躬礼的变化……这种种因素从整体上构成了独特的京华风俗，生动而具体地显示了社会历史演进的轨迹。

老舍剧作中的京华风俗还体现在以民族化的语言刻画人物的民族性格上。老舍的话剧是一种人物性格剧，人物刻画成了剧作的核心。《茶馆》采用的是“人群展览”或“群像素描”的方式，支撑全剧的是七十多个人物及他们带出的几十个小故事。每个人物的生活变迁片断共同组成一幅统一而完整的京华世态画卷。戏剧情节和戏剧结构退居次要，作者注意的是从人物的种种遭遇中写出人物命运的必然性，揭示他们在那个时代存在和出现的深刻依据。剧中的人物语言采用的都是简洁清新、洒脱幽默的民族语言，即以普通话为基础，适当地穿插北京地方方言词语，以此揭示民族性格的渊源。《茶馆》中王利发与秦仲义的一段对话，便具典型性：

> 王利发：哎哟！秦二爷，您怎么这样闲在，会想起下茶馆来？也没带个底下人？
>
> 秦仲义：来看看，看看你这年轻小伙子会作生意不会！
>
> 王利发：唉，一边作一边学吧，指着这个吃饭嘛。谁叫我爸爸死得早，我不干不行啊！好在主顾都是我父亲的老朋友，我有不周到的地方都肯包涵，闭闭眼就过去了。在街面上混饭吃，人缘儿顶要紧。我按着我父亲遗留下的老办法，多说好话，多请安，讨人人的喜欢，就不会出大岔子！您坐下，我给您沏碗小叶茶去！
>
> 秦仲义：我不喝！也不坐着！

这一段对话，王利发说得句句在理，滴水不漏，与他小生意人胆小圆通、顺势趋利的性格十分符合；秦仲义说话间的那种满不在乎与居高临下的气势正好与他做着实业好梦，俨然以“救世主”自居的民族资本家身份十分贴切。

田汉是我国著名的戏剧家。20 世纪 50 年代以后，田汉的戏剧创作主要有话剧《朝鲜风云》(《甲午之战》三部曲之一)、《关汉卿》、《十三陵水库畅想曲》、《文成公主》等。但其主要成就是历史剧，《关汉卿》是他历史剧创作的巅峰之作。这是在 1958 年为纪念世界名人、元代伟大的戏曲家关汉卿诞辰七百周年而写成的一曲为人民战斗的剧作家之歌。

在中国文学史上，关汉卿是很有影响的剧作家。他的作品具有鲜明的人民性和战斗性。然而，由于封建统治阶级的文化专制主义，关于他的生平事迹，历史上很少记载，至今连他的出生年月都难以确定。他一生写了六十多种杂剧，保存下来的还不到二十种，人们只能从钟嗣成的《录鬼簿》里知道他的点滴情况。田汉以历史唯物主义的观点分析元代的政治、经济、文化状况和社会矛盾，研究关汉卿的部分著作，充分发挥艺术的想象力，精心地选取关汉卿创作并演出《窦娥冤》为中心事件，由此展开戏剧冲突，让关汉卿的动人形象矗立在社会主义舞台上。

剧作紧紧围绕关汉卿创作《窦娥冤》的全过程，着意突出他的同情心、反抗性，以及与权贵水火不相容的性格，和人民骨肉相依的情谊。同时，剧作还塑造了著名歌妓朱帘秀的形象。她出身良家，因为还不起花五爷的租子，父亲坐牢而死，她被卖给大都行院当歌妓。坎坷的经历，悲惨的遭遇，尘世的磨炼，使她形成了愤世嫉俗，同情弱者，不畏强暴，敢做敢为的性格。在《窦娥冤》的整个写作和演出中，她是关汉卿有力的支持者和鼓舞者。剧中的其他几个人物刻画得也各具特色：王著侠义豪放，无所畏惧；叶和甫猥琐无耻；阿合马专横残暴，一个个无不跃然纸上。

《关汉卿》正确处理了艺术真实与历史真实的关系，为历史剧创作提供了极其宝贵的经验。《关汉卿》无论是对历史背景的选择，还是在选材上，都十分严谨，所涉及的重大政治事件都有史料记载。人物设置也尽量做到确有所据。作者在把握历史背景的基础上，充分发挥艺术想象力，根据剧情的需要，严谨而巧妙地安排了人物关系，组织矛盾冲突，穿插一些典型场面和细节，从而使剧作成为一个有机的艺术整体。

《文成公主》是一部反映汉藏传统友谊，歌颂民族团结的优秀剧作。它是剧作者根据史料和传说，经过精心的艺术加工创作而成的。与写作《关汉卿》不同，有关文成公主入藏的事迹，藏汉史书中都有详细记载。作者慎重地选取材料，充分施展艺术想象，围绕着唐蕃联姻组织戏剧矛盾冲突，塑造人物，谱写了一曲汉藏亲好的颂歌。田汉把《文成公主》一剧的重点放在吐蕃内部的斗争上。开头三场戏通过唐太宗的第五次考试，概括地交代请婚的经过，唐太宗授意老婆婆说出文成公主的面貌特征，帮助禄东赞完成“请婚使命”，从侧面反映出同藏胞友好的诚意。而求婚副使恭顿借口唐太宗有意刁难，提出用武力逼婚，在唐太宗决定公主远嫁以后，又提出人质问题，揭开了矛盾的序幕。从第四场开始，作者把主要笔墨用于刻画恭顿这一人物形象。文成公主遵奉唐太宗的嘱托，告别双亲前往吐蕃。恭顿根据俄梅勒赞的旨意，处处设置障碍，先是阻止文成公主与弘化公主同游青海湖，继而恐吓文成公主说，藏区“千里荒原，万重烟瘴”，勾起她对故国的思念。幸亏李道宗竭力劝阻，恭顿的阴谋才未能得逞。一计不成，俄梅勒赞又生一计，公然篡改松赞干布的亲笔信，篡改迎亲地点，使文成公主困守怒江，受尽霜雪之苦；恭顿火上加油，还造谣说松赞干布去讨伐阿里土匪，文成公主对恭顿予以坚决回击，表现出她在斗争中的日渐成熟。最后，松赞干布赶至怒江北岸，阴险歹毒的俄梅勒赞和恭顿受到了应有的惩处。春回雪岭，松赞干布与文成公主在盛大的迎亲仪式和歌舞中结为同心。唐蕃和好团结的主题至此得以完成。剧中扣人心弦的戏剧情节，跌宕有致的矛盾冲突，人物大段的内心独白，生动地表现出文成公主的思想风貌。剧本自始至终都洋溢着一种欢快喜悦的基调和浓厚的神话传奇色彩。如第一场的百驹求母、一蚁穿珠的传说故事，运用在剧中，不仅生动地显示出禄东赞的聪明才智，而且表现出他对唐蕃亲好的一片赤诚。第四场采用“倒淌川”的故事，写文成公主听到“过了倒淌川，另是一重天；牛羊来作伴，千里少人烟”的民谣，引起她对故乡和父母的思念，取出日月宝镜，看到长安宫殿和父母的面容，悲恸欲绝。李道宗以理相劝，文成公主摔碎宝镜，只听一声雷响，顿时云开雾散，彩云如锦，宝镜化成一座双峰大山——日月山。这些神话和传说的穿插运用，把观众带进一种虚幻神奇的境界里，衬托出美好的汉藏团结主题。

田汉是一位浪漫主义诗人。他的剧作，有诗的抒情和意境，有跳跃的激情和美丽的语言，又有着丰富的戏剧性。《关汉卿》和《文成公主》都是建立在历史真实的基础上的。但是，作为一个诗人，田汉的历史剧保持了他固有的艺术风格，并且有所发展。如果说《关汉卿》是一曲战歌，那么《文成公主》则是一支颂歌。为了表达主题的需要，两出戏都插入了诗与歌。这些对表现人物的思想境界，渲染环境气氛，都有重要作用。

田汉熟悉中国戏曲，在他的历史剧中，有意识地学习和运用了传统表现形式，为话剧的民族化开拓了道路。他打破话剧严格地分幕分场的规矩，较多地吸收了戏曲多场次的特色，把与中心事件相关的情节，都推到前台来表现。《关汉卿》写了十一场，《文成公主》写了十场，其中各场戏长短不等，灵活多变。前者以悲剧结束，后者以喜剧收尾，但都结构严谨，浑然天成，显示出作者深厚的艺术功力和娴熟的技巧。

第二节　于敏·梁信

于敏(1914～　),山东潍县人。

于敏1938年奔赴延安之后,得到了学习马列主义的机会与革命实践的锻炼。特别是1942年毛泽东《在延安文艺座谈会上的讲话》的发表,使他进一步树立起马列主义文艺观,更加明确地认识到反映工农兵的斗争生活,塑造工农兵的英雄形象,是革命文艺工作者的首要任务。从此,这种认识一直成为他从事创作的坚定不移的信条。他从1948年在东北电影制片厂(长春电影制片厂前身)工作开始,首先运用电影剧本这一文学样式来反映中国工人阶级的生活,并且长期坚持不懈地以写工业和工人为己任。这种政治责任感与创作热情是难能可贵的。

通观于敏的电影文学作品,可以明显地看到:关注现实生活,紧扣时代脉搏,及时反映社会主义工业建设的成就,努力塑造工人阶级的光辉形象,是他创作的一贯追求与基本特色。《桥》(1949年4月东北电影制片厂摄成影片)是中华人民共和国第一部故事片的电影文学剧本。它描写了工人群众为支援解放战争而抢修江桥的故事,歌颂了工人阶级主人翁的劳动态度与克服困难的革命精神,显示了中华人民共和国第一代工人的思想品质与精神风貌。《高歌猛进》(1950年东北电影制片厂摄成影片)反映的是当时工厂开展的技术革新运动。它描写了松江机器厂青年工人、共产党员孟元奎带头响应上级号召,投入技术革新运动,为缩短工时进行工具改造的故事。他在排除了保守思想的干扰并经受了失败挫折之后,在技术员的帮助下,终于取得了革新的成功,创造了最新生产纪录,鼓舞了全厂工人的劳动热情,掀起了生产高潮。它颂扬了工人阶级为加速国家经济建设所表现出来的主人翁的责任感与巨大的创造才能。《无穷的潜力》(1954年东北电影制片厂摄成影片)是以鞍钢劳动模范张明山的先进事迹为原型而创作的。它描写了老工人孟长友为改造陈旧设备提出的建议,遭到照搬书本的工程师与官僚主义厂长的反对。后来在厂党委书记支持下,克服了种种困难,创造发明了反围盘,使轧钢过程机械化,改善了劳动条件,提高了生产效率。它反映的仍然是技术革新的问题,歌颂的是工人阶级为进行技术革新所表现出来的不畏艰险、勇于进取的优秀品质。《工地一青年》(1958年长春电影制片厂摄成影片)描写青年技术员尚越为提高工程进度,提出了一个机械化的方案,但由于方案脱离实际而宣告失败。保守思想的反对与爱情上的挫折，使他陷入激烈的思想斗争的痛苦之中。后来在领导与工人的帮助教育下，认识到自己的错误，与工人一起钻研，终于实现了施工机械化，提前完成了生产任务。剧本通过主人公为实现革新的目的而经历的认识转变过程，突出了知识分子必须与工人群众相结合才能大有作为的思想。从这个剧本开始，于敏有意识地改变了自己过去习惯运用的那种戏剧结构方式，将散文的结构方法融汇到电影剧本中来，使反映的内容更接近生活的真实形态，同时也增强了剧本描写的文学性。《炉火正红》(1962 年)反映的是鞍钢在"大跃进"年代的建设生活。它以修建一座现代化高炉为中心事件，以是否采用"整体吊装"法之争作为矛盾的焦点，表现了先进与落后、革新与保守思想的冲突。剧本颂扬的是工人群众的冲天干劲、忘我的劳动态度与打破常规的大协作的共产主义风格。由于剧本创作于 1958 年，不能不受当时狂热的政治气候的影响，尽管作者尽量注意不去人为拔高，也难免带有当时浮夸风的痕迹。作者继续保持了散文化的结构方式，适当弱化戏剧式的矛盾冲突，并借鉴小说的描述手法，进一步增强了剧本的文学性与可读性。作品的总体构思与叙述方式还是电影思维的，重视描写的动作性与形象的视觉性，具有鲜明的银幕感。此外，他的电影剧本《一个平常女人的故事》、《天外有青天》等，也都从不同的角度反映了工业战线的生活。

奠定于敏在 20 世纪后半期中国电影史上的重要地位的作品，是他 1948 年创作的电影剧本《桥》。它以 1947 年松江平原进行的人民解放战争为背景，描述了铁路工厂的工人们为抢修松花江大桥而英勇奋战的故事。当时战争正在胜利地向南迅速推进，而被炸断的大桥却使大量给养难以及时运送到前线，从前线用担架抬下来的伤员也无法迅速送往后方医院治疗。而当时修桥的材料与设备严重缺乏，总工程师与技术科长又没有克服困难的信心，部分工人还存在着伪满时期的雇佣观点与消极态度，这一切严重地阻碍着修桥工作的顺利进行。剧本让老工人、共产党员梁日升在这种危难时刻挺身而出，在各种矛盾冲突的交织中，让他经受严峻的考验，从而刻画了梁日升作为工人阶级代表的高度的政治觉悟、自觉的主人翁意识、忘我的劳动态度与非凡的创造智慧，使梁日升的形象成为 20 世纪后半期中国电影文学作品中最早塑造得比较真实生动的工人形象。由于《桥》是第一次正面表现了中国工人阶级的先进思想与伟大业绩，因此，摄成影片之后在长江以北的解放区放映时，受到了热烈的欢迎与高度的赞扬。著名电影艺术家蔡楚生在参加全国第一次文代会期间，观看了这部影片之后，专门撰文赞扬了这部影片，他认为"《桥》是划时代的制作"，"为近 30 年来中国电影文化运动打开了新的史页”[①]。当时许多报纸也纷纷发表评论，认为《桥》“为贫血而荒芜的影坛带来了新的题材与新的内容，为人民影剧开拓了新的园地与新的道路”[②]，“这是中国影坛上的一声春雷，为国产电影开创了一条崭新的道路，指示了国产电影创作的最正确的方向，文艺和工农兵结合，这部片子是典型的范例”[③]。

作为电影剧本的《桥》，不仅在思想内容上鲜明地体现了中国电影文学为工农兵服务的政治方向，而且在艺术表现上也体现出了当时电影剧本的许多共同特征：(一)情节集中，主题明确。全剧一开始就描写了解放战争正在激烈进行的场面，展现了在被炸断的大桥两岸拥挤着满载弹药、给养的大车与护送伤员的担架的情景，尖锐地提出了抢修大桥的问题。然后一切紧扣修桥而展开了各种矛盾冲突。全剧的主题非常明确：歌颂工人阶级高度的政治觉悟与忘我精神。一切情节安排与人物设置都是为表达这一主题服务的。(二)传统的叙事结构与表现方式。全剧按照戏剧冲突律来安排结构，形成一条包括矛盾冲突的发生、发展、高潮与结局在内的情节线索，并按照时间顺序与因果关系来叙述故事的发展。同时，每个段落也依据人物的性格特征与人物之间的相互关系来组织矛盾冲突的发生、发展、高潮与结局，段落与段落之间形成环环相扣的发展趋势，共同推动全剧中心矛盾的发展。(三)人物性格单一，思想感情单纯。凡戏剧结构的电影剧本，由于矛盾冲突高度集中，人物性格某一方面往往比较鲜明，但缺乏应有的丰富性；由于人物只关心中心矛盾的发展，思想感情往往显得格外单纯，看不到人物丰富的内心世界。梁日升的形象就是如此。这与作者习惯于从现成的政治结论去观察与体验生活有关。

尽管如此，《桥》作为人民共和国第一部故事片的电影文学剧本，其开创意义与深远影响不可低估。从它开始，工人阶级和其他劳动人民以主人翁姿态出现在中华人民共和国的银幕上，与三四十年代电影中表现旧社会痛苦挣扎的劳苦大众的悲惨命运形成鲜明对比，它标志着从延安开始的文艺为政治服务、为工农兵服务方向在中华人民共和国电影创作中的继续与发展。同时，从它开始，电影创作中出现了一个新的电影题材类型：“工业题材电影”。反映工业战线的生活，讴歌工人阶级的创造性劳动，塑造先进工人的光辉形象，成为这类电影的主要内容与基本特征。但是，对《桥》从剧本到影片的肯定与赞扬，被误认为是提供了一个理想的创作模式，于是以后出现的工业题材的电影剧本都争相仿效，如写革新与保守的思想冲突，写厂长反对而党委书记支持，

---

① 蔡楚生:《颂〈桥〉》,《文艺报》1949 年第 6 期。

② 《〈桥〉的启示》,《文汇报》1949 年 8 月 17 日。

③ 《〈桥〉——国产电影新方向的指示》,《大公报》1949 年 8 月 19 日。

写先进工人带病或负伤坚持工作，写工人群众与知识分子的工程技术人员之间的矛盾，等等，结果形成了工业题材电影创作长期难以摆脱的公式化、概念化的顽症。

梁信(1926～)，吉林扶余人。

梁信是50年代末期脱颖而出的电影剧作家。他创作的题材内容与艺术风格，以1979年为界，分为前后两个时期。他前期的作品主要取材于中国人民革命战争历史时期的斗争生活，雄浑粗犷是其艺术风格。主要作品有《红色娘子军》、《碧海丹心》、《南海长城》、《特殊任务》、《从奴隶到将军》等。这些作品从不同的角度对我国人民革命战争的历史风云进行了史诗性的概括。如《红色娘子军》反映了30年代海南劳动妇女在革命战争中的成长道路；《碧海丹心》讴歌了中国人民解放军用木船解放海南岛的战斗奇迹；《南海长城》再现了军民联防、保卫革命成果的斗争；《特殊任务》描写了在抗日战争最后阶段渔岛人民组织的一次武装起义；《从奴隶到将军》概括了中国革命三十年的斗争历程。可以说中国革命各个历史时期的重大斗争都在梁信的电影剧本中得到了艺术的反映，而他总是通过人物的命运来表现各个时代的发展态势与本质特征。

“文革”结束之后，梁信爆发了极大的创作激情，进入了“凌云健笔意纵横”的时期。1979年以后，梁信的电影文学创作出现了明显的转变：他从对革命战争全神贯注的沉思中走了出来，扩大了作品的题材范围，大有他自己所说的“通古今、览中外、折反正”之势。同时，在艺术风格上，也由原来的雄浑粗犷变为细腻委婉了。主要作品有《白马红姑》、《越女哀歌》、《最后的时光》、《晚霞》、《在你身边》、《赤壁大战》等。这些电影剧本有不少是取材于古代传说或史实，如《白马红姑》的题材来自民间传说和零碎的史实，描写了封建社会民间艺人的悲惨遭遇，颂扬了古代妇女坚持正义、抗击邪恶的英勇斗争。《晚霞》是根据蒲松龄的同名小说改编的，它运用浪漫主义手法，描写了一对青年男女的悲惨命运，揭露了封建社会草菅人命的罪恶，赞美了劳动人民追求幸福生活的正义斗争。《赤壁大战》是根据史实而创作的，它是最早出现的反映三国时代这场著名战役的电影剧本。作者一反南宋以后出现的尊刘贬曹的做法，在充分肯定曹、刘、孙各自的历史地位与作用的基础上，塑造了一批颇有新意的历史人物的群像。还有一部分作品仍然是以现实生活为题材的，如《越女哀歌》描写了中国扫雷队和越南姐妹服务班团结战斗的动人事迹。《在你身边》通过追查一件谋杀案，反映了“四人帮”横行时期的错综复杂的政治斗争；就在案情真相大白的时候，主持办案的人员反而遭到逮捕，有力地控诉了那个坏人当道、好人遭殃的荒唐年代。《最后的时光》选材别致，开掘深入，描写了一个伤残琴师将有限生命献给祖国体育事业的事迹,人物性格的刻画颇有深度,充盈着激发人积极向上的精神力量。

在梁信的全部电影剧作中,影响最大的是他反映中国革命斗争历史的电影剧本,其中尤以《红色娘子军》与《从奴隶到将军》最为有名。

《红色娘子军》描写的是30年代海南岛劳动妇女参加革命武装斗争的故事。这个以阶级斗争为主题的电影剧本,在60年代受到广泛重视,与当时强调"以阶级斗争为纲"不无关系,但它却并不是靠投合政治需要与印证阶级斗争理论来赢得自己的地位的。作者梁信占有丰富的生活素材,他有自己的独立思考与独特发现,从酝酿构思到最后写出剧本,经历了相当长的过程。尽管他也接受了阶级斗争理论的指导,但在创作中他遵循的是生活真实与性格逻辑,因而他能在很大程度上超越图解阶级斗争的泥淖,从生活真实走向艺术创造,没有让人物成为"时代精神的单纯传声筒"或阶级斗争的符号。剧本为人物与情节设置了一个典型环境:海南岛社会生活较之大陆保留了更多的封建性,特别是广大劳动妇女身受的压迫最为惨重。她们被人买卖,常常被迫与木头人成亲或者与红鸡公拜堂;她们承担了最苦最累的生产劳动,却没有做人的起码权利,连与男人同桌吃饭的资格也没有。因此,海南地区历史上经常出现妇女逃亡或自杀的现象。中国共产党在这里建立了琼崖游击队之后,出现了大批劳动妇女要求参军的盛况,娘子军连就是在这种情况下组建的。显然,在这样一个典型环境中来展开情节与塑造人物是十分有利的。吴琼花那刚强、倔强的反抗性格就是在这种典型环境中形成和发展的。

作者把对吴琼花性格的塑造概括为:"一个主角在两条线中的三级跳。"所谓"两条线",就是对敌斗争线索与思想斗争线索。所谓"三级跳",就是吴琼花成长过程的三个阶段即"女奴—女战士—共产主义先锋战士"。作者准确地把握住了每个阶段的描写重点:在"女奴"阶段,突出了她那"看不住就跑"的绝不屈服的反抗性格;在"女战士"阶段,揭示她那狭隘的个人复仇心理与革命纪律的冲突;在"共产主义先锋战士"阶段,展现了她在党代表洪常青的帮助下思想认识的飞跃与新的英雄风貌。作者把"三级跳"与"两条线"交织起来,真实可信地描写了吴琼花成长道路的独特性,她既不同于洪常青,也与红莲有区别,她是属于千百万寻求解放的劳动妇女中的"这一个"。

《红色娘子军》在艺术表现上也有自己的特色。电影评论家张骏祥曾这样评论过梁信电影剧作:"除了梁信是个有经验的作家,他的作品具备一般优秀文学作品的特点之外,就是因为他笔下的东西首先就是'电影的',就是说,完全适合于银幕表现的。"

"使读者仿佛不是在读文字而是看到了具体形象。"[1]梁信电影剧作这种充分电影化的特色，同样在《红色娘子军》这部作品中充分体现出来。这首先表现在作者善于选择动作和语言来揭示人物的性格与心理。比如，吴琼花要求参加娘子军，连长问她为什么要参军，吴琼花恼怒了，她用打抖的手"咔"的一声撕开衣领，露出一排排血肉模糊的鞭痕，说："就为这个，造反报仇！"又如，吴琼花与红莲外出侦察敌情，路遇南霸天，昔日的冤仇使琼花扶着树枝的手在抖，虽然红莲再三制止，她仍然压制不住胸中的怒火，拔出手枪向南霸天射击："老爷，尝尝奴隶的子弹吧！"其次，表现在作者善于创造具有表现力的画面，而这些画面的表现力又来自作者对电影诸多造型元素的发掘与运用，比如形体造型、环境造型、音响造型、细节造型、色彩造型等等。全剧一开始对琼花的肖像描写就具有雕塑般的造型表现力："头发凌乱，脸上有鞭痕，瘦瘦的面庞，浓眉，长目，深眼窝"，"一双黑亮、火辣辣的大眼睛里，燃烧着刻骨的仇恨"。又如，写洪常青英勇就义之后吴琼花来到刑场的一段戏，作者没有借助一句语言，完全是通过一系列具有造型表现力的画面来刻画人物此时此刻的思想感情，如猝然而起的火光，照亮了吴琼花的脸，照亮了山川河流、峻岭奇峰，怒吼的狂风，摇晃的椰树，踉踉跄跄的脚步，突出地表现了吴琼花内心巨大的痛苦；接着，又通过吴琼花举起伤痕累累的拳头，面对两张入党志愿书和洪常青生前使用过的怀表与四枚银毫子，一双火辣辣的、无畏的大眼睛，她胸中响起的《国际歌》的旋律等画面与音响，充分表现了吴琼花继承烈士遗志、誓为无产阶级革命事业奋斗终生的决心。在50年代后半期电影剧作家中，像梁信这样具有自觉的电影造型观念的作家并不是很多。

---

① 张骏祥：《〈梁信电影剧作选〉序》，上海文艺出版社1980年版。

第五章 散 文

本时期的散文是在我国政治上思想上空前统一稳定的时期发展起来的。“五四”以来散文的多元的横向借鉴开始转向单一的纵向继承，先后出现了几次散文创作热潮。先是1957年、1958年的革命回忆录的写作热潮，继而是50年代末到60年代初游记、抒情散文的创作热潮和60年代初杂文的一度活跃，再就是60年代中期勃兴的报告文学创作热潮。

20世纪50年代初，一方面是国内百废待兴、翻天覆地，另一方面是抗美援朝战争在紧张进行。这一特殊的现实生活与40年代的战争生活具有极相近的生活节奏和基调，因此革命回忆录的写作蔚然成风。不仅像刘白羽、杨朔、华山等写战地通讯的作家，驾轻就熟地写出了如《英雄城——平壤》、《万古青春》、《清川江畔》等作品，连巴金、老舍也写出像《生活在英雄中间》、《无名高地有了名》那样的“特写”散文，吴伯箫的《歌声》、曹靖华的《忆当年，穿着细事莫等闲》、方纪的《挥手之间》、魏巍的《依依惜别的深情》等都从不同侧面反映了战争岁月的生活。

50年代末及60年代的中国散文界，以杨朔、刘白羽、秦牧、吴伯箫为代表，由客观记叙体制的通讯特写有意识地向主观抒情转移，应时代需要，把对山川景物的抒情言志扩展为反映伟大祖国的每个音符。“在我国当代文学史上，还找不到哪一个时期的文学倾向和人民的思想感情是如此密不可分地牢固地连结在一起。”①在寻求意境为核心的“诗化”活动中，出现了一批艺术素质较高的散文，像碧野的《天山景物记》、《武当山记》，或写天山的云程雪路，或写武当的明山秀水，充溢着葱茏的诗意；陈残云的《珠江岸边》为我们展现了一幅幅优美淡雅的华南农村风俗画；刘白羽的《长江三日》、《日出》抒写三峡美景，日出壮观，激情澎湃；李健吾的《雨中登泰山》、宗璞的《西湖漫笔》，写得气韵飞动，意兴盎然。这一时期，散文家们鲜明的个性和独特的风格基本上

---

① 冯牧：《对于文学创作的一个回顾和展望——兼谈革命作家的庄严职责》，《文艺报》1980年第1期。

已经形成,可谓佳作如林、名家竞秀。杨朔的散文如山谷幽兰、湖边垂柳,清新优美、意境深邃;刘白羽的散文则如大海磅礴、云蒸霞蔚,雄浑壮美、气势豪迈。冰心曾说:“假如刘白羽的散文像‘采采流水,蓬蓬远春’的话,那么杨朔的散文就是‘落花无言,人淡如菊’了。”[①]秦牧的散文又异于杨、刘二人而独树一格,他把思想性、知识性和趣味性结合起来,其散文寓教于乐、博见多识、理趣横生。其他一些各具艺术特色的散文作家,如吴伯箫的质朴风趣、曹靖华的亲切隽永、峻青的苍劲高远、邓拓的深刻犀利、宗璞的清冽娟秀、陶铸的挺拔坦荡、李若冰的粗犷严峻、菡子的细腻柔婉、陈残云的清新灵动……都给散文艺术的画廊带来了绚丽多姿的风采。但五彩斑斓之中仍有突出的主色调。由于政治功利观念的主导作用,本时期抒情散文中的借景抒情、托物言志,被一种强化群体意识淡化个性意识的“载道”精神贯穿,具有极鲜明的时代特质。如菡子说:“我极盼自己的小说和散文中,在有充实的政治内容的同时,有比较浓郁的抒情的调子,并带有一点革命的哲理,追求诗意的境界。”[②]这种具有代表性的思想倾向,在一定程度上又制约了作家个性的发展,整个五六十年代审美格局都类似于政治加诗意。

60年代初,以邓拓为代表的杂文发展很快。他的《燕山夜话》举凡政治时事、工作学习、思想修养无所不包。邓拓、吴晗、廖沫沙合写的《三家村札记》针砭弊端,犀利辛辣,而又旁征博引,引人入胜。

60年代中期勃兴的报告文学,其中突出的有《祁连山下》(徐迟)、《大庆“王铁人”》(西虹)、《向秀丽》(郁茹)、《毛主席的好战士——雷锋》(陈广生与崔家俊)、《英雄列车》(郭光)、《为了六十一个阶级弟兄》(王磊与房树民)、《拉萨早晨八点钟》(黄钢)、《小丫扛大旗》(黄宗英)等等。这些篇章都以饱满的热情迅速地反映了时代风貌以及本时期各条战线上的新人、新事、新气象。报告文学的兴起不是作家兴趣偶然的转变,而是对时代召唤的一种积极反应。不过,讴歌多于揭露,少有反思,题材还不很广泛;就某种意义上说,受“左”的情绪影响,知识分子题材是创作中一个禁区。作家的创作也多停留于正面的光明的地方,紧紧地响应了党的号召:“要多写光明,为祖国、为党、为伟大的人民。这是毛主席的教导。要反映在社会主义革命时期,光明与黑暗的搏斗中光明如何战胜黑暗。”[③]

游记、抒情散文的繁荣和杂文的一度活跃以及报告文学的兴起,除了伟大祖国的

---

① 冰心:《〈海市〉打动了我的心》,《文艺报》1961年第6期。
② 菡子:《作家自述》。
③ 转引自黄宗英:《在祖国的江河大地上》,《人民电影》1979年1月号。

巨变、社会生活日新月异的风貌激发了作者的创作热情,更与“双百”方针的贯彻分不开。60 年代初期,共产党对文艺政策的调整,出现了较短暂的“百花齐放”的良好局面。实践进一步证明,只有认真贯彻执行“双百”方针,散文的题材、品种、风格才能多样化。但是,1963 年以后,随着“左”倾思潮的日益严重,山水游记、咏物抒情的小品明显减少。杂文,特别是《燕山夜话》、《三家村札记》及其作者更成为“文化大革命”首当其冲的目标之一。由于一度片面强调写阶级斗争,写重大题材,限制了作家创作风格的发展。一些作品存在着说套话、大话、空话的倾向,艺术上比较粗糙。

总的说来,本时期散文创作的成就,不仅在当时颇引人注目,就是放在广阔的历史背景上看也是突出的。作为一个时期的审美建构,既有其不容抹杀的建树,也有其应该反思的局限。政治集中化导致文艺定型化,散文家往往有意回避尖锐矛盾,过滤掉悲剧因素去追寻甜美的诗意。所谓“时代侧影”并不可能得到真实而多彩的反映。因为没有一个开放的文化背景,五六十年代的散文,从寻求“意境”,到走入“困境”,直至“文革”十年终于到了极致,连那“政治加诗意”的抒情美文也几乎绝迹。20 世纪后半期的散文到 80 年代以后寻求变革与作家个性的回归,终于开始挣脱“工具论”。

第一节　杨朔·刘白羽

杨朔(1913～1968),原名杨毓瑨,山东蓬莱人。

杨朔散文的取材范围,大体为四个方面:一是抗美援朝的战斗生活,如《鸭绿江南北》、《万古青春》;二是社会主义革命和建设,如《海市》、《戈壁滩的春天》;三是祖国的秀丽山河,展现劳动人民的心灵美,如《雪浪花》、《香山红叶》;四是亚非纪行,展示异国的风光和战斗风云,如《蚁山》、《樱花雨》。选择抒情意象上,杨朔善于从凡人小事、寻常景物中提炼诗意,把触角伸向生活和人们心灵的深处,选择香山一片经霜的红叶、浩渺烟波中的海市蜃楼、一朵雪浪花、一只小蜜蜂、一盏灯、一幅画、渔民、花匠、养蜂人、儿童等,写成一首首扣人心弦的诗,绘就一幅幅赏心悦目的画,用诗情画意去讴歌推动历史前进的人们,反映时代精神,发掘生活底蕴,揭示人生哲理。散文界有称为“杨朔体”的说法。杨朔的散文因具有独特的艺术风格而自成一体。

他的散文意境优美,诗味浓烈。意,即主题。境,指文章中一幅幅生活的画面。两者结合得好,情思横溢,感人至深,就构成优美的意境,回味无穷。杨朔正是本着这样的艺术追求来写文章。他认为“好的散文就是一首诗”①,“常常在寻求诗的意境”②。他的散文常常托物寄情,达到物我交融的境界。《荔枝蜜》情真意切,诗味醇厚。从品质高尚的蜜蜂联系到心灵美好的农民,揭示出人生真谛,人应该“为自己也为别人,为后代子孙酿造生活的蜜”。《雪浪花》把浪花冲击礁石的景象同渔民老泰山意味深长的话融为一体,情景相生,熔自然美与心灵美于一炉,形神兼备,创造出诗的意境,展现了万众一心所拥有的伟力。杨朔具有诗人一样的气质,他能从一个普通的“埃及灯”传达出中埃两国人民为争取民族独立互相支持的深情厚谊;从一棵海罗杉的饱经沧桑、蓦而新生,追忆井冈山人民经过不屈不挠的斗争重见天日的历史;以登泰山极顶,俯视锦绣河山的豪情,表达对旭日初升的祖国的无限希望,物我合一,意境全新。杨朔散文追求诗意,竭力创造深邃的意境。他擅长把描写、叙述、抒情、议论熔为一炉。写人,不追求情节的曲折,而有意于写人物的神情语态,揭示人物的内心世界;写景,既有自然美,又成为创造意境、深化主题的重要手段。如《海市》中先以细腻的笔墨渲染出一幅幅奇幻迷离的美景,正当读者恍入仙境,赞叹不已时,他又圆熟无迹地过渡到对长山列岛真情实景的描绘,渔民老宋的回忆历历如绘、神情毕现、引入遐思,收尾解除悬念照应开头。这里意与境融合得那么绝妙,读者透过一幅幅生活画面去领会主题时,仿佛历经了一次精神世界的升华,是一种巨大的艺术享受。

他的散文结构精巧,幽邃隐秀。如同构思、意境一样,结构也是杨朔散文美感力的因素之一。他的每篇创作格局虽小,却几乎都有完整而玲珑的结构,服从于诗的意境的创造是杨朔散文结构一条根本原则。如《金字塔夜月》,杨朔始终把握住司芬克斯“神秘”表情这个意象的“焦点”,作为意境构图的支架,衍生脉络的龙骨,对各种风景画、风俗画和人物画,进行了由远及近、抽丝剥茧的有机安排,艺术镜头慢慢缩小到一个凝光点上,即着力刻画司芬克斯“期待”的表情,创造出一个情景交融、诗情蓊郁的艺术境界。杨朔在许多散文中采用“双线结构”,使作品严谨精练、形散神聚。如《野茫茫》,作者在游览锡兰“国家公园”的记游情节里,开头穿插了寓意深刻的大象踩死摄影师的故事和发人深思的“古城”废墟,中间穿插了野兽世界中弱肉强食的特写镜头,是为了反复突出“野兽有了自由,锡兰人却失去自由”的内在思想线,为读者领略作品的思想胜境,设下拾级登山的幽径。从创造意境和揭示主题出发,在外在情节线中进行点染性的穿插,布设揭示主题的脉络,以强调和突出内在思想线,这是杨朔散文“双线

① 《〈海市〉小序》,《杨朔散文选》。

② 《〈东风第一枝〉小跋》,《杨朔散文选》。

结构”的显著特点。杨朔刻意于“结构的严密”,使“每篇都有自己新鲜的意境、思想、情感,耐人寻味”。[①] 他不囿于古人的所谓“凤头猪肚豹尾”的程式,起笔自然,似乎漫不经心,却富于生活气息;行文曲径通幽,引人入胜;结尾深含寓意,使全篇浑然一体。《雪浪花》中“纵剖面”的插入,笔锋深入到人物内心深处;《石油城》里虚写张多年的谦逊,正是通过由实到虚的整中之“乱”的叙写,获得更大的艺术概括力;《泰山极顶》中几个细节的穿插而形成的波澜,正是适应着内在思想线的突现,为作品的“点睛”而布设的峰回路转的脉络。从整体上看,杨朔绝大多数作品的结构,是采用了由幽入明、卒章显志的艺术布局,主题总是通过山重水复、曲尽其妙的层次变化豁然明朗,因此,形成了结构幽邃、隐秀的基本风格。杨朔又根据每一篇作品的主题和意境的需要,创作每一篇作品独特的结构形态,因而形成鲜花百态、异彩纷呈的美。杨朔的散文语言凝练,清新秀丽,绘影传神,含蓄隽永。他的散文是诗化的语言,既体现了散文语言的优美、清新、活泼、细腻,又融进了诗歌语言的含蓄、隽永、精粹,富于音韵美的特点。《雪浪花》中,老泰山那句“是叫浪花咬的”,一个“咬”字何等形象、生动,简直把景物写活了。《茶花赋》里,“我一脚踏进昆明,心都醉了”,一个“踏”、一个“醉”,真令人叫绝,踏是写实、醉是夸张,一实一虚、合情合理。作者语言技巧娴熟,看如寻常词语,却富有魅力,这是他苦心锤炼语言所取得的艺术效果。除了再三推敲字句,杨朔散文的句式也很有特色。散文句式多变,参差不齐,避免了呆板平淡,给人以欢快、跳跃感。像“满树刚开着浅黄的小花,并不出众,新发的绿叶,颜色淡红,比花倒中看些”,“这是梅花,有红梅、白梅、绿梅,还有朱砂梅,一树一树的,每一树梅花都是一树诗”,句式很美,多用参差、错落短语和短句构成,轻快而又和谐,读来韵味深长。句子中常常镶嵌“那”、“那么”,使语调柔和、舒展,如“一望那海天茫茫,空明澄碧的景色”、“就是那么一股香甜”。杨朔散文的语言贮满诗意,如“一根细线从断崖绝壁挂下去,急风一吹就好像会吹断似的。其实不是线,是一条羊肠小道”,“瞧那滴水,碧绿碧绿,绿得像最醇的青梅名酒,看一眼也叫人心醉”,“山头忽然漫起了好大的雾,又浓又湿,悄悄挤进门缝来”。写海岛鲜花,野迎春、黄花、野百合花、野菊花,纯用白描,天然风姿,不加粉饰,《海市》最后一句“到冬天,草黄了,花也完了,天上却撒下花来,于是满山就铺上一层耀眼的雪花”,细加品评,诗意浓烈。有人说杨朔的语言在平易中寓功力,在朴素中见风韵,真是这样。

杨朔散文的不足之处在于,早期散文多拘囿于写实,意境不深;50 年代中期渐趋

---

① 杨朔:《〈东风第一枝〉小跋》,《杨朔散文选》。

成熟，形成了自己的风格，但部分作品忽视对现实矛盾的揭示，显得不够真实，构思和行文有时也有雕琢痕迹。

刘白羽(1916～2005)，北京人。

刘白羽从1938年到1958年，以通讯特写为主的散文，多为直接报道革命斗争英雄业绩与社会主义建设新人新事的；1958年以后的散文艺术风格渐趋成熟，更具抒情性。这三十多年的散文收在《刘白羽散文四集》(即《红玛瑙集》、《芳草集》、《海天集》和《秋阳集》)中。这些散文"充满了时代的战斗气息，感情强烈，诗意浓厚，境界辽阔细腻，风格刚健清新"[①]，以时代感强、热情豪放、气势雄浑、辞采华美为主要特征，具有激荡人心、鼓动豪情的艺术力量。具体表现在如下几个方面。

他的散文具有雄壮豪迈的时代精神。刘白羽的散文多以汹涌澎湃的时代浪潮体现雄伟壮观的气魄与惊天动地的伟力。他是从战地通讯之路步入散文创作天地的，把直接而迅速地反映时代斗争视为最神圣的使命。太行山的抗日烽火，解放东北的雪里行军，横断中原的千里追歼，朝鲜前线的抗美斗争，厦门前线的炮轰金门，南国边陲的对越反击等几十年的重大战事，在刘白羽的散文中都得到了生动的反映。歌颂光明，歌颂英雄的人民，闪耀着时代的光彩，则是刘白羽散文的主调和特色。刘白羽极为称赞司马迁文章中吸燕赵秦陇之劲气，吞江南吴越之清风而形成的奇伟气势。他长期受染于战火疆场与名山大川，又从事文化领导工作，故有军人的豪壮性格与宽阔心胸。刘白羽散文赞颂人物，是大笔直挥，酣畅淋漓；写景抒情，则重彩浓抹，尽情铺写，无论情感驱动力与气韵流动，都有雄壮豪迈的艺术特色。《怒海狂飙》中他赞扬继承铁人意志发扬大庆精神的石油工人，让我们从他们身上看到当今时代的澎湃热潮。《春到零丁洋》集中反映了以深圳经济特区为代表的城市改革开放的时代新篇章，从心灵深处"唤起永远难忘的春之赞歌"，赞扬祖国改革春风带来经济腾飞的时代美。《亚热带的风》从表现"知识结构完全更新了的现代化部队"的角度，赞扬了新一代最可爱的人以现代意识保卫"四化"建设的时代精神。他描写自然美，则往往融进对当代社会人生的体验，从而"闪现了我们时代的一点光彩，响出了我们时代的一点声音"[②]。写《长江三日》，他也认定："我们看到的是社会主义时代的长江，抒写的也应该是新的感情"[③]，所

① 秦牧：《朝阳照耀下斗争生活的颂歌——谈刘白羽的散文特写》，《人民文学》1960年10月号。

② 刘白羽：《海天夜话——〈海天集〉序》。

③ 刘白羽：《漫谈游记写作》。

以写出了与李白、苏东坡笔下长江迥然不同的“激流勇进之美”的意境，表现了社会主义事业势不可挡、壮丽无比的崭新主题。总之，刘白羽是一位始终投奔时代潮流，并时时捕捉大潮浪花，从而反映新生事物在激流勇进中不断前进的时代美的作家，其散文立意的审美取向，就在于引进“最先进的革命思想潮流”[①]，所以具有强烈时代精神的壮美风格。

他的散文是自由奔放的艺术表现。刘白羽的散文创作具有情之所至一吐为快而形成的自由奔放的艺术风格。他善于作跳跃式的大时空流动，或纵向掘进，或横面铺展，任情驰骋，颇有开阔深邃的恢宏气魄。刘白羽表现的艺术空间壮阔疏朗、明亮大方，不同于杨朔式的精致小巧、曲径通幽，也不同于秦牧式的一物相因、步步牵延。纵向开拓的艺术结构在刘白羽散文中运用最广。《早晨的太阳》是“新的生活和旧的回忆交织一起，唤起我一种庄严的喜悦心情”而写的。《他勇猛地飞翔》是灯光和记忆中的风雪之夜联系起来时一下构思成功的。《一幅灿烂的生活图画》是参观梅山水库时，“悲壮的历史乐曲和新生活的建设的轰响结合起来”而绘制的。横向展开是刘白羽散文艺术建构的又一方式，如《马鸣风萧萧》，从马的温情救人到烈性赴疆场，从马的暗通人性到不服生人抗拒驱使，从饲养员的爱马如命到战士的骑马冲锋至死，铺陈描写得波澜起伏，变幻多姿，也创造了宽阔壮美的艺术结构空间。刘白羽散文中有许多脍炙人口的名篇是描写自然美的，他善于以洒脱不羁、变化多端和行云流水般的笔墨，在短小精悍的篇章里描绘出构图精美、色彩缤纷的图画。像《长江三日》用“移步换形”的手法，随三峡风光逐层变化而徐徐展开;《日出》却用“蒙太奇”的手法，把具有不同风格的一幅幅图画连接起来，成为描绘日出的艺术画廊。

他的散文具有绚烂峭拔的语言，奔腾浩荡的语势。刘伯羽散文语言绚丽多姿，喜欢用色彩斑斓的词汇，极富色彩美、声音美、动态美。如《长江三日》中描写瞿塘峡观日出的壮丽景色，“乌沉沉的云雾，突然隐去，峡顶上一道蓝天，浮着几小片金色浮云，一注阳光像闪电样落在左边峭壁上”，接着，“无数层峦叠嶂之上，迷蒙云雾之中，忽然出现一团红雾”，“就像那深谷之中向上反射出红色宝石的闪光”；然后又写江流“色彩缤纷”，“两面巨岩，倒影如墨”，“近处山峦则碧绿如翡翠”；最后“金黄色的朝阳喷薄而出”。这段镂金错彩般的精心勾画，令人心驰神往。再看《天池》，“雪峰与杉林，白与黑相映，格外分明，雪山后涌起的白云给强烈的阳光照得白银一样刺眼，在黑蓝色湖与山

① 刘白羽:《创作我们时代的新散文》。

的衬托下，一片金黄色的杨树显得特别明丽灿烂”。真是五彩缤纷，以丽词华章创造了浓郁的艺术气氛。刘白羽写景时绚烂而有文采，抒情时明快而有力度。他写散文满含激情，韧力含于内，鼓动形诸外，用词鲜亮峭拔，少柔情而富有充实感。《秋窗偶记》里“披几点晨星，戴两肩霜冷，跨马渡冰河，风寒似箭，马停中流，饮了几口河水，仰头嘶叫两声，践踏起一阵浪花”，虽然写出了幽燕沙场马鸣风萧之景，但给人的却是一种以苦为乐、蔑视困难的豪情，一洗塞外风寒、荒凉孤寂的情调。他往往用铺排的句式创造磅礴气势，笔酣墨饱，尽情挥洒，以求恣肆汪洋，淋漓尽致。像“人如潮，泪如雨，泪变成呐喊，潮汇成大海”，“这大海，是革命的海，是战斗的海，是怒海，它奔腾，它激荡，它欢唱，它为每一新的胜利欢唱”。以排比形成一泻千里的奔腾之势，写景则千姿百态，抒情则倾肠宣泄。

当然，刘白羽的散文也有不足之处，比如豪情有余，蕴藉不足，显得过于直露。有的篇章政治语言过多，有说教之感。有的篇章行文比较冗赘，也减弱了艺术感染力。

第二节 秦牧·吴伯箫

秦牧(1919～1992)，原名林觉夫，广东澄海人。

秦牧出生于香港，三岁时随父母迁居新加坡。1932 年，秦牧回国就读，时值日本帝国主义侵华，国家民族处于生死危亡关头。作为一名爱国学生，秦牧随时关注着祖国的命运。1938 年，他结束学生生活，一面参加抗日救亡运动，一面从事文学创作并开始发表作品。1947 年，他出版了第一本散文集《秦牧杂文》。中华人民共和国成立以后，他陆续发表过长篇小说《愤怒的海》，中篇小说《黄金海岸》，文艺理论集《艺海拾贝》、《语林采英》，童话集《巨手》等。不过，秦牧写得最多，在读者中影响最大，还是他的散文。他先后出版过《星下集》、《贝壳集》、《花城》、《长街灯话》、《大洋两岸集》、《华族与龙》、《哲人的爱》等十多个散文集子，充分展示了他的散文才华。

秦牧是一位风格独特的作家，他的散文无论在题材、主题、结构、表现手法及语言方面，都有鲜明的个人风格，形成所谓的“秦牧模式”。

从题材上看，秦牧一直主张散文应当是一个“海阔天空”的领域，他说：“除了国际、社会斗争、艺术理论、风土人物这一类的散文外，我们应该有知识小品、谈天说地、个人抒情一类的散文。”他的创作实践了自己的主张，其散文题材广泛，不拘一格，既有鲁迅提倡的“匕首投枪式”的议论性散文，也有周作人欣赏的“平和冲淡”的小品式散文；既有反映时代风貌，涉及国内外重大社会问题的，也有介绍传统文化、名胜古迹、风土人情的，还有表现当代人思想观念、道德情操、喜怒哀乐的。总之，大则世界，小则沙粒，天南地北，海阔天空，都可以进入秦牧的散文殿堂。

秦牧散文在题材上另一个特点是注重知识性与趣味性。秦牧阅历丰富、知识广博，这在当代散文家中堪称佼佼者。秦牧充分利用了这一优势，在散文写作自然而又着意地介绍各种知识，将读者引入五光十色的知识迷宫。这些知识性的东西，既大大丰富了散文的内涵，又增强了文章的可读性、趣味性。像记叙广州年宵花市的散文《花城》，除了记叙广州一年一度热闹非凡的年宵花市场景外，作者还介绍了一些年节传统习俗及一些名花名树：

> 过年的时候，一向我们各地的花样可多啦：贴春联、挂年画、耍狮子、玩龙灯、跑旱船、放花炮……
>
> 尤其是南方特有的吊钟，我觉得应该着重地提它一笔。这是一种先开花后发叶的多年生灌木。花蕾未开时被鳞状的厚壳包裹着，开花时鳞苞里就吊下了一个个粉红色的小钟状的花朵，通常一个鳞苞里有七八朵，也有个别多到十多朵的。听朝鲜贵宾说，这种花在朝鲜也被认为珍品。

从主题上看，秦牧散文首先是突出主旋律——以共产主义思想体系统帅文章、教育读者。秦牧具有中国知识分子的传统美德，对国家、民族有着强烈的使命感和责任感，他关注社会、人生，把歌颂真善美、鞭挞假恶丑视为自己义不容辞的职责。他的散文充满了正义感和乐观主义精神，紧跟时代的潮流和步伐。《社稷坛抒情》中作者从对“五色土”的联想，归结出“人民创造历史”的伟大真理；《长城远眺》抒发了强烈的爱国主义感情；《秋林红果》从北方小小的山楂引申出“伟大寓于平凡”；《哲人的丰碑》颂扬了中国知识分子的奉献精神；《手莫伸》则鞭挞了市侩主义、野心家……

具有哲理性是秦牧散文主题上的另一个突出之点。秦牧是一位生活态度严肃的作家，尽管他的散文题材广泛，描绘大千世界的林林总总，尽管他的散文也不乏吟咏风花雪月，但是，他决不是一个纯客观主义的作家，更不是无病呻吟的作家。秦牧写作的目的非常明确，除了歌颂新中国、新生活外，就是表达他对生活独特的理解与感受，努力发掘其中蕴藏着的哲理。他说：“一个人在海滩上走着走着，多多地看和想，那情调很像走进一个哲理和诗的境界。”他的散文表面看来漫不经心，但在关键之处，秦牧都会用一两句话来表达自己的哲理思考。这里既有对社会、历史的思考，也有对人生、理想、价值、情操的感悟。《私刑、人市、血的观赏》，对旧社会私刑、人市等丑恶现象进行本质探秘，揭示其产生的根本原因在于“各自为政的封建割据”、“毫无法治的野蛮作风”。《海滩拾贝》，从亿万沙粒积成的沙滩和亿万水滴汇成的大海中，从无数个体汇集成的整体中，作者感悟到“渺小和伟大原是极其辩证地统一着，没有无数的渺小，就没有伟大，离开了集体，伟大又化为渺小”。《菱角的喜剧》，从菱角的“角”有多形，引申出“事物是复杂多样的，我们得和绝对化、简单化的认识方法打仗”。《花城》中，作者从花市里涌动的人流，欢乐的情绪中，体会到“亿万人的欢乐才是天地真正的欢乐”。《野参美》，从野山参与家参的价值差距，总结出“经历过艰苦修炼的人和在温室里培养出来的人”迥然不同。《谈“后代”》中，作者以博大的胸怀、民族发展的眼光来看待个人“绝后”的问题，从而得出：“再退一步来说，就算没有这些堂兄弟们的子孙，其他人的孩子，也同样是我们民族的后代。”

没有理趣的散文有如一杯白开水，而富有哲理又文笔优美的散文，则具有一种特殊的魅力。可以说，秦牧散文正是由于具有深刻哲理，才经受了时代考验，并超越了时空局限而获得广大读者的认同和喜爱。

健康的主题、深刻的哲理，必须通过生动的形象来表现，如果只是空洞的说教，一种简单的政治宣传，那就失去了散文的风采和魅力。秦牧散文并无此缺陷，相反，他很重视散文的艺术表现力，从而吸引读者跟着他走。

首先，秦牧散文具有浓郁的抒情色彩。文学的生命在于“情”，秦牧散文，无论是论理类、纪实类、状物类、描写类等等，都贯穿着强烈的主观抒情。他说：“我所写的，都是曾经使我激动、感奋、欢乐、忿恨或者思索、探寻的事情。”他在散文中，有时直接抒情，有时即事缘情，有时融情于景，有时寓情于理。总之，他毫不掩饰地抒发自己的爱与憎，喜与恨，从而激起读者心灵的震颤，引起感情的共鸣。《古战场春晓》，从鸦片战争抗英遗址三元里的今昔变化中，从三元里人民那世代相袭的英雄气概中，作者抚今追昔，深情慨叹：“一百多年过去了，然而那面光辉的战旗和一些古老武器被一代代保存下来，令人荡气回肠的战斗故事被一代代亲口传授下来，英雄民族的感情真是何其深厚！”《欧洲的风雪和阴霾》，生动地记叙了作者在莫斯科机场候机遇到暴风雪以及飞机穿过8000米高空云层，看到“鲜艳明亮的一轮红日”的情景。从风雪、阴霾与红日的鲜明对比中，作者忍不住发出感叹：“风雪在下，太阳在上，太阳总是在任何情形下都不能真正掩盖得了的。”这既是颠扑不破的真理,也是作者感情的呼喊。

其次,秦牧散文在结构上采用了一种网状放射性结构。他的散文始终有一个明确的题旨,围绕它,作者展开联想翅膀,由此及彼,或横或纵,引出一串串话题,这些论题表面看来似乎互不相干,但仔细品味后,就会发现它们都是围绕着题旨,相互间有一种内在的紧密联系,它们构成了一张潜在的艺术之网,表现一个完整的艺术境界。《社稷坛抒情》,全文以社稷坛的“五色土”为中心,由它联想到祖国千里沃野和勤劳的人民,联想到人民创造的历史文明,联想到古代的思想家、农民、诗人、仁人志士,联想到“五行论”、“四方五土”观念,联想到祖国统一大业等等。尽管联想丰富,四面放射,但由于中心突出,故而密而不乱,松而不散。

秦牧散文还有一点值得注意,那就是“谈天论地”式的表现手法。秦牧从不居高临下,对读者指手画脚,倒像一个忠厚长者,天南地北,自由潇洒地与读者娓娓而谈。形成这种风格的原因有三:一是为作家的人格、人品所决定。秦牧为人坦白、真诚、疾恶如仇,正因为“心底无私天地宽”,所以他才敢于剖露、裸露、表露自己的心迹。二是他知识渊博又博闻强记,所以无论以什么作论题,均可信手拈来、左右逢源、自由联想、无拘无束。三是为其散文结构所决定。既是网络放射性结构,就必然要求内容丰富,信息量大,而且自由自在。《石果的秘密》,由偶然买回一罐石果罐头,作者忍不住拉起了家常,叙述了一桩桩关于石果的“身世”、“经历”的往事,从石果由“垃圾”地位到制成罐头、换取外汇的戏剧性遭遇中,道出了认识事物真理性的艰辛过程。

秦牧散文很重视文采,他说:“文字如果不给人以美感,作品的艺术感染力就会大大降低。”当然,秦牧重视文采,但并不刻意雕琢,而是主张“优美以平易流畅为基础”。秦牧散文在语言上粗犷与细致结合,写意与修饰交错。他善于调动比喻、讽喻、拟人、夸张等多种修辞手段,特别精心地提炼警语,从而形成其独特的语言风格:朴素形象而又精练优美,平易自然而又富于变化。他是公认的散文语言大家。

吴伯箫(1906～1982),原名吴熙成,山东莱芜人。

吴伯箫读大学就积极参加进步学生运动,1938 年,他满怀革命激情奔赴革命圣地延安,在解放区及新中国成立后他长期从事教育、出版等方面的领导工作,同时又从事散文创作,是一位卓有成就的业余散文作家。新中国成立前,吴伯箫散文多收入《烟尘集》、《羽书》、《潞安风物》等。新中国成立后,他陆续出版了《出发集》、《北极星》、《忘年》等,其中以《北极星》最为著名,也最能代表其散文特点。

吴伯箫是一位忠诚的共产主义战士，对共产主义有坚定的信念，对革命传统，尤其是延安时期艰苦而又光荣的革命生活充满深厚感情，这使他在创作散文时，自觉地跟随革命步伐，表现时代最强音。

20 世纪 60 年代初，是中国大陆最艰难的年代之一，由于众所周知的主客观原因，国民经济陷入低谷，人民生活极为艰苦。在这种政治背景下，如何对待暂时的挫折，是坚持革命乐观主义，排除万难，去争取胜利，还是悲观失望，委靡不振，这是摆在每个中国公民面前的严肃课题，每个人都得作出回答，吴伯箫也不例外。不过，他回答的方式很特别。他写了一组回忆延安生活的散文，以期激起人们对光荣历史的回想，燃起人们对美好未来的希望，从而增强战胜眼前困难的决心。这一组散文就是收录在《北极星》中的《歌声》、《记一辆纺车》、《菜园小记》、《窑洞风景》等名篇，它们代表了吴伯箫散文的最高成就。

这组散文在内容上有共同特点。作者从一个独特的角度来追忆战争年代：这些散文没有记叙战场上的硝烟烽火，没有描写对敌斗争中残酷的死亡，也没有抒写惊天动地的牺牲。相反，这组散文只是回忆了延安生活中，特别是大生产运动中的几组风景线，几朵小浪花，几件小事情。然而，正是从这些平凡小事中，读者得到一种启迪，感受到一种激励，一种对延安精神的崇敬与向往，从而增强共产主义信念，增强战胜眼前困难的决心。《歌声》回忆了艰苦岁月里延安青年们在“黑黝黝的群山”下，在“流水滔滔的延河”边，“一波未平，一波又起”的特殊的大合唱，那高亢洪亮的歌声，那壮观激越的场面，令读者掩卷之后仍心潮澎湃。为什么？因为这歌声实际上是“一种思想，一种语言，甚至一种号令”的象征，是追求光明，奋发向上的延安精神的再现。《记一辆纺车》，从一辆普普通通的纺车开笔，再写到纺线的乐趣，写到开展大生产竞赛的壮阔场面，表现了当年延安人“跟困难作斗争，其乐无穷”的崇高精神境界。

吴伯箫除了写追忆延安生活的散文外，还有像记游散文《难老泉》，记人散文《猎户》，记叙兼议论散文《早》等，在内容上均各有特色，体现了吴伯箫文路的宽广。

吴伯箫散文在艺术上也很有特色，质朴无华，淡雅清新是他的主要风格。他的散文构思单纯、明朗，从不故弄玄虚、藏头露尾。他从“一斑一点”、“一枝一叶”入手，围绕题目，层层铺写，从而使文章思路清晰又匀称饱满。

吴伯箫质朴的文风在语言上表现得更为突出。他追求“天然去雕饰”的白描与直说，但又巧用古文、评语与诗词，从而增强了语言的表现力和情趣。像《菜园小记》里，写到种菜的乐趣，表现“一分劳力就一定有一分收成”的喜悦心情时，作者用了这些话语:“……人勤地不懒,出一分劳力就一定能有一分收成。验证不远,不出十天八天,你留心那平整湿润的菜畦吧,就从那里会生长出又绿又嫩又茁壮的瓜菜的新芽哩。那些新芽,条播的行列整齐,撒播的万头攒动,点播的傲然不群,带着笑,发着光,充满了无限生机。一棵新芽简直就是一颗闪光的珍珠。‘夜雨剪春韭’是老杜的诗句吧,清新极了,老圃种菜,一畦菜怕不就是一首更新的诗?”

第5编

文学发展的多元态势

（1976~2000）

第一章 文学发展的多元态势

1976年10月，"四人帮"被粉碎，"文革"结束。1978年，党的十一届三中全会胜利召开，一个新的历史时期开始了。文学也同整个时代一样，在党的领导下批判了"左"倾错误和突破了诸种禁锢，以奔腾不息、不可阻挡之势，迈向现代世界，面向未来。新时期文学十分丰富，呈现出多元的发展态势。

第一节 文学新思潮的涌现

本时期的文学思潮，冲破了长期以来的"左"的思潮影响下形成的单一封闭的格局，开始了20世纪中国文学发展史上又一次观念更新、新潮迭起、百花争艳、多姿多彩的繁荣时期。新时期的文学思潮流变，已经不再可能以某种文学方法和观念作为统一模式来规范文学了。文学的单一模式发展成多元并立的繁荣局面，文学以它多元的风姿向世界展示它自己。

新时期文学思潮迭宕起伏、新潮涌动。但是在这繁杂潮流中的主流则是文学不断开始自身的觉醒，文学的主体意识和文学的本体意识不断觉醒，从而文学开始不断地摆脱种种非文学的束缚与干扰，向着文学自身回归，并在这种觉醒与回归中，不断丰富自身，发展自身。这一发展的主潮，主要经历了现实主义文学思潮的恢复、世界文学中的现代主义文学思潮的冲击与后现代主义思潮的影响三个大的发展阶段。

在经历了"文革"这样一场使人受到摧残、人成为非人的时代之后，新时期文学的第一股强大思潮，便是伴随着人道主义呐喊的现实主义思潮的复归。伤痕、反思、改革等文学潮流便是其在创作中的突出表现。它们共同体现出的基本倾向是为人生的艺术，力图恢复被扭曲以致失落的现实主义传统，恢复人在文学中的地位，并以人的重新发现为动力，使久被压抑的现实主义的生命力得到了弘扬和发展。在这一时期现实主义思潮下的文学创作潮流都不同程度地反射着时代精神的折光。

随着社会主义现代化建设的发展，我国人民的物质和精神生活也变得愈来愈丰富，社会生活的多样性，必然导致反映生活的文学创作的百花齐放。时代风尚的变化，会影响读者的审美情趣，物质生活的繁荣，也会日益扩大人们的审美要求。停留、满足于单一的现实主义方法越来越不能适应人们日益广阔的审美需求。

70年代末，当国门打开，中国从自我封闭终于走向开放，中国文学再一次面对着世界的时候，中国的文艺工作者面对着一个丰富、复杂、多姿多彩的世界文坛，感到了在中国文学与世界文学之间，由于长期封闭所造成的巨大的隔膜与巨大的差距。于是一场历时十余载的世界文学中的现代主义文艺及文化思潮的冲击与影响，渐渐拉开了序幕。它一方面表现为一连串热闹起伏的文艺论争，另一方面则诱发了一场踪迹难辨的文学技巧、情趣和观念的革命。

关于"现代派"文艺思潮的第一次争鸣是在80年代初开始的。1981年高行健在《随笔》上连载了谈现代小说技巧的系列文章，后结集成《现代小说技巧初探》一书出版。《上海文学》随后发表了冯骥才、李陀、刘心武三人有关这本书的通信。冯骥才认为现代派是文学上的一场革命，认为"社会要现代化，文学何妨出现'现代派'"。并指出：所谓现代派是指地道的中国的现代派，而不是全盘西化，毫无自己创见的现代派。李陀则认为中国文学应当以现代小说为建设目标；中国现代小说要"注意吸收、借鉴西方现代派小说中有益的技巧因素或美学因素"[①]。较早明确提倡中国现代派的则是徐迟的文章《现代化与现代派》，文章提出中国应当有马克思主义的现代主义[②]。于是围绕着文学的现代派问题引发了一场论争，而以对上述文章观点的批判为多。陈燊在《也谈现代派文学》一文中，通过对现代派文学的阶级实质的分析，我们对现代派的批判态度及现代派对我们的作用的分析，认为"现代派文学对我们的艺术借鉴作用很有限度"，"如果离开人民和民族土壤……那么，我们无论在创作实践或理论探索上，都将走入一条死胡同"[③]。钱中文也发问道："要现代主义文学还是要社会主义文学？"[④]这些文章都体现出这场论争具有的浓烈的政治色彩。不过，一场对于具体的文学现象的论争很快就压倒了单纯理论的争鸣，这就是关于朦胧诗的讨论与争鸣。

关于诗的"朦胧"和"朦胧诗"的提法，起于章明的文章《令人气闷的"朦胧"》。文章

---

① 冯骥才：《中国文学需要现代派》；李陀：《现代小说不等于"现代派"》，《上海文学》1982年第8期。
② 徐迟：《现代化与现代派》，《外国文学研究》1982年第1期。
③ 陈燊：《也谈现代派文学》；《文艺报》1983年第9期。
④ 钱中文：《论当前文艺论争中的现代主义思潮》，《文学评论》1984年第1期。

批评当时诗歌创作的一种现象：有的诗写得朦胧、晦涩、怪僻，叫人读不懂[①]。随之，一些文章也表示了类似看法。针对这类观点，谢冕则指出：一批新诗人在崛起，他们不拘一格，大胆吸收西方现代诗歌的某些表现方式，背离诗歌传统，我们应当学会适应这一状况。文章并认为：我们一时不习惯的，未必就是坏东西，我们读得不很懂的，未必就是坏诗[②]。孙绍振发表文章支持谢冕的意见，他认为：与其说是新人崛起，不如说是一种新的美学原则在崛起。这种新的美学原则，一是不屑于作时代精神的号角，也不屑于表现自我感情世界以外的丰功伟绩。不是直接去赞美生活，而是追求生活溶解在心灵中的秘密。二是指出社会学与美学的不一致，强调自我表现。三是呼吁艺术革新[③]。谢冕的文章发表后，即有不少批评文章出现，而孙绍振文章的发表，则使批评文章开始集中于这个"新的美学原则"上来了。这场围绕着朦胧诗展开的论争，反映出了80年代中国诗歌的一种事实：现代主义新诗潮流在崛起。对于传统诗歌艺术来说，以北岛、舒婷、顾城等为代表的朦胧诗是全新的。它以意象的朦胧性取代了形象的确定性，以意象群的多层抒情结构取代了线性平面的抒情结构，以梦幻、荒诞、象征、暗示和无意识为其主要审美特征的现代象征艺术取代了明白晓畅的写实艺术，从而使诗具有更大的弹性和全新的审美价值。朦胧诗体现了新的美学原则的崛起，对于中国新诗歌来说，无异又是一场真正的诗歌革命，并对中国新诗歌的未来进程发挥着深远的影响。

稍后，在小说界则出现了"意识流"的创作新潮。王蒙在《春之声》、《布礼》等小说中，致力于小说创作技法的革新。他率先突破传统小说的结构方式，从学习和借鉴西方小说的"意识流"手法入手，把小说的情节结构变成心理结构，有意淡化情节，突出人物的意识流程，使大量的感官印象和意识流动进入作品，从心理角度处理时间秩序和空间位置，构成一种新的小说形式，引起了文艺界对于意识流小说的探讨。一位文学教师写信给王蒙，说他看了两遍《春之声》，愈看愈不懂，并称"因为你是王蒙，人家才给你发表"[④]。甚至有的人说，《春之声》是泥水流，连泥带水都流下来了。没有人物，也没有细节，怎么能算小说。陈桑认为："意识流小说，以弗洛伊德的理论为基础，往往带有淋漓尽致的性的描写，这是否值得师法呢？'意识流'小说沉湎于个人的感受，要丝毫不爽地、不厌其烦地表现流动中的一切琐碎无聊的下意识活动，不仅细大不捐，而

① 章明：《令人气闷的"朦胧"》，《诗刊》1980年第8期。

② 谢冕：《在新的崛起的面前》，《光明日报》1980年5月7日。

③ 孙绍振：《新的美学原则在崛起》，《诗刊》1981年第3期。

④ 王蒙：《关于〈春之声〉的通信》，《小说选刊》1980年第1期。

且，因其回避现实生活的重大冲突，往往见小失大。”①李国涛则认为：“生活的发展促进文学的发展。人们的精神生活的复杂、丰富，使作家去探索新的表现形式，这乃是势之必然。‘意识流’强调对心理感觉潜意识的描绘，这也是忠实地反映现实，也是现实主义的一部分内容。”又说：“‘意识流’作品有一些很难为读者接受，那原因有多种。不过有的小说离开人物，不注意性格，却不能不说是它本身的缺陷。”李陀认为：“‘意识流’作为一种技巧完全可以为现实主义创作方法所容纳。而且目前已经出现了一批这样的作品，使文学作品显示出一种新风貌。对此，文学评论界应给予重视，进行研究，而不必感到惶惑或为之担惊受怕。”可见，当时关于意识流的争论，在很大程度上很难说是学术性的，更多的是在非学术性层次上的。反驳者的斥责少学术味，支持者的文章也只限于将意识流作为一种可以学习借鉴的技巧，将它纳入到现实主义传统中来。在不少文章中还努力分辨王蒙的意识流不同于西方意识流，所以也就不像西方意识流那样意味着腐朽、没落，所以后来又有了“东方意识流”的称法和“意识流的东方化”的辩解。但无论如何，文学创作上的意识流已成为了一股强劲的文学潮流。

在深受西方现代主义文学影响的中国 80 年代文学创作中，荒诞文学的创作实践也是一个引起文艺界广泛关注的文学现象。与西方荒诞文学相比，我国荒诞文学意识的产生也有着与西方极相似的社会文化背景。经历了“文革”浩劫的荒诞岁月，劫后余生的中国人，对于体验和理解西方人的那种荒诞感并不是太困难的事。然而，由于文化和历史的背景差异，中国 80 年代兴起的荒诞文学与西方荒诞文学之间，作品在总的主题、内容、意向与艺术审美价值方面有所区别。中国作家所体现出的现代荒诞意识，终究还是与以自觉的理性执著于对历史的反思、对现实社会的关注和参与等紧密联系的。因而，中国 80 年代荒诞文学，即使同样表现类似于西方荒诞文学中的“人的异化”、“自我失落”、“现实荒诞”等主题时，作家的基本思想倾向，对现实、对人生、对世界的观念把握，仍然执著于人的自觉理性高度，以理性穿透荒诞而并没有以荒诞湮没理性乃致导向非理性。关注现实人生，注重历史文化的反思和社会批判，构成了中国 80 年代荒诞文学精神内容的基本特征。

从 1984 年开始，文学界逐步掀起一股文化热，一方面是对“五四”以来新文化运动的反思，一方面是对民族传统文化的追寻与思考，由此延伸出不少讨论课题。这场文化思潮的特点在于，它不仅仅是理论的探索，它缘发于大量的文艺创作实践，并有大量的文化作品作为参照，因此有不少作家率先提出并积极参与讨论。这场论争不仅仅牵

① 陈燊：《也谈现代派文学》，《文艺报》1983 年第 9 期。

涉到文学创作的实际，而且还涉及文学创作的发展方向，从而提出了在新时期文艺的未来前景中，在中国文艺走向世界的过程中，文化尤其是中国传统文化究竟占有什么样的地位问题。

"文化寻根"思潮波及整个文坛，成为80年代中期文学思潮中重要现象之一。首先对"五四"以来是否存在着一个"文化"断裂，以及它对文艺发展和社会发展的影响问题，一些论者认为："五四"过于简单地反传统导致了民族文化的断裂，从而影响了文学走向世界，并导致了诸多社会恶果。阿城首先提出这个问题，他指出我们存在着凭借西方文化来批判中国文化的习惯。"五四"运动使民族文化断裂，"文革"更为彻底①。不少作家撰文发表了类似看法，并从多方面补充了阿城的观点。但也有不少论者提出不同意见，汪晖认为"五四"运动并未导致民族文化断裂，它甚至是在建设新文化的过程中弘扬了传统文化。"文革"正是传统文化在一定历史条件下畸形展现②。

在文学是否必须植根于民族传统文化，传统文化对80年代乃至以后的文学有怎样的价值和意义问题上，一些作家认为：80年代及其以后的文学必须植"根"于民族传统文化中，才能求得深入的发展。但也有作家认为：80年代及其以后的文学只能以现实生活为自己的土壤，文学的"根"就在那千姿百态的现实文化形态之中。

在这场文化寻根热潮下，许多作家开始以文化为对象借助各种角度对民族生存的历史与现状，进行深入研究与整体的观照。邓友梅对北京市民风俗的重视成为他一系列作品的风格特征，冯骥才对天津民俗的体察则使之进一步深刻地洞察中国文化的心理病态。后来典型的寻根派作家，则更广泛地拓展自己的学科背景，如以表现中亚地区少数民族生活见长的张承志对著名的蒙古史经典文献《元朝秘史》的重视，阿城对《易经》中时空形式的理解，韩少功对楚文化浪漫主义精神的追慕，贾平凹对秦汉文化中审美意识的感悟等等，更多是从文化学、历史学、民族学、人类学等学科领域中获得启示。文化寻根热，直接推动了作家主体自身的文化建设，催动了他们对自身掌握生活方式与审美意识的自觉更新与成熟。

1985年，随着刘索拉《你别无选择》、徐星《无主题变奏》等现代派小说的出现，以及引起的评论争议，使得开始趋于平静的现代派之争重燃战火。有的论者认为，从文学形象转变来说，这是由神圣回归平庸，由英雄主义回归于虚无。有的论者则指出那些小说人物的玩世不恭，是抗争和进取，是心灵觉醒的标志。1985年之后，现代主义

---

① 阿城：《文化制约着人类》，《文艺报》1985年7月6日。

② 汪晖：《要做具体分析》，《文艺报》1985年8月31日。

文学创作成为时尚，无论理论争论如何，它已经作为既成事实出现在80年代中国文坛上。于是，对我们究竟有没有真正的现代派问题，又引起了一番热闹的争论。季红真写专文全面探讨西方现代主义与中国近代文学的关系，其核心观点就是新时期文学尽管受到西方现代主义的广泛甚至深刻的影响，但中国并没有出现严格意义上的现代主义文学。文章还从物质生活水平的限制、缺乏现代主义产生的哲学土壤以及文化心理机制的障碍三个层面论证她的观点。文章用了不少篇幅指出中国文学中的现代主义倾向与严格意义上的现代主义之间的诸多实质性差异。不少论者持相似的看法，但也出现了不少相反观点的文章。如黄子平的文章，将真伪之争的内涵挑明，并委婉地批评了那种认为中国现实文化思潮不可以产生现代主义文学的观点。

1985年以后，随着拉美文学给世界带来的惊异与震撼，不少中国作家以前所未有的热情走向拉美文学，创作了相当一批直接受惠于拉美魔幻现实主义的作品。对于面对着涌入的种种文学流派却不能实现输出的中国新时期作家，拉美魔幻现实主义这种“愈民族性愈世界性”的成功经验无疑具有强大的吸引力。拉美魔幻现实主义对新时期小说的影响，首先是借助魔幻表现现实，创造神话的梦幻的新现实的审美原则。扎西达娃、马原专注于西藏，在他们的一系列作品中，黑面长袍的藏人形象与碧眼红发的外国客形象、宗教的训诫、神谕与国际卫星转播、耸人听闻的奇风异俗与灯红酒绿的迪斯科舞场……传统与现代文明犬牙交错，构成了亦真亦幻的时空错乱的小说世界。其次，在叙事方式与叙事风格上的影响。如，扎西达娃以一种生理上的确切描写使时光倒流，反映中年的加央班丹逐步复归女人腹中婴孩的过程(《世纪之邀》)，而马原则在《虚构》中写麻风村见闻，塑造热忱的旅游报记者，可见一斑。此外，马尔克斯式的时间观，也被不少作家所迷恋。陈村的《一天》细致地不厌其详地重复描写张三每天起床、上工、回家的简单循环，将“一天”拉长成一生，将一生压缩为“一天”，呈现着普通中国人被单调、重复、绝无创造性可言的生活所磨蚀却仍自得其乐的生命“异化”现实。除了循环的时间观，马尔克斯《百年孤独》首句表现的时间模式也被许多中国作家所模仿。在苏童的《罂粟之家》、余华的《难逃劫数》等作品中都可以看到这种模仿。

到80年代后期，随着一系列先锋作品的出现并产生影响，关于后现代主义文化与文学的讨论又成为新的热门话题。实际上，西方的后现代主义，是几乎与西方的现代主义一道被介绍到中国大陆来的，只是由于长期的历史、文化的封闭性状态，所以80年代以来中国评论界通常谈论的西方现代派这一概念本身就充满了种种含混与误解。一方面，它以“派”代替“主义”，忽略了西方现代主义文学诸多流派之间的差异甚至极大的不同。另一方面，从时间上，它又往往涵盖了从19世纪法国象征主义一直到黑色

幽默、魔幻现实主义等等，实质上是把现代主义文学之前的与现代主义文学之后的文学都与现代主义文学混为一谈。一直到80年代后期，随着对西方现代主义文学与文化的认识、研究的深化，这一误解才开始得以澄清。80年代后期崛起的先锋派，他们的作品开始引起愈来愈多的注意与争议。他们的作品，不仅在观念内涵上，而且在艺术形式与写作技巧上，都向读者提出新的挑战。由于先锋派作品对于后现代主义均有所吸收和借鉴，体现出后现代主义的某些特征，于是批评家们开始以后现代主义的视角来观照这些文学现象，并从这些文学现象中解读出后现代的特征意味，从而又引发了一场关于中国是否存在后现代主义文学的争论。这场争论可以说是"现代主义之论争"的延续。王宁以为：近年来后新潮小说等文学现象，使人产生中国文学已进入后现代主义文学时代的感觉，但是这种感觉是虚幻的，不确切的，因为中国社会还没有进入到能产生后现代主义文学的后工业社会阶段，后现代主义"还只是以文化因子的成分存在于当今中国的文学创作中"①。陈晓明则从经济文化发展、市民社会形成和政治经济文化多元作用来指出后现代主义可以在中国产生的土壤，并在对先锋派作品的详细分析中揭示其后现代特征②。无论理论上的争论如何，先锋派、一定程度上的新写实小说以及通俗文学的走红、诗歌领域中的"新生代"创作等等文学现象本身都显示着新的文学观念与思潮的产生与形成。

总之，一次次的围绕着文学创作实践展开的论争，都无一不体现着文学新思潮的一次次的新的冲击与突现。它表征着文学观念的急速演变与文学创作潮流的不断更新。中国20世纪80年代及其以后的文学也就在这不断的演变与更新中丰富着、发展着，以其从未有过的繁复、五彩缤纷和锐意进取精神走向21世纪。

第二节　文学主体性讨论

新时期开始以后，文艺理论站在了文艺新潮的前列。一方面，在批判、消除极"左"思潮在文艺理论、文学观念及其创作上的影响，另一方面，则开始了文学新观念的探索与建设。

首先，在文艺与政治的关系这一重要问题上，围绕着文学是否是工具、文学是否从

① 王宁：《现代主义、后现代主义与中国现当代文学》，《中国社会科学》1989年第5期。

② 陈晓明：《无边的挑战》，时代文艺出版社1993年版。

属于政治、文学是否为政治服务等问题，从70年代末，引起文艺理论工作者广泛而热烈的讨论，一直持续到80年代初期。讨论的重要成果之一，是对“文艺是阶级斗争的工具”的批判，明确了离开审美作用，文艺的认识作用和教育作用是难以实现的；之二，是以文艺“为人民服务，为社会主义服务”取代了“文艺为政治服务”，文艺摆脱了从属于政治的地位。

关于文学与人性、人道主义的讨论，也是新时期文艺理论争鸣中一个重要问题。50年代以来，关于人性、人道主义问题，虽然在不同时期的部分文章中有所提及，但对这个问题本身的讨论，没有也不可能正常地展开。简单的政治批评甚至批判，代替或压制了对这个问题本身的讨论。80年代初，这一问题重新得到探讨，引起了广泛的争论。虽然对人性内涵的理解与主张不同，但都一致认同了文学可以而且应该表现人性。这是中国文艺界在新的历史时期从理论上突破“人性论”禁区的一个可喜的收获，也是对50年代以后十七年间在这个问题上失误的澄清。在人性与阶级性的关系上，通过讨论，大多数人认为没有脱离阶级、超阶级的人性，人在阶级社会中都有阶级性，但不能把人性全部归于阶级性。对于共同人性则有着不同的理解。但这一讨论则体现出，一方面是反对把人性等同于阶级性的观念，二是为文艺上客观存在的共鸣现象，审美上的共同感等人类某些“共识”寻求原因。关于人道主义问题，围绕着“人是不是马克思主义的出发点”、“马克思主义能否归结或包含人道主义”、“能否存在马克思主义人道主义”、“马克思主义如何看待人道主义”、“如何完整、准确地理解马克思的一些有关论述”，特别是对马克思早期著作的理解等问题的论争，形成了多种甚至是截然相反的观点、主张。关于文学与人道主义问题，部分文章讨论了新时期以来文学创作中的人道主义思潮，文学创作中体现出的呼唤人的尊严、人的价值以及涉及的人的异化等问题。由于人性、人道主义问题本身的复杂性，这次讨论提出不少问题，也留下不少问题。

正是在文艺理论对于一些重大问题的讨论与争鸣、文艺观念与文艺创作实践的变革、发展的历史背景和潮流下，文学的主体性问题提出并引起了一场广泛而持久的理论论争。其开端是由刘再复提出“文学主体论”引起的。1985年，刘再复重提文学的内部规律说，要求文学研究“回复到自身”[①]。接着，他发表了《文学研究应以人为思维中心》，认为文艺科学要转向内心，回复到自身，就只有从政治附庸和宗教婢女的地位中以及现实的各种束缚中超越出来，从而获得更大的自由。他提出应当“构筑一个以

---

① 刘再复:《文学研究思维空间的拓展》,《读书》1985年第2、3期。

人为思维中心的文学理论与文学史的研究系统”,“把主体作为中心来思考”,“给人以创造主体的地位,给人以文学对象主体的地位,给人以接受主体的地位”①。不久,刘再复又发表了长篇论文《论文学的主体性》,“纲要性地阐发”了他的文学主体论,并且认为这可能会使文学理论结构发生较大的变动。在文章中,他提出“人的主体性包括两个方面,首先,人是实践主体,其次,人又是精神主体”。他认为:“文学创作强调主体性包括两层基本内涵:一是文艺创作要把人放到历史运动的实践主体的地位上,即把实践的人看做历史运动的轴心,看做历史的主人,而不是把人看做物,看做政治或经济机器中的齿轮和螺丝钉,也不是把人看成阶级链条中的任人揉捏的一环;二是文艺创作要高度重视人的精神的主体性,这就是要重视人在历史运动中的能动性、自主性和创造性。”文章还对“文学是人学”这一命题进行了反思,并从三个层次上深化了这一命题的内容:一是文学不仅是一般的“人”学,而且是“人的精神主体运动的历史”;二是文学不仅是精神主体学,而且是具有人性深度和丰富情感的精神主体学,因为文学的最根本的原动力是情感;三是文学不仅是某种个体的精神主体学,而且是以不同个性为基础的人类精神主体学。文章强调,文学的主体是由作家、作品中的人物和读者构成的,重视文学的主体性就是要强调这三部分的地位。对于创作主体来讲,就是作家超越生存、安全、归属、尊重等需要而升华到自我实现这个深层的精神境界,也就是达到“作家全心灵的实现,全人格的实现,也是作家的意志、能力、创造性的全面实现”。要达到这种境界,作家又必须具有高度的历史使命感和社会责任感,体现在创作中就深化为一种深广的忧患意识,进而表现为一种深沉而宏大的人道主义精神。对于接受主体来讲,就是读者和批评家在接受过程中通过自我实现和创造机制的作用,充分发挥审美创造的能动性,凭着完善的心理结构,去感受、体验和创造。从总体上说,接受主体性的实现,是使人获得自我实现,使人的非自身归为自身,把人应有的全面情感归还给人占有。这一总体内涵又可包括三个基本方面:(一)把不自由的人还原为自由的人;(二)把不全面的人还原为全面的人;(三)把不自觉的人变为自觉的人②。至此,刘再复初步形成了一个全新的文艺理论体系。

刘再复的《论文学的主体性》发表以后,很快引起了各种不同的反响,有人热烈欢迎,有人保留地作了部分肯定,有人着重于分析和批评。围绕着“文学主体性是不是文艺理论的革新”、“从反映论向主体论转移是不是时代的要求”、“刘再复的文学主体性

① 刘再复:《文学研究应以人为思维中心》,《文汇报》1985年7月8日。

② 刘再复:《论文学的主体性》,《文学评论》1985年第6期～1986年第1期。

是唯物还是唯心”，以及对文学主体性具体内涵等问题，展开激烈论战，并在各种意见的争鸣中，逐渐形成了对文学主体论主要观点基本肯定与称赞以及基本否定与批判两大趋势。后者的主要代表有陈涌、敏泽、程代熙等人。

陈涌在《文艺学方法论问题》一文中，对刘再复的观点提出尖锐批评。他认为刘再复把文艺规律分为“内部规律”和“外部规律”是错误的，是“离开了马克思主义的唯物主义”。他强调说，刘再复“没有把我们有些人在解释和应用马克思主义观点时的错误和缺点，和马克思主义的本来面目区别开来，却在否定我们的缺点和错误时，实际上连同在这些问题上的马克思主义的观点和方法也一起否定了”。针对刘再复提出的关于人有受动性和能动性这两重性观点，陈涌批评道：“怎么能够把人‘作为一种客观存在’和‘作为行动着的人’分割开来呢？难道客观存在的人不就是行动着的人吗？……离开社会实践，谈论人的受动性和能动性，不是回到机械唯物论的直观反映论，就是走向主观唯心主义。”陈涌还指出：“现在确有少数人，在发展马克思主义或者在‘文学观念更新’的名义下，对马克思主义的原理弃置不顾，甚至加以贬斥。这不是一个小问题，这是一个关系到马克思主义在中国的命运，关系到社会主义文艺在中国的命运的问题。”[①]

敏泽在《论〈文学的主体性〉》一文中，对刘再复观点进行了多方面的批评。他认为刘再复的观点充满自相矛盾和混乱，是以现代形式呼唤古老的自由、博爱、人性复归；“作家一方面着力宣扬‘人本主义’的‘自由’、‘博爱’等等陈旧的词汇，一方面又极力地赋予它以‘现代形式’”。认为刘再复所说的人性，是“排斥了人的社会性，因而也剥夺了人性及其丰富性的存在和发展”。认为刘再复“全文与其说是出于认真的思考，毋宁说更多的是出于玄想”，“概念没有任何历史的和逻辑的规定性，并且存在着概念不清，且相抵牾的现象”。对于刘再复所说的人的目的自由的实现问题，认为“离开社会主义现实基础奢谈这些动听的口号，最终不能不是历史唯心主义，后果也不能不是消极的”。认为刘再复论述人的出发点和归宿是“历史唯心主义”，“它和16世纪的西方文本主义一脉相承”[②]。

程代熙在《对一种文学主体性理论的述评》一文中，认为刘再复提出的文学主体性问题“是值得称道的，但他并未触及问题的真正所在，而且他提出来的文学主体性理论不仅无助于这个问题的解决，还有从另一个极端把文艺理论和创作引向歧途的可能”。

① 陈涌：《文艺学方法论问题》，《红旗》1986年第8期。

② 敏泽：《论〈文学的主体性〉》，《文论报》1986年6月21日。

“刘再复同志的文学主体性就是目的论和情感论的二重组合”，“他的主体性理论不是建立在社会实践的基础上，而且还与当代现实生活发展的要求直接相抵牾”。针对刘再复的“人是目的”的观点，他提出四点不同意见：一，人这个主体不是通过思辨和反省的方法，即不是通过精神主体而是通过人在实践中的活动，即实践主体来认识世界和自身的；二，人不是目的，但作为实践主体的人所从事的实践活动却是一种有目的的活动；三，精神主体所具有的无比丰富性和伟大力量并不来源于主体自身；四，刘再复忽视了精神必定要受物质的纠缠这一必不可少的前提，因而，刘再复的主体论如果付诸实践，就会导致对过去“左”的文艺思潮、文艺政策、文艺路线的重新肯定[①]。

另一方面，有不少文章则对文学主体论加以充分肯定，并对批评、反对者的观点加以反驳和质疑。洪永平就认为“陈涌同志在对于文艺有无内外部规律和二者间的关系问题上认识是模糊的”，“对于十一届三中全会以来的文艺形势的估计也有耸听之嫌”[②]。杨春时认为，“陈涌同志所依据的意识形态理论，否定了文艺的主体性和超越性”是“离开了马克思主义的实践观来谈论人对现实的反映，因而最终必然由被动反映论走向机械决定论”，“从被动反映论出发，否定文艺的主体性；又由之导出被动决定论，否定了主体的超越性；继而又引出文艺无特殊的内部规律，政治经济对文艺的决定作用，就是文艺的本质规律的观点；更进一步推导出文艺无自主性，它可以从经济关系中得到解释的线性因果论；最后落实到这一点上：文艺不是独立的实体，它无特殊内容，只有特殊形式；文艺以政治为内容，自身乃是政治的形式”。“文艺主体性和超越性理论决不是陈涌同志所说的‘离开社会实践’的‘主观唯心主义’，恰恰相反，它正是以马克思主义的实践论为依据的”[③]。何西来认为：“刘再复强调文学的主体性，是对长期存在于文学理论中以唯意志论和机械反映论为主要特点的‘左’倾观点的救正。”“强调文学的主体性，会不会导致脱离马克思主义的反映论呢？……只要不否定世界的物质统一性，不否定存在第一性、意识第二性的原则，就不会……刘再复在对文学主体性作哲学的说明时，首先强调了人作为实践主体的方面，这就抓住了问题的根本，不仅不脱离马克思主义的反映论，而且是站在它的坚实的基础上的。”[④]林兴宅认为，“旧的文艺理论体系的逻辑前提就是哲学认识论，即把艺术审美系统纳入哲学反映论的框架中来思考……终于导致文艺主体性的失落”，而“刘再复同志站在哲学的高度，敏锐地抓

---

① 程代熙：《对一种文学主体性理论的述评》，《文艺理论与批评》创刊号，又见《文艺报》1986年7月19日。

② 洪永平：《马克思主义的文艺规律问题》，《文学评论》1986年第4期。

③ 杨春时：《文学主体性和超越性》，《文学评论》1986年第4期。

④ 何西来：《自由地讨论，深入地探索》，《文学评论》1986年第3期。

住旧文艺理论体系的根本缺陷，深入地充分地阐明文学的主体性原则，为文艺理论的根本变革迈出了重要一步。他认为，作为历史主体的人及其实践应该是唯物史观的核心，历史唯物主义应是实践基础上关于主客观统一的哲学”。因而，刘再复的以人为思维中心的文艺观“不仅没有偏离马克思主义，而且是从整体上把握了马克思主义历史唯物主义的世界观和方法论”。林兴宅主张要“理直气壮地宣称刘再复同志在新的历史时期发展马克思主义文艺学的贡献”①。

毫无疑问，上述的种种见仁见智的针锋相对的意见，从不同的角度和方面，深化了对文学主体论的讨论，使文艺理论界在围绕文学主体性的许多理论问题的探索，得以展开和深入，表明新时期的文艺理论正在努力通过变革、更新和重建，走向规范化和科学化，并且取得了许多可喜的成果。文学主体性理论的提出与讨论有着不容忽视的理论和实践上的重要意义。

首先，文学主体性理论，是对我国50年代钱谷融强调“文学是人学”的一系列观点以及巴人提出的文学应当有更多人情味，应当使人物闪耀着更多的人性的光辉的理论观点创造性的借鉴、继承、总结和发展。这些一定程度上把握了艺术规律的理论当时都受到严厉的批判，文学主体论则对这些理论加以深化与发展。作为创造主体的作家的主体精神部分，则见出与胡风“主观战斗精神”的承继性。正如何西来指出的那样：“文学主体性的重新提出，实际上是跨越了一个长达30年的历史断裂，勇敢地接上了胡风文艺思想中的一个光辉的命题。”②

其次，文学主体性理论是现实历史时代的产物，反映了在新的时期文艺思潮的深刻变革与文学观念的更新，对于新的文艺理论的建构做出了可贵的探索，产生了巨大的影响。其理论的核心是人道主义，是在艺术理论中全面彻底确立人的主体价值的地位，以独特的角度、精辟的观点和一套新的概念系统，从哲学、心理学和文艺学三个层次，论述人及人的内在本性和性格问题，在作家、作品和读者这艺术发生发展过程的三个阶段上全面地强调和申扬了主体精神的价值与决定性意义，将文学从单纯的工具论、反映论中超越出来，实现了文学观念变革的一次飞跃。

此外，从文学创作的实践看，主体论以其鲜明而深刻的观念深化和凸现了文学的“人文”意识和“文学”意识，为文学创作带来了新的气象。

当然，文学主体性理论也存在着不少缺陷与不足。首先，这一理论体系建构过程

① 林兴宅：《我们时代的文艺理论》，《读书》1986年第12期。

② 何西来：《对于当前我国文艺理论发展态势的几点认识》，《文论报》1986年6月11日。

中，未能将文学的主体性与客体性关系纳入历史思考的范畴内进行辨析。其次，在理论体系结构上，还存在着不够周严、不完善处。文学主体三部分间缺乏有机联系，对象主体部分不仅论述得最不充分也最经不起推敲。另外，在建构新的文艺理论体系时，由于受知识与时代的局限，使主体性理论显出半新半旧的过渡色彩。在经历了"文革"那样的时代之后，当然有充分的理由提倡和强调人道主义和主体性精神，但却没有看到人道主义和主体性自身的局限。文学主体论集中体现着特定时代的文艺理论特有现象，也表明它作为一种理论的过渡性，需要在批判地吸收、借鉴现代美学与文艺理论的丰富成果的基础上继续发展。

第三节　文学本体讨论

1985 年，在文学方法论热的思潮背景下，我国文艺理论界开始出现了文学本体论的话题。《文学评论》在 1985 年第 4 期推出了"'我'的文学观"专栏。其中，发表的一些文章开始涉及文学本体论的问题。鲁枢元《用心理学的眼光看文学》一文，从本体论、创作论、价值论三个方面来谈他的文学观念。他从物理世界与心理世界的各自特征，指出："文学艺术的世界是一个心理的世界。"他认为："文学是对于人的灵魂深处的美的发掘，文学是人的心灵创造性的自由表现"，"文学的价值在于'干预'人的心灵"[①]。孙绍振《形象的三维结构和作家的内在自由》一文，批评反映论的局限，提出："把本体论作为一条自觉的思路，对打开艺术形象这个美丽迷宫可能是有益的。"[②]刘心武《关于文学本性的思考》一文，虽然没有明确地提到本体论概念，但他也强调"我们亟需向文学内部即文学自身挺进，去探索文学内部的规律，或者换个说法，就是去探讨文学的本性"。"所谓文学的本性，也就是回答这样一个问题：文学的最根本的素质是什么？我以为所谓文学观念的核心，便是对这个问题的回答。而文学观念的突破，也便是在回答这个问题时采取一种新的角度，提供一种新的答案。"刘心武还从"文学的社会性"、"文学的意向性"、"文学的析情性"、"文学的铸灵性"、"文学的诚挚性"、"文学的特创性"及"文学的思辨性"等七个方面对文学特性做了比较广泛的探索。他还要求

① 鲁枢元：《用心理学的眼光看文学》，《文学评论》1985 年第 4 期。

② 孙绍振：《形象的三维结构和作家的内在自由》，《文学评论》1985 年第 4 期。

从新批评派的理论获得启发,以突破旧有的文学观念[①]。王蒙在《观念与本体》一文中,认为研究文艺观念,要从本体中去探求[②]。随后,他又在《读评论文章偶记》中,强调指出:“我以为,我们更应该重视对文学的本体论的研究。对文学的本体的提法的科学性我并没有把握,我请求读者和专家原谅我知识的不足与用语的大胆。但我以为文学的本体是存在的,它就是文学所反映所追求所赖以发生的宇宙、自然、世界、人生、社会、生活,人类的精神世界,它也就是古往今来中外的文学作品、文学宝库本身。”[③]而在《文学三元》一文中,王蒙又从文学是一种社会现象、文学是一种文化现象、文学是一种生命现象三个层次对文学特性进行了初步的理论探讨[④]。

此外,林兴宅也发表了《关于文艺未来学的思考》一文,对《文学评论》上述呼唤积极响应。他说:“艺术作为一种精神价值,远离物质生产领域,更应该首先摆脱现实的功利原则的束缚,而进入‘艺术自身即是目的’的时代。随着科技革命的发展,那种以现实利益为转移的功利主义艺术观念,将会逐渐为那种符合艺术自身的本质和功能的本体论艺术观念所代替。……人们将会乐于接受本体论的艺术观念。”[⑤]随后,徐岱的《哲学观的更新与文艺学的发展》一文进一步断言:“一种新的文艺学已经以它充满自信的声音宣告了自己的崛起。……无论是研究文艺的创作规律,还是研究文艺的欣赏规律,都必须受文艺本体论的支配。”[⑥]

在这一阶段的关于文学本体的讨论,表达了对文学本体论研究的呼唤,而对于问题本身的深入研究尚较缺乏,深入探讨文学本体的专论也尚未出现,但它体现了文学观念的变革与文学的自觉的反省意识,引起了比较广泛的关注,为进一步深入的研究开拓了基础。但由于1986年关于文学主体性的讨论,吸引了更广泛的注意力,关于文学本体的讨论暂时平静了下来。

然而,在对文学主体性的深入的讨论过程中,学者们对于文学本体论的认识,以及深入讨论、研究的必要性有了更深一层的认识。彭富春认为,文学主体论与文学本体论是完全不同的理论,“文艺主体性的理论依然是从一种外在于艺术的哲学理论出发”,尽管有了文艺主体论,“我们仍然不知道文艺是什么”,因此,必须走艺术本体论的

---

① 刘心武:《关于文学本性的思考》,《文学评论》1985年第4期。
② 王蒙:《观念与本体》,《光明日报》1985年11月14日。
③ 王蒙:《读评论文章偶记》,《文学评论》1985年第6期。
④ 王蒙:《文学三元》,《文学评论》1986年第6期。
⑤ 林兴宅:《关于文艺未来学的思考》,《文史哲》1985年第6期。
⑥ 徐岱:《哲学观的更新与文艺学的发展》,《文学评论》1986年第1期。

道路[①]。陈剑晖则从两者联系的一致性方面谈道："哲学及文学上关于人的主体性的讨论，是文学走向本体论的前导"，1986 年的理论论争"不但加深了人们对什么是文学的主体性的认识，同时也促进了文学本体论的发展。因为不管是文学主体性还是文学本体论，都是建立在人的基点上，是以人的觉醒、自由和创造为前提的"[②]。

事实上，文学主体论理论在某种程度上，也是一种文学本体论理论，而且它为整个文学本体论在文艺理论界的兴起，打开了局面。1985 年，文学本体论思潮初起时，还处于对于一种新的理论的呼吁状况，通过文学主体论的讨论与影响的展开，到 1987 年文学本体论的讨论又重新展开，并迅速深化、发展，逐渐形成了几种主要的理论派别。

第一类，作品本体论，语言或形式本体论。

这是一种直接受西方形式主义文学理论影响形成的本体论派别。孙歌在《文学批评的立足点》一文中，提出"输入"西方形式主义文学批评的主张。他说："我们不应该一般地反对文学作品的思想、道德乃至社会学批评，但是如果我们把目光转向文学作品本体，那就不能不承认，上述那些方法都将显得无能为力。因为它所要达到的目的，要求他们放弃对作品技巧的分析。"而形式主义的文学批评标志着研究视点的转移，代表着研究对象的变化。它"试图将对作品的鉴赏理性化，并且为直觉把握作品寻找到一条较好的科学表述的途径，它就比任何批评方法都更加切近于作品本身。在这方面，新批评尤胜一筹"。他还指出："在欧美风行几十年而不衰的形式主义批评方法，自有它产生的文化背景，换言之，形式主义文学批评方法是以人为主体的文化充分发展之后的合乎逻辑的产物。"[③]宋耀良也以作品本体为文学本体，他理解的文学本体论就是作品本体论。他认为"20 世纪的本体论批评的流向，在相当大的程度上影响和改变了本世纪文学发展的面貌"，并肯定它在理论上"重视艺术形式的研究"，"把艺术美提升到高于世界本体现象的程度，正可以对文学主体性理论给予补充和加强"。[④] 李劼人《试论文学形式的本体意味》一文指出，较长时期内，人们对文学作品的首要兴趣倾注在作品写什么上，而很少有人首先关心它的怎么写。1985 年开始的先锋派小说体现出文学形式本体性演化，怎么写在一批年轻的先锋作家那里成为"一种十分明确的自觉的追求"。文章认为，"正如人是一个自足的自主体一样，文学作品是一个自我生成的自足体"。"形式不仅仅是内容的荷载体，它本身就意味着内容"。他认为"语感外

---

① 彭富春：《文艺本体与人类本体》，《当代文艺思潮》1987 年第 1 期。

② 陈剑晖：《文学本体：反思、追寻与建构》，《阜阳师范学院学报》1988 年第 4 期。

③ 孙歌：《文学批评的立足点》，《文艺争鸣》1987 年第 1 期。

④ 宋耀良：《本体论批评与主体性理论的互补效应》，《作家天地》1987 年第 4 期。

化是形式的本体意味之一","所谓'语感'主要是指文学家们对文学语言的敏感,而所谓文学创作,也就是这种语感的外化过程"。而程序编配,则是形式的本体意味之二。文章认为,文学作品,在其本体意义上,首先是文学语言的创造,然后才可能带来其他什么。由于文学语言之于文学的这种本质性,形式结构的构成也就具有了本体性的意义。"文学形式由于它的语言性质而在作品中产生了自身的本体意味。"[①]陈晓明认为:"现代文学理论仅仅是因为'本文研究'的宗旨而统合在一起,如果武断一点地说的话,它们是作为'本文理论'与传统理论区分开来而确定现代理论范型。"因此,中国文学理论要"与西方文学理论保持同步",必须"冒着草率与混乱的风险","在目前很长一段时间内……到半个世纪前的'本体论'的祭坛上奉献所有的理论热情",也就是应当把逻辑起点"移到作品本文内部",承认"文本的语言事实存在就构成了文学作品的本体存在"[②]。

第二类,文艺的生命本体论。

文艺的生命本体论,主要是接受西方非理性主义与人本主义文论影响,在国内则是"人类学本体论美学"的一种比文学主体论更加彻底的文论形式。彭富春在《文艺本体与人类本体》一文中说道:文学主体性的理论没有接触到艺术现象的本体。他赞成文艺本体论,但是认为"把艺术本体论等同于作品本体论,这是一种十分狭义的规定,它实质上将艺术本体论取消了"。他认为:"艺术的真正本体只能是人类本体。文学理论必须建立在人类学的基础上。"因为"人类学是关于人的生存反思的理论体系。对人的存在的思考可谓现代哲学的转向"。"艺术实质上构成了最高的生存哲学。""不管理性也好,还是非理性也好,你是肯定生命的,那你就是有意义的,你是否定生命的,你就是无意义的,所以,理性与非理性之争后面还隐藏着一个巨大的东西,即生命本体。"因此,艺术在于纯粹的生命意识,即是"要唤醒你的生命意识,任你的生命本性的自然而运动,从而使你在生存之网中获得解放与自由"[③]。文艺的生命本体论很快变成了热门话题,吸引了不少的论者。陈剑晖也主张"以人的生命存在为中心的人类学本体论"。他认为:"只有到了 1984 年以后,由于西方文化思潮铺天盖地地大规模强行闯入,由于小说探索浪潮的兴起,中国的小说才开始出现回归艺术本体的倾向。""它预示:在西方现代哲学和文学艺术冲击下,文学的走向本体化已经不是一种理论的幻景,而是一种实际的存在。也因此,中国当代文学才有可能和世界的文化获得共同语言,

① 李劼人:《试论文学形式的本体意味》,《上海文学》1987 年第 3 期。
② 陈晓明:《理论的赎罪》,《文学研究参考》1988 年第 7 期。
③ 彭富春:《文艺本体与人类本体》,《当代文艺思潮》1987 年第 4 期。

互相沟通并最终融为一体。”①

在不少论者大力提倡人类学文艺本体论的同时，也有一些论者提出了不同的看法。赖干坚指出：“从本世纪西方文论史看，本体论和形式主义批评已成为昨日黄花。它的衰落固然有种种原因，但它自身的严重缺陷（理论上的和方法论上的）也是不容忽视的一个因素。本体论和形式主义批评对我们的借鉴意义不仅在于它的积极部分，合理之处经过改造，可以丰富马克思主义文艺批评，而且还在于它的消极部分，非科学成分可以作为反面教材使我们引以为戒。”②

刘大枫在《文学研究的哲学选择：本体论与认识论》一文中，指出以作品为本体的文学本体论存在以下问题：“第一，由于文学本体论将目光主要投向文学作品……使文学研究变成了纯艺术研究，纯形式研究。”第二，文学本体论强调“‘回到文学自身’，又认为文学自身就是一切，既是原因，又是结果，这就把文学看成了一个脱离人这一主体的自我封闭的自在之物，从而将文学这一客体绝对化”。第三，“结果就很容易导向不可知论。”

他认为人类学本体论同样存在缺陷。第一，它“无法回答作为人类生命活动形式之一的文学艺术的特殊性问题”。第二，它强调文艺是“真正的精神价值的创造”，是更高更深地回答人的生命本体的意义，这“一方面是对文艺的拔高，一方面是对非文艺的人类其他实践活动及其结果的贬低”。第三，它对主体加以片面笼统强调，是向人本主义靠拢，并很难与人的本能活动相区别。他认为“仅仅依靠本体论并不能使事物的本体问题得到科学的解决”，而且，“从哲学发展的历史看，对本体论的张扬不是前进而是倒退”③。

关于文学本体论的讨论，在中国文艺理论界引起了广泛的反响、争鸣、讨论，形成了种种不同的观点和意见。通过讨论和争鸣，对于围绕着文学本体论讨论而展开的一系列文艺理论问题得以深入研究、思考，从而走向丰富和发展，充分体现出一种文学的自觉发展的趋势。通过对文学本体的讨论，对于与作品有关的媒介、句群、语感、叙事模式、文体等理论问题有所开掘，对于文学艺术的形式特征、审美特征与艺术技巧等问题都加强了重视与研究，对于文学艺术的研究，也日渐注意作品内在意蕴的开掘、形式技巧的分析与文体的探讨。通过关于文学本体论的讨论，对于本体论与认识论、反映

---

① 陈剑晖：《文学本体：反思、追寻与建构》，《阜阳师范学院学报》1988年第4期。

② 赖干坚：《文艺本体论对反映论的碰撞与渗透》，《文艺研究》1989年第2期。

③ 刘大枫：《文学研究的哲学选择：本体论与认识论》，《马克思主义文艺理论研究》第11卷，文化艺术出版社1989年版。

论的关系，也得以探讨，对于西方现代文艺理论诸流派的积极的借鉴意义与消极的局限方面也都有了更为清楚的认识。当然，文学本体理论本身也还存在着不少问题，就连“文学本体”这一范畴本身的科学性，它的具体内涵、理论规定性，也还存在诸多问题，而与本体论相关的诸多理论问题，也都有待于进一步的探索和研究。但文学本体的讨论，对文艺理论与文艺实践则产生了深刻而巨大的带转折性的影响。

第四节　文学批评模式的多种建构

新时期以来的文学批评，在短短的十多年时光中，不断蜕变着、发展着、更新着。它不断获得解读人生与世界的新角度和新模式，不断转换着文学批评的新的话语。文学批评家们，也在文艺思潮、文学观念的巨大变革与转型中，开始觉醒，并走向争取主体性地位的道路。中国的文学批评，终于在20世纪80年代，开始从作品的附庸地位，一步步走向了具有独立意识与独特存在价值的重要地位。因而，新时期以来的文学批评的繁荣与发展，成为20世纪中国文学发展过程中的又一重要现象。

“文革”结束后最初的几年，文学批评界所面临的，主要是批判“文革”中盛行的唯心主义、形而上学、庸俗社会学、非文学和理念论。从揭批“四人帮”推行的“阴谋文艺”和“文艺黑线”论到对《纪要》的批判，为“黑八论”平反；从推荐《班主任》、《丹心谱》等作品到提出恢复革命现实主义的传统；从对形象思维和共同美问题的探讨，到围绕所谓“阶级斗争工具论”、“歌德”与“缺德”、“向前看”与“向后看”、歌颂与暴露、文艺的继承革新借鉴等一系列理论问题的大论争，都体现出这一阶段文学批评的活跃与实绩。然而，总观这一阶段的文学批评，应该说它与政治运动是密不可分的，文学批评文章多的是政治义愤，少的是文学分析，更缺少一种理论的素质与内涵。严格地说，它仍然是一种非文学的政治评论，文学批评未能从庸俗社会学中最终超越出来。因而，从文学批评本体上说，这一阶段的文学批评，只是回复到50年代文艺学模式基础之上，它本身就隐含着简单、机械乃至僵硬的理论弱点和庸俗社会学的倾向。因此，这种向50年代理论批评体系的回复又面临着危险，因为“文革”期间极“左”理论也正是50年代理论批评体系自身所隐含的弱点的恶性扩张的后果之一。同时，由于十年“文革”乃至更长时期的闭关锁国，在文艺理论批评界，形成了一种思维定式，于是这种稳固的思维定式在大量的新的文学创作现象面前，不免显得捉襟见肘。

1979年，第四次全国文代会前后，文学批评开始出现新的转机。这时候，声势浩大的关于实践是检验真理的唯一标准问题的讨论已在全国展开了。人们的思想获得解放，一系列的文学理论问题，如现实主义问题、人性与人道主义问题、艺术典型问题等等，再次引起关注和热烈的争论。于是，文学批评开始由非文学的政治批评向文学批评本体回归；文学的社会批评，即"历史——美学"的现实主义文学批评成为文学批评的主潮；文学批评的锋芒所向是"瞒和骗"的文学，倡导文学面向现实、面向人生，强化"文学是人学"的文学意识。现实主义文学批评扶植了新时期的伤痕文学、反思文学和改革文学，有力地呼唤并推动了"人的文学"的发展。

80年代初期，随着朦胧诗和意识流小说的崛起，中国文学开始突破现实主义文学的规范，呈现出多元发展的趋势。在中国文艺批评界占着主导地位几十年的现实主义文学批评，面对多元文学现象，第一次陷入了窘境。虽然现实主义文学批评为适应多种文学现象相应地做了调整，但一元开放，毕竟无法解释多元的文学现象。文学的探索，需要文学批评自身的更新。

谢冕首先肯定了朦胧诗也是诗，是新诗，而且正在崛起。他说："我们的新诗，60年来不是走着越来越宽广的道路，而是走着越来越窄狭的道路。"[①]这一判断迅速引起了很大的争议。它表明了两种不同的诗歌观念的冲突。在谢冕的文章中，没有旧有的理论批评的语言，同样也少有以后出现的新的各种理论的话语，他是以批评家特有的敏锐，把握到了朦胧诗所体现出的新的文学观念及表现方式。他的文章开启了文学批评通向开放的世界的道路。既然批评的对象里已经有"大胆吸收"，那么，批评本身的变革、吸收与借鉴，也将是无法回避的了。孙绍振的文章，开始比较完整地提出了"新的艺术观念"[②]的命题，提出了社会学与美学的不一致性。他说："如果传统的美学原则比较强调社会学与美学的一致，那么革新者则比较强调两者的不同。表面上是一种美学原则的分歧，实质上是人的价值标准的分歧。"到了徐敬亚的文章中，终于开始从现代派的角度对朦胧诗作出了肯定。作者论述了朦胧诗的象征、跳跃性情绪节奏及多层次空间结构等"一套新的表现手法"[③]。

随着文学创作的多元趋势以及向西方现代文学艺术大胆吸收借鉴，随着文艺观念的变革更新，导致了80年代前半期文学批评新方法的探讨热潮的兴起。于是，出现了一个引进西方文学批评思潮和方法，以寻求文艺理论与批评的新突破的热潮。它酝酿

---

① 谢冕：《在新的崛起的面前》，《光明日报》1980年5月7日。

② 孙绍振：《新的美学原则在崛起》，《诗刊》1981年第3期。

③ 徐敬亚：《崛起的诗群》，《当代文艺思潮》1983年第1期。

于80年代最初几年，而以在1985年掀起“方法热”达到高潮。中国文学批评界第一次形成了八面出击、多元并立的局面。各种批评模式、批评流派、批评方法都在批评实践中找到了自己的实验场，并进行了一次批评概念和理论概念的新旧大转换，从而极大地拓展了文学批评和文学理论的思维空间，使中国文学批评终于冲破了固定化的语言秩序和文体模式，冲破了几十年一贯制的线性思维结构和独断性的思维格局，摆脱了非此即彼的二极逻辑判断，为文学理论和批评展示了许多新的思路，开始形成新的文学批评和文学理论的符号系统与思维方式。

在这一时期，中国文学批评界、理论界表现出极大的革新热情，在这股热潮中，有两种最基本的流向，即科学主义流向与人文主义流向。科学主义流向以系统理论和系统方法为代表，人文主义流向则以文艺心理学、艺术文化学、接受美学等为标志，它们异轨同奔，共同构成对固有文学批评模式与理论模式的挑战。

科学主义流向，主要是引进自然科学研究方法，有系统论、信息论、控制论、模糊数学、统计学、悖论以及普里高津的耗散结构与库恩的范式理论等等。其重点则是以系统理论为中心的科学方法论。与此相伴随的批评符号体系也发生了重大更新，系统科学的概念和范畴几乎全部被搬入文学评论领域：系统、信息、控制、层次、整体、结构、母系统、子系统、系统质、载体、反馈等等大量自然科学、边缘科学、系统科学的术语涌入文学评论领域，形成一股新的语言巨流。

林兴宅采用系统论的方法分析《阿Q正传》中的阿Q性格，探讨阿Q典型的性格、阿Q主义的来源及其超越阶级、时代、民族的普遍性等较难回答的问题，从多角度为我们展示了阿Q复杂的性格世界，令人感到耳目一新。文章首先解剖阿Q性格的内部结构，证明阿Q性格是一个由多种性格要素按一定结构方式构成的系统。并进一步将阿Q性格放到社会这一大系统中，进行多侧面的综合考察，从而揭示出阿Q性格本质的丰富性、多义性。因此，《论阿Q性格系统》一文，虽然在具体分析上和结构上尚存可讨论之处，但在方法论的运用和启迪上，却成为一篇比较成功和有影响的文章。此外，肖君和《关于艺术系统的分析和思考》、许钢《风格是系统稳态之标志》等文，都体现出试图运用系统论的方法来分析、解决文学现象和文学作品。丁宁《耗散结构和艺术创新》一文，则尝试运用比利时科学家普利高津提出的耗散结构理论对于艺术创新问题作一些初步探讨。不少文章还尝试运用模糊数学的观念来解释复杂的文学现象，如张宏梁的《浅论模糊语言在文学创作中的运用》、刘再复《论人物性格的模糊性与明确性》等文章，对文学艺术形象的模糊性、多义性等问题做出了可贵的探索。此外，运用自然科学方法论还涉及普通数学、生态学、量子力学、统计学、突变论、协同论等科学方法论。

季红真《文学批评中的系统方法与结构原则》，则是尝试在系统论的方法和结构主义基本方法论基础上建构出一套具有科学体系性文学批评的理论模式。文章从表层结构与深层结构、内部结构与外部结构、静态结构与动态结构的分析中，认为现代方法科学的发达，使我们有可能多层次地打开文学内部结构。

然而，这股以自然科学方法论的涌入带来的文学批评、文学理论研究的新方法论热，在促进了文学理论、批评的变革、更新的同时，也引起了广泛的争议，特别是在一些文学批评理论文章中，新名词、新术语只是成为一种漂亮的近乎花哨的点缀，而内容实质则没有什么突破与更新。特别是文学艺术与自然科学研究之间的差异性，使不少人怀疑自然科学方法的适用性。方法热随着自然科学方法在具体文学批评理论研究实践中的局限与不足，也逐渐降温。但是无可否认的是，这股自然科学方法论热，在思维模式与观念上对文学理论与批评的变革产生了积极的影响。

文学理论及批评的方法论热的另一种表现是人文主义潮流。一方面广泛吸收西方现代心理学、语言学、神话学、民俗学等与文艺学结合，构成不同的批评方法，开拓出不同的批评层面；另一方面大量介绍、引进、吸收、借鉴西方现代文学理论与文学批评的方法，如新批评、神话——原型批评、结构主义、西方马克思主义、现象学、接受美学、符号学、语义学以及比较文学等等。鲁枢元《作家的艺术知觉与心理定势》一文，从文艺心理学角度探讨艺术家的艺术知觉与心理定势。刘再复《两极心理对位效应和文学的人性深度》一文，也是从心理学角度探讨他所提出的人物性格二重组合原理的理论依据。吕俊华所著的《论阿Q精神胜利法的哲学内涵和心理内涵》，从社会心理学、变态心理学等多角度分析阿Q的精神胜利法。在介绍和尝试运用西方现代批评模式方面，乐黛云做出了不少努力，她在《决定着表达方式的深层结构》一文中，介绍西方结构主义小说分析模式后，具体分析了鲁迅知识分子小说，许多作品的深层结构就是知识分子活动的徒劳无益的圆圈，而茅盾小说则往往看到一种二元对立的双线发展。

随着文学创作的丰富与多元化发展，文学观念的变革更新以及西方现代文学流派、创作方式、理论、体系、批评模式不断评介、引进，文学批评家们的主体意识也开始觉醒，并开始关注批评的主体与本体，从而走向了批评的自觉的道路。这一转向，首先突出地体现于刘再复《论文学的主体性》一文中。他就文学批评家主体结构与主体地位做了较全面的论述，并强调批评家的自我实现，指出“批评一方面表现为科学，一方面又表现为艺术"[①]，强调批评家主体性的充分实现。一些批评家之间还进行了关于"我评论的就是我"的讨论。滕云《我评论的就是我》、鲁枢元《我所评论的就是我》等文章，主要指出评论家所评论的并不是客观存在的作家创造物，不是一个纯粹的客体，只是评论者对他与创作者的审美共鸣和契合的一种理论反应，实际上是评论主体与评论客体之间相互效应，相互作用。另一些批评家如吴亮在《当代小说与圈子批评家》、陈思和在《批评方法与批评家的选择》等文章中，还提出了"批评是一种选择"，"应当有圈子的批评家"等观点。

批评的主体意识的觉醒，具有十分重要的意义。它不仅表现出了对批评中的非文学的政治性因素羁绊和依赖于客体的附庸意识的坚定不移地超越，而且以主体力量的施展、主体价值的实现，使文学批评义无反顾地回归"文学"，深入"本体"，这无疑是文学批评真正走向自立与振兴的重要标志。1986 年全国青年评论家文学评论研讨会以"我的批评观"为中心议题，将这一文学批评的自觉意识推向高潮。一大批有着广泛影响的青年批评家发表了各自的批评主张，使文学批评观形成了多元势态。具体来说，他们的批评观可分为下面几种：第一，批评是一种自我体验、自我创造、自我价值的肯定，同时也是和世界交换意见的一种方式。王绯认为，批评是一种自我表现、自我创造，一种自我价值的肯定，即以特定方式证明我的存在。许子东则着重谈了批评中"我"的问题。他认为批评中"我"的价值和意义，可以有三个层次的不同认识和理解，即第一个层次是文采，文体上表现出"我"的个性和风格；第二个层次是批评的思路，即方法论层次上体现"我"的独特性；第三个层次是在文学观念乃至哲学的本体论上确定"我"的位置和思考。第二，批评是一种价值判断和审美判断，文学批评是对作家、作品的评论，价值的判断，这种价值观是跟每个批评家的追求联系在一起的。第三，批评是一个过程，是作为批评对象的本体与批评主体的互化过程。滕守尧指出，批评应强调过程，但这个过程不是作为达到某一实用目的的手段，而本身被作为审美对象。李黎认为对手段、过程的认识，是对现象更多层次的把握。此外，陈剑晖还认为，批评不仅是一种选择，不仅是一种阐释，也不仅是一种评判，从人类历史文化哲学来看，批评乃是一种历史文化活动的认同，是人对历史和自身的双向认识。吴亮还认为，与其说批评是我用来表现自我的工具，还不如说批评是逃避自我的途径。批评是我企图和别人、和世界交换意见和交流思想，用语言文字来说话的替代品。[②]

---

① 刘再复:《论文学的主体性》,《文学评论》1985 年第 6 期～1986 年第 1 期。

② 以上观点，参阅文集《我的批评观》，漓江出版社 1987 年版。

伴随着近些年文学创作出现的探索新潮，一些批评文章开始关注和发掘作家在“怎么写”方面的追求，于是一种侧重于作品文体的批评倾向逐渐引人注目。这种批评专事作品的结构、意象、语体、叙述角度等方面的分析，研究文学的内在形式和存在方式及其在不同作家笔下的表现，使文体在文学构成中的地位、作用及意义更为显豁地凸现出来。李劼人的《论中国当代新潮小说的语言结构》一文，探索小说文本的句子结构和叙事结构之间的关系问题，通过对《棋王》、《蓝天绿海》、《信使之函》、《虚构》这四篇分别代表了不同类型的新潮小说，研究分析了这些小说语言在句式结构和叙事结构上的对称性，分析了这些句法结构中的主语和宾语系统如何在叙事结构中分别展开为作者、叙述者和人物，以及叙事结构又如何以小说的基本句型作为自己的原型等问题。孟悦则在《语言缝隙造就的叙事》一文中，把王蒙的《致爱丽丝》、《来劲》作为一句话，来分析其主语、谓语、宾语的安排。这些批评文章自身就成为一种艺术的表达，成为批评家独特的思考和才华的展示。

在新时期的中国文学批评中，旧有的批评方法与模式并没有因新的方法与模式的出现而消失，相反，它们与不断出现的新的方法与模式共存，都在新时期文学批评界中不同程度地存在着，发展着，共同构成了中国新时期文学批评的多层次、多维度、多模式的格局，共同为中国新时期文学批评的繁荣丰富，做着各自的努力与贡献，成为20世纪中国文学发展史上的一种重要现象与壮丽景观。

第五节　创作概述

1976年对于中国，不仅是一个重要的政治时间界限，而且就文学史本身来说，也是一座突兀的分水岭。这一年春天，北京天安门广场爆发了震动全国的“四五”诗歌运动。来自全国各地数以万计的人们自发聚集在一起，开展了以诗歌朗诵会为主体内容的纪念已故总理周恩来的活动，这次运动的绝大部分诗歌作品，冲破僵化教条的禁锢，蕴含着深沉的忧国忧民情绪和强烈的时代色彩，表达了对人的价值和尊严的寻找和呼唤。这次运动的影响是深远的，它将清醒的政治觉醒意识和鲜明的文学功利特性结合起来，宣告了文学巨变时期的即将来临。“四五”诗歌运动以后，因时代变革而引起的社会思潮、观念形态的相应变化，极大冲击着文学的内在结构。刚刚从噩梦中苏醒过来的人们，带着对往昔的惊悸、对现实重建的焦虑和对未来的期盼，不断提出对文学的价值和审美需求,他们急切要求摒弃过去那种单一沉闷的文学样式,代之以全新的多姿多彩的文学。

1976年后文学创作的特征,突出体现为人的觉醒和文学的自觉构成对“文学与人的关系”这一“五四”优秀传统的回复。这一时期的文学,贯穿着人的自我意识和主体地位的重新确立这一基本主题,文学最终回到了人的自身。作家们在日新月异的时代面前,表现出深远开阔的艺术视野和对文学进行艺术革新的博大襟怀,为20世纪中国文学的发展作出了巨大贡献,显示出不凡的创作实绩。多元的文学态势所带来的创作上的多元丰收是必然的,文学的多元仍是未来中国文学的基本走向。

解冻后的文学,以挑战的姿态大胆涉入文学“禁区”,超越了狭隘的题材功利观和浮泛的题材价值论,将千姿百态、色彩斑斓的社会生活和文化心理纳入创作领域,呈现出题材多样化的创作格局。

在小说领域,继《班主任》(刘心武)之后的十年里(到1986年),以“伤痕—反思—改革”为基本脉络的小说创作,表现出极强的政治敏感性和社会批判意识,试图在高度真实地展示十年动乱对人们身心摧残的基础上,对之进行历史的审视和反思,并进一步抒写新的时代社会生活的重大变革。对重大社会现象的直面和揭示,使得小说具有了不断拓展的整体感和持续深化的历史感。王蒙、高晓声、张贤亮、陆文夫等20世纪50年代就在文坛上崭露头角的小说家,以巨大的时代使命感和深刻的忧患意识,投入到新的历史时期的文学创作,将敏锐的目光投向广阔的社会生活,写出了《蝴蝶》、《李顺大造屋》、《绿化树》、《围墙》等紧扣时代脉搏的小说。刘心武、张洁、谌容等小说家,出于对社会重大问题的冷静观照和思考,创作出《钟鼓楼》、《沉重的翅膀》、《人到中年》等作品,其间人们普遍关心的社会问题的提出和社会世相的生动描摹,增强了小说的主题深度和厚重感。汪曾祺、邓友梅、刘绍棠等小说家怀着对故土的深切眷恋,分别写出了带着浓郁苏北风光、京味市井和运河乡俗的小说,一定程度上承接了二三十年代中国乡土小说的写作传统,《大淖纪事》、《烟壶》、《蒲柳人家》等是其中的代表作品;路遥、张炜、郑义等则沿着这条路子,创作出《平凡的世界》、《秋天的愤怒》、《老井》等颇具实力的小说,通过对乡土精神风貌的描绘而达到对民族普遍性格的深切理解,显示了乡土小说的广阔前景。与此略显不同的是,贾平凹、张承志、郑万隆、李杭育、莫言等作家,在对某一地域人们生活方式的历史沿革深入考察之后,创作出具有较高文化品味的“寻根”小说。贾平凹的“商州小说”、张承志的“中亚小说”、郑万隆的“异乡异闻”、李杭育的“葛川江”系列、莫言的“红高粱”家族,试图透过古老质朴的乡风民俗审视传统文化的生成及与现代文明的撞击。“知青小说”作为特定历史条件和特定地理环境相融合的产物，在这阶段的小说创作中显出较为独异的特色，王安忆的《小鲍庄》、梁晓声的《这是一片神奇的土地》、阿城的《棋王》等小说，所包含的深层意蕴超越了题材的局限，而具有更为广泛的人生内容。“爱情”题材在小说领域重放光彩，一方面是人自我意识觉醒的具体表现，另一方面作为其他题材的补充，并逐步由情感的表层抒写向纵深地带开掘。如果说伴随“伤痕小说”而出现的《爱，是不能忘记的》（张洁）、《北极光》（张抗抗）、《弦上的梦》（宗璞）等还带着较明显的政治历史烙印，那么王安忆、铁凝等作家则自觉摆脱了对外在形态的依附，将“爱情”小说园地涂抹得绚烂多姿，将心理空间纳入小说创作领域，不仅极大地丰富了小说的内蕴，而且激发了小说形式的革新。1986 年后，小说创作呈现出更为繁复的景象。作家们以更为主动、开放的审美方式，力求更为精细全面地把握社会历史和表现人的生存境况，做到深邃的历史感、鲜明的时代性与生活质朴感、内心世界变幻性的浑然一体。题材的界限模糊了，显示互渗性、多向性和动态性等特点。1986 年之后小说的复杂性缘于小说文体本身的变异，由于“先锋派”对作品中“事件”的忽略和对“叙述”的强调，瞬间的心理感受和某种恒定的观念意象凸现到小说的中心位置，各种旧有的题材即使被重新纳入，也只是为“叙述”本身提供帮助，如苏童、余华、马原等的前期尝试（《罂粟之家》、《世事如烟》、《虚构》），格非、北村、孙甘露等的探索（《褐色鸟群》、《施洗的河》、《信使之函》），这种题材淡化和重新设置所达到的效果是惊人的。直到 80 年代末 90 年代初，“新写实”小说重新回到对“写实”的重视，即对生活真实的剖析和揭示，不过这已是经过“先锋”运动洗礼后更高层面上的“写实”。

在诗歌领域，以艾青为代表的一批“归来”诗人，苏醒的诗心重又歌唱，在 1976 年后的诗歌创作中起到了领潮的作用。他们率先拿起犀利的诗笔，唱出了结合个人遭遇又含有对历史深刻批判的自悼自挽之歌，如艾青的《在浪尖上》、白桦的《阳光，谁也不能垄断》、公刘的《伤口》、流沙河的《故园九咏》、邵燕祥的《记忆》、林希的《无名河》等诗作。艾青重获艺术青春后的第一句名言便是：“诗人必须说真话……诗人只能以他的由衷之言去摇撼人们的心。”这就是说，这批诗人关注的正是新的历史时期的社会现实，他们在对过去进行批判性揭示的同时，又对新的时代和生活发出讴歌和赞美，他们的视野从个人的日常生活向社会的重大现象扩展，从美好的大自然向深邃的心灵空间开拓，他们的作品作为时代的一面镜子，映出了时代的整个状况。另一批不属“归来”群但仍有突出成就的中老年诗人，也以相当活跃的姿态驰骋于诗坛，他们创作《一月的哀思》（李瑛）、《祖国，我对你说》（张志民）、《江南》（严阵）、《祈求》（蔡其矫）、《如果没有花朵》（邹荻帆）等力作，从不同侧面揭示了现实生活的本质，并由此激发了乡土诗、山水诗、爱情诗等各种诗歌品种的产生和勃兴。值得注意的现象是“朦胧诗”的崛起。“朦胧诗”的出现为1976年后的诗歌大地吹来了一缕奇异清新之风，它无论从内容上还是形式上，无论对创作本身还是阅读习惯都进行了革命性探索，很明显，它呈现的面貌与1976年以前(1949～1976年期间)是迥异的。“朦胧诗”极大地拓宽了诗的视域，诗人们的目光由外向内转，以纷纭的内在精神世界作为主要表现对象，显示出极强的外审和内省意识。北岛、舒婷、顾城、江河、杨炼、梁小斌等诗人带着对人道主义的呼唤和对自由人格的追求，写出了《回答》(北岛)、《双桅船》(舒婷)、《生命幻想曲》(顾城)、《祖国啊，我亲爱的祖国》(江河)、《大雁塔》(杨炼)、《中国，我的钥匙丢了》(梁小斌)等优秀诗作，极大地改变了诗的面貌。后期朦胧诗将思维的触角伸向民族的历史深层，试图建立东方现代史诗，通过再现先民远古的景象呈示民族心理的原型范式。这种尝试很快让位于一种新的诗歌实验潮流，即“新生代”群落的兴起。尽管充满了浮躁与喧嚣，但“新生代”诗人对热烈生活和现时感受的重视及将诗歌主题平民化、对诗歌语义消解(超越)的努力，是不容忽视的——这是一片平凡人的风景、潜意识的裸陈、原欲的宣泄、感性的开启，以极其“本真”的方式得到表达，其表现内容和写作方式都具有“后现代主义”特征。

小说和诗歌领域对题材的广泛拓展，极大地刺激了戏剧、散文等其他文体。在戏剧、影视文学领域，由于思想上、艺术上的准备还不够充分，刚刚复苏的戏剧带有明显的题材即时性和主题政治化等倾向，但其显示的历史批判意识和对人的价值和尊严的肯定，还是产生了不小的影响，如《报春花》(崔德志)等戏剧作品和《巴山夜雨》(叶楠)等电影文学作品。作为具有鲜明叙事特征的戏剧、影视文学，面向急剧变革的时代和变化万千的社会现象，作出了自己的选择，逐渐将艺术触角伸向社会人生的各个层面，并更注重表现社会人生的深层矛盾和观念冲突。散文领域在题材选取方面也是广泛的，它以丰富的信息含量、强烈的参与意识和深刻的哲理思想，在文学园地占有一席之地。散文品种的多样化是和题材的广泛性一致的，游记体对祖国河山的吟咏、传记体对时代英杰的颂扬、杂文体对时弊的针砭、随笔体更自由地容纳了对历史和现实人生的沉思。年愈八旬的巴金以惊人毅力完成的五卷《随想录》，浸透了这位文化巨人对历史和时代、对民族和国家命运的责任感，对人类至纯至深的爱。作为散文生力军的报告文学，更是契合了时代的政治、经济和文化等因素，从各个层面全景式地反映整个时代的风貌，成为时代的真实记录。

题材的多样化导致文学艺术表现形式的不断丰富和变革，使1976年后的文学创作进入前所未有的、气度恢宏的艺术创新时代。在这过程中，作家们在继承优秀文学传统和吸收外来艺术观念的基础上，不断进行探索和实践的精神是相当可贵的，他们显示出"兼容并蓄"的气魄和胆识，从而一个开放、多元的艺术体系逐渐形成。

如果说解冻后初始阶段的基本美学精神和主要创作方法仍主要是现实主义的回复，那么随着社会思潮和审美需求的不断变化，文学创作中的一个突出特征是西方现代主义表现手法的借鉴性运用。在最初几年，由于主要是从社会、历史的角度去反映现实，为了把握得准确和真实，揭示得深刻和复杂，文学中的现实主义创作方法仍占主导地位，特别是小说领域。不过，这时期的现实主义已不再是过去那种单一刻板的对现实的简单描摹，而得到了进一步的深化和发展。就叙事作品（小说、戏剧等）来说，这种更新体现在叙述方式、组织元素、结构功能、语言技巧等方面，现实主义由对客体的描述转向对主体意识的表现，由对人物性格的外部表象展示转向内心世界的探寻，由注重故事情节的结构模式转向情节淡化的散漫叙述方式，从而获得了更为持久的生命力。如刘心武的长篇小说《钟鼓楼》，运用现实主义手法完成了对现实主义的超越，这部作品由于采取多维的叙述视角和冷峻精细的描绘相结合，获得了对深层民族文化心理的立体感受，具有一种浑厚深沉的气势。

与此同时，一些作品所显示的奇特幻想和强烈抒情性，使之具有浪漫主义特征。它们构筑了一幅幅瑰丽奇伟、色彩斑斓的艺术画面，流露出浓郁的理想主义情绪。浪漫主义表现手法在1976年以后的文学创作中主要体现在某种文化氛围的营造上，例如在贾平凹笔下，商州一带的风土人情被幻化为苍凉古朴的风情；王安忆的小鲍庄世界，被描绘成一个自足的封闭空间；梁晓声的北大荒暴风雪，仿佛衔接了历史，又隔绝了历史，而成为孤立的幻想世界；张承志暗示了一个民族文化主题的回旋。对浪漫主义的重新珍视和浪漫主义在1976年后的命运显示了某种精神理想的回归，舒婷的诗《致橡树》，与其说是某种情感的倾诉，不如说是精神世界和人生态度的表达："我必须是你近旁的一株木棉，/做为树的形象和你站在一起。"这种坚定表达是浪漫化了的傲然姿态。

现代主义表现手法和写作技巧的运用，无疑为文学创作带来了新的活力和生机。小说创作对"意识流"和"蒙太奇"手法的大胆尝试，着重表现人的潜意识或非理性心理活动，极大地加大了艺术表现的张力。王蒙的小说《蝴蝶》将主人公"庄子梦蝶"式的命运变幻及灵魂的失落与复归浓缩在深层的意识流程中，通过意识的流动呈现时代与命运的变迁，展示生活的鲜活与流动。意识流的运用，对传统的小说观念和审美观念产生了极大影响。"蒙太奇"手法也以其新奇的跳跃感一度引人注目，激活了阅读想象空间。"荒诞"或"变形"作为一种艺术革新手段，由最初的《我是谁》（宗璞）、《减去十岁》

(谌容)的追问和呼喊,进而到《爸爸爸》(韩少功)、《苍老的浮云》(残雪)的逼视与剖析,最后是《透明的红萝卜》(莫言)和"先锋派"那种幻觉式呈现,还有《车站》(高行健)等对戏剧舞台"第四堵墙"的突破,在一定层面上揭示了社会生活的异化和变幻特征。戏剧《车站》对车站的荒弃与人群的焦灼无奈的刻画,《一个死者对生者的访问》(刘树纲)中生者与死者的对话,《潘金莲》(魏明伦)各种人物的错位安排,都是戏剧中荒诞手法的成功运用。"象征"、"隐喻"等现代派技巧的运用体现在诗歌创作上,极大地改变了诗的面貌,"朦胧诗"的崛起即伴随着诗中"象征"、"隐喻"等的大量运用。"朦胧诗"消除了过去诗歌中的清晰度和确定性,呈现出模糊和朦胧,它通过"意象"的叠加展示丰富的精神世界,极富暗示性,甚至出现多义的主题。《纪念碑》(江河)把民族沉重的历史和作者的忧思化为一座巨大的纪念碑形象,"纪念碑"这一核心意象凝聚了丰富的内涵,它将民族精神与自我意识融为一体,"我就是纪念碑/我的身体里垒满了石头/中华民族的历史有多么沉重/我就有多少重量。"杨炼的诗蕴含着东西方文化的相融相撞,大量意象交织成迷宫似的网络,他的组诗《诺日朗》作为一个完整的构架,其本身就是象征的整体,"象征"手法使这一整体的意蕴变得扑朔迷离,其间集结的人类体验是复杂的,所传达的对历史和现实的思考是深刻的;作者将对生命意义在哲学文化层面上的抽象探求,用具象性极强的意象语言表达出来,思想的深刻和艺术的完美达到了紧密的结合。还有《中国,我的钥匙丢了》(梁小斌)中"钥匙"这一意象对个人、历史命运的巨大隐喻性,激活了思维的想象空间。"朦胧"诗之后的"新生代"诗潮,以消除象征和意象为宗旨,以"口语化"入诗,将诗的描写领域和艺术探索引向更为宽泛的天地。而一些叙事作品,由于对内心视像、主观情绪的重视,对色彩、情调、意境、氛围乃至节奏、韵律的讲究,显出散文化倾向。各种体裁的相互渗透和自身的嬗变,使文学创作更加趋于多样。

充满开拓精神的艺术创新,使1976年以后的文学创作获得了全新的观照方式、知觉方式和表达方式,呈现出多色彩、多情调、多音响、多层次的风格。风格的多样化既表现为"写什么"上的各得其所,又表现为"怎样写"上的各尽其妙:有阔大恢宏的史诗品格,有清丽妩媚的田园诗情,有紧凑绵密的故事叙述,有错综变幻的生活片断,有稍纵即逝的心理感受,有崩云裂帛的情绪宣泄。小说领域中幽默与肃穆并存,寓庄于谐的含蕴美与纯真质朴的单纯美同在;诗歌领域中热烈奔放的抒情与幽深迷离的叙述相得益彰;其他领域也是不拘一格,各显其能,造成了风格流派争奇斗艳的盛景。

近入90年代,随着改革开放的愈加深入,经济大潮对文学艺术的猛烈冲激,文学创作也随之逐渐脱离了传统的精神生产秩序与方式,趋向于市场化、个人化与大众化。

但从总体上说，这一时期各门类的文学创作也在这一社会变革转型中，对人的自我意识醒悟主体地位的重新确立以及文学回归到人的自身等方面，得到了更为形象的彰显。“文学是人学”的本质特征，在无形中也更为深刻而全面地展露了出来。其发展趋势，仍呈现出多元并存各具风采的格局。

小说创作，多姿多彩。

一、现实主义仍显示出了它强大的艺术生命活力。周梅森的《中国制造》、张平的《抉择》、柳建伟的《突出重围》、张承志的《心灵史》、陈忠实的《白鹿原》等，其可贵之处，仍有着关心国家、民族命运、社会人生世相的宏大叙事，勇于直面现实中尖锐复杂的矛盾。《中国制造》通过一座城市20年艰苦改革的叙写，揭示了深化改革中的种种复杂矛盾，成功地塑造了新老市委书记姜绍林与高长河的艺术形象，小说心理刻画细腻、真实，深具感人魅力。《抉择》可说是一曲反腐倡廉的战歌。作品中市长李高成，发现重大腐败事实，已涉及他的老上级、老部下以及自己的妻子时，通过心灵的大搏斗，最后选择了国家与人民的最高利益，坚决摧毁、惩治了腐败。其情节、心灵入情入理。与此相似的还有陆天明的《苍天在上》中的市长黄江北、《省委书记》中的省委书记贡开宸等，他们都以自身的凛然正气、崇高的品格与权力优势，严惩了各种腐败贪欲分子，无不让人肃然起敬。柳建伟的《突出重围》饱含着深沉的忧患意识，通过一个传统的英雄师与一个尚不够健全但却具有高科技的新建师的三场实战演习较量结果英雄师两败一险胜的沉痛教训的叙写，形象地表现了在迅猛发展的高科技时代，科技强军、质量建军，促进军队国防高科技现代化的重要性与紧迫性。张承志的《心灵史》，力图以西海回民的哲合忍耶教自清乾隆至今的二百多年历史，凸显创教、传教、护教不屈不挠的理想精神追求，盛赞了七代该教领袖的奉献精神，强烈的呼唤人文精神的重建，实是对人们追求理想与心灵自由的一种启示。

与此同时，还有像陆文夫的《人之窝》、阎真的《沧浪之水》、刘醒龙的《痛失》、梁晓声的《泯灭》、王蒙的“季节”长篇系列——《恋爱的季节》、《失态的季节》、《踌躇的季节》、《狂欢的季节》和稍后的《青狐》，以及阿来的《尘埃落定》等作品，不仅对现实社会的阴暗面，对人们所造成的心灵伤害与生存困顿之痛具有尖锐的批判精神，而且还对一些不良体制、滥施权力、重物质轻精神所造成的严重以至灾难性的后果，进行了沉痛的反思，特别是对文化精神、理想的失落更为之痛惜。正如梁晓声在其《泯灭》中所说：“某些东西已在我们内心里泯灭，并开始死亡，某些东西已从我们内心里滋生，并开始疯狂的膨胀……”这无不让人从中警醒。

二、文学已从关心国家民族命运、社会现实人生中，逐渐走向了对人性的揭示探索及个人化主体地位价值取向的展露。在表现和揭示人性最具深度、动人心魄的是铁凝的《玫瑰门》、《大浴女》及王安忆的《长恨歌》等作品。《玫瑰门》问世于80年代末，它本是关心女性生存状态与呼唤女性意识觉醒的作品，但它已展现出开掘人性的端倪。作品中的姑爸本是女性，她的理想婚姻遭挫后，便性格扭曲突变，常以男人姿态对待人事，以改变性特征，发泄对男权为统治中心社会的不满与怨仇。而另一个女性司猗纹，一生极力追求自身洁净的灵魂，呵护自己的女性特征，让生命的欲望与灵魂融合一体，一心痴爱的人而不得，最终导致自我封闭与变态。而《大浴女》则是她对女性灵魂精神大涤荡、大洗浴，对人性深入挖掘、探索、拷问的动人之作。作品首先以尹小跳与妹妹小帆眼看着自己最小的妹妹小荃快掉下脏水井时，不救不喊，致使其落水而亡为契机，揭示了童心中，仍有邪恶自私的一面。接着便展开了对尹小跳灵魂深处的善与恶、美与丑的深究与拷问，最后以她痛苦挣扎，承认原罪，再三从行动上表现忏悔，求得自我救赎、人性复归，回到了无罪的本初境界。

王安忆的《长恨歌》则从另一方面，以美丽、善良、柔弱的女主人公王琦瑶，从风姿绰约的“上海小姐”的少女时代被人“金屋藏娇”，及至中年后又在男权的色财欲望中挣扎、苦斗，到最后终在畸情中反被这种欲望所吞噬的悲惨结局，以致造成善良人性招致毁灭的终身长恨。同时，也蕴涵了对其孕育了多少王琦瑶似的绮丽风采的上海里弄文化，而招致现代化建设所无情摧毁的长恨。

在表现个人化、主体地位价值的作家作品中最突出的是陈染的《私人生活》与林白的《一个人的战争》等篇。陈染以强调女性自身身体的主权，把身体的自由支配作为女性自由与体现自我价值的手段。在男女关系中，常以女主人公率先采取主动行动，以图摆脱女性的被虐心理，但最终仍难摆脱以男权为社会统治中心的樊篱。正如她自己所说：“我热爱父亲般的拥有足够的思想和能力，‘覆盖’我的男人，这几乎是到目前为止，我生命中一个最致命的残缺。”①

林白在《一个女人的战争》中，以女主人公多米多次受挫、痛苦挣扎的人生经历，形象地表现了一个女人希望与欲求及至破灭、绝望的心灵伤痛、疑虑与恐惧，于是变态地陷入自闭中，但又渴求着向人倾诉、让人理解的矛盾心境，这不仅是现代女性生命本真的揭示，也深含着女性在自我确认主体地位过程中的艰难与不满。

除此，在“个人化写作”掩饰下，还出现了一些“美女作家”的身体隐私写作，像卫慧的《蝴蝶的尖叫》、绵绵的《糖》、安妮宝贝的《彼岸花》、尹丽川的《贱人》、九丹的《乌鸦》

---

① 陈染、萧纲：《另一扇开启的门》，《花城》1996年第2期。

与《女人床》、赵凝的《夜妆》、春树的《北京娃娃》、盛可以的《北妹》等，这些作品表面看来试图消解传统的束缚人性自由的既定观念，寻求建构一种前卫式极度自由的女性生活理念与社会空间，实质上却是男女间的情欲分离、灵肉相悖的性疯狂，消解了一个民族应有的道德、伦理与正常的家庭和个人生活的规范，丧失了社会精神力量的支撑，是一种文学审美价值体系的崩溃与文学创作理想道德的失落。

（三）"后先锋"小说的出现及文学创作的"大众化"发展倾向。"后先锋"派，是90年代初出现的一群比前"先锋派"更"新潮"的年青作家群的小说创作。他们多出生于六七十年代，故又有"新生代"、"晚生代"等称谓。其代表作家有朱文、韩东、鲁羊、李洱、何顿、毕飞宇、张梅、鬼子等。他们的出现，主要是十年动乱后传统文化价值失落、经济大潮冲击、西方文艺思潮大量涌入所致。"后先锋"小说的内涵特征是：在文学观念上力图颠覆一切原有的规范传统，把文学确定为"个人性"，只局限在"表现自我"、"自娱功能"的狭小范围内。在创作上他们完全放弃对现实人生的广泛关注，而全力转向对个人欲望与感情体验的"私人"世界的宣泄与追求，像朱文的《我爱美元》等。在表现手法上，既强调个人化的叙事方式，又将纪实性与自叙性混同不分，还放弃象征与寓言运用等，像邱华栋的《公关人》、张梅的《酒后爱情观》便很突出。

"后先锋"小说，虽曾"新潮"过一时，也确有一定的"革新"意义。但叙事对象过于狭窄，艺术手法枯燥无奇，缺乏感情色彩，尚不如"先锋"小说新颖、奇特，人们已对它失去兴趣，前景堪忧。

"大众文学"不属文学流派范畴，它是20世纪80年代末至90年代初随着社会转型而来的大众文化的直接产物。它的作者大都处于各大都市中，为中青年的自由撰稿人或业余作者，与传媒关系密切。其创作题材与内涵多回避社会重大叙事，偏重个人社会生活感受、情绪、欲望的抒发。像王小波的《青铜时代》等小说及王朔的一些幽默、调侃的作品，以及稍后出现的"美女作家"的"私人化"写作等。其审美特征，着重追求大众化的自然轻松愉悦之美，作品多具有奇情、独趣、世俗化的因素。

值得注意的是，一些精英作家，也受到"大众化"写作的影响。曾是80年代新写实小说领军作家的池莉也在这时期写有《来来往往》、《小姐你早》等作品，从内容到表现形式，都有大众化的世俗倾向。前者写康伟业"下海"后，由穷变富，但也抛弃了与他同甘共苦耗尽青春生命的妻子而另寻新欢。后者写三个女人对一个男人的"报复"性战争，陷入了世俗的模式。即使像当代寻根文学的开创者韩少功的《马桥词典》、一向坚持纯文学创作的著名作家张炜的《九月寓言》、莫言的《丰乳肥臀》，以及赵玫的《朗园》等，无论作者自觉不自觉，也多少带有了一些民间大众化文学的色彩。

90年代以来，在诗歌、散文、戏剧各门类文学已逐步走向边缘化时，由于自身的不断变革仍放出它不同的光艳与馨香。在诗歌领域，尽管远离了现实社会的重大波澜，在市场、大众化影响下，诗人抒发的多是一些人生体验感受与情绪流露，但也展现了这一时期诗歌独具的诗性特征。翟永明、西川、王家新等，均是这时期最为活跃、卓有成就的诗人。还在80年代中后期，女诗人翟永明便以阳刚之气的硬朗诗风，关注女性生存状态，其《静安庄》、《称之为一切》等诗作，引起诗坛普遍关注。90年代，她将世俗化提升为对人性隐秘的开掘，写出了《咖啡馆之歌》、《莉莉和琼》、《脸谱生涯》等诗作，一改个人狭小的空间，深为读者称道。西川的长诗《致敬》、《厄运》、《造访》等，不仅表现了叙事与感情的自然融合，还将个人的命运与历史的发展连为一体，丰富了自我单纯的"人生体验"。王家新的诗作《挽歌》、《帕斯捷尔纳克》、《伦敦随笔》等，均表现了"自话自说"的对个人心灵与命运的深切关注。

至于90年代初，曾"热闹"过一时的"先锋派"诗歌，由于它一贯排斥理想与崇高，只强调自我生命意识与自由舒展，艺术手法上也坚持反意象、冷抒情而违反了诗歌创作规律与读者审美心理，逐步走向了沉落。

在散文领域内，这一时期最为显著的是对社会历史的重大事件与自我人生际遇的体验、感知的作品。这是由于"反右"、"文革"等对知识精英们留下的精神痕迹及创伤太深，一时不易抹去。最震动人心的是韦君宜的《思痛录》与季羡林的《牛棚杂忆》。前者从一个"参与者"、"亲历者"的视角，审视了这段独特的历史，以不诿过、不伪饰的真诚态度，以鲜为人知的真实丰富的资料，深深地震动了读者的心。后者以"第一现场人"的亲身感受，抒写了在"文革"中自己的"荒唐"和身心备受摧残与思想"扭曲"的真实情景。特别是他腿被斗伤，只身从宿舍一步步爬入医院求治的抒写，实让人揪心震撼，也从中展示了中国人文精神惨遭摧残的一幕。其他像邵燕祥的《沉船》、于光远的《文革中的我》、蓝翎的《龙卷风》等，均表现了对这段扭曲历史的沉痛记忆。

在戏剧创作上，这一时期还是以现实主义戏剧为主轴的，但"先锋剧"也曾出现过"热点"。何冀平的《天下第一楼》，以严格的现实主义手法，表现了北京老字号烤鸭店"福聚德"的兴衰风貌，真实地再现了旧北京的人生世相，活画了它的掌柜、东家、堂头、烤炉、账房等人的生动形象及个性特征。并以烤鸭店为中心，演出了各色人物的人生际遇与恩怨情仇。从美味佳肴中，也品出了人生的况味、悲苦与无奈。李龙云的《万家灯火》，是以北京改造危房、为民造福为主题的剧作，充满了"平民意识"，关注了普通平民住房困顿与心灵之痛的问题。尽管用了一些象征、意象的表现技法，但语言、结构确是传统的。沈虹光的《同船过渡》，以老船长与单身女教师深恋终未达到理想而逝的不幸厄运，说明“人生苦短”，要抓住机遇，珍惜“同船过渡”的“缘分”，让人深思。

除此之外，还有孟京辉为代表的“先锋剧”，他的《思凡》一剧全是拼凑而成的，既有我国明代无名氏的传本《思凡·双下山》的小尼姑色空与小和尚本无的相爱私奔，又有意大利薄伽丘《十日谈》中的一些偷情情节，显得荒诞不稽、戏谑调侃，给人以耳目一新之感。其他如《阳台》、《我爱×××》、《坏话一条街》等，都是他当时“热”极一时的作品。但由于情节琐碎，缺乏整体的连贯性，加之是非界限与道德观念模糊，观众新奇一时之后，也对此类剧作逐渐淡漠了。但《思凡》等剧对传统戏剧在思想与艺术表现上的彻底反叛、力图创新确有不能忽视的贡献。

总观 90 年代的文学，各门类创作，均缺乏精品，更未见传世之作，这确是值得人探究与深思的。

第六节　台港澳文学创作概述

20 世纪八九十年代台港澳三地的文学，其总体趋势是呈现多元化发展的共生格局，在商品大潮及影视、光电器件的冲击下，均不够景气，再加之复杂的政治因素的影响，就显得更为曲折了。但为其生存发展，便各显新招，尽力展现独自的优势特点，以图拓展各自的存在空间，争取应有的地位与价值。

一、多元、曲折发展的台湾当代文学

任何文学和一代作家作品的出现，都不是凭空的，它必须有一定的社会政治、经济、文化艺术的各种基础和背景。台湾文学，从 20 世纪 50 年代初出现的反共“战斗文学”，到 60 年代发展兴盛至顶峰的现代派文学，再到 70 年代乡土派重新崛起似有主潮之势，及 80 年代中后期，我国大陆改革开放更加深入，不得不促使台湾面对，使之在社会转型与文坛世代交替中，新出现了独具特色的“新生代”作家群。他们吸取现代派与乡土派之长，又摒弃其短，极具新的生命力，打破了现代派与乡土派此消彼长长期雄踞台湾文坛的局面。

20 世纪 90 年代的台湾文学更引人注目。“乡土派”文学经过 70 年代末与“现代派”大论战的磨炼，正在分化中超越发展。曾兴盛一时而后又招致批判的现代派文学，也从反思与社会转型中，得以逐渐复苏流传以致还衍生出“后现代主义”文学来。新生

代文学则进入了文学各门类、领域，显得最为活跃。其他像言情派与新武侠小说所代表的通俗文学，其艺术生命力却一直不衰。这一切，形成了这一时期台湾文学的多元发展景观。但在这景观中，也出现了一股破坏性较大的“文学台独”的逆流，其对文坛的毒害与污染，确不能小视与低估。

(一)乡土派文学的超越发展与分化

所谓“超越”，是在题材、内涵与表现艺术技巧上的发展与更新。这时期的乡土派文学，不再是只表现狭隘的地域性的农村、小城镇乡土性的人间情景与社会世相，而是提升到整个社会人生现实，实际上已发展为真正的“拥抱现实”、“服务人生”的新的现实主义文学了。70 年代重新崛起的陈映真、黄春明，以及后出现的洪醒夫等代表作家，无论是从题材的选择、内涵的揭示，或是艺术表现上，都突显了自身的拓展与超越。他们不再停留在城乡严重对立和为失去土地与遭受都市现代文明残酷剥夺而丧失劳动保护权益的农民及下层民众悲愤抗议，而是逐步对整个华夏民族的重新整合、人的生存环境的破坏与污染、人世间的冷酷无情与道德沦丧，以及人性的复杂、多面、难测等重大现实问题，给予更为亲切、细微的关注。

陈映真的《归乡》，是他 90 年代末的新作，与他早期的《将军族》、80 年代的《山路》、《铃铛花》及以后的《华盛顿大楼》等系列小说都不一样。作品通过在大陆已儿孙满堂的台籍老兵杨斌(原名苏世坤)，四十多年后回台湾探亲的尴尬不悦的遭遇，使他惊觉地发现，他日夜梦想的故乡，早已人事全非，亲情疏离冷漠，私利物欲横行。不仅邻里对他难解不容，就连“从小就相依相持的兄弟骨肉”亲人，也认为他是“省外猪”、“共产党密探”之类，连他原有的土地，也被其侄儿霸占了去，因为他早已被登记“客死大陆”了。对此，杨斌只得无奈地说，当别人“硬不做人的时候，我们还得坚持要做人”，“毕竟台湾和大陆两头，都是我的老家”。以此深刻地揭露了台湾社会的畸变，人为地制造族群分裂，以及人性的扭曲等弊疾。

这时一直为农村小城镇最下层弱小者呐喊的黄春明，也在他的《现此时先生》、《死去活来》、《银须上的春天》、《瞎子阿木》等新作中，进一步开阔了视野，展示了对人性的悲悯情怀。《死去活来》中，80 多岁高龄的粉娘，连续弥留晕厥一天一夜后，儿女们都以为她死了，正从四面八方赶来办丧事，但她却悠悠地活了过来，亲人们不以为幸，纷纷散去。当粉娘第三次“死去活来时”，她面对赶来很少的亲友抱歉似的说：“真歹势，又让你们白跑一趟。”还说，她见到已死的“先人”了。但当她看见“围着她的家人都露出更疑惑的眼神时”，她便焦急起来，“以发誓的口吻说：下一次，下一次我真的要走了”。但她最后的“下一次”还未说完，便在“脸上掠过一丝尴尬疲惫的笑容就不再说话了”。以此形象地揭示了台湾现实社会中的道德沦丧、亲情血缘的虚无、人性的变异。

而70年代末至80年代初新涌现的乡土作家洪醒夫，则在他的新作《黑面庆仔》、《市井传奇》等作品中，进一步展现了台湾工商社会的人性复杂、多面、难测。《黑面庆仔》中描写农民庆仔的女儿，因精神失常而被恶徒强暴后，还生下了一个婴儿。作为人父的庆仔，深感难堪与羞辱，他先一心想把这婴儿送人、丢弃，甚至杀死，以作了结，但后来当他目睹着这一幼弱的小生命时，却从心底里发现他是无辜的，更是无罪的，谁也无权抛弃、消除他。于是他不顾旁人的讥笑嘲讽，决心把这个婴儿保留下来。以此形象地表现这个卑微的普通农民心灵的高洁，人性的善良。同时也鞭打了那些嘲讽者、社会恶徒人性的丑恶与丧失。

但从80年代以来，乡土文学已在发展中出现了分化，其中的一小部分人，像叶石涛、王拓、宋泽莱等人已走上了为政治“台独”、分裂祖国效劳的“台独文学”的道路，并不遗余力地宣嚣“台湾文学与中国文学无关”、“台湾文学的独特性”、“台湾文学的主体性”等，且勾结国外反动文化势力，极力为臭名昭著的“皇民文学”翻案，为“台独”文学的理论建构献策。然而以陈映真等为代表的反“台独”文学的乡土派及爱国作家们，十多年来“坚持了及时的，切中要害理论和学术的批判与斗争，没有让‘台独’派占上便宜”①。

(二)“现代派”的复苏与“后现代派”的形成和发展

曾在60年代兴盛一时而在“乡土派”文学重新崛起后的70年代遭到严厉批判的现代主义文学，在“乡土文学”的影响和与之大论战后的自我反思，已从全盘西化中逐渐东归，向台湾方向化发展，并默默地借鉴中国传统文学中的精华，朝着传统的现代化以及现代的民族化迈进。再加之台湾越来越殖民地化的工商业文明的挤压，到80年代末至90年代初，现代主义文学在台湾已开始了全面复苏与发展。白先勇这位曾被誉为“现代派”的旗手，这时除了他的新作《骨灰》而外，便更多沉浸在以优秀的传统表现手法融入现代派之中，精心地把他原有的《游园惊梦》等作品打造为影视戏剧，并对传统戏曲《牡丹亭》等的现代化深究和改编，也极感兴趣。即使像最典型的现代派七等生，尽管他一贯追求所谓的“伤感和荒凉的美”，但他也逐渐认为传统的“心灵的‘美’比肉体的‘美’具有更高价值”。他在《大榕树》等作品中，做了这种正常美，肯定美的形象抒写与阐发。至于洛夫、余光中等现代派诗人的逐渐向传统回归的诗作，那就显得更为明朗了。

---

① 陈映真:《中华文化与台湾文学》,《台湾作家研究丛书・总序》,作家出版社2006年版。

90 年代初台湾已步入“后工业文明”社会，大众传媒与晚期资本主义社会结合，大众消费潮流的汹涌，都市文化意识的迅猛高涨，促使文学发生巨大的变化。这时候西方的“后设潮”等后现代主义文学潮流，愈来愈被台湾文坛所重视和运用。于是台湾的后现代主义文学便由现代文学的延展应运而生了。所谓“后设潮”，即强调暴露作者的写作意图及叙述过程，实际上具有后现代主义性质。无论“后设小说”和“后设诗歌”，其主要特征有三：一是在内涵上多是对后工业文明的表现与反思；二是在艺术表现形式上则大量拼贴、组合，特别是对语言进行拆解和颠覆，对结构、逻辑、理性进行重新解构和阐释；三是其创作极力与大众媒体结合，与市场消费挂钩。这一切，使台湾后现代主义文学更加朝着消费性、视觉化、直观化，以及大众传媒化方向发展。

后现代主义的小说，即所谓“后设小说”，实际上是反小说，或寓言小说。张蕙青的《蛾》与赖香吟的《岛》等作品便是代表。《蛾》以小虫变成蛾，蛾异变成茧的意象变幻与心灵感应，时光倒置、人事巧合、语言拼凑等手法，表现女昆虫学家由少女到少妇的感情变幻、情爱失意，及其对情欲的主体追求与心理的异变流程。“虫”、“蛾”与“我”交织一体，是“虫”化为“蛾”，或是“蛾”化为“我”，展示出感情的曲折、波澜和文字建构、语言拼贴组合的奇观。给人以朦胧难解、虚幻不实之感。《岛》写一个女子所爱的一个比她小七岁的青年恋人岛不告而别，诡异失踪后的失落与惆怅的心灵故事。岛失踪了，他为何对恋人不告而别，他去了哪里？这个女子一直苦等了他十天，也曾见过他日渐老去的父亲，还专去南城找过他，但终不见踪迹。岛会回来吗？这奇异的故事，全像一则深富歧义的寓言，实让人费解。

(三)“新生代”文学创作的蓬勃生机

所谓“新生代”作家，一般是指 80 年代初初露头角，90 年代崛起的一批新人，他们大多出生在 50 年代前后。台湾文坛称他们为“新人类”或“新生代作家”。他们崛起的缘由不是偶然的。一是台湾社会历史转型期的产物：80 年代末至 90 年代初，台湾社会愈加殖民地化，已步入现代高度“工业文明”与快速发展的商业信息社会，物欲横流，都市意识无限扩大。人们在这种“后工业文明”与商业异化的双重压力下，出现了人情冷漠、疏离、恐惧、孤独、浮躁的精神状态。就是这种转型的社会背景与精神状态，为“新生代”作家的崛起提供了滋生发展的平台。二是“新生代”作家群是在前行作家的影响和所获取的丰厚的正反经验的基础上脱颖而出的。他们吸取了现代派与乡土派及其他文学流派之长，摒弃其短以丰富发展自己，壮大自己。三是他们多是在中国人文传统滋养下得以形成发展的。“新生代”作家多出生在 50 年代前后，所受的家庭熏陶与学校教育，主要也是中国传统文化、中国优秀的古代文学艺术精华，这可说是他们的精神文化之源。也是他们在创作上取之不尽、用之不竭的无穷宝库。

正是在这种复杂的背景下崛起，"新生代"作家的创作才展示出"书写当代，也创造当代"[①]，关心当代人的生存环境、焦虑与困惑，人性失落与净化，道德沦丧与重建；并以多元发展的蓬勃生机，进入文学各领域表现社会最为敏感的诸多层面。还以多种手法展示其感人的艺术魅力等特点，展现出 90 年代以来台湾社会世相的变迁与各层民众的心灵历程。在近二十多年的文学各门类领域中，都可说是起到了主要作用。

在 80 年代末以来最为勃兴的政治文学中，"新生代"作家可说是走在前沿的弄潮者，最具代表性的是张大春。他的《大说谎家》、《撒谎的信徒》、《没人写信给上校》等作品，都产生了强烈的社会反响。其中《撒谎的信徒》写于 1996 年，正是台湾"总统"选举之时，小说中的主人公李政男，是一个充满了政治野心、渴望权力、编造历史、改变记忆而千方百计制造谎言欺骗选民的大野心家。作品以具体的实证，揭示出了他本是一个极为平庸、毫无立场信仰与爱民意识的寡廉鲜耻之辈，只知欺哄上司，以获取最高权力。明眼人一看就知道这就是李登辉之辈的写照。另一权欲人物彭明进，其言其行所影射的就是民进党的参选者彭明远。全文以虚实相间手法揭露骗局，让人难忘。《没人写信给上校》实际上写的是台湾军内的"尹清枫命案"及相关的"军购舞弊案"，以事实和连续生活细节的手法层层剥解军中黑幕，并以尹清枫的尸体浮上水面之日便是真理沉到海底之时作结，生动地揭示出谎言与权力的密切关系。

其他像李永平的长篇《海东清》、短篇《雨雪霏霏，四牡騑騑》等作品，均勾画着梦幻与理想中的原乡，洋溢着浓郁的中国情结，它恰在台湾 90 年代中后期出现，这对正喧嚣聒噪的"台独"文学，无形中给予了重重的一击。

在发展迅猛的都市文学中，"新生代"作家可说是一支主力军。他们都生活在城市，目睹台湾几乎快速发展成了一座"都市岛"。他们为都市化的飞速发展既高兴、又焦虑、又惆怅，在歌颂中有憎恨，在拥抱中有排拒，感情心态矛盾、复杂。最突出的是黄凡的长篇《财阀》、短篇集《东区连环泡》以及林耀德的《大东区》小说集等作品。在《财阀》中，黄凡以激动的情趣，描写了都市强人赖朴恩的干练通达、知难而进具有开创精神，同时又揭示了他在市场拼搏中的冷酷、专横、狡黠、不择手段的另一面，活现了一个现代都市的"财阀"形象。他的《东区连环泡》中，在表现工业文明的都市万象时，则着重突出了青少年的赌博、吸毒、疯狂淫欲等让人焦虑、忧心的情景。林耀德的《大东区》可以说是这一都市普遍问题的形象补充。小说更生动地展示了台北最热闹的都会核

① 林耀德：《新生代小说大系》，转引自《中国文化中的台湾文学》。

心大东区深夜零时以后，便“年轻起来，青年男女疯歌狂舞，飙车决斗，淫乱性交，血腥斗殴，极力追寻刺激，放荡形骸等反常行径”。正如文中的乔芳所说：“大家都一样，不知怎样打发时间。”充分表现了“颓废已经征服了台北”喧嚣的世相。[①]

在新女性文学领域内，“新生代”作家也是大显身手。80年代中后期，像廖辉英的《盲点》、朱秀娟的《女强人》、袁琼琼的《自己的天空》等作品，为颠覆男权为统治中心的世界，发出了政治、经济、婚恋、性爱、贞操等方面振聋发聩的“真正平等”的呼声，并塑造出了无数像丁素素、林欣华等令人崇敬而又可爱的“女强人”形象。到了90年代，新女性文学已逐渐转向了女性自身，向“次文化”沉落，很少有力挽狂澜、驰骋商界企业等女性形象出现。而女作家关心得更多的是个人的情欲追求、男女感情的变异、生存命运与环境的困扰等。袁琼琼的新作《恐怖时代》与平路的《微雨魂魄》等便很典型。《恐怖时代》揭示了在物欲、金钱、色欲横流、人欲无穷泛滥的后工商现实社会，给女性造成的命运灾难，内心恐惧、焦躁，以致失衡、变态、性格扭曲的痛。无论在其无名的《口》篇中的丽满，由一个美丽富家少女因丈夫外遇而自杀救活后，身心备受损害，无食无味，只得以烹调菜肴美味的机械操作，获取丈夫的回心认同的遭遇；或是在《咳嗽》篇中的她和美艳的小酒店的老板娘及其他像猫眼儿、肉丝、安安等女性，都自觉不自觉地沉沦为个人淫欲的理想追求者，“咳嗽”成了她们与他和小周等男性的暗语、默契；抑或是《米》篇中，她在深夜买米中和“晨跑”时两次偶遇街头死尸而受惊后的变态等，都形象地说明了这一点。《微雨魂魄》通过“我”一个未婚少女，与一个有妇之夫的河豚偷情，哪怕“我”要尽手段，甚至用“我都要死了”等恶语来威胁他，要他娶“我”为妻，但最后仍是被河豚所“遗弃”，“我”只得在梦境中寻他为伴的描写，深刻地展现了女性炽情的惨淡，都会男女感情的异变与真情的虚无。

除此，台湾的通俗言情派与新派武侠小说，其艺术生命力一直不衰。90年代以来，琼瑶就连续创作了《雪珂》、《青青河边草》、《梅花烙》、《新月格格》、《烟琐重楼》、《还珠格格》、《苍天有泪》等多部小说，并把其中的一些作品制作成了电视剧，影响很大。而将古龙的新武侠小说制作成影视作品的仍相继出现，观众热情也一直不减，这无疑是适应了后工业社会独特的娱乐、轻松、审美、认识等价值观所使然。

二、独具都市特征的港澳文学

从香港当代文学的形成、发展、实绩及其他所受的地域影响来看，即使是“九七”回

① 孟樊：《颓废已经征服了台北》，《联合文学》1999年第3期。

归祖国以后，它也一直保持着其独具的鲜明特点。归纳起来有三大特点：一是它始终与祖国当代文学保持着血肉的关系，即使从六七十年代以来，香港一直承受着现代主义文学的冲击与影响，也都没有走向全盘西化的极端，也比较注意继承和发扬民族文化传统，关心香港的现实生活与人的生存状态；二是地域性特别明显，香港是一个国际贸易大都会，揭露金钱社会的矛盾与弊端的"都市文学"，反映下层人民生活与品貌的现实主义文学也称"乡土文学"，以及表现工商社会各种荒谬形态与奇特心灵的现代派作品，都表现了它的地域特征；三是开放性与商品化，随着香港的愈益开放，香港文学也就愈益成为中西交融、新旧并存、鱼龙混杂的兼收并蓄体。再加之它的商品化，文学也得随之服从市场竞争的经济规律。于是，物欲、色情、凶杀等刺激性的作品泛滥，怪诞、奇异、荒谬的文艺层出不穷。人们必须以正确的观点加以扬弃和吸收。

90年代以来，香港正处于一个崭新的时代，各方面都充满着蓬勃生机。随着大陆的进一步改革开放与香港的"九七"回归，香港文学更是异彩纷呈、多元发展，现实主义文学与现代派等严肃文学虽仍然有着它的发展空间，但都市文学、通俗文学等则显得更为活跃，生命力极强。在严肃文学"与陷于淖泞中的手推车颇为相似"的情况下[①]，仍有不少富于启迪意义的作品问世。像东瑞的《人海枭雌》、《暗角》、《似水流年》等，都以现实主义为主，并融合现代主义等手法，形象地描绘出了香港现实社会的人生世相与人性的深沉、复杂、多面难测的内在特征。《人海枭雌》中的女主人公杨海娜，本出生贫苦之家，但天生丽质，被人骗卖，历尽千般磨难，但她以后也竟变成一个骗卖少女的女魔头。后当她发现她亲手骗卖的三个少女命运惨苦，有的甚至被折磨而死，良心的自我谴责，人性的复归，使她主动自首，决心走向人生正途。《暗角》可说是东瑞这一时期的力作。他以现实主义为主轴，但却融人了隐喻、象征、梦幻、意识流等现代主义的一些手法，把作品置于香港工商社会激烈竞争的旋涡中。主人公多以地震后地铁被陷列车的空间，在危难时刻以展示与其有关的人事纠葛及其复杂人性的开掘，充分发挥其想象力与表现力，让人从复杂多面的人性表现中，受到震撼与启迪。其他像白洛的《福地》，陈浩泉的《香港一九九七》等，都从不同视角，表现了香港各层人群对"九七"回归祖国的不同心态与感受。

在越来越都市化的香港社会中，香港都市文学以此表现出了蓬勃的生机。著名作家施叔青在80年代末完成了《香港的故事》系列作品后，又在90年代中推出了揭示香港后殖民时期的社会世相《维多利亚俱乐部》等动人作品。其实《香港的故事》中的主

① 刘以鬯：《香港小说卷：序》，中国文联公司1994年第11版。

要人物多是从台湾、上海等地到港岛去发展、淘金或是高消费的，但从中却展现出了香港都市形形色色的独特景观。其中《相见》一篇，抒写的是台湾富商之爱丘翠萍，凭着其大实业家的“丈夫赚钱，就像印刷机印的钞票一样多”的后盾，便入“购物天堂”的香港，住高级的大酒楼，最豪华的套间，吃喝于最高档的餐厅，套购最流行的时装，成天还陶醉于五光十色的舞厅，醉生梦死。但却心灵空虚，感情孤独，精神苍凉。而《维多利亚俱乐部》主要是围绕其采购部主任徐槐的贪腐案描写，揭示了徐的上司威尔逊及其律师吴义等都是一帮贪得无厌的物欲淫色之徒，人与人之间的相互倾轧、残酷与无情。

即使像陶然这样的纯文学家，也以短篇小说形式，投入了都市文学的浪涛中。像他的《红颜》、《赔》、《天字第一号杀手》等篇，便从不同侧面，揭示了香港都市社会的物欲人欲横行、真情虚无、是非淆乱的本质。《红颜》写一个叫阿霞的外地美女，贪财的父母被伪装成富商的港人所骗，她被“富商”带入香港，才知这个冒充富商的人原是一个卖鱼丸的地摊小贩，阿霞只得痛苦认命。但一个偶然机会，小贩侥幸中了重彩，真的一夜之间变成了富商，阿霞以为从此便会改变一生的命运，谁知这所谓的富商丈夫，心肠早变，不仅反复虐待阿霞，甚至将其残酷掐死，还反诬她是想骗走他的钱财所招致的必然结果，被诬的阿霞冤魂，只得悲愤无告的飞向云天，漂泊无依。小说形象地说明了香港都市社会人性险恶，冷酷无情。其他两篇分别展示了香港商品世界的阴谋、陷阱及其黑势力的巧取豪夺，无不让人惊心。

随着都市化的向前发展，与之相适的言情文学、新派武侠、科幻奇情等通俗小说，也随之出现了新的景观。

在言情小说中，被誉为“香港琼瑶”的亦舒，仍继续抒写她笃爱的香港金钱社会中各种复杂多变的爱情婚恋故事。通过它，揭示女性人生价值，剖析社会时弊，呼唤纯真、执著、平等美好的爱情，鞭挞假恶丑，摒弃男欢女爱的金钱商品化，启迪女性自立、自强、自尊、自爱、自己救自己，为新女性主义作形象的阐释。继《玫瑰的故事》、《喜宝》、《我的前半生》之后，又在这一时期有《香港女人》等新作问世。既展现有爱情被金钱所扭曲的喜宝，又有在爱河中几经薄情寡义折磨的黄玫瑰，更有依靠自己才智拯救自己的唐晶、子君等各具个性、发人深思的女性形象。曾以“胭脂加眼泪”征服读者的林燕妮，90年代以来的作品，就充满了强烈的女性意识逐步醒悟的特点。像短篇集《精品店里什么都想要的人》就很突出。集中《爱情赡养费》一篇里就有被虚情假意所骗的痴情女诗诗，终于悟出了“男人原来不是每个都值得记住”的惨痛教训，击中了香港社会现实的本质①。

在这方面,梁凤仪的商场加情场的财经言情小说,则更别具魔力。像《醉红尘》便是情海商战、忘情搏杀揪心之作。作品中的男女主人公杨慕天与庄竞之,原本是一对青梅竹马两小无猜的情侣,偷渡入港岛的亡命鸳鸯,但因海滩"蛇头"残害,杨慕天负义,庄堕入红尘。两人分道扬镳后,在残酷的拼搏挣扎中,各自用尽了心血与精力。不知相互境遇的这对情仇,若干年后各自都成了港岛的大财阀。在一次争购香港巨富罗尚智豪宅的残酷搏杀中,连胜几局的杨慕天,最终竟被突然出现的美若天仙的庄竞之击倒。小说活现了一个九死不悔,力争独立自强,名成利就的女强人形象,给人以灵魂的震撼。其他像《花帜》中毅然摆脱虚情假义、物欲色情陷阱而寻求人格尊严、独立与真情的杜晚晴,《豪门惊梦》中敢于面对成败生存挑战而力挽狂澜的顾长基等新女性形象,都始终保持给人以振聋发聩之感。

与梁凤仪不同的是取材奇异、构思表现诡谲的李碧华的奇情小说。无论她较早的《胭脂扣》和以后陆续出现的《霸王别姬》、《青蛇》、《潘金莲之前世今生》等长篇,或是《流星雨解毒片》、《樱桃青衣》、《放血》等短篇集,其所涉及的人物情恋纠葛事件,虽多融合在奇特荒诞中,却既折射了对现实人生命运,特别是女性的生存际遇的热切关注,也展露了香港都市形形色色的社会世相。像假女真男、对艺术对人一片痴情的"虞姬"程蝶衣,以及为情所迷的"青蛇"等,既给人以凄美的感受,又给人以忧心的沉痛。而在《流星雨解毒片》及《樱桃青衣》中,所构置的一个个诡秘魅惑、血泪交融,或生死轮回、人鬼相爱、现实与梦幻交织的荒诞故事,更展现了她对世态人心的悲悯、感悟,以及浪漫、魔幻与现实自然融合的艺术特色,更让人难忘。

在新派武侠小说中,自20世纪90年代以来,尽管金庸、梁羽生这两位泰斗不再有新作问世,但以他们的作品摄制成影视剧的热潮,却一直不断。然而更可喜的是它后继有人,最有影响的是温瑞安等后辈的出现。温瑞安年富力强,本身精通武术,常年练功习武,自然比其前辈金庸与梁羽生多了一份优势。90年代中期,他推出了新作《四大名捕斗天王》的系列长篇,造成一时的轰动,成为港台名导争拍影视的亮点之一。作品吸取了金、梁之长,但更多具有现代人的个性、心理及环境氛围的构置与多种艺术表现手法的特点。情节的悬念,人物打斗的器械、技击、招式,并不在其前辈之下,但最大的遗憾与不足,却是文化意蕴较为浅薄,远不能与金、梁作品相比。

在澳门当代文学中,尽管这十多年来也有新的发展,但远不如台港繁荣。一是作

① 潘亚暾、汪义生:《香港文学史》,鹭江出版社1997年10月版。

家不稳定，像香港著名作家陈德锦、谢雨凝等，其根在澳门，人却在香港。澳门本土的作家，多半是来自东南亚早年定居澳门的华侨，像陶里、邱子维、杨星显、胡晓风等。二是起步甚晚，发表作品太少。三是更无较具现代规模的出版社。但最近几年，在祖国文学的影响支持下，无论小说、诗歌或散文，都出现了一批文学新秀，织成了多彩的文学新天地。

在小说创作方面，陶里以现实主义的手法抒写出了《当他们在一起的时候》、《春风误》、《迟来的缘》、《那一双眼睛》等作品，多表现的是海外华人的爱情生活，但却被称为澳门小说的一枝独秀。

如果说陶里作品多以海外华人生活为题材、背景，那么杨星显的长篇巨著《神涡》，就是澳门社会现实生活的形象展现了。小说前后跨度二十余年，表现港澳商界的风云变幻。主人公李云镝在艰苦挣扎、奋力拼搏中，终于成了港澳的大企业家，驰骋商界，名震海内外。但他在房地产、股市的搏杀中，既有失败的痛苦，也有成功的欢乐。而他始终镇静自若，灵活主动，活现了一个商场巨子的形象。作品还对港澳社会云谲波诡的股市、变幻莫测的地产交易、明枪暗箭的商场拼搏、神秘莫测的赌场格杀，以及灵与肉苦斗挣扎的按摩院、夜总会等，都进行了形象的描绘与暴露。其中的善恶美丑，都真实地再现了港澳资本主义世界中神秘莫测的旋涡深处的形形色色，让人深思、奋起、警觉。

其他像林中英的《云和月》，邱子维的《星之梦》、《辫子姑娘》，以及青年作家林丽萍、刘业安等的短篇小说，既是澳门社会生活的写真，又是对澳门这座“东方大赌城”众生百态的纪实，给人的震撼力极强。

澳门的诗歌创作，比小说更为活跃，老中青诗人的诗作都很引人注目。

胡晓风是澳门诗坛的老前辈，他虽是归侨，但有着爱国赤心与强烈的民族精神。他写了不少歌颂祖国的诗作，像《风从那边来》、《珊瑚岛放歌》、《我还是等你》等，都感人至深。

玉文是一位影响较大的女诗人。她原是一位芭蕾舞演员，后对诗歌发生了浓厚的兴趣。她既写了不少抒发乡愁的诗歌如《离乡的人》、《思》等，又写了呼唤和平，反对不义战争的诗歌如《中秋》、《愿》等，还写了以母爱为中心的诗歌，都显其诗风灵秀柔美，清丽如画，给人以强烈的印象。

90年代初，青年诗人黄晓峰、黄文辉选编出版的《澳门新生代诗歌》，共收了四十多位青年诗人的诗作，既抒发了他们思乡恋国的赤子之心，也显示出了对当时澳门前景与人生价值的严肃思考，还表现了他们对人性与正义的热烈呼唤，以及理想与现实难以统一的郁郁哀愁。像谢小斌的《海峡情》中，就有这样的句子："日子的珠子在心田结出了红豆/千万相思在梦中/郁结成一块块女娲石/再没有什么慰藉/可以代替我们民族的魂魄/"不仅想象力丰富，意象构置也很贴切。其他像梦子的《寻梦》、《伊的泪》，都有着阴柔之美；而夏谷的《往事》、《娘》等篇，则展现出阳刚之气。尽管都出自青年女诗人之手，但气质、风格各异，耐人寻味。他们似"青春发新枝"，寄寓着澳门诗坛的新希望。

澳门的散文虽不如小说、诗歌景气，但也正在异军突起。胡晓风不仅能写诗，也长于散文创作。他的《霞姐》、《她只是万千中之一》等篇，都很富新意，格调也显得沧凉、深沉。女作家中，凌凌的散文很为出色。她题材广泛，既有写风物的《走过大三巴牌坊》、《海滩的绿丛》，又有写澳门人物的《卖花声与卖花人》、《当年那个卖鱼女孩》等，还有写怀旧之情的《手镯》、《母亲的画》等等，都写得声情并茂，楚楚动人，有女性的细腻、柔婉美。除此还有沙蒙的散文集《七星篇》，其中内涵丰富，有表现民族悲哀的《养猪村》，有抒情言志的《列车》与《等待》，还有写现代人反常生活与奇想的《女人死了》等等。手法新奇，文风朴实，给人以美的感受。另外《澳门文学创作丛书》中的《三弦集》，可以说是澳门青年散文的佳作集锦，集中共有28篇散文，有的含蓄隐晦，借古喻今，有的直抒胸臆，猛烈抨击时弊，全是代表澳门青年发自内心的心声，可读性很强。

从以上看出，台、港、澳文学从上世纪80年代末至与90年代至今，其总体特征是呈现出多元发展共生的格局，但其竞争激烈，展现各种新的发展趋向。一是台湾文学的分流、对立发展已见端倪：以陈映真、李敖等为代表的以"中国意识情结"为创作主体内涵的作家群，和以台南叶石涛、陈芳明等为代表的以"台湾意识情结"为创作主体内涵的一小伙作家正进行着激烈的斗争，实为反"台独"与政治"台独"在文学上的反映，不得不让人警惕，但从其发展来看民心、正义显然是在代表"中国意识情结"的一方，任何搞分裂的人，都不会得逞；二是女性文学，已由最为兴旺时期的"雄性化"、"强人意识"逐步沉落，回归至女性自身。这积极的一面是显示人性的回归，文学本质的体现，消极的一面是视野变得狭小，以致沉落到"身体文学"写作的境地；三是文学的进一步都市化趋向，体现了文学的多功能，但也出现了纯粹商品化的营利势头。商品化的利益驱使，使一些作家显得浮躁，作品更为媚俗，难出精品。

这一切只能说明台港文学发展中出现的一股逆流和一些小小的旋涡，其多元发展的总趋势，传统与现代的融合、严肃化与通俗化的互补，确具有无比强大的生命力，它展示了台港澳文学的美好前景。

第二章　小　说

毫无疑问，1976 年以后文学的多元态势在小说领域表现得相当明显。解除禁锢后的小说，在变革的社会思潮的催发中和它自身的嬗变中，完成了从内容到形式的巨大转换。如果说最初各种潮流之间还呈现出较为显明的阶段性，那么越到后来，小说更替的界线越发显得模糊。

1977 年底，体现着新的时代精神的小说在文坛发出了第一声呐喊，这便是刘心武的短篇小说《班主任》。这篇作品着重刻画了在那个特定年代的一代青少年心灵遭受扭曲、精神受到污染的状况，并由此发出"救救孩子"的急切呼喊，体现出重大的社会意义。从此，对于人及人的遭遇与命运的关注，对于人情、人性的呼唤与寻觅，成为小说的主要内容，出现了《伤痕》(卢新华)、《小镇上的将军》(陈世旭)、《弦上的梦》(宗璞)、《从森林里来的孩子》(张洁)等一批伤痕小说。这批以"伤痕"命名的小说，将笔墨集中在对十年社会动乱给人们身心造成的巨大创伤的描绘上，它们对那场民族灾变的反映和对那个时代的精神处境的认识，通过较为广阔的社会画面和具有一定历史深度的人物形象得以完成，从而改变了过去单一沉闷的小说样式。伤痕小说回复了文学的"真"本质，呼唤社会和文学的良知，真正体现了一场新的小说革命的到来。

但是，在这场轰轰烈烈的对"伤痕"的揭示和叙述中，一部分敏锐的小说家意识到，伤痕小说尽管从多个方面体现了历史的真实性，但对引起那场灾变的社会、历史等根源性原因缺乏更深刻的思考。于是，"反思文学"出现了。反思小说的出现，预示着文学由情感的控诉向理性的批判的转化，它的产生与伤痕小说有着相同的社会背景，但它更具思想解放的特征。反思小说在历史内容上的扩展，在历史主题上的深化，一方面打破了过去小说中人物关系的固有模式，通过真实地再现各种人物的命运，进而反思历史、探讨个人命运与时代的关系。高晓声的《李顺大造屋》、张一弓的《犯人李铜钟的故事》、古华的《芙蓉镇》等即试图从人物带有悲剧性的命运去洞察那些触目惊心的事件的历史动因。另一方面，反思小说显示出对人的价值和尊严的确认，对人的性格与其在社会中的变异现象的充分暴露。鲁彦周的《天云山传奇》、张贤亮的《灵与肉》、王蒙的《布礼》与《蝴蝶》等作品，带着鲜明的反思倾向和自省意识，力求从对人物真正的价值发掘中传达出痛苦的历史沉思。

随着改革大潮的到来，"改革文学"应运而生。蒋子龙的《乔厂长上任记》被认为是改革小说的先声。随后，张洁的《沉重的翅膀》、李国文的《花园街五号》、柯云路的《新星》等等，将一个个改革者形象推到读者面前，这些改革者带着巨大的生活热情和时代使命感，投入到浩荡的社会变革的潮流中。应该说，在更为宽泛的意义上，改革小说仍是伤痕小说、反思小说的某种自然延展，它体现了人们在经历毁灭性的身心摧残后对重建家园的期待和渴望。改革小说中的改革者们不仅要将体制等外在形态的痼疾予以清除，而且要面对更为强大的传统习俗和观念形态的挑战，这使得他们在坚韧顽强搏击之时，总带有悲壮的意味，小说通过对他们悲壮奋争的展示，显现了比弥合"伤痕"更为艰难的历史进程。不管怎么说，尽管"改革"异常艰辛，历史总要前进，小说也在这举步维艰的改革中缓缓行进。

在弥合与变革的二重苦闷中，一部分小说家寻求着小说的新出路，他们不再满足于仅从社会政治角度去观照人生，而开始把人的性格和命运放到历史文化的宏大背景中加以考察，由此产生了一股强劲的"寻根"热潮。从文学发展的角度来看，寻根小说强化了小说的文化意识，使小说的审美品格上升到"文化"的层面，而具有深邃的文化底蕴。《大淖纪事》(汪曾祺)、《寻访"画儿韩"》(邓友梅)、《黑骏马》(张承志)、《老井》(郑义)、《棋王》(阿城)以及"商州系列"(贾平凹)、"葛川江系列"(李杭育)等等，都试图从丰厚古老的文化中寻找民族和文学的根，并在对现代文明与原始蛮荒、时代变革与个人信仰的双重审视下，探寻历史的发展走向。他们似乎在悠远恒定的文化图景中发现了一个民族赖以生存和发展的精神伟力。在这里，寻根小说保持着与1976年以后小说脉络的某种一致，却又显示出极大的不同，它进一步摒弃了过去小说单一浮泛的色彩而更具开放性，它的宏阔姿态使这类作品具有更为深远的历史纵深感和更为持久的审美魅力。

当一批小说家纷纷走向"寻根"之时，另一批更为年轻的开拓者们看到了小说重新陷入僵化单一的危机，他们试图对小说自身进行彻底变革。在这过程中，莫言充当了某种过渡角色，他的"红高粱系列"努力将文化之根与绚丽斑斓色彩和新奇独特的感觉意象嫁接起来，表明了寻根小说的结束，又宣告了一个新的小说时期的不可遏止的临近。1985年，在《你别无选择》(刘索拉)一声充满焦躁不安的吼喊之后，小说界四处响起"现代派"的呼声，但一批所谓"现代派"写作仍然只是过渡，他们意想通过对传统生存方式的反叛，构筑一种新的价值观念，从而完成对自我的追寻。一片喧嚣过后是片刻的沉寂，紧接着以“先锋”姿态出现的一批新秀，裹挟着珍珠和泥沙，强烈地冲击着人们的阅读视野和审美空间。这也许是继《班主任》之后一次更为深刻的小说蜕变。一般将马原看做这场“先锋”运动的始作俑者，他的《拉萨河的女神》尽管出现的时间甚至比《你别无选择》等“现代派”小说更早些，但由于它把叙述置于故事之上，极大地强化了小说的叙述功能，从而改变了小说的结构模式，因此被称为“先锋”运动的“秘密宣言”。由苏童、格非、余华、北村、孙甘露等小说家参与的这场“先锋”运动，表达了进一步变革小说文体、探索小说形式意义的渴望。他们的作品呈现出主题的不确定性、结构的零散性等特点。80年代后期，以《风景》(方方)、《烦恼人生》(池莉)、《一地鸡毛》(刘震云)等作品，构成了“新写实”小说的创作景观。这些作品，力图回归现实主义的写实传统，以现实中普普通通的人生状况为关注对象，加以冷静客观、不动声色的描述，以展示日常生活的原生状态。“新写实”小说一定程度上反驳了“先锋”派小说对小说形式的极端强调，使得一部分“先锋”运动的倡导者(如苏童、叶兆言)纷纷转向“新写实”创作。但“先锋”运动的意义是不容忽视的，90年代初出现的“新体验”小说、“新状态”小说等都是源于这场“先锋”运动的激发和推动。

第一节 王蒙·张贤亮·谌容

王蒙(1934～)，祖籍河北南皮，出生于北京。

王蒙的创作始于50年代。1953年，他开始写作长篇小说《青春万岁》，1955年完稿，但直到1979年才得以出版。这部描写新中国成立初期学生生活的长篇小说充满了纯真、热烈、朝气蓬勃的时代气息，也体现了王蒙初期创作的特色。发表于1956年的短篇小说《组织部新来的年轻人》是“干预生活”浪潮之下的作品。小说通过对刘世吾和林震形象的刻画，敏感而尖锐地提出了当时共产党内领导干部意志的衰退和官僚主义作风滋长的问题。作为一个年轻的“布尔什维克”，林震的可贵之处正在于他的真诚和热情。然而，在老练的把机关工作“看透了”的刘世吾面前，他却显出了幼稚。作者没有把刘世吾简单地描写为一个“典型的”官僚主义者。刘世吾形象的复杂性无疑增加了作品的内涵和深度。对林震初涉人生的迷惘和困惑的描写也使作品越出了一般的“问题小说”桎梏，从中可见王蒙敏锐的思想能力和出众的文学才华。

王蒙1979年之后的小说较之于他50年代的作品，无论在创作思想和表现方法方面都有着明显的变化。“故国八千里，风云三十年”的阅历和磨炼，使王蒙的思想感情复杂了许多，也现实了许多。从1979年到1982年期间是王蒙小说创作的一个高潮时期。这期间，王蒙陆续发表了《布礼》、《夜的眼》、《风筝飘带》、《蝴蝶》、《春之声》、《海的梦》、《杂色》、《深的湖》、《湖光》、《如歌的行板》、《相见时难》等一系列小说。在这些小说中，王蒙以一种成熟的理性审视历史的变迁和人生的波折。《布礼》是王蒙的第一部中篇小说，作家从对自己的命运和心灵历程的反思入手，展示了我国三十多年所走过的曲折道路及人们在心灵上所经受的考验。《布礼》的叙述像是一种内心告白，带有某种自叙传的性质，因而限制了作品对客观历史作更厚实的表现。发表于1981年的中篇《蝴蝶》是一篇充满了痛苦的历史反思的作品。小说通过对张思远的内心世界以及他与现实生活多方面的联系的描写，展开一个共产党人既有思辨意味又有诗情色彩的心灵历程，描写他经历了历史动荡之后的主观感受和内心追求，概括了丰富的历史内容。张思远的“自我迷失感”及他对庄周梦蝶故事的反复玩味，并不是一个政治斗争的厌倦者对人生无常的消极感叹，而是一个共产党人对政治生活中的弊病的反思和对自身局限的反省。作者以庄周梦蝶的寓言来比喻主人公张思远的命运变幻和自我寻找，把一个沉重的充满失落和遗憾的命运悲剧升华为一个妙悟的浸透人生沧桑感的哲理启示。王蒙自己说这篇小说中有一种“很抽象的也很激动人心的东西”，大约就是这个主题了。《杂色》是王蒙1981年初访美时在衣阿华的“五月花”公寓写下的一个中篇小说，在格式上相当别致。小说只有一个简单的故事框架，写的是一个灰溜溜的中年人和一匹杂灰色的老马在1974年7月4日上午的一段平常的活动。小说主人公曹千里也不同于从维熙与张贤亮笔下的“右派”形象。曹千里身处逆境而能苦中作乐，在内心调侃世事来自我安慰，巧妙地暗示了一种荣辱不惊、听任自然的老庄式的人生观念。王蒙确实是在宽容地对待生活，才会有这样一种心灵的平衡，而这种平衡基于对生活的深切体验和理解才不至于庸俗化，反而具有了一种诗的境界。发表于1982年的《相见时难》也是王蒙这一时期的一个重要作品。表面看来，小说所写的是一个普通的“回归”题材，但实际上王蒙在对翁式含和蓝佩玉阔别三十年再相见的描写中接触到了敏感而深刻的主题，那就是在新的历史条件下中西文化再次“相见”所引起的精神上的不安和困扰。正是蓝佩玉的到来，迫使翁式含对自己的国家、民族、文化、历史进行反思并且竭力去回答蓝佩玉西方式立场的“挑战”。使翁式含感到“相见难”的，是一种意识到自己国家落后的“难受的情绪”。这种心灵的痛苦来自于翁式含灵魂深处的矛盾：尊严感和现实感、自信力和自剖力的矛盾。小说正是通过对翁式含这样一个严肃、正直、热忱的知识分子，一个经历了严酷的政治洗礼而仍然葆有共产主义信念的共产党人内心痛苦的描写，剖析了在中西文化交汇的新时期中国人的一种普遍的文化心态和心理情绪。

对于1980年前后的文坛来说，王蒙的意义显然不仅仅在于他的小说在思想上的深刻与开阔，他在小说形式上的创新也是相当引人注目的。王蒙自己将这些小说称之为“中国式的意识流小说”。这些小说借鉴西方“意识流”小说的写法，往往略过外在的细节写心理，写感情，写联想和想象，写意识流动；大量的感官印象和意识流动进入作品，从心理的角度处理时间次序和空间位置，眼前景观、人物的意识和作者的心理分析常常掺杂在一起向读者提供人物复杂的心理图景。短篇小说《夜的眼》、《春之声》、《风筝飘带》写的都是人物对城市生活和对于时代变化的种种感受，在散漫的叙述中容纳了主人公诸多的观感与思考，扩大了小说的思想容量。“复杂化了的经历、思想、感情、生活需要复杂化了的形式”，王蒙所追求的就是“用有限的形式大跨度地来思考我们的历史、现实、城市、乡村。”在谈到《蝴蝶》形式时，王蒙说：“这里边也有象征的，也有感觉的，也有自由联想的，意识活动的，里边还有杂文的东西，也还有相声式的东西，有比较粗俗和比较美妙的东西。”这种“杂烩”式的特点正是王蒙小说创作的风格。

1986年发表的长篇小说《活动变人形》是王蒙的一部力作，也是本时期中国文学中杰出的长篇小说之一。小说故事的主体是倪吾诚与三个女人(姜赵氏、姜静珍、姜静宜)之间的家庭纷争。王蒙把一场无聊庸俗的家庭争斗写得风波迭起、惊心动魄。由于这个封建家庭恰恰处于近代中国社会革命风云的时代背景之上，倪家几代人的命运故事便具有了深广的历史意味。小说主人公倪吾诚是20世纪中国文学中一个罕见的典型。他出生于“羊屁屁蛋脚上搓”的穷乡僻壤，却偏偏有着反封建文化的遗传和先天的革命要求。他留学欧洲，没有学问，没有学位，却有着对欧洲文明的无限向往和追求。但他又注定要生活在封建文化的重重包围之中，注定只能在家庭中实践他的西方思想和文明梦。他的无能、怯懦与不切实际使他在和三个女人的较量中节节败退。王蒙在写出倪吾诚痛苦可笑的命运之时，完成了两种不同指向的文化批判，一方面是对中国“吃人”的封建文化的批判，另一方面是对中国传统的知识分子人格的批判。小说中所展示的倪吾诚的生存环境是极其恶劣甚至是极其残忍和病态的。由几千年的封建文化观念积淀而成的精神牢狱，无情地扼杀着人的灵魂，倪吾诚被围困在其中求生不得，求死不能，一步步走向毁灭。小说还极为精彩地描写了深受封建文化毒害的三个女人的形象，尤其是对静珍变态心理和行为精细逼真的描绘，淋漓尽致地揭示出了旧文化虐杀生活和灵魂的“吃人”本质。但是，倪吾诚作为半封建半殖民地社会文化培养出来的知识分子的畸形形象，王蒙对他寄予的同情是有限的，更多的是怀着憎嫌写出他言论的空洞和行动的无能，借此完成了对中国传统知识分子人格的批判。尽管倪吾诚留学欧洲，崇拜西方文化，但他的幼稚、空谈、胆怯、缺乏行动能力却与旧知识分子人格中的弱点是一脉相承的。王蒙辛辣地指出了他的“先天不足”正是他可悲命运的根源之一。应当说，《活动变人形》是一部杰出的现实主义小说，它对于历史和现实的概括都是极为深刻的。从叙事风格上看，除保持了王蒙一贯的杂文式的幽默笔法，还明显地借鉴了意识流与象征手法，在细节的描写上又带有表现主义的精细的特征，这使小说具有一种超现实的寓意。

进入 90 年代以来，王蒙的大部分时间便是创作《恋爱的季节》、《失态的季节》、《踌躇的季节》、《狂欢的季节》等四部“季节”系列长篇小说。在这些小说中，王蒙以过来人与历史学家的眼光，高屋建瓴地审视着中华人民共和国前三十年的历史。其中，特别展现了一大群失意落魄的文化人在那个政治化的历史情境中的心理困境，即在严酷的政治困境中所经受的灵魂的压抑和挣扎，以及人格的扭曲和变形的曲折复杂的心理历程。

《恋爱的季节》的故事发生在 1951 年春天到 1953 年的春天这段时间。小说描写了一群处于人生花季中的革命少年们的青春萌动和跳跃。他们纯真坦诚、开朗乐观、自信向上，在多梦的青春中编织着自己人生未来美好的梦，并先后步入了对异性的试探靠近或者热恋阶段，“这是一个恋爱的季节”。《失态的季节》的故事发生在 1958 年到 1961 年。“恋爱的季节”里的革命青年们的命运在 1957 年发生重大分化，多数人被打成右派，少数人平步青云。“失态”成了一种集体无意识，这既是历史的“失态”，同时也是处于历史进程中的人物的“失态”。《踌躇的季节》的故事发生在 1962 年至 1963 年。小说以“在树叶差不多已经脱逃了的十一月底”，却在阳光明媚的天气中垂柳出现了“油绿”，对当时的人文环境和政治气候加以隐喻和象征。这是一个令人进退维谷“踌躇不安的季节”。《狂欢的季节》始于钱文告别北京举家远赴边疆，终于“文革”结束。在这部小说中，王蒙更多地思考了季节的意义。他认为季节不仅是一个人生存于其中的时空范畴，同时也是生活在那段岁月里的人们的永远逝去永不再来的生命记忆。所以季节不仅“永远不可能是单纯诅咒的对象”，同时还有“铁与血的劲舞，剑与火的狂欢”。由此可见，“季节”的命名正是王蒙对人民共和国建立后三十年来的历史沧桑、政教兴衰以及与此相关的人物命运的荣辱与浮沉的反思和隐喻。

与前期小说《布礼》中的主人公钟亦成和《杂色》中的主人公曹千里一样，《季节》系列有很强烈的自叙传色彩。作家自身的人生经历与历史深思都投射到主人公钱文身上。在小说中，钱文的命运遭际是贯穿“季节”系列小说的核心线索，从青年团干部、右派，到“回到人民中间”的摘帽右派，再到逃离政治运动中心的摘帽右派，钱文的人生命运和角色在不断地起伏和转换。与之相应，钱文的情感也随之变换，从“恋爱的季节”的亢奋与激昂，到“失态的季节”的惶恐与苦闷，再到“踌躇的季节”的既“踌躇意满又踌躇不决”，最后在“狂欢的季节”里的理性彻底丧失的“文革”期间渐趋沉静。钱文的人生遭际和情感变换实际上代表了如周珠云、萧连甲、祝正鸿、曲风鸣等那一代知识分子的普遍命运：从不甘心当右派到死心塌地承认自己是右派；从无情地批判别人到无耻地诅咒自己；从真心革命到满口虚伪的革命言辞；从朋友间的真心相待到人与人之间的彼此猜忌、处处提防。他们谨小慎微、诚惶诚恐，成了真正的“向隅而泣的可怜虫”，学会了自欺欺人、阴奉阳违、见风使舵、曲意逢迎，变得麻木猥琐卑劣无聊；学会了无耻地栽赃陷害、嫁祸于人。他们在无所适从中慷慨地浪费着自己宝贵的生命，他们在毫无意义的辩论争斗中忘记了对生命的责任和义务。钱文等人的悲剧，是革命知识分子特别是有党员身份的知识分子的悲剧：他们的心灵历程，“可以说是20世纪后半叶中国知识分子的苦难的历程”。

小说中，章婉婉的形象刻画得十分成功。章婉婉本是编辑部才华横溢的才女，但在从“反右”到“文革”的那段荒唐年月里，她却逐渐形成了一套“非人”的人生哲学：“干革命连脑袋都不要，还要脸？”于是，为了在“文化革命”中占得先机，改善自己作为知识分子在社会中的弱势地位，她不惜以出卖自己的肉体和灵魂为代价。她以冷静得可怕的“谈判”的方式与丈夫结束了原本和谐美满的婚姻。先是在“反右”中为了“摘帽子”而改嫁给一个参加过红军长征的老革命，后又在“文革”中为了“回城”再一次转嫁给了一个有“暗疾”的革命“造反派”头目。在“夺权”运动中，她一会儿依附“造反派”一边，一会儿又攀扯在“保皇派”一边，为此付出了灵魂和肉体的双重惨重代价。可贵的是，作者并未有意地引导读者去对章婉婉的所谓“道德堕落”进行人身攻击，而是让读者在不经意中跟着作者一道对章婉婉寄以博大的人道主义怜悯。此外，作家还塑造了一个理想的知识分子女性形象。在小说中，东菊是一个天真纯洁的倾向于进步的学生积极分子，由于家庭出身不好，在生活中屡遭压抑和排斥。在一个奇特偶然的机缘下，东菊和钱文认识并成了钱文初恋的情人，她开始主导了钱文个人的恋爱的季节。在钱文人生命运的低谷，东菊是钱文精神的依靠与皈依，虽然她因与钱文的关系一再受到牵连和打击，但她却从来没有动摇过坚贞不渝的爱情和做人的操守，反而让危机中的钱文将其生命之舟牢牢地系在自己身上。在东菊这个人物形象上辉映着中国女性最可宝贵的品格，她是作家心目中理想化的具有高尚情操的完美人格人物。

“季节”系列小说，在小说的框架内融合了大量杂文、随笔的书写方式，某些抒情性或议论性的片段单独拿出来，就是很精彩的随笔或杂文。小说综合运用了各种艺术手段，除叙述、描写之外，还较多地综合运用了议论与抒情、悖论与反讽以及内心独白等多种表达方式。在叙述语言上，作者借用了各种充满激情的流行语、生活语、政治语、套语、习语、咒语等，制成一道语言的话语瀑布。从风格上看，作品的某些局部有象征主义、表现主义的因素，又有意识流小说、荒诞派戏剧的影子。从作品整体上看，既有现实主义按照生活的本来样子的如实描绘，又在局部运用了解构主义、新历史主义的叙事策略，从而形成了一个杂体互渗、多角度、多层面、多声部的立体构成，达到了一种文体的“狂欢”。

张贤亮(1936～)，祖籍江苏盱眙，出生于南京。

和许多曾经当过“右派”的作家一样，张贤亮的创作也是从自己几十年的被流放的生涯中搜取素材的。他的多数小说，都以他长期劳动过的西北荒僻地区的生活为背景，具有粗犷、苍劲的荒原气息和原始的野性氛围，形成了一种独特的个人风格。张贤亮的创作集中在1979年到1986年间。这段时间，他陆续发表了《吉普赛人》、《邢老汉和狗的故事》、《土牢情话》、《龙种》、《河的子孙》、《肖尔布拉克》、《男人的风格》、《初吻》、《绿化树》、《男人的一半是女人》、《习惯死亡》等一批小说，其中反响最大的是《灵与肉》、《绿化树》、《男人的一半是女人》、《习惯死亡》这一组以作者自身经验为题材、描写知识分子苦难经历的作品。它们主要采用第一人称主观视角的写法，具有自叙传小说的性质。

曾经一度反响强烈的短篇小说《灵与肉》目的在于写出一个“右派分子”的独特命运，描写一个受难的知识分子如何从普通的劳动人民那里获得慰藉和幸福。作者自己说是有意识地要把“伤痕中能使人振奋、使人前进的那一面表现出来”。所以小说着意表现的是主人公许灵均在“改造”生涯中得到精神升华及他对于西北的土地和人民的由衷感激。中篇《绿化树》是张贤亮以“唯物主义者的启示录”为总标题的系列小说中的一部。在这篇小说中，作者将一个“右派分子”精神与肉体的双重苦难给予了充分的展示和深刻的反思。小说中的章永璘的形象要比许灵均更加复杂和内涵丰富一些。小说开头，章永璘的起点甚至比许灵均还低，作家毫不掩饰主人公内心卑怯低下的一面及他在畸形环境中滋长的不良品性和心理。小说描写章永璘在真诚地解剖自己卑俗的灵魂的前提下，一面阅读《资本论》，一面对照劳动人民的优秀品行与人格，同时认真思考严峻的现实，把自己的命运和国家的命运联系起来，探寻到了“超脱自己”的真谛。小说还穿插了章永璘与马缨花的爱情故事。作者以赞赏的笔调写出了她性格中蕴含的质朴之美和野性之美。对于章永璘来说,马缨花不仅满足了他的食欲而且还从堕落的可能中救了他,因而具有了一种圣洁的光彩。作者以哲理和诗意的笔触抒写的是章永璘在苦难的肉体磨炼中如何经受灵魂的洗涤、自我反省和自我超越的心灵历程。但是,小说中章永璘却绝不是一个讨人喜欢、引人赞赏的人物。作者对章永璘那种自虐式的自省和自我批判以及他那残存的知识分子优越意识都写得极为真实,正是这样一种矛盾扭曲的心理,使章永璘将苦难当成了合理的锻炼,当作了走向崇高的过程,这也正是小说引起多方争议的原因。

《男人的一半是女人》以章永璘的性心理为描写中心,正面展开了“灵与肉”的冲突及人物内心的自我搏斗。章永璘与黄香久的婚变故事,再一次暴露章永璘性格中矛盾的纠结及心理上的畸变。自以为已经蜕变成为一个坚定的清醒的“历史唯物主义者”的章永璘,以政治或哲学这样的冠冕堂皇的理由将黄香久当做了他“超越”与“升华”的一个阶梯,在道德上遭受读者的谴责是必然的。但正如张贤亮自己所说:“从地狱中生还的人不免带着些鬼影。”章永璘形象的意义便在于写出了“地狱”的残忍。在这篇小说中的章永璘依然是一个“灵”与“肉”相分离的形象。如果说在《绿化树》中,灵与肉的冲突及升华因了章永璘的愧悔的情绪而获得氛围情调上的统一,那么在《男人的一半是女人》里,作家所描写活生生的人的自然情欲和章永璘对政治经济学的思考及由此而产生的使命感这两个不同层面的内容,由于缺少必要的中介而未能很好地焊接起来,这是小说的一个明显的缺陷。

章永璘的故事并没有继续写下去。1986 年张贤亮出版了另一本自叙传的长篇小说《习惯死亡》,小说以性、政治、哲理构成,时空交错,思路跳跃,并且不时穿插大段的议论。小说发挥张贤亮长于心理分析的特点,描写坦白,议论尖锐。主人公极度的性格扭曲和变态心理的要源,是张贤亮着意要表现的。在《绿化树》和《男人的一半是女人》中,让人纠缠不清的问题在这里都可以找到详尽的注释。可以说张贤亮在这部小说中对自我和政治都进行了一次彻底的清算,当然作家的思想也是不无偏激的。

1992 年底,张贤亮还发表了一部长篇纪实小说《烦恼就是智慧》,是作家本人曾在劳改农场的日记及注释。就叙述的内容来看,主要写饿与吃及种种生存匮乏,而内在的重心是表现在恶劣环境中人物心灵破碎、人格分裂的创痛,延续的还是一贯的主题,但写法有了变化。

作为文化人“下海”的代表人物,张贤亮于 1993 年初成功创办华夏西部影视城有限公司,并使得其下属的镇北堡西部影城成为宁夏重要的人文景观和旅游景点。在此后的岁月里，张贤亮潇洒地奔走于商海与文坛之间，先后发表了长篇小说《我的菩提树》、中篇小说《无法苏醒》、短篇小说《普贤寺》以及长篇文学性政论散文《小说中国》和小说《青春期》。在这些小说中，张贤亮站在新的历史视点下，重新审视和拷问那个疯狂的集体失语全民狂欢的年代里的人们尤其是知识分子的人生遭际和心路历史，具有鲜明的自叙传风格。

《我的菩提树》发表于 1993 年，描述发生在 20 世纪 60 年代中国大饥荒时劳改营里的那段真实历史。小说依然取材于张贤亮的那段存留心底挥之不去的人生记忆，展示了那个残酷年代里"极左"思潮是怎样使人丧失人格与尊严，专制与饥饿怎样使人性变得脆弱扭曲甚至可悲可鄙的荒凉悲惨生活的原态。小说主要描写了劳教干部、刑事犯人、受难的知识分子这三种人物形象。其用力最多并且刻画最深的是那些作者所熟悉的知识分子形象。他们都是在 50 年代"反右派"斗争中因为各种意识形态问题犯了不可饶恕大罪从而成为新政权的敌人。在那场史无前例的政治漩涡中，在整天被批判、被臭骂、被改造被教育的思想改造宣传攻势下，他们的心理防线被彻底摧毁，人格尊严被彻底践踏，人生自然被彻底抹杀。因此，在异常残酷与残忍的政治气候与物质极端匮乏的现实环境中，他们逐渐失去了独立思考的能力而高度认同非正常群体，带着很强的原罪意识虔诚地接受教育并自我改造，最终失去知识分子的独立品格。这实际上也是中国当代知识分子的曾经被奴役与奴心的悲哀。作为一个永远的"五七族"，张贤亮为我们展示了知识分子的懦弱、依附的人格以及精神的扭曲、堕落与泯灭的精神悲剧。

在 1999 年发表的长篇小说《青春期》中，张贤亮再一次在历史与现实之间展示了那个红色革命时代中整整一代人的"青春"历史形态：从童年时"青春"的混沌初开，到少年时"青春"异化为某种政治口号，再到青年时"青春"的压抑与变形，及至人到中年欣逢新时期后"青春"的迟到与回归。张贤亮不仅对红色革命理想文化秩序进行了严肃的思考，并且无情地透视和剖析了知识分子出身的"我"的心理人格的阴暗面，显示了张贤亮竭力地以真正的人道主义精神，在大写的"人"的意义上反思那一段沉重的民族历史并勇敢地进行自我批判的努力。主人公"我"童年时宣告"青春"萌动的"橱柜事件"可看作是"青春"的开始，少年时因暗恋女同学而产生的"脖子情结"可看作"青春"的勃发，青年时被思想"改造"成一个丧失"青春"冲动而只剩欲望、执迷于"低级趣味的人"可看作是"青春"的退化与萎缩。"青春"作为人的生命本能和原始动力，本应在人的生命成长过程中以"人"的方式得到升华和对象化。然而，在中国的那段特殊的政治语境下，劳改队里强制进行的繁重体力劳动却无情又无谓地消耗和磨损了主人公的

"青春"。为了获得揭秘告发材料,"我"在女厕所里兴致勃勃地寻找一切有关的反动言论和毛主席图像,实际上这意味着"我"的"青春"的堕落或畸形释放。"我"与劳改队长"麻雀"的老婆白彦花之间有名无实的偷情,则暗示着他的"青春"的丧失以及生命的屈辱。最触目惊心的是,"我"竟然为了看护劳改队的水闸而"冷冷地"砍断了一个抢水农民的手指,"拿在手里把玩了半天,还掂了掂它的分量,猜测它是哪一根手指;又像抚摸女人似地抚摸了一遍我的铁锹。它的锋利就是它的美丽","剁了人的一截手指,我的'青春期'才得到性发泄似的满足。这天我畅快无比"。"青春"在这里已经异化成了非人的罪恶和变态的欲望。由此可见,世纪末的张贤亮基本上已经摆脱了八十年代那种"自恋"的文化心态,跃进到了一种冷静"自审"的精神境界。与前期的小说创作相比,《青春期》没有《绿化树》中表层的政治忏悔,也没有《男人的一半是女人》中的道德辩护,也不像《习惯死亡》那样一味地自我放纵和自我沉沦。张贤亮这部在世纪末"从商余暇"中创作的小说在忏悔精神上达到了新的高度,带有老年人看世事云卷云舒的睿智和大气,有一种暮年心态①。就叙事风格来说,《青春期》多了一些调侃的、黑色幽默的调子。就文体而言,小说可以称之为"边缘文体",它既是散文又是小说,甚至是杂文、论说文,形成一种综合文体。在小说的结构方式上,采取每一章节是一个场景的场景化描写,这种像话剧一样的块状结构方式,无疑是张贤亮在写作手法上作的又一新的尝试。

谌容(1936～　),祖籍重庆巫山,生于汉口。

1975年和1978年,谌容分别出版过两部长篇小说《万年青》和《光明与黑暗》(第一部),但没有引起广泛的注意。1979年以后,谌容的创作出现了重大的转机,陆续发表了《永远是春天》、《人到中年》、《真真假假》、《太子村的秘密》、《错、错、错》、《杨月月与萨特之研究》、《散淡的人》、《减去十岁》、《懒得离婚》等一批小说,成为新时期文坛上一位有影响的女作家。

从题材内容来看,谌容的小说大致可分为描写农村生活和反映知识分子命运两大类。谌容自己很珍视那一部分农村题材的小说,但影响较大的却是那些以知识分子生活为描写对象的小说。中篇《人到中年》是谌容的成名作,描写的是中国知识分子的现实处境。这种描写带有问题小说的性质,而且"问题"是如此普遍,因此在社会上产生了强烈的反响。小说主人公陆文婷身兼三任:医生、妻子和母亲。作为50年代以后成

---

① 李遇春:《世纪末的忏悔——从王蒙和张贤亮的两篇近作谈起》,《小说评论》2001年6月。

长起来的知识分子，陆文婷对祖国、对人民、对自己从事的工作充满了强烈的爱。小说通过她治疗三个不同身份、不同性格的患者的过程，多侧面地表现出她对工作兢兢业业，对病人满腔热情的高尚的职业道德。但是，超负荷的工作榨取了她有限的精力，使她甚至不能为自己的女儿梳一根小辫，为丈夫买一件汗衫，连昔日的爱情之歌也只能在卧病不起的时候才有机会回忆。一心扑向事业，使陆文婷成为出色的医生却不是称职的主妇，从而陷入无法摆脱的矛盾和痛苦之中。小说描写她识大体，顾大局，无怨无悔，但她对姜亚芬出国的理解甚至同情显然表明了她对这种痛苦的清醒的承受，说明她并非心甘情愿，而是情势所然。陆文婷最后在体力下降和心灵的损伤的恶性循环中倒下了。作者赋予人物身殉事业的圣洁色彩，使悲剧气氛趋于极限。鲁迅说的"吃的是草，挤出来的是奶"，正是陆文婷的人生写照。作者通过陆文婷及她周围的知识分子的遭遇，剖析了围绕所谓"中年问题"所反映的种种社会疾患，不仅在当时具有发人深省的认识价值，至今仍然引人深思，具有深刻的社会意义。

《散淡的人》是谌容另一篇相当有深度的反映知识分子命运和心态的中篇小说。小说主人公杨子丰是著名的学者、翻译家。他从"一二九"运动起就追随革命，为共产党做了许多秘密工作。新中国成立前他没有机会入党，新中国成立后又多次被拒之于党外，直到 80 年代年迈七旬仍被认为入党条件"不够成熟"，未能实现心愿。小说以一种既严肃又幽默的笔调写出了杨子丰耿直坦荡的个性中那无法解开的入党"情结"以及他那散淡狂放的外表所掩藏的热忱与执著。小说围绕对杨子丰"入党问题"的叙写，揭示出了党的某些组织或成员由于对高级知识分子理解上存在的心理阻碍和隔膜，因而造成的工作上的失误。谌容是一个严肃的作家，几乎她的每一篇小说都要涉及一个严肃的问题，但同时谌容也是一个有相当艺术功力的作家，对人生底蕴的深刻体察与对人物心理的准确把握，使她的小说人物形象具有一种内涵的丰富性和艺术上的独特性，她的小说从来都不是某个社会问题的简单演绎，《人到中年》和《散淡的人》都是如此。

谌容也写过几篇以爱情、婚姻、家庭生活为题材的小说，但与同时期绝大多数的女作家不同。谌容并不执意于探讨两性关系的冲突问题，也较少女性的自我意识和浪漫色彩。她把目光投向包括女性在内的广阔的人生，从多种角度观察和探讨社会与家庭中的种种生存情态，力求更全面更深入地表现客观现实的真实面貌。短篇小说《一封褪色的信》以一种冷静客观的立场对温思哲和章小娟爱情关系的变化做出了分析。谌容强调的正是客观环境对于主观情感的影响和支配的作用。《错、错、错》写的是一场婚姻在几乎"无事"的状态下破裂的结果，人物之间无法沟通的隔膜当然是情感淡漠的一个原因,但更深层的根源还在于婚姻的现实性与日常性与人的超越性本能的冲突。《杨月月和萨特之研究》也是对婚姻形式的思考,徐明夫的两次婚姻带来了两家人的痛苦和不幸,但谌容并不是以简单的道德立场对徐明夫或"第三者"刘玉珍做出评判,因为这不幸里有历史的原因,也有人性的原因。《懒得离婚》以一种纪实的方式描写了一种像"新衣服变成了旧衣服,新毛巾沦为旧毛巾"式的"平平常常、实实在在"的婚姻。这正是普通人不得不面对的烦恼人生。在这样的人生里,理想只是一种奢侈品。这些小说中的人物几乎都是在现实的制约下度着繁难的人生。谌容特有的对于人生的悲剧意识在这些作品中得到了更为切近的表现。

第二节 贾平凹·陆文夫·高晓声

贾平凹(1952～),原名平娃,陕西丹凤人。

贾平凹在新时期作家中是很有个性和代表性的。这不仅表现在他创作的多产、多向,更表现在他笔下构筑的小说世界的独特魅力。

贾平凹早期的小说主题,大都是孤独内向的作家对时代社会唱出的一首首充满深情的赞美之歌。就在这种真诚的热情中显露出作家的几分天真、稚嫩。这时的贾平凹似乎还不具备那种将自己的内心感受和体验进行艺术化处理的能力。《满月儿》是作家真正敲响文学大门的第一篇小说,也可说是他初期小说创作特征的见证:表现出强烈的社会责任感和对现实关注的激情,但又缺乏透视现实的深度;艺术上则着力于诗情画意的渲染,散文式的笔调和布局。受孙犁的影响,贾平凹追求着一种在田园牧歌式的抒情浓厚的意境中又能淋漓尽致地表现自己内心冲动的小说艺术。《山地笔记》中的一些小说就是最好的映证。1981年,《好了歌》、《沙地》、《厦屋婆悼文》等小说的发表,使贾平凹的创作有了新的起色:小说的主题不再表现为单一,而有了比较深刻的社会历史内容的思考。但尽管如此,"客观描写上的薄弱,主观抒情上的浓重"小说模式还是未能被突破。此后,贾平凹沉浸于对中国古典文化的研读和西方文化的涉猎之中。于是,贾平凹的视野越来越广博、越来越深邃,也越来越神秘。他再一次地思考着一条既能表现民俗学内容的商州风情,又能传达自己对传统文化及现代文明感受的艺术途径。1983年后,贾平凹的小说创作特色便从两个向度展开。一方面,"商州系列"小说表现出渗透了作家复杂情感的地域性特色。首先,贾平凹以审美化的笔触,描述出一幅幅颇具商州地域特色又充满了神秘气息的自然景观:《小月前本》中的丹江河、荆紫关,被茂林修竹围绕的《鸡窝洼人家》旁的古塔小溪,《腊月·正月》里的四皓古墓,九叶树覆盖下的烟台峰上的《古堡》,伴随着《妊娠》的龙卷风,《浮躁》的州河,《商州三录》里的山水岩石。这一切使商州笼罩在古老的神秘之中,也使贾平凹的小说建构起宁静和谐而又空灵的意境。实际上,贾平凹在对故乡故土的描绘中,传达的是自己对中国传统文化及生命意识的感悟。其次,透过商州的民俗风情,在现实与历史的交叉点上重新审视商州的地域文化形态。虽然贾平凹对充满浑厚古朴的乡风民情有着藕断丝连的爱恋,但他也清醒地意识到在这些延续了上千年的风俗文化中存在着历史的垢积,必须进行批判,予以清除,如《古堡》中人们对麝的种种猜疑;《商州初录》中那些带有明显迷信色彩的看风水、祭白蛇、敬河神、算吉凶等仪式。再次,贾平凹塑造了一系列生活于世代积淀下来的风土人情、世态习俗与伦理观念的历史文化氛围中的农民形象,剖析了他们的种种与地域环境、文化传统相适应的心理、性格特征。有背负了历史因袭重负的农民们,诸如回回(《鸡窝洼人家》)们的对生产工具、资料的崇拜和对现代意识的排斥;麻子老爹(《火纸》)的视美为丑,对女儿"成精成怪"的无理训斥;质朴中有些愚昧,忠厚里有些迟钝的福运(《浮躁》)。也有在商品大潮波击下不再"安分"的一群:诸如门工、禾工、王才这类反叛传统生活与生产方式的农民,他们骚动不安,跃跃欲试,并大胆探寻。在这群人中,金狗(《浮躁》)无疑是最有代表性的。他正直、嫉恶如仇,对理想有着坚定的追求;但又狡黠,有心计,具有农民狭隘的报复心理。贾平凹在金狗的命运史中,既寻找历史形成的文化潜流怎样在不同人物的性格和心灵中留下印记,又探索着在时代风云感召下农民精神世界发生的内在冲突和衍变,解剖着地域的历史因素给人造成的视野、思维和心理的种种弊端,即便是正在改变的价值观念,亦不无历史的阴影。另一方面,贾平凹的小说在田园牧歌的情调中,揉进了浑厚的历史感和凝重的现实感。他站在历史新的制高点上,开掘出国民性的新意义:以现代意识观照积淀于国民心态中的集体无意识,因而在一定程度上,贾平凹继承并发展了鲁迅为代表的"五四"精神。如对《夏家老太》的封建依附思想的批判,《年关夜景》中自私的本位主义的揭示等。就在贾平凹不断取得成就的创作过程中,他却又在古老神秘文化的迷境中陷入了思想观念、文化态度的深刻矛盾。《浮躁》过去后,他经历了《妊娠》的阵痛,写法上有了些突破,但那种"散点透视"法还远没有成熟。

当贾平凹终于从商州山地走进繁华喧嚣的现代都市后,城乡之间的强烈反差,致使他所看到的现代化城市不过是一座庞杂无绪、纷扰烦人的"废都"。"《废都》充满了激情,是一种自我作践的写法……这样的写法易于被人误读,也易于毁灭自己。"[①]这部长篇小说描写了古老文化精神在现代都市生活中的消沉,展现了知识分子的生存困境和精神危机。主人公庄之蝶是一个忙碌的闲人、浑噩的文人、浪荡的男人。他身上美丑并存:淡泊名利又抛不开名利,重情尚义又重色贪欲;他厌恶废都文化的龌龊,却又无力超越和摆脱。他在成名中沉沦,又在沉沦中挣扎,他最终仍然未能逃离废都,故而他的人生被染上了受难者、成功者、悲剧者的多重色彩。《废都》开放型的散文化结构和文白相间雅俗相容的语言,仍然保持了贾平凹以往小说的特质。从《废都》消失后,贾平凹又沉到了"白夜"。"《白夜》进一步在作关于人的自身的思考,这人当然是中国的,是中国 20 世纪末的。"[②]夜郎表现了历史转型期知识分子复杂微妙而又苦闷的人生态度。颜铭则传达的是一则"最美即是最丑,丑中又包含美"的寓言。贾平凹在小说中,有意识地追求圆熟的技巧甚至无技巧,通过"形而下"的内容描述,表现"形而上"的整体意象。

90 年代贾平凹的创作已经不再回到从前对于乡村梦幻似的展现。《土门》中仁厚村看似是人类精神的理想落脚点,但作者也清醒地意识到城市化的进程中它无法避免被拆除的命运。《高老庄》是贾平凹 90 年代以来又一部分量很重的大作。这部作品在语言上的自然而又出彩、结构上的随意而又严谨、人物性格上的庞杂而又鲜明无不显现出贾平凹 90 年代后在思想和艺术上的双重成熟。子路的回乡,乡村不再淳朴。穷怕了的乡村在金钱和利益的诱惑下,不仅有的是欲望和由此衍生出的罪恶,更可怕的是由于乡村长期的闭塞所造成的无知和蒙昧,这些罪恶几乎没有什么制约机制,人的原始的野蛮和残酷得以充分暴露。这些也许比城市的文明更加可怕,显然乡村也不是人类灵魂的栖身之所,所以结尾子路只有又逃回城市。联想到《废都》是以庄之蝶想逃出城市而不得为结局,我们不能不感叹贾平凹作品所具有的深刻性和透彻性。

陆文夫(1928～),江苏泰兴人。

虽说陆文夫于五六十年代写过像《荣誉》、《葛师傅》、《二遇周泰》等取材于工业战线和工人生活的小说,但是,"题材和风格有着密切的联系,它不是由个人的主观愿望所决定的,而是由作者的经历、性格爱好、审美习惯所决定的。我写的大多是些'小巷人物',属于'凡人小事'之列。"[③]事实也证明:陆文夫的生活经历和性格气质,使他的

---

① 贾平凹:《答陈泽顺先生问》,《小说评论》1996 年第 1 期。

② 贾平凹:《答陈泽顺先生问》,《小说评论》1996 年第 1 期。

③ 陆文夫:《却顾所来经》,《江海学刊》1984 年第 3 期。

艺术才华更适合在“小巷文学”里驰骋。其实，50年代创作的那篇《小巷深处》就已见端倪。新时期开始后，陆文夫更是全身心地投入到他的“小巷文学”园地上进行着辛勤的耕耘，取得了令人瞩目的成就。

陆文夫的小说首先关注的是现代都市中平凡的小人物以及他们的生活，并力图予以多角度的观照。陆文夫对生活领域的探索非常广泛，其小说的覆盖面也就很广阔：工人、城郊农民、知识分子、商业职工、领导干部、机关职员、公安人员、小贩、市场管理人员、教师、学生、花工、厨子、获新生的妓女、吃定息的房产资本家……各色人等无不在内。作家多方位切入历史和现实深处，让人物辐辏、世态纷呈，展现了那一时期政治经济、世道人心的幕幕图景，让人们品味这酸甜苦辣的人生。陆文夫的小说通过对各类小人物的描写和对社会生活的多角度透视，提出了一系列具有重大社会意义的问题，深刻揭示出城市生活的底蕴。《围墙》、《门刁铃》、《临街的窗》等小说，采用侧面暗示的写法，透过人物的心灵或生活的一角，让人感受到时代改革潮流的冲击和奔腾。同时，这些小人物命运的变化，也折射出城市生活的变迁。

对小人物以及市井生活的种种积弊、弱点，陆文夫抱着同情的态度予以嘲讽、鞭挞，而对“左”倾错误的流毒则进行了无情的批判，同时又在嘲讽、批判中寄托着对未来的希望，对美的追求。这种“糖醋”现实主义，旨在解剖社会的痼疾，帮助人们摆脱沉重的精神负荷。《特别法庭》将一次追悼会写成对死者灵魂审判的“法庭”。不学无术的汪昌平，其追悼会冷冷清清；而明言直谏的许立言，其追悼会却很热闹。这本身就是一种公正而严峻的历史的批判。那篇以悲剧形式来对社会批判的《井》，则更令人深思。徐丽莎其实是死在社会舆论这口无形的“井”里的，作家充满了对世俗环境的厌恶之情。

陆文夫的小说不仅注重反映生活的广泛性，而且也在作品的主题、意蕴上进行多层次的纵深开掘。他认为“创作可以而且应该不用单一的主题，可以像多弹头分弹道导弹一样，能同时击中许多目标”①。由于从宏观着眼，微观落笔，作家出色地反映了错综复杂又富于立体感的生活，因而形成了作品的多主题或主题的多义性，即小说意蕴丰厚的特色。被人们广泛称颂的中篇小说《美食家》，在艺术的具体性和抽象化的统一上就取得了突出的成就，特定的艺术形象中熔铸了丰富的思想内涵。朱自冶吃客生涯中包罗进广阔的认识内容：既有对民俗风情的描写，又有社会政治的内容，还有对人生问题的探讨。而小说的主题正是“多弹头分弹道导弹”，同时击中了几个方面的社会

---

① 陆文夫：《小说门外谈·突破》，花城出版社1982年版。

目标:一是击中了极"左"路线对苏州美食文化的摧残;二是击中了极"左"路线打击排斥人才的错误;三是击中了干部制度的痼疾;四是进行了新旧两个社会制度的鲜明对照,激发起人们更加热爱社会主义的感情;五是展现了绚丽多彩的苏州美食文化。由此可见,《美食家》所表现的是多层次、多功能的复合型主题。不仅如此,陆文夫还注重摸索人的灵魂,特别是"自我"灵魂的发展变化,力求在自我同他人灵魂的碰撞中反映现实世界的复杂性。他认为文学"干预"的是人的灵魂。文学必须通过感情这个中介,才能作用于社会生活。因此,作家时时以"自我"和其他人物同患难共命运。"我"既是一个有血肉有性格的人物,又常常是作者自身的某种折射。《小贩世家》中的高同志——"我",同小贩朱源达相濡以沫,命运交错在一起。作家通过"我"的自我解剖来剖析 30 多年来的社会,真切感人,像一首心血吟成的抒情诗。正是有了这些努力,陆文夫的小说既在意义上丰厚凝重,又具有感染人的深度。

"凡人小事"在陆文夫的笔下不仅具有了深厚的历史感,而且也表现出陆文夫独特的艺术美学风格。第一,他的小说带有喜剧亮色的幽默风格。陆文夫爱用一种戏弄调谑的笔调,微笑地面对生活,即使是在比较沉重的悲剧情境中,他也不忘诙谐俏皮的声口。《小贩世家》、《井》的幽默感,反映了陆文夫对事物本质特征的深刻洞察和机敏捕捉,也显示了他从容不迫、谈笑风生的艺术气度。第二,他的小说有含蓄的艺术魅力。陆文夫深知,含蓄是艺术的生命力,含蓄的东西可以使人突破时空的局限反复获得新的审美领悟。如《小巷深处》的结尾:房门的被敲开,是否意味着心灵障碍的被拆除呢?引人深思。陆文夫的小说还通过主题的整体立意去开掘象征意蕴,更增添含蓄的魅力。如《圈套》中"痰盂套头"一事,本是无事生非、自讨苦吃,但又象征着饱经离乱的一代人余悸未消、忧心忡忡的精神负担。"痰盂"则是精神桎梏的象征。第三,他的小说精致细腻,清新俊逸,语言充满诗情画意,行文雅洁流畅。陆文夫的"小巷文学"之所以能形成独特的风格,一方面与他对苏州地方文化、风俗、民情的深入体验分不开,另一方面也是继承中国古典小说美学传统,注意从评书等姐妹艺术中吸取营养的结果。

《人之窝》是陆文夫于 1995 年发表的长篇小说。作家赋予了人赖以生存的窝——房子以丰富的象征内涵:房子是一个封闭世界的象征,也是开放的象征;既是人的美好追求与憧憬的象征,又是人的物质欲望、人性中恶的极度膨胀的象征。陆文夫对象征的成功运用,是具有文化意义的审美创造。

高晓声(1928～1999),江苏武进人。

高晓声的名字早在 50 年代就已为文坛所知。1951 年发表的《收田财》是他的处女作，尔后又有《解约》、《不幸》等短篇小说问世。1957 年，高晓声因与方元、陆文夫等人组织“探求者”文学社而被打成右派，从此告别文坛，回到农村，成为一个地道的农民。二十多年艰辛生活的蹉跎，高晓声对农村和农民的了解便特别的深刻。当他重返文坛后，表现农民生活与命运便很自然地成为他小说最重大的主题，实际上他也的确在这方面取得了独树一帜的成就。

如果说贾平凹、周克芹等作家从横向上展示了新时期农民命运转机的话，那么高晓声的作品则从纵向上对农民命运的历程进行了剖析。这种解剖的深刻性在于：高晓声善于把农民的命运与社会历史的曲折发展联系起来，而且以高度的艺术概括力揭示了他们身上固有的因袭的惰性。“李顺大造屋”的三起三落，“漏斗户主”陈奂生的温饱问题本身就是历史的缩影。他们的愚痴、奴性、听天由命、逆来顺受、自欺欺人又表明新的生活并没有根本上改变他们的精神实质，由此让人们认识到中国农村变革的复杂与沉重。1980 年后，高晓声创作了一批笔记体式的寓言小说：《钱包》、《鱼钩》、《山中》、《飞磨》、《绳子》、《大山里的故事》等。这些小说往往以虚设的形象传达作家的现实感受，在冷静的讽喻背后又寄寓着自己的深切同情。1983 年后又发表了《荒池岸边柳林春》、《极其麻烦的故事》、《糊涂》、《巨灵大人》、《送田》、《杭家沟》等小说，影响虽不大，但艺术上却更显成熟。

纵观高晓声的小说创作，其所有的成就和遗憾都集中体现在那部于 1991 年荣获上海优秀长篇小说大奖的《陈奂生上城出国记》中。这部长篇其实是作家断断续续写了 12 年的 7 个中短篇的组合。在主人公陈奂生命运的发展变化中，表现了高晓声对中国农民历史命运的热切关注及强烈的社会责任感和人道主义情怀。

虽说“漏斗户主”陈奂生的形象并不光彩夺目，但却为我们提供了两个事实：一是陈奂生们对苦难的超常忍耐力；二是以农民的生存方式、精神特征与经济生活的密切联系为支点的透视视角。这两点为陈奂生形象的发展、完善和小说内容的深入开掘起着重要影响。在被誉为当代小说经典的《陈奂生上城》中，高晓声既为 20 世纪中国新文学贡献了一个具有民族文化心理内涵的农民典型，也在思考中国农民与社会变革的关系问题上，承续了鲁迅、赵树理为代表的现代文学传统。解决了温饱问题的陈奂生，梦寐以求的理想不过是获得一点哗众取宠的谈资，他心目中的伟大英雄竟是一个口若悬河的说书人。他身上既有中国农民传统的勤劳、善良、憨厚的一面，又有见少识浅、愚昧自卑的一面；既有相信共产党、热爱社会主义的一面，又有因袭的重负和充满奴才气的一面。尤其是从他身上又分明地现出阿 Q 的影子。通过可笑的报复行为来换取精神上的自得，这与阿 Q 常以虚妄的假定来消除现实的不平一样，本质上如出一辙，走出了物质贫困却又暴露了更为严重的精神贫困。如果说陈奂生作为个体形象,他的遭际尚能引人同情的话,那么陈奂生愿望的得以实现,则从更为广泛的意义上展示了中国农民的精神状态,以及产生陈奂生们的温床的事实。然而,就是这样一个陈奂生,时代的浪潮居然也把他推到了商品交换与权利交换的复杂关系之中,这便是《陈奂生转业》。陈奂生第二次进城,结果与第一次相反,经济上得到了利,精神上却产生了不安;既有面对奖金的困惑,又有想发财的诱惑;既怕为难吴书记,又怕自己丢了脸面。可见,陈奂生们在钱与德、善意与虚荣之间的矛盾。高晓声从现代文明及时代飞速发展带来的城乡关系变化的角度,指出了历史转型期农民们所必然要经过的精神变化历程,以及有碍社会进步的多种负荷。

对城市的亲近带来的尴尬和窘态,让陈奂生从虚妄自足的精神世界中有所觉醒。于是,他仍旧回到了土地。"陈奂生包产"后,运用其独特的"陈奂生战术",终于成了"种田大户"。高晓声不惜笔墨尽显了陈奂生面临时代发展带来的一次次选择前的矛盾痛苦心理和犹疑不决的性格特征。摆脱了物质的困境,而富裕又像锁链一样束缚着陈奂生。这就决定了社会无论怎样变化,陈奂生们还是"种大田藏死钱"的角色。这暗示出中国农民不彻底摆脱小农经济的生产方式和思想,就无法适应现代社会的竞争,最终又制约社会发展。《陈奂生出国》是作家替中国农民作的一次充满理想色彩的精神漫游,尽管这完全有现实的可能性。出国也未能改变陈奂生,高晓声充满了失望的同情,钝化了批判的锋芒。陈奂生的命运反映了中国农民在时代变革中举步维艰的苦痛历程。

高晓声冷静而客观的独特叙述文体,是艺术上的又一创造。他善于运用农民语言来叙述故事,在叙述中又常常插进一些精警的语句和讽刺性的议论。叙述平易朴素,从容不迫。寓土于洋,土洋结合,也是高晓声小说的特色。他注重人物微妙的心态的描写,在语言上吸收江南方言口语的特点,使其地方色彩浓郁,融合诙谐、幽默、生动,易被群众所普遍接受。

第三节　刘心武·张洁·路遥·莫言

刘心武(1942～　),四川成都人。

刘心武的文学活动始于1958年的中学时期。在新时期文学大潮中,他最早显示了自己的独特发现，这就是他对社会问题的思考。1977年《班主任》发表，刘心武一举成名，其后的《爱情的位置》、《醒来吧，弟弟》等一系列作品，直面人生，正视现实，显示了他第一阶段小说创作的实绩。文革结束，社会发生大转折。各种矛盾尖锐地出现在惊魂未定的人们面前，大家都还沉浸在刚刚解脱出来的喘息中，来不及进行全面认识和总结过去那段历史的情况下，刘心武最早从《班主任》角度对"四人帮"进行愤怒声讨，率先进入了文学的新时期。作品意在批判"四人帮"推行的愚民政策和封建主义的文化专制，最先触及了"救救孩子"这一重大主题，第一次将被蒙昧主义毒害的青少年心灵展现在读者面前。空虚愚蠢的"畸形儿"宋宝琦是历史的产物。他不仅仅是一般顽劣青少年的真实写照，更主要的是他在专制统治下，什么书也不读而坠入无知的深渊。小说的价值还在于通过谢惠敏这个好学生形象的刻画得以体现。她是班上的团支部书记，本质纯正，品行端正，向往成为一个好的革命者，是棵好苗子。但是，她与品行低劣的宋宝琦在对待《牛虻》这本书的态度上却有惊人的一致，都认为是黄书。她把穿短袖衬衫看做是资产阶级作风，报纸上讲的才是她做人的准则。她的耿直与原则性被那个时代导向了偏执和僵化。透过层层"革命"的光环，谢惠敏实际上就是一个轻信盲从、不辨是非的另一类畸形儿。如果说，宋宝琦被毒害的心灵是赤裸裸地暴露在人们面前，如同外伤一样，一眼可见创面，令人震惊，催人疗治，那么谢惠敏的偏执和僵化如同内伤不易被人发现。因此，小说的意义远远超出了作品题材本身的范围。在《爱情的位置》里，提出了革命者的生活中是否应当让爱情占有一席之地的问题。《醒来吧，弟弟》针对青年看破红尘的现象，及时提出了信仰危机问题。这些作品由于尖锐地提出并力图回答与人民群众密切相关的社会问题，因而受到了广泛的欢迎，博得了社会的强烈反响。这应该说是文学与时代情绪的契合。

刘心武不愧是一个时代使命感和社会责任感极强的作家。他打破了问题小说单一的思维复杂关系，写人的心灵、人性和人情，从而完成了由具体的社会问题的思考进入到人性和人道主义的层次。1980年的中篇《如意》是刘心武勇于探索的真实记录。小说通过老校工石义海与清代败落的末代"格格"金绮纹两人各执一柄"如意"而终于没有如意的爱情悲剧，为久被压抑与遏制的人性、人道主义呼号呐喊。作品着力塑造的老校工石义海是一个极普通、极不起眼的人物，就像扫帚一样，当道路和地面变得整洁的时候，他却必须躲藏到不被人们所见的角落里去。作品不再把人物当作是抽象的阶级概念的化身，而是发挥他的长处即运用典型细节的方法刻画人物。如石义海给"鬼"送袜子、"买"细瓷盖碗、盖弃尸、掷铁饼、恋爱的窘相等等，一个感情朴素、善良勤劳的普通人形象得以活生生地呈现出来。这个形象告诉人们，正直善良的人性可以使我们这个社会变得更美更纯净，然而我们却恰恰忘记了这些普通人的命运和遭遇。与前一阶段的作品相比较，不难看出，关于社会问题的揭示已经是在对人性、人的命运、人与人复杂关系的具体描绘中自然而然地体现出来，是通过写人生来折射出社会问题，最终目标落在人上，这跟过去提出问题有质的区别，所以作品具有了感人的艺术魅力。

1984 年，长篇小说《钟鼓楼》的出现，表明刘心武又一次登上了一个制高点，这就是对生存状态的关注。这部小说描绘了北京钟鼓楼下几户人家的日常生活，表现了他们的喜怒哀乐、恋爱婚嫁、生活习俗、文化意识等种种生存状态。作者试图通过这些状态的剖析去探讨社会人生的深层内质。小说中 80 年代北京市民的种种景观是立体的，有老一辈北京市民的各种生活习性，有奋发向上的当代青年，也有“浅思维”型的一类城市人等等。政治、改革之类的重大社会问题虽没有在作品中直接出现，但人们依然可以从那刻意安排的细节中感受到时代脉搏、改革浪潮的氛围。

文学观念的拓展与变革必然带来艺术上的创新。《钟鼓楼》以长篇写仅仅十二个小时的时间跨度，是作者艺术追求上的新倾向和新尝试。小说主要围绕薛家婚宴串联了几十个人物的经历、命运以及他们之间的种种纠葛矛盾，让许多偶然的、片断的、流动性的事件相互交织或自行发展地呈现出动的状态，向人们讲解了北京市民生态景观中的每种景象，它们有着怎样的社会生态结构，经过怎样的社会历史变迁而形成的。作者把这种结构方式称之为“花瓣式”或“桔瓣式”，即追求生活本身的流动感，从一个花心出发，一层层地生发开去，却又是一个整体。与这种艺术构思相吻合的是作品的语言，作者一改过去主观感情色彩强烈的议论性语言，而采用客观冷静、富有理性色彩的议论性语言。语言的改变意味着作者与人物拉开了一定的距离，已成为一个严酷下埋藏着大爱、冷峻中包孕着温热的现实主义者。当《立体交叉桥》出现后，我们发现刘心武对艺术形式的探索又有了新的收获。作品避免了先前那种表面地反映生活的形式，而是把生活加以立体的描写，没有局限于单线地描写生活，而是把生活中矛盾冲突的网交叉起来描写，给人以真实和具体可信的感觉。

刘心武还是纪实小说的倡导者和实践者。《5·19 长镜头》追踪那一天偶然卷进中国观众围攻香港足球队这一事件的普通青工滑志明的行踪和心态，并对其进行历史的与现实的、文化的与政治的、家庭的与社会的、个人的与民族的种种剖析。这种近距离地迅速反映人们最关注的社会新闻的纪实小说受到人们的承认。《公共汽车咏叹调》和《王府井万花筒》等作品也是这类小说的新尝试。

刘心武在对当代人心世相的心理文化分析中，陆续推出了长篇小说《四牌楼》和

《栖凤楼》。这两部小说与他 80 年代出版的《钟鼓楼》一起构成一组京味都市小说“三楼系列”。《四牌楼》、《栖凤楼》和《钟鼓楼》一样，都是用写实的手法描绘了这座古老的城市在走向现代化的过程中城市风情、习俗、世态的变迁。作品对复杂的世相与人性的浮沉的描写，透露着作者悲欣交集的矛盾情愫。

《四牌楼》是一部自叙体小说，曾获上海市优秀长篇小说奖。小说描写知识分子家庭蒋氏一家四代的命运和生存困境，对人性的善恶美丑进行多向度挖掘。作者借小说人物之口道出了“文学应该表现和探究的，是那些更深层次的东西，那些隐秘的，一旦意识到他们，你的灵魂便会瑟瑟发抖的东西”。这样超越自我的表白，对人性的剖析和审美的深入结合，在《栖凤楼》中得以生动地实现。

《栖凤楼》延续着刘心武对北京民俗与文化心理积淀和生存范式的探索。作品以浓厚的人道主义情怀，刻画都市生活中的各色人等在现实生活舞台上的处境。其中，有神秘的大富姐、外资代理人、普通市民、退休工人、垃圾王、按摩女以及演艺圈和文化界人物、中高层干部、私企老板、外籍华人、农民工。小说展现了“文革”中所表现出来的形形色色的人心丑态在时光流逝中并未得到清理，灵魂的拷问尚未完成，却又匆忙地汇入现实的都市生活舞台而进行的各自表演。

张洁(1937～　)，北京人。

张洁花了整整四十年时间才在文学里发现了她自己。1978 年她以《森林里来的孩子》步入新时期文坛，成为引人注目的女作家。

张洁小说创作的主要特点是从女性视角去感受和表现社会历史。她的作品中理想主义与批判意识相互交织，社会生活中复杂的道德现象是作为历史范畴来表现的。《有一个青年》中的一个青年，积极向上，然而却表现出粗鄙的、没有教养的、玩世不恭的行为。人物的内心矛盾折射出社会道德意识的薄弱。《谁生活得更美好》中的吴欢，外表道貌岸然，内心阴暗冷漠。他的道德堕落表现出理想的沦失与灵魂的苍白。

《爱，是不能忘记的》发表于 1979 年，是新时期文坛最早出现的一篇以女性的眼光去观察爱情婚姻问题的小说。如果说刘心武 1978 年发表的《爱情的位置》是肯定爱情生活在社会生活中的地位和作用，那么张洁的这篇小说则是揭示爱情在婚姻中应占的位置。我们不能简单地把它看做是一篇爱情小说，而更应该把它看做是作者对社会学问题的探索。小说通过一位女作家钟雨和一位老干部的爱情悲剧的叙述，表达了婚姻必须以爱情为基础的理想，呼唤人们按照美好的理想和意愿去安排生活，激励人们改造世界现实和改造人类社会的热情。

《方舟》这部中篇小说中的女性意识更为强烈。小说描写了三个独身的职业妇女为谋取人格独立在社会上苦斗的坎坷路程。梁倩是电影导演，曹荆华搞理论工作，柳泉是翻译。她们都是有独立的经济地位的知识女性，都曾经有过婚姻，后来或离异或分居。不幸的婚姻造成了她们情感上的绝望和幻灭，离异又使她们成了世人眼中"不正经的女人"。在几千年的封建传统和旧的习惯势力的背景下，她们的遭际会是怎样的呢？她们本着自强不息的意识，反抗社会偏见，追求事业成功的理想，建立起对生活的信心，然而这一切都遭到社会的拒绝。梁倩呕心沥血、含屈受辱拍出来的电影，最后因为一些莫名其妙的原因而遭"禁演"。荆华的理论文章讲了真话，竟受到"批判"。柳泉在茫茫大千世界中却无立足之地。围绕着她们的是怀疑、冷视和欺辱。她们人生的路上布满了种种障碍。住在同一单元的三位女性如同乘住在一叶方舟上，然而社会生活的海洋里，风浪无情地拍击和颠簸着它，这叶方舟将把她们带往何处呢？张洁在这里以一种严刻而冷峻的老练，从社会和历史两个方面苛责世间的不平，展示现代女性的不幸。其实最具意义的是作者看到了现代妇女背负着沉重的十字架，联合起来向现存世界挑战的悲剧的必然，认识到了在男性为中心的社会氛围里，单凭个体或群体的精神觉醒，没有物质文明和精神文明的和谐发展，依然不可能有实现妇女解放的社会条件。相反，任何超前的精神追求都只会落入现实的窘境中。

中篇《祖母绿》塑造了一个中年知识分子妇女曾令儿的形象。她曾经在大学时代热烈地爱上了同班同学左葳，反右运动中，她代左葳受过，被发配到边陲小城去接受改造。二十多年后，左葳的妻子出面把曾令儿调回研究所，请她帮左葳承担起一项科研项目的实际工作，帮左葳打响科研这一炮。曾令儿经过激烈的思想斗争，终于同意了。这个故事表面看来，是完成了女性应为男子作无谓牺牲的封建意识的宣泄，其实曾令儿前后两次牺牲有着质的区别。第一次代左葳受过，原因是她认为爱情就是不计回报的奉献，她只是愿意为一个所爱的人去做她所能做的一切。第二次同意与左葳合作时，令她心潮激荡不已的已非左葳，而是她足下这块生存的土地。既不是为了对左葳的爱或愤，也不是为了卢北河的怜悯，这时曾令儿的道德动机已发生了转变，无穷思爱，是为了对这个社会做一些有意义的事，从而体现人生的价值。如果说《爱，是不能忘记的》表明了张洁是一个痛苦的理想主义者，那么《祖母绿》中就是作者对罗曼蒂克的爱情最为冷静、理智、严峻的反省。

《沉重的翅膀》是张洁的第一部长篇，也是新时期有影响的正面描写工业改革生活的长篇。这部长篇的问世，标明张洁对"人"和"爱"方面的思考告一段落。她从过去的情感和道德领域里跳了出来，把视线投向一个更大更广阔的社会生活场景，表现出对国家和人民命运的重大问题的关切。小说通过国家一个重工业部门和它所辖的曙光汽车制造厂改革过程中的种种矛盾和斗争，告诉人们：国家经济起飞的翅膀相当沉重，尽管如此，毕竟还是起飞了。这部作品与数量众多的同类创作相比，有着更重的社会和政治的分量。它的独到之处在于冲破了路线斗争、方案冲突的狭隘格式，从比较高的政治角度反映了社会改革和发展的阻力，并提出了社会改革必须从政治体制改革入手，然后进入经济管理模式的改革。这是一部集中思考社会、政治、经济、家庭婚姻、思想意识和伦理道德的小说，从社会学的角度看，张洁又一次展示了她的敏感和见识，而且这一次是政治性的。总之，题材领域的扩展，现实感和历史感的不断增强，以及把人的现实要求与社会发展的历史趋向统一起来考察，就是张洁特有的创作道路。

张洁的小说在艺术上的一大特点是情节的淡化。她的许多短篇，尤其是她前期的作品，都可看作是含蓄隽永的优美散文。她不注重记叙事件发展的过程，也不喜欢对来龙去脉做冗长的交代，常常是借助人物之间微妙的关系和心灵的不断碰撞来展开情节，然而这些情节又似草蛇灰线，若隐若现，给读者许多空白，让人思索。那么张洁强化的是什么呢？她强化的是心理描写。

《爱，是不能忘记的》有关男女主人公相爱的动作、对话的描写很少，主要是通过人物内心活动的开掘，使作品意蕴深沉，充满着诗的情趣。《未了录》全篇采用内心独白，一气呵成，对历史学家隐藏很深的内在激情抒写得淋漓尽致。就是在长篇中也是一样的创作路数，反映时代面貌，不是充分揭示社会矛盾、描写重大事件，而是通过对时代情绪和时代氛围的充分传达来实现的。

张洁作品的风格是有变化的。

前期作品如《森林里来的孩子》、《爱，是不能忘记的》以及《祖母绿》，空灵隽永，含蓄深沉，具有多情浪漫、哀婉温文的古典唯美主义风格。张洁描绘人物内心世界，擅用抒情性叙述与哲理性议论相结合的手法。这可算是张洁文学的少女时代。

中期作品如《红蘑菇》、《上火》、《她吸的是带薄荷味的烟》、《只有一个太阳》，属于婚姻伦理小说，充满着对文明婚姻的呼唤。张洁的文学成年时代作品开始由古典主义向正统冷峻的现实主义转型，越来越显露出她观照女性人生时所持的无奈与失望的情绪。作品多以审丑为基准，对社会、人性的极度失望而引起的难以抑制的哀痛伤情贯穿始终，采用调侃、反讽的手法，感情真挚，文笔轻丽，意蕴深邃，抒发了作者对世界本质的荒诞性的体会和批判。

《红蘑菇》讲述女主人公梦白与丈夫吉尔冬已无浪漫的婚姻，恰似迷人外表下散发着毒汁的“红蘑菇”。文明家庭里的“心智较量”、面带微笑的亲情关系下的仇恨，单个人的光彩外衣与相互间演戏般的生活,无不预示作家对婚姻本质的认识。小说笼罩全篇的鄙夷与哀伤构成的双重艺术氛围将张洁对理想爱情婚姻的绝望心绪和盘托出。张洁的文字又透出深深的生命淡漠感。梦白与其丈夫的冲突不再是对古老的男女不平等生存权利的倾诉,而是女性在获得政治、经济、文化生活各方面的应有权利之后,对男女双性弱点的灵魂审视。张洁对女性的审视意识已越过造成婚姻失败的外在环境的命题,深入到了家庭内部男女主角人性弱点的剖析。《上火》以"猛犸研究会"的一群伪学者种种卑鄙无聊的活动为视点,无情撕破了这一社会丑行的展览会弄虚作假、钩心斗角、贪婪无耻的嘴脸。作者投入强烈的女性主体情感,以调侃与反讽的方式来揭露人类媚俗的生存境况,并由于这一生存境况的无法更改而流露出巨大的悲哀。同《上火》一样,《她吸的是带薄荷味的烟》中,张洁再次把隐匿在男性世界的种种卑劣与丑陋无情地撕破给人看,故意让其在社会生活的各个层面现出丑恶的本相,以消解男性中心话语的神话。张洁收敛了女性情感的放纵与宣泄,呈现出一种理性审视下的冷峻的嘲讽风格。这些致力于审丑的作品,是张洁站在女性性别立场对文化压抑感的一种反拨和控诉,也是对女性人格权益的张扬和维护。

路遥(1949～1992),陕西清涧人。

这位生长在黄土地上的青年作家带着青春的激情、痛苦、幻想,带着抑制不住的情感冲动来营造他的作品。1980 年,他的中篇处女作《惊心动魄的一幕》获得《文艺报》中篇小说奖之后,他就从陕西走向了全国。

路遥的长足进步是《在困难日子里》。在这篇自叙传色彩很浓的小说中,他找到了自己。可以说,从这篇小说开始,无论是在题材、风格和表现方法上都充分展示了作者的审美理想,即对生活苦难的反思。

在《在困难的日子里》中,作者把他中学时代一段珍贵的人生经历和体验汇入其中。作品表现的是新中国历史上令人慨叹的困难时期,一个农家孩子马建强经历的种种苦难。全部生活和学习费用均靠助学金来维持,在忍受饥馑的折磨和打击的同时,还遭到个别干部子弟的嘲笑戏弄,甚至谣言中伤。他凭着顽强的毅力刻苦学习,拒绝了施舍与怜悯,反抗着歧视和屈辱,在肉体和精神的双重折磨下,跋涉过这段苦难的日子,终于以优异成绩维护了自己人格的尊严。作品在深重苦难中发掘了昂然奋起的青春生命的诗意。小说中还写了一位同班女生千方百计在物质上支援他,这是一种比爱情还要美好的感情,不带丝毫功利目的和个人欲望的脱俗的美。在物质与精神的矛盾和冲突中,这种精神显示出了感人的力量。

中篇《人生》1982年问世后，在读者中引起了很大反响。小说成功地展示了农村青年高加林的一段曲折而又颇带些苦涩味道的人生历程。在高加林和刘巧珍这两个人物身上，包含了作者许多关于爱和人生的思索。主人公高加林在人生旅程中，自以为是生活中的强者，高中毕业没有考上大学，当民办教师又被人顶掉，在一连串的残酷打击下，是淳朴善良、温顺而又富于牺牲精神的农村姑娘刘巧珍那痴情的爱，温暖了他的心，重新激发起他对生活的热情。如果没有巧珍的爱，高加林是没有足够的力量使自己从痛心伤感的无望情绪中解脱出来的。一个偶然的机会使得高加林得以到县城工作，人生道路的改变使他也改变了自己的爱情选择。当他在人生得意之时，生活又把他抛回了农村。高加林失去了一切，痛哭忏悔不已。从高加林身上我们可以感受到作者的冷峻反思。高加林在个人前程和情感生活中的选择是自私的，这是他的人生悲剧中最重要的因素。为了个人的追求而抛弃了做人的原则，最终不但跌了跤，造成许多痛苦，甚至可能毁掉人的一生。高加林在当代这一伟大变革时期中是个新人物。他的许多行为和历史潮流是相一致的，他的意义在于告诉人们：一个人应当有理想，但不能盲目追求实际上还不能得到的东西。很显然，这时的作者不再仅仅是写命运给人造成的悲欢离合，也不仅仅是在生活环境与时代背景相联系中展示人物性格，而是将理想与现实的冲突、传统道德与新的生活观念的冲突、人与环境力量的冲突、爱情与婚姻的冲突、妇女独立解放等等概括在人物身上，启示人们思考正确的生活位置，认识自身的意义和价值。

一身黄土的路遥就这样一路悲歌地在苦难中展示人生的不同侧面和社会历史在人们心灵上的投影和折光。长篇小说《平凡的世界》标志着作者全方位、多角度的探究苦难的社会纠葛和人们在苦难中的种种表现，以及人在苦难中透射出的一种人性对宇宙的统摄。作品以1975年到1985年中国广阔的社会生活为背景，描写了中国农民的生活和命运，是一幅当代农村生活全景式的图画，是对十年浩劫历史生活的总体反思。在这部作品中，作者在对生活的整体把握的基础上，揭示了形形色色的人生态度和人生境遇，不过主人公孙少安、孙少平身上迸发出来的，仍然是大家熟悉的那支在贫穷和困难中坚韧不拔、奋发向上的歌。孙少安和孙少平是高加林形象的延续和裂变。孙少安是一个性格刚强的开拓者形象。他过早地领略了生活的苦涩，在他奋斗的路上布满了城乡差别、极"左"灾难、习惯势力等等荆棘，但是他有超前的改革意识，有勇敢的开拓精神，有为改变自身的生存条件而拼命的力量。孙少平则更多地接受了外部世界的现代意识和文化形态的影响，他的灵魂中有不安分的向往现代文明的成分。这两个人物形象说明在经济转变的过程中，新一代农民有新的生活观、道德观、价值观以及政治观、经济观,他们是真正的"乡里伟人",是新农村未来历史发展的真正主角,是中国农村摆脱贫困和愚昧的强大主体。

现实主义是路遥小说的艺术追求。从《人生》到《平凡的世界》都逼真地展示了大量的生活细节和农村生活图画,而且精细深刻地写出了人物的心理、性格。路遥的现实主义不像柳青那样有着激越的浪漫主义色彩和浓厚的政治因素,他的特点是按照生活的本来面目,依照人物自身的心理逻辑、命运历程,把生活忠实地再现出来。从描写的内容、表现形式、采用的艺术手法,甚至叙述语言,都是生活本身要求的结果。基于这样的审美观念,作者在人物性格的刻画上,不刻意于戏剧化的东西,情节基本上没有大开大合、大起大落,情绪也没有大悲大喜,一切都是真实感人的平凡生活。

莫言(1956～　),原名管谟业,山东高密人。

20世纪末期的中国文苑,生长着一株茁壮丰茂的"红高粱",那便是莫言。莫言以《透明的红萝卜》在文坛登台亮相后,很快以《红高粱》系列小说和长篇小说《红高粱家族》等作品红遍80年代的中国文坛。90年代,他又以长篇小说《丰乳肥臀》摘取了首届"大家·红河文学奖"的桂冠。莫言的才气与灵气不仅表现在他讲述的那些发生在山东高密东北乡的神奇瑰丽的故事上,而且表现在他灵动怪异的艺术手法上。可以说,他是既得中国文化神韵,又深刻领会并成功实践了鲁迅的"拿来主义"的作家。建构独特的叙述方法和表达模式是他对中国新时期文学的突出贡献。

莫言的小说涉及面宽,既有战争,又有乡习民俗、地域风情,既有历史寻踪,又有现实生活造像,若硬将其归入哪类题材皆不合适且不明智。但莫言小说创作的审美特征并非无迹可寻。总的说来,莫言小说有两个值得注意的方面,一个是那些充满浪漫主义情致的故事,一个是其富于创造性的文本实验的价值。

莫言讲述了不少发生在山东高密东北乡的故事,其中有不少是关于"家族"的传奇。莫言对"家族"的关注始于《红高粱》。这部优秀的中篇小说叙说的是"我"的家族的故事。"我爷爷"是一个集轿夫、农民、土匪等多重身份于一身的英雄好汉,"我奶奶"是一位敢爱敢恨、美丽聪明的女中英豪。在《红高粱》系列的其他篇什中,还写了"我父亲"的经历与故事。在《红高粱》系列中篇里,家族先辈的恩怨情仇和任情豪放借助抗日战争的特殊历史区间得到精彩的演绎与重现。可贵的是,莫言笔下这些多彩的家族故事,不仅赞叹了"家族"和高密东北乡人的英雄剽悍,而且高扬了我们民族的优秀精神。

莫言1995年推出的长篇小说《丰乳肥臀》的中心内容仍围绕一个家族展开,写了上官家族从抗日战争到改革开放时期的变迁沉浮。小说无意强调上官鲁氏与九个孩子的奇特关系(九个孩子系上官鲁氏与七个男子所生),而重在借上官家族的抒写折射社会、时代及历史的风云变幻,表现母亲、大地和生育繁殖这个深厚的主题:只要大地不沉就能出五谷,只要有女人就有大地、母亲,人类就能生生不息。同时,小说叙述者"我"通过母亲的确定性和父亲的不确定性消解了传统的男权中心观念,歌颂了母亲的永恒。《丰乳肥臀》再一次显示了莫言讲说故事的才能。

继《丰乳肥臀》之后,莫言又于1998～1999年推出了长篇小说《红树林》和中篇小说《牛》、《师傅越来越幽默》、《野骡子》以及短篇小说《拇指铐》、《祖母的门牙》等等。短篇小说《拇指铐》,写了8岁的阿义拿着母亲的银簪走过坟地去抓药时,无缘无故被一个男人用拇指铐拷在了树上,路人只是冷漠无情地观看,绝望的阿义就忍受着寒冷冰雹,在想象中看见母亲吃药。《一匹倒挂在杏树上的狼》是一个充满离奇色彩的民间故事,通过说书人之口讲述了一只从东北森林千里迢迢跑到山东平原复仇的狼的故事。章古巴大叔十多年前闯关东的时候铲断了一只狼的尾巴,没想到这只狼千里追踪,竟然找到了章古巴大叔的落脚之处,只是误闯到许宝家,被熏死在炕洞里。中篇小说《牛》以幽默语调写出牛和人的悲剧,表达作者对历史与社会的深刻反思。

莫言非凡的感悟力和艺术想象力也是人所公认的。外来文学对他的影响固然无须否认,但他对小说艺术传达模式的创造性重建则是单纯的借鉴无法替代的。在《红高粱》中,他凭借艺术想象力将无法亲历的战争写得活灵活现。在《丰乳肥臀》中,莫言继续在他构筑的高密东北乡那片色彩斑斓的土地上展开他神奇的想象羽翼营造他的喜怒哀乐。莫言还十分注重艺术感觉,他是新时期出色的感觉描写家之一。他大胆地以富有张力的感觉描写取代了对对象的描写刻画,以感觉的奇异取代了描画的逼真酷似,甚至以感觉的变异、夸张等组织故事的文本形态。在《透明的红萝卜》、《爆炸》、《球状闪电》等作品中,"感觉"是艺术传达的精髓。《红高粱》借助由光、影、色、味、质、形构成的感觉世界来展现"我爷爷"、"我奶奶"的故事。莫言笔下的审美世界无疑是一个带有超验色彩的感觉世界。莫言小说的语言亦多是色香味各种感觉语言的汇合。这种建立在感官异常敏锐之上的丰富的想象力,和与耳、口、眼、鼻、脑等感官相关的表达技巧,对新的艺术话语的建构有十分重要的意义。

莫言小说因故事而获得可读性,同时又因艺术上的"先锋"表现而获得创新性和较高的艺术水准。莫言的小说是通俗传统的,又是象征写意、魔幻现实主义的。我们从中读到的不仅有小说文本所包含的诸种意蕴,还有莫言的才情与魅力。

第四节　张承志·王安忆·梁晓声·铁凝

张承志(1948～　),回族,祖籍山东济南,生于北京。

张承志是北方大地孕育的少数民族作家。他以其忠贞不渝的求索,踏出了一条追求者的创作道路。在世相瞬息万变和文坛名人更迭的时景中,张承志虽没有成为都市里时髦的话题与潮流的标签,但在日益深远的范围内却成了一面独立的旗帜,挑起了棱角分明的一极,平衡着向商业化、世俗化、西洋化倾斜的文学界与知识界。70 年代末,张承志就以《骑手为什么歌唱母亲》叩开了文坛大门,以后连续发表了《黑骏马》、《老桥》、《北方的河》、《心灵史》、《金牧场》等中长篇小说。张承志以丰硕的创作实绩,建构起了自己独特的艺术世界,荣获首届"爱文文学奖"。

在一代知青作者中,张承志是将个人的知青姿态坚持得最久的一位。他的创作从孤独的自由长旅到皈依宗教,始终坚持小说的主题展开对人、自然与历史关系的探索,并将与此相关联的主题上升到历史哲学和生命哲学的层次进行沉思,追求诗与哲学相融合的审美境界。张承志说:"我非但不后悔,而且将永远恪守我从第一次拿起笔时就信奉的'为人民'的原则,这根本不是一种空洞的概念或说教。""哪怕这一套被人鄙夷地去讥笑吧,我也不准备放弃。"[①]《骑手为什么歌唱母亲》体现了作者从感情走向理性思辨的审美追求。小说歌唱的是母亲——人民的博大胸怀和高尚情操。额吉这位草原母亲形象,含有动人的深邃的意义。她以丰富而崇高、平凡而伟大的心灵和人道主义的精神,温暖了挣扎在生活的坎坷和彷徨于人生歧路的一代知青。他们从母亲身上得到了巨大的精神力量。他们"脚踏着母亲的人生",最终战胜了艰难,从逆境中找到了人生的真谛。《黑骏马》把故事放在蒙古族文化的特定背景中,展示了人生更深沉的道理。接受了现代文明的白音宝力格,因心爱的姑娘索米娅被恶势力糟蹋,而与习俗开战。但慈祥的奶奶,却把这事看得习以为常,表现出了母亲强大的韧性品质。白音宝力格在寂默中离乡远去。等他回来后,白发奶奶去世了,索米娅忍受了百般痛苦,用自己辛勤、诚实的劳动找到自己的位置,即将被学校转为正式职工。白音宝力格心中产生了悔愧之情。他清醒地认识到正是索米娅式的民族精神力量的存在,才使民族繁

① 张承志:《老桥·后记》。

衍生生不息。小说表达的是一个永恒的理念，充满着审视历史与现实的思辨色彩，充满着积极向上的精神力量。

张承志的小说总是凭着一种信念来抵御世俗文化，维护自身人格心理中根深蒂固的英雄感和英雄主义，显示出一种独特的悲剧情调。在《老桥》中，“他”以常人无法理解的真诚走向了“他”开始热烈的人生追求的起点，走向了联结着山和水、过去和明天的老桥。《大坂》中，“他”离别了正挣扎于逆境中的孤立无援的妻子，以一股难以抑制的冲动，征服着狰狞暴烈的欺凌人类的大坂，并同时向所有的人间丑恶发起了挑战。中篇力作《北方的河》，最能体现张承志小说的悲壮美学风格。在自然与社会的双重维度上，小说主人以藐视一切艰难曲折的勇气和信心，开始了他那蕴含着深邃人生思索的堪称壮观的游历。黄河、湟水、额尔齐斯河、永定河和黑龙江，这五条流淌在北方心脏的大动脉，意义已经远远超出了一般地理学的范围，而变成了我们民族母体中奔涌着的一种血统，一种水土和一种永不枯竭的创造的活力。主人公正是感受着这种力量的深切召唤才投进大河的怀抱的。他肩负着现实与历史、传统与文明，这使他获得了超人的精神力量，因此，尽管他已不同程度地感受到了青春和生命的背叛，但他还是一如既往地完成着自我肯定和自我奋进的精神行程。一切病态的、软弱的呻吟，一切全盘否定青春和历史的虚无主义，一切带有市侩习气的蝇营狗苟，都使主人公感到愤怒，而他的内心，始终充溢着大河一样的神圣的豪情。

到了《金牧场》和《心灵史》，张承志把自己的信仰推入了顽梗的坚守中。作为一代知青作家的代表，他的生命曾经有过虚妄，这种虚妄连同他的虔信与激情、压抑与骚动、理智与狂热、梦想与追求一道铸就了他的人格心理和生命形态，他重视自我价值感的获得。但是，当下的世界向世俗主义回归，自我生命价值正在发生着一次大裂变。张承志对裂变怀有某种程度的敌意，他不能容忍对生命形式的无端嘲弄，《心灵史》正是在这种背景下进入了历史。作品讲述了一支回族人民光荣斗争的历史，但它的内涵远远超出了文学的范围，给人的重要启迪在于信仰对中国人的意义。张承志说：“文坛之所以如此堕落，其根本原因在于中国人缺乏信仰基础，这正是我创作《心灵史》的重要初衷之一。因为我发现在中国这样一片苟且偷生、得过且过、好死不如赖活着的国土上，居然有这样一群哪怕死光了也要追求心灵信仰的人，这对中国文化的意义实在太大了。”[①]张承志将信仰视为生命，视为一切。在《金牧场》这部长篇小说中，他这样

① 引自陆迪：《做整个中华的儿子——近年来回族作家张承志对全国文坛的影响》，《回族研究》1995年第1、2期。

写道:"生命就是希望。我崇拜的只有生命。真正高尚的生命简直是一个秘密。它飘荡无定,自由自在,它使人类中总有一支血脉不甘于失败,九死不悔地追寻着自己的金牧场。"

1994年,张承志出版了随笔集《荒芜英雄路》和散文集《清洁的精神》,很快引起反响,作品以深刻的思想内涵和独树一帜的文风,使作者被誉为最具有代表性的优秀散文家之一。

王安忆(1954～),福建同安人。

王安忆是20世纪70年代末涌现出来的有成就的女作家。她从诗意的美感转入用小说进行严峻的思考,在勤奋的创作中,不断突破自己,以才华和灵气名著文坛。王安忆的小说以多角度审视社会人生,形成兼容并蓄的艺术特色。

在试笔之初,她多以童真的诗情观照生活,笔触灵倩,情绪纯净,意在构筑已经失去了的少女的"心灵博物馆"。在朴实、纯真、细腻的情感中,表现出一种真诚的而又带着稚气的忧患意识。《广阔天地的一角》中的雯雯带着对"广阔天地"的美好憧憬和对人生的信念来到农村,可是现实中的丑恶和人的复杂却使她深感愤慨和困惑。一位做知青工作的干部,竟然是借手中招工权力肆意玩弄女知青的老手,而满口"扎根农村"的知青,背后却在千方百计地脱离农村。《绕公社一周》中的郑南南,在绕公社一周宣讲"阶级斗争"后,终于悟到,在这场运动中人人都把阶级斗争当成了工具,而搞阶级斗争的众人也成了一件工具。这初步的省悟使郑南南失落了原先那种肩负重任的神圣感,失落了一腔蓬蓬勃勃的热情。

王安忆小说创作的另一重要内容是表现普通人的生存形态和心理内容。《一个少女的烦恼》、《雨,沙沙沙》、《小院琐记》、《归去来兮》、《冷土》等作品,抒写的是青年人的爱情问题,但作者并不孤立地歌颂卿卿我我,而是把爱情与现实密切相连,洋溢出特定的时代氛围,使主人公的爱情问题显得更为实际。《命运》、《这个鬼团!》、《运河边上》及长篇《黄河故道人》等作品,则赞扬了那些向命运挑战、为事业献身、为实现人生价值而奋争的普通青年。《本次列车终点》、《庸常之辈》及长篇《69届初中生》等作品,充满着对普通人的理解、同情和尊重。《野菊花,野菊花》中那位回城知青,得到一位美丽姑娘的尊重和好意,体现了作者对生活在社会底层的人们人生价值的真诚评价。《B角》更是礼赞普通人为实现自身价值而勉力奋争的佳作。郁诚这个作为演员各方面的条件都很差其实是在淘汰之列的普通人,但对于事业和抱负竟然如此虔诚与执著。他那艰苦卓绝的奋争,使他在精神上成了强者。《流逝》从普通人的具体而又带有普遍性的遭际中，发掘出具有人生意义的思想内涵。作为资产阶级家庭的少奶奶欧阳端丽，在经过了“文革”期间生活变迁后，财产虽失而复得，但她却失去了艰难处境中体验到的人们相濡以沫的珍贵感情和深藏的生命力，最后她重回小厂，决心以劳动来丰富生活。王安忆对普通人有理解、同情、尊重，同时也有思考与批判。《命运交响曲》中的韦乃川生怕“屈才”于庸常之辈的行列，但又不积极主动同命运抗争，与“B角”郁诚相比，他却是一个彻头彻尾的失败者。作品的哲理深意是不言自明的。

在《荒山之恋》、《锦绣谷之恋》、《小城之恋》等作品中，王安忆把体验的触角对准了热恋中的人们的心灵震颤，展示了情爱的心态世界。这世界与情爱观念世界相比，同样五光十色、变幻神奇、充满魅力。作者把人在爱的感召下心灵深处的强烈震撼，以及与外在行为之间的血肉联系都赤裸裸地加以揭示和再现，因而对于人和心灵的开掘和内在情感奥秘的把握，都有着重要意义。

访美归来后，王安忆的创作跃入了新台阶。《大刘庄》、《小鲍庄》、《逐鹿中街》、《好姆妈、谢伯伯、小妹阿姨和妮妮》、《好婆和李同志》、《叔叔的故事》、《乌托邦诗篇》、《弟兄们》等小说的写作不再信赖表现直觉，而是把感情的潮水置于对生活经验的理性疏导之下，使自己寻觅到别一视角和深一层次的审美感觉。

《小鲍庄》标明王安忆对人生的体验达到了一个新的层次。作者不是到原始洪荒和化外初民中去寻找文化乐土，而是在自己体验过的感性世界中去体认操纵人生的文化杠杆，对民族传统文化心态进行感性的生存状态的剖析。小鲍庄的村民自古以来“不敬富，不畏势，就是敬重个仁义”。“仁义”两字，触及传统文化心态的核心，展现了村民之间微妙的情感关系和充溢在整个生存空间的道德气氛。民族精神中的正义、仁爱、舍生取义等正面因素与闭塞、凝固、无穷繁衍以及婚姻问题上的封建伦理等负面因素，通过体现着小鲍庄村民心理深层的生存价值观、道德价值观、婚姻生活中的痛苦和心理束缚等感情因素氤氲的道德氛围得以表现。最动人的当然要数鲍彦山的小儿子捞渣同孤老头鲍五爷的深情厚谊。这个天性仁义的孩子吃饭想着鲍五爷，睡觉想着鲍五爷，最后在洪水中为着救出鲍五爷，两人一同淹死了。作者对文化杠杆的体认是深刻的。

《叔叔的故事》并没有讲什么新的故事，她重述的只是一个80年代出现的最基本的情节：一个偏僻小镇的女学生，爱上了一个摘帽右派，一个来自城市的老师“叔叔”。这位“叔叔”老师在人间经过碱水里煮三次、血水里泡三次、清水里浴三次后，获得了宝贵的人生经验和审美感受，终于成了一个作家。在困境中，支撑他生存的是“愿望的实现”。他潜意识里不相信灾难会是永恒的。他一直等待着苦尽甘来，祸福轮回，否极泰来。王安忆在作品中力图呈现的是生命本身而不是生命的抚慰品。对叔叔的解构简洁而又深刻彻底。当叔叔沉醉在把苦难看做辉煌成功的必不可少的人生序曲时,王安忆却让叔叔的异国罗曼梦彻底失败。叔叔觉得他有东西方两个家园可供归去,但在那个德国女孩眼里,他并不是一个活生生的男人,甚至不是一个个体,而是一个苦难民族的整体象征。德国女孩的一记耳光让叔叔终于认识到他原来是一个无家可归的荒原弃儿。王安忆就是这样一步步走向对于一个人和一个时代的颠覆:叔叔从来就不是一个真正的理想主义者。

梁晓声(1949～　),原籍山东荣城,生于哈尔滨。

梁晓声生长在一个普通的建筑工人家庭,家庭生活的艰辛与共和国草创时期的艰辛是一致的,儿时的生活现实强烈地印记在他的心灵深处,这对他以后的创作审美态度产生了深远的影响。他曾说过:"穷困使我早熟,使我刚强,使我对生活充满了勇气,也使我敢于面对生活,面对人生。"[①]梁晓声是个"老三届"学生。在"文革"前,他受过十年左右的正规教育和良好的道德风尚熏陶,"文革"中又经历了激烈的政治动荡和艰苦生活的磨炼,在黑龙江生产建设兵团当过战士、伐木工、拖拉机驾驶员、小学教师,北大荒孤寂、严酷的生活给他的人生道路抹上了悲怆的色彩,直到1974年上大学,才与这泪与血的生活告别,开始了新的生活道路。梁晓声对艰辛的生活并不感到痛惜、冤枉,而是感到充实、厚重。他认为"上山下乡运动是一场荒谬的运动",但这并不"意味着被卷入这场运动前后达十一年之久的千百万知识青年也是荒谬的,不,恰恰相反。他们是极其热忱的一代,真诚的一代"[②]。因此,梁晓声的小说主要走向是对知青生活的回顾与追踪,笔下的人物大都是经历了艰难的人生磨难而不服从于任何生活厄运的知识青年。这些青年都是与人生的不公平进行搏击和抗争的奋进者,充满了深沉悲壮的英雄主义色彩。

在《这是一片神奇的土地》中,作者的笔力完全不用于写垦荒劳动,而倾注于写垦荒者的精神状态。李晓燕、王志刚、梁珊和"我"四个生龙活虎的年轻人结果牺牲了3个,连同他们圣洁的爱情,这确实是活生生的悲剧。但作者写得悲而不伤,感染人的却是那岸然挺立的力量。作品并未直接批判"文革"和它的荒谬产物之一:知青上山下乡运动。但通过几个青年的青春生命、圣洁爱情的毁灭的悲剧,却在更深的层次上批判

① 《梁晓声自传》,《作家》1983年第11期。

② 梁晓声:《我加了一块砖》,《中篇小说选刊》1984年第2期。

和否定了这场荒谬的运动。气氛悲壮，语言冷峻，人物、情节、风光独特而典型，读来感人肺腑，动人心魄。

《今夜有暴风雪》写的是北大荒的另一种自然和社会的景观。1979 年春节前后，北大荒出现几十万知青大返城的浪潮，造成了一场空前骚动和混乱的"暴风雪"[①]。作品重点描写了兵团战士十年屯垦戍边的壮举，全力表现和赞颂了曹铁强、刘迈克、裴小芸、小瓦匠、匡富春等知识青年，以及老政委孙国泰和军务股长在非常局面之前所显示出的英雄本色。他们对北大荒怀有感激和爱恋之情。郑亚茹临走时，深情地捧了一茶缸北大荒的雪，但她没有想到自己的手温会把雪融化，终于为连一捧雪都带不走而深深遗憾。历史是无情的，也是有情的，它无情地否定了那场荒谬的运动，却深情地奏鸣着一代人的青春之歌。

长篇《雪城》和《这是一片神奇的土地》、《今夜有暴风雨》一起组成了梁晓声北大荒知青小说"三部曲"。这部作品以众多的人物、宏阔的场面、纷繁的生活图景，展示了几十万兵团战士从北大荒返城后一场新的人生搏斗。小说从历史和现实交织中，起伏跌宕地反映了返城知识青年为理想而奋斗的动人情景，蕴涵着作者关于个人、历史和国家相互关系的沉重思考和深刻反思。小说主人翁姚玉慧、刘大文从舍己为公、忘我牺牲的拓荒者变成了对城市熟悉而又陌生的人，别无选择地要为自己和家人的生计而挣扎、奔波，偌大的城市却难找到他们的立足之地。但面对生活的逼迫，他们却依然把人格的高贵、人性的不可辱没置于首位，有凛然不可侵犯的自尊，有坚定不移的道德选择，在严酷的现实中显现着理想的光芒。郭立强隐忍着自己的愤怒和烦恼，襟怀坦荡地对待前来寻衅的王志松，把婚礼风波处理得极为出色；为了对吴茵的失而复得的爱情，王志松宁愿丢掉刚刚得到的工作，也决不向庸俗的社会舆论低头；带着一位没有父亲的孩子的曲秀娟，不自卑自弃，不依赖他人，用劳动开辟新的生路。这些知青家庭可以解体，工作可以放弃，亲子可以暂别，人格的高洁和人性的善良却是须臾不可动的。总的说来，梁晓声对北大荒和"知青"大返城生活场景的描写，气势雄浑，深沉悲壮，蒸腾着浓郁的浪漫主义气息，如一幅幅色彩浓重的油画。

从《父亲》开始，梁晓声的艺术追求发生了重要变化。他把视野由"知青"生活扩展到从城市到农村的广阔社会。作品的题材、人物、主题多样了，更多地表现出了对现实的关注，和对时弊的针砭与讽刺，表现手法和艺术风格更倾向于现实主义。《黑纽扣》、《溃疡》、《从复旦到北影》、《京华闻见录》等一批纪实小说，精确而逼真地展示了各种普

① 梁晓声：《关于〈今夜有暴风雪〉》，《青春》丛刊，1983 年第 1 期。

通人物和人情世态。1992 年发表的长篇《浮城》,象征意义深刻,引人思考,耐人寻味。

梁晓声在谈到《浮城》的创作动机时说:"我觉得,一个时期以来,中国人文环境的劣变,真善美从社会生活的大面积的流失,人道和人性的沦丧,真可谓咄咄逼人。我用我的《浮城》'报警'。"可见,《浮城》表面看起来是荒诞不经的寓言小说,实际上是体现着作者更明确的现实主义风格的警世醒世之作。作品通过"浮城"这一意象对中国 90 年代以来的世态百象作了逼真的描摹。商品化的狂潮造就人的物欲横流、道德沦丧,人与人之间的唯利是图滋生出集体行为的骚动与疯狂,人性的丑恶与狰狞尽显,整个社会就是杂乱无序的浮城,不知将漂向何方。人的理性消退、精神荒芜,人类将走向何方?不能不说《浮城》仍然带有作者一贯的理想道德情怀,以及由此展开的对到来的商品化或者说是现代化社会的清醒批判。

随后的《泯灭》和《荒芜的家园》更加具体地描述和批判了商品化所造成的人性的异化。这两部作品都有一个共同的切入点,就是揭示中国人最基本的也被最看重的伦理亲情在物化的时代遭到瓦解的命运。《泯灭》中的翟子卿在物质贫乏、生活艰难的岁月里依然悉心谅解、照料、孝顺母亲,然而在商海的沉浮中却冷淡了一切真情包括最纯真的母子之情,最后使得母亲死于非命。而《荒芜的家园》中那个年仅十七岁的芊子,看到村里人都进城去打工,自己越发不能忍受翟村苦闷的生活,觉得瘫痪在床的老母亲是自己的累赘。为了能和其他人一样进入五光十色的城市当中,她竟然设计烧死自己的母亲。这两部作品都为我们展示出传统的孝道在经济大潮中全面走向崩溃,虽然这样的批判未免有些简单,但无疑是深刻的,是值得我们反思的。

纵观梁晓声的创作,不论充满激情的"青春无悔"式的知青小说,还是平实朴素的父亲母亲系列小说,抑或是荒诞不经的寓言小说,无疑展现出的都是现实主义的风格,而且越往后批判的分量也越重,但另一方面作者笔下的"现实"却都很难脱离"理想情怀"的观照。这就使得梁晓声的作品既独具特色又有一些难以克服的缺陷。他的作品往往让人激情澎湃,心灵受到强烈震撼,或因之而鼓舞或与之同愤慨。但作品在思想上似乎少了一份历史的深邃感和现实的厚重感,在艺术上也少了一份从容和圆润。但不论怎样,梁晓声在作品中所传达出的正义感、责任感、使命感表达出文学对于真善美的诠释。

铁凝(1957～),祖籍河北保定,生于北京。

铁凝堪称新时期成长起来的颇具才华的女作家之一。她的小说无论对充满乡野气息的农村,还是对拥塞嘈杂的城市,都给予了细腻的描绘和深情的观照。以女性为抒写中心和以女性生活为主要描写内容及“讲述女人自己的故事”,是铁凝小说的突出特点。较之新时期的其他女作家,铁凝的作品更具鲜明的女性写作特征,并更为深刻更为内在地成为对女性体验的表达和对女性命运的质询与探索。

铁凝的早期作品大多是优美、宁馨的短歌。《哦,香雪》以充满诗意的笔触,写了一个叫香雪的农村姑娘对新生活的企盼渴求。《没有纽扣的红衬衫》则将目光投向城市少女,以一个充满活力朝气的十六岁女中学生来歌咏城市少女的真善美,努力昭示一种青春的豪迈与生命的自然无邪。从这些作品可初见出铁凝对女性美好人格心灵的关注和对她们的独立自主而又纯真质朴的个性的张扬。

《麦秸垛》、《玫瑰门》是铁凝告别早期的女性青春之歌后女性意识走向成熟的代表作品。探索女性的特殊命运,剖析女性的心理欲求,袒露女性深层的隐秘是其重要的美学特征。《麦秸垛》表面上是一篇写知青生活的作品,但实际上它却借大芝娘、杨青、沈小凤等女性完成了对女性命运的观照和对女性肉体觉醒的揭示。大芝娘是个和土地一样丰满沉默的女人,有着被丈夫抛弃的不幸命运。但在容忍大度、以德报怨的同时,这位没有文化的农村妇女却有不愿“白作一回媳妇”而强行与离婚的丈夫生个孩子的惊人之举。实际上,大芝娘是在以一种近乎荒唐愚昧的质朴方式找寻着对自己作为一个女人、一个妻子、一个母亲的确认。对杨青、沈小凤等女性,作品着重刻画与渲染的是她们的心理欲求及其肉体生命的觉醒骚动。杨青、沈小凤皆正值青春年华,她们同时爱上了男知青陆野明,但杨青爱得含蓄克制,她喜欢“精神驾驭”,喜欢与他保持若即若离的距离,而沈小凤则毫不掩饰自己的爱欲渴求,甚至不惜挑逗引诱对方,麦秸垛的野合便是她对陆野明主动而又大胆追求的结果。这两位女性爱欲追求的结局都或多或少带有悲剧色彩,但她们无疑是“历史上、现实中本真的女性形象”①。铁凝对大芝娘、杨青、沈小凤等女性的审视是深情而又深入的,难怪人们会说,“麦秸垛”象征人类的原始生命力,象征生殖与人类生生不息的欲望。铁凝的长篇小说《玫瑰门》更是一部写女性的生态和心态的力作。这部三十六万余字的小说将女性的外在生活和内在世界一同纳入审美视阈,对女性自我进行了严厉的剖析,成为中国女性文学走向90年代的一个标志。《玫瑰门》围绕响勺胡同一群女性来构建审美大厦,写了她们作为女人

---

① 陈冰:《当代中国女性文学的审美特点》,《当代文坛》1996年第2期。

的种种可怜不幸以及卑琐丑陋之处。中心人物司绮纹是一朵“浸润着毒汁的罂粟花”。弃妇的悲惨命运与性的极度压抑使她变得刻薄诡诈,阴毒卑琐,成为一朵恶之花。姑爸也是一个被扭曲的畸形女性。她明明是个女人,却偏要别人叫她“姑爸”,还以小分头、男式制服、烟斗来装扮自己。姑爸的畸形生态与心态既是对旧式婚姻制度的控诉,又是她自己“对女性宿命的规避、逃离”[①]。宽臀大乳的宋竹西、居委主任罗大妈亦是充满扭曲生命感的女性。小说对宋竹西放纵追逐情欲的扭曲变态和对罗大妈的小人得志、粗俗卑琐的小市民心理皆有淋漓尽致的刻画。这些女性形象在作品中构筑出一个卑琐阴毒的女性世界。第三代女性眉眉的出现方使小说于沉重阴冷氛围中透出几丝亮色。《玫瑰门》对女性的刻写显示了铁凝清醒的女性自审意识,这无疑是女性意识的深化。

在90年代,铁凝主写女性的初衷不改,创作风格又回复到早期。《孕妇和牛》、《世界》等短章虽没有“香雪”时的稚气,却有“香雪”式的优美清新和那种诗意的抒情风格。长篇小说《无雨之城》虽不在此列,但对女性的性爱欲求亦有所透视。

铁凝的小说,还往往借助于女性的视角,着力发掘人性中的善,以及由善带来的心理的犹疑和心灵的困境。

在中篇小说《永远有多远》中,白大省这个仁义、友善、吃亏让人的女子,尽管周围的人近乎贪婪地榨取她生命的汁液,可她毅然坚持着她的近乎荒唐的善。因为骨子里是乐于助人的,所以,到头来也就多了无数的伤害。在她的成长经历和爱情道路上,连她最亲近最依赖的人国宏、关明羽、小玢、夏欣、白大鸣都时时利用她的“仁义”,达到各自的目的。白大省一次次不断付出之后又在一次次失去。在前后几个恋人身上投入的感情都付诸东流之后,最后跪在她跟前的是一个当年利用和抛弃了她而现在离了婚还抱着一个孩子的昔日恋人郭宏海。她本想拒绝他的求婚,但一块遗落在沙发缝里的散发着馊味儿的脏手绢就彻底击垮了她的心理防线。她觉得郭宏海可怜了,她不能拒绝他,终于还是跟郭宏海结了婚。尽管无奈的现实用绝妙的反讽嘲笑了她拥有的善不合时宜,但面对善的尴尬,她能做到对于因善而遭遇到的生活负累和情感挫折却既往不咎,这才是最难能可贵的一种善良品质。

铁凝从日常生活中日渐增多的丑陋和阴暗中,选择了善,并用善来化解丑陋与阴暗。

铁凝小说所呈现的善,以及由善所衍生的绝望是温婉的忧伤,不是撕裂的黑暗。

---

① 戴锦华:《真淳者的质询》,《文学评论》1994年第5期。

正是这种带着轻微的绝望的善，才能使人变得安稳而有耐心。如果说，恶是一种残酷的生存哲学，那么善就是一种拥有耐心的人性力量。只要有耐心，绝望就会被希望所遏制。铁凝彰显了善的维度却不流于肤浅和简单，相反更充分地写出了人的复杂性。

发表于2000年的长篇小说《大浴女》，仍然有这样一个主题的存在。人类难以根除自己作恶的冲动，也难以避免伤害他人的可能，那么忏悔就是必要和可贵的了。小说通过引入忏悔，让人类可以对曾经的卑劣与恶行有一个反省和补救，对今天的卑劣与恶行有一个警觉和预防，从而使灵魂获救。

小说的主人公尹小跳自始至终被不可排解的心灵的孤独困扰着。尹亦寻、章妩夫妇下放农场劳动，留下小跳、小帆两姐妹相依为命。章妩在农场患上了眩晕症而回城治病，也许是病假条的等价交换或是肉欲的隐忧刺激，她和唐医生发生了性关系，如愿的留在了家中，可她就像是家里的客人。父亲的远离和母亲的不忠，使小跳陷入了更深层次的孤独。亲情的疏远，造就了小跳姐妹异乎寻常的默契。小帆永远是姐姐最忠实的同盟者。特别是在她们与唐菲的"合谋"下，章妩和唐医生婚外恋的产物尹小荃踏进井盖被打开的污水中，永远消失于世的时候，小帆一把拉住了姐姐的手，小跳冰凉僵硬的手在她手上轻轻用了一下力。这是何等的心有灵犀！自此，小跳和小帆的心中就开始留下了永难清除的罪恶感，这罪恶感穿裂了她们一生，让他们在人世中行走得惊惶不安。因为这罪恶感，她与尹小帆之间才有了成长的秘密和反差，她与唐菲之间的姐妹情谊才有了延续的坚实存在，她才能在与方兢、陈在的爱情中时时审视自己，拷问自己。小跳的心灵逐渐走向丰满之时，铁凝使这罪恶感无处不在，布满了小跳生活的缝隙：她能听到三人沙发深处传来的小荃的尖叫，能从唐菲的眉眼里看到小荃的影子，面对章妩和尹亦寻时，她也不得不想起它。与尹小帆不同的是，在合力"谋杀"小荃之后，小跳一直承受着心灵的责罚，自私狭隘的小帆最后却将责任全部推到小跳的身上。在尹小帆重提往事的时候，小跳的心开始往下沉，她觉得自己终于要面对审判了，但她同时也得到了解脱。"她那下沉的心里竟然漾起了一股绝望的甜蜜。"这"绝望的甜蜜"使她开始正视那段罪恶，这也就意味着她开始面对自己，踏上了心灵的自我救赎之路。相反，尹小帆却永远丧失了这种机会。在将"谋杀"的罪名推到小跳身上后，她注定将永远承载心灵的重荷，行走在异国他乡。

铁凝是勇敢真诚的，她并不讳言自己对女性问题的关注和自己作为一个女作家的创作个性。她说："重要的是我们不必否认自己是女人。只有正视自己才能开拓自己，每一次开拓自己即是对世界的又一次发现。”[①]她的小说创作正是内化于这种心态与认识。

第五节　白先勇·李昂

白先勇(1937～　),广西桂林人。

白先勇算得上是现代中国最敏感的伤心人。他认为:“中国文学的一大特色,是对历代兴亡感时伤怀的追悼,从屈原的《离骚》到杜甫的《秋兴八首》,其中所表现的人世沧桑的一种悲凉感,正是中国文学的最高境界,也就是《三国演义》中‘青山依旧在,几度夕阳红’的历史感,以及《红楼梦》‘好了歌’中‘古今将相在何方,荒冢一堆草没了’的无常感。”[②]他的创作融解了他的这些看法。

白先勇的早期作品,极少表露出欢悦的调子而总是弥漫着一种凝重、悲凉的氛围。那种面对青春的逝去(《青春》)、梦的失落(《山阳春》)、美的消亡(《那晚的月光》)的种种追思、怅惘和不甘,几乎是永恒地在一代又一代人的内心深处形成难以抹去的痛苦。他笔下描摹的人物也多是一个又一个在情感的苦海中挣扎扑腾的形象。从金大奶奶(《金大奶奶》)到福生嫂(《闷雷》),到钟英(《月梦》),再到玉卿嫂(《玉卿嫂》),一个又一个痛苦的身影不断地在他作品中出现和徘徊。他后期的作品更是带上了一层浓郁的感伤主义色彩。因特殊的政治历史原因,使得不少人离开家园,失去了昔日的富华,沦落他乡、饱尝了思乡怀旧之苦。白先勇后期的小说集《纽约客》和《台北人》则集中地、典型地反映出这种历史的时代的悲凉和惆怅。

《纽约客》中的作品,写尽了留美青年男女的众生相,充满了乡思与怨愁,是一曲曲“浪子悲歌”,表达了作者的满腔悲愤和哀婉。《台北人》中的作品则充溢了作者怀旧叹今的凄楚情怀。《永远的尹雪艳》中,女主人公尹雪艳在上海时是一个貌美而迷人的红舞女,到了台湾她仍以其独特的韵味和魅力,迷住了不少流落到台湾的旧时显贵和富人。尹雪艳的“总也不老”既是这些围绕着尹公馆的“旧雨新知”对京沪繁华时代的留恋和惋惜,又表现了他们醉生梦死以及春梦破灭后的无限酸楚与失落。《国葬》描写的

① 铁凝:《女人的白夜》,上海文艺出版社 1992 年版。

② 转引于中国社科院文研所当代文学室编《台湾作家小说选》(三),人民文学出版社 1988 年版。

是一位上将李浩然的葬礼。过去他曾率领自己麾下战将南征北战，威风凛凛。而今他的部下老的老，残的残，这些风烛残年的故旧聚于主子的灵前。这一切，都象征着过去的死亡与过去的埋葬。小说集《台北人》中无论是美人的凋颜，还是将军的凄楚与死亡，都暗示了昔日的荣华与辉煌已成为了永远的过去，而现在剩下的是无限的苍凉与愁苦，无尽的失落与生命的悲叹。

白先勇是一位十分注重小说的创作艺术并取得了显著成就的作家。他的小说一方面受中国传统文学的影响，另一方面又接受了欧风美雨的洗礼。他在寻求中西小说艺术的有机结合方面作出了可喜的尝试。

白先勇在台湾50年代后期现代派文学兴盛之时，登上了文坛。他的创作发轫之初即受到了西方现代派文学的影响，但同时又显示出了深厚的中国古典文学功底。

到美国后他的不少作品更显示了这种现代主义与传统表现手法相结合的特征。小说《游园惊梦》从总体构思到具体描写无疑受到了《红楼梦》、《牡丹亭》的明显影响，体现了作品具有的文学传统特色。但该作的现代技巧的运用也十分突出。小说设置明暗两条线索。明的是钱夫人由台南赴台北参加窦夫人的家宴，暗的则是写钱夫人整个赴宴过程的心态，这种复杂的心态是通过女主人公的意识流动来展现的。面对雍容华贵的窦夫人——桂枝香，钱夫人回忆起离开南京那一年她为桂枝香做三十岁生日酒的景象。那时自己是钱大将军明媒正娶的堂堂夫人，而桂枝香不过是次长窦瑞生的小老婆。但人世沧桑，今非昔比，如今窦瑞生官做大了，自己却成了钱将军的遗孀，往日那份派头一去不复返了。作者通过对人物意识流动的展示，描述了人物的内心世界，抒发了历史的苍凉感。《谪仙记》是一篇描写留美女学生不同际遇和命运的作品。该作品大量运用了传统文学的细节描写和白描手法，但又融入了象征和寓意。赴美时，李彤等四位小姐一色红裙，熠熠耀眼的意象；李彤退出赌桌，疲惫不堪以及赠戒指给莉莉的警示（她即将从人生的赌场彻底败退亦即死亡），这些都是现代派常用的技巧，作者处理得十分娴熟。

总之，白先勇在小说创作的艺术上寓传统于现代，熔中西小说技巧于一炉，形成了他独特精湛的小说艺术风格。

李昂（1952～　），原名施叔端，台湾彰化人。

李昂是台湾文坛著名的“施氏三姊妹”（施叔女、施叔青、施叔端）中的三妹。她初中时即习小说创作，十五岁时即发表处女作短篇小说《花季》，以后笔耕不止。

《花季》、《婚礼》、《混声合唱》、《海之旅》、《长跑者》等短篇小说，是李昂1968～

1972 年间创作的。她的这些作品，因多以情欲对抗传统文化的压迫和对抗死亡，而使“情欲”连同作品的整个情境都象征化了。作者是在借“性”表现旧制度的变形、崩溃和一种新的合理的诞生。

她的这些小说多以意识流动和心理分析的手法来描写小城封闭压迫中的人生状态，表现古城中青年男女的反叛与抗争，充满了青春与生命的躁动和梦魇，风格怪异诡幻。

《桥》、《回顾》、《逐月》、《关雎》等小说以及《辞乡》、《西莲》、《舞展》、《色阳》等“鹿城故事”系列小说，是李昂 1970～1974 年间创作的。这些小说在鹿港古城特有的风土民情、婚丧嫁娶及生老病死等地域文化背景上，展示了小城中病态的人生和病态的社会风貌，同时也展示了小城中古老的观念和外界文化的冲突，真实地再现了鹿港平静封闭的社会与外界变化发展的世界的对抗。这些作品多以单纯的写实手法展示小城生活的原貌、习俗以及社会心理。作者放弃了前一时期幽玄、神秘的场景和意象，以较明朗、舒缓的笔法作客观、冷静的描摹和叙述。

《暗夜》是她 1985 年发表的中篇小说，《迷园》是她于 1991 年出版的长篇小说。《杀夫》是李昂的力作，曾获《联合报》小说首奖，并被搬上银幕，引起了台湾文坛的普遍关注和争议。小说反映了在台湾资本主义化之前的小农社会中，妇女在以夫权为中心的社会中惨遭摧残和凌虐。作品是一幅妇女在蒙昧的社会中其性爱被扭曲、生命受摧残的缩影。作品中的女主人公林市，长期以来遭受一个性情残暴凶恶的屠户丈夫陈江水的性虐待和摧残，纯粹成了丈夫泄欲的工具。李昂在作品中反复地描写林市受到性虐待的惨状，渲染了一种阴森恐怖的地狱般的生活氛围。陈江水在摧残林市时，常常发出“干”的单音，使人常想到野兽在捕获幼小动物时的吼叫。小说使读者最为震惊的是以杀猪和性虐待互为对照。两者作为男性情欲的宣泄，不但其冲动与快感的获得，而且连其“动作程序”以及情境氛围都几乎相似。这种对比，使“女人不是人”得到了惊心动魄的表现。在这里读者感受到的不是纯然的女性问题，而是“人”的问题，是人不被作为人，不自觉为其人——“五四”启蒙时期曾大声呼喊过的问题。除此之外，小说还展示了以阿罔官为代表的鹿港陈厝地方文化对女性的施虐。陈厝的地方文化充满了对人的污辱与嘲弄。阿罔官在禁忌中产生了一种变态心理，她既想严守妇道又与男人偷情；既窥听邻居夫妻做爱又恐吓林市死后将受惩罚。读者由此可以看到置林市于死地的有两把锋利的刀子：一把是以陈江水为代表的封建文化；另一把是以阿罔官为代表的地方文化。

如果说，《杀夫》表现的是乡村文化，那么《暗夜》则表现的是台湾进入资本主义以后的城市文化。在缺乏人性人情的商品社会中，性常常沦为物质功利关系的“兑换券”。人类的美好感情不得不委身于原始欲望，不得不接纳金钱的嫖客，接受物质的轮奸。电子公司老板黄承德为了从记者叶原那里获得股市行情以维持公司运转，含垢忍辱地听任妻子李琳与叶原通奸；而叶原为了满足肉欲，又抛弃李琳游戏于几个女人之间；女大学生丁欣欣为了吃喝玩乐和跻身由博士硕士构成的社会圈子而先后投向几个男人的怀抱……总之，《暗夜》所呈现的是无所不在的欲望横流。作者在一种调侃揶揄的叙述中，将罩在社会道德和人伦关系上的遮羞布撕得精光。

《暗夜》可以看成是李昂由《杀夫》走向优秀长篇力作《迷园》的基础。

《迷园》描写的是鹿城朱家父女两代人在不同历史时期各自的悲剧人生历程。小说有两条并行交织的线索：一条是父亲朱祖彦被幽禁菡园的历史线索。它负载的主题是50年代国民党专制统治对知识分子及其所代表的文化的摧残。朱祖彦是台湾50年代有良知的知识分子，在国民党搜捕扩大化中入狱，而出狱后在菡园的监禁又使他无法投身社会。朱祖彦的人生错位感和无力感来自客观世界与自我人生理想的尖锐对立，于是他总流露出无可奈何的生命悲凉。另一条是朱祖彦的女儿朱影红与林西庚情爱纠葛的现实线索。它负载的主题是台湾从60年代农业社会向70年代工业社会转型再到80年代资讯时代，资本主义商品经济的高度发展，所带来的性爱虚伪、道德堕落以及人性的沦丧。

在李昂的小说中，对性爱的描写是大胆而毫不隐讳的。作者试图通过对情与欲冲突的深刻剖析与揭示来窥探社会和人生。李昂笔下的每一次做爱几乎都是男女双方在极其压抑、矛盾的状态下发生和进行的，因此那些细腻的性行为描写极少给人以浪漫感，仅仅是为了抒发主人公苦闷、矛盾的情绪而已。它所带给读者更多的是对这些苦闷来源的思索。李昂强调：在她的小说里，性的象征意义远远超过现实的意义。若能冲破性的禁忌，就是“冲破一个约定俗成的社会最深刻的力量”。她又强调：性是一种性别上的肯定，是自我存在的肯定。但性不代表整个人生意义，只是“第二种象征”，“最重要的象征还在于自我追求与自我突破当中”。[①]

李昂面对社会上对其性描写的过多非议，她说明：性描写如果是必须的，她决不回避。如小说《莫春》中要不是对性加以详细的描写就难以表现“男女主角间想借性爱作沟通，反而因性爱造成沮丧，以及由此导致颓废”的主题。她承认不足之处仅在于缺乏正面意义可能会导致负效应和身份背景的暗淡可能会造成模糊性。因此我们可以这

① 参见林依洁：《叛逆与救赎》，《她们的眼泪·附录》，台湾洪范书店1984年版。

样认为，李昂作品中对性描写的大胆与袒露，使人们看到的不是“性”的凶猛诱惑，而是自人性深处的社会、历史和文化的美学意蕴。

第六节 刘绍棠·周克芹·古华·韩少功

刘绍棠(1936～1997)，北京通县人。

刘绍棠以乡土作家著称。1953年，他发表了成名作《青枝绿叶》，以后又出版了《运河的桨声》等四部中短篇小说集。他的早期作品在清新质朴的气韵中，洋溢着浓郁的乡土气息，显示了他创作乡土文学的巨大潜能。1957年他因撰写了几篇探讨社会主义文学问题的论文和《田野绿霞》、《西苑草》等两篇针砭时弊的小说，遭受到错误的批判和处置，回到故乡当了农民。在乡亲们温暖而质朴的友爱中，他感受到了故乡人美好的人性，与他们建立了深厚的感情，进一步确定了他复出以后的创作方向。1979年，他陆续整理和创作了《春草》、《地火》、《狼烟》等作品后，迅速转向乡土文学的创作。1980年，他率先旗帜鲜明地提出了建立“乡土文学”的主张。他多次申明决心致力于创作具有鲜明的民族风格、浓郁的地方特色和强烈的中国气派，为中国人民、首先是为农民群众喜闻乐见的“乡土文学”。重返文坛后的前几年，他以写童年时代的家乡风貌为主，创作了《蒲柳人家》、《瓜棚柳巷》、《花街》、《荇水荷风》等为人称道的作品，这是他实践“乡土文学”主张的第一批成果。这些作品多写小事件，人物少，结构精谨，内容丰富，追求传奇性与真实性的结合，通俗性与艺术性的统一，显得自然而熨帖。从1981年创作《鱼菱风景》开始，他转而写党的十一届三中全会以后故乡丰富多彩的现实生活，相继推出了《小荷才露尖尖角》、《绿杨堤》、《烟村四五家》、《凉月如眉挂柳湾》等乡土新作。刘绍棠的乡土小说注重田园风物的描写，并使之与人物的情感心态协调，善于把古典诗歌的意境和古人的词汇融注到作品中，呈现出清新、淡雅、恬静的田园牧歌色调。同时，他又注重社会生活的政治斗争内容，注重人物命运的抗争，作品颇富有时代感。

1980年发表的中篇小说《蒲柳人家》，曾荣获1977～1980年全国优秀中篇小说奖。它是刘绍棠“在自己最熟悉的乡土上”打出的第一口“深井”，是他新时期乡土文学的代表作，也是他创作道路上的一块碑石。

《蒲柳人家》是一曲讴歌我国劳动人民传统美德的颂歌。它以真挚浓烈的感情，新颖独特的手法，展现出京东运河两岸农民的人情世态与民风习俗，描绘了丰富多彩的生活画面，塑造出亲切感人的艺术形象。小说首先向我们铺开了运河两岸二百八十里“花天锦地”、“莺飞草长”的“蒲柳风光”。那里有河汊纵横的光影水声，有篱笆上喇叭花挂着露珠的泥棚草舍，有洗澡碰到男人时假意怒骂的嬉戏笑闹的年轻姑娘，有洒脱豪放故意撒野的纤夫；那里地近京华，交通便利，农民并不困守土地。撑船摆渡，钉掌看瓜，开店接客，游方走马，卖艺保镖，啥活都干。小说让我们呼吸到瓜棚豆地的泥土气息，见识到三教九流、各色人等的生活风习。整篇小说恰似一幅色彩绚丽的风俗画，犹如一曲抒情的田园牧歌，充满乡土气息和地方风味，使人在美的享受中感受到历史的风云，触摸到时代的脉搏。

《蒲柳人家》在题材的选择和处理上，刘绍棠有意避开30年代党领导下的民族解放的武装斗争，发挥了自己擅长描写农村日常生活的特长，借鉴和吸取了老一辈作家沈从文、孙犁等的艺术经验，保持了50年代的“田园牧歌”风格，着力表现京东农村的风土人情。但他并没有把30年代的农村写成一派静谧、安宁的世外桃源，而是把党领导的抗日斗争和农村的阶级矛盾溶解在农村日常生活中，把农民在抗日风云中政治意识和阶级觉悟的提高同他们扶危济困、侠肝义胆的传统性格相糅合，既显示出燕赵之地淳厚的风土人情，又透露出新的时代特色，使小说的主题得到了充分而深刻的表现。

在叙述上，刘绍棠的小说采取了与表现乡土内容相适应的传统形式，以符合广大农民的欣赏习惯。《蒲柳人家》带有浓厚的传奇色彩，但它却没有集中紧凑的情节，而是由多篇具有相当大的独立性的人物传记组成。在第一节有一丈青的小传，第二节有何大学问的小传，第三节有望日莲的小传，第九节有柳罐斗的小传，等等。这些都是由望日莲和周檎的爱情故事联结，爱情的发展又多借六岁顽童何满子的眼睛看出，人物的传记则由叙述者介绍，整部作品既撒得开又收得拢。这种可分可合、似断实连的结构方式，来源于古代话本小说和现代评书。作者主张创作无主角小说，《蒲柳人家》是他创作无主角小说的尝试。小说刻画的是一组“群像”，而不是一两个主角，就是不把所有的情节线索交织在一两个人身上，而是长卷似的展示多个断面，以一种较为散漫的叙事方式和开放、灵活的结构来体现田园牧歌舒展的自由的风格。从而使他的作品能容纳较多的丰满的人物形象，而且全篇流转自然，轻松佻达，不显人为的痕迹。

舒缓的叙事方式又给作品留出了较充分的抒情空间。在情节松动之处，作着嵌入了生动的生活场景以表达自己对故土的恋情和人生的体悟。在叙述语言上，作者努力追求雅俗共赏、传神怡目、声情并茂的艺术效果，尽力排除脱离叙事与形象描绘的议论式旁白，哲理性警句和直抵胸臆的抒情，把诗词歌赋的章法行文同父老乡亲的村言俚语结合起来，熔铸成富于绘画美和音乐美的小说语言，让《蒲柳人家》罩上了一层浓郁的诗情。

以《蒲柳人家》为代表的一批乡土文学小说，虽然写得很美，但正如孙犁指出的“人物、环境比较单纯，对于人物的各种命运，人生的难言奥秘，似尚未用心地思考与发掘”①。这一不足在刘绍棠反映改革时期的农村生活的作品中表现得尤为突出。尽管他已觉察到农民们价值观念的转变，但固守的田园牧歌式的风格却妨碍着他对变革中剧烈的生活动荡和痛苦的精神裂变作出深刻的揭示，往往是停留在小康之家的生活表象上。因此，如何写好改革时期的农村生活，是刘绍棠面临的一个新课题。此外，他有些作品构思雷同，显得落套；加之作者的生活和艺术视野还不够广阔，这就在一定程度上影响了他的小说的深度和广度。

周克芹(1936～1990)，四川简阳人。

周克芹是一位植根于农村沃土辛勤耕耘的现实主义作家。1958 年，从成都农业技术学校毕业，因曾写大字报反映农村的问题而被贬回乡务农，做过民办教师、生产队长、大队会计、区乡干部。丰富的农村生活经验，对农民思想感情、生活状况的了解，使他的小说创作一开始就具有浓郁的生活气息和酽酽的乡土情韵。60 年代以来的二十余篇小说，后来精选成短篇小说集《石家兄妹》于 1978 年出版。粉碎“四人帮”后，他的创作进入到一个新的时期。1979 年，他发表的长篇小说《许茂和他的女儿们》，引起社会的强烈反响，荣获首届茅盾文学奖。1980 年，他发表的《勿忘草》和 1981 年发表的《三月不知心里事》，分别获当年的全国优秀短篇小说奖。1983 年，他出版了第二个短篇小说集《周克芹短篇小说集》。1984 年，他发表中篇力作《果园的主人》。1988 年，他又推出其续篇《秋之惑》。

周克芹力图通过文学创作真实地反映时代，表现人生，显示历史前进的轨迹。他长期生活在四川农村，总是能够敏锐地发现和把握农村生活的变化，并加以及时反映。他的创作也总是努力贴近丰富复杂的农村生活现实，表现出对农村生活现状和农民命运的极大关注。当改革开放的号角在中国大地吹响前，他所表现的是广大农民在极“左”路线下的抗争和呻吟，多为“正与邪”、“善与恶”的斗争。改革开放后，他着意挖掘和描绘的，则是“新与旧”、革新开拓和因循封闭之间的矛盾和冲突，是旧的陈腐观念的败北和崩溃，是新的观念的进击与胜利。如果把他的作品按年代排列，我们可以清晰

① 孙犁：《读〈蒲柳人家〉》，《新港》1980 年第 10 期。

地看到四川农村在粉碎“四人帮”以来的发展变化。

文学总是要表现出一定的思想倾向的。周克芹的小说创作在对生活的真实描写中，深深地融进了作家自己。作家既是生活的叙述者，又是生活的评判者，往往情不自禁地倾吐着自己对生活的感知和理解，对社会的认识和评判，对人物的爱憎与否，表现出鲜明而强烈的思想倾向性，有着热烈而执著的主观抒情色彩。长篇小说《许茂和他的女儿们》是周克芹的力作，是最能代表他的思想倾向的小说。在这部“反映‘四人帮’阵阵妖风横扫下四川农村生活的佳作”①中，不仅深刻反思了历史，而且探讨了农民的命运及其思想心灵的变化，是同类题材作品中的上乘之作。

小说写的内容，发生在1975年我国人民与“四人帮”激烈搏斗的一个短暂曲折的非常时刻，以四川沱江流域一个叫葫芦坝的偏僻农村的普通农民许茂一家的悲欢离合为主线，反映了“文革”后期的农村生活和农民遭受的磨难。小说的独到之处在于，它并未用过多的笔墨直接描写动乱年月农村的荒凉、衰败景象，而是超越这些表象，将笔触伸入到人物的精神世界中去，通过许茂老汉的心灵扭曲、许四姑娘人生旅程中的不幸，着力表现“四人帮”的倒行逆施给广大农民造成的心灵伤害和布下的生活阴影，同时也表现了人民群众在逆境中的坚定生活信念和顽强的抗争精神。小说就是通过对两代人的坎坷命运的描写，具体地展现了我国广大农村所经历的曲折道路，从中可以看到“左”的思潮和农民务实的对立，封建意识对农民正常感情的扼杀，狂热的斗争对农民安稳生产的冲击。而以邓小平提出的“整顿”为转机，又激起农民的希望和勇气，唤起了人们心中对正义的渴求，对未来的憧憬。小说将这样一段动荡历史时期中国农村社会光明和黑暗的搏斗描绘出来，有它独特的思想艺术价值和重要的认识意义。

“文学是人学。”周克芹的小说创作注重通过复杂的矛盾纠葛和心理感情世界的显示来刻画人物形象。作家着力塑造了许茂和四姑娘许秀云这两个血肉丰满、性格鲜明、富有艺术感染力的形象。

许茂的生活遭遇、性格表现蕴含着深广的社会内容。小说主要抓住他前后思想行为的变化来揭示“左”的政策给农村带来的灾难和给农民造成的精神创伤。许茂是一个勤劳朴实、对新社会有着深厚感情、爱社如家的农民积极分子，可是到了70年代他却变成一个自私、保守、狭隘、粗暴、固执、冷酷，不再关心世事、不明事理的忧郁、孤僻的老头。许茂性格中这种令人触目惊心的变化，不止是一个简单的倒退，而是包含着复杂的思想和心理的变异。这种变异反映出“文革”动乱和极“左”路线造成的严重恶

① 沙汀：《评〈许茂和他的女儿们〉》，《文艺报》1980年第4期。

果。从许茂性格变化中,我们看到了中国农民思想变化发展的轨迹,从更深刻的意义上去认识中国社会本身曲折前进的历史。小说在历史地表现中国农村社会现实和历史地探索中国农民的命运方面,达到了同类作品所未达到的高度和深度。许茂这一形象是本时期文学中农民形象的一个新典型。

四姑娘许秀云的形象同样被描写得蕴涵丰富和具有典型意义。如果说作者对许茂的刻画,更多的是进行理性剖析的话,那么对四姑娘则倾注了更多的感情——发自肺腑的热爱之情。四姑娘是一个善良敦厚、含蓄深沉、执著追求爱情、富有抗争精神的女性。她由一个天真烂漫、对生活充满美好幻想的少女,成长为一个在苦难岁月中艰难挣扎、饱尝人生苦涩滋味的中年妇女。她饱受生活的折磨,精神上负载着沉重的痛苦和压力,却始终在屈辱中抗争,为自己的幸福生活而努力奋斗。作者对于许秀云丰富深沉的内在的精神世界作了较为深入的开掘,对其外柔内刚的性格特征的把握和描写也相当准确。她的性格美是中国妇女的传统道德的美,又焕发出新的时代光华和色彩。她的不幸与抗争,形象地表明"文革"虽然造成了严重灾难,但光明必然战胜黑暗,党的阳光照亮了四姑娘的心田,美好幸福的日子终于来临了。

《许茂和他的女儿们》尽管有浓郁的悲剧色彩,但没有沉湎于悲伤之中,小说在真实描绘一时乌云蔽日的社会现实时,也展示了生活的希望和历史的曙光。小说采用了"家庭纪事"的结构,集中写许茂一家的悲欢离合,从侧面反映社会矛盾,收到了以一家人的命运概括亿万农民的命运,以一村的变化折射全国农村变化的突出效果。小说文笔细腻,善于抒情,并能融进一些富于哲理的议论,运用环境烘托也颇成功。小说缺点是对主要反面人物郑百如的描写一般化,这就不能不影响到对小说主题开掘的深度。

古华(1942～),湖南嘉禾人。

古华从小生长在湖南农村,当过民办教师,干过十四年农工。在他的经历中,虽然没有什么性命攸关的大起大落,但他"却也是从生活的春雨秋霜,运动的峡谷沟壑里走将出来的"[①],也曾身不由已地被卷入各种各样的运动洪流里,经历着时代风云的变幻和大地的寒暑沧桑。这些都为他的小说创作打下了坚实的基础。他的文学创作始于1962年,进入80年代以后他的创作发生了很大变化,思想上、艺术上日臻成熟。《芙蓉镇》、《爬满青藤的木屋》相继问世,前者获首届茅盾文学奖,后者也获得1981年全国优秀短篇小说奖。此后创作的《金叶木莲》、《贞女》、《相思女子客店》、《蒲叶溪磨房》等

① 古华:《闲话〈芙蓉镇〉》。

小说也广有影响，这些创作奠定了他成为新时期文坛著名小说家的地位。

古华的小说创作有着突出的特点和鲜明的美学追求。因为他自幼生长在景色幽丽山水宜人的湘南这块古老的土地上，大自然无限的生命力启迪着他的灵性，丰富了他的情感，因而在其小说中总飘散着湘南山乡的田园风味和展示着风俗民情、人物掌故，并将人物命运的沉浮，社会的变迁融入其中。他还善于描写人物并通过那些平凡或不平凡人物的身世沉浮去透视中国农村的历史变迁和政治风云。他也善于以细腻的文笔为各种山村女性画像立传，表现她们的善良心灵和作为五岭山区女性所特有那种野性美。这些正是古华独特创作个性的体现。

长篇小说《芙蓉镇》是古华的代表作，也是新时期文学的重要收获。小说以湘南山乡一个偏僻小镇——芙蓉镇的盛衰沉浮、人生聚散为背景，以芙蓉姐胡玉音的命运为主线，描绘了我国农村从“四清”运动到“文革”时期直至粉碎“四人帮”这二十多年来的政治风云和人物曲折命运，以此揭露极“左”路线对人性的摧残，给人民造成的灾难，从而歌颂党的十一届三中全会路线给人民生活开创的美好前景。由于小说“寓政治风云于风俗民情图画，借人物命运演乡镇生活变迁”①，因此堪称为“一曲严峻的‘乡村牧歌’”、“一卷当代农村的社会风俗画”②。

小说的主题无疑重大而又深刻，作者赋予这主题的载体并不仅是那几个被描摹的典型历史时期，而主要是通过以胡玉音为中心的几个血肉丰满的主要人物——秦书田、谷燕山、李国香、王秋赦的升降沉浮的不同命运变化，从不同角度去揭示出那一出出悲剧的实质。

胡玉音是小说的女主人公。她美丽善良、聪明能干、勤劳本分，但却命运坎坷。这个以摆米豆腐摊为业的普通劳动妇女先是父母早逝，与青梅竹马的黎满庚相恋，又因出身小业主被“血统论”拆散；后与丈夫黎桂桂勤劳致富，又被李国香嫉妒，在“四清”中被划成“新富农”，桂桂被迫自杀，她被游街批斗；“文革”开始她被罚扫大街，与落难右派秦书田相遇相知相爱，却被剥夺了结婚的权利，遭到更残酷的迫害，但她顽强地活了下来。小说通过对胡玉音坎坷命运的描写，表现了她的美好人性，发掘了这个普通劳动妇女身上蕴藏的伟大生命力。她曾相信自己“命大”、“克夫”，曾几次走上“孤女桥”想以死求得解脱。在最后的抉择中，她不甘心受这是非颠倒的反常现实所摆布顽强地活了下来，敢于向命运抗争。为了维护自己做人的尊严与权利，她挺起腰杆做人，敢于

---

① 古华：《芙蓉镇·后记》。

② 古华：《中短篇小说集·编后记》。

蔑视李国香、王秋赦之类的政治扒手，敢于追求自己的爱情和幸福。粉碎“四人帮”，她终于迎来了夫妻、父子团聚的胜利和幸福的生活。小说准确地揭示出一个纤弱的农村妇女的思想感情的变化及其对悲剧命运的抗争，强烈地控诉了极“左”路线的谬误和对人民的危害。

小说的男主人公秦书田的形象令人耳目一新，击节叫绝。他是新时期文学中一个独特的形象。小说在本质与现象、内容与形式的尖锐对立和不和谐中，表现了秦书田将痛苦深藏起来，而以乐天、混世、诙谐的态度去承受苦难的个性特征。“癫”是他独特的反抗方式。在这种含泪的微笑中，实际上包含着更大、更深沉的痛苦，在外表的自轻自贱、麻木不仁中，包含着更分明的爱憎，较之胡玉音他具有更清醒的对于现实的认识，更强烈更自觉的对于命运的抗争。他正直善良、是非分明、自重自爱、执著追求真理，有一副关心他人、追求幸福的火热心肠。正是他以真诚的关怀和爱情给痛不欲生、孤独无援的胡玉音以人间的温暖和生活的勇气，显示出他性格中的真诚、正直和美好人性。秦书田以其独特的思想内涵与美学价值而成为新时期知识分子人物系列中颇具光彩的形象。

古华的创作承继了周立波的风格，小说极富诗情画意，《芙蓉镇》中就有不少诗情画意的描写。《芙蓉镇》与沈从文的“田园牧歌”式作品《边城》也有相似之处，即着力表现美好的人情、人性，描摹湖南山乡的风俗民情。但古华又有别于周立波、沈从文，他不仅描摹美丽的风俗画，还将政治风云寓于其中。《芙蓉镇》通过对芙蓉镇的地理环境的介绍，对秀丽景色、古朴民风、热闹奇特的圩市描绘，为我们勾勒出一幅美丽的山乡小镇风俗画，但同时在这幅画中又融入了时代的进退曲折、人物的命运沉浮和小镇生活的变迁，使得小说富有时代气息和思想深度。

《芙蓉镇》的艺术结构颇具匠心，采用了高度浓缩的“编年史”的结构形式，选择了1963年、1964年、1969年、1979年四个有代表性的年份来表现二十年的风云变幻与几个人物命运的起伏波折，这样就避开了因时间跨度大而不易摆脱的枝蔓琐事，使主要情节得以实现，显示了古华独具匠心的艺术概括能力。小说的语言亦庄亦谐，时而轻松调侃惹人一笑，时而嬉笑怒骂尖锐犀利，而湖南方言土语的引用，更增添了小说的泥土气息和鲜明的地方色彩。

韩少功(1953～　)，湖南长沙人。

韩少功初中毕业后到农村插队落户，扎下了他的文学根须。在大学就读之余，创作了《月兰》、《西望茅草地》等优秀短篇小说，对愚昧、封建的传统文化心理的反思和批判，构成其创作的基本主题。这一主题在以后创作的形态各异的小说里不断被强化、深化。1988年，他发表了论文《文学的根》和《寻找东方文化的思维和审美优势》，亮出了“文化寻根”的旗帜，并创作了《爸爸爸》、《归去来》、《女女女》等小说以实践自己的文学主张。

“寻根文学”的产生，意味着作家不再满足于仅仅从社会政治角度去观照人生，他们开始把人的性格和命运放到历史文化的大系统中去加以研究，并力图从中概括出我们民族文化的本体精神来。韩少功认为中国民族文化传统最浓厚的部分，不是凝结于“正统的和规范的”文化遗产中，而在那“不规范之列”的乡土与民间形态中。于是，他把笔触伸向湘西的穷乡僻壤，用神奇诡秘的《爸爸爸》等小说来揭示中国文化的积淀，进而揭示民族发展和人类生存的谜。

《爸爸爸》可以说是破坏了韩少功自己正统“湘军”的形象。小说一反《西望茅草地》式的审美观念，众采象征主义（包括神秘主义在内）、黑色幽默等现代主义艺术手法，用“土”得出奇的内容和语言，创造了多视角的主体性的艺术世界，也完成了韩少功新的创作的“自我”形象。同时，更应该看到的是韩少功的这次关键性的审美观念的突破，彻底地打破了“湘军”有可能在同一艺术风格轨迹上运行的理想。韩少功在小说中出于扫荡改革阻力、加快改革步伐的热望，站在现代审美的角度，以追根溯源的眼光去审视历史和现实，采用了象征主义手法即隐去具体的时代环境与社会联系的抽象方式对历史作整体把握，写出了鸡头寨的山民们虽未与世隔绝，但却昏睡在远古历史噩梦中的苦难一页，表达了对现实生活中残存的原始习性、愚昧无知、黑暗腐恶的现象的强烈憎恨。在小说中，作者对那些蒙昧、愚蛮、荒诞的原始意识，对初民观念、迷信思想、畏天祭神以及千奇百怪的迷信解释、预兆、禁忌行为，对盲目的祖先崇拜和长辈权威，对集团仇杀、兽性摧残等等野蛮行为痛加挞伐，有力地进行了讽刺和揭露。小说中的主人公丙崽不是一个典型，仅是一个符号，一个古老民族的象征符号。他是一个身材矮小、两目无神、行动呆滞、只知吃喝拉撒睡玩的废物。他一生只会说两句话，高兴时叫“爸爸爸”，不高兴时就喊“X妈妈”，这恰是东方古老民族的“不好即坏”的绝对化简单思维的象征；他那声口状貌、言动举止的迟钝愚顽、痴呆无知，象征着民族文化的不开化；他在鸡头寨时而是被摆弄的玩物，时而是大家顶礼膜拜的神的化身。他的这种奇怪遭遇以及虽食毒而无妨、永远不死的经历，无不是古老民族的经历的缩影，是古老民族的弱点和优点永远比肩存在、难以死灭的象征。丙崽的形象和鸡头寨衰败的情节，一虚一实，相辅相成地完成和深化了《爸爸爸》的具有冷峻批判性的主题。当然，《爸爸爸》的含义决不如此简单，小说的旨意还在于以特异的魔幻现实主义的方式，“追求和把握人世无限感和永恒感”。在小说中我们重新看到逝去了的先民生活的古老形态,也感受到现实世界的某些影像。我们既明确地意识到作家所创造的是一个主观意念中的世界,是作家主观思想、情绪、观念、情感的凝结物,同时我们从作家所创造的物象世界的背后,又确切地发现了民族和人生过程中的背景,引导我们对民族历史、宇宙人生作纵向的整体的思考和哲学把握。

从《爸爸爸》可以看出人物、事件的象征性、荒诞性;浓郁的地方色彩、绚丽的风俗历史图画;对于人的顽强意志的赞美和生命力的歌颂。这是寻根小说所具有的三个显著特色。但是《爸爸爸》也暴露了作者阅历与体验的局限,他不但没有找到“东方文化的思维与审美优势”,没有发掘出传统文化的光明面,相反找到的是文化积淀中的劣势和弱点,作家的创作实践与理论主张发生了分离。

第七节 汪曾祺·邓友梅·冯骥才·张炜

汪曾祺(1920～1997),江苏高邮人。

汪曾祺早在40年代即走入创作行列,80年代又以《受戒》、《大淖纪事》等作品享誉文坛,进入创作鼎盛期。汪曾祺的小说创作有自成一格的审美趣味和艺术方式,尤其在小说散文化的探索方面取得了一定成绩。从某种程度上说,他革新了新时期小说的文体,使小说散文化成为新时期一个引人注目的文学现象。

汪曾祺生在古文化渊源极深的高邮,受过系统正规教育和中国传统文化思想的深深熏陶。他的作品因此而烙上了着力发掘、表现传统文化和民族心理的隐性印痕,其具体标志便是对我们民族性灵的独到发现和热情抒写。汪曾祺的小说涉笔最多的是故乡高邮地区的人和事,其次是他住过的昆明、北京、上海等地的生活。但是,不论写何时何地的生活,一致突出的是同情、仁爱、互相帮助、相濡以沫等民族传统文化命题,所宣扬、赞美的亦是我们民族传统的美德、美的健康的人性。他笔下的人物,如《岁寒三友》中的画家靳彝甫、《徒》中的高北溟、《鉴赏家》中卖水果的叶三等人物形象,虽身在市井但却质朴且具“雅”气。他们身上那种扶危济困、互助互爱、重义轻利的品格在作者眼里无疑正是我们民族美好性灵的表现。汪曾祺新时期的力作——《受戒》、《大淖纪事》更是集中肯定和赞美了深蕴于我们民族心理性格之中的合乎天性的人性和优美、纯洁的感情。《受戒》中,荸荠庵的小和尚明海和村姑小英子之间萌发的天真无邪的爱情，昭示了扼杀压抑人性的佛门清规戒律的破灭与健康人性的胜利。《大淖纪事》以感人的笔触写了小锡匠十一子与挑夫女巧云的坚贞而多磨难的爱情。他们的感情曾遭到野蛮的践踏，但他们从未后悔，也从不曾放弃。这些都是我们民族美好性灵的最好注释。当然，汪曾祺对我们民族心理性格中的弱质也有曝光和针砭。《异秉》和《八千岁》等作品，同情与悲悯仍多于批判。他认为，写小说是需要清除浮躁的火气而求其醇美的，何况他想做的毕竟不是道德评判家，而是一个中国式的抒情的人道主义者。

汪曾祺小说的独特魅力，还在于其散文化的风格特征。汪曾祺极为崇尚李卓吾的“为文无法”，喜欢《世说新语》的笔墨，对宋代至明清的笔记或类似笔记的小品极感兴趣。在创作实践中，他充分汲取了古代文学的营养，创造带有综合特点的散文化小说。他的小说的散文化特征之一即是不注重因果逻辑结构，而常常“信马由缰”，写得散漫而又飘逸，呈显出一种随意性很强的自由之美，体现出“近似随笔”的新鲜色调和韵味。《幽冥钟》、《茶干》简直就似简短的散文。《打鱼的》、《金大力》、《榆树》、《钓鱼的孩子》、《捡金子》等作品，亦可说是新时代的《世说新语》或《梦溪笔谈》。但这些看似松散随意的小说却又是浑然不可分割的整体，作者技巧的高妙之处正在于此。汪曾祺小说散文化的又一特征是重氛围的营造而不刻意追求情节故事。所谓“氛围”，在小说中指的就是环境、背景气氛等，它不仅包括自然风土氛围、地方文化氛围和时代思潮氛围等，氛围描写无一不浸染着创作主体的情思。汪曾祺很重视氛围描写，他曾说：“气氛即人物。”①在组织谋篇时他常常喜欢对环境和风俗民情进行恣意抒写，从而营造出一种充裕舒缓的氛围，来自然而然引出人物，或揭示人物天性。《大淖纪事》是这方面的典型之作。作品以极大篇幅写了大淖的自然环境及其乡风乡俗，如大淖四季的景致、风物，那云光水影，那沙洲、茅草，芦苇蒿……还有大淖人与众不同的生活、风俗以及伦理道德观念：这里的人，世代相传都是挑夫，男人女人、大人小孩都靠肩膀吃饭；这里的姑娘在家生私孩子、媳妇在丈夫之外再靠上个男人，都不是稀奇事。这些有关大淖自然风土及民风民俗的描写突出了大淖的美丽独特，揭示了大淖人自然淳朴的天性。当然，汪曾祺的小说虽重氛围，却也并不排斥写人记事，只不过所截取的多是些不连贯的或缺乏因果关系的生活片断而已。汪曾祺小说在语言运用方面也颇具散文风格。他认为，写小说就是写语言。其小说语言甚为讲究。有时，他把小说当诗歌或当散文诗来写，表现出浓郁的抒情诗化倾向（如《老鲁》、《复仇》）；有时，他的小说又以不加雕饰、约

---

① 《汪曾祺短篇小说选·自序》，北京出版社1982年版。

束的语言见长，显得朴素亲切，舒卷自如，毫无绮靡做作之色(如《异秉》、《职业》)；有时，他善将普通语言灵活运用，以造成一种特殊的语调和语态，来写人物抒情感(如《晚饭后的故事》)。这些充分显示了汪曾祺小说语言的精妙俱全、雅俗谐存的美和汪曾祺非凡的语言功力。

汪曾祺小说的散文化倾向不仅体现了新时期小说多元发展的态势，更体现了作者在艺术创造中的探索创新精神和特殊的审美追求。毫无疑问，汪曾祺是有他的一家之所长和高深的造诣的。

邓友梅(1931～　)，天津人，原籍山东平原。

20 世纪 70 年代以来，许多作家在风俗画小说这一领域作了颇具特色的探索与尝试，邓友梅就是其中较成功的作家之一。

邓友梅的小说，有写知识分子的，有写军人生活的，但真正给邓友梅带来声誉、显示其独创个性并奠定其文学地位的，是他自《话说陶然亭》之后写出的一系列描绘北京市井风俗及市民生活而具有浓厚北京风味的小说。这组作品除《话说陶然亭》之外，还有《寻访"画儿韩"》、《双猫图》、《那五》、《"四海居"轶话》、《烟壶》、《索七的后人》等。邓友梅说，这组小说"都是探讨'民俗学风味'的小说的一点试验。我向往一种《清明上河图》式的小说作品，作来很不容易，我准备作下去"。这段话道出了邓友梅小说创作的美学追求。

邓友梅的北京民俗风味小说的显著美学特征即是对北京风俗画与市井众生相的真切描绘。邓友梅的北京民俗风味小说不同于汪曾祺的苏北风俗画小说。它并不强调对环境、氛围的渲染，它特别注意对人物的描写。邓友梅成功地创造了本时期文学画廊中特有的未曾见过的带有浓厚民俗风味的人物形象，诸如画儿韩、那五、乌世保、聂小轩、九爷、乌大奶奶等等。他们或者是清室贵族、八旗子弟，或者是三教九流的市井小民。这些人物在作品中常与梨园书画、说书唱戏、文物工艺等交织在一起。作者抓住他们的仪态神髓及民俗特征，通过对他们的生活情趣、酒食服饰、婚丧礼仪、居所陈设及交往礼俗的描述，使其世俗相声态并作。《那五》即借写那五斗鸡走狗、提笼架鸟、听戏赏花的兴趣特长和他在吃穿方面的讲究，将这位八旗子弟勾画得惟妙惟肖，并将其固有的养尊处优的寄生性暴露无遗。邓友梅深得传统小说的精华，尤其善作细节描写(特别是关于人物肖像、服饰、语言行动的细节描写)，这类描写往往将人物勾画得有声有色，同时也增强了小说的风俗画色彩。

文学作品绝不单是为政治或经济提供感性材料。从社会学、历史学、人类学、哲学等角度去反映生活、审视人生，同样也是文学的重要内容。邓友梅的小说创作视角是独特的。他的北京民俗风味小说在描绘市井风情时并不直接或正面描写时代风云和历史的进退，而常常以民俗风情、文物工艺、故事轶闻以及普通市民生活的描写从侧面反映时代的更替和历史的演变。其代表作之一《那五》即花不少笔墨写了旧北京的中医师寓所、古董店、茶社、曲艺剧场、黄色报刊编辑部、"土膏店"等生活场景，同时还写了古董商的花招以及落魄文人的生活方式等等，成功地为读者展示出一幅"清明上河图"式的风俗画。《寻访"画儿韩"》借写作假画的技术和识别真伪的知识来勾描市井风情和时代特征。《烟壶》在创作视角方面更是堪称典范。它通过对中外烟壶史的精确描述和对茶楼、书馆、戏院、文物店的精彩描绘，以及对旧北京德胜门外的"鬼市"、"人市"和崇文门外的"盂兰盆会"、天桥街市的中秋盛景、哈德门外的花市匠人聚居处风光的传神描写，形象而立体地呈示出旧北京的历史风貌。总之，邓友梅的"京味儿"小说在写市井风情与芸芸众生时，善于将地方志、风物志、历史学、经济学等知识调动起来，与风土人情熔为一炉，从而结构出一个个充溢着民俗风情的特定历史场景，折射出不同时代的光辉。正因为如此，邓友梅的小说才比一般的风俗画小说显得更加多彩，也更有力度和深度。

别有韵味的地方色彩、浓厚的"京味"语言亦是邓友梅小说所独有的。这也是邓友梅小说的民俗美的重要构成部分。邓友梅的小说多以普通话为基础，适当穿插经过提炼而纯正的北京口语来写北京人和北京风俗画。《那五》中描述那五家世时，使用的就是地道的北京口语。邓友梅对不同时代、不同行业、不同个性的人和语言十分熟悉，写来得心应手，毫无斧凿痕迹。人物行话、性格语言与北京古城的历史特点和地方风味糅合起来，便形成了邓友梅小说语言独特的美。

邓友梅的可贵之处在于，他绝不为民俗而民俗，而是在民俗美中渗入了强烈的时代精神。没有时代色彩的风俗画是贫血苍白的，邓友梅在《烟壶》中赋予风俗画以生命的，就在于从烟壶纠葛中折射出夺目的爱国主义光辉。

邓友梅并不孤单。除他之外，致力于北京风俗画小说创作的作家还有苏叔阳、李云龙、刘心武等人。他们的创作，共同显示且推进了新时期小说创作的繁荣。

冯骥才(1942～　)，天津人，原籍浙江慈溪。

冯骥才兴趣广泛，小说创作颇有影响。他的小说，既有研究人性、思考社会人生的，如《啊！》、《雕花烟斗》、《一百个中国人的十年》，又有勾描市井风情、审视传统文化的，如《神鞭》、《三寸金莲》、《阴阳八卦》。他的后一类作品，堪称"津味小说"的代表作。

他的“津味小说”，可以说填补了“津味小说”的空白，对“津味小说”旗帜的标树也有着不容忽视的贡献。

冯骥才以《怪世奇谈》为总题的系列“津味小说”，多以清末民初天津卫的闲杂人与稀奇事为描写内容，有着显著的市井风俗画或市井风情录特征，但它们又不是单纯的风俗画与风情录，还融入了作者对中国传统文化的关注与思考。在冯骥才的“津味”小说中，天津民风民俗的展览与文化启蒙的时代主题的表现是紧密相连的。天津是个靠漕运崛兴的通商口岸，其民风民性自然有别于他处。冯骥才笔下的天津市井风俗画便以“奇”著称。它主要由诸多津门“怪事奇人”构成，如傻二的那根辫子似神鞭，能“随心所欲，意到辫子到”，能扭转乾坤，“死崔”毒死人命却逍遥法外，戴奎一生吃牛肉，索天响能脚踢苍蝇、躺在蜘蛛网上睡觉(《神鞭》)；佟忍安爱“莲”成癖，成为钻研小脚的专家，戈香莲参加“赛脚大会”(《三寸金莲》)；混星子戏弄行脚僧人，二老爷整天藏身后院，能人以桐叶治病，江湖奇人万爷有穿墙透壁神功，神偷糊涂八爷身怀绝技，龙老师与蓝眼斗法，红面相士算卦相面的奇谈怪论(《阴阳八卦》)……这些都是津门的奇人怪事。小说于荒唐怪诞之中尽显天津卫“重义尚气”、“尚勇斗狠，易滋事端”的独特民性与民风。冯骥才“津味小说”之所以“好看、有趣”，不能不归功于其别具一格的市井风情描绘。同时，冯骥才“津味小说”的价值意义还在于借风情画描绘传达了寓意深刻的主题。《神鞭》对“文化的劣根”的挖掘、对“如何对待正统和传统”问题的探讨，隐寓着对待祖宗与对待洋人的明智态度；《三寸金莲》借繁琐的缠足经和奇特的赛脚大会引出对传统文化的思考：“我们文化有种神奇的力量，能把那些畸形的、变态的、人为强加的统统变为一种审美内容，一切清规戒律都成为金科玉律”，“小脚里头，藏着一部中国历史”。《阴阳八卦》的文化内涵较之前两部作品则要隐蔽得多。它意在从认知世界的大方式这一深层次上揭示“文化的封闭系统”所具有的全部荒谬性。它的反思与感悟，既指向对传统劣根的决裂与批判，又是在弘扬民族优良素质与品格的前提下，探索中国的未来与希望。由此不难看出，冯骥才意在以辫子、缠足、阴阳八卦等富有民族意味的道具作为考察传统文化的门径，来完成对传统文化劣根性的全面清算和对传统文化的审视，这不能不说是用心良苦。

大致说来冯骥才是个写实的作家，但他对西方现代文学也抱有浓厚兴趣。他的“津味小说”在一定程度上体现了传统手法与现代技巧的融合统一。他笔下那些奇闻怪事与轶闻趣事很富有传奇性与趣味性，读者从中可以感受到传统小说与通俗文学的艺术旨趣。同时，从那些直接的象征和喻意中还可以领略到西方现代文学的“荒诞”与“象征”技法的意味。冯骥才自己说，《神鞭》是“荒诞＋象征＋写实主义或现实主义手法＋古典小说的白描＋严肃文学的思考＋俗文学的可读性＋幽默＋历史风情画＋民间传说等等”[①]。《三寸金莲》“既写实荒诞浪漫寓言黑色幽默，又非写实非浪漫非寓言非通俗非黑色幽默”[②]。《阴阳八卦》在技法上亦有传统与现代交叉融合的特点，它围绕着祖传金匣子引起的是非争斗，写了似真似假的人与事，以此来象征神奇诡秘的中国文化。作品中，作者还用阴阳概念象征家族、社会斗争中的善恶、真假、美丑等。这些足可见出作者在艺术表现形式上的情致与追求。

方言是地域色彩最突出的标志之一。冯骥才小说的“津味”当然离不开独特的方言。冯骥才将传统说书的油滑与市井俗语的粗陋、夸张以及天津“卫嘴子”说话的神韵熔为一炉，形成其特有的风趣、俏皮、机智的语言风格。无论是叙事说理、状物写景，还是描绘人物的声与形，都显示出浓郁的天津味儿。冯骥才小说的“津味”语言的魅力在于，它既油滑粗鄙至极，又雅极。例如：“天津人好事儿，过日子好例儿，恨不得天天有佛拜有神求有福来，一天没佛没神没父母官，心里就没根。”“一想起过去受的气就气，气连气，气勾气，气激气，气顶气”（《阴阳八卦》），“这股子疏淡劲儿慵懒劲儿自在劲儿洒脱劲儿，正好给白金宝刚刚那股子浓艳劲儿精神劲儿玩命劲儿紧绷劲儿，托出来，比出来”（《三寸金莲》）。冯骥才的“津味小说”运用俗极雅极的语言来写津门掌故奇人，来讲荒诞而又深刻的人生哲理，不仅适得其所，而且取得了亦庄亦谐、雅俗共赏的审美效果。

充分调动自己的民俗学知识，在小说创作中有意识地追求民俗美，这一点冯骥才与邓友梅是极相似的。但是，冯骥才的“津味小说”毕竟有别于邓友梅的“京味小说”，虽同样是勾描市井风情，但冯骥才喜言怪事奇谈，而邓友梅则偏爱色调古朴的旗人生活。在语言方面，冯骥才的“津味小说”的语言比邓友梅的“京味儿”小说语言也要油滑、烦赘得多。

90年代中后期，冯骥才创作了《市井人物》，试图通过生活在天津卫的三个小市民来反映时代处境。“酒婆”的车祸、“冯五爷”的破产、“好嘴杨巴”的发家，三个普通角色的“平凡人生”代替了以往的“怪事奇谈”，使作品更具有广泛的社会责任感。而《三盗》则“还故事于民”，以说书人的身份讲述了“绝盗、巧盗、笨盗”三个离奇故事。小说无更多的思想内涵，冯骥才试图在一种愉悦的环境中达到与民同乐的满足，如他所说：“好故事——故事——想不到”，《三盗》就是以设置悬念而俘获人心。《俗市奇人》是后期

① 冯骥才：《〈神鞭〉之外的话·我心中的文学》，上海文艺出版社1986年版。

② 冯骥才：《我为什么写〈三寸金莲〉》，《文艺报》1987年9月19日。

创作的代表作。冯骥才在以往市井小说的基础上有了新的突破，古版装帧，配有墨线插图，19个短篇文字精短，文白夹杂，很有"三言二拍"的笔意。书中所述之事则以清末民初的天津卫市井生活为背景，风格接近古典传奇色彩，取话本文学旨趣，每篇讲述一个传奇人物的故事，素材皆收集于津门的民间传说。比起《怪事奇谈》，《俗世奇人》系列更具生活性，更关注中国传统文化，更具有原汁原味的商埠民风。

冯骥才"津味小说"在一定程度上体现着传统与现代技巧的融合统一。他笔下的奇闻怪事与轶闻趣事富有趣味性、文化性、传奇性，而在"直接的象征和喻意"中我们可以明显看出，作者将西方的本体象征、荒诞手法和深刻的文化反思融为一体，创造出一种反讽、调侃、幽默、机警的文风，在《神鞭》、《阴阳八卦》等篇中作者不紧不慢的展示着他的创作天赋，在艺术表现上追求着精美与别致。

总的说来，冯骥才是个适应能力较强的作家，他的艺术潜能不仅表现在严肃文学的创作上，还表现在别出心裁的"津味"系列小说的创作上。在本时期中国当代文坛上，他无疑是位高产而出色的作家。

张炜(1956～)，山东黄县人。

张炜从写秋天的系列作品到《古船》、《九月寓言》、《家族》、《柏慧》等力作的推出，始终执著地在艺术之路上追求着。虽然，他的小说所涉及的题材如城乡变革、家族兴衰等并不算新鲜，但因渗入了作者强烈的主体意识而具有撼人心魄的艺术魅力。

张炜是位富于激情且主体意识较强的作家。他的小说，不仅是"难以销蚀和磨损的激情"①的产物，而且无不凝聚着他对历史、现实以及未来的思索、感受与关切。《秋天的愤怒》、《秋天的思索》、《古船》、《九月寓言》等作品集中而强烈地表现了他对农村变革前后生活的认识、感受与忧虑：生产责任制实施了，但大多数农民还缺乏自信与自主意识；随着自主意识的觉醒、独立人格的确立，李芒式农民终于站起来了；洼狸镇这艘"古船"虽驶入了经济变革洪流，但历史的沉积与家族的恩怨总是紧紧纠缠着它，使它的行进变得那么艰难；现代文明既改变了海滨小村的面貌，又促使小村走向消亡……这些均显示了张炜对中国农村历史与现实的本质的惊人认识深度。张炜的激情与思索还一直延伸到其后的作品中。他曾说，《家族》是他"心灵的痕迹"，是"历史与现实的岩壁"。它通过曲府、宁府的兴衰际遇对同一类人、同一个家族的人在不同时代里的行为进行了审视与记录。作为《家族》的"回声"的长篇小说《柏慧》也被作者称作是

① 张炜：《心中的交响——与编者谈〈家族〉》，《当代》1995年第5期。

"心灵的倾述",认为它是"心灵之泉的一次掘放",是"生命之汁的结晶"和"鸣奏在心底的交响"①。《柏慧》以《家族》的故事为背景,借一个年届四十的饱受凌辱与委曲的中年人的愤怒的"诉说",传达了作者对喧哗混浊的城市生活现实的细致感受与深刻思索。这两部长篇小说可以说都是保持了张炜的情感力度与理性认识深度的作品。

由于有激情的鼓动驱策与理性的参与,张炜的小说创作呈现出特殊的风貌。他的小说无论是展示城乡变革,还是演示家族兴衰,总是离不开苦难,以至于苦难和悲悯几乎构成了他所有作品的主旋律。张炜笔下的苦难有着繁复的形态与内涵,既有个人经历的苦难,又有家族、阶级、历史乃至整个人类在自然与社会的现代进程中所遭遇的苦难。前者如茴子在家族争斗中失去生命,含章成为灵肉分离的人(《古船》);陶明与朱亚虽是富有良知和神圣责任感的教授,却被"瓷眼"之流利用、迫害(《家族》);柏慧在恶势力的逼迫下,不得不一次次的退却流浪——从"O三所"辗转到杂志社、到葡萄园(《柏慧》)。后者如洼狸镇隋、李、赵三大家族的争斗仇怨(《古船》);曲、宁二大家族的分化衰亡,八一支队所遭受的血腥残害(《家族》);以"鲅"为祖先的小村居民失去生存厚土的苦难(《九月寓言》)……在张炜的小说作品中,《古船》是一部较典型的"悲天悯人"之作。它着力讲述了洼狸镇数十年间的苦难和三大家族的恩怨沉浮,叙述了人对人的凶狠以及人与人之间的纷争仇怨。茴子、含章等女性无疑是家族纷争的牺牲者,而隋见素、赵多多等则是受家族意识支配的疯狂变态的复仇者,抱朴为了替家族"赎罪"和获得超越不得不在古老的磨房中一坐好几年,痛苦地幽思冥想和忏悔祈祷。总之,无论是洼狸镇的历史,还是洼狸镇人,皆被苦难和不幸包围着。不过,在张炜的小说中,苦难不是外在的东西,而往往被主体内在化了,它们常常被叙述者以具有切肤之痛、令人灵魂震颤的方式加以叙说。难怪有论者认为,张炜的小说简直就是他"面对苦难的现身说法"②。其强烈的艺术感染力正源自于此。当然,张炜显示苦难并非是因为他对苦难的过分偏爱和欣赏,而是为了探寻人间苦难的根源和消除人间苦难的途径。《古船》即通过这一探寻表明:洼狸镇的历史变迁,洼狸镇人的生存苦难,隋、赵、李三大家族的盛衰以及洼狸镇改革的成败无不受制于绵长顽固的家族观念,而抱朴长期苦思冥想正是为消除这种种人间苦难,达到对个体、家族、阶级和历史恩怨的超越而作出的艰苦努力。他的身上无疑寄托了作者的希望。《古船》的压抑沉重之气因这一形象的出现得到了一定的缓解。正因为对苦难的集中呈示与探索思考,张炜被公认是

① 张炜:《心中的交响——与编者谈〈家族〉》,《当代》1995年第5期。
② 宋炳辉:《面对苦难的现身说法——论张炜的三部长篇小说》,《当代作家评论》1995年第5期。

20 世纪中国文坛热情张扬“人文精神”的作家之一。他的长篇小说《家族》甚至被视为“当代呼唤人文精神的重要著作”①。

张炜是一位并不热衷于艺术形式探索的作家，但这并不影响他在艺术表现上独特风格的形成。由于要呈示苦难、宣泄愤怒、抒写激情，他在小说创作中选择了一种与之相适应的艺术表达方式，从而确立起显著的诗性抒情风格。作品中随处可见的人生感怀与感人至深的心灵倾诉、情感追忆就是这种风格的最佳说明。《九月寓言》以挺芳和肥对村庄往事的历史追述来结构全篇；《柏慧》更像一篇大随笔、大散文，它以“我”为叙述者，讲述了“我”的经历和心灵史，在“我”的急切诉说中，宣泄出一种难以抑止的悲愤情绪，所以从根本上说，它是一部靠追忆、倾诉往事来完成全篇的作品。关于这种创作风格，张炜自己有解释，他说：“写作说到底更多的是回忆”②，对他而言，或许就是如此罢。

第八节 “先锋派”·“新写实”作家群

20 世纪 80 年代中后期，当伤痕文学、反思文学、改革文学自觉或不自觉地进入新的话语权力系统并形成主流意识新工具论时，年轻的一代在文坛崛起了。他们以彻底的反叛姿态出现，远离中心(政治论争、社会焦点)，不以教育者自居，也不愿作民情上达者、政策的宣传者和时代的记录者。写作个人化、私人化，不向社会承诺，也不与文化价值、精神意义相关联，更不在乎真理、终极性，就连刘索拉、徐星等现代派作家那里的寓意、深度、隐喻、象征等文学精神向度和审美品格，也被他们无情地消解、拒斥、拆除。他们是马原、洪峰、苏童、格非、余华、孙甘露、北村、叶兆言等人。对于他们的小说，有过“后现代主义小说”、“探索小说”、“实验小说”、“先锋小说”诸如此类的称谓，习惯上大家称之为“先锋小说”，这种约定俗成也许说明，“先锋小说”更能直接指陈它们的前卫性、实验性、颠覆性、解构性、文本写作的多种可能性等品格。

一般而言，颠覆秩序、消解中心、解构价值、拆除深度模式、芟除意义、自娱写作是先锋派们一致的文学思想和精神意向。由此也表现出后现代主义的文本特征即平面性、不确定性、纯虚构性、冷漠叙事、文字游戏、拼凑风格、语言自恋、主体消失、价值旁

① 张思和：《“声音”背后的故事——谈〈家族〉》，《当代作家评论》1995 年第 5 期。

② 张炜：《关于〈九月寓言〉答记者问》，《当代作家评论》1993 年第 1 期。

落、意义匮乏。

首先，迷津式的叙事策略是先锋派们惯用的手法。先锋派的始作俑者马原于1984年发表的《拉萨河女神》被认为是先锋小说的滥觞之作。马原以叙述者的角色在文本中经常抛头露面，不时提醒人们故事是编造虚构的，并公开展示编织故事的技巧，从而粉碎你意欲身临其境的幻想。这本身就无情地嘲讽和颠覆了传统小说尊崇的“真实”观念。而且他在文本中不厌其烦自始至终地设置迷津，罗致圈套，但这决不是为了深化情节和性格发展的需要，仅仅是他的兴之所至而已。陆高、姚亮、马原、“我”在许多小说中粉墨登场，却又有意混淆，难于分辨。这仿佛是马原在宣言：小说故事中的人物本来就是纸上生命，断然不是传统小说所言——“来于生活”。

虽然同样是叙述故事，先锋们的故事却是残缺的，中断性的，没有首尾一致的故事，故事之间的排列也毫无逻辑，纯为拼合。马原的《冈底斯的诱惑》中，姚亮、陆高的经历，顿珠、顿月的事迹，穷布猎熊的情节，这些故事毫无联系地拼凑在同一小说中。他的《叠纸鹞的三种方法》同样将互不相干的两老妇人和一对姐妹平行地摆在一处。如果你企图从这些断片背后发现所谓的中心、主线什么的，那肯定是徒劳和幻想。同时，叙事视角的飘忽不定，叙述视点的变化莫测，故事的环套扭结，仿佛文本成了谜团，让你去猜解。孙甘露的《请女人猜谜》、苏童的《算一算屋檐下有几个人》、格非的《迷舟》、北村的《劫持者说》、余华的《河边的错误》等莫不如此。语意的不确定、因果律的消解、动作序列的不完全，使得读者也不得不进入文本参与补全对话。《劫持者说》中，马林、牛二谁是劫持者，谁是被劫持者？牛二与朱三是两个人抑或朱三仅是牛二的幻影？这都是令人费解的。此时读者的补全叙事就显得至关重要了。

其次，语言真实世界的设置是先锋小说的终极文本目的。如果有人以技术主义、文字游戏、语言迷宫、语言暴力来描述先锋小说，也许并不过分。因为先锋小说语言是如此的不确定和含糊，能指与所指完全脱裂，公设语言私密化。在语言风格上，余华的诡谲阴郁、苏童的灵动飘逸、孙甘露的典雅华丽都充分表明其刻意雕琢和语言自娱。这其中，通感的泛滥、比喻的奇特又是他们每个人都乐此不疲的。比如“她觉得自己像一座荒山，被男人砍伐后种上一棵又一棵儿女树，所听见的声音仿佛风吹动她吹动荒山。”（苏童《1934年逃亡》）“那沙哑的声音仿佛被撕断似的一截一截掉落下来。”（余华《世事如烟》）“她站在寓所的门前和我说话，胸脯上像是坠着两个暖袋，里面像是盛满了水或者柠檬汁之类的液体。这两个隔着橙红（棕红）色毛衣的椭圆形的袋子让我感觉到温暖。”（格非《褐色的鸟群》）除了修辞格外，文体、韵律、节奏、句式变化也是孙甘露刻意工求的。他的长篇小说《呼吸》，我们可以看到有意的体裁变异实验（诗文的滑稽模仿),语言的横冲直撞。此外,拒绝情感渗透和价值判断,缺乏抒情性的语言叙述也是先锋派们特别嗜好的。客观性、冷漠性、无情感性的"零度写作"也几乎是他们始终如一的追求。语言意义指向的拆除、抒情性的抽取,使语言成为他们的自我行为和游戏语符。

语言中有陈规的认同,世界认识方式在叙事方式中凝聚。胡塞尔认为语言本身具有主观与客观交叉的特点。罗杰·福勒也说过:"语言是社会共同体的特征,共同体的价值思想模式都隐寓在语言之中。"①因此,先锋派们对语言的探索是对旧有世界观、认识方式的解构和破坏。就文本而言,先锋派对语言的极端主义态度的目的就是为了造设一个语言真实世界,以标示他们对现实的冷漠和绝望,以及对能够把握真实的不信任,从而达到"文本欢娱"——写作即技术加游戏规则——的旨趣。传统小说往往是迫不及待地期待读者穿越话语本身而进入叙述本事之中,以致只以话语为中介。然而,先锋派们就恰好是力图中止你进入本事之中,而不得不逗留在语言层面,逡巡于语言的能指领域,其手段正如上面所言及的语言技术化处理和叙事技巧的使用。同时,只有停留在这样语词空间中,我们才能理解那些离奇的故事。

最后,深度的解拆是先锋派小说突出的言说方式。没有历史可资回顾,现实又如此令人绝望的先锋派们,身处这个没有神性,物质主义至上的商业化的众声喧哗、形而下充斥的时代,他们深信,文学除了与别的大众传媒和娱乐业一样让人愉悦外,难道还有其他的功用吗?他们的写作不再背负政治、道德义务,也不去关注生存境遇、思索人的存在,也无法言说终极意义、描述终极价值。他们只有遁入自设的语言世界和虚拟的历史乌托邦,去完成他们愉快的语言符码与游戏规则的组合。当然,这也迂回表明他们正身陷一个缺乏与现实对话的可能性、缺少对生存状态作出判断的信心和能力的恐怖而危机的生存环境中(这正是先锋小说的价值所在)。因此,我们就能更好地把握北村的《劫持者说》、余华的《世事如烟》和《河边的错误》、格非的《褐色的鸟群》和《青黄》、孙甘露的《鸟屿》等小说的突出之处。在这些小说中,人物再也不是什么叱咤风云的英雄,神通广大的力士,也不是忍辱负重的男子汉,勤劳淳朴的贤妻良母。相反,人物全无个性,毫不典型,以致不必冠以姓名,只需用 1、2、3 等阿拉伯数字指称,或者仅用职业命名如司机、接生婆等,或以表面特征代指如瞎子、灰衣女人等(均见于余华的《世事如烟》)。而且,这些人都是不死即疯,死得莫明其妙,疯得不明不白(死对每个先锋作家都是兴趣盎然的话题)。总之,人无文化身份,无社会标志;人的生无社会内容,

① 罗杰·福勒:《语言学与小说》,重庆出版社 1991 年版。

死亦无社会内涵。人退化为一个符号，与花鸟鱼虫、山川树木一样等同为先锋派们文本编码的一个物件。显然，你还能指望用这些人物去关涉什么生存的意义和价值，什么文化内涵、社会内容吗？你还能奢望这样的文本有什么深度吗？

尽管如此，我们还必须注意到，时至90年代初，先锋小说已经存在着一个转型的问题：由初始的能指转向所指；由实验性转向日常性；由虚拟的艺术迷宫转向写实；由末日游戏转向末日拯救。生存境遇的关注、人性的考察、人的本质的追问、终极的关怀，尤其在格非的《敌人》和《边缘》、苏童的《我的帝王生涯》和《米》、余华的《呼喊与细雨》、孙甘露的《呼吸》、吕新的《抚摸》、北村的《施洗的河》等长篇小说中或多或少地凸现出来。

余华（1960～　），山东高唐人，1984年开始发表作品。现已发表的作品有短篇《十八岁出门远行》、《死亡叙述》等，中篇《河边的错误》、《世事如烟》等，长篇《呼喊与细雨》。语言的不确定性运用在余华身上得到淋漓尽致的表现。他说过："面对现在的语言，只能是一种不确定的语言……能够同时呈现多种可能，同时呈现几个层面"[①]。语言的能指与所指滑脱，从而在文本中，人、物、情节都恍惚迷离，意义是相对的，多元的，游移的（或许根本就什么意义也没有，因为正如德里达所言："本文之外别无他物"）。在《世事如烟》里，作者让符号化了的人物，如在似梦非梦中接二连三地走向死亡，而毫不以为残酷，这里的意义最多可以这样理解：余华所感受到的世界本质上就是这种死亡的活着，活着的死亡。同时，深怀一种苦难意识的余华，冷静（冷酷）沉着地描述一幅幅令人触目惊心的鲜血淋淋的场景，是他所喜好和擅长的，仅从"鲜血梅花"、"死亡叙述"、"难逃劫数"、"往事与刑罚"这类小说题名上，我们也不难想象出血肉模糊的画面来。有趣的是，余华捡用一些通俗小说题材，却颇能折腾出些新意来。《河边的错误》是侦破故事，但作者刻画出的是一幅荒诞景观；警察、杀人犯、嫌疑犯，他们是无法自证自明的；真正的杀人犯是疯子，而一旦警察杀了人，他一定也是疯了，虽然他神经正常，但也必定被认作为疯了。

北村（1965～　），原名康洪，福建人，主要作品有长篇《施洗的河》、《大风》等，中短篇《逃亡者说》、《归乡者说》、《伤逝》、《谐振》等。北村在先锋小说作家中独具风采的地方在于他一直试图直面现实和直面生存，给生存以意义，给存在一个本质，为人的终极

① 余华：《虚伪的作品》，《上海文论》1989年第5期。

价值命名，从而使小说具有当代性，而不是沉溺于语言和历史的乌托邦。《构思》、《谐振》是对人为何生、为何死的追问，以及对精神自由的探求。《聒噪者说》展示了一种人文景观：在终极意义缺席的存在境遇中的所有言说都是"聒噪"（语言噪音、语文泡沫）——真正的失语。在《张生的婚姻》里，哲学博士张生对精神命题的探讨却无法改变现实生存的窘境，因为精神命题在当下已失去存在的意义，爱情、婚姻的失败逼使他投入主的怀中，这指证了作者对当下文化状况的绝望，以及精神信仰的崩溃、欲望的膨胀、真理价值无从建构这一可怕事实。北村在《施洗的河》中的刘浪的成长历程里寄寓了他对人的悲观态度：人的暴力欲望与生俱来，且无比强大；刘浪最终从精神流浪（刘浪之谐音）到皈依基督，代表了北村对人性救赎的宗教选择（当然这种方式值得讨论并发人深思）。

格非（1964～　），江苏丹徒人，作品有长篇小说《敌人》、《边缘》，短篇小说集有《迷舟》、《唿哨》。他的作品由两部分经验构成，其一是那些表现为暴力、迷信、传说、野合、童年记忆等神秘（神奇）的过往经验，在作品中出示为"乡村画面"系列，如《追忆乌攸先生》、《大年》等；其二是他对当代都市的纯个性体验，表现为"都市场景"系列，如《陷阱》、《蚌壳》等。《青黄》是连接这两个世界的桥梁。格非制造的是"智慧迷宫"——对虚构故事的娴熟和精明。也许格非刻意要创设一个个艺术的真实世界，并借此来放逐现存世界的痛苦、绝望、无意义、荒诞，以及表明对世界真实无法确认的信念。因此，我们也只有蜗居于他造设的世界里才能理解那些奇特的故事。例如《褐色鸟群》里，棋与"我"初次相见时，表现出"妻子般的温馨和亲昵"，而我却根本就不认识她；第二次"我"见到她时，这个曾与"我"厮守过几个夜晚的棋，却表明完全不认识"我"。此外，"我"曾跟踪一个女人从城里到郊外，后来并与她结婚，可她却说她从未进过城。不过，格非的有些作品在技术自娱外也表现出建构精神深度的意向，如《青黄》，人物梦样的回忆，"夜游"似的活动传达了他的这一观念：真实是绝对难于把握的，因为真实是不存在的——包括历史在内。长篇《边缘》通过混乱散漫的人物记忆表达格非对人类精神现状的某些思索。《敌人》也展示了作品的意旨："敌人"无所不在。

显然，以上的描述尚未涵盖那些在先锋旗帜下聚集的一些新秀，他们是韩东、陈染、林白、吴滨、鲁羊、东西、南方等。韩东的校园黑色幽默，陈染、林白对都市女性真实心理的敞露，自我内心景观的展示，让我们看到他们对前辈先锋的追随和超越（此处言称的"前辈先锋"是就出道文坛的先后而言，事实上他们的年龄相差并不太大），尤其是在前辈先锋尚未触及的领域，尚未彻底颠覆的秩序、陈规方面的未竟之业，新一代显示出强劲的开拓和勇往直前的精神。

“新写实”文学,是指 1987 年下半年悄然兴起的一种文学现象。它是继“寻根文学”和“先锋文学”的热闹场面之后出现的一种特殊文学趋向。它是一种典型的创作在先而理论滞后的文学史结构,它主要出现在小说领域。

1987 年《当代作家》第 5 期上,发表了武汉青年作家方方的中篇小说《风景》。这部小说以一个夭折的婴儿的眼光为观察视角,反映出下层百姓生活的艰难和绝望的挣扎。由于整部小说的表现内容和叙事风格的平民化与本质化,有一种所谓“刻骨的真实”,一下引起极大关注。接着,刘震云相继发表了《新兵连》、《单位》、《一地鸡毛》,池莉发表了《烦恼人生》、《不谈爱情》,刘恒发表了《伏羲伏羲》、《白涡》等小说,更有稍后的苏童、叶兆言、范小青等作家加入,一时间竟蔚为大观。

这些小说,基本上都从一个小小的角度或领域展示普通人的日常生活。生活的无主题性深深渗入作品的建构之中,作家不加修饰地逼真反映人的生命状态和生存境况,其文学的高尚似乎让位于生活的无奈。其间,作品的“真实”极大地区别于现实主义经典理论所强调的真实概念。整体风格朴素中又带着琐碎,作家力图让事实本身说话,故而作家并不回避生活的矛盾,甚至使得作品显得散漫、零乱,但也正是在这种看似散漫、零乱之中,显示了它在新时期文学中的独特价值。

面对这一新的文学现象,理论界出现了一个“定名”的难题。有人称之为“后现实主义”,也有人称之为“现代现实主义”或“现实主义自然化”、“开放的现实主义”等,最后,考虑到它的文本因素、表现内容和操作范式,才勉强地用“新写实主义”或“新写实”为其定名。最先对之倾注理论热情的是一批新锐批评家,如王干、陈思和、陈晓明、徐兆淮、丁帆等。《北京文学》1989 年第 6 期上发表的王干《近期小说的后现实主义倾向》一文,可算得上最早集中探讨其理论的文章。该文较系统地总结了新写实主义(该文称“后现实主义”)文学的基本倾向和内在原则,并在一般意义上给予了概念廓清。其后,陈思和、陈晓明也先后撰写长文从不同侧面和角度予以探讨。在此期间,创作稳步发展,而理论界似有一哄而上的嫌疑,成为文学界继“寻根文学”之后的新的热点。

“新写实”文学,大致有这样一些特点,即“零度情感”、“中止判断”、“主题模糊乃至消解”、表现对象广大、放弃典型人物形象的塑造。

新写实文学表现出作家退出作品的倾向。不仅作家在作品中的“声音”消失了,而且作家的主观意图也被有意识地隐藏或瓦解。作家在作品中采取客观、冷静、公正的立场,和各种人、事物保持着相当的距离,以求得对生活原色的准确描述。如方方的

《风景》,作家虚拟一个无知的叙述人(夭折的婴儿),这个叙述人既无生命体验更无道德、情感的经验,其眼光相似于意大利新现实主义电影的摄影机镜头,任何情绪皆让位于其冰冷的物理性。由于主体意向和主体情绪的缺席,生活形态才最大限度地真正"还原",进入一种透明无瑕的真实状态。王干说:"要保证这种客观的纯洁性,作家和人物都不能以自我的名义去侵犯客观世界的自由与和谐……这将是一个新的文本天地。在这个天地中,人物与人物是平等的,叙述者与被叙述者没有主雇关系,人与物也是平等的,总之,人与世界构成平等的对话关系。就像作家不能用他的理性去操纵人物一样,人物也不能用他的主观意念、情绪去侵犯别人的世界,自然风景、风俗民情、环境存在已不再是人物情绪象征体或衬托物……它们的'存在'就是意义。"①

新写实文学一般性地放弃了作品的倾向性,作家在作品中很少对人物进行褒贬定性。在叙述过程中,放弃或者深深隐藏自己的好恶观点和爱憎态度,故而对新写实文学作品的解释就呈现出多向的可能性。人们(阐释者)可以从不同侧面发现其多重意义,而要真正从作品中理解作者的意图是相当困难的。刘恒的《伏羲伏羲》中,其对侄婶通奸、亲子杀父故事的描写,涉及血缘冲突、伦理悖情、欲望放纵等等复杂生命形态。但在其实现过程中,我们很难看见作者的"影子"或听见作者的"声音"。读者的阅读往往会被光怪陆离的现象所淹没,无法理清作者对他笔下世相的态度。

在新写实文学中,一般内部结构都较为松散,题材不再是为主题服务的工具,题材只为题材自身服务。由于生活题材的散乱性,导致了作品叙述角度、时态以至意义的不断转变、分裂,作品因而也消除了中心意义和一以贯之的人为逻辑。生活逻辑的偶然性、随机性,导致了作品意义的生活化,一般意义上的主题已不复存在。

新写实文学不再专注于重大题材和崇高的形象,而是把一些普通人诸如平凡的小职员、庸碌的小市民、毫无理想追求的年轻人等纳入文学视野,并以之充当作品的主人公。这既体现了新写实文学对生活和文学的新的认识方式,也表现了文学表现对象的扩大,普通人的心理和生理活动被从比较原始的方式反映在文学作品中。这在一定程度上与自然主义有些相似。陈思和在《自然主义与生存意识——对新写实小说的一个解释》一文中说:"它(指当代新写实小说)与自然主义的一致性表现在它彻底撕破了塑造工农兵'高大全'英雄理论的虚伪性,对下层社会生活中的人们,作了实事求是的观察与描写……作家们不厌其烦地写人物的吃、喝、拉、睡和种种怪痴行为,表现出人的

① 王干:《近期小说的后现实主义倾向》,《北京文学》1989年第6期。

自然形态……它强调的是人在自然形态下释放出人性的自由和美。”①

新写实文学崇拜的是生活，它只相信生活的真实性，而文学就是按生活本身的样子在反映生活，作家对现实形态不作夸张、变形、幻化处理。他们认为典型即是拔高生活的产物，处处露出人工的斧迹，而典型人物的行为也具有一定的欺骗性。所以，新写实作家致力于对普通人平常稀松命运的描述，从人物细琐而平庸的生活中咀嚼人生的酸甜苦辣。人物性格往往模糊难辨，善恶难分，并彻底剔除了英雄的观念。作品着力表现的是人的生命体验、生命冲动以及面临的生存状态和生存困境。形象本身只成为一个符号或次要的代码。

新写实文学之所以有如上特征，在于文学发展史的逻辑必然性。中国文学进入新时期以后，经历了现实主义传统的恢复到先锋主义的探索，又到新写实的轮回。对“现实主义”这一理论和方法，中国文学走过了尊崇—背离—反拨—依恋与超越共存的心路历程。现实主义所强调的“真实”在20世纪80年代后期被给予了全新的认识，即新写实作家注重真实的客观性，真实不能仅仅是意图或观念的真实，也不是所谓世界观的先进，而是要去搜寻生活真正的底蕴。

方方（1955～ ），原名汪芳，祖籍江西彭泽，出生于江苏南京，1982年发表的《大篷车上》，是方方最早的小说。小说反映了青年人的生活的心灵世界，基本特点是观察敏锐，充满热情和浓郁的生活气息，语言讥诮幽默。1986年发表的《白梦》，标志着她的小说趋于沉稳、冷峻并更加深邃。方方的创作，有两类题材是她所擅长的。一类是市民题材，她多注重对武汉下层市民生活的描写，如《风景》、《黑洞》、《落日》、《桃花灿烂》等。另一类则可称为城市知识分子题材，如《白梦》、《白雾》、《行云流水》、《白驹》等。在这两类题材的作品中，各有一篇在文坛上享誉极高：一篇是《风景》，一篇是《祖父在父亲心中》。小说《风景》以武汉平民区“河南棚子”为背景描绘了一个有十余口人的家庭生存景况和生活艰辛状貌。对于一个现代化的大都市来说，这个家庭以及它寄身其间的“河南棚子”恰是一个独异的“风景”，这“风景”中，粗俗的人过着他们粗糙的生活。他们粗鄙的心灵世界正与那个破败不堪的生存空间达成一种令人发指的和谐，使人们感受到棚户区特有的文化风情和凡俗人生。更重要的是，当棚区生活被纳入方方的文学视野后，它没有变形，也未被刻意加强或者曲意回避，而是被不动声色不加修饰地表现着。小说以冷峻的笔调，几乎是残酷地再现着一种原生态，它没有提炼人物

① 陈思和：《自然主义与生存意识》，《钟山》1990年第4期。

性格,也不制造外在的矛盾冲突,而是随着生活本身自然的流动展现着平常人在平常日子中无奈与挣扎、顺从与抗争。生命的暴殄与新生在很大程度上受制偶然的因素。小说杜绝了一般模式中"应该如此"和"必然如此"的人类理性与偏执,只在于以一种忠实生活的态度写出生活"毛茸茸"的感觉来。这篇小说的问世带来了新写实主义小说的兴起。

池莉(1957～),湖北武汉人。池莉于1987年第8期《上海文学》上发表的《烦恼人生》获得巨大成功。这篇小说和其后发表的《不谈爱情》、《太阳出世》被认为是新写实文学的佳作。池莉以此奠定了她在新时期中国文坛的地位。稍后写的《你是一条河》、《白云苍狗谣》、《冷也好热也好活着就好》、《预谋杀人》、《绿水长流》也有极高声誉。《烦恼人生》整篇小说的创作几乎看不出任何刻意的技巧,它展现的是一个小工人一天的生活。这一天中,主人公印家厚从凌晨到傍晚的时限中经历了从家庭到工厂再返回家庭的过程。在这个大多数中国老百姓都经历的普通过程中,没有波澜,没有多少值得称道的行为。但作家通过简单的记录,展示了平庸的一天中那种挥之不去、无法回避的情愫——烦恼,而且,烦恼不是暂时的,它的存在将伴随平庸者一生。这也是作家把"一天"这一概念上升到"人生"的最基本原因。之所以说这篇小说几乎无技巧,是因为从整篇小说看,作者忠实于主人公简单的生活时序和空间转换,相当于意大利新现实主义电影创作一样,扛上摄像机跟踪一个人不经安排、不要导演、不要演员的生活情节,对生活细节的展现不因浅薄的乐观主义或愤世嫉俗的态度去观照,既不显露无所作为的同情,又不嘲笑生活的无奈。

和方方差不多,池莉的小说主要以"小市民"即普通劳动者为对象,而作为创作者的她则把自己作为其中一员,保持一个具有良知的作家那份谦逊朴实和平常心态。惟其如此,她才十分忠实于生活原则和严谨的作风。在她那里,似乎可以看出新写实文学也是一种朴素的文学和平民的文学。

刘震云(1958～),河南延津人。刘震云于1982年开始登上文坛。先后问世的小说有《故乡天下黄花》、《故乡相处流传》等长篇小说,《新兵连》、《单位》、《一地鸡毛》、《官场》、《官人》等中篇小说,《塔铺》等短篇小说。如果说方方、池莉长于正面展示普通人的普通生活从而凸现生活本相的话,刘震云则长于通过对权力意识的反讽式戏拟以达到对平常生活的认可,与方方、池莉有异曲同工之妙契。他的小说不仅仅是对平常生活、平民心态的逼真描写,更有对那些权力拥有者心态的解剖以补正面描写的局限。

《新兵连》写了一群农村兵的故事，不仅仅写出了一种真实、朴素的军营日常生活，更重要的是，他揭示了在那种“主动”、“积极”地争当骨干的行为背后的世俗网络的制约。李上进非常看重入党，但“入党”对他来说并不是因为他对党有什么深刻的认识或特别注重政治命运，他只是就范于一种最简单也最难言也最普遍的价值标准，正因为此，“入党”非但没有成为他上进的动力和鞭策，反而成为一个“心病”。他的悲欢忧乐全部围着这一根轴轮，使其失去了正常的心态和行为规范。对世俗权力的强烈认同以及这种认同与本身行为之间的差距使他陷于矛盾之中，最终导致了一个渴望上进的老兵沦为阶下囚的悲剧。《单位》和《一地鸡毛》可算是刘震云倾力关注小人物命运的代表作。他分别从小人物的工作环境和家庭环境来表现权力网络无所不在、无限延伸的可怕局面。单位琐事以及家庭纠纷以它们的惯性方式表达着一种绝对化的权力产生过程，人的欢乐与激情、青春与理想最终成为权力支配的对象，人物在不断的生活中丧失自我丧失个性。刘震云在小说里寻找着小人物生活困窘的深层原因，认同权力是一种悲剧，而除了认同以外又别无选择。《官人》、《官场》这两篇小说，则以有一定职位的“官”作为表现对象。《官人》里，八个局长窝里斗，搞小宗派、打小报告、明枪暗箭、口蜜腹剑……一切无不用其极，其目的无非是搞垮对手，以维护自己的权力。官人们在权力斗争中的庸俗、卑污被展现得淋漓尽致。但是尽管“官人”们各自以为都达到目的时，他们却不明白，事情往往事与愿违，他们不清楚，只要他们处于权力网之中，最终难逃权力运作的愚弄，因为“官”之上有更大的“官”，而即使是更大的“官”也难超越权力意识那强韧无比的网绳。

他的长篇小说《故乡相处流传》、《温故一九四二》等，更是把权力意识纳入国家民族的构成之中予以考察，并在历史与现实的双重坐标中予以深刻的体会，在对权力意志的反讽中建立一种生存意志和生活信心，实在独到。

其实，在20世纪80年代末和90年代初，几乎所有的作家都被卷进了新写实主义，除了一部分已负盛名的作家如王安忆、贾平凹等，还有一批作家几乎是随新写实而成熟起来的，如范小青、苏童、叶兆言、刘恒等，他们的小说各具风采，丰富和壮大着这一潮流。

第九节 "后先锋派"·"网络文学"作家

"后先锋派"小说是相对于"先锋派"小说的一种"约定俗成"的称谓，是指 20 世纪 90 年代初出现的一群比"先锋派"更"新潮"的年轻作家的小说创作。他们大都是六七十年代出生的作家群体，故又有"新生代"、"晚生代"、"新状态"等不同的命名。其主要代表作家有朱文、韩东、鲁羊、张梅、东西、李洱、张旻、何顿、鬼子、李冯、邱华栋、毕飞宇、吴晨骏等人。

这些作家，均未受过"文革"十年动乱的浩劫，但"文革"后的人生理想信念匮乏、精神虚无、传统文化价值沉落等，都对他们的精神成长产生了重大影响。对于当时曾"新潮"过一时又缺乏内涵意蕴，而更多只强调形式上的标新立异和语言文字游戏且逐渐衰颓的"先锋派"小说，难以满足他们更为"新潮"、更为"先锋"的创作探寻与欲求；再加之随着改革开放的深入发展，西方形形色色文艺思潮的大量涌入，经济大潮的无情冲击，文化人格丧失，伦理秩序失范，文学创作在物欲、情欲、金钱的诱惑与挤压下，就更促进了"后先锋派"小说的形成、发展。

"后先锋派"范围较广，其内部思想与创作尽管未必有严密的整合与统一，但在文学观念、创作理论与实践的意向、文学行为及表述方式等方面都呈现出他们明显的共同特征。

(一)在文学观念上，力图颠覆一切原有的规范传统，把文学确定为"个人性"，只"表现自我"、"自娱功能"的狭隘境地。

在他们的创作理论和实践中，既极力反叛"文以载道"的传统观念，又不遗余力地反对文学对社会现实的政治文化批判与对广大人民群众生存状态的人文关怀，甚至还有意对作家的"使命感"与"责任感"加以亵渎和嘲讽。

1996 年，何顿在他的《写作状态》一文中，就反复强调："我深有体会的觉得，文学是极个人的事情"、"我写作纯粹是我喜欢写作……是靠写小说卖钱维持生计的人"、"我从来没有把自己视为作家，我只感到写小说居然也能让我活下来且还能做到养家糊口而衷心地感到好玩"。韩东在《后来者说》一文中，也极力赞同将文学作为完全"表现个人"的场所，主要展示个人的生活体验与感受。

1998 年，韩东、朱文等人竭力推行的"断裂问卷"行为及所提出的"断裂写作"概念，进一步强化了他们对传统文学观念的彻底反叛的立场；明确提出，他们不愿重复以往作家所写的国家、民族、社会的重大问题，以及文化、人生、审美等宏大的意识形态等内容，而要“拒绝平庸”，从事自我的“小叙事”写作，并把鲁迅作为反抗对象，认为他是传统文学的一块“老石头”，对他们的创作没有丝毫的影响与帮助，应该搬掉。对鲁迅的人格与文化精神以及对鲁迅的研究等都一概抱以抹杀、否定的态度。认为过去与眼前，都没有值得他们“真正崇敬的中国作家”。在对传统文学及对鲁迅的激烈批判否定中，以示他们与传统及现实主流文学的区别。

与此同时，他们还将传统文学观念与现实文学的行为规范联系起来，并加以彻底反叛。朱文在《狗眼看人》一文中说他们的创作绝对“不以迎合秩序，适应并在秩序中谋求发展为目的，它永远是一种理想主义的坚韧的写作”。韩东也这样说过：“如果我们的写作是写作，那么一些人的写作就不是写作；如果他们的那叫写作，我们就不是写作。”[①]再次表示了他们对传统现实文学的蔑视与疏离。

（二）在创作实践意向上，他们有异于“寻根”、“新写实”、“先锋”等各派小说，有意独树一帜。

这首先表现在他们对题材选择与主题揭示上，放弃以再现现实为最高目标和对现实人生的广泛关注，转向个人欲望生活与感情体验的“私人”世界的追求。

最突出的是朱文的《我爱美元》。作品以一个年过半百的父亲，去看望读大学的儿子，儿子请父亲吃饭，陪父亲玩耍，以致还为父亲找寻“小姐”作陪着笔，先是历经吃饭时与他们聊天的“小姐”，不愿做“越界事”所遭婉拒；又经因陪看包厢电影的“小姐”年岁太小而为父亲“心痛”所不容；后又经因父亲嫌那准备作陪的“小姐”要价太高而舍弃，最后父亲只得灰溜溜地离去。除此，文中还赤裸裸地出现了“我们都要向钱学习、向浪漫的美元学习、向坚挺的日元学习、向心平气和的瑞士法郎学习，学习他们那种绝不虚伪的实实在在的品质”的呼喊。这既表现了主人公“我”这个大学生人生价值的崩溃、对金钱与性欲的狂热崇拜，又表现了作者及其笔下的人物对社会价值、道德伦理的疏远与冷漠。其他像张旻的《自己的故事》、韩东的《艳遇》等，都同样充满了对异性的渴求，人的崇高理想价值的失落等自身经验与感受。邱华栋的《公关人》、《时装人》、《特证人》等“人”的系列小说以及何顿的《荒芜之旅》等，也毫无隐蔽的表现了人对商品、金钱、物欲、性爱的无厌探寻，揭示了在商业大潮中，各种欲望无限膨胀，丧失自我的无奈与窘态。此外，“后先锋派”还有许多表现个人梦境、下意识、潜意识的题材作

---

① 汪继芳：《断裂：世纪末的文学事故》，江西出版社2000年版。

品，像张生的《西递村》等，均未融入社会现实中的重大问题，反而展现了商品大潮对人的欲望的种种强烈刺激。同时，在人物描写上远离其性格特征、价值意义的揭示，而特别注重对个人精神、心灵、际遇等在自由流动中的展露。在“后先锋派”作家的笔下，常常出现的不是创业者、建设者，也不是一般的芸芸众生，而多是一些失去人生理想、价值的个人贪欲者或游走的文化人的形象。朱文的《食指》写一群丧失家园的精神游走者漫游的全过程。在漫游中，自己的价值、理想观念全被丧失、流变，最后，因感到自己的存在毫无价值可言而悄然死去。其他的人仍然不知自己从哪里来，也不知自己要到哪里去，毫无目的地漫游。《三人行》中，三位流浪城市的漫游者，无目的，也无什么焦躁与失落感，也不寻找与追求自我实现的价值意义，只在漫游中，证明自己的社会存在。鲁羊的《1993 年的后半夜》，写一个游走的文化人，想回家园去栖息精神灵魂，但当他漫游去时，故乡家园已消失得无踪无影，一切只能存活在记忆中了。工商化使故乡情景巨变，家园已被废弃，环境生态已面目全非。这一切说明知识文化人的精英地位已全丧失，价值沉落、精神惶惑、空虚与无奈。

张梅的《把艾仁还给我》、《错觉》等作品，都是写工商现实社会中男欢女爱，极不负责任的相互玩乐或欺骗的两性关系。《把艾仁还给我》中，无论是男大学生艾仁或是为他所玩乐的两个女青年——红女模特芝芝和咖啡厅迷人侍女芸妮，他们都失去了人生价值和理想。艾仁成天沉迷在舞会、酒吧、咖啡厅、电影院与年轻女子寻欢作乐，即使在学校也忘不了与女生们吃喝、跳舞、调情厮混。加之他又能弹一手动听悦耳的吉他，又善于为女生献殷勤，“倒红酒”，说一些令她们高兴的甜言蜜语，常把小女生们弄得神魂颠倒、云里雾里。他先施诡计追求红女模特芝芝，到手玩腻后，又去咖啡厅把迷人的侍女芸妮弄到手。弄得两个女人在争风吃醋的争斗中，芝芝不惜躲藏在芸妮的浴室里，目睹了原表示深爱她的艾仁与芸妮上床做爱的过程，愤怒地使出了锋利的刀片逼向芸妮，并要艾仁说出不爱芸妮的话来，哪知艾仁却无动于衷，竟忙着收拾自己的东西离去，并丢下令两个冤家女人五脏迸裂的两句绝情的话来：“我从没爱过女人”、“女人真无聊”。正是这两句“真言”，使两个“伤心的女人”，重新由仇家成了朋友。后者《错觉》中，写的是一个佯装修理工的三十多岁的男骗子，凭着他的“帅气”，令女人“迷乱的气质”、“调情手法又十分了得”的骗伎，竟接连骗了两个尚有文化档次的年轻女人。一个是一家小报的编辑珠珠，另一个是乐于绘画的上班族敏雨，两个女人都被骗得不止一次留他过夜。哪怕敏雨是一个已二十七岁，但又确未结婚的而又有过性经验的女人，也居然发生了“错觉”，竟看不清他是一个性骗子来。

其他还有像何顿的《荒芜之旅》，全篇写书商张逊在金钱、物欲、性欲中冲闯、挣扎、发迹而成为中国于连式的人物。邱华栋的《正午的供词》等，均有这类似的人物叙写。

所有这些均突出了各种人物个人性的精神展露，而却没有性格特征的揭示。

再次，"后先锋派"作家们在创作心态上缺乏底气与自信心。尽管他们自誉为是"近半个世纪以来最成熟、健全的一代作家，具有真正独立的精神立场"、"在他们手里现代汉语表现出了从未有过的魅力"。[①] 但在心灵深处，却是焦躁不安，以至心虚、自疑。朱文在他的小说《什么是垃圾什么是爱》中，就充分表现了他们缺乏自信的创作心理。作品表达主人公自身的感受："没有人追我，只有我自己在没命的向前奔走"、"我要在最后的几米中耗尽我所有的爱，所有的恨，所有的理想，所有的空虚，然后应声倒下去，在一阵天旋地转中坠往死亡之谷"。这与其说是小说中的主人公恰当地表现了作者的个人精神与心态，还不如说是"后先锋派"大多作家的自我精神和心态的反映与表现。正是由于有这种心态，就有形无形地直接影响到他们的创作实绩，最明显的是缺乏广泛丰厚的生活创作题材，只局限于个人性精神与自身的人生体验感受。其作品普遍出现重复自己与相互近似的缺陷，难以对社会产生深刻的影响，更缺乏对时代和社会的穿透力。

(三)在艺术表现手法上，力图创新开拓，不与传统混同。

首先是强调个人化的叙事方式。尽管他们在侧重点上各有不同，但其本质均是极度个人化的。像朱文的《我爱美元》、邱华栋的《公关人》等作品，都着重于叙述人对商品、性爱、物欲、金钱的欲望与渴求，理想价值失落等情景。而何顿的《生活无罪》、韩东的《艳遇》等小说，却不直接表现对物欲、情欲的追求，他着重叙写个人在具体行为中的特别感觉和体验。《生活无罪》中叙写的那个"下海"的知识文化人，本来衣食无忧，但见到过去的同学经商发迹而自惭，便激起了他"下海"的行为。结果酿成"生活困境"，使其深刻感受到"生活无罪"，不是所有的人都能随意而为的，都能"下海"经商获利的。《艳遇》叙写主人公"我"，由南京远到四川出差，来回一路均巧遇一美艳少女同机、同车、同为邻座，但来回一路均未讲一句话，最后回到南京，便各自似不相识的分道离开了。这让主人公"我"深感这是一次人生难忘的"艳遇"，尽管相互间未说话、更未表现爱意。朋友们深为他未能在这次"艳遇"中追求那位美艳少女并与她做爱而惋惜。而主人公"我"却认为，这比"在一起"与她说话、做爱还要深刻、难忘。在这里突出叙写的是主人公在此时此景及以后的独自体验和感受，表现了对一切以实际行为来证明"在一起"观念的突破。

---

① 朱文：《狗眼看人》，载《断裂与世纪末的文学》。

其次是着重在特定环境下展露人物的心灵。这种对人物心灵的展露,不是像传统小说那样去着意描写、发掘人物的心理活动,而是以"当事人"的视觉展现人在特定环境下的心灵动态。这在张梅的《少女娜娜》、韩东的《房间与风景》等小说,就表现得很突出。《少女娜娜》中的娜娜,正处于母亲逝世后孤独无依,爸爸又要忙着重新结婚的独特境遇中,偶从窗外窥视到对面新搬来一家人中,那让她"神魂颠倒"、正在养鸽吹哨,过着自由优裕生活的美少年,更使她内心躁动不安,悄然泪下。这时早已穿戴整齐的父亲,却央求她一起去参加他的再次婚宴。开初她大声地拒绝说:"我不去",但看到"父亲的脸一下子苍老了",再次要求她去时,她只小声地说"不去"。最后,当父亲托起她的头又一次"悲伤地"央求她去时,她因害怕伤害父亲,只得强装笑脸地说:"我去,我去换衣服。"以此层层展示了在这特殊境遇下,少女娜娜孤独、悲凉、恐惧和无奈的心境及发展的动态。在《房间与风景》中,呈现了城市楼房越修越高,距离却越来越近,居住者的个人隐秘便越来越清晰地暴露在别人的视野与"窥探"之中,正是这样独特的居住环境,致使男女主人公处境尴尬,常被人"窥视"其生活隐私。女主人公更表现出了一种焦虑、恐惧、不安的心境,尽管男主人公愤然以枪击阻止窥探者,也未能改变这种境遇,致使早产的孩子视力极强但智力极钝的畸态。

最后是纪实性与自叙性混合。放弃"代言人"的社会角色,回归知识分子自身的叙事状态。张梅的《纪录》,完全是以新闻写实的快速、纪实的手法,写一个"自梳女"的生活状态与精神状态。像一篇追踪报道的新闻稿,看不出"自梳女"的个性特征。朱文的《食指》中的人物,除吴新为虚构外,其他像韩东、于坚、丁锴等全是真人真事。吴晨骏的《梦境》,则真实的纪录了他退职后的一段生活情景:他从单位住房搬迁到贫民窟新居后的一个周末,由于楼下声音嘈杂,无法写作,便搭顺车去了他以前在岗时所住的房子,房子仍然空空的尚无人住,于是想起了当年所住的种种情景。然后就到对面人家去闲聊了一会儿,发现房主人牢骚满腹,自以为无趣,便告辞而出。这时天下着雨,于是冒雨前行,看着擦肩而过的34路车中的人,便顿生一种独特的感觉——立即回到贫民窟的家,呆在老婆和儿子身边,才是人间最幸之事。这其中的叙述者和被述者没有任何界限,被叙述的人物状态,也为作者自己的状态,叙事的状态,也为作者生存的状态。

除此,他们还放弃象征与寓言模式,以自己的精神痕迹即心灵创伤、刺激、波动等取代作品主题的高度与理念的深度。像张梅的《酒后的爱情观》中的她、他等人物,他们的酗酒、发酒疯等,都表现了他们各自的精神创伤,没有任何寓言、象征。

"后先锋派"小说,是20世纪90年代初我国社会转型期出现的一种文学现象。它对传统文学观的反叛，对个人叙事的强调，对不同环境下人的心灵动态的揭示，对艺术表现形式的开拓创新，确有一定的“新潮”和价值意义。但他们不分青红皂白的全盘否定文学传统与现实文学中的合理规范与秩序，很难得到广大读者与文艺界的广泛支持。更何况他们反叛的文化资源又相当薄弱，只将其文化建构在西方文化之上，将海明威、卡夫卡、博尔琴斯等作为他们文学启蒙反叛之父，把西方翻译小说作为他们的自我塑造、反叛之源。在这点上，他们与80年代露头的“先锋派小说”无异。“先锋派小说”的败落，不能不影响到他们的反叛锐气与自信心。由此可见，他们根本无力彻底背弃传统文学而重建。再加之他们是否真正放弃了宏大的“形而上”的社会意识形态的价值观，面向着个人“躯体”、“欲望”的人的本能方向发展，还应静观其变，有待进一步观察研究。[①]

就目前看，“后先锋派”小说除叙事角度、心灵揭示有异于“先锋派小说”外，其他并无多大差别。在艺术表现技巧与方式手法上，尚不如“先锋派小说”的新颖、奇特。尽管“后先锋派”小说也曾热闹、新潮过一时，但叙事对象较为狭窄。艺术手法无奇，叙事枯燥，缺乏感情色彩，人们对它已逐渐失去兴趣，其发展前景并不广阔乐观。

什么是网络文学？网络文学从出现发展至今，说法不一，莫衷一是。不过，网络文学大致呈现出了三种样态。第一种是已经存在的印刷类的文学作品经由电子扫描或人工输入等方式进入互联网络进行传播或发行。多数文学网站和综合网站最常见的做法就是把传统的文学作品电子化后送进网络，安放在“文学收藏室”，将作品按时代或国别收藏或按文体归类，或按作家姓氏字母排序，供人浏览。收揽的作品从我国古代经史子集到唐诗、宋词、元曲和明清小说，从“五四”新文学时期的鲁迅、郭沫若等文学名家的作品到当代知名作家的作品，乃至诺贝尔文学奖得主的作品，应有尽有。网站间还不时将这些作品相互转贴。第二种是利用多媒体电脑技术和Internet交互作用而生成的文学作品。如英国由“布鲁特斯Ⅰ型软件”创作的电脑小说《背叛》，就是用软件创作的网络文学作品，通过Web网络交互技术创作的接龙小说《风中玫瑰》以及用Flash多媒体技术制作的小说《晃动的生活》等都是属于此列网络文学范畴。第三种就是直接发表在网上的各种类型的文学作品，包括那些经过编辑、登载在各类网络文学刊物上的作品和个人主页、电子公告栏(BBS)上不经编辑而随意发表的文学作品。这种网络文学又被称为“网络原创文学”，也就是通常意义上的网络文学。网络文

① 孟繁华、程光炜:《中国当代文学发展史》，人民文学出版社2004年版。

学网站上多以此类作品为主。目前较有影响的此类文学网站有“文学城”(www.wenxuecity.com)、“榕树下”(www.rongshu.com)、“中文网络文学精萃”(www.chinese－literature.com)、“黄金书屋”(goldnets.myrice.com)、“碧海银沙”(www.silversand.net)、“莽昆仑”(www.gs.cninfo.net)等网站。目前,我国已有网络原创文学网站268个,发表的网络原创作品难以数计。以专载网络原创作品的“榕树下”为例,它从1997年建站到2001年8月底,已登载原创作品近62万篇(部),达6亿多字,这个数字是任何一家传统的文学报刊和文艺出版社在同期内所难以企及的。[①]

中国的网络文学最初出现在海外华人创立的网络刊物中。早期的网络文学作品大都是由留学北美的人们所写。美国华人网络作家少君这样说道:“1991年4月5日,全球第一家中文电子周刊《华夏文摘》,在时代风云激荡的思国怀乡深情中应运而生。”“1993年,海外华人为了能够在网络上找到一个以中文交流的地方,在USENET上开设了ait.chinese.text(简称ACT)。在中文国际网络上,ACT是经常被提起的一个名词,也是国际网络中最早采用中文张贴的新闻组,可以说,有了ACT,才有了中文国际网络。”这个新闻组在1993年与1994年的两年间特别活跃。参加新闻组活动的大部分为理工科留学生,且作品大都是课余或业余创作的。因此,海外网络文学有着校园文学、留学生文学的许多特点,也谈不上具有多少专业性。但是,由于这些创作多为情真意切的作品,没有流俗,无半途而废之作,且不乏珠玑之篇,在当时的华文网络中造成了很大的影响。

1994年2月,方舟子等人创办了第一份中文网络文学刊物《新语丝》。1995年3月,诗阳、鲁鸣等人创办网络中文诗刊《橄榄树》。1995年底,几位原来活跃于中文诗歌通讯网的女性作者独立创办了一份网络女性文学刊物《花招》。1996年以后,网络文学的阵营逐渐转向国内。1998年,台湾作者蔡智恒的网络爱情小说《第一次亲密接触》在网上连载,成为国内网络文学的开山之作。网络文学在文坛中刮起了一股时代的旋风,“网络文学”这个新生的文学样式开始为大众采信。1999年,“网易”和“榕树下”在年末开始分别筹划各自的网络文学大奖赛,将网络文学推向一个更大的舞台。

网络文学的出现及发展有多种原因。首先是网络技术的普及。20世纪90年代,全球网络技术的迅猛发展引发了一场世界范围内的新的技术革命,Internet技术以惊人的速度改变着人们的工作、学习、生活、交往与思维方式,并进一步影响着全世界的社会、经济、政治、文化、教育和科技变革与发展。网络已经深入了人们的生活。人类

① 欧阳友权:《互联网上的文学——我国网络文学现状调查与走势分析》,《三峡大学学报》2001年第2期。

社会已经离不开一个国际互联网的平台。随着计算机在千家万户的普及，越来越多的人开始登录互联网进行学习和工作，甚至在网络上度过自己的业余生活，完成人与人的交往。人类发展逐渐进入了一个全新的网络时代。有关专家测算，1999年全球"网民"已达1.76亿。在这样的全球大背景下，我国政府制定了"信息化'九五'规划和2010年远景目标"，在宏观上进一步促进了我国各行业的计算机普及和网络的推广。城市的中小学的课程中均增设了计算机课程，政府机关和单位部门也开始在网络平台上交互各类信息。这就为我国网络文学的诞生奠定了技术基础。其次是社会发展的需要。随着社会生活节奏的不断加快，人们对信息的获取有了更多更快的要求。网络的方便快捷使得许多年轻的一代愿意将自己的时间投入到网络中去以获取更多的信息量。传统文学作品在"快餐式"文化的冲击下受到了前所未有的挑战。和现实的真实社会相比，网络社会有着更多的满足"新新人类"需要的特性：一是隐匿性，二是开放性，三是渗透性。有学者指出："微电子革命引起的核心过程是信息渗透中，即在所有领域内，越来越多的人活动或者受到高技术信息机器的渗透，或者完全为高技术信息机器所控制。"①网络社会的这一系列特性都支持着网络文化的蔓延，网络文学在这样的文化背景下应运而生并蓬勃发展。再次，网络文学的产生是当代文学自身发展的必然。20世纪90年代中期，我国文学跟不上时代和社会发展的步伐，与现实生活出现了脱节的现象。有的作家一味地抒写自己的性灵，表现自己内心的世界而没有深入生活；有的作家游戏文字玩弄技巧，情空意乏；有的作家急功近利，无休止地对骂，大肆炒作。传统文学对现实生活干预的乏力，使得人们对传统文学失去了信心和耐心。总之，伴随着网络的迅猛发展，文学的创作与批评，已经不再是作家与批评家的专利，由互联网催生的数以万计的网络写作者，正在以潮水般的气势和空前高涨的热情占领着互联网上几乎所有的网页。可以说，社会与文学自身的发展决定了网络文学的兴起与发展已经成为一种必然。

网络文学作为以网络为媒介的新兴文学样式，它与传统文学在形式上有着重要的区别。

首先，网络拉近了读者与作品、读者与作者之间的距离。网络的运用打破了传统的阅读方式，人们可以更快地阅读到作家的最新作品，可以足不出户就阅读更多作家的作品。读者对作品的理解、接受等信息可以通过发送Email或在BBS上留言反馈给作者。这样的读者与作者之间的"亲密接触"是传统方式所不可能做到的。

---

① 从晓峰：《网络文学刍议》，《北京航空航天大学学报》，2002年第6期。

其次，网络中人人可以自由的发表作品，文学语言随意多样，文学的表现样式丰富多彩。网络的诞生为多数文学爱好者提供了发表自己作品的机会，即使不是知名作者，一样也可以在网络中通过个人博客或电子公告栏中发布自己的作品。这也打破了传统文学刊物出版发行过程中的弊端，给无数的文学爱好者提供了圆梦的空间。网络文学的语言充分利用了键盘符号，随意简约又富有特色，如"MM"或"美眉"表示女孩，"GG"或"格格"表示男孩，"5555"表示哭泣等。随着多媒体技术的不断发展，网页可以做到影、音、文互相结合，打破了传统文学的文字图片等表现方式，丰富了文学的表现手法，特别受到追求个性的年轻人的喜爱。

海外的中文网络文学由留学海外的学子们创作。《新语丝》的创刊者——著名网络作家方舟子把网络文学称为"流放文学"的一部分，说这些文学创作在内容上具有"流放文学"的特点。第一个特点是怀旧，第二个特点是描写文化冲击。平实的笔墨中抒发了这群游子真挚的怀旧、忧郁的思乡之情，成为这一类文学的基调。活跃在1993～1996年的ACT的图雅在《砍柴山歌·后记》中也说："一会要交作业，一会要去饭店洗碗，一会又要去车站接同学，每一件事都刻不容缓，每一个人都讨债似的追你，一直把你轰进坟里才罢休。这就导致了生命质量的显著下降。在如此劣质的生活中，能偷得浮生半日闲，往键盘上打一篇玩意，不是相当对得起自己吗?"这样的一种写作姿态和心境，造就了非文学专业的一批留学生以他们充满着自由的灵性笔调在网络上谈政治、文学、艺术，甚至谈吃喝拉撒睡，海阔天空。他以一种风趣诙谐的姿态谈起文化大革命、谈起知青下乡、发表自己对于邓丽君逝世的看法等等，这样轻松自由的文学姿态受到了追求个性解放的年轻人的追捧。同图雅天马行空式的写作相比，方舟子的风格更显得严谨。方舟子本名方是民，生于福建，中国科技大学生物系本科毕业后赴美留学。1995年获美国密歇根州立大学生物化学博士学位。目前定居美国加利福尼亚州。他最先涉足的是诗歌创作，在海内外报刊上发表了不少诗作。除了写诗外，他还写散文、随笔、史论，写宣传进化论、批判各种神创论邪教学说的科普读物，还计划写从艺术角度评论美国电影的图书；热心组织网络文学活动，收藏古代、近代的经典作品和文史资料，酌量收藏当代文学作品，还大量组织人力对古籍进行输入、勘误、校对。兴趣爱好广泛，知识面宽，涉猎学科众多，是当时很多网络作家的优势。最早的网络作家中还有擅写随笔杂感和古典诗词的颇有儒雅情怀的散宜生，有写流落异域他乡留学生中儿女情长故事见长的百合，有鸣鸿、莲波、司静、阿待、亦歌、幼耳、成朴等人，还有以《人生自白》享誉海内外的少君。也正因为这批网络作家主要出于个人兴趣进行业余创作，时至今日，其中的很多人都已淡出文坛。

痞子蔡，本名蔡智恒（1977～　），台湾成功大学水利专业博士。1998年，蔡智恒以“痞子蔡”的网名在网络上连载了小说《第一次亲密接触》，被视为“网上第一部畅销小说”。他将一个发生在网络生活与现实社会之间的虚拟爱情写得凄楚动人，痞子蔡和轻舞飞扬作为小说中的男女主人公一时间成为了网络上家喻户晓的人物。小说的情节十分简单，男女主人公经过了网络上的相识——现实生活中的相爱——女主人公去世分离的过程。但这样的结构模式却赚走了无数网络读者的泪水，男女主人公的相恋也被少男少女们追捧为浪漫的典范。小说中怪异的语言风格和轻松的叙事方式，给人留下了清新的感觉。如小说开头痞子蔡说：“跟她是在网络上认识的。怎么开始的？我也记不清楚了，好像是因为我的一个plan吧！那个plan是这么写的：如果我有一千万，我就能买一栋房子。我有一千万吗？没有。所以我仍然没有房子。如果我有翅膀，我就能飞。我有翅膀吗？没有。所以我也没办法飞。如果把整个太平洋的水倒出，也浇不熄我对你爱情的火焰。整个太平洋的水全部倒得出吗？不行。所以我并不爱你。”这样的调侃的语调往往能博人一笑。另外，小说的内容也充斥着时下流行的“小资”情调。如痞子蔡倾其所有为轻舞飞扬买了昂贵的CD香水，而轻舞飞扬却将香水放在喷泉眼上，制造了一场“浪漫”的香水雨，无不符合当下的浪漫时尚的气氛。当然，小说中涉及很多的网络文化生活，如聊天、写个人博客等也是青年读者们熟悉的现实生活。小说的结尾虽然以男女分离的悲剧收场，但是却制造了网络爱情的浪漫神话，契合了时下追求网络交往方式的青年男女的心理特征。这也是《第一次亲密接触》作为网络通俗小说获得成功的原因之一。2000年，痞子蔡相继发表了《雨衣》和《爱尔咖啡》，都是以青年男女爱情作为小说的主要题材，但在网络上的影响远不如《第一次亲密接触》。

1999年，一个叫做安妮宝贝的女孩的神秘身影出现在各大文学论坛。安妮宝贝，本名励婕，浙江宁波人，自由作家。从1998年10月开始在网络上写作和发表作品，以《告别薇安》成名于网络。她的作品还有《暖暖》、《七月》、《交换》、《手心空调》、《彼岸花》等。她的网上个人专辑《她比烟花还寂寞》收录了小说、随笔、诗歌、游记等各种体裁的网络作品。因作品风格独特引起广泛关注。《告别薇安》是她的成名作。小说讲述的是一个网恋的故事：林和薇安在网络中邂逅，并爱上了薇安，而林的同事乔却爱上了林，天真脆弱的乔在得不到林的爱情后自杀。林在苦闷之中去地铁站见薇安，却发现她是个吸毒、傍大款的女孩。林满怀失望，等到的却是薇安的电话：“但是为什么要了解呢。她笑……我们始终孤独，只需要陪伴，不需要相爱。”与《第一次亲密接触》相比，虽然都是网络爱情的题材，但《告别薇安》却以细腻的笔触描写一群在网络时代既颓废又清醒的新新人类,写他们的情感、他们的焦灼和空虚以及他们漂泊在城市边缘的温暖理想。继《告别薇安》后,安妮宝贝出版了小说集《八月未央》和长篇小说《彼岸花》。

《彼岸花》依然是以都市男女情感为题材,以现实情节和电影故事叙述两条线索,交错发展。作品主体共分为“乔”、“南生”、“散场了”三大部分。乔是一个在上海独自生活的年轻女子,以写作为生。她邂逅了咖啡店工作的女孩小王,却在一番生活经历后失散了。开音像店的卓扬是乔在上海认识的第二个朋友,但他也没有给乔带来向往的家庭的温暖,二人感情无疾而终。乔在一次次的失望和都市的寄居生活中又结识了开酒吧的中年男子森。乔在森的身上找到了感情与信任,决心将自己创作中的电影小说讲述给他听。第二部分中,“南生”就是乔电影故事中的女主人公。南生出生在乡村,从小丧母,父亲将她接到城市读书时却意外发生了车祸。南生只得和继母一家生活。继母的儿子林和平也是一位从小感情缺失的孩子,南生与和平在相处过程中,发生了特别的感情,南生妄想在和平的身上找回流离失所的心理缺失。最后,南生因为生活和感情的绝望将刀刃对准了林和平。第三部分中,乔讲完她的电影创作故事后也同样离开了森。小说中,作者将“爱情”与“生死”两大主题进行了新一轮的探索,以同情的笔调抚慰着这一代寄居都市的青年人不安的灵魂。

安妮宝贝在谈到自己的小说创作时说:“情节在我的小说里总是被淡化的,被不关心的。情节都是由生活里最琐碎最平淡的细节组成。但让那些细节具备意象和情绪上的变幻,让它们产生电影一样光影交织的幻觉。注重语言。语言是小说的第一要素。让那些从指尖流泻出来的文字,像花一样开到尽头。开到凋落坠地,直至糜烂。就是要这样极端暴烈的美。”其另类的风格、阴郁艳丽的辞藻和飘忽诡异的叙述引人注目,她的独树一帜,也使其作品在网络上拥有极高的点击率和访问量。

其他比较有名的网络作者还有活跃在天涯论坛上以写鬼故事见长的宁财神,以及用真性情灌注于散文创作的李寻欢。但是相比安妮宝贝,他们的语言功底要逊色许多。此外,还有俞白眉、沙子和邢育森。他们三人的作品都非常聪明睿智,不同之处在于俞白眉更幽默,但不擅长控制较大的结构,文章多短小;沙子有布局谋篇之才,《轻功是怎样炼成的》相对于风格比较相似的《悟空传》要强出许多,近期作品《植物园守门人》远胜于当今多数传统作家的绝大多数小说;邢育森的《活得像个人样》与2001年雷立刚的《小倩》均为首发于网络并被国内著名期刊《天涯》刊用的短篇小说,《活得像个人样》有大家气,堪称网络文学短篇小说的代表作。李寻欢与邢育森、宁财神被誉为网络文学界的“三驾马车”。另外,尚爱可、黑可可、王猫猫的作品也在网络上获得了好评。

第三章　武侠小说

武侠小说指的是以武侠为题材的小说。“侠”虽然在中国文学史上源远流长，但“武侠”却是融合了20世纪西方现代文化的产物。1900年，日本科幻小说家押川春浪创作了《武侠舰队》，到1907年完成了他的“武侠六部作”，这是世界范围内“武侠小说”的开端。1904年，在卧虎浪士和蒋智由分别为海天独啸子《女娲石》和梁启超《中国之武士道》二书所作的序文中，同时使用了“武侠”一词，这是汉语文献使用“武侠”一词的开始。但真正被明确标为“武侠小说”的作品，则开始于1915年12月《小说大观》第三集所刊载林纾的文言短篇小说《傅眉史》。从此，武侠小说在中国生根落地，开出了绚丽的花朵，结出了繁茂的果实。

20世纪中国武侠小说的发展历程，可分为两个时期。

第一个时期是民国旧武侠时期(1915～1949)。

这一时期，以1915年林纾《傅眉史》为开端，1923年平江不肖生(向恺然)的《江湖奇侠传》掀起了一股“武侠狂潮”，开启了20世纪中国武侠小说的大幕。在20年代，武侠小说形成了“南向北赵”的格局，向恺然在上海，赵焕亭在河北，分别从民俗和历史的角度创作武侠小说。30年代是武侠小说的极盛期，在北京、天津一带先后出现了“北派五大家”而达到鼎盛。其中，“奇幻仙侠派”还珠楼主将奇幻和武侠结合起来表现出了高度的浪漫想象力；“社会反讽派”白羽把社会小说的手法运用于武侠小说创作；“帮会技击派”郑证因以武林高手的身份擅长将武术技击和江湖掌故融入武侠小说；“悲剧侠情派”王度庐同时以两支笔写武侠和言情而写出了一代“强者的心灵悲剧”；“奇情推理派”朱贞木运用推理手法开创了一代历史民俗武侠。“北派五大家”在40年代继续活跃，但不久因政治形势的变化而逐渐衰落，到1949年后武侠小说被禁止出版，民国旧武侠宣告结束。

第二个时期是港台新武侠时期(1950～2000)。

这一时期的武侠小说，分别在香港和台湾沿着不同道路发展。

香港的武侠小说始于1954年梁羽生的《龙虎斗京华》，而以1957年金庸的《射雕英雄传》为第一波高潮，以金庸在60年代创作的系列武侠小说为顶峰。到1980年，金庸完成了对他的全部15种武侠小说的全面修订，宣布退出江湖；1984年，梁羽生宣布不再创作武侠小说，香港武侠小说进入了一个相对沉寂的时期。1983年，港府当局批准温瑞安来港定居，到1987年，温瑞安《闯将》后记中的"要变"被错印成"突变"，他干脆提出"突变"的口号，以武侠"现代派"自居。1989年，黄祖强辞去香港艺术馆助理馆长职务，以"黄易"为笔名从事武侠和科幻小说写作。温瑞安、黄易成为90年代香港武侠小说创新与发展的标志，是21世纪中国武侠小说进一步发展的过渡和铺垫。

台湾武侠小说一开始经历了不少曲折。1951年，台湾当局公布《戒严法》，规定对"附匪分子之著作"概予查禁，其中包括民国武侠小说。1952年，郎红浣开始连载武侠小说《古瑟哀弦》六部曲，这才开始了台湾本土武侠的创作。50年代台湾武侠基本上沿袭民国武侠的道路，以"超技击侠情派"和"奇幻仙侠派"为主。1959年，台湾当局以"暴雨专案"全面取缔大陆和香港的武侠小说，台湾武侠创作眼界日渐狭小，主要只剩下"寻宝"和"争霸"两大固定模式，但因为大量专业武侠出版机构的介入而达到了数量上的繁荣。到60年代中期，古龙等一代新人的出现，才有了台湾武侠"新派"的面目。但从70年代开始，台湾武侠逐步衰落；到80年代更是急转直下，1980年温瑞安被台湾当局遣送出境，1985年古龙病逝，台湾武侠的黄金时代全面结束。

第一节　平江不肖生·还珠楼主·白羽·王度庐

在20世纪20年代到40年代兴起的民国旧武侠小说，主要作家在20年代是"南向北赵"，三四十年代是"北派五大家"，而平江不肖生和还珠楼主、白羽、王度庐就是民国武侠小说的杰出代表。

平江不肖生(1890～1957)，本名向恺然，湖南平江人。

平江不肖生在1907年留学日本，1913年回国后，于次年创作了小说《留东外史》而成为中国留日留学生文学的先驱。在晚清到民国初年，人们普遍把崇尚武侠当作强国的重要途径。平江不肖生本人精于武术，在《留东外史》中就表现了"侠"的精神气质，同时对中国留日学生的颓废堕落表示强烈不满。回国期间，他参加了反对袁世凯的救亡活动，同时创办武馆倡导国术。后来，应上海世界书局之约开始创作武侠小说，

于 1923 年 1 月在《红》杂志上连载《江湖奇侠传》，又于同年 6 月在《侦探世界》上连载《近代侠义英雄传》，拉开了中国现代武侠小说的大幕。

在中国古典传统的侠文学里，从《史记》的"游侠"开始，经过了唐人传奇的"豪侠"，发展到晚清《三侠五义》的"义侠"和《儿女英雄传》的"儿女英雄"，或者是在传奇的审美氛围之中，或者是在忠义的封建伦理道德之内，"侠"成了一个远离现实社会、不食人间烟火的虚幻化和教条化文学类型。在晚清的革命浪潮中，中国人首先从日本文学中借用了"武侠"概念来替代旧的封建侠文学类型，武侠成为新时代的产物。平江不肖生在他的留日经历中，既受到蓬勃发展的日本革新气息的鼓舞，也深感中国积贫积弱的悲哀，武侠就成为他表达情志的首选文学类型。

几乎同时创作的《江湖奇侠传》和《近代侠义英雄传》代表了两个完全不同的文学走向，这也是中国现代武侠小说从一开始就纠结不清的内在矛盾。《近代侠义英雄传》描写了霍元甲、大刀王五等近代武术界人士的事迹，保卫改良变法的成果和擂台击败洋人以扬我国威，是小说最重要的两条线索。这是具有民族革命观念与爱国主义精神主体意识的新型武侠文学，旨在"为近二十年来的侠义英雄写照"，体现了历史化和政治化的主流文化特色，而连载它的《侦探世界》也是在当时具有文体实验性质的先锋刊物。与此不同，《江湖奇侠传》以商业化、世俗化进行武侠民间性和江湖化回归，是从传统旧文学的传奇志怪审美趣味来完成武侠传奇世界的虚幻化转变和娱乐性定位，正如世界书局向他约稿时所强调的，重点在于习俗、迷信，因此，《江湖奇侠传》就和《近代侠义英雄传》将武侠小说政治化不同，而是将武侠小说神魔化了。当然，《江湖奇侠传》也有许多创新之处而区别于旧的侠义小说与豪侠传奇，这就是作品中表现出来的民俗性与天命观。就其民俗性而言，是把神秘描写的陌生化与民俗掌故的亲近感结合在一起，从而创造出一个在现实与想象之间的"江湖"世界。正如小说第 8 回作者假借读者问道："于今的湖南，并不曾搬到外国去；何尝听人说过这些奇奇怪怪的事迹，又何尝见过这些奇奇怪怪的人物；不都是些凭空捏造的鬼话吗？"作者解释说，他写的乃是"四五十年前的湖南"，写平浏人争水陆码头、洞庭湖大侠大盗、排客的武艺和法术等就顺理成章了，因为这些都是历史遗存的具有神秘色彩的民俗事件，并非糊弄读者。《江湖奇侠传》成为民国年间首屈一指的武侠畅销书，为中国武侠小说的创作方法奠定了基础。就天命观而言，则继承了传统之中剑仙游侠"自由"穿行两界的仙道文化心理，但却用了大量所谓"命运"、"缘法"、"来历"、"因果"来解释人物命运的发展逻辑，在小说中，"人力"是徒劳的，"天命"才是唯一的动力。小说的天命观开启了后来武侠小说强调巧合、奇缘来结构情节的恶趣。

平江不肖生试图以革命性和当代性来表现武侠小说这一新兴文学类型的先锋性，但由于武侠题材本身性质与五四新文学倡导直面人生的写实主义格格不入，他同时生发的两种创作路向，就反映了武侠小说对"五四"文学欲合又离的矛盾心态，"侠义"的品位提升和"奇侠"的商业成功更进一步加重了这种心态。"侠义"继承了新型"武侠"传统，却并未受到应有的欢迎，虽然他到40年代还写了《奇人杜心五》和《革命野史》，但已是以革命写作武侠的末路悲歌了。倒是与20世纪初新型"武侠"初衷相悖的"奇侠"，虽然其政治描写如"反清复明"等只是一个幌子，其人间层面如张文祥刺马等也只是站在江湖立场而非社会主流层面来展开，但由于它符合商业运作和社会世俗化的需求，根据其改编的电影《火烧红莲寺》更是商业化煽情的极致，更加符合武侠文类的幻想色彩，在这里开始了武侠内容的虚幻性转化，并退回到神怪、民俗的古典传统。历代以来一直努力朝着主流文化靠拢的"江山"武侠，走向了面向下层民间和想象空间的"江湖"武侠，从而掀起了武侠世俗化的狂潮，而平江不肖生也由此成为奠定了中国现代武侠小说基本模式的开山鼻祖。

还珠楼主(1902～1961)，重庆长寿人，原名李善基，后来改名李寿民，意为"长寿县一小民"。

还珠楼主是"北派五大家"中"奇幻仙侠派"的代表作家，他从1932年在天津《天风报》连载《蜀山剑侠传》开始，到1948年为止，共创作《蜀山剑侠传》正集五十集三百零九回，后传五集二十回，共三百五十万字；还创作了《蜀山剑侠传》的前传、别传、新传、外续传等共二十五种。1998年，山西人民出版社和北岳文艺出版社联合出版了《还珠楼主小说全集》四十六册。还珠楼主以他的全部武侠小说，构筑了一个庞大的"蜀山剑侠"体系，以"奇幻想象力和雄伟文体"而"开千古未有之奇观"，创造了一个高品位的奇幻浪漫武侠世界。他在小说中构建的三教合一体系，形象地表达了中国传统文化的独特魅力；而在武侠人物修炼成仙以度劫运过程中表现出来的生命历程，又被认为是体现了"鲁迅、蔡元培等先驱所期待的文学的形而上性与想象力"。

在还珠楼主的小说体系中，他对中国传统文化的创造性整合、生命体验中的悲剧意识、审美体验中的超越性，对武侠小说类型提升的意义，都是十分值得重视的。

首先看还珠楼主对中国传统文化的创造性整合。在中国传统文化中，向来有儒、释、道三教合一之说，但三者各有偏重，强调得更多的是各自的不同特点以互相补充。如《红楼梦》就以一僧一道加上贾政的"仕途经济"描写了三教的冲突与融合，最终是儒家落败而僧道出世，"只落得一片白茫茫大地真干净"。还珠楼主的文化观是儒、释、道的三位一体。儒家提供了基本的伦理价值，如忠孝仁义、惩恶扬善、匡危济世等等之类，构成了小说人物面对世俗社会的基本价值体系；佛教提供了小说人物的内在人格体系，如普度众生的胸怀、我心即佛的愿力、金刚般若的慧境，这是小说人物面对自我内心的人格价值体系；道教提供了小说人物的外在行为体系，从五百年群仙劫运（道家四九天劫）到峨嵋三次斗剑过程中的仙佛魔道修真，都是基于道家宗教神话的。在儒、释、道三位一体之上的关键问题，是如何成仙以及如何度劫，还珠楼主提供了两个途径：一是修炼以积内功，二是除魔以积外功，前者是无为，后者是无不为，而二者终归于大慈悲，这就融合了儒、释、道而成为一体。这一价值体系，为后世武侠小说的"有所不为，有所必为"开启了一条先路，成为以现代意识反观传统文化的创造性整合。

其次看还珠楼主小说的悲剧体验。之所以需要修行与度劫，根源在于世俗人性的堕落。《蜀山剑侠传》第十七集借韩仙子评述上古黄夏国兴衰历史之口，道出了人类社会的悲剧根源："因为万年前拥有广土众民，丧心病狂，不知自拔，内媚外争。刁狡贪欲，竞尚淫佚，又复惧怯自私，以致土魘民贫，人种日益短小，终于亡国，几乎种类全灭。"而在现实生活中，第三十四集第一回描写川峡纤夫在"那样山风凛冽的初冬，穿得那么单寒赤裸，竟会通体汗流，十九都似新由水里出来，头上汗珠似雨点一般往地面上乱滴，所争不过尺寸之地"，这生动地表明，人类的生存状态是在奔波劳碌中挣扎，即天津人形容生活负担重所说的"拉套"的感觉。正因为人世的苦难，所以才要修真。人生耗费生命，而所争不过"尺寸之地"，与宏大的宇宙相比，自然显出拯救与逍遥的超越性意义。武侠小说在这里也就超越了现实人生，悲剧体验上升为拯救之道，正如陈平原所说："武侠小说的根本观念在于'拯救'。'写梦'与'圆梦'只是武侠小说的表面形式，内在精神是企求他人拯救以获得新生和在拯救他人中超越生命的有限性。"①

再次看还珠楼主小说的审美体验。还珠楼主早年曾"三上峨嵋，四登青城"，在他的小说创作中，把蜀中自然山水的神奇与传统神话的瑰丽结合起来，在宗教哲学构架中展开宏大想象力，同时吸收了当时最新的科技奇观而加以变化融通，这就形成了还珠楼主式的独特武侠审美方式。整个蜀山系列，首先是宏大审美，在时空观念上宕开，时间上是五百年一次的"天劫"，需要经过三次天劫才能成为天仙，被淘汰者或堕入轮回重新开始，或形神俱灭一切成空，这就大大超过了普通人世的时间上限；就空间而言，吸收了佛教纳须弥于芥子的相对空间观，一座峨嵋山，几乎被还珠楼主挖空山腹，

---

① 陈平原：《千古文人侠客梦——武侠小说类型研究》，见《陈平原小说史论集》，第1138页，河北人民出版社1998年版。

容纳了群仙斗剑的广阔天地。其次是奇幻审美,以武功法宝开启传奇想象、以怪兽奇虫调动惊奇心理、以邪教妖人表达怪奇审丑三管齐下,尤其是入世武功与出世魔法的结合,如像鹿清"降龙八掌"、海底紫云宫"天一真水"等武功,"凝碧崖"等胜境,"九天十地解魔神梭"等法宝,皆为后世所取法。第三是诗意审美,将自然胜景与神话想象相结合而体现出情景交融的中国传统诗韵审美,又将个体生命与总体宇宙相结合而体现出逍遥无为的中国传统哲学审美。

还珠楼主在现代武侠小说发展历程中有十分重要的地位。林以亮在1969年访问金庸的时候就谈到过:"当时我们在国内,看武侠小说,总分为两派,一派是白羽派,一派是还珠派。"[①]其结构、气势、想象以及哲学的超越性等,都对后代作家有非常大的影响,金庸、梁羽生、卧龙生、古龙、温瑞安、黄易等作家的作品中,都可以找到还珠楼主影响的痕迹。更重要的是,还珠楼主提高了武侠小说的艺术品位,正如有的文学史所说:"还珠楼主横空出世,气度恢宏,谈玄述异皆超妙奇绝,武与侠都不过是作者对生命感受的一种外化方式。武侠世界、武林中的仙或魔,都成了人类生命的表现,标志了武侠文学新旧转换的成功(虽比言情小说慢些)。"[②]这个评价应该是深得还珠楼主之神髓的。

当然,由于《蜀山剑侠传》篇幅太大,作品又没有经过认真修改,还珠楼主的小说中也有不少恶趣:一是好奇尚怪开启了牛鬼蛇神、群魔乱舞、架空历史的"中国文学已经进入装神弄鬼时代";二是绵延不绝开启了连篇累牍、松散芜杂、有始无终的"生命不息,挖坑不止"的"坑神"时代。这些都是应该要注意的。

白羽(1899～1966),原名宫竹心,祖籍山东东阿,生于天津马厂。

白羽从1938年2月在天津《庸报》连载第一部武侠小说《十二金钱镖》开始,到1956年香港《大公报》连载《绿林豪侠传》结束,共创作武侠小说十七部,主要作品有《十二金钱镖》四部曲及《偷拳》等。白羽创作武侠小说纯属偶然。1937年,白羽供职于霸县师范学校,因为有学生沉迷于武侠而离家出走到峨嵋山习武,校长郭云岫(叶冷)让白羽研究武侠小说以引导学生正确读书。不久,爆发了卢沟桥事变,白羽不愿为日本人服务,于是写起他一度深恶痛绝的武侠小说来。白羽早年曾向鲁迅请教,走的是新文学路线,在这样的文学背景和时代背景下写武侠小说,展示了极大不同于传统

① 林以亮:《金庸访问记》,见江堤、杨晖编选《金庸:中国历史大势》,湖南大学出版社2001年版,第112页。
② 钱理群等:《中国现代文学三十年》,北京大学出版社1999年版,第348页。

武侠的写作姿态。

白羽在他的首部武侠小说《十二金钱镖·序》中说："叙游侠以传奇，托体愈卑。"他从一开始就认为，武侠小说根本就是不值一提的文学类型，本来品位低下，甚至不值得称为"小说"，仅仅只是低级形态的"故事"或"传奇"。那么，即使要写武侠小说，就再也不能像平江不肖生、还珠楼主那样，而必须具备不同的特质。也就是说，他要背离传统的"武侠"模式，写出一种前人从未有过的"武侠小说"。如果站在传统的角度，这就是"反武侠"。白羽从不同方面进行了具体实践：

第一，传统武侠写的是他者，经过白羽的"反武侠"，武侠变成了自我现实的隐喻，进而成为自我所处时代的社会与人生的隐喻。武侠的世界是英雄的、神奇的，白羽的世界却是平庸的、苦难的。白羽自己是"穷愁"、"穷忙"，他不得不适应社会："噫！青年未改造社会，社会改造了青年。"在无可奈何之中，他"渐渐的，学会了'对话'，学会了'对人'，渐渐的由乖僻孤介，而圆滑，而狡狯，而喜怒不形于色，而老练"[①]。当他一旦由迫不得已而进入武侠小说创作时，人生体验的异化感和天津江湖文化的异化感以及1938年殖民时局的异化感就交织在一起，用他在20年代以来进行新文艺尝试的感觉，把这三种本来互不相同、互不相干的异化感融会起来，形成了新的武侠小说形态。

第二，传统武侠所夸张的英雄行为，经过白羽的"反武侠"，武侠从人类世界拯饥救溺、存亡死生的英雄，变成了现实社会到处碰壁、迭遭厄运的小丑，这造成了白羽武侠小说创作基本指向以"反讽"手法表现"反英雄"的变化。在白羽所感受到的三种异化感之中，人生体验的异化感和江湖文化的异化感主要造成了人在现实生活中的困窘，殖民时局的异化感则使人在日寇铁蹄之下几乎不能成为独立意义上的"人"。武侠小说所向往的"自由"，因此更加强烈地成为主体的渴求，也同时更加反衬出主体的不自由，关涉到人在这个世界上的存在问题。《孟子》"有所不为"和"虽千万人吾往矣"的侠义精神，在此不得不异化为侠客在江湖中的困窘，以及侠客在江湖中表现出来的人格的卑下、结局的凄惨。这在白羽自己看来，是他异于传统武侠小说的创作体验，以及他对武侠小说有意的反抗。他在《话柄》中曾说："我愿意把小说（虽然是传奇的小说）中的人物，还他一个真面目，也跟我们平常人一样，好人也许做坏事，坏人也许做好事。等之，好人也许遭恶运，坏人也许获善终。你虽然不平，却也没法，现实人生偏是这样！"因此，他"取径于《魔侠传》，对所谓侠客轻轻加上一点反嘲。大侠死于宵小之手，这一点愿望聪明的读者明白明白飞剑挥拳到底有多大用处。正如'比武招亲'、'赌期

① 范伯群主编：《中国近现代通俗文学史》，江苏教育出版社1999年版，上册，第647～648页。

盗宝'的这些窠臼都被我打破一样。读者要晓得:小说是小说。作者的责任就减轻了"①。

第三,平江不肖生那种沟通着神界与人间的"江湖"武侠社会,经过白羽的"反武侠",变成了仅仅是在人类社会艰难前行的"武林"社会,使武侠小说向着"现实主义"的"写人生"靠近。白羽在1940年以河南陈、杨二氏太极拳的传说创作的《偷拳》中,第一次在武侠小说史上提出了"武林"概念,对武侠小说想象世界与现实投射之间的关系作出了新的阐释。他将侠客活动的基本场景由"江湖"移到"武林",对"江湖"所代表的幻想性"奇侠"和民俗性"掌故"二元结构作了消解,建立了"武林"所代表的现实性"武师"和哲理性"人生"的新的二元结构。在这个新模式中,人物活动的场景,主要不再是具有奇幻色彩的沟通神界与人间的"江湖",而是具有现实色彩的人类社会的一种特定文化形态的"武林",其核心可能是行帮的事业成就,而不是江湖的侠义道德,也不是剑仙的"终极"追求,这使武侠小说具有了更加广泛的社会适应性,从而改变了传统武侠小说的浪漫情怀,而成为现实人生的表现。

白羽的武侠小说,在某种程度上离析于平江不肖生、还珠楼主们赖以成立的中国传统文化中的神奇性,从更加接近于西方文学和中国新文学传统之处,在于他既融合了中西方的不同文化传统,也融合了严肃文学与通俗小说的多种创作方法,鲁迅批判国民性的深沉惨痛,塞万提斯清算骑士小说的冷峻锋芒,斯蒂文森设置惊险悬念的结构技巧,大仲马处理历史背景的虚实辩证,都是他借鉴、融合的对象。白羽的小说,实际上成为武侠小说破旧立新的一场文体革命,为武侠小说的发展寻求到了新的文化动力,开创了一个新的通俗文学传统。

王度庐(1909～1977),原名王葆祥,后来更名王葆翔,字霄羽,北京市人,满族,先祖可能是镶黄旗人。

王度庐的创作从1938年开始,到1949年结束,主要连载于《青岛新民报》(后与《大青岛报》合并更名为《青岛大新民报》),以及在上海励力书局出版单行本,现在可以见到的有三十三部。当时,他以"度庐"的笔名写武侠小说,以"霄羽"的笔名写言情小说,二者相得益彰。王度庐引领民国武侠"悲剧侠情派"的代表作是"鹤一铁"五部曲,他把武侠和言情两种手法融合起来,创造了一种新的武侠小说类型。《宝剑金钗》是五部曲中创作最早的一部,在该书单行本前,有王度庐为自己作品所写的唯一一篇序言,

① 张赣生:《民国通俗小说论稿》,重庆出版社1991年版,第271页。

道出了他的整个创作思路。他说:"频年饥驱远游,秦楚燕赵之间,跋涉殆遍,屡经坎坷,备尝世味,益感人间侠士之不可无。兼以情场爱迹,所见亦多,大都财色相欺,优柔自误。因是,又拟以任侠与爱情相并言之,庶使英雄肝胆亦有旖旎之思,儿女痴情不尽娇柔之态。"因此,他在传统的"义"与"理"之间,浓墨重彩地加上了"情"的因素并以之作为主线,爱恨情仇,优柔自误,在"善与善的冲突"中导致了人生的悲剧。《宝剑金钗》写了大侠李慕白与侠女俞秀莲相慕相爱却因尽皆为对方考虑而致误会,最终不能成眷属,只好"宝剑留结他日缘"。《鹤惊昆仑》写江湖对头的后人江小鹤与鲍阿鸾相爱,却因门户正邪之见,阿鸾伤重而死,小鹤万念俱灰。《剑气珠光》写李、俞二人在介于西方"柏拉图式"和东方"君子式"的感情状态中,联手对敌,江湖除恶。《卧虎藏龙》从上一集的江湖纷争中引出玉娇龙和罗小虎的故事。《铁骑银瓶》则是玉、罗后人春雪瓶与韩铁芳的爱情故事,经历了情感坎坷、江湖险恶,最后感慨万分,决意归隐江湖。

武侠写情,并非王度庐的首创,不仅晚清有文康的《儿女英雄传》,民国初年也有"侠情"、"情侠"的小说类型,但多局限于才子佳人的老套。王度庐在情的内涵上有了新的发展,他深入到人物的性格和心灵深处,着力挖掘人物的灵魂与人性的内核,注重展示个人与社会的矛盾,实现了从故事中心到人物中心、从以行动推进故事到以心理塑造人物、从命运悲剧到性格悲剧的转移,成为强者的心灵悲剧,表现出人性的复杂内涵。以《卧虎藏龙》为例,玉娇龙是封疆大吏之女,但她偏偏和江湖拉上了关系。在她反抗婚姻的过程中,爱上了盗贼罗小虎,获得了渴望已久的自由,代价是割断了她与贵族阶层的联系。但她的爱情也只能是一夜绮梦,书中最后写道:"总之,她虽已走出了侯门,究竟是侯门之女;罗小虎虽久已改了盗行,可到底是强盗出身,她决不能作强盗的妻子。"她始终在和自己斗争,在电影《卧虎藏龙》中被改编为跳下武当山的悬崖。这本来只是一个身份与情感的冲突,但王度庐却主要不是从外在的社会压力出发,而是从她内在的生命意志出发,玉娇龙是自己无法说服自己,无论是放弃或是继续,这就成了玉娇龙自身的性格悲剧,也是她心灵痛苦、自我放逐以及深入骨髓的孤独感的真正源头。同时,他在描写广阔社会生活时所表现出来的旗人特色,虽然不如老舍小说那样能在时代的大潮中风云搏击,但王度庐所展示的老北京气质,拙朴而传神的语言,同样可以作为"京味文学"和"旗人文学"的一部分。正是因为作品具有这样的深度和广度,其魅力是超越时代的,20 世纪 80 年代聂云岚根据《卧虎藏龙》改写的小说《玉娇龙》、21 世纪李安改编的电影《卧虎藏龙》,都引起了很大的轰动。

第二节　金　庸

20世纪50年代以后的港台新武侠，金庸是最杰出的代表。金庸小说超越了武侠这一具体的文学类型，成为“好的小说”的典范，引发了一场“静悄悄的文学革命”。

金庸(1924～　)，原名查良镛，浙江海宁人。

金庸是20世纪中国武侠小说最为杰出的代表，“如果说‘五四’文学革命使小说由受人轻视的闲书而登上文学的神圣殿堂，那么，金庸的艺术实践又使近代武侠小说第一次进入文学的宫殿。这是另一场文学革命，是一场静悄悄地进行着的文学革命”[①]。金庸的一生，经历了自抗日战争以来中国的历次重大事件。他一支笔撰写《明报》社评而成为“香江第一健笔”，一支笔写武侠小说而成为“武林第一盟主”。他的小说，既有对中国历史和人性的深刻洞悉，有对中国文化和艺术的多彩渲染，也有对20世纪中国社会和政治的深沉隐喻，成为跨越了时代与地域的艺术精品。

金庸年轻时辗转浙江、重庆、上海求学，在1946年22岁时投身新闻界，1948年被派往香港《大公报》，从此定居香港。金庸总共创作武侠小说十五部，他将除《越女剑》之外的十四部小说编成了一副对联：“飞雪连天射白鹿，笑书神侠倚碧鸳。”他1955年2月在香港《新晚报》开始连载《书剑恩仇录》，到1972年9月在《明报》刊完《鹿鼎记》，不再创作新的武侠小说。这是金庸小说的初版本。从1970年起，金庸开始全面修订他的武侠小说，到1980年完成，分别授权香港明河社、台湾远景(后改为远流)出版公司、北京三联书店出版《金庸作品集》三十六册，包括十五种武侠小说和《三十三剑客图》。2001年，三联版合约到期，改由广州出版社出版。金庸还再次修改了全部小说，到2007年完成。

金庸的小说创作可以分为四个阶段。

第一阶段是对传统的摹习。包括《书剑恩仇录》(1955年，指开始连载的年份，下同)、《碧血剑》(1956年)，故事技巧已有很高的造诣，但大格局未脱旧武侠窠臼。

第二阶段结合阶级分析和文化描述进行了武侠小说创作方法的探索。《射雕英雄传》(1957年)首创自家面目，以宏大气势表达了“为国为民，侠之大者”的时代主题。

---

① 严家炎：《一场静悄悄的文学革命——在查良镛获北京大学名誉教授仪式上的贺辞》，香港《明报月刊》1994年12月号。

《雪山飞狐》(1959年)运用电影手法,《白马啸西风》(1961年)运用白描手法,在艺术上融合了新文学手法以及多种艺术形式进行武侠小说的写作实验。《飞狐外传》(1960年)和《鸳鸯刀》(1961年)在侠的内涵上分别从墨家和儒家角度进行探索。《神雕侠侣》(1959年)、《倚天屠龙记》(1961年)和《射雕英雄传》一起构成"射雕"三部曲,在人的阶级性基础上,还从人的情感和性格方面进行了普遍人性的探索,为他进入全盛期的创作打下了基础。

第三阶段运用人性分析法进行创作,是金庸小说的全盛期。这是20世纪后半叶中国社会变动最为剧烈的时期,经历了三年自然灾害和"文化大革命"。《连城诀》(1963年)的创作虽然源于金庸的童年记忆,但在普遍意义上真实而深刻地批判了人性丑恶。《天龙八部》(1963年)融合儒、道、佛,从贪、瞋、痴"人性三毒"分析人性弱点及其根源。《侠客行》(1965年)探索了人类知识与事物真相之间的智慧问题。《笑傲江湖》(1967年)用金庸自己的话说,是"通过书中一些人物,企图刻画中国三千多年来政治生活中的若干普遍现象"①。

第四阶段是金庸"反武侠"的阶段,也是金庸武侠小说创作的终结。《鹿鼎记》(1969年)是一部"另类"的作品,金庸本人在第二版后记中说:"《鹿鼎记》已经不太像武侠小说,毋宁说是历史小说。""《鹿鼎记》和我以前的武侠小说完全不同,那是故意的。一个作者不应当总是重复自己的风格与形式,要尽可能的尝试一些新的创造。""小说的主角不一定是'好人'。小说的主要任务之一是创造人物;好人、坏人、有缺点的好人、有优点的坏人等等,都可以写。"②在此之后,金庸只写了短篇《越女剑》(1970年),是为清末画家任渭长的版画集《三十三剑客图》所作的小说式演绎,可是写了这一篇之后就写不下去了,后来写成了随笔故事集《三十三剑客图》(1970年)在《明报晚报》连载。70年代以后,金庸主要从事政治、文化活动,仅在《收获》2000年1期上发表过一个短篇小说《月云》,写的是作者十多岁时与家中小丫头月云相处的生活片断。

金庸的武侠小说取得了极高的成就,在整体上突破了武侠小说的类型特征,他的创作成就,使他的武侠小说从类型文学变成了一般意义上的"金庸小说",自90年代以来,在许多场合,都已经由"金庸小说"这一称谓代替了"金庸武侠小说"。也正如金庸自己所说:"武侠小说中的武侠,只是它的形式而已。……好的小说就是好的小说,和它是不是武侠小说没有关系。"③1994年,金庸被学者列为"20世纪中国小说大师",位

---

① 金庸:《笑傲江湖·后记》,三联书店1994年版,第1591页。

② 金庸:《鹿鼎记·后记》,三联书店1994年版,第1989～1990页。

③ 杜南发:《长风万里撼江湖——与金庸一席谈》,《南洋商报》文林版1981年7月9日。

于鲁迅、沈从文、巴金之后，而在老舍、郁达夫、王蒙、张爱玲、贾平凹之前[①]。金庸小说的视野是广阔的，内容是丰富的，内涵是复杂的，意义是重大的。理解金庸小说，可以从文化、人性、哲学、美学四个角度来进行。

首先看金庸小说中的文化。

武侠小说作为传统的文学类型，继承了中国古典小说"传承文化"的功能，包含着迷人的文化气息，是中国文化的"百科全书"。这里有知识性的文化，也有精神性的和批判性的文化。

所谓知识性的文化，指金庸小说中大量描写了历史知识，比如"射雕"三部曲和《天龙八部》里宋、辽、金、元、明对峙时期的历史进程；同时也以极富艺术感染力的方式描写了传统艺术和社会生活中的各个门类的专门知识，如诗词、绘画、音乐、雕塑、书法、棋艺、茶艺、酒道、医药、建筑、农业、渔业、术数、教育等等，其中表现尤其典型和集中的，比如《射雕英雄传》里的"渔樵耕读"，《笑傲江湖》里的"梅庄四友"等等。金庸以雅俗融通的广阔视野和品位提升，超越了平江不肖生以民俗传承文化的小说建构。

所谓精神性的文化，以典籍、考据之学为基础，金庸小说几乎对中国传统文化各学派进行了一次全面的巡礼，其典籍之学比如对《九阴真经》和摩尼教文献的描写，而在不同作品的传统文化线索中，他先后描写了陈家洛、郭靖、乔峰、陈近南这样的儒侠，还有胡斐这样的墨侠，有杨过、张无忌、令狐冲这样的道侠，有段誉、虚竹、石破天这样的佛侠，有狄云这样的"无侠"，最后归于韦小宝这样的"非侠"。金庸以对中国传统文化的全面巡礼和深刻体认，超越了还珠楼主将中国文化整体综合为儒、道、佛"三位一体"的初级认识。

所谓批判性的文化，金庸不是简单地对传统文化进行陈述，他站在现代文化的高度，同时也对传统文化进行甄别和批判。金庸每一次对传统文化形态的转换，都是一次否定性和超越性的提升。比如杨过的道侠就超越了郭靖的儒侠，而韦小宝的"非侠"则超越了陈近南的"大侠"，等等。尤其是在金庸60年代的创作中，出现了一种"反文化"进而"反武侠"的倾向。《天龙八部》让气壮山河的大英雄萧峰最终走向了悲剧结局；《侠客行》里最终获得武功真谛的是不识字的石破天，知识反而成了人类走向真理的负累；《笑傲江湖》里的"君子剑"原来是伪君子，而正派的武学至宝"辟邪剑谱"与魔教的功夫秘籍"葵花宝典"原来是同一件东西，而且需要自宫这种反人性的途径来达到武学巅峰；《鹿鼎记》让一个出生于扬州妓院的小流氓做成了大侠们想做而做不成的

---

① 王一川主编：《二十世纪中国文学大师文库·小说卷》，海南出版社1994年版。

事，中国的政治原来就操纵在市井流氓手中，岂不是对一本正经的所谓“正史”开了一个天大的玩笑！金庸小说所表现的文化批判锋芒，是自武侠小说出现以来所没有过的，而这却正好与“五四”新文学的批判传统相吻合。

第二是金庸小说中的人性。

金庸认为“文学的功能是用来表达人的感情”，因此，“如果能够深刻而生动地表现出人的感情，那就是好的文学”。具体到武侠小说，“侠义是人类感情中一种比较特别的部分”[①]。金庸小说就着重写了人类的三种情感：男性之间的感情、男女之间的感情、个体的内在感情，金庸不仅吸收了传统文化人性论的精华，更是运用现代理论对人性进行了探析和批判。

男性之间的感情，就是江湖上的“义气”，一种同声相应、同气相求的兄弟情谊，这已经成为中国侠文化中根深蒂固的传统。金庸从《书剑恩仇录》一开始，就着重写了这种情谊，最后是陈家洛是牺牲了男女之间的感情来顾全了“大义”；在“射雕”系列里郭靖对杨过的关怀，也是源于他和杨过之父杨康的兄弟情谊，虽然郭靖和杨康走上了完全不同的正邪道路，但“义气”仍然要在作品中得到足够的体现。但是，“义气”的传统已经道德化而模式化而陈腐，失去了人性的光辉。金庸于是在《倚天屠龙记》里开始重新寻找男性之间最真诚的人性交流，他在该书后记中说：“张无忌不是好领袖，但可以做我们的好朋友。事实上，这部书情感的重点不在男女之间的爱情，而是男子与男子间的情义，武当七侠兄弟般的感情，张三丰对张翠山、谢逊对张无忌父子般的挚爱。”[②]一直到《鹿鼎记》，金庸都在探索男性之间真诚感情的存在，像以小桂子和小玄子身份出现的韦小宝与康熙皇帝，也就正是这样的一种感情，最后韦小宝才可以假装“谋杀亲夫”而在那个“普天之下，莫非王土”的封建盛世中隐姓埋名。金庸对男性情义的探索，改变了武侠小说义气模式化的陈腐局面，使武侠小说在铁血激荡中生动活泼起来。

男女之间的感情，历来是金庸小说中最能引发读者兴趣同时也引起了广泛争议的焦点。武侠写情，在前人那里已达到相当高的水准，如何既超越民国武侠“情侠”的侠骨柔肠又超越王度庐的“心灵悲剧”，写出创造性的男女之情来，是一个极大的难题。金庸小说写男女之情，首先是写出了一群非常可爱的女孩子，她们灵心慧性、天真无邪，即使有一点儿狡黠也不失意趣，像少女时代的黄蓉、王语嫣、岳灵珊等。她们步入江湖，走上了不同的道路，因其性格的内在原因而发生了命运的极大变化，黄蓉成了武

① 杜南发：《长风万里撼江湖——与金庸一席谈》，《南洋商报》文林版1981年7月9日。

② 金庸：《倚天屠龙记·后记》，三联书店1994年版，第1594页。

林江湖中德高望重的女前辈而开始做了些让人讨厌的事，王语嫣在金庸小说第三版里被改成得到幸福之后却百无聊赖了，岳灵珊因其性格中的顺从、软弱而最终成了江湖争斗的牺牲品。她们的情感经历，已经超越了男女二人世界的心灵纠缠，成为融入大江湖之后社会关系运行法则的必然结果，虽然是在武林的特殊世界里，也同样具有现实生活的隐喻意味。同时，爱情的时间历程，在金庸小说中和大侠主人公的时间历程一样，也表现出明显的成长意味，是在动态之中来达到人性升华的。

长期以来，关于金庸小说中的女性与爱情，引起了激烈的争论，焦点主要是金庸小说中的爱情是否具备独立地位。一方面，金庸小说中爱情的获得，是大侠追求自由过程中的一种确认，最为典型的是《笑傲江湖》里的爱情，金庸说："令狐冲是天生的'隐士'，对权力没有兴趣。盈盈也是'隐士'，她对江湖豪士有生杀大权，却宁可在洛阳隐居陋巷，琴箫自娱。她生命中只重视个人的自由，个性的舒展。唯一重要的只是爱情。这个姑娘非常怕羞腼腆，但在爱情中，她是主动者。令狐冲当情意紧缠在岳灵珊身上之时，是不得自由的。只有到了青纱帐外的大路上，他和盈盈同处大车之中，对岳灵珊的痴情终于消失了，他才得到心灵上的解脱。本书结束时，盈盈伸手扣住令狐冲的手腕，叹道：'想不到我任盈盈竟也终身和一只大马猴锁在一起，再也不分开了。'盈盈的爱情得到圆满，她是心满意足的，令狐冲的自由却又被锁住了。或许，只有在仪琳的片面爱情之中，他的个性才极少受到拘束。"作为对比，金庸在《笑傲江湖》中还写了其他追求自由的行为，比如友谊和艺术，但刘正风、曲洋二人与梅庄四友，最终都无法做到。只有爱情，惊天动地、惊世骇俗的爱情(当然，还得有武功与侠心作保障)，才最终达成了自由。因为这是与生命连接一起的。爱情成功以后，他们要的并不是江湖侠侣到处走走，顺便行侠仗义，他们宁愿翩然归去，在一个不为人知的隐秘逸境里，享受自由。另一方面，金庸小说中的爱情，正因为是在自由追求的语境中来进行抒写，这就二人世界更广阔、更本源的人的本质属性的核心展示，因之而荡气回肠，宏大与旖旎并在，从而写出了各种各样的情，奇情、惨情、痴情、孽情、欢情、魔情无所不有，各自有其前因后果。在这个意义上，金庸无疑可称写情圣手。

个体的内在感情，是根源于个人心灵深处的个性解放，是战胜和超越自我的情感历程，最后表现为对人性的展示以及赞扬和批判，这是金庸小说最富于魅力的部分。

文学是写人的，而人最核心的本质就是人性，金庸一直把写人性当作小说的核心。在50年代，金庸试图以人的阶级属性来解析人性。《书剑恩仇录》里的乾隆皇帝，他的人性是属于封建统治阶级的，在最后关头表现了他的背信弃义、阴险狡诈；而出生于大贵族家庭的陈家洛，虽然背叛了他自己所属的阶级，但其人性中的软弱最终表现为对乾隆皇帝的一念之差，从而断送了红花会的事业，也断送了他的爱情，只落得香香公主的一缕香魂化作碧血。在“射雕”三部曲中，金庸继续探讨了人性的坚定性问题。郭靖出身下层，面对各种诱惑，表现了“为国为民，侠之大者”的坚定性；杨过虽然是国贼之子，但他在下层社会中的经历，同样锻造了他行侠的坚定性；张无忌备受呵护，同时又迭遭惨变，在命运的不确定性中，形成了他的软弱性，明教反元的成果，最终被朱元璋这样一位野心家窃取。

到60年代，金庸试图从人性弱点的角度去结构作品。《天龙八部》里的三位结拜兄弟，就分别代表了人性三个方面的弱点。金庸在书前特别写了《释名》，一开头就引《法华经·提婆达多品》说：“天龙八部、人与非人，皆遥见彼龙女成佛。”最后又说：“天龙八部这八种神道精怪，各有奇特个性和神通，虽是人间之外的众生，却也有尘世的欢喜和悲苦。这部小说里没有神道精怪，只是借用这个佛经名词，以象征一些现世人物。”[①]天龙八部听闻佛法而洗汰冤孽，终成正果；《天龙八部》也就是讲战胜人性弱点、寻找人性真谛的艰难历程。佛教把贪、瞋、痴称为“三毒”，贪就是贪欲、贪恋，瞋是怨怒愤恨，痴是愚昧迷狂。段誉贪恋爱情，所以金庸给他安排了很多误会，凡是他爱上的，都成了他的亲妹妹，直到有一天他不再贪多务得，而是一门心思地爱上王语嫣，经历了许多人所不能的折辱，才最终在枯井底下找到“一摊烂泥里的光彩”。可是，金庸在第三版里又让王语嫣暴露出她的世俗一面，她为了青春长驻，学了外公丁春秋的邪功而性情大变，段、王之间神仙般的爱情，最终仍然是为贪欲所毁。乔峰本是风光无限的丐帮帮主，然而有一天他的迷离身世揭开，他从汉人乔峰变成了契丹人萧峰，“非我族类”的困惑，造成了他性情的戾变，执著于一己私仇。于是有了聚贤庄大战的滥杀无辜，有了青石桥头失手打死他唯一的爱侣阿朱，而这两个错误，直接后果是带出来了两个变态人物游坦之和阿紫，他们成了萧峰瞋恨之心的极端延伸而最后走向自我毁灭。萧峰虽然在北国的冰雪里忏悔，最终却仍不能摆脱瞋恨怨怒的人性弱点，只好在雁门关前以自己的生命换来一段时间的宋辽和平，也算是最后的赎罪行为。虚竹从小失去父母，生活在少林寺，对外面的世界俨然不知，却因一派愚痴天真，巧得逍遥派武功传授，误入其派内争端，却又巧得西夏公主姻缘，然而，当他终于找到父母之时，父母却因赎罪而双双身死。虚竹不仅是文学母题中愚人得福的重写，更重要的是，金庸通过这个人物表现了人性的本然状态。虚竹因为痴而得到许多常人所不能得之福，然而却是以永恒的孤独感为代价，如果说王度庐小说写的是心灵的内在孤独，虚竹这里却是内在

---

① 金庸：《天龙八部·释名》，三联书店1994年版，第1～3页。

外在都孤独，他身边亲近的人，师父师叔、传功恩人、结义兄弟、亲生父母，都以牺牲生命作为他成长经历的奇巧环节。虚竹因其愚痴，才没有常人那样的大悲愤、大悲恸，然而，这样的人生却也够凄惨了。从《天龙八部》三位男性主人公那里，金庸深刻地揭示了人生的成长历程，就是人性的磨炼过程，就是克服人性弱点的过程，而这个过程是需要付出极大代价的，甚至牺牲生命。

如果说《天龙八部》是展现人性的现实弱点进行批判，那么《笑傲江湖》则是追寻人性的理想光辉进行咏叹。相比金庸其他作品常常留下无可奈何的惆怅作为结局，《笑傲江湖》的结局较为圆满，任盈盈可以和令狐冲放放心心地退隐江湖，再也不分开，"嫣然一笑，娇柔无限"。金庸明确指出："'笑傲江湖'的自由自在，是令狐冲这类人物所追求的目标。"书中用了两条线索来表述人性深处对自由的追求。一条线索是反，正派的岳不群、左冷禅、林平之，追求个人的自由而践踏他人的自由，最终走火入魔。他们的命运，其本质是与魔教的东方不败、任我行之类殊途同归，而在这个过程中，软弱的岳灵珊，退让的宁夫人，归隐的刘正风，都做了他们的牺牲品。一条线索是正，正派出身的令狐冲、魔教圣姑任盈盈，追求个人的自由而"对权力没有兴趣"，最终在收获自由的同时也收获了爱情。因此，金庸在该书"后记"中得出结论说："人生在世，充分圆满的自由根本是不可能的。解脱一切欲望而得以大彻大悟，不是常人之所能。那些热衷于权力的人，受到心中权力欲的驱策，身不由己，去做许许多多违背自己良心的事，其实都是很可怜的。"[①]关于自由的话题，落实到现实生活中，就是个性解放，这几乎是历代以来文学的永恒主题。《笑傲江湖》也探讨了个性解放的可能途径，比如艺术、友谊、归隐，但梅庄四友、刘正风和曲洋等人以生命证实了这些途径的局限，因为权力斗争不容许，他们最终卒以身殉。小说由此揭示，个性解放并不简单地是自我完善的过程，更需要《论语》中所说的"直道"，金庸解释为"坚持原则而为公众服务，不以功名富贵为念"[②]，这在伦理学上是"君子"，在武侠小说中是"大侠"。令狐冲最终之所以成为自由追求的胜利者，很大原因在于他的"直道"，坦然面对毁誉逆顺，"虽九死其犹未悔"。这样的人，组成了中国三千多年来政治生活中的另一种力量，是我们民族精神的理想光芒，也是人性至善至真的辉煌。

第三是金庸小说中的哲学。

这里也可以分成三个部分：一是人生哲学，表现为对人自身的认识；二是历史哲

① 金庸：《笑傲江湖·后记》，三联书店1994年版，第1592页。

② 金庸：《笑傲江湖·后记》，三联书店1994年版，第1591页。

学，表现为历史规律性的认识；三是技术哲学，表现为对武功武学的探求。

金庸小说中的人生哲学，焦点在于人如何体认自我，在小说中是关于身份的焦虑：一方面是血缘身份的焦虑，一方面是文化身份的焦虑。

血缘身份的焦虑集中体现为“身世之谜”。孤儿成为大侠，是武侠小说中的流行模式，可以方便安排解谜和复仇的情节，但金庸小说中的“身世之谜”却缠绕着人物身份认同的焦虑。这可以从社会结构的秩序意义来解读，在中国传统文化中，社会结构是依从个人、家庭、家族、民族、国家的顺序展开的，其中最基本的结构单位是家族，家族的命运与整个民族、国家相连相通。武侠小说里的门派、帮会、世家，都是家族的另一种形式。一个人要在社会上安身立命，首先需要获得在这个社会结构秩序中的身份认同。身世之谜或者血缘之谜就是这个结构秩序中的通行证。所以，乔峰就因为血缘之谜的揭开而变成了萧峰，由汉家江湖的盟主变成了汉家江湖的敌人。血缘之谜一旦错乱，爱别离、怨憎会，人性的弱点即纷至沓来，人世的苦难即纷纭无尽，社会的层级即纷乱倒错，在这时，英雄和小人都更加凸显出沧海横流的本色，小说的悲剧审美气氛也由此达到高潮。

比血缘身份更具有哲学意义的是文化身份。在香港武侠小说中，民族关系一直是情节主线之一，金庸的10部长篇小说中有7部涉及民族矛盾，民族的血缘身份认同成为“国家一民族”的文化身份认同。在香港的殖民文化语境中，金庸、梁羽生等作家都赋予了作品人物在民族身份上的“杂合性”特征，进而涉及民族记忆的完成或缺失，也就是一个民族是否具备相对完整的文化传统而得以保持其独立性的问题。金庸首先是在宋、辽、金、元的民族关系中，让郭靖作为一个主动者，在民族混融中表现阔大心胸与坚定立场；让萧峰作为一个被动者，最终无法摆脱身份的困惑，无法找到他所应归宿的“民族一国家”，他只能成为一个无根的人，最终以普世性的和平努力来完成了悲剧英雄的角色。金庸最后在满、汉的民族关系中，让韦小宝成了一个遗忘者，惨痛的民族记忆：“嘉定三屠”、“扬州十日”，在《鹿鼎记》第24回小说写到一半时候的韦小宝那里，真正是成了“商女不知亡国恨”“我叫妈妈不用做婊子了，自己开他三家妓院，老子做老板，再来做庄，大赌十日，也来个‘扬州十日’。然后带了大批银两，去嘉定赌他妈的三次，这叫做‘嘉定三赌’。”当然，从人性本质的角度说，民族冲突是狭隘的，人民幸福才是永恒的，因此，当康熙让大家有饭吃、有钱花、不搞民族歧视，这个时候，清初那些遗老们的“反清复明”就走入了穷途末路。而韦小宝的文化身份，就成了中华五大民族共同的精灵，连他的生母也弄不清韦小宝的父亲是谁，不用再分什么满、汉、蒙、回、藏，只要不是外国鬼子就好——当然，这又是香港殖民语境下的另一重文化身份困惑了。

金庸小说中的历史哲学，是对历史发展动力的认识，具体表现为小说情节动力的智慧问题。金庸在早期作品中，和许多武侠小说一样，强调的是武功的智慧，在“武学”论述上花了大量功夫，而同时他也发现，武功并不能解决问题，武功最高的人常常是悲剧英雄，到《鹿鼎记》，武功盖世的陈近南和不会武功的韦小宝形成了鲜明的对比：大英雄死于宵小之手，小流氓左右逢源。这里揭示了中国文化语境下历史发展与文学情节的动力问题，用《三国》比拟《鹿鼎记》，可以看到惊人的相似。第一，武功是实战上的制胜之道，却非终极之道，吕布和关羽武功最高却不得好死，陈近南武功盖世而被小人暗算，鳌拜神力惊人却被小太监打倒；第二，计谋是战术上的制胜之道，也非终极之道，诸葛亮殚精竭虑却落得秋风五丈原镜花水月，韦小宝计出多方福星高照最后还是只有做缩头乌龟；第三，最后的胜利者，是司马氏顺应统一潮流三家归一，是康熙帝心系百姓福祉江山稳固，这是什么？这就是历史的智慧，是人类和平与发展的永恒主题。

金庸小说中的技术哲学，主要在武功武学层面展开。武侠小说离不开武功描写，金庸之前的武功描写主要在现实的技击和幻想的神魔层面展开，金庸则将哲学意味、人生况味、诗意境界融为一体，开辟了武功武学的新阶段。和梁羽生重视剑、古龙钟情刀不同，金庸的武功是关于“内力”的武功，有正反两方面的命题。

其正命题经过了三个阶段：第一阶段是“集腋成裘”，写出了对中国传统文化集大成的思考，《书剑恩仇录》里陈家洛从百花错拳到庖丁解牛的感悟，就是从集成到融会的过程。第二阶段是“技进乎道”，写出了对中国传统文化的形而上体悟，《神雕侠侣》中杨过领悟剑魔独孤求败“剑冢”四剑不同境界的过程，体现了“无剑胜有剑”的境界。第三阶段是“逍遥无碍”，自在逍遥而涵纳天地，最终淡然无我，《天龙八部》里的逍遥派武功和《笑傲江湖》中的“独孤九剑”，都体现了“无为胜有为”的境界。

其反命题也经过了三个阶段：第一阶段是《天龙八部》里提出的“武学障”，少林七十二绝技虽好，但“一人练到四五项绝技之后，在禅理上的领悟，自然而然的会受到障碍”，这便是武学障，需要慈悲的佛法调和，在少林寺里，鸠摩智以及萧远山、慕容博，最终是“王霸雄图，血海深恨，尽归尘土”，从这里引出的是侠义观反思。第二阶段是《侠客行》里的“知见障”，知识成了人类认识事物真相的障碍，最终是不识字的石破天一片童真，才真正领悟了武功绝学，从这里引出的是认识论问题。第三阶段是《鹿鼎记》的“反武学”，武功武学已经让位于浩浩荡荡的历史潮流了，引出的是历史观思考。

第四是金庸小说中的美学。

金庸小说的美学成就，主要可从两个方面来看：一是金庸小说在20世纪中国文学雅俗流变与整合中的地位，二是金庸小说对汉语的贡献。

20 世纪中国文学一直在高雅与通俗的对峙与整合之间艰难前行。梁启超在世纪初提高到"文学之最上乘"的"新小说",到 20 年代转眼就成了"旧小说",从此,中国式的传统文学就被郁达夫在《小说论》里所称"实际上是属于欧洲的文学系统的""中国现代的小说"即"'五四'新文学"所排斥、所压抑。然而,传统小说却并未停止向新文学靠拢,白羽就曾经从外国文学和'五四'新文学中吸取大量养分,而金庸也被梁羽生称作"现代的'洋才子'"。金庸作为"新"武侠最杰出的代表,就在于他通过对五四新文学历史经验的吸取,打破了雅俗对峙的僵局,并在为广大华人所喜闻乐见的民族形式上有所发展。首先,金庸将严肃文学"为人生"的创作宗旨化为在武侠小说中"写人性",写出了真实丰富的人生,同时也表达了犀利深刻的批判。其次,就新文学的现实主义创作方法而言,金庸小说在表现"国家一民族"的"社会一历史"之维基础上,发展了隐喻和象征系统,江湖武林作为社会历史的特殊形态,深刻地表现了中国历史的本质,更加接近中国传统的审美形态。金庸小说上述两个方面的美学追求,打破了'五四'以来壁垒森严的雅俗分野,用通俗的形式表达了严肃的内容,创造出雅俗共赏的高品位的文学境界。金庸小说的这一成就,从 90 年代中期开始,引发了一场关于文学史观念的论争,促成了对五四新文学与中国现代通俗文学历史地位的重新评价,有多篇文章甚至拿金庸和鲁迅相比。如果说雅俗的对峙与整合是文学发展的内在动力,那么,20 世纪中国文学这一雅俗动力的支点,就是在金庸这里。

金庸小说还为汉语文学传统的复苏做出了榜样。在 1998 年 5 月美国科罗拉多大学主办的"金庸小说与二十世纪中国文学"国际学术研讨会上,李陀把金庸称之为"一个久已中断的伟大写作传统的继承者",他说:"金庸的写作没有顺从现代汉语发展的正统和主流,而是主要从'五四'之后被正统所贬斥和排挤的'旧式白话'吸取营养,对'旧式白话'进行种种改造,形成了当今'普通话'和'国语'之外的一种另类白话文。"他把这种白话文称为"金氏白话文"。那么,当我们今天仍然承认《红楼梦》语言体系的伟大传统之时,金庸小说就正是在 20 世纪新的语言环境中这一传统的继承者,并在新的时代条件下具有空前的开放性,李陀认为:"讨论金庸的写作的意义,分析金庸写作的特色,评价金庸对汉语文学的贡献,我想都不能回避对这种新的白话语言做细致的研究,因为正是在这种语言当中我们看到了现代汉语写作突破欧化汉语的限制(这种限制主要表现为欧化汉语和西方'模拟再现'这一深度模式之间的深刻联系),以追求新的更为自由解放的写作的可能性。”①

金庸小说是20世纪中国文学的一个奇迹，这不仅是由于金庸小说文本的艺术魅力，以金庸小说为中心，从50年代金庸创办《明报》开始，金庸小说就同时具有文化产业化的魅力。在五六十年代，金庸小说一度支撑起了《明报》的市场，直到《明报》在60年代的社会剧烈变迁中以知识分子的客观立场脱颖而出。从1958年胡鹏导演《射雕英雄传》上下集发端，到80年代开始形成持续高潮，金庸小说也带动了一个庞大的影视产业，而在1999年，中国中央电视台开始拍摄系列金庸小说改编的电视连续剧，更是标志着金庸小说走入主流媒体产业。除此之外，金庸小说还带动了电子游戏、动漫、旅游等一大批文化产业，金庸小说成为20世纪中国文学的一大奇观。

第三节　梁羽生·古龙·温瑞安·黄易

在金庸之外，港台新武侠在20世纪50年代的代表作家是梁羽生，60年代是古龙，90年代是温瑞安和黄易。

梁羽生(1926～)，原名陈文统，广西蒙山人，1949年定居香港，1987年移居澳大利亚悉尼。

梁羽生是香港第一位创作武侠小说的作家，从1954年到1983年共创作武侠小说35部，重要作品有《七剑下天山》(1956)、《白发魔女传》(1957)、《萍踪侠影录》(1959)、《冰川天女传》(1959)、《云海玉弓缘》(1961)等。梁羽生小说的特色，在于他以主流文化的观念来创作武侠小说。

梁羽生心仪白羽，故名“羽生”，他对白羽的人情冷暖、江湖世故中再加上传统文化的正义与民族观念，把历史学和古代文学的素养运用到武侠小说创作中来，构成了梁羽生的传统。他多次说“武是一种手段，侠是一个目的，通过武力的手段去达到侠义的目的”就是武侠小说，而“侠就是正义的行为”，“对大多数人有利的就是正义的行为”。在这一点上，他和金庸的“为国为民，侠之大者”是相通的。在创作中，梁羽生把武侠小说历史化，也把历史小说武侠化，把渊博的中国传统文化知识和传统文学趣味融会在武侠小说中，提高了武侠小说的文学品位。华罗庚的“武侠小说是成年人的童话”的著

---

① 李陀:《一个伟大写作传统的复活》，见《金庸小说与二十世纪中国文学国际学术研讨会论文集》，香港明河社出版有限公司2000年版，第29～34页。

名论断，就正是在梁羽生《云海玉弓缘》基础上提出来的。

梁羽生小说的人物，可以从“大侠”和“名侠”两个层次来认识。“大侠”是为国家、为民族、为大众的忧国忧民的历史英雄，为此，梁羽生小说大多选择壮怀激烈的历史大事件尤其是民族冲突来表现人物。以《萍踪侠影录》为例，既有于谦这样的历史人物，也有张丹枫这样的虚构人物，都是在民族危亡关头挺身而出，放弃个人和家族恩怨，希望建立一个“天下万邦，永不再动干戈”的美好人间，致力于拯救现实的苦难。在民族关系上，梁羽生把正义居于首位，反抗强权、追求和平成为大侠的重要使命，在《武林天骄》中，他让宋、辽、金三国的人通过联姻而表现出民族融合与反战的理想。

“名侠”则是在大侠的人格气质上，高贵、清纯、孤介，诗酒风流，成为他自己所说和金庸这位“洋才子”不同的“中国的名士”，成为梁羽生小说突出的审美风格。《冰川天女传》第7回有一副对联，很能表现他的这种风格：“慧质胜幽兰，摇曳空山，明月有情徒惆怅；卿云灿银海，飘浮天际，瑶池无路漫低回！”在梁羽生笔下，男子名士典雅，识见高远；女子慧心兰质，冰雪清纯。人物姓名如练霓裳、楚天舒、凌未风、金世遗等，大多富有诗意。梁羽生还把武功描写带入了一个诗意阶段，高贵的剑器与诗意的剑招相结合，如“冰川剑法”中的雪花六出、积水凝冰、春风解冻，如“达摩剑法”中的一苇渡江、海上明霞、倒挂天虹等，表达了一种空明澄澈的意境。

写情也是梁羽生的长项。他喜欢运用心理分析法来刻画男女主人公特殊的心理状态，展示人性的复杂程度。《白发魔女传》里练霓裳和卓一航的情变，《云海玉弓缘》里金世遗在名门侠女谷之华和魔教少女厉胜男之间的情感纠葛，《冰川天女传》里桂冰娥对金世遗的情感影响等，尤其是对人物潜意识深处的情愫，表达得淋漓尽致，让人读起来欲罢不能。不过，梁羽生在一些作品中仍然未脱传统才子佳人、儿女英雄的窠臼，喜欢采取团圆结局，破坏了小说的自然逻辑。

梁羽生的总体风格，有人总结为“称厚绵密”，工稳厚实，注重历史考据，儒侠相兼，使武侠小说成为一种雅正的文学。但也正是这种风格，使他的作品缺少变化，整体风格三十年如一日，缺乏金庸那样不断超越自我的创造精神。

古龙(1937～1985)，原名熊耀华，祖籍江西，出生于香港，十四岁时移居台湾。

古龙从1960年开始，共创作武侠小说六十八部。他从1967年的“楚留香传奇”系列第一种《铁血传奇》(包括《血海飘香》、《大沙漠》、《画眉鸟》三部)走向成熟，主要作品还有《多情剑客无情剑》(1969年)、《萧十一郎》(1970年)、《流星·蝴蝶·剑》(1970年)、《欢乐英雄》(1971年)、《大人物》(1971年)、《七种武器》系列(1971年～1979年)、

《陆小凤传奇》系列(1972年～1975年)、《天涯·明月·刀》(1973年)、《英雄无泪》(1978年)等。

1969年,古龙在《大人物》的序言《新与变》中,提出了"求新、求变、求突破"的响亮口号,他将过去的武侠小说总结为成长、平暴两类,要求彻底打破已有类型,从《红与黑》、《老人与海》、《人鼠之间》等欧美文学名著以及日本文学中吸取经验,"让武侠小说也能在文学的领域中占一席地,让别人不能否认它的价值"。这成为古龙创新的起点。在古龙小说中,既可以看到日本作家吉川英治《宫本武藏》"以剑道参悟人生真谛"、战前酝酿气氛、战时一刀而决的模式影响,也可以看到金庸《神雕侠侣》"无剑胜有剑"的中国传统哲学的影响,更有西方间谍电影"007系列"的影子,还可看到受到西方存在主义哲学思潮影响的人生态度,古龙成为在"世界化"道路上走得最远的武侠小说家。

古龙重视人性的描写,他从人的本性和侠性两个角度来理解人性,融会西方和东方文化。古龙从《孟子》里的"食色性也"来理解人的本性,因此,他写了爱喝酒的楚留香和陆小凤。对于女性,他讲究风流而不下流,发乎情而顺乎情,所以,楚留香和陆小凤都有许多女人,有些女人甚至是他们的敌人,他们都会来者不拒,这就颇有些007的味道;对于权力欲望,古龙将其作为人性异化的原因,只有在无"欲"时才会获得真正的自由。

古龙多次说:"只有'人性'才是小说中不可缺少的。人性并不仅是愤怒、仇恨、悲哀、恐惧,其中也包括了爱与友情、慷慨与侠义、幽默与同情。"[①]从这里出发,构成了古龙小说的"侠性"。《孟子》里的两句格言,被古龙作为他的侠性原则。《孟子·尽心下》说:"人皆有所不忍,达之于其所忍,仁也;人皆有所不为,达之于其所为,义也。"这被古龙演绎成"有所不为,有所必为"八个字,是需要"极坚强的意志,极大的勇气"而形成的侠的道德力准则,侠就是在充分尊重他人自由基础上的正义力量。《孟子·公孙丑上》谈到"大勇"时说:"虽千万人,吾往矣。"这也被古龙纳入他的侠性原则中,作为侠的意志力准则,侠就是具有大无畏气概和执著精神的人格力量。侠是有原则的人,古龙根据这一原则,塑造了楚留香、陆小凤、李寻欢等一系列各具特色的大侠形象。并如《英雄无泪》篇末所揭示的:"歌女的歌,舞者的舞,剑客的剑,文人的笔,英雄的斗志,都是这样子的,只要是不死,就不能放弃。"侠性更进一步成为存在于人类本质之中的普遍人格力量。

和金庸喜欢写内功、梁羽生喜欢写剑不同,古龙的武功描写钟情于刀。他用"快

① 古龙:《谁来与我干杯》,百花文艺出版社2002年版,第145页。

刀”来对武学哲理进行简化，使之成为“气氛武功”的描述技巧，因为太快，写的就是决斗一刹那间人物复杂的心理感受，可以将时空无限夸张，留下广阔的想象空间。他用“魔刀”来象征人被武功所奴役的异化状态，描述了异化状态下的种种幻境，写出一种异样的美感。他用“飞刀”来表达道义理想，在《飞刀又见飞刀》卷首题词中，古龙说：“在人们心目中，它已经不仅是一种可以镇暴的武器，而且是一种正义和尊严的象征。这种力量，当然是至大至刚，所向无敌的。”

古龙不仅在人性内涵和武功描写上力图创新，他还用诗意化的语言，创造了一种简洁明快、追求场面感和诗化意境的新的武侠语言形式，具有典型的“都市文体”意味，其核心特色是蒙太奇的诗性特色。如果说30年代新感觉派的穆时英以《上海的狐步舞》让这种风格得到发扬光大，那么古龙是第一次把这种风格运用于通俗文学创作，开启了一条浩荡的语言审美之河。古龙的语言，长短句有机交错，形成跳荡的节奏；意象纵横排列，饱含情感的张力；大量运用电影手段，形成时空或并列或错乱的镜头式场景，这种诗行化甚至图形化的字段排列，模拟了电光石火之间紧张激烈的武侠武功内在节奏。古龙还以具有现代都市平民色彩的世俗智慧，使他的作品在字里行间充塞着无数的格言警句，是大众文化时代华丽审美和世俗审美的极致表现。以《天涯·明月·刀》的开头为例：

“天涯远不远？”

“不远！”

“人就在天涯，天涯怎么会远？”

“明月是什么颜色的？”

“是蓝的，就像海一样蓝，一样深，一样忧郁。”

“明月在哪里？”

“就在他心里，他的心就是明月。”

“刀呢？”

“刀就在他手里！”

“那是柄什么样的刀？”

“他的刀如天涯般辽阔寂寞，如明月般皎洁忧郁，有时一刀挥出，又彷佛是空的！”

“空的？”

“空空濛濛，缥缈虚幻，彷佛根本不存在，又彷佛到处都在。”

"可是他的刀看来并不快。"

"不快的刀,什么能无敌于天下?"

"因为他的刀已超越了速度的极限!"

"他的人呢?"

"人犹未归,人已断肠。"

"何处是归程?"

"归程就在他眼前。"

"他看不见?"

"他没有去看。"

"所以他找不到?"

"现在虽然找不到,迟早总有一天会找到的!"

"一定会找到?"

"一定!"

这里全部用对话来叙述,仿佛是电影的画外音,场面感很强,又在诗境中制造悬念,同时还仿佛具有某种哲理意味,给人华丽的审美体验。如果说金庸、梁羽生的语言是以绵密稳重、从容不迫见长,那么古龙则是激荡跳跃、飘浮灵动。古龙在这里完成了武侠小说语言的一次巨大转向,独领台湾武侠十年风骚,使武侠小说更加具有大众文化华丽审美和青春文学的味道,对其后的温瑞安等人有着较为深刻的影响。

在上述意义上说,古龙的小说虽然水平非常参差不齐,良莠杂陈,但古龙转变风气、另创天地的功绩是不可忽视的。

温瑞安(1954～　),祖籍广东梅州,出生于马来西亚霹雳州,1973 年到台湾求学,1980 年被台湾当局遣送出境,1983 年被批准到香港定居。

温瑞安从 1970 年开始发表武侠小说,作品数量众多,形成了"四大名捕"、"神州奇侠"、"说英雄谁是英雄"、"游侠纳兰"、"七大寇"、"现代武侠"等多个系列。温瑞安的主要成就是他所倡导的"突变"式"后现代武侠"。

1987 年,温瑞安开始以"现代派"自居,又称为"超新派",并进一步发展为"后现代派"。温瑞安在 1989 年的《刀丛里的诗》初版后记中认为,文学已经进入"后现代",而武侠还是"现代",因此需要逆流而上,但又不能过多地超越传统。这成为温瑞安努力的一个方向,在他的作品中,就交织着探寻历史规律的传统努力和建造游戏场景的后

现代努力。温瑞安在70年代到80年代中期的创作中，受到金庸和古龙的影响比较明显。80年代他在从台湾到香港的过程中，饱尝人生冷暖，风格开始大变。温瑞安由此成为20世纪武侠作家中个人风格最为突出的一位，个体的激情人格与时代的特殊语境，形成了“自成一派”的温氏风格，这可从四个方面来看：

第一是超强主体人格。“四大名捕”作为温氏的金字招牌，魅力并不仅止于武功的造诣和气质的超酷，更在于勇敢地在“有所不为”和“有所必为”中做出艰难的选择，用他自己的话说，武侠小说写的就是“逆境中的人性”与“历劫中的真情”，几乎所有温瑞安笔下的正面人物，都有着超强的理想信念和精神力量。正是从这里出发，温瑞安将他的侠义观表达为“侠，就是于‘有所不为’与‘有所必为’中作选择”，就是能够以巨大的意志力艰难苦斗的“有本领的平常人”。由此，温瑞安的小说就不再像传统武侠小说那样宣扬正义观念和坚强人格的最终胜利，在温瑞安的小说中，人类已经不再需要确证自我，当金庸以“我是谁”的追问而大放光彩之后，温瑞安已经不再追问这个问题。人物的出现是飘忽的，他们不需要一个确切的背景，白愁飞、无情、戚少商的身世，虽然也都是“谜”，可他们根本就不想去破解。那么，“逆境中的人性”与“历劫中的真情”，就主要是一种理想，是他的超强主体人格的具现。

第二是宏大架构笔力。温氏武侠世界的社会结构尤其复杂，朝廷江湖搅在一起，中土东土混杂莫辨，帮派世家纷纷纭纭。温瑞安以“势”来描述历史的制衡格局。“说英雄谁是英雄”系列是他自80年代中期以来倾力打造的宏大叙事。作品选取北宋末年外忧内患之际为故事背景，皇帝、侠者、奸臣、江湖等等各方，形成了一种相依共存的制衡机制，无不努力寻求平衡之局以自保，如果谁率先打破这个平衡，谁就可能率先灭亡。他由此构拟出一个以诸葛先生和蔡京两大势力为主而又汇聚了多边并存、多角纷争的复杂社会格局，长期的冷战加上经常性的局部冲突，兴亡无数，江山依旧，激烈的生死苦斗，最后都归于上层的妥协，而正是这样一种妥协，得以在当时的政治格局中保持暂时稳定，形成了一种历史哲学意义上的“势”，展现出他驾驭宏大格局的笔力。就武侠情节层面而言，温瑞安在这里写了多次刺杀，《惊艳一枪》王小石刺蔡京，《朝天一棍》张炭打皇帝、唐宝牛踢蔡京，《群龙之首》名门四秀、戚少商先后行刺皇帝，可是却没有一次成功。赵佶绝对不是一个好皇帝，温氏的用意，正是站在现代社会政治的力量制衡角度来处理的。从这里充分体现出他既要表现传统侠义原则、又要站在现代政治制衡高度来处理武侠题材的苦心，这也是他关于“势”的历史哲学的体现。整个江湖、武林以至社会、朝廷，都成了牵一发而动全身的有机整体，在这个系统中，侠不再是万能的，甚至可以说他们过得很艰难。宋徽宗并不像传说中那样昏庸，而是他有意地利用了忠臣与奸臣的力量制衡，来保证自己的绝对权威。忠奸斗争常常要互相让步，以保持各自在皇帝面前的权力平衡。作家还要尽力发掘这种制衡的最激烈而又最隐蔽的冲突形式，即他们各自对江湖的利用，这就是武侠小说中的武林江湖。历史的妥协之局，是一个传统命题，得到的是和平，有利于整体民生。然而，要维持这种和平之局，却是以牺牲善恶二元对立基本原则为代价，是以容忍恶的存在为代价，这又悖于侠的原则，而且必然导致忠良遭害，如果制衡之局一旦打破，将面临的是彻底的崩毁。侠的意义正是在这种选择中凸显出来的。

第三是戏拟人生态度。“武侠精神现代化”是温氏的独特创造，有时也被称作现代派、超新派。在他创作的年代，世界文学的先锋潮流早已由现代主义发展到了后现代主义，温瑞安也就在不知不觉间悄然完成了从现代到后现代的过渡。现代与后现代是不同的，现代主义犹如西西弗斯的神话，个体为非理性的思想和行为所缠绕，内心始终不得安宁；而后现代已经适应了非理性的尘世，内心安宁平静了，虽然如温瑞安自己所说，“江湖不过游泳池”，“武林不过污泥地”，世界一塌糊涂、一片混乱，而个体却可以不再被世界压倒，虽然不能改变这个世界，却可以犹如消解迷宫式与突变规则式地狂欢戏拟于这个世界之中。因此，在文本层面，温瑞安就更多地表现了在无奈之中侠的逃亡(江湖之侠如戚少商)与追逐(庙堂之侠如四大名捕)，展开一场让读者觉得“好看”的游戏，在情节、人物、场景、活动、悬念的绚丽中，传统视阈内“势”的历史哲学，被悄悄被置换成“后现代”的感官刺激。

第四是惊艳审美风情。温瑞安在文学的意象和语言上，有很强的感受能力。比如“七大寇”里“太美丽绝对是场灾祸”的“黛绿嫣红一泼风”，温瑞安写的就是“刀丛里的诗”，“遇雪尤清，经霜更艳”，写出了“诗的真实”。温瑞安除了对古龙的现代都市平民色彩的格言警句之美和电光石火之间的武侠武功节奏之美有所继承而外，还进一步对既成的传统语言进行戏拟，同时以时尚的流行语体对传统作了改换，颇具刻意造就的语言游戏与语言狂欢的特点。在《战僧与和平》中，战僧何签的武功“蚯蚓大法”名为四十一仰五十七伏，孩子王何平的“送别刀法”名为三十七抽二十九送。作于1996年的《风流》，流氓军的头子詹奏文、房子珠夫妇，绰号叫做“东方蜘蛛”与“洞房之珠”。他以现代时尚语体来构建武侠标题，造成武侠故事的传统性与语言构建的时尚性之间的分裂，并由这种相向的分裂形成巨大的文体张力，达到荒诞、幻想、闹剧、滑稽模仿的效果。

温瑞安的武侠“现代”与“后现代”尝试，取得了不俗的成就，但也同时带来了一些时尚的恶俗。比如将作品无限拉长，形成类似肥皂剧的结构格局，许多系列作品写了一二十年，结果还是虎头蛇尾。由于篇幅过长，比如《天下有敌》近六十万字仅仅写了两场劫杀,其中不乏水分。在80年代以来香港都市文化恶俗泛滥的“拳头加床头”模式氛围中,温氏作品也不乏色情暗示和血淋淋的场面。而在90年代末,温瑞安又堕入“装神弄鬼”的恶俗,比如“四大名捕斗僵尸”,渐显创作力枯竭之象。

黄易(1952～),原名黄祖强,香港人。

黄易1988年出版第一部小说《月魔》,1989年辞去香港艺术馆馆长助理职位,专门从事小说创作。黄易的作品分成“玄幻”和“异侠”两个系列,前者偏于科幻,后者偏于武侠。黄易的主要武侠作品有《大唐双龙传》、《寻秦记》、《破碎虚空》、《覆雨翻云》、《边荒传说》等。在20世纪90年代武侠创作相对低迷的情况下,黄易被称为“90年代的武侠旗手”,接续了从传统武侠到时尚武侠的发展。

黄易的作品带有浓厚的实验武侠意味。如果说温瑞安的武侠文体实验是后现代主义文化的产物,那么黄易的武侠文体实验则更多地源于数字化时代的传媒变迁,90年代的网络阅读曾使黄易的点击率达到每日20万多次。网络阅读造成了网络风格,这和金庸、古龙从电影中吸取养分营造新武侠节奏的做法可谓异曲同工,但又走得更远。武侠小说虽然不能等同于网络小说,但网络方式却使作者有意无意要去抓住一批“新人类”,黄易就正是在这种背景下与时俱进、应运而生的。网络式武侠文体着力追求并发挥文学语言的自指性特征,追求明白夸张的风格,诗性的激情与机智得到较充分的表达,但较为忽视诗性的深沉与多义,这使它成为一种“好读”的文体,但却可能不是“耐读”的文体。90年代武侠小说阅读的即时快感和即时机智,以轻松的方式表现着现代人尤其是新人类的乌托邦。

在情节建构上,黄易更多地借鉴了科幻和魔幻文学,自觉地把“幻”作为武侠文体的一条创新之路,向远古追寻是魔幻,向未来拓展是科幻,科幻加魔幻则是玄幻。黄易同时既写武侠又写科幻,许多作品都具有双重文体意味。比如《寻秦记》,20世纪的特种兵项少龙为了完成一项科学实验,借用现代科学仪器实现时空穿越,回到秦朝统一天下之前的战国,以见证秦王登基大典。这部作品借鉴了科幻手法,把不同的时空结合起来,开了“穿越”类文学的先河,同时又包含着探寻历史发展规律即黄易所说的“天道”的意味。黄易认为,武侠就是中国的科幻小说,与中国各类古代科学结合后,能够创造出一个自圆其说的动人天地;与历史和人情结合后,能够营造出疑幻似真的小说现实,追求难以由其他文学体裁得到的境界。“幻”成为黄易突破金庸以“实”映现社会生活的武侠创作方式的重要武器。

黄易武侠文体的另一特色,是网络时代的电玩化建构。武侠游戏已成为网络兴起之后电子游戏的一个大类，出现了一大批经典游戏，如《金庸群侠传》、《传奇》、《仙剑奇侠传》、《剑侠情缘》等。武侠电玩的一个直接后果，是人们把武侠游戏和武侠小说联系起来，如智傲公司在2002年夏季推出的《古龙群侠传 Online》介绍中，就声称其最大特色是“武侠小说、线上游戏二合为一”。武侠游戏的人气和利润，使一部分以连载为主要形式并在网络发布的武侠小说，不自觉地呈示出电玩的特质。黄易的《大唐双龙传》就十分典型，有些像角色扮演类游戏，读者也主要是70年代以后出生的青少年。《大唐双龙传》以寇仲和徐子陵两位游侠在隋唐群雄逐鹿之际的经历为题材，他们游走江湖，出入军政，立下了许多功勋，如果和电玩比拟，无非就是在完成一个又一个的游戏关口与支线任务，他们江湖经验的积累，无非就是游戏中角色经验值的上升，是游戏里的打怪升级。作品兼具了游戏华丽审美与开放时空的特点，结局也是开放性和无限延伸的，如果不想退出，就可以永无结局，所谓“生命不息、升级不止”。黄易的超长篇，往往无限延伸，甚至没有特定结局。这既是黄易作品迎合时尚而受到欢迎的原因，也是许多人不喜欢黄易作品的原因。

黄易结合了科幻和网络来创作武侠小说，开辟了一片新的天地。但这一领域本身的发展还远远不够成熟，黄易作品同样也存在着不够精致等问题。但无论如何，从黄易这里开始，开始了一个跨时代的过渡。从这里接续到21世纪的大陆新武侠，才完成了新一轮的武侠文化转变。

第四章　诗　　歌

本时期的诗歌，呈现出较为明显的发展态势，即对原有的现实主义诗歌艺术传统的恢复和超越性的变革而带来的多元发展状态。

1976 年春天爆发的天安门诗歌运动，揭开了恢复诗歌传统的序幕。尽管它主要表现为一次政治运动，但它对诗与时代、诗与人民、诗的真实、诗的职责和本质提出了重要的启示。

在中国新诗传统美学的恢复中，以“归来者”的诗首先表现出实绩。艾青、公刘、周良沛、蔡其矫、流沙河、白桦等诗人，鲜明地表达了诗必须说真话，必须与“瞒与骗”、“假大空”作坚决的决裂。恢复中国新诗现实主义美学传统成为共识。艾青的《在浪尖上》与《光的赞歌》、公刘的《为灵魂辩护》、流沙河的《哭》、白桦的《阳光，谁也不能垄断》等诗作，以前所未有的参与意识和批判意识获得了广泛的欢迎。

在新诗现实主义美学传统的恢复中，另一批生力军也加入了进来，他们是 70 年代中期到 80 年代初出现在诗坛上的新人。其代表人物有雷抒雁、叶文福、张学梦、杨牧、骆耕野等。他们在诗传统的恢复中，更多地表现了创新和开拓精神。他们重视以诗作为“武器”，对社会生活进程给予积极的“干预”，揭露与抨击落后腐朽的事物，赞颂与支持新生的力量。雷抒雁的《小草在歌唱》、叶文福的《将军，不能这样做》、张学梦的《现代化和我们自己》、杨牧的《我是青年》、骆耕野的《不满》等作品与老一代的归来之歌一样，针砭时弊，颂扬崇高，对历史进行深刻反思，对沉重的现实发出呼吁。这些诗歌，高扬现实主义精神，承袭传统诗美学的内涵，呈现出诗歌切入时代和现实所达到的新的高度。

在“归来者”的诗歌中，还有另外一些特殊的层面。其中有因所谓“胡风事件”罹难或受到牵连的“七月”诗人们：绿原、牛汉、鲁藜、曾卓、罗洛等等。他们善于表现人的苦难及苦难的历程中始终不灭的信念之火，以受伤的心灵唱出既欣喜又悲叹、既真挚又深沉的归来之歌。他们的诗在心理内容和哲理化上特色显著。另外，有因政治引发的偏狭艺术观而长期被排斥的诗人群：辛笛、穆旦、杜运燮、郑敏、陈敬容、唐祈、唐湜等等。他们在新时期也重燃创作激情，奉献出《九叶集》。这部诗集，在 20 世纪 40 年代中国黑暗与光明更替的特殊时代背景下，吟唱出他们的深沉之歌和对“人的精神生涯”的剖析。抒情与哲理、细腻与沉思，是“九叶”诗人们的鲜明特征。

中国诗坛在 70 年代末到 80 年代初崛起了以北岛、舒婷、顾城、江河、梁小斌、杨炼为代表的“朦胧诗”群。他们更重视对人的情感和内心世界的揭示，通过对“自我”的情感心理内容的表现，传达出他们对世界的情感体验。“朦胧诗”的出现，开始了对诗歌传统的超越性变革，打破了诗坛现实主义一统的局面。他们以大体相近的诗美观和创作实绩，把诗艺术变革的焦点对准传统诗艺术定势的痼疾，广泛借鉴现代主义艺术经验，强化现代意识，对传统诗歌观念和审美意识产生了强烈的冲击，也由此引发了中国诗坛长达 5 年的论争。其中，北岛的《回答》与《履历》、舒婷的《致橡树》与《祖国啊，我亲爱的祖国》、顾城的《一代人》与《远和近》、江河的《纪念碑》、梁小斌的《雪白的墙》、杨炼的《大雁塔》等影响较大，并充分显示了与传统诗美学明显不同的艺术特质。他们以现代意识思考人的本质和人类的生存环境，寻求人的自我价值，追求心灵自由和人性改善。在诗歌艺术上，更注重诗人的主体意识，将诗人的身世感心灵化，追求朦胧美的传达，通过意象的聚合与重构及整体象征，展示出鲜明的抽象性和超越性的特征以及思辨精神。“朦胧诗”潮开拓了诗歌的表现领域，丰富了诗歌的技巧和表现手法。

“朦胧诗”潮后，他们中一部分诗人开始了新的探索。杨炼、江河等开始追求诗的史诗表达，以现代意识为基点，追求对时代、民族、历史的把握，对民族、历史进行重新审视和感受，力图挖掘出民族精神性格中的深层素质，争取历史对现实的介入。

80 年代中期前后，一批比“朦胧诗”群更年轻的诗人出现了。他们被评论界称“新生代”或“第三代”诗群。他们以各种旗号、宣言、理论和创作，表达了与传统诗歌尖锐对立的态度。他们把诗美的取向由群体极端地转向个体，标举“平民意识”，取消崇高，取消价值判断。在艺术表达上，追求原生态和冷抒情，反意象，反象征，甚至取消语言的逻辑意义。其中，影响较大的有“非非主义”、“莽汉主义”、“新传统主义”等。于坚、韩东、蓝马、周伦佑、李亚伟、尚仲敏等人的诗及诗理论影响较大。

在这期间及以后，中国诗坛还有一些较有影响的创作倾向和诗歌现象。如周涛、昌耀为代表的新边塞诗。其他如“乡土诗”、“军旅诗”、“城市诗”、“校园诗”、复兴中的新格律诗，以及从我国特殊区域台港诗坛引入的诗人诗作，都拥有相当的读者群和影响面。中国诗歌从此开始进入了开放的多元的流动状态。

进入 90 年代后，随着社会主义市场经济体制的逐步确立，中国文学乃至整个文化都面临新的选择。这将是一次深刻的历史性调整，诗坛的某种沉寂乃至混乱状况是不可避免的。市场经济的必然性与精神生活的高贵性、都市情结与乡村记忆、世界眼光与民族形式等，将成为困扰诗人和读者的重要课题。世纪末的中国新诗必将就此作出新的回答。神话主义、语言乌托邦、走向民间等倾向已显示出某些重要的迹象。

第一节 归来的诗人群

艾青、郑敏、牛汉、公刘、陈敬容、流沙河、周良沛、白桦、曾卓等，是本时期最初参与全社会拨乱反正历史变革而重新"归来"的中青年诗人。他们的歌声中既有因"归来"而产生的由衷喜悦，更有对被"放逐"历史的深刻反思。"说真话、抒真情"是这一批诗人反叛"文革"十年乃至更早时期诗歌"假、大、空"的基本艺术使命，同时也构成新时期诗歌最初几年的主要景观。之所以将这一批诗人称为"归来的诗人群"，是因为他们中的代表人物艾青复出后的第一部诗集定名为《归来的歌》，流沙河、梁南等也都写过以"归来"为题的诗。由此，这一具有丰富历史文化内涵的称谓便沿用下来。

作为这一诗歌群体的杰出代表，艾青从30年代开始，就为诗坛奉献了《大堰河，我的保姆》、《雪落在中国的土地上》、《向太阳》等佳作。但在50年代后期，他却受到不公正的待遇，先后被送到东北和新疆等地劳动改造，沉寂了二十年。二十年的风霜雨雪没有使诗人变成世故的老人，相反地，他的歌声里更增添了一份深沉与厚重。"不幸遇到火山爆发，也可能是地震，你失去了自由，被埋进了灰尘。"这首题为《鱼化石》的作品，作为艾青"复活"后最早的心灵自白，融进了他的痛苦经历，更融进了他对社会人生的真诚思考："活着就要斗争，在斗争中前进，即便死亡，能量也要发挥干净"。正是带着"前进"的生命激情，艾青复出后给读者奉献了《归来的歌》、《彩色的诗》、《雪莲》等数部新作。其中，《归来的歌》和《雪莲》分获1979～1982年、1983～1984年全国优秀新诗(诗集)奖，《归来的歌》还获得1985年法国文艺界最高勋章。

在艾青新时期的诗歌创作中，既有《在浪尖上》、《光的赞歌》、《古罗马的大斗技场》等鸿篇巨制，也有《盆景》、《酒》、《小泽征尔》、《镜子》等抒情短章。尽管长短不一、题材各异，但这些作品都在向世人表明：艾青的歌声没有苍老，他依然是属于人民的歌手。

和新中国成立初期创作所不同的是，艾青"归来"后的作品更多了一些对社会人生的哲学思考，即使是那些玲珑剔透的抒情短章，他也力求从中发掘出某种哲理品格来，从而使寻常的事物成为非凡的诗歌形象。“她躲在峡谷/她站在山崖上//你不理她/她不理你//你喊她，她喊你/你骂她，她骂你//千万不要和她吵嘴/最后一声总是她的。”(《回声》)是自然的回声的形象摹写，更是人与人之间某种关系的巧妙暗示，诗歌形象的含蓄内向给我们提供了回味思索的诗美空间。他的这类哲理思考还大量体现在他的那些无题小诗中，如“谁愿意和手上有同志鲜血的人握手呢”，又如“椰子把果子挂得高高的/显得很严肃/菠萝把果挨近地面/显得很随便”。

最能体现艾青思想深度和艺术水准的是他的《光的赞歌》和《古罗马的大斗技场》等长诗。前者是关于光与人的辩证思考，后者则是关于人性与兽性的诗性辩驳。前者在思考中激励我们“从地球出发/飞向太阳……”，后者则在辩驳中让我们回到历史的深处去找回人所应拥有的良知与尊严：

时间太久了
连大理石也要哭泣；
时间太久了
连凯旋门也要低头；
奴隶社会最残忍的一幕已经过去
不义的杀戮已消失在历史的烟雾里
但它却在人类的衷心上留下可耻的记忆

50年代初期的艾青，恐怕难于写出像《光的赞歌》这样宏大深沉的华章，也难于写出《古罗马的大斗技场》这样的惊心动魄之作。

或许因为急就成章，或许因为过分看重作品的理性色彩，艾青这一时期有的作品显得不够精练，有的作品则有理念化的倾向，像“怕风浪不能当海员/怕虎豹不能当猎人”(《无题·一》)，这样的作品对于艾青来讲是有失水准的。

除创作外，艾青在新时期还出版了《诗论》、《艾青谈诗》等诗学论著(其中前者是再版，但增补了一半的篇幅)，这是他对诗坛另一有重要价值的奉献。

流沙河是“归来者”中另一个引人注目的诗人。1978年，他重操诗笔，创作了大量脍炙人口的诗作，先后出版了《流沙河诗集》、《别故园》、《游踪》等数部诗集。组诗《故园六咏》获全国中青年诗人优秀新诗奖，《流沙河诗集》获1979～1982年全国优秀新诗(诗集)奖。

随着可悲的历史误会的结束，诗人终于从被误伤的血迹里，从蜷伏的冥穴内，从隔

世的秋雨中归来。恰如他在《归来》一诗中所写的那样："我回来了，我回来了，/我活着从远方回来了！/远得就像冥王星的距离，/仿佛来自太阳系的边缘"。这是命运的凯旋，尽管其中的幸福感浸透着苍凉，但它毕竟传达出历史的进步。归来后的流沙河以一个历史见证人的身份与人民一道，痛切地反思这一段民族的灾难史。他以此为主题写下了大量的优秀诗作，其中较有影响的有《故园九咏》[①]、《情诗六首》、《草木新篇》、《老人与海》等。他的作品在题材的开掘上注重传达个人经验过的独特感情，清晰而含蓄、严肃而诙谐，即使表现大悲大喜也不失其端庄安详：

> 爸爸变了棚中牛，今日又变家中马。
> 笑跪床上四蹄爬，
> 乖乖儿，快来骑马马！
> ……
> 莫要跑到门外去，
> 去到门外有人骂。
> 只怪爸爸连累你，
> 乖乖儿，快用鞭子打！
>
> ——《哄小儿》

年轻的父亲给小儿当马骑，原本是天伦之乐，但当了牛鬼蛇神的"牛"，使小儿遭人歧视，于是这家中之"马"的天伦之乐便包含着一种赎罪般的地狱之苦了。这首诗寓社会风云于家务琐事，寄悲愤哀叹于逸兴闲趣，借小笔写大事，借烦恼人生写社会悲戚。

像这首诗一样，流沙河的作品在表现严肃的主题和普遍的人生课题方面，多有别具一格的角度。太阳是诗歌表现的一个永恒的主题，在现代诗歌史上，就有郭沫若的《太阳礼赞》、闻一多的《太阳吟》、艾青的《向太阳》等名作。流沙河也写有《太阳》一诗。和这些诗篇所不同的是，流沙河的这首作品不是以太阳为媒介来抒情言志，而是以丰富的自然科学知识直接描写太阳本身，将它放在宇宙的星图上给予科学的考察，从侧面批判现代迷信："哺育我们成人的母亲虽然伟大/却并非永恒，却并非万有/固执迷信的只是我们自己/她原本是一颗平凡的恒星"。太阳和真理，就这样在诗人笔下回到客观的、正确的、实践的轨道，和亿万个太阳、亿万个相对真理运行在一起。正是这样，流

① 这一组诗最初发表在《诗刊》时，共六首，后收入《流沙河诗集》时增加了三首故改称《故园九咏》。

沙河的《太阳》才显得与众不同。

除诗歌创作外，流沙河归来后还致力于新诗的理论建设，写了大量的有关诗歌创作技巧的文章，先后结集出版的有《写诗十二课》、《十二象》等。同时，他还热心介绍台湾诗歌，先后出版了《台湾诗人十二家》、《隔海说诗》、《台湾中年诗人十二家》等著作。这些著作曾在诗坛和广大读者中产生广泛影响，也成为诗人流沙河艺术风景线的独特景观。

曾写有"既然历史在这儿沉思，我怎能不沉思这段历史"的公刘，也是归来的诗人群中一位有广泛影响的诗人。"归来"的公刘不仅获得了公民的自由，而且还获得了第二次艺术的青春。他先后出版了《红花·白花》、《仙人掌》、《离离原上草》、《骆驼》、《南船北马》等十部诗集，《诗与诚实》、《诗路跋涉》、《乱弹诗弦》、《谁是二十一世纪的大师》等四部诗学论著。《沉思》一诗曾获1979～1980年全国中青年诗人优秀诗歌奖，诗集《仙人掌》获1979～1982年全国新诗(诗集)一等奖。

50年代，公刘以强烈的士兵意识与公民情怀，歌唱新生活的美好和人民的幸福以及作为一个共和国士兵的骄傲。情感炽热、单纯，诗风轻快、明朗。但在经历过二十多年的被放逐、被扭曲的岁月后，他的歌声不再那么轻松、那么充满青春的激动和向往了，他不能不和历史一道沉思。值得注意的是，这位刚直而富有使命感的诗人，在久经离乱之后没有顾影自怜作悲切之语，而是在回顾中剖析往昔，在沉思中对未来寄予更大的希望。他在《哎，大森林！》一诗中这样写道："分明是富有弹性的枝条呀，/分明是饱含养分的叶脉！/一旦竟也会竟也会枯朽？/一旦竟也会竟也会腐败？/我痛苦，因为我渴望了解，/我痛苦，因为我终于明白——//海底有声音说：这儿明天肯定要化作尘埃，/假如今天啄木鸟还拒绝飞来。"这是对大森林生死存亡的担忧，更是对灾难重演的可能性的报警。这里用了倒装句，先说结果，为的是强调那原因，使这一句"假如……"更具有艺术的最后冲击力量。

体现公刘深沉的思考而又不失其科学精神和前进观念的，是他的《十二月二十六日》。在这首诗中，诗人以极大的政治勇气，把思索的目光投向颇为敏感的对领袖人物的评价问题。他颂扬了旗帜，无可置疑那是一面大旗帜无比辉煌，但也没有忌讳旗帜上的弹孔。作为一种象征物，他试图对旗帜的概念作出符合实际的诠释：

无可置疑，他是一面大旗，
旗的概念是什么？是飘扬，是进击，
旗应该永远是风的战友，

风，就是人民的呼吸。

在真诚的诗人眼里，最容不得的就是虚假、粉饰。他在读了青年画家罗中立的油画《父亲》后，被激怒了，因为画面上的父亲饱经沧桑，额头布满了汗珠，树皮一样粗糙的大手捧着一只龟裂的、像出土文物一样的瓷碗，可耳轮上却被违心地夹上一支圆珠笔。于是他愤然写道："父亲，我的父亲！/是谁把这支圆珠笔/强夹在你的左耳轮?! /难道这就象征富裕？/难道这就象征文明？/难道这就象征进步？/难道这就象征革命？/……快扔掉它！扔掉那廉价的装饰品！"如果说《十二月二十六日》是把领袖从神坛拉回到人间的话，那么这首《读罗中立的油画〈父亲〉》则是对"人民创造历史"这一哲学命题的诗性张扬与注释。

公刘是一位政治意识和使命感都极强的诗人，这给他的不少作品带来特定的思想光芒和社会价值，但这种社会学效果的追求有时不免掩盖了诗艺的追求。如何在政治与艺术、人间关怀与美学自觉之间寻找到一种统一与和谐，这是公刘，也是和公刘一道归来的部分诗人共同面对的艺术课题。

在归来的诗人群中，令人瞩目的还有在共和国时代离去最早、归来最晚的"七月派"诗人。这一批诗坛的"白色花"在 50 年代初就凋谢了，新时期归来的只是其中的幸存者。久经动乱后，他们虽然发已斑白，但是豪情依旧，对祖国和人民仍然充满着炽热的爱心，对生活仍然不失前进的信念，恰如冀汸所歌唱的，"我还是你们记忆里的那个样子：/一头卷发，不过已经斑白；/一双深陷的鹰眼，不过有些老花；/还是容易激怒，说话不会拐弯；/苦难的历程使我老了，/但那颗跳动的心，还像从前一样年轻"。冀汸的"回答"基本体现了归来的"七月派"诗人的人生状态与心灵指向。除冀汸外，在这一批幸存者中，影响较大的还有绿原、牛汉、曾卓、鲁藜、彭燕郊等。绿原归来后，先后出版了《人之诗》、《人之诗续编》、《另一支歌》等，其中比较有影响的有《重读〈圣经〉》、《歌德二三事》、《听诗人钱学森讲演》及组诗《西德拾穗录》等。这些作品多取历史题材，不乏独到的沉思与活跃的诗心。其中，《重读〈圣经〉》可以称为诗人早年的《伽利略在真理面前》的姐妹篇。在诗中，作者对十年动乱进行了无情的揭露和批判。他自信是无神论者，确认自己的"上帝"只能是人民，他打开《圣经》，没看到什么灵光和奇迹，而只是他认识的形形色色的活动着的人，从而自然地联想到当时的现实。牛汉在新时期的创作相当活跃，出版了《温泉》、《海上蝴蝶》、《蚯蚓与羽毛》、《沉默的悬崖》等数本诗集以及诗学论著《学诗手记》。其中，不少作品写于 10 年动乱甚至更早，而且相比较而言，他的这些作品比他早年的诗更具美学魅力，其影响也更大一些。如《华南虎》、《根》、

《蚯蚓的血》、《悼念一颗枫树》等，都堪称诗坛上名篇。这些诗作大都表现出浓烈的悲剧精神，其抒情对象和它们所处的环境之间往往是一种对立的关系，但前者并不因此而放弃生的渴望和追求的执著，而是焦渴中带着思索，苦痛中升腾着向往。如《根》一诗就这样写道："我是根，/一生一世在地下/默默地生长，/向下，向下……/我相信地心有一个太阳"。又如《巨大的根块》："灌木丛顽强的生命/在深深的地底下/凝聚成一个个巨大的根块/比大树的根/还要巨大/还要坚硬"。这些作品显示牛汉诗歌在艺术追求上的显著特点：一方面采用简洁明确的口语，另一方面则常常采用总体象征方式构造抒情形象，从而形成一种既明白简练又含蓄深沉的抒情风格。"七月派"在归来后比较有影响的作品还有曾卓的《悬崖边的树》。这首诗可以说是历经磨难的"七月派"诗人们一个永久性的造型。突然而起的奇异的风，把这棵树吹到了悬崖。风塑造了它的扭曲的形象，但它未曾、也不会跌落深谷，那扭曲似乎造就了它可供飞翔的翅膀："它似乎即将倾跌进深谷里/却又像是要展翅飞翔……"这是一个使人心酸同时也使人充满期待的形象。

另一批和"七月派"一起归来的还有被人们称作"九叶诗人"的诗群。其中，郑敏、辛笛、杜运燮、袁可嘉、陈敬容等在新时期的创作都曾一度活跃，为现代诗歌的发展作出了新的贡献。

18世纪法国思想家狄德罗曾经说过："什么时代产生诗人？那是在经历了大灾难和大忧患以后，当困乏的人民开始喘息的时候。那时想象力被惊心动魄的景象所激动，就会描绘出那些未曾亲身经历的人所不了解的事物。"①"归来"的诗人群就是一批经历了民族的大灾难和大忧患的优秀儿女。他们的意义首先在于以艺术的方式参与了全民族的历史反思，在反思的同时，他们更点燃了中国人民奋发进取的追求热情，恰如赵恺在《我爱》一诗中写的那样："我把平反的通知，/和亡妻的遗书夹在一起，/我把第一根白发，/和孩子的入团申请夹在一起。/绝望和希望夹在一起，/昨天和明天夹在一起"。正是这样，他们的创作才具有巨大的社会心理价值。其次，作为新时期初期大陆诗坛的一支重要力量，"归来"的诗人群和朦胧诗人一道，共同完成了当时诗歌的美学使命，这个使命就是对传统诗歌美学的重新发掘与弘扬，中国艺术中的现实主义美学精神在他们这里重新被确立，"说真话"、"抒真情"作为对"文革"十年"假、大、空"的帮派诗歌的一种反叛，开创了新时期诗歌的新局面。再次，他们以坚实的创作实绩证明了他们独具的美学价值。这一批诗人大都有着丰厚的人生阅历与使命意识，有着广

---

① 狄德罗：《论戏剧艺术》，《狄德罗美学论文选》，人民文学出版社1984年版。

博的文化修养和艺术经验，这就使他们的作品具有广阔的社会辐射力和深远的历史穿透力。当然，由于他们刚从灾难中走出，而且也由于他们所追求的现实主义创作方法的某些局限，其部分作品流于直白、浅露，在艺术上显得粗糙。但从总体来看，这一诗歌群体对于当代中国的诗歌而言，仍是一片独具光彩的星群。

第二节 “朦胧”诗人

20世纪70年代末到80年代初，是诗歌走向复兴的时代。在这复兴的历史大合唱中，“朦胧”诗人不仅以挺拔的崛起与归来者并立于诗坛，还以它独特的歌唱及由此引发的论争，给诗坛带来繁荣的景观，同时作为不容忽视的诗歌潮流，给中国新诗以深远的影响。

“朦胧诗”得名于章明的《令人气闷的“朦胧”》[①]一文。然而这一诗歌现象早在60年代末就已萌生，食指的《再也掀不起波浪的海》(1967)、《相信未来》(1968)等诗作就是最初的潜流。1978年，《今天》的创刊使它完成了涌出地表的民间意义上的突破。“朦胧”诗人的公开亮相则是以北岛的《回答》在《诗刊》1979年第3期上的发表为标志的。随后舒婷、顾城、江河、杨炼、梁小斌、芒克、多多、食指等相继公开发表代表作品并且产生广泛影响，形成所谓崛起的态势。

作为一个并非严格意义上被定义的诗歌现象，基本的相似性使朦胧诗拥有以下的特征。共同的时代经历赋予他们共同的精神特质：抒写一代人理想的幻灭和在反思与批判中展示富有使命感和责任感的一代人的觉醒。北岛的《履历》、梁小斌的《中国，我的钥匙丢了》等诗从不同侧面予以表现，尤其是顾城的《一代人》更是这一心路历程的精约概括。在对人的价值与尊严的重新确立中，人道主义的呼唤成为他们共同的指向。江河在《星星变奏曲》中写下了“每天/都是一首诗/每一个字都是一颗星”的期冀和祈愿。北岛则发出了“我是人/我需要爱”(《结局或开始》)的呐喊。而舒婷，对人的关切更是她灵魂深处的歌声。相近的诗美追求是朦胧诗的又一共同点：对现实主义美学传统，朦胧诗在诗歌的真实上是一种回归，在诗美表达上则是一种反叛。在以“主观体验进入世界的方式”这一充分个性化的原则下，诗歌的表现空间得到拓展。舒婷在

---

① 《诗刊》1980年第8期。

《遗产》中，撇开具体事件，而以烈士的母亲对自己孩子的深沉感情，写下了充满主观体验的英雄颂歌。同时又以隐喻、暗示、蒙太奇、意象化、整体象征等大量现代艺术技巧的运用冲击着传统的表现手法。江河以“历史停顿了/土地天空在静寂中/人民垂下头/一个下午，时代的黄昏”(《葬礼》)的诗句，意象化地处理了周恩来总理逝世这一历史事件，并在意象的组合中获得了整体的象征意义。

朦胧诗不仅是一代人的抒写，同时也影响了整整一代人。历时几年的朦胧诗论争，在诗人和评论家的引发下激起了广大读者的参与，而且随着论争的深入开展，由现象的争鸣走向了理论的建构。谢冕的《在新的崛起面前》①、孙绍振的《新的美学原则在崛起》②、徐敬亚的《崛起的诗群》③，以对朦胧诗的肯定和理论分析，成为“崛起派”诗论的代表作。三个“崛起”不仅以艺术的精神要求人们给予朦胧诗以宽容和理解，而且从对新诗的纵向考察上指出其与五四新诗传统的承继关系；不仅在理论上将朦胧诗归为“新的美学原则”，而且还在与世界诗歌的横向联系中指出了新诗的现代主义走向。它对朦胧诗的深入发展有着推进作用。正是理论的介入使诗人们获得了理论的高度和审美的自觉，在审视和调整中走向了超越。

当论争趋于平静，朦胧诗亦将接受身后更为漫长的岁月的检阅。但它作为新诗承继“五四”传统、走向现代主义不可缺失的一环，不仅以新的诗美艺术的创造和探索推动了新诗的发展，而且还以充满艺术个性的创作，构成了诗坛丰富多元的繁荣景象。

舒婷(1952～　)，福建泉州人，朦胧诗派的代表人物。她的主要作品有诗集《双桅船》、《舒婷顾城抒情诗选》、《会唱歌的鸢尾花》及散文集《心烟》等。其中诗歌《祖国啊，我亲爱的祖国》获1979～1980年全国中青年诗人优秀诗歌奖，诗集《双桅船》获1979～1980年全国新诗(诗集)二等奖。她以心灵的力量写下的充满人性温暖的诗句，使她拥有了广泛的读者，同时作为论争中的焦点之一。她的创作受到理论界的关注，至今，她充满艺术魅力的诗作依然给人以记忆。

对心灵的动人歌唱，使舒婷在重新确认个体生命价值的共同主题下，获得了她独特的审美价值。她既有“人啊，理解我吧”的渴求，又在“对人的一种关切”中理解着别人。这种关切在《珠贝——大海的眼泪》、《礁石与灯标》等诗中将目光投向了有着痛苦心路历程的一代人，也在《馈赠》中把“深入所有心灵/进入所有年代”作为了诗人使命

① 《光明日报》1980年5月7日。
② 《诗刊》1981年第3期。
③ 《当代文艺思潮》1983年第1期。

意识的最终指向。既是价值尺度又是观照角度的对人的关切，在舒婷的创作中更多的是以对妇女命运的关注来展示的。《致橡树》不仅表达了建立独立平等的人际关系的理想，也对爱进行了全新的诠释："不仅爱你伟岸的身躯/也爱你坚持的位置，足下的土地"，由此使爱由单薄狭隘走向了瑰丽深沉。她笔下具有独立人格的女性形象，既有着《惠安女子》中"天生不爱倾诉苦难"而"把头巾一角轻轻咬在嘴里"的坚韧精神，又有着《神女峰》中"与其在悬崖上展览千年/不如在爱人肩头痛哭一晚"的反叛意识，还有着《会唱歌的鸢尾花》中"你要每天背起十字架/跟我来"的人生使命感。由此，立体地展现了具有强烈主体意识的现代女性的不同精神侧面。

舒婷诗中对人的尊严和价值的确立是伴随着对"非人"境遇的揭示和批判来展开。面对封建礼教对女性的束缚，她发出了"心真能变成石头吗"(《神女峰》)的诘难；面对现代人生存境遇的异化状态，在《流水线》中她有力地揭示了流水线式的生活的单调与刻板；她批判的锋芒还直指官僚主义对人的存在和价值的漠视现象，沉痛的反思中她愤然指斥："谁说生命是一片绿叶/凋谢了，树林依然充满生机/谁说生命是一朵浪花/消失了，大海照样奔流不息……"(《风暴过去以后》)。在赋予批判以理性的直观中，她的诗更有审美的内涵。

舒婷诗歌的魅力不仅在于对人的一种深度思考，也在于她以心灵对世界的感兴来营造组合意象，使富有个性气质的诗情获得了纯美的表达。"我甜柔深谧的怀念/不是激流，不是瀑布/是花木掩映中唱不出歌声的古井"(《呵，母亲》)。诗人对母亲的怀念不仅在喧闹的激流瀑布与沉默的古井的对比中获得了具象的展示，也在"花木掩映中唱不出歌声的古井"这一有着独特情感体验的意象中，表达得和婉真挚，含蓄深沉。同时，她在对现实经验的突破中，构筑非常规的审美意象，如"在种子的胚芽中/唱着翠绿的歌"(《馈赠》)，"翠绿的歌"就以非常规的组合，造成了视觉与听觉的叠加，显得鲜活而生动异常。另外，现代手法的运用使她的诗获得了丰富的表达。《路遇》以蒙太奇的意象组接方式，呈现了瞬间错觉中微妙复杂的情感。《思念》中四个并无实在联系的事物在意象的聚合式组合中，获得了共同的意指：对执著但却无奈的思念的表达。

《祖国啊，我亲爱的祖国》是舒婷早期最有影响力的作品，她以赤子之心歌唱了对祖国的热爱。异于传统颂歌的是，它既饱含热切的期望，又充满深重的忧虑，体现了一代人基于热爱的复杂而深沉的情感特质，富有鲜明的时代特色。另外，创造性的意象和整体的象征使诗情的传达表现出新的审美向度。"我是你的十亿分之一/是你九百六十万平方的总和"以奇妙新鲜的喻象，构成了祖国与我合二为一的抒情形象；同时在对祖国兴衰的关注和对民族腾飞的切盼的情感基调上，使老水车、矿灯、稻穗、路基与胚芽、起跑线、黎明等零散的意象，获得了整体的象征意义。而意象的间距构成了跳跃的诗情，以“祖国啊”的重复来收束诗节，一唱三叹中，感情热烈而深挚，诗意含蓄而不晦涩，因而脍炙人口，广为人知。

顾城(1956～1993)，北京人。安徒生的童话既给顾城以生命与爱的滋养，又成为他诗中追求的审美理想。他执著于对纯净的美这一至高天国的构筑，形成了独特的个性气质，他也因此被称为“童话诗人”。

执著于童话中幽蓝的梦幻世界，并不能使顾城幸免于历史的噩运。因而他对现实的冷漠的深层基础是对于异化现实的体验与思考。“穷，有一个凉凉的鼻尖/他用玻璃球说话/在水滴干死以后”(《穷，有一个凉凉的鼻尖》)正是他从现实中得到的冷漠辛酸的体验；“你看我时很远/你看云时很近”(《远和近》)则以物理距离与心理距离的强烈对比，揭示了人性异化年代戒备而隔膜的人际关系。同时，痛苦的经历和辛酸的体验又在理性的透视中充满理想主义的光辉。“黑夜给了我黑色的眼睛/我却用它寻找光明”。(《一代人》)正表达出理想主义者那苦难中的坚韧，不屈中的执著，在高度的概括和理性的思辨中，曲折的情致获得了艺术的表达。

以童心的美好纯洁抗议世界的污浊丑恶，是他作为“童话诗人”的独特之处。面对时代对人心的扭曲和摧残，他充满童真的心灵，不仅渴望“画出笨拙的自由”，而且还渴望在大地上“画满窗子/让所有习惯黑暗的眼睛/都习惯光明”(《我是一个任性的孩子》)；面对金钱对人的吞噬，他以孩童的口吻断然拒绝：“我不要钱/不要那些不会发芽的分币”(《生日》)。沉湎于童话世界中构建自己纯美的理想，是顾城诗歌最突出的特征。在他眼中，世界充满了梦幻般的童话色调，所以太阳是他的纤夫，新月是黄金的锚；而且他还以纯银的声音歌唱起自己的“生命幻想曲”：“用金黄的麦秸/编成摇篮/把我的灵感和心/放在里边/装好纽扣的车轮/让时间拖着/去问候世界”(《生命幻想曲》)。诗人以充满童趣的奇异想象，赋予麦秸、纽扣等常见事物以梦幻般惊人的美丽，从而达到了不同寻常的审美效果。

在诗艺的探索上，顾城的《弧线》一诗因意象技巧的运用引起争议。“鸟儿在疾风中/迅速转向/少年去捡拾/一枚分币/葡萄藤因幻想/而延伸的触角//海浪因退缩/而耸起的脊背。”鸟儿、少年、葡萄藤、海浪这四个具有动态曲线的意象，经由蒙太奇的组接而统一于共同的形式——弧线，仅具抽象形式而无具体指向的弧线，给诗意的理解带来多义性，正是这一不确定性，使读者的自由想象和多向度的审美成为可能。

杨炼(1955～),北京人。他的主要作品有诗集《海边的孩子》、《礼魂》、《黄》等。厚重的历史感,不仅使他的歌唱异于舒婷、顾城,同时他的诗也因此而被称为"现代史诗"或"抒情史诗"。史诗意识在他早期作品中就有所表现,如充满激情和责任感的《沉思》就是面对历史废墟圆明园产生的。《大雁塔》、《乌篷船》等诗则在对民族苦难的洞悉中,将史诗意识纳入了深层的思考。随后在《礼魂》、《西藏》、《逝者》、《自在者说》、《与死亡对称》等一系列宏阔的组诗中,史诗意识不仅以激越的抒情、理性的反思获得了成熟的表达,而且也创造了独特的具有鲜明现代东方色彩的"智力的空间"。

以东方的历史文化为背景,从自己独特的主观体验和对历史与现实的理性直觉中,展开具有现代文化精神的抒情与思考,是杨炼特有的表达方式。半坡遗址的女像成为诗人想象中的女娲,在"我"与女娲合一的意象中包孕了多层次的重合:神话与现实、简单与复杂、开始与结束等等,且又以思辨性使这重合获取了现代的指向,从而在"离去石头,归来石头/我的心是一座活的雕塑"(《神话》)中暗示了一种命运,一种状态。

构筑"智力的空间",使诗成为内涵丰富的自足实体,是杨炼诗歌的审美追求。在《陶罐》中,既有土、水、鱼儿、火等主导意象,又有众多奔突的意象群,这独立而纷繁的意象群不仅构成大跨度的诗情跳跃,又在异质同构中形成交错性联结的复合空间。在诗的多义性、深度和广度的表现上,唤醒沉睡的感知,激活丰富的想象。同样从古老的东方哲学中寻求智慧的支撑,在东方智慧与生命体验的融合中,对生存的探索趋向形而上的思考,使诗的内涵在基于历史和现实而又超越历史和现实里,获得一种深度的时空。如《诺日朗》中的《偈子》充满佛教哲理的沉思:"绝望是最完美的期待/期待是最漫长的绝望//或许召唤只有一声——/最嘹亮的,恰恰是寂静"。另外,在《自在者说》、《与死亡对称》中,杨炼把《易经》里深奥的意象纳入诗歌体系,并将诗的功能指向了启示性,艰涩中带有很浓的探索性。

而在另一部分诗人那里,对政治抒情诗的延伸性继承和深化性拓展,是他们的歌唱方式。以直面社会现实的思考,表达蒙昧中的觉醒和富有责任感与使命感的公民意识,是他们共同的特征。雷抒雁的《小草在歌唱》,充满了对自我灵魂的鞭笞:"我恨我自己/竟睡得那样死",显示出深刻的内省精神,同时从女儿、母亲、战士的不同身份写来,赋予了英雄以普通人的血肉,因而真实动人。除政治抒情诗外,雷抒雁的清新明丽的抒情小诗如《雨》和有哲理倾向的小诗如《红叶》,展示了他在艺术上和思想上的深入探求。另外李发模以交织血泪的《呼声》控诉了造成爱情悲剧的时代;叶文福以沉痛愤怒的《将军,不能这样做》大胆地指斥了有过丰功伟绩的将军的官僚主义作风;张学梦以充满激情和政论语汇的《现代化和我们自己》，面对"文革"后的文化沙漠状况，提出了"人的现代化"，给新时代的人们以有力的警示；刘祖慈以充满庄严感和现实热情的《为高举和不高举的手臂歌唱》，面对人民权利遭践踏的事实，发出了民主的呼求；骆耕野以充满怀疑和挑战的《不满》，面对满足现状、自我封闭的社会情绪，传达了要求解放思想、要求变革的声音。

新边塞诗又称西部诗，也是朦胧诗开启的新诗潮的一个重要补充。它以边塞风貌为依托，把历史的思考和个体的生命体验注入其中，因而获得了深沉的内涵。杨牧早年的《我是青年》中的崇高使命感和献身精神一旦和雄奇瑰丽的大漠风物相遇合，在历史和生命的沉思中，深悟了博大辽远的内涵，因而写下了充满豪放乐观精神的《我骄傲，我有辽远的地平线》。《大西北，是雄性的》是对西部人精神深处的意志和力量的赞颂。长诗《海西运动》是对新边塞诗的别一探索。章德益更多的是把"我"融入大西北的雄浑苍劲之中，展现了富有进取意识的民族开拓精神，如《我应该是大西北的一角》等诗。周涛不仅对大西北独特风物有着独特的描写和思考，如《我属于北方》，也有作为军人充满使命意识的对大西北的叩问和探知，如诗集《神山》。

个人经历也成为朦胧诗吟咏的主题，岁月的打磨使充满生命体验的独特经历闪烁着诗情的光辉。叶延滨的《干妈》从自身亲历的冷漠年代里可贵的真挚感情中，既展示了对自己不洁心灵的忏悔，又表达了对老区贫困生活的反思。傅天琳的获奖诗集《绿色的音符》是对果园生活的艺术再现；而诗集《在孩子和世界之间》，以女性细腻的体验，展示了母爱这一动人的情愫。李钢以水兵生活为主题的《蓝水兵》组诗，在清新诙谐的浪漫情调和男性气概中抒写了军人的现代风采，在对日常生活的体验(《情绪——在医院》)和对民族精魂的探寻(《东方之月》)中展现了新的审美倾向。张新泉的拉纤打铁的经历，在《岁月的河》中展示了人生壮丽的冷风景，而在《人生在世》、《宿命与微笑》、《鸟落民间》等诗集中，更以深入当代的艺术精神，呈示了对现代人生存境遇的深度思考。

第三节 "第三代"诗人

"第三代"诗潮是人们对"朦胧诗"潮后，大陆新时期诗坛出现的又一次诗歌浪潮的称谓。也有人称其为"新生代"或"后崛起"、"后新诗潮"。"第三代"诗潮的发端同"朦胧诗”相似，最初也不是出现在正式刊物，而是自发地在民间酝酿，其特征是各地的各种实验性诗歌群体在自办诗刊和流派旗帜下的聚集。到80年代中期，这些群体及其活动已逐渐发展成了一股强劲的潮流，而他们的冲击力很快通过两报诗歌大展在全国波及开来。

1986年10月，《诗歌报》与《深圳青年报》联合推出了“中国诗坛1986，现代诗群体大展”，宣称：“以往所有的审美判断、审美标准，在这儿都失去了作用，以往所有的理性原则，在这儿都无能为力。中国诗坛又一次发生了倾斜，感性突破了旧有理性的重重防线：体验诗，情绪诗，超前意识，超感觉诗，新感觉派诗，纯情诗……如决堤的洪水，气势汹汹，滚滚而来。”[①]两报诗歌大展，标志大陆诗坛的“春秋战国”的出现：宣泄和逃离，进入和弃绝，疯癫与沉醉，游戏与模仿。大量的诗篇和众多标新立异的社团宣言表现了“第三代”诗潮强大的反叛力和极为庞杂的诗歌现象。尽管其中展示的作品良莠不齐，社团宣言也多缺乏深思熟虑，但他们似乎更关注的是向社会展示他们的存在。“第三代”多达近七十个流派，其中影响较大、并已相对具备了基本流派条件的，主要有以下几个。

“非非主义”。该派1986年创立于四川，代表人物周伦佑、蓝马、杨黎、尚仲敏、梁晓明等。他们共编印了7期《非非》诗，两期《非非评论》。由于其作品始终坚持不懈的理论体系的建构，而一直成为诗界关于“第三代”的争论中心。“非非”理论主要由“前文化”理论、“艺术变构”论、“反价值”理论以及诗歌语言四个部分构成。周伦佑的解构性写作、梁晓明的超现实写作、杨黎的物化描述性写作、蓝马的超语义写作、刘涛的幻觉经验写作、尚仲敏的口语化写作等也直接体现了“非非”的创作倾向和诗美取向。

“莽汉主义”。该派1984年形成于四川，代表人物是李亚伟、万夏、马松、胡冬等。“莽汉主义”自白说：“无所谓对现实的超越与否，忽略对世界现象或本质的否定或肯定……诗人们唯一关心的是以诗人自身——‘我’为楔子，对世界进行全面的、最直接的介入。诗人们自已感觉‘抛弃了风雅，正逐渐变成一头野家伙’，是‘腰间挂着诗篇的豪猪’。认为诗就是‘最天才的鬼现象，最武断的认为和最不要脸的夸张’。他们甚至公开声称这些诗是为中国的打铁匠和大脚农妇而演奏的轰隆隆的打击乐，是献给人民的礼物”。“莽汉主义”宣称要抛弃风雅，“诗人起码要五年忘掉花草梦歌”，以汗臭、烟臭、酒臭、骚臭、咳嗽、喷嚏作为诗美对象。有的诗作粗鄙恶化到使久已习惯了高雅审美的人们难以卒读的地步。“莽汉们”认为，粗鄙的手段与目的是为了让艺术真正从贵族回

① 吕周聚：《评“中国诗坛1986：现代诗群体大展”》。

到平民,回到人间。“莽汉主义”开启了诗的“审丑”之门。

“他们”诗群。该派1984年形成于南京,代表人物是于坚、韩东、吕德安、王寅、小君、丁当等。“他们”算不上一个严格的社团,而是以“他们”刊物集中起来的一群在诗创作倾向上大体相近的诗人,是一个没有宣言的松散联盟。“他们”诗人的倾向为:注意诗歌本体的追求;主张诗要从个人出发,诗语言与个人生命对应;诗歌是语言的运动,是生命,是个人的灵魂,心灵,是语感;反对任何理性观念的干预,而只关心这种由语言和语言运动所产生的诗歌本身。“他们”是一个注重作品的诗歌群落。

此外,以石光华和宋渠、宋炜兄弟为代表的“整体主义”,以廖亦武为代表的“新传统主义”,以京不特、泡里根为代表的“撒娇派”等等,也是“第三代”诗潮中常为评论界提及的诗歌群落。

在掠过一个个旗帜飞扬的诗歌山头后,可以发现:“第三代”大多是出生在60年代以后的青年,他们与前辈相比较,普遍起点较高,其中大多是1979年以后的大学生。他们没有上一代诗人那种丰富的社会阅历和深思熟虑。十年动乱对他们来说,似乎已很遥远了。他们没有上一代诗人那么多的责任感、忧虑感、不信任感。他们自信很成熟、敏感、狡黠,自以为不再受政治欺骗,耽于冥想,埋头私事,有时间翻翻外来文学与哲学大师们的著作,研究自己也研究朋友,研究人在这个世界上的存在与位置。他们心头很少甚至没有卸不掉的责任和重负。他们面对的是改革开放引发的经济大潮和思想解放带来的各种文化信息,面对的是新旧交替,旧的体制和观念正在逐渐消亡,而新的体制和观念正待建立,巨大的转型力量,既给予他们无限惊喜又给他们很大的冲击。这一切,无疑使他们这些本来就未受过多少系统的社会主义教育的青年们,在心理结构上更加复杂而多变起来。

他们在思想观念和艺术思维方面,较少有传统积淀下来的束缚。他们比上一代诗人们更富叛逆性和开放意识。他们不断地吸收,不断地超越;对传统审美和文化进行大规模的偏离、阻抗和解构。任性骄纵的超越意识和标新立异的反叛精神,使他们在创作思维、心态、语言诸方面表现出多元的存在状况,或幽默,或轻松,或尖酸刻薄,洋溢着一个现代人不可泯灭的欲望和孤独、失落与激情。

综观“第三代”诗人们的作品,从总体创作和理论宣言方面,大致可概括出以下诸方面的特点:

反文化意识。“第三代”诗人对传统文化(包括政治、伦理、道德等文化)及文化中的思维及语言方式倍感苦恼,认为是对个体精神、意志、自由创造的最大阻碍,是对人、诗人异化的根源,文化压迫使人类精神走向僵化、倒退。“反文化”成了“第三代”诗人

的自觉。对此，“第三代”诗人以前文化、前文化思维，以感觉还原、意识还原、语言还原以及对文化的解构，取消“两值”对立模式，取消语言的“是”与“非”，取消价值评价、价值词汇、形容词汇，使创作指向非经验性的存在，非历史也非现实的存在。由文化依托物转向日常生活经验和某种超文化的神秘体验，使用日常口语。如韩东的《有关大雁塔》：“有关大雁塔/我们又能知道些什么/我们爬上去/看看四周的风景/然后再下来。”大雁塔不再是一种历史和文化的积淀物，它没有任何侧面和深度象征，它完全割断了与历史的联系而成为一个客观此时存在。人们无法进入历史及其背负的文化意蕴，表现出抛弃了文化象征符号后的朴素和个人生活情境。

高扬生命意识。“第三代”诗人普遍重视生命体验，追求生命的自在与潜欲，赤裸裸地展示人的原生状态，尽量避开理念和情感的束缚。尚仲敏说：“诗是诗人自身，是诗人的生命形式。”于坚说：“活着，故我写点东西。”他们认真地体验诗人本身和人本身，把诗引向一种对人的生命方式的感悟上去体会和品味生命状态。死亡、命运、性成了他们最常见的体验内容。如陆忆敏的《可以死去就死去》：“煤气未关不必起身/游向深海不必回头/可以死去就死去一如/可以成功就成功。”诗人虽倍感痛苦却敢于正视生命个体的无力，把死亡作为一个不可逾越的大限默默地接受下来，正是“第三代”诗人生命意识成熟的标志。又如蓝马的《圣诞节》：“总觉得塞进邮筒的信/对方不会收到/放在街旁的自行车/会被别人偷掉/总觉得端在手上的高压锅/马上就会爆炸……如果这班车她还不到的话/我就要一个人被撇在世界上。”生命在诗内涌动着不可排遣的欲望和孤独。“第三代”追求着这种生命的自在与潜欲，体验生命是对“诗言志”的反拨，把诗彻底地拉回到了本体上来。

非崇高、非优美的美学原则。“第三代”诗人在人类审美理想最重要的一环“崇高”上是持排斥态度的。他们反叛的最初举动就是把矛头对准了以“崇高”为重要特征的“朦胧诗”。他们认为“朦胧诗”表现的“崇高”感，是人格的扩张，是很讨厌的自命不凡，太造作，太夸张，掩饰了人的真实存在。他们宣称“英雄死了”。要把“崇高”从神圣的殿堂降格为凡人琐事的记录。如尚仲敏的《卡尔·马克思》：“犹太人卡尔·马克思/叼着雪茄/用鹅毛笔写字/字迹非常潦草/他太忙/满脸的大胡子/刮也不刮”。在反“崇高”的描写中把伟人“降格”为普通人。表面的“崇高”感完全消隐了，使人体会到普通琐事中的真实和亲切。“第三代”诗人同时也对“优美”发难，如胡冬的《女人》：“你是胸前的奶渍是邋遢的衣着是花花绿绿的尿布。”他们把“朦胧诗”发展到极致的优美、高雅打得粉碎，无情地扯下了人们曾推崇的美丽的人格面目，展览粗鄙、丑陋，以对人们习惯了的自我陶醉和满足进行彻底的“矫枉过正”。

以冷抒情、叙事、反讽为特征的表达手段。在“第三代”客观化潮流中,“冷抒情”是一个重要的表达手段。他们改变了存在视觉,把自我放在我之外审视,使以往的自我表现和情感转化为对自我的旁观,而成为一种冷静的客观自在。如小君的《日常生活》:“某一个朋友/她要出嫁了/另外一个/我很想最近去看看她/就这样/我的表情/一会阴郁/一会晴和/如外面的天空”。以冷静超脱的态度和客观冷漠的语言揭示了诗人的客观存在。由于对抒情的排斥,叙事元素也成为“第三代”所推崇的表达手段。如于坚的《作品第 52 号》;“很多年屁股上拴串钥匙,裤袋里装枚图章/很多年记着市内的公共厕所,把钟拨到 7 点/很多年在街口吃一碗一角二的冬菜面/很多年一个人靠着栏杆认得不少上海货/很多年在广场遇着某某说声‘来玩’。”表现出一种叙述的散文风格。“第三代”对传统诗歌高雅、优美的反叛性使反讽也成为他们的重要表达手段,成为他们的思维方式和普遍的语言手段。他们反讽的对象便是生命存在的真实图景,它在品格上表现为荒诞的形态,在崇高化了的文化程式中,人的还原和回归,只能从亵渎开始。如李亚伟《苏东坡和他的朋友们》:“他们这群骑着马/在古代彷徨的知识分子/偶尔也把笔扛到皇帝面前去玩/提成千韵脚的意见/有时采纳了,天下太平/多数时候成了右派的光荣先驱。”又如李亚伟的《硬汉们》:“我们这些不安的瓶装烧酒/这群狂奔的高脚酒杯哪/我们本就是/腰上挂着诗篇的豪猪/是一些不三不四的/漂流的沉桅。”反讽成为他们的思维方式和语言表现手段,使诗的表达展现了更多的荒诞、诙谐、幽默,使原来以优美、高雅为基调的诗风下降为粗鄙世俗平民化的形态。

另外,语言自觉而引起的语言本体倾向,对语义、语感、语境的强调,非理性原欲、潜意识、原生态、超情态诸思维及非文化文本等的探索和表达,也体现了“第三代”的特征。正如诗评家唐晓渡所说:“‘第三代’诗,因为它格外活跃,格外无常,格外难以约束,每每令训诫者尴尬,规范者难堪。”

以上种种,展示了“第三代”诗既有共同追求,又各自保持着独异的特色,并相互交错,相互补充,甚至相互对立,共同汇成了颇具实验色彩的“第三代”洪峰大潮。“中国新诗的历史是很短而不稳定的,正因为如此,它在以巨大的宽容召唤着诗人的同时,也以其严峻选择着诗人。当某一种圆满暗示一个阶段的完结时,在新困惑与转机面前,每一个诗人都将再一次接受文学史的筛选和复选,最后留存下来的只是那些无法被时间增减的水晶成分。”①

① 周伦佑:《第三代诗与第三代诗人》。

第四节 纪弦·余光中

纪弦(1913～),本名路逾,曾用笔名路易士,河北清苑(即保定)人,祖籍陕西。

纪弦的诗歌在思想和艺术上,都呈现出一种复杂的状况。他一方面强调他的诗歌是“先有了生活的体验,然后才去从事于诗的创作的”[①],又说他的诗“既是‘中国的’,又是‘现代的’”。[②] 另一方面,他又极力主张新诗的“横的移植”,“主智不主情”,所谓“纯诗”的创作。因此,他的诗歌中,既有不少反映台湾现实生活和诗人境况的诗,如《四十的狂徒》、《现实》、《苍蝇》、《狂人之歌》、《一片槐树叶》、《槟榔树:我的同类》等极富感染力和艺术魅力的作品,但同时,由于诗人一生都将“爱国反共,追求自由与民主”作为现代诗歌创作的六大原则之一,因而他又写了不少“反共”诗和“亲国民党”的诗,如《梦中大陆》、《北极星沉》、《死亡蓝图》、《唐人街散步》,还有《酒人之祷》、《上帝造人人造酒》等诗。诗中诗人将谩骂和拍马连在一起,几乎没有什么艺术性可言。

纪弦作为一个从大陆到台湾去的台湾诗人,由于环境、个人信仰及意识形态的不同,在诗歌创作中出现的复杂状况,是不难理解的。诗歌在艺术上呈现出一种“平中见奇”、“淡中出味”、“老到自然”的独特风格。《狼之独步》中的那“独步”的“狼”就是诗人独特艺术个性的体现:“我乃旷野里独来独往的一匹狼/不是先知,没有半个字的叹息/而恒以数声凄厉已极的长嗥/摇撼彼空无一物之天地/使天地战栗如同发了疟疾/并刮起凉风飒飒的,飒飒飒飒的/这就是一种过瘾”。他的另一首诗《四十的狂徒》也是反映诗人在台湾困境的作品。诗中的“狼”、“狂徒”都是诗人自我的象征。诗采用口语,明白晓畅,铿锵自然,淡而有味,平中出奇,显示出深厚的艺术功力。

纪弦的诗,看似平实,却深沉含蓄,耐人寻味。纵观他的一些成功之作,我们不难发现,诗人在创作中,善于使用极富表现力的象征手法。如他在反映台湾现实生活的作品中,写了许多首关于“苍蝇”的诗,如《苍蝇》、《人类与苍蝇》、《蝇尸》、《苍蝇与茉莉》等,无疑都是用“苍蝇”这一形象来象征一切丑类。诗人不仅仅停留在咒骂苍蝇是“讨厌的黑色的小魔鬼/一切丑恶中之丑恶”,还通过他敏锐的视角和丰富的想象,发现了“苍蝇的形体也是一个美学之实践”,“而世界乃是一堆奇臭的垃圾堆/我亦具有苍蝇之

---

① 纪弦:《槟榔树丙集·自序》。

② 纪弦:《槟榔树丙集·自序》。

一切癖性的”,从而揭示出诗人眼中的台湾社会之一斑,进而诗人又通过他哲理诗情的结合,表现了美和丑并存,又是一种必然。这就使纪弦诗中苍蝇的象征意象,具有他自己的艺术个性,使纪弦诗中的象征手法具有更强的艺术表现力,这就是他的诗能在“平中见奇”、“淡中出味”的奥秘。

纪弦这位台湾现代派诗歌领袖的诗作,特别是他的一些独具艺术个性的诗作,往往都是和他的现代派诗歌六大主张相悖的。他主张诗歌“主智不主情”,其实他的《狼之独步》、《四十的狂徒》等成功之作,都是主情的。那一匹独往独来长嗥的狼,不就是诗人迫于险恶的生活环境,才发出那飒飒的怒吼的吗?《你的名字》这首诗,是诗人“主情”的杰作之一。他“用了世界上最轻最轻的声音/轻轻地唤你的名字每夜每夜”。可见这个名字,在诗人的心中,是何等的刻骨铭心。于是他进而歌吟道:

写你的名字。
画你的名字。
而梦见的是你的发光的名字:
如日,如星,你的名字。
如灯,如钻石,你的名字。
如缤纷的火花,如闪电,你的名字。
如原始森林的燃烧,你的名字。
刻你的名字!
刻你的名字在树上。
刻你的名字在不凋的生命树上。
当这植物长成了参天的古木时,
啊啊,多好,多好,
你的名字也大起来。

大起来了,你的名字。
亮起来了,你的名字。
于是,轻轻轻轻轻轻轻地唤你的名字。

这首诗十分明白晓畅,但字里行间,却有一股勾人魂魄的力量。诗人反复不绝地叨念着“你的名字”,似在呼唤,似在倾诉,是那么多情,是那么入迷,如情人耳畔的细语，又如独自面对空寂的原野轻声的呼唤。结尾，诗人用了7个“轻”字，复沓出他那动人心魄的爱。诗中未写出“你”是谁，也不说出其外貌和身份。“你”可能是“恋人”，是“朋友”，也可能是“故土”，是“祖国”。在诗中，诗人成功地运用了中国诗歌中的明喻（如日，如星，如灯……）和暗喻（生命树，苍天古木……）等表现手法，吸取了中国诗歌里的音节韵律、锤字炼意等传统方法，使诗人的痴情得到了最完美的表现，深沉含蓄，余音不绝，不著一字，尽得风流。他的诗歌在艺术上具有如此魅力的作品，还有《窗》、《一片槐树叶》、《光明的追求者》等。

纪弦诗歌在艺术上的独特风格，是和诗人在艺术上的执著追求分不开的。他在《不再唱的歌》一诗中写道：“当我与众不同/成为一种时髦/而众人都和我差不多了时/我便不再唱这支歌了”。艺术上不赶时髦，不追风向，这是纪弦诗歌具有独特艺术个性的关键。他又说：“我的路是千山万水/我的花是万紫千红”。说明了诗人在艺术上勇于探索，善于吸取中外诗歌的长处，才使他的诗之花，开得与众不同，开得万紫千红。

纪弦早年曾与徐迟、戴望舒一道，创办过《新诗》月刊，成为“现代”派的诗人之一。1953年2月，他在台北创办了第一个正规诗刊《现代诗》；1956年1月15日，他成立了以他为首的现代诗社，加盟者八十三人，后来发展到一百一十五人（当时台湾的著名诗人，几乎都参加到他的诗社中来了），于是形成现代诗派。如果说，纪弦在台湾现代派诗歌创作中有贡献的话，那就是以他为首的现代诗人打破了台湾当局对文艺界的封锁和禁锢，冲击了国民党当局文艺政策，同时也为台湾诗坛输入了新鲜血液。台湾现代派诗歌，在艺术上注意吸取现代诗歌中常用的象征、寓意、暗示等表现手法，使台湾的诗歌创作出现了新的局面。但是由于纪弦在他的现代诗歌的《六大信条》中，特别强调了“新诗乃是横的移植，而非纵的继承”、“主智不主情”、追求诗的“纯粹性”，在政治上坚持“爱国反共”的立场，这就使他的一些作品，过于洋化，过于晦涩，过于空洞虚无；或是谩骂，或是拍马，因而不可避免地遭到了以覃子豪为代表的众多台湾诗人的反对。

余光中（1928～ ），福建永春人。

余光中是台湾诗坛上的一位重要诗人。他的作品和他的人生经历与思想状况紧密相连，呈现出一种复杂多变的现象。在他出版的《舟子的悲歌》、《蓝色的羽毛》、《钟乳石》等10多本诗集中，既有怀乡忧国、情长意绵、感人肺腑的佳作，也有感叹前途渺茫甚至诅咒祖国的灰暗之作；既有提倡西化、反对大众化的晦涩之作，又有吸取中西文化之精华、倾注着诗人在艺术上不断探索、功力深厚、独具异彩的优秀诗篇。他的诗歌创作，不管是思想上、艺术上以及诗歌的风格上，都在不断朝健康方面变化，这是很可喜的。如他早年咒骂过的乡土诗，经过他较长时间的反思后，转而认为："乡土诗，则是中国精神的空间化，殊途而同归于中国精神。"[1]余光中对待乡土诗态度的转变，是和他爱中国古老传统文化和爱祖国的思想分不开的。我们读他的诗作，时时感到他那颗赤子之心在跳动。抒发诗人的中国情结，便是余光中诗歌创作的主旋律。

余光中诗歌里的中国情结，首先表现在他对祖国的直接咏叹上。他那首共分十一章、长达六百余行的《天狼星》，可谓是这方面的代表作。诗中通过一位怀有中国情结的诗人形象，把海峡两岸的中国几千年的历史文化巧妙地融汇在一起，进行历史的现实的文化的乡土的而又是诗情浓郁的咏唱："回去中国，回去，啊，终于回去"。诗人那一声声"回去中国，回去"是那样的深沉，那样的动情，又是那样地发自内心。诗人还写道："而且把头枕在山海经上/而且把头枕在嫘祖母的怀里/而且续五千载的黄粱梦，在天狼星下/梦见英雄的骨灰在地下复燃"。可见，诗人对祖国五千年的悠久文化仍是那样地一往情深。在诗里行间，我们看到了一个怀有赤子之心的诗人形象。就是在他那首诅咒多于赞颂的《敲打乐》中，也有充满恋国之心的诗句："我的血管是黄河的支流。中国是我，我是中国。"这里，诗人和祖国完全融为一体，无论是歌是哭，都出自于诗人的中国情结。特别是他的《当我死时》一诗，更是会引起每一个怀有赤子之情的中国人的共鸣：

当我死时，葬我，在长江与黄河
之间，枕我的头颅，白发盖着黑土
在中国，最美最母亲的国度
我便坦然睡去，睡整张大陆
听两侧，安魂曲起自长江，黄河
两管永生的音乐，滔滔，朝东
这是最纵容最宽阔的床
让一颗心满足地睡去，满足地想
……

这诗句，是一个离开中国大陆漂泊异乡的游子的痴情眷念，是从内心深处对祖国发出的呼唤。诗人选择了最能代表祖国形象的长江、黄河，想到死后葬于它们之间的

① 余光中：《答李瑞腾访问》。

满足，而长江黄河的涛声便是诗人永生的安魂曲。典型的氛围，典型的意象，强烈的感情，都出自诗人那一腔浓烈赤诚的中国情结。

余光中诗歌里的中国情结，还表现在他对故乡风土人情的追忆和素描以及对故乡的怀念方面。他在漂泊中，仍忘不了故乡的一山一水，一草一木，故乡的民情风俗也时时在他的脑海浮现。乞丐的打狗棒和莲花落，会激起他感情的潮汐；从哼着民谣的母亲那儿，他又回到了童年，感受到了古老而温馨的乡土情；给予过他文化哺育的中国民歌，更是令他永世难忘。所以在他的《民歌》一诗中，反复唱道："风也听见/沙也听见/鱼也听见/龙也听见/醒也听见/梦也听见/哭也听见/笑也听见"。这一切，又常常成为他日夜不安的乡愁。余光中的乡愁诗，非一般的思乡哀苦之作。他这方面的诗歌，往往是从小处落笔，一咏三叹，抒发出他深沉的爱国情怀。如《乡愁四韵》一诗，诗人从具体意象入手，"给我一瓢长江水啊长江水"，"给我一张海棠红啊海棠红"，"给我一片雪花白啊雪花白"，"给我一朵腊梅香啊腊梅香"，再通过一连串比喻"酒一样的长江水"、"血一样的海棠红"、"信一样的雪花白"、"母亲一样的腊梅香"等诗句反复咏叹，淋漓尽致地抒发了诗人漂泊海外思乡恋国的中国情结。

余光中诗歌里的中国情结，还大量地表现在他对凝结着中国人民心血和智慧的文物古籍和优秀传统文化的赞美上。诗人以古代的名人与文物古籍为题材，写了不少的诗歌，如《唐马》、《大江东去》、《西出阳关》、《飞将军》、《淡水河边吊屈原》、《扬子江船夫曲》、《白玉苦瓜》等等。这些作品，或以古喻今，或借古抒情，或怀古思乡，或古今相融，浮想联翩，在厚重的历史感中，来表现一位漂泊海外的游子对祖国悠久文化的赞美，来寄托一个客居他乡的诗人对祖国的思念。这些诗中，《白玉苦瓜》堪称代表作。诗中通过对台湾故宫博物院收藏的文物珍品白玉苦瓜的诗意的描绘，表现了中国传统文化在中国母亲乳汁的哺育下诞生、成长的漫长历程，讴歌了中国母亲孕育传统文化的辛劳和巨大的功勋，也赞美了中国古老而优美的传统文化的艺术魅力。白玉苦瓜在诗中是一种象征意象，以白玉象征传统文化的美好，以苦瓜之"苦"象征中华母亲的辛劳。诗人在诗中这样写道：

硕大似记忆母亲，她的胸脯
你便向那片肥沃匍匐
用蒂用根索她的恩液
……
一首歌，咏生命曾经是瓜而苦

被永恒引渡，成果而甘

歌颂了华夏大地——我们的母亲，用她的乳汁哺育了象征中国传统文化的这只苦瓜。瓜是苦的，在痛苦中成熟，苦到尽头，“成果而甘”，被我们珍藏，奉为国宝，引为骄傲，成为中华传统文化的象征。

余光中被人称为“艺术上的多妻主义者”，又说他是“回头浪子”。这些都说明他在艺术上是复杂而多变的。以诗的风格而言，他的诗歌具有多样性，有表达意志和理想题材的壮阔铿锵的诗，如《天狼星》、《西螺大桥》等；有反映恋国怀乡的深沉厚重的诗，如《白玉苦瓜》、《唐马》、《夸父》等；也有描写乡愁和爱情的清丽小巧、柔细缠绵的诗，如《乡愁》、《等你，在雨中》、《碧潭》、《白霏霏》等。这些显示出余光中的诗歌，在艺术上五彩缤纷的特点。但就他诗歌的整体而言，则又显示出了一种现代与传统的艺术沟通，并在这条道路上日趋成熟。因为诗人曾经追求过西方现代派的诗歌艺术，经过一段时间的实践之后，又回过头来追寻传统文化的精华。由于在艺术上的多方面追求、探索，他的诗歌既有现代派手法的运用，又具有中国化的韵味。他的诗在整体构思上常用西方现代派的象征、意象等方法，在具体表现时，又善于运用中国传统诗歌的丰富联想、比兴、通感、炼字炼意等表现手法。他的代表作《白玉苦瓜》最能体现出他的诗融中西方诗歌艺术于一体的特色。诗的整体构思采用了西方现代派诗歌的象征、隐喻，即以“瓜”象征中国传统文化，以“苦”喻中华母亲的辛劳和恩泽。但诗人又十分注意动词的提炼运用，如“古中国喂了又喂的乳浆/完美的圆腻啊酣然而饱/那触觉，不断向外膨胀/充实每一粒酪白的葡萄/直到瓜尖、仍翘着当日的新鲜”。在这里，诗人提炼出了“喂”、“膨胀”、“翘”等动词，就把作为文物的白玉苦瓜写活了。诗人正是在动词的提炼和运用上下了功夫，才把这种静态的美变成动态的美，赋予了作为文物的白玉苦瓜鲜活的灵气，达到出神入化的地步。

余光中的诗歌，还把现代人的情感和古典诗的精美融在一起，使中西文化得到完美的结合。《等你，在雨中》这首诗，写一位多情的少年等待他的情人，在细雨濛濛的荷塘边站着，巴望着情人的到来，但却迟迟未见，这便在他的心中激起了层层波澜，发出了种种独白和想象。诗以第一人称的形式，描绘出了约会的优美环境和气氛：“等你，在雨中，在造虹的雨中/蝉声沉落，蛙声升起/一池的红莲如红焰，在雨中”。超过了时间，情人未来时，小伙子心中又不免有些微怨。正当小伙子等得着急时，一位美若天仙的少女，从雨后的星光下，从燃烧般的红莲丛中走来了。那轻盈的体态步履，那美如莲花般的容貌，就像一首美而清新的小令，就像姜白石词中描写的那古典美人。诗中的情与景和人物融为一体，现代人的情感与古典美糅合在一起，使诗达到了清纯精美的境界。

余光中在他的诗歌创作里，将现代派诗歌艺术与传统的诗歌艺术融为一体，写出了不少成功的作品，值得肯定。但有的作品显得生硬，诗的结构也有些松散。总的说来，他在艺术上的探索，为新诗的发展提供了有益的经验。

第五章 戏剧影视文学

本时期的戏剧文学，经历了繁荣、危机和“绝处逢生”三个发展阶段。

1976年～1979年，为本时期戏剧文学创作繁荣期。对“文革”十年的反思与批判，是这一阶段戏剧创作的主要内容。其代表作品有宗福先的《于无声处》、苏叔阳的《丹心谱》、沙叶新的《陈毅市长》。随着“抓纲治国、拨乱反正”的深入开展，随着“四化”建设的不断推进，人们认识到了我们国家有着成堆的问题需待解决，因此就出现了对现实生活问题的思考的戏剧作品，这方面代表性作品有崔德志的《报春花》、赵国庆的《救救她》、宗福先的《血，总是热的》等。尽管这些戏剧在反映现实生活的新矛盾、新问题等方面并不深刻，也还带有很大的时代的局限性，但却能给读者以新的启迪，在社会生活中引起了一定的反响。

1980年～1985年，为本时期戏剧的“危机”阶段，也是整个戏剧界努力探索的阶段。随着对外开放、对内搞活的深入发展，人们的生活观念与生活节奏日渐发生根本性的变化。传统戏曲失去观众，虽然多次力图振兴，但是都未能收到明显的效果。观众退场、演员转向、作者改行的景况屡见不鲜。传统戏曲如此，其他戏剧形式也受到冲击。在这种情况下，一批中青年戏剧作家开始对传统戏剧进行反叛。他们革新戏剧，学习运用西方表演技巧，创作出一批探索性剧作。高行健的《绝对信号》与《野人》，何冀平的《天下第一楼》、刘锦云的《狗儿爷涅槃》、刘树纲的《一个死者对生者的访问》、马中骏的《街上流行红裙子》、陶骏的《魔方》等都很有代表性。尽管剧作家们运用了诸如荒诞、象征、意识流等技巧与手法组织剧情，但未收到正渴求温饱而一心一意搞经济建设的读者和观众的理解与接受。因此，戏剧革新并没有从根本上改变戏剧危机的状况，终归成为这些剧作家的实验品。不过，剧作家们在剧本中反映的当代审美意识，即对现实生活的多层次、多侧面的观照和对人物隐秘的内心世界的揭示的创作走势，是应该予以肯定的。这一阶段里的写实性戏剧作品，如苏叔阳的《左邻右舍》、李龙云的《小井胡同》、李杰的《田野又是青纱帐》、白峰溪的《风雨故人来》与《明月初照人》及《不知秋思在谁家》、沈虹光的《寻找山泉》等，尽管有的反映民族风情，有的对现实问题进行思考，都能在部分读者和观众中激起一定程度的共鸣，但因剧作的主体意识太强，有的剧本对现实问题的反映又失之偏颇，因而剧本对现实生活的干预作用无法达到目的。只能说，这些剧作是剧作者对现实生活问题发出的过激的形象化的议论。在对传统戏曲的振兴方面，郭大宇的《徐九经升官记》、魏明伦的《潘金莲》、顾褐东的《五女拜寿》等，也曾轰动一时。其取胜的原因就在于剧作能引导读者和观众从新的角度去认识和感受历史生活。但剧作完全把古代的人和事当成今天的人和事来写，使得古人与今人无异，不注意戏曲应有的传统表现技巧和手法，过多的标新立异，因而使得传统戏曲只能是在一阵喧嚣之后，还是处在危机的状态之中。

1986 年，陈子度等的《桑树坪纪事》的出现，显示了探索剧象征、荒诞、哲理、多义的整体特色，似乎使戏剧有了"绝处逢生"的希望。但另一现象也值得注意，即戏剧小品的兴起，且长时间受到读者和观众的欢迎，这又从某一方面加深了戏剧的危机。从 1988 年至今，很难有在全国走俏的剧本。

总体来说，本时期戏剧文学具有这样一些特点：注重剧场性，弘扬写意观念，将性格结构模式转化为情绪结构模式；注意融合中西方戏剧的表现技巧和手法，逐渐缩小了中国戏剧与世界戏剧的距离。

本时期的影视文学创作，正与本时期的戏剧文学创作相反，显得十分繁荣。

本时期电影文学的创作，不仅数量大，而且题材非常广泛。《巴山夜雨》（叶楠）揭批"四人帮"罪行；《天云山传奇》（鲁彦周）揭示极"左"路线对人性虐杀和反映人与人之间的崇高情操；《芙蓉镇》（阿城）、《牧马人》（李罕）、《人生》（路遥）、《法庭内外》（宋日勋与陈敦德）对人生严肃思考，且敢于针砭时弊；《钟声》（张瑶均）、《代理市长》（欧伟雄）、《祸起萧墙》（叶丹）反映改革开放的艰巨性和社会生活变化；《乡音》（王一民）、《老井》（郑义）、《菊豆》（刘恒）等从更广阔的文化背景上认识社会、理解人生，具有较高哲学深度；《开国大典》（张天民等）、《开天劈地》（黄亚洲等）等反映无产阶级革命家丰功伟绩；更值得一提的是，王兴东的《蒋筑英》，再现和重塑了知识分子的英雄形象，奏出了现实时代主旋律的强音。综观这些电影文学剧本，主要有这么一些特点：主体品格强化，电影文学剧本不再是政治的传声筒，而是有着多元化的独立品格的艺术；契入品格强化，电影文学剧本多方位地观照社会人生，关注时代脉搏，贴近现实生活；世界品格强化，电影文学剧本善于学习西方表现技巧手法，使国产影片日渐走向世界。

本时期的电视文学更是蔚为大观，1995 年国产电视剧已达一万部（集）。本时期的电视剧，大致可划分为三个发展阶段。1976 年～1980 年为电视单本剧阶段。当时，虽然制作并播出了一些电视单本剧,但由于其时电视机在我国的拥有量太小,大多数中国人并无电视剧这一概念,也就没有引起人们去关注并评选优秀的电视剧。1980年~1985年间,随着电视机进入千家万户,电视剧便成为中国的一种文化消费。代表作有《寻找回来的世界》、《蹉跎岁月》、《夜幕下的哈尔滨》等。1985年至今,特别是1990年国产第一部室内剧问世,使国产电视剧呈现多样化发展的态势。历史题材方面有《努尔哈赤》、《唐明皇》、《武则天》、《中国商人》、《宰相刘罗锅》等,现实题材方面有《新星》、《渴望》、《外来妹》、《北京人在纽约》、《编辑部的故事》等,改编历代名著有《红楼梦》、《西游记》、《三国演义》、《围城》等。

本时期的电视文学剧本,似乎呈现出这么一些流行风。电视文学属大众文学,而大众文学的最大特点是程式化和趋同性。同时,观看电视剧是亿万中国人民的一种消遣,并希望能看到精彩的电视剧,而电视台又想在播电视剧时获得更多的广告收入,就不得不预先大肆宣传某部电视剧,流行风就刮起来了。诸如已经出现的帝王后妃热、名著改编热、揭露时弊热等等。其次,题材不断扩大。本时期电视剧,既有工业题材,又有农业题材;既有爱情题材,又有战争题材;既有古代题材,又有现代题材等。由于题材的扩大,读者和观众对社会生活的认识和思考更趋全面和深刻。再次,样式和形态更加多样。样式上有电视单本剧、电视连续剧、电视小品、电视单元剧、电视系列剧等。形态上则有电视悲喜剧、电视荒诞剧等。

第一节 崔德志·苏叔阳

崔德志(1927~),黑龙江青冈人。

崔德志于40年代开始文学创作,50年代后致力于话剧创作;1954年,他创作的《刘莲英》,曾获全国独幕剧一等奖。全剧冲突的展开、剧情的变化、细节的设置都紧紧围绕对人物心灵美的表现,不仅使剧作生活气息浓郁,而且人物形象鲜明逼真。此后他创作的《时间的罪人》、《爱的波折》、《生活的赞歌》、《韩巧苓》、《春之歌》等剧本,都表现出注重人物形象刻画的特点。

如果说崔德志五六十年代话剧创作的艺术视野还局限于对一般生活矛盾的观照和揭示,作品的思想及形象内涵还欠深厚的话,那么他1979年创作的《报春花》显然突破了这种局限,是作家在坚实的现实主义道路上新的迈进。

《报春花》作为一部社会问题剧之所以引起强烈的社会反响，正是因为它及时反映了现实社会普遍存在而又急需解决的问题，即必须彻底清除"血统论"、"唯成分论"极"左"思潮的流毒和影响，进一步解放人，解放生产力。多年来推行的阶级路线，使人们特别是一部分领导干部习惯以出身、成分去决定一个人的好坏，使许多青年受到不公正的待遇，甚至遭歧视受迫害。"文革"结束后，这种"血统论"仍在许多人思想意识里存在，严重地阻碍了"四化"建设。作家敏锐地觉察到这一社会问题，大胆冲破思想的禁锢，通过艺术创作进行揭露批判。剧本描写某工厂围绕能否树工作成绩优异、但家庭出身不好的青年女工白洁为标兵所产生的激烈矛盾斗争展开。厂长李键在"文革"动乱中惨遭迫害，被整得家破人亡，但复出后并不计较个人恩怨得失，为了尽快改变工厂的落后面貌，坚持思想解放，甘冒再次被打倒的风险，决心树立创造五万米无次布最佳纪录的青年女工白洁为标兵。党委副书记吴一萍却坚决反对，她认为白洁出身不好，是教育改造的对象，树这样的人为标兵是丧失"革命原则"与阶级立场，因此不惜任何手段对李健进行诬陷。他们之间的矛盾冲突，不是一般思想认识上的分歧，实质是两种思想路线的矛盾冲突。白洁这个纯洁的姑娘，长期遭受精神折磨，做出成绩不但得不到肯定，反受歧视，甚至连爱情的权利也被剥夺。这正是吴一萍所坚持的"血统论"对人的压制和摧残。剧作的深刻之处正是在于对"左"的思想路线的危害作了有力的揭露批判。

剧本在人物形象塑造上也有所突破，像白洁这样的人，在以往的戏剧舞台上只能以落后或反面的形象出现，而《报春花》冲破"左"的思想的束缚，从生活实际出发，将白洁这样出身不好的青年作为正面人物来刻画，使之成为新时期戏剧人物画廊中一个崭新而又独特的形象。剧作将白洁置于逆境中，并放在矛盾的焦点上，充分揭示其内心世界，突出其性格特征，使其形象鲜明而富有艺术感染力。白洁本是个心灵纯洁的善良的姑娘，因母亲是"右派"，父亲是"历史反革命"而遭受"血统论"的摧残，受到社会极不公正的待遇，内心充满难言的痛苦。但她并未因此失去生活的信念，从小就自觉地把自己锻炼成一个正直的、有益于社会的人，积极参加学雷锋活动，为老工人做好事。在动乱年月，她仍然坚守工作岗位，同情受迫害的革命干部。工作上她兢兢业业，一丝不苟，创造了五万米无次布的最好纪录，四年干了五年的活。然而，她做出的成绩，创造的价值，却得不到承认，反而受歧视打击，入不了团，失去获得荣誉的权利，甚至连爱情的权利也被剥夺，使她旧伤未愈又添新伤。"我是什么人啊！连棵小草都不是。"这既是她痛苦的呼喊，也是她愤怒的抗议。当厂里两位主要领导干部矛盾日趋尖锐时，为了李健不被再次打倒，她竟不惜毁坏自己的声誉，制造出疵布的假象，为了吴晓峰不因她的出身问题而影响前途和吴一萍母子的和睦，她违心地断绝同吴晓峰的爱情。这些行为虽然可笑，表现出她性格中的幼稚和脆弱，但更反映了她内心痛苦激烈的矛盾斗争。白洁作为一个背负着极"左"路线所强加的沉重精神枷锁而又奋力前进的青年新人形象，内心世界被揭示得如此深刻、细腻，在当时的戏剧创作中是不多见的。尽管白洁不是向极"左"路线宣战的英雄，在顽固势力压制下，她还是一个弱者，剧作着重描写她在痛苦中向命运抗争，写她在艰难中努力实现自身的价值，这不仅充分表现了人物心灵的美，而且也蕴涵了对不合理的现实的强烈批判。

《报春花》采用的是传统戏剧结构和表现手法，但作家对戏剧矛盾冲突的组织安排较巧妙，艺术构思较新颖。全剧围绕能否树白洁为标兵的问题展开矛盾冲突。这冲突又集中安排在两个家庭的四个人物之间的关系中来进行。李键与吴一萍的儿子吴晓峰为矛盾的一方，吴一萍与李健的女儿李红兰为矛盾的另一方。由两种思想路线的对立而引出父女矛盾、母子矛盾、爱情矛盾，使戏剧冲突既集中又变化多端，情节发展曲折起伏，颇具戏剧性。

继《报春花》之后问世的《红玫瑰》，表现了作家的艺术目光从揭示精神的创作转向对改革大潮的关注。《红玫瑰》刻画的主人公朱凌燕，不再像白洁那样承受精神重压苦苦向命运抗争，而是充满朝气和活力，如凌空展翅的春燕投身改革的大潮。作家将主人公置于事业和爱情两方面的矛盾冲突中表现其性格特征，力图塑造一个女改革家的形象。但由于缺乏对人物独特内在性格的挖掘，而显得一般化，不如白洁形象那样丰满鲜明，那样富有艺术感染力。

苏叔阳(1938～　)，河北保定人。

苏叔阳是新时期涌现的卓有成就的剧坛新人。1978 年以来，他相继创作了话剧《丹心谱》、《左邻右舍》、《家庭大事》、《太平湖》和电影剧本《夕照街》、《盛开的月季花》、《春雨潇潇》、《密林中的小屋》以及长篇小说《故土》，出版有《苏叔阳剧本选》。

当人们从那场史无前例的历史浩劫中解脱出来，迫切希望了解那段动乱历史的真相，强烈渴望倾吐埋藏在心中的对受迫害去世的老一辈革命家的崇敬与怀念、对历史灾难制造者的愤恨时，苏叔阳敏锐地捕捉到这一普遍的社会心理，准确把握住时代的脉搏，于 1978 年初创作了话剧《丹心谱》这部处女作，不仅显示了他话剧创作的艺术才能，也表现了他对我国话剧现实主义优良传统的继承和发扬。《丹心谱》是新时期出现较早的一部反映知识分子同"四人帮"作斗争的剧作。作品描写中医泰斗方凌轩在周恩来总理提出的实现四个现代化宏伟目标的鼓舞下，为振兴祖国的医药事业，积极从事“03”新药研究，同“四人帮”及其爪牙进行一场殊死搏斗。搏斗虽然表现为家庭亲属及朋友之间的矛盾冲突，但却反映了“文化大革命”末期革命力量和反革命力量的激烈较量，实质上是当时整个社会斗争风貌的缩影。作家对这场斗争的表现，准确把握了在特定历史环境下矛盾斗争的特点，着重描写不同人物之间灵魂的交锋。正气凛然的方凌轩与自私卑鄙、投机取巧的庄济生灵魂上的殊死搏斗贯穿全剧始终。剧情的发展、戏剧矛盾的激化、高潮的出现，都是以人物思想感情的冲突为基础。这既符合当时生活的真实，也有利于深刻反映社会的政治斗争。剧作坚持现实主义原则，从生活实际出发来刻画人物形象。无论是正面人物或是反面人物，都避免了公式化、概念化、脸谱化倾向。方凌轩是剧作歌颂的英雄人物，但作家并没有将他人为地神化。方凌轩作为从旧社会过来的老知识分子，受到党和政府的关怀支持，为了人民的健康勤勤恳恳从事科研工作。当“四人帮”企图从他主持的“03”新药研制课题开刀、实现诬陷与打倒周恩来总理的罪恶目的时，方凌轩被推到了矛盾的中心位置。面对险恶的形势，他没有畏惧退缩，没有为求得自身晚年的安稳而苟且妥协，而是正气凛然，敢于斗争。但他缺乏政治斗争经验，公开贴出《方凌轩启事》，决心把冠心病的研究是不是为城市老爷服务的问题辩论清楚。这种斗争方式，自然显出书生气十足。在他真正认清了斗争的实质、政治觉悟上升到新的高度时，作家也没有让他采取超乎寻常的行动，做出轰轰烈烈的壮举，只是写他用自己力所能及的方式进行斗争。在高压、恐吓面前，他不畏惧，坚持自己的科研工作，在荣誉、地位引诱面前，他不动心，拒绝把自己的科研纳入为“四人帮”阴谋活动服务的轨道。方凌轩不是按英雄模式塑造的英雄，而是生活中的真实英雄。剧作极力鞭挞的反面人物庄济生，作家没有人为地丑化，也是以生活本身为依据，如实描写。对这个典型的投机家、野心家，剧作通过真实而又典型的细节将其落落大方、通情达理虚伪面纱掩藏下的肮脏灵魂作了充分揭露。但是庄济生并非一开始就是一个反面角色，作家从生活实际出发，描写他走向反面时思想性格所发生的变化。在风平浪静的日子里，庄济生不仅安分守己，而且颇有人情味，他对老丈人方凌轩尊重恭顺，对妻子也很温存，与家人和睦相处。围绕“03”科研的斗争刚发生时，他诱劝老丈人听从“四人帮”的旨意遭拒绝，上司又对他施加压力时，他也产生过矛盾和痛苦。随着斗争的激化，他为了保全自己、保住乌纱帽，终于心甘情愿充当了“四人帮”的走狗，不仅视亲人为仇人，对坚持正义的老丈人和妻子加害，而且参加诬陷周恩来总理的罪恶活动。作家以现实主义笔触刻画的庄济生形象是颇有深度的，使我们看到了“文革”时期那类人物滋生的过程和根源。《丹心谱》在构思上也有特色。剧作以方凌轩的家庭为纽带，以老丈人与女婿之间的冲突为主线联结各种人物关系。戏剧情节并不复杂,但人物之间的矛盾冲突却尖锐激烈,特别是灵魂的搏斗令人惊心动魄,扣人心弦,对观众产生强烈震撼。剧中人物个性色彩也很鲜明。

继《丹心谱》之后,苏叔阳把艺术视角移向了北京城的普通市民,创作了《左邻右舍》和《家庭大事》。《左邻右舍》剧本描写的是北京一座四合院中几户人家的日常生活。作家没有刻意去组织故事情节和矛盾冲突,而是通过一幅幅日常生活画面展示这些普通人家的悲欢离合、酸辣苦甜以及邻里之间正常关系的破坏和人性的扭曲,从而透露出70年代后半期中国社会政治形势的变化。尤其是作家敢于正视粉碎“四人帮”后现实社会仍然存在的某些阴影,对这些阴影给善良的人们造成的精神重压作了真实的描绘,使剧作显示出鲜明的现实主义批判精神。剧作所刻画的赵青、李振民、李秀、吴萍、洪人杰等人物形象生动鲜明,表现了作家对遭受种种磨难的正直善良的下层百姓的深切同情和对趋炎附势、投机钻营的小人的鞭挞、嘲讽。最后的大团圆结局虽然有点牵强,似乎与全剧的悲剧气氛不太协调,但几个主要人物的不同命运给观众留下的思考是深沉的。剧作在构思上、表现手法上、场面及人物语言的设计上都表现出对老舍《茶馆》一剧的学习和借鉴。《家庭大事》也是写普通人家的生活的。通过一个普通家庭在改革大潮来临之际引起的躁动不安、爱情的离异与重组,以及两代人思想观念的冲撞,反映80年代我国社会生活发生的巨大变化。剧作在构思上与《左邻右舍》有相似之处,不注重组织戏剧情节和戏剧冲突,在富有生活气息的日常生活画面中,透视时代的风貌,展示历史转折时期的各种社会心态。许多看似平淡琐碎的生活细节却蕴含了深厚的生活底蕴,启人思考,令人回味。于微澜中见巨流,于平淡中见深刻,是剧作突出的特点。

为纪念老舍逝世二十周年,苏叔阳满怀对老一代艺术家的无限深情,创作了《太平湖》。剧作尽管写的是老舍含冤投湖自尽的前前后后,但作家通过虚实结合的手法,形象地展示了老舍一生的思想品质,塑造了一位勤勤恳恳献身艺术事业、深受人民爱戴的艺术家形象。剧作具有浓烈的感情色彩。作家对老舍的怀念之情、崇敬之情、爱戴之情,对老舍惨遭迫害含冤投湖的不平之情、愤懑之情洋溢全剧,颇能引起人们感情上的强烈共鸣。作家对老舍形象的刻画,不仅注意了揭示老舍可贵人格形成的历史文化环境,而且深入挖掘导致悲剧命运的社会历史根源。“像我这么一个文化人,一个爱新社会唯恐不深……一年四季手不闲的写家,会在新社会像王利发一样地死了,这是为什么?”作家让剧中的老舍投湖自尽时发出的如此悲愤的责问很值得深思,人们也不难从剧中找到答案。老舍的悲剧也是那个时代的悲剧。如果说在此之前苏叔阳的话剧创作主要是对传统现实主义的继承和发扬的话,那么《太平湖》则显示了他新的艺术追求与探索。剧作打破传统话剧惯用的写实手法和封闭式的线性结构形式，大胆借鉴超现实主义的表现手段，将人物的幻觉、梦想、追忆、回想等情景以及作家想象的情景穿插于剧情之中，让老舍同死去的母亲对话，同他自己创作的戏剧中的人物对话，同“文革”中的那个“幽灵”对话，这些看似荒诞的情景，却对于展示人物的心理、表现人物的性格及深化剧作的思想内涵起了重要作用。

1992年，苏叔阳与人合作创作了《新龙门客栈》。影片在商业电影的外衣包装下，融入了中国武侠小说的侠义精神。以能充分调动起观众的激情和幻想为剧作结构的突破点，又融入了好莱坞电影关于造成视觉刺激的技巧，使观众在波澜起伏的情节发展中体会现存生存状态下所缺乏的酣畅淋漓。苏叔阳至今仍不断推出新作，出版了《夕照街——苏叔阳电影剧本选》等。

第二节　沙叶新·高行健

沙叶新(1939～　)，回族，江苏南京人。

沙叶新是本时期有影响有独创意识与开拓精神的戏剧家。他的主要剧作有《陈毅市长》、《马克思秘史》、《寻找男子汉》、《耶稣·孔子·披头士列侬》，独幕剧《约会》。

《寻找男子汉》描写的是一个女性气质十足的男子处处在其母亲的指挥和安排下，丑态百出，令人生笑作呕的故事，批判了缺乏阳刚之气的萎靡气质充塞现实生活各个角落的社会心理现象。《耶稣·孔子·披头士列侬》把几个不同时代、不同国度的名人聚合在一起，强烈地进行一场各自所依仗的文化背景的比较，展示和讽刺了人类社会中拜金主义和极权主义的两极倾向，呼唤超越时空的健全精神境界。

描写陈毅的优秀剧本早就有了，沙叶新的《陈毅市长》却能独辟蹊径，以陈毅在解放上海后的两年间任上海市长的那段生活历史为题材，描写了陈毅市长关心经济建设，严肃党纪党风，团结各界人士，关切爱护下层部属等动人事迹，把一个曾是冒险家的乐园、国民党扔下的一个烂摊子，初步建设成为经济稳步发展、人民安居乐业的大上海。作品虽然表现的是重大题材和历史伟人，但作者善于撷取生活中的浪花，寓庄于谐，使作品具有一种浓烈的喜剧色彩。作品所塑造的陈毅形象，坚毅顽强，豁达乐观，合乎人们早已形成的对陈毅的“一生是戏剧，全身皆文章”的个性特征的认识。只要听听陈毅的台词，一个鲜活的陈毅形象就站到了我们面前：“人民政府的牌子马上就要挂出去了,可它是挂在一个烂摊子上的哟!""支持你,就是支持国营商店。""我们打算在上海建立全国第一个盘尼西林药厂。"最后,陈毅市长还走下舞台,站到剧场的出口处,把住门说:"一个也不让走!要尊重艺术家的劳动嘛!"[①]这些话,正是作者想要说的:共产党人该怎么做。该剧的另一个突出成就是创造了"冰糖葫芦"式的结构。"虽然全剧没有统一的中心事件,但以陈毅这一主要人物来穿引各场。各场之间尽管在情节上不相连贯,各场都独立成章,可是为了不致产生零零碎碎之感,仍旧考虑了在每一场的尾部或用几句台词或用一个细节来为下一场的情节展开找个由头或埋下伏线,作个简单的铺垫。最后一场,除了有自己独立开展的故事情节外,还将前面几场各自发生的事件都在这最后一场里有所交代,使之划上'句号'"[②]。这种结构形式,能使作品容纳众多的人物和事件,描绘出一幅广阔的社会生活画面。

沙叶新创作于1990年的《太阳·雪·人》,像他以往的作品一样,寓深刻、辛辣于轻巧与幽默之间。这里有街头叫卖老鼠药而一举成为百万富翁的老汉;有从手指缝里滑走几十万而麻木不知,拣了一百二十元却仿佛抱了个金娃娃的中年男子;有进自家门撞上老婆和干部正通奸,却连说"你们忙,你们忙"而退避三舍的窝囊汉;有为表示对那些猫狗不如的人的鄙视而把自己的名字和猫狗名字排行为一、二、三的干部;有90年代穿着补丁衣却自称全县第一小姐的少女……然而就是这些人,当与他们共难同乐的县委书记遭厄运时,不怕邪、不信邪,挺身而出。谁个优,谁个劣,他们的心就像明镜一般亮着呢!这些世世代代背朝青天、面对黄土,随着日出月没荷锄耕作的似乎最不起眼的老百姓,有着最朴实、最坚定的信念。这是一支歌,一支自由、深情、淳朴、敦厚的歌。它是对光明、希望的心灵呼唤。

这之后,沙叶新还创作了一系列留学生题材作品,如《百老汇一百号》、《绿卡族》、《东京的月亮》以及由同名报告文学改编的《尊严》。《尊严》引起了社会各界的广泛关注。作为一出反映中国海外留学生赢得尊严的戏,其意义已不止在于"中国可以说不"!人格的魅力使这部戏充满了真实的激情。尽管观众对该剧的情节过于支离破碎提出了异议,但戏里所展示的作为个体的人与人之间的冲击碰撞以及由此产生的一个中国留学生为尊严而不顾一切的抗争,却获得了共鸣。《尊严》所呈现的人格力量具有了更大程度上的普遍性。它促使人们超越狭隘的"民族主义"情结,虽是写了一个中国姑娘在美国的遭遇,但它不只是一个中国人与美国人的事,"尊严",应该属于世界上每

① 《陈毅市长》,中国戏剧出版社1981年4月版。

② 《有争议的话剧剧本选集》第一集,中国戏剧出版社1986年7月版。

一个人。

沙叶新戏剧作品的特色主要有两点：一是在人物塑造上，善于以常人的心态去描写人物的言行，揭示人物的内心世界，人物形象具有浓烈的人情美和人性美。伟人在作者笔下都不神气，和普通人一样的平凡，甚至充满了不幸和烦恼，但又随时有超出普通人的计谋和智慧。这些，实际上凝聚的是广大人民的情感和智慧。作者为了表现陈毅恢宏乐观的性格，就抓住一些典型的有趣的生活细节来展示，比如以种种借口要烟抽；别人不愿见他，他就不走；警卫员为了他的安全不准他一人外出，他就要处分警卫员等等。读者和观众从这些琐细的生活小事上，感觉到伟人和常人也一样，又正因为在生活小事上伟人又比常人更聪明，所以才认识到伟人与常人又不一样，即伟人的伟大之所在。《马克思秘史》中的马克思，作者从稗史角度，选取了马克思的“一些个人生活、家庭琐事，或者是些重大斗争中的一些微不足道的插曲”①，以至于剧中的马克思的形象就写成了像剧中的恩格斯所评价的那样“不论什么场合，总是毫无顾忌的表露自己的思想感情。你完全像个孩子，从不善于伪装。”②二是在结构上，打破了以某一中心事件贯穿全剧的传统戏剧结构方式，使用了“冰糖葫芦”式的结构(即板块结构)。每个板块有特定的内容，自成一统，表现出相对的稳定和独立，但板块(场与场)之间有的却毫无联系，更谈不上联结，这些板块都是为表达剧本主题和塑造人物形象服务。

高行健(1940～　)，江苏泰州人。

高行健被称为“三栖”人物，即在戏剧、文学、绘画三方面，都有一定的成就。主要剧本有《绝对信号》、《车站》、《野人》和《彼岸》。

《绝对信号》所反映的是一个叫黑子的知识青年因多种原因(主要是物质的诱惑)被车匪胁迫而准备扒车，后来又与车匪进行搏斗，牺牲了生命。《车站》写的是车站已经换了地方，而一群等车的人却在原来的车站执著地等待。《野人》写的是一位生态学家去大森林寻找野人的故事，通过把那些被毁坏的美好的东西重新复归到它们古朴天然完整的形态，表达了作家希望人与大自然相互理解和交流的梦想。

高行健的戏剧探索是多方面的。《绝对信号》是无场次话剧，《车站》是无场次生活抒情喜剧，《野人》是多声部现代史诗剧。他追求多种艺术手段(叙述、歌舞、说唱、音响)，追求多维型的艺术思维(多声部的人物对话、多层次的视觉形象、多变的时空关

---

① 《有争议的话剧剧本选集》第一集，中国戏剧出版社 1986 年 7 月版。

② 《有争议的话剧剧本选集》第一集，中国戏剧出版社 1986 年 7 月版。

系、多线索的结构形式、多内涵的主题思想)。总之,追求的是观众的参与和交流,充分调动观众的想象。

他的戏剧作品,主体意识十分强烈。他总是迫不及待地甚至是急于求成地想表达作者对社会人生的某种思考、认识和见解。但戏剧创作是不允许作者这么做的,因此,作者就尽量使用一些超现实的甚至是荒诞的情节和手法加以实现。比如《绝对信号》里的黑子,从一开始就充满矛盾,一方面总觉得世道不公平,该他得到的东西他没得到,另一方面又觉得不能走歪门邪道去得到他所想得到的东西,但在车匪的胁迫下,终于上了守车,经过反复的内心矛盾冲突后,在关键时刻还是阻止了车匪。那么,这个剧本到底想表达什么主题呢?作者用车长的话在剧尾作了回答:"孩子,你们都还年轻,还不懂得生活,生活还很艰难啊!我们乘的就是这么趟车,可大家都在这车上,就要懂得共同去维护列车的安全","只要明白了就好,权利不是张手就来的,要想得到做人的权利,先得担负起做人的责任呀!明白吗?"至于《车站》和《野人》所要表达的主题思想,更是一览无余。高行健所要表现的主体意识,就是用现代人的眼光去探视人们的心灵,揭示人们的精神世界,反映作为人的某些共性特征。因此,在高行健的笔下,人物形象的外貌特征要么是模糊不清,要么是某类人的外貌特征。比如《绝对信号》里的人物,连姓名也没有,也没有介绍人物的外貌,只是对人物的职业作了一点交代。《车站》、《野人》也是一样。看高行健的戏剧,重要的不是去看人物做了些什么事情,而是去看人物的内心都有些什么想法。

高行健剧本的第一个剧情,几乎都出现两个或多个戏剧空间。如《绝对信号》的空间就是完全按一节守车来进行舞台设计的。但在这个被假定的车厢里,又为人物的活动划分了若干小空间,轮到谁有戏就可通过灯光效果来突出展现。因此,作者把《绝对信号》这本剧取名无场次话剧,充分说明作者的舞台空间是不受场次的"场"所限制的。同样,高行健的戏剧也不受时间的限制,即不受场次的"次"的限制。比如《绝对信号》就打破了自然时序与时速的规律,过去、现实、未来、梦境,完全是根据人物的心态来截取和组合。黑子上车准备同车匪一起扒车,但黑子始终矛盾痛苦,列车在前进,时间在流逝,他们又必须在列车到达终点站前在他们准备好的行车地段完成扒车。在这段时间里,写出了黑子与小号、蜜蜂等人的纠葛。在这里,既有他们以前的交往和误会,又有现在的虽然相逢却尽量地躲闪,更有未来的推测和预感。高行健所作的这些努力,是推倒"第四堵墙"理论的某种实现,尽量形象化地展示人物的内心世界,让读者或观众真实地感受到人物内心的真实和丰富。

高行健的《彼岸》是一部颇具迪伦马特(Friedrich Durrenmatt)风格的荒诞剧。如

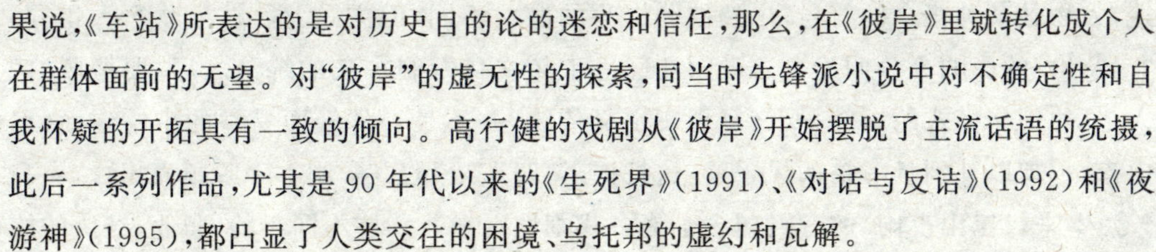

果说，《车站》所表达的是对历史目的论的迷恋和信任，那么，在《彼岸》里就转化成个人在群体面前的无望。对“彼岸”的虚无性的探索，同当时先锋派小说中对不确定性和自我怀疑的开拓具有一致的倾向。高行健的戏剧从《彼岸》开始摆脱了主流话语的统摄，此后一系列作品，尤其是90年代以来的《生死界》(1991)、《对话与反诘》(1992)和《夜游神》(1995)，都凸显了人类交往的困境、乌托邦的虚幻和瓦解。

第三节 叶楠·王兴东·王浙滨

叶楠(1930～)，河南信阳人。

叶楠于1959年与人合作，执笔写了第一个电影剧本《甲午风云》。从此，这位海军潜艇工程师便开始从事专业文学创作。他除了写小说、散文与报告文学之外，还先后创作了电影剧本《傲蕾·一兰》、《绿海天涯》、《巴山夜雨》、《金锚飘带》、《黄沙掩不住的刻痕》、《雪山上耀眼的晨星》等。他的作品并不算多，但却以其独特的追求而引人注目。

纵观他迄今发表的全部电影剧本，可以截然分为两个不同的阶段。他第一个阶段的主要作品是《甲午风云》和《傲蕾·一兰》。从思想内容来看，都是表现中华民族反抗外国侵略的爱国主义精神；在艺术表现上，追求情节的紧张激烈，通过尖锐的戏剧冲突刻画人物，是其共同的特点。在这两个剧本中，叶楠更多的是接受戏剧艺术的影响，按照冲突律来安排情节与组织冲突，让正反双方在反复较量中来展示各自不同的思想与性格特征。作者竭力要表现的是一种在悲壮事件中所显示出来的崇高美。这当然与作者当时所处时代的美学风尚与政治需求有深刻的联系。他第二个阶段是从粉碎“四人帮”之后开始的。电影剧本《绿海天涯》就是作者一个过渡性的作品。虽然爱国主义仍然是它的主题，但在艺术上已开始摆脱对戏剧冲突的依赖，开始尝试运用散文化结构与抒情诗的手法，来表现一个科学家献身于祖国植物学研究的事迹。尽管还不够成熟，但已标志着叶楠创作上的新趋势。而真正表明他这种探索走向成熟的作品是电影剧本《巴山夜雨》。

粉碎“四人帮”之后，人民心中积压已久的愤怒终于有了喷发的机会。与小说、戏剧创作的情况相类似，电影创作领域内也涌现了一大批以揭露“四人帮”祸国殃民罪行、表现人民与“四人帮”作斗争为主要内容的电影剧本。但其中不少作品情节生编硬造，人物是某种概念的符号，虽然彼此描写的题材不同，但主题、情节、人物严重雷同，“三突出”的影响十分明显。这说明在经过十年文化专制主义的统治之后，要摆脱“四人帮”的创作模式的羁绊，要恢复现实主义传统，并不是一件轻而易举的事情。而《巴山夜雨》却以其别具一格的风采，在这批揭露“四人帮”的电影剧本中脱颖而出。

本来，《巴山夜雨》的题材包含了诸多戏剧性因素。一群不同年龄、职业、经历的旅客，偶然相逢在一条客轮的同一间舱房内。其中有一名政治犯与两个解差，还有到江上来上坟的老大娘、离开讲台的女教师、心有余悸的老演员、觉醒了的青年工人，而那位农村姑娘要投江自尽、犯人的小女儿要在船上来寻找她从未见过面的父亲……这一切完全可以演绎成一部曲折离奇、惊心动魄的电影剧本。而叶楠却舍弃了那种戏剧化的套路，竭力淡化表面的戏剧冲突，把那些可以大大发挥的情节推到幕后，把人物置于前景，聚焦点始终对准人的心灵与感情。通过一天一夜人物各自不同的言行，含蓄而又深刻地展示了十年浩劫给人民带来深重灾难以及各阶层人物在那个特定时代的不同心理与情绪。这艘客轮上的舱房和在那里短暂相处的人们，就是当时社会生活的缩影。它像一面多棱镜，折射出广阔的时代背景与社会生活整体，人民的苦难、希望、信念和力量，都在这里得到了集中的反映。这充分显示出作者提炼生活的创作能力与匠心独运的艺术才华。

新颖的构思与深刻的立意，只有通过独特的人物形象才能充分体现出来。剧本出现的人物有十多个，而且每个人着墨不多，但作者仅以寥寥数笔，就已充分显示出每个人物的思想状态与性格特征。诗人秋石是作者着力表现的主要人物之一，但让他表露思想与性格的机会却不多。作为一个在押的政治犯，他不可能有更多的活动自由，也不允许他与别人有更多的交往，这就增加了塑造这个人物的难度。而作者抓住有限的语言和行动，以点睛传神之笔，刻画了这位诗人独特的性格与思想境界。比如他与刘文英在船舷甲板上那场思想交锋，就写得很有力度。秋石在驳斥了刘文英对同舱旅客的政治定性分析后严正指出：“你才是真正的囚犯，你是精神的囚犯！”显示了诗人清醒的认识、坚定的自信与内在的力量。又如秋石不顾个人安危，跳入长江救起企图自杀的杏花，然后用自己的信念之火点燃了这个农村姑娘求生的欲望与抗争的勇气。秋石这时面临“可能判死刑”的威胁，却仍不忘关心他人疾苦的行为，显示了一个热爱人民和人民休戚与共的诗人的高尚品德与赤诚情怀。

刘文英其实才是剧本的真正主角。她一直处于全剧情节发展的关键与思想冲突的焦点，也是作者倾注力量最多的一个人物形象。这是粉碎“四人帮”之后最早出现在电影剧本中的受极“左”思潮毒害的青年形象。虽未达到艺术典型的高度，但她的价值与意义,不低于"伤痕文学"代表作《班主任》中谢惠敏的形象。刘文英显然不同于"四人帮"的爪牙,她是出于对党的信赖与对社会主义的热爱才进入"革命造反派"行列的。在那个现代迷信蛊惑人心的年代,天真幼稚的她蒙受了政治欺骗之后,还自以为自己最革命最正确。同时,这个人物还有单纯、真诚和善于观察、思考的一面,一旦客观事实无情地击碎了她赖以自立的信念时,她也会对政治谎言产生怀疑与动摇,进而毅然作出释放秋石的决定。剧本为她设置的特定环境与周围发生的一切,对她的心灵都产生了猛烈的冲击,使她的感情冲突不断激化,使她原有的精神防线崩溃了。这是一个特定时代的带有悲剧色彩的形象。但这个人物的觉醒过程,似乎还可以写得更充分一些,现在这种处理显得有些匆忙。这不是说一个人物的思想感情不可能产生突变,而是一定要充分揭示其转变的基础与契机。

《巴山夜雨》曾受到一些人的指责,认为它的情节不真实。虽然这些意见也有其依据与道理,但针对这个剧本而言却并不确切。因为这个作品并不是常规意义上的现实主义的文学形态,它带有浪漫主义的特征,不但在立意构思上具有明显的诗化倾向,而且其中某些情节与人物设置,也有浓厚的理想化色彩。人物的某些言行,在剧本规定情景之中,也许还未能或不能表露出来,而作者却将其发掘出来并转化为具体可感的形象,作者这样处理的目的是为了揭示"任何邪恶的东西,都摧残不了人民的纯洁和善良,也割裂不了真正的人们之间那种淳朴的爱和温暖。""这也就是人民之所以伟大和不可战胜的原因所在!"[①]正是由于作者深入开掘了这种蕴藏着的真善美,才赋予了作品以深沉的意境与浓郁的诗意,再加上表现手法的朴素、含蓄,使这个剧本具有一种诗与散文相结合的那种清新、淡雅的艺术风格。这正是《巴山夜雨》超越一般反映十年动乱作品的独特之处。

王兴东(1951～),辽宁大连人;王浙滨(1952～),浙江奉化人。

王兴东与王浙滨是80年代初期崭露头角的青年电影剧作家。至今他们已创作了20多部电影剧本,其中已有18部被搬上银幕。而且有的电影剧本如《飞来的仙鹤》、《蒋筑英》、《留村察看》等,还先后在不同类型的电影评奖活动中获编剧奖。题材广泛、关注现实、重视思想内涵与审美价值,已成为他们电影文学创作的显著特色。

他们是从反映工业战线的生活起步的。他们共同创作的第一个电影剧本是《明天回答你》。这部作品的中心事件是写一位女工程师卢曦为实现丈夫生前夙愿,坚持进

---

① 《〈巴山夜雨〉导演阐述》,《巴山夜雨从剧本到影片》,中国电影出版社1982年版。

行电子自动控制车床的革新实验的故事，但作者并未停留在技术革新的过程上，而是围绕着这场革新来描写人们的灵魂与感情所经历的种种考验。卢曦的同事冯少衡是丈夫生前的助手，在实验过程中给予她真诚的帮助，彼此感到合作的默契与感情的融洽，但卢曦却遭到周围小市民习气的流言飞语的中伤，陷入了痛苦之中。卢曦的形象显得过于软弱，缺乏现代女性冲破习惯势力的精神力量，她拒绝了冯少衡的追求，革新成功之后就调到新的工作岗位去了。也许作者是为了打破"革新加恋爱"的公式所习用的圆满结局，但人物这种行动实际上是一种对矛盾的逃避与道德上的退却，有损这个形象的思想意义。虽然如此，剧本从总体构思上还是颇有新意的，初步显示出作者的一些特色：故事情节比较单纯，注意描写的生活化与细节的选择，主要着力点是写人物的感情纠葛。由于是他们的处女作，真实的细节、生动的描写往往与生硬的性格、简单化的人物关系糅杂在一起。

他们反映工业战线生活的第二个电影剧本《请签字，朋友》，就有了明显的进步。这不仅表现在具有与造船工业相适应的雄浑气势与壮观场面，而且塑造了一批有时代风采的人物形象，如船体车间副主任庞正雷和他的妻子、厂长鲁汉、工程师邓轮等。像剧本中心人物庞正雷这样的知识分子出身的社会主义企业家的形象，要把握准确、表现得当就有难度，而作者却从不同的角度相当出色地描写了这个人物敢于开拓进取的精神、苦干实干的工作作风、精深的专业技术才干、善于调动群众积极性的领导能力、强烈的事业心与责任感，写得既个性化又有一定深度。剧本是以出口船的船体验收为中心线索来安排矛盾冲突的。作者没有停止在一般化的表面谁胜谁负的描写上，而是通过这场较量来刻画人物与反映时代。为此，作者在人物关系设置上作了精心的安排。特别是那位外国公司派来监造验收船体的代表美籍华人苏瑁，她与庞正雷是昔日的同学与恋人，现在是代表不同利益的面对面的对手，一个要维护公司的利益，一个要捍卫祖国的声誉，彼此展开了一场思想上的交锋与技术上的较量。这位苏瑁由怀疑、挑剔到信任、赞美的变化过程，不仅反映了社会主义中国造船工业的新崛起，而且也显示了社会主义企业家的爱国主义情怀与工人阶级力争上游的志气。剧本从总体构思到细节描写，都具有鲜明的时代特色与积极向上的精神，从中可以感受到作者对劳动的赞美与对生活的激情。

与此同时，他们又进行新的创作探索，从人与动物的关系这个独特的角度去切入现实生活，创作了一批电影剧本。如《他、她、他》(影片更名为《白桦林中的哨所》)、《飞来的仙鹤》(剧本发表时名为《别忘了妈妈》)、《请把信留下》(影片更名为《军鸽》)、《狼犬历险记》、《奔向银幕的马》等。虽然是以写人为主，但狗、鹤、鸽、马这些动物，已作为深通人性的可爱的艺术形象进入了他们的作品之中，为他们的电影剧本增添了特殊的魅力。

《他、她、他》的主题是战士对祖国的忠诚，但作者不是一般化地来表现这个主题，而是通过巧妙的艺术构思来揭示的。剧本以一个刚入伍不久的边防战士陆星作为主角，以他对女友和军犬的态度前后不同的变化来作为贯串全剧的线索。对军犬他从不爱到爱，对女友他从爱到不爱，作者正是从这种正反映衬中来发掘思想内蕴与审美价值的。一方面从正面描写陆星对军犬由恨到爱的过程，表现主人公作为军人的责任感在增强，爱国主义精神在成长。它揭示的是作为边防战士对祖国的忠诚。另一方面以书信和幻觉的方式，从侧面描写陆星对女友炽热纯真的爱情，表现主人公对生活的热爱与对幸福的追求，它展示的是年轻人对爱情的忠诚。虽然女友背叛了他的爱情，但并没有动摇陆星对祖国的忠诚。超越个人感情的痛苦，显示了人物思想境界的升华。当陆星带着军犬追击越境特务的时候，作者以平行蒙太奇的手法，反复表现了陆星女友正与她的新欢忙着举行婚礼的情景。当军犬被敌特击中，陆星痛苦万分的时候，他当年的女友正被她新婚的丈夫抱着狂热起舞。两者形成鲜明对比：一边是为保卫祖国边疆的悲壮牺牲，一边是沉醉于狭小天地的个人欢乐。剧本情节单纯，人物性格也不复杂，但并不使人感到单调平板。因为作者对战士与军犬之间那种亲密关系与真诚情谊写得酣畅淋漓，具有独特的哲理与美感，因而能给以充分的审美享受，唤起人们心中崇高纯洁的感情，起到涤荡心灵污浊的作用。

无论是从立意的新颖、哲理的深刻还是从表现的完美程度来看，《飞来的仙鹤》都有了明显的提高，甚至可以说是一次具有重要意义的突破。剧本没有曲折离奇的情节，也没有错综复杂的人物关系，它只是以清新淡雅的笔调描述了一个孩子重新回到养父养母身边的故事。在十年动乱时期，嫩江岸边一对渔民夫妇，在收养被遗弃的丹顶鹤的同时，又收养了一个父母暂时无法抚养的孩子。当他们含辛茹苦地把孩子养大之后，知道孩子的亲生父母没有再生育，便主动将孩子送回去。这是剧本描写的第一次回归，它表现了劳动人民的人性美与人情美。但孩子去后十分眷恋养父养母和朴实的乡村生活，于是在丹顶鹤飞回来的季节，孩子又回到养育过他的那块土地和养父养母身边。这是剧本描写的第二次回归，它表现了故土与亲情的强大召唤力。前一次回归是后一次回归的铺垫，后一次回归才是剧本寓意所在。它蕴含着一个哲理性的主题：不能忘记养育自己的故土与亲人。这本来是一个古老的主题，但经过作者深入开掘，使其具有新的内涵与时代特色。作者没有停留在孩子去或留的矛盾上，而是把自然美与人性美结合起来，以自然美烘托人性美，二者相互辉映，丰富了作品的审美价值。剧本中关于丹顶鹤的民间传说和对大自然中丹顶鹤秋去春归的描写，构成了一种隐喻，借以表现鹤归旧巢、人恋故土的深情。这种以物寓人、以鹤拟人的表现方式，使剧本由写实走向写意，赋予了剧本以浓郁的诗意、深刻的哲理与寓言色彩。作者肯定了中华民族传统的美德，但又突破了仅仅是回报养育之恩的局限，也没有陷入拒绝现代文明、宣扬封建乡土观念的误区，却深刻表现了社会主义时代人对血缘关系与狭隘心理的超越，对美好心灵与高尚情操的追求。它是一首大自然的赞歌，也是一幅新的伦理观与道德观的图画。这个剧本的出现，对于探索电影剧作的审美价值、开创新的风格样式都具有重要的启迪意义。

进入 90 年代以后，他们在思想上与艺术上更趋于成熟。他们不为商品化浪潮所动，仍然坚持站在生活的前沿，关注时代的发展，正视现实的矛盾，倾听人民的呼声，并把自己独特的发现与感受及时在创作中反映出来。迄今他们已创作出一批受到高度评价的电影剧本，如《蒋筑英》、《留村察看》、《天国逆子》、《孔繁森》(与人合作)等。

《蒋筑英》是根据真人真事进行创作的。蒋筑英的英年早逝，曾引起了全社会的震惊，因为他个人的遭遇体现了一个社会群体的命运。蒋筑英一生执著于光学研究，没有什么轰轰烈烈的大事与对抗性的矛盾冲突，只有一些零星的日常生活中的小故事。如何把这些小事串联成一个有机的整体，并从中发掘出深刻的内涵，这就成为创作上的一个难题。作者采用的这种结构方式是比较合理而又具有特色的："全剧以蒋筑英的妻子路长琴被瞒真情急匆匆赶往成都奔丧为经，以蒋筑英生前与之有关的人分别对他的回忆为纬，在纵横交织中来展现一个中年知识分子的独特性格和优秀品质：对生活的热爱，对科学的追求，对社会的责任，对同志的赤诚，对名利的淡泊。蒋筑英形象的塑造基本上是在他所熟悉的人物的回忆中完成的。每一段回忆都反映了蒋筑英品格的一个重要方面。这种现在时与过去时的交替出现，既让人感到亲切自然，又渗透着人们对蒋筑英的深切怀念之情。"为了避免概念化，作者确定了"以人生情，以情生戏，以戏感人"的原则①，着重描写了夫妻情、父子情、师生情、同学情、儿女情。虽然这些都是日常生活中的小事，却能在细微中见精神，于平凡中出魅力，把蒋筑英的精神风貌与人格魅力立体地呈现出来，没有人为粉饰与拔高，让人感到这是一个活生生的、平凡而又杰出的人。蒋筑英的形象堪称 90 年代塑造的一代中国知识分子的典型形象。作者因此而荣获第十三届"金鸡奖"中的"最佳编剧奖"是理所当然的。

重视运用细节描写，是王兴东、王浙滨电影剧本的一贯特色。在《蒋筑英》中再次

---

① 王兴东:《我写〈蒋筑英〉》,《电影艺术》1993 年第 3 期。

显示出他们善于选择与运用细节的才能。一把理发推子表达了夫妻情分，一声学鸡叫反映出父子情深，一个错别字的纠正表现了科学求实精神，一篇论文的署名揭示了爱护人才的急切心情，等等。由于有了这些真实生动的细节，蒋筑英的性格显得格外的血肉丰满，使其有跃然纸上、呼之欲出之感。

继《蒋筑英》之后，他们又创作了一部引起热烈反响的电影剧本《留村察看》。王兴东曾说："人民大众关心的热门话题，则是我们作家创作最好的主题，人民大众的心声，是我们时代的主旋律，人民大众关心的焦点，必然是我们深入生活的着眼点。"正是出于这种责任感与使命感，他们在深入山区体验生活、广泛搜集群众意见的基础上，写出了这个电影剧本。《留村察看》受到欢迎与肯定，不仅在于它紧扣了时代的脉搏，抓住了人民群众关心的问题，从干群关系的角度触及到反腐倡廉的问题，而且在于它塑造了一个具有独特性格与时代特色的基层领导干部简正的艺术形象。简正是山区的一位县长，妻子因受贿入狱，他自己也被免职并留党察看一年。他经过反思之后，拒绝了下海经商，也不愿到党校学习或外调工作，他要求下乡扶贫，从基层干起，决心在哪里跌倒在哪里爬起来。作者抓住了人物这种"不挫不奋，越挫越奋"的性格特征，描写了简正来到贫穷落后山村的所作所为。人民的疾苦重新唤起了他作为一个党的干部的良心与责任，经过两年与群众一起的艰苦奋斗，终于用血与汗改变了过去连基本温饱也无法解决的哑巴村的面貌。同时在这个过程中也改造了一个官僚，重塑了一个人民公仆的形象。剧本的结尾是引人深思的。县人民代表大会以绝对多数，重新选举简正担任县长。当车队来迎接因引水修路而负伤的简正时，到处是冒雨前来送行的群众，连哑巴们也发出两个不清的字音："回来——"也许这个结尾过于理想化，但却是对关心群众疾苦的优良传统和密切联系群众的工作作风的深情呼唤。

王兴东、王浙滨于1995年创作的《孔繁森》，可以说是一部当代西藏人的献身史。它是以真实的人物为原型，以孔繁森在西藏的新家（大家）与他在山东的那个老家（小家）之间的情感冲突为线索，特别是把孔繁森对妻女的内疚和对人民热爱的沉重心情做了极力的对比，表现出主人公的内心矛盾。孔繁森上有老母瘫痪在床上，爱人肝硬化、胃出血，下有三个未成年的孩子，但他两次赴西藏工作，恪尽职守，勤政为民，政绩卓著，深受西藏各族人民群众的爱戴。第二次进西藏期满后，由于工作需要，他继续留下，而且到更艰苦的阿里地区工作。他每到一地就访贫问苦，宣传党的政策，和群众一起参加劳动，与当地群众结下了深厚的友谊。为了西藏人民，他可以献出金钱、鲜血、健康乃至自己的生命。孔繁森每次下乡，总要把钱分给那些生活贫困的藏族群众，而且收养孤儿，并想方设法不让孩子们受委屈。在西藏工作近十年，他几乎没往家里寄过钱，省下的工资，大部分花在藏族群众身上。他当拉萨市副市长期间，全市五十六所敬老院和福利院，他走访过四十八所。他留下的遗物仅有八元六角钱和三个纸箱。

默默无闻的献身是一个人心地善良的最高表现。《孔繁森》中还有一个“献身者”，那就是流浪歌者无名氏。他谢绝了孔繁森对他的关心，矢志以传唱《格萨尔王》为毕生追求。他说《格萨尔王》就是他的衣服，他的食粮。情节中两次插入这个说唱艺人，大概是为了揭示西藏土地的神秘和人民的传统个性。说唱艺人和嘎珍、老贾、于青藏、孟志华，以及主要表现的人物孔繁森身上的这些献身故事，已不仅仅是一种行为，不仅仅是人格刻画，而且是心灵的展示。嘎珍是爱情对她内心的呼唤；孟志华在西藏干了八九年也并非思想上愿意，而是因为心地憨厚，老老实实地盼望组织上批准；于青藏从小以兵站为家，更没有什么多高的思想境界，但看得出的是，他的一言一行都源自于心地的淳朴。说唱艺人形象所展示的是心灵深处信仰的执著，孔繁森形象所展示的是内心深处对事业和职守的忠诚。

第四节　黄允·李宏林

黄允(1933～　)，江苏南通人。

黄允是新时期电视剧创作队伍中杰出的女剧作家。她在电视剧本创作这块园地里，默默耕耘，迄今奉献了100多部(集)电视剧作品。她代表性的作品有《永不凋谢的红花》、《亲属》、《家事》、《她在人流中》、《上海一家人》、《若男和她的儿女们》。

黄允的第一部电视剧剧作是1979年拍摄的关于张志新烈士献身事迹的《永不凋谢的红花》。从创作一开始，黄允就带着一种历史使命感，努力切近现实生活。在关注现实生活、塑造人物性格时，作者总是带着一种真诚，一种母性的温厚之情。在《她在人流中》这部电视剧里，黄允写了一个普通的充满母性的共产党员。主人公朴素、单纯的性格中，体现了很多普通共产党员诚恳关心他人的良好素质，让读者和观众强烈地感受到了主人公身上散发出来的光和热，以及她的存在价值。但是，我们读黄允早期的作品，总感觉到一些缺失。那就是，她的作品还需要一种由历史的清醒认识所生发的对于生活的严峻态度，需要写出生活的复杂性，人物的复杂性。对此问题，黄允在《亲属》这部中日合拍的电视剧中已有醒悟。在这部剧作里，作者没有简单重复过去此类影片的宣传，而是写得比较真实。既写亲属之间的情谊，又写了他们之间的裂痕。

在这方面迈出坚实步伐并取得了重大突破的是作者 20 世纪 90 年代初期创作的《上海一家人》及其姊妹篇《若男和她的儿女们》。《上海一家人》通过旧上海李若男一家人命运和遭际的叙写，唱了一曲真、善、美的命运之歌，催人泪下。《若男和她的儿女们》又把笔触延伸到了新中国建立以来的四十余年历史，通过李若男的命运沉浮和她的儿女们的生存抗争，对中国当代历史作了一次艺术性的打量，从而使这两部作品达到了较高的文化层次和世俗性的统一。

综观黄允创作和改编的电视剧作品，其选材和内容大多属于家庭伦理剧范畴。从电视剧的全部类型分析，家庭剧是最能体现和最能符合电视剧艺术规律的一种类型。家庭剧的题材基本是写实性的，它包括一般人在生活中普遍遇到和能产生某种共鸣的社会内容，这些内容又与特定的国家、社会制度有关。观众在观赏这类剧目时，可以从中寻找和自己有相似生活经历和苦恼的角色，从而获得一种心理补偿。同时，家庭剧的环境性背景、城镇、人物等也是人们所熟悉的，而且整个故事的发展是渐进式的。所有这些特点，黄允是很好地把握住了的。她曾经指出：电视剧的本质是“要深入家庭，生活实践要求更强”[①]。因此，黄允一直坚持家庭剧创作。这种艺术追求，就带来了她作品阴柔美的艺术风格。长于叙事抒情，善于用生动化的细节塑造人物，开掘主题，并通过人物的喜怒哀乐，与观众交流普通情绪，产生艺术通感，以此求得娱乐和趣味。她的作品，整个故事情节基本建构在家庭内部的悲欢离合矛盾之上，传递出淡淡的哀愁和绵绵的悲欢。这些特点在她的早期代表作《家事》和 90 年代的力作《上海一家人》中得到了集中体现。

《家事》创作于 1981 年。它描写了各有儿女的一对男女重新组成一个新的家庭。新进门的妻子面临婆婆、小姑和丈夫前妻所生的儿子的一系列关系和矛盾，而丈夫也面临新婚妻子、自己的儿子和刚进门的女儿，以及母亲、妹妹等复杂感情关系。作者通过儿女情，家务事，婆媳、姑嫂等人际关系的描写，设置了不少生动、闪光的生活细节，比较明确地传递了一个意念：沟通、谅解、理解是处理复杂家庭关系的关键。

黄允剧作的题材，内容所体现的类型化，一方面使她在十多年的创作中形成了极为鲜明的艺术特色，另一方面，她的作品在题材、构思、人物设置、情节安排、表现方式上，与在我国播出的日本家庭电视剧《阿信》、《母亲家庭》、《茜嫂的盒饭店》等作品，在类型形态上是同出一辙的。

艺术创造本质上是人的审美的对象化。作家、艺术家从生活中发现美，并使之凝

① 见《当代电视》1988 年第 8 期。

集为艺术品，而读者和观众却可以由此去艺术地感受生活、认识生活，也可以从中发现人——它的创造者的人格情趣，以及对于美的感受力和创造力。于是，通过黄允的一系列作品，我们读到了这样一个黄允：她热情关注着普通人及其生活，温和而细心体察着每一个人，在他们的平凡的生活与平凡的心灵中，挖掘美与闪光点。她似乎想做一个沟通人们心灵的使者，在那些具有代表性的作品中，我们一再感受到一种作者所急切呼唤着的人与人互相沟通和理解的主题。《家事》中，她写新媳妇的善良、贤惠、克己、助人，在被世俗目光所误解的"后妈"身上，挖掘着理想的人性、人情之点；《她在人流中》写一位基层的政工干部，如何像蜡烛一样，温暖别人，而燃干了自己；在《上海一家人》中，李若男是一个孤儿，她受到李家的抚育，后来又和李家人真情相待。正如托尔斯泰所说：艺术是艺术家把自己所体验过的感情传达给别人而使之理解。

黄允的"理解"主题，有着自己的个性和特色。她的理解常常感应着时代的脉搏。她的这种感应，常常是把自己与时代的联系，更多地建立在情感、精神的支点上，而不是直接对着社会问题。普通人的现实生活，是黄允升腾人物崇高情感的基础，它真实，具有普遍性。惟其"真实"与"普遍"，才使她的作品既高扬了艺术的崇高精神，又不致令人可望而不可即，而与千万观众求善、求美的心灵相沟通，从而在通俗题材中灌注着崇高的人格理想，达到了较高的艺术层次与世俗性的统一，由此拓宽了现实主义的创作道路。

李宏林(1935～　)，辽宁抚顺人。

李宏林是新时期电视剧创作界贡献突出的剧作家之一。80 年代初，他的作品就引起了广泛的社会反响，作品多次获奖。

李宏林对生活的观察是敏锐的，对生活中污泥浊水的了解和对崇高美好事物的了解都很深刻。但是，他所有的电视剧的主旋律都是对正义、对美、对善良、对无私的爱和对真诚的友谊的歌颂。之所以如此，李宏林说："三中全会以后的新时代是个伟大的历史转折，它不仅给了我个人以新生命，而且是过去多少年来一直向往而没有得到的时期，所以我特别珍惜它，一心想建设好它。"[①]这段话是理解李宏林创作思想的一把钥匙。因此，在历史与现实、丑与美的选择中，他的笔墨着力处都放在后者。正当人们从十年动乱中走出来，余痛犹在，历史的惯性还在吸引人频频回顾那不堪回首的当年，对社会主义和"四化"建设还没有树立牢固的信念之际，李宏林愿意作一个发现美、歌

---

① 见《当代电视》1983 年第 12 期。

颂美、传播美的使者，以此来鼓励人们前进的勇气，唤起人们对现实生活的热爱。

李宏林十分真挚地歌颂平凡劳动者的心灵美、道德美，赞美那些与人为善的向不幸者伸出温暖之手的人。为了达到这一创作目的，李宏林选择了以真人真事为母体，经过艺术加工的纪实体电视剧来传达他的道德理想。

《新岸》十分动人地展示了两个在特殊的境遇中从相逢、相识到相爱的青年人的高尚情怀。高元钢不但秉性淳朴，而且具有平等待人的民主精神。他没有利用他对刘艳华的监督权乘人之危，他对刘艳华的同情也不是居高临下的怜悯。他在共同的艰苦劳动中真正认识到刘艳华的为人，并在尊重和理解的基础上萌发了爱情。他顾忌这种爱会遭到怎样的非议，并且拒绝了家中为他安排的更为有利的婚事。高元钢的爱是纯真的、无私的。刘艳华一旦熬过患难之期，获得就业的机会之后，并没有时过境迁，一走了之，决意留在农村，仍然爱这个朴实忠厚、在患难中与她相濡以沫的农村青年。她的爱也是纯真而无私的。他们都是极平凡的人，然而两颗无私、真挚、高尚的心撞击出的精神文明火花又是多么亮丽。《家风》不仅写了一对贫寒相守的青年的纯洁爱情，还写了他们在承担家庭责任中所体现的民族美德。张旭的父亲教育自己的女儿要无私地爱自己所爱的人。张旭离开自己条件优裕的家庭后，与丈夫刘海全共同挑起家庭重担，含辛茹苦，任劳任怨，敬婆婆，爱丈夫，关怀和教育小叔与小姑。在这个20世纪80年代的姑娘身上我们看到了民族传统美德的闪光。刘海全的无私也反映在对待家庭的态度上。他虽然因为要负担一个“破大家”，多次在婚姻上遭受挫折，但从未有过为了自己的幸福而放弃家庭责任的念头。在无私这点上他们的心是相通的。作者把这部电视剧命名为《家风》，不仅指张旭的父母把淳朴的家风传给女儿，也希望所有的家庭都沐浴在这样高尚的道德风范之中。

除了歌颂这种爱情、家庭、夫妻之间的道德美，在《这里有杜鹃》中，李宏林还歌颂了友情的道德美。而《男妈妈》写的却是对与主人公毫无关系的一个小生命的爱。通过一个弃婴的命运，作者写出了我们伟大民族的美德和劳动人民的精神风貌。同时，李宏林也能把笔伸进了社会生活的暗处，予以揭露和批判。《人鬼之战》与《面对诱惑》就是这样的电视剧作。

《人鬼之战》，故事发生在东北的某小镇，以范大宝兄弟为首的一伙歹徒在这一带为非作歹，为所欲为，为害一方。当地民警黄志强将为首的范大宝抓获归案，但是这伙流氓集团利用金钱贿赂公安人员和各级干部，使范大宝提前释放，但是以黄志强为代表的人民警察与检察机关克服重重困难，在这一场正义与邪恶、法律与金钱的人鬼大战中取得了彻底的胜利，将这伙作恶达十年之久的流氓罪犯投入监牢。

电视剧《面对诱惑》，透过东北某市公安局以新任局长罗大欣为代表的正义力量，经过一系列复杂、激烈的较量，终于将公安内部腐败分子绳之以法的故事，真实再现了公安内部正义与邪恶、廉洁与腐败、奉公守法与徇私枉法之间的激烈较量，展现了公安干警刚正不阿、无私奉献、忍辱负重的高尚情操，表达了依法治国和从严治警的主题。其中，剧本能正视公安内部的贪污腐败、违法犯罪等不正之风，有较强的现实意义。

作者之所以如此真诚、热烈、执著于这一艺术追求，一方面是有感于生活中存在着这样的好人好事，另一方面也是有感于历史和现实中人与人之间的不正常现象。他在《家风》中写道："人活着，要都只顾自己，还有什么人类文明？人不成了一群互相摧残的丑类了！"[①]他在歌颂的时候，心中始终有着对立面，而且在作品中都作了美与丑的对比，因而使他的作品赞美时热情洋溢，批判时则鞭辟有力。

李宏林的电视剧大多取材于真人真事，但从体裁和创作方法上看，他又不是写的新闻报道剧，而是以真人真事为原型经过一定艺术加工的纪实体电视剧。他的创作路子是艺术地反映生活中真实的人物和事件。在生活与技巧之间，他更强调生活。他甚至认为作品中技巧高超的地方，也是生活本身所赐予的，或者是受了生活的启发而产生的。如《新岸》最精彩的几次牛拉土的戏中运用动作性很强，细腻揭示人物内心世界，准确反映人物关系的无声艺术语言，都是生活本身赋予的，而不是靠技巧得到的。但是，他又认为"电视剧是屏幕上的戏剧"，所以他不满足于照搬生活，反对把纪实性电视剧的创作看得很容易。他把创作的重点放在组织戏剧冲突和揭示人物内心上，同时他注意提炼素材，精心选择最有典型意义和最能表现环境与揭示人物的生活细节。

李宏林是一位很有戏剧修养的电视剧作家。在作品中，他善于挖掘正反两方面的因素来构成戏剧性的冲突，但又不是按照一般戏剧冲突的规范来设置矛盾，展开矛盾。他不拘泥于通过冲突构成贯串动作和反贯串动作来推动剧情的发展，也不一定通过激化冲突把戏推向高潮。比如《新岸》，实际上写了社会、家庭等几方面构成刘艳华走向"新岸"的障碍，并没有单纯的贯穿全剧的矛盾，而作为"戏核"的她与高元钢由矛盾到相爱的转化过程，也不是采用正面冲突形式。剧中最精彩的笔墨不发生在冲突处，而在文学性很强的性格刻画中。在这方面，李宏林的作品，由于过分拘泥于真人真事的制约，同时又力求新闻报道性，总想急于把主人公的美德告诉大家，因而就使得他的有些作品，戏比较平，显得有些单薄，思想和人物深度都开掘不够。

李宏林善于集中地有时甚至是重复地使用适合表现人物典型环境与人物十分协

---

① 见《当代电视》1983年第12期。

调的氛围。《新岸》中三次拉土的戏，全部采用无声的艺术语言，把刘艳华与高元钢之间由戒备到接近，由了解到萌发爱情的全过程写得清清楚楚。《男妈妈》、《家风》的场景也很集中，主要选在工人集体宿舍和家中。他总是把镜头焦点集中起来，通过同一场景中人和事的变化来展现人物内心世界和正在变化着的生活，给读者和观众以深刻印象。

李宏林善于在作品中借助道具表达剧情。《家风》中，小妹的破鞋，张旭的买鞋，哥哥的送鞋，小妹穿新鞋后的兴高采烈，以及下集中二弟买皮鞋引起的思想冲突，一双鞋写出了人物，写出了闪光的心灵，写出了温暖的人性，推动了剧情的发展，可谓一石三鸟。《我的丈夫》中，劳教期满、决心自食其力维持生计的丈夫，为了装配一辆小车，翻出当年偷来的一副轮圈。作者巧妙地借用这个道具，设置悬念，一方面引起失主对他的怀疑，同时又让它成为丈夫自身的精神负担，最后夫妻俩送还轮圈的举动，有力地展示出人物精神的升华。

第六章 散 文

从 1976 年至今，散文的宏观态势是由单线向辐射性的多方位拓展，呈现出斑驳陆离、令人目不暇接的发展格局。

新时期之初，在特定的背景下，"挽悼"散文盛行一时。"挽悼"散文是一个特殊的文学现象。由于冤假错案的逐渐平反昭雪，人们痛定思痛，悼亡灵，抒哀思，"挽悼"散文自然应运而生。"挽悼"散文的题材，大致分为两类：悼念、歌颂人民领袖和老一辈无产阶级革命家；悼念受冤屈而死的文学家、艺术家和科学家。第一类散文写出了人民对老一辈无产阶级革命家的崇敬和怀念，表现他们平凡而伟大的人格。何为的《临江楼记》、毛岸青与邵华的《我爱韶山的红杜鹃》、刘白羽的《巍巍太行山》、巴金的《最后的时刻》、袁鹰的《飞》、杜宣的《刻骨铭心的教诲》、郁茹的《登临》、张长的《泼水节的怀念》等作品，从不同角度反映了人民对毛泽东、朱德、周恩来的怀念。陶斯亮的散文《一封终于发出的信》，作为这类散文中之突出者，在人们心中引起了巨大震撼。陶斯亮作为陶铸的女儿，以淋漓的笔法和血淋淋的事实，揭开了林彪、"四人帮"残害陶铸的铁幕，同时也展示了陶铸的铮铮铁骨。继后，薛明的《向党和人民报告》，诉说了贺龙遭受的冤难。《在彭总身边》和《黄桥烧饼》等散文，是对彭德怀和陈毅的深情怀念。第二类散文数量颇多。丁宁的《幽燕诗魂》，是悼念著名散文家杨朔的；黄宗英的《星》，是悼念被迫害致死的上官云珠的；金山的《莫将血恨付秋风》，是一封呼天抢地的控诉书，揭露江青勾结叶群残害戏剧艺术家孙维世的罪行；巴金的《怀念萧珊》也是一篇令人回肠荡气、哀怨凄楚的悼亡之作。还有陈荒煤的《忆何其芳》、楼适夷的《痛悼傅雷》、柯岩的《哭李季》等等，都是这一类型的散文。总的来说，这批挽悼散文情深意切，境界高远。它们触及到我国社会生活中许多重大问题，促使人们在思考中探索这场历史悲剧根源，从而使思想受到启迪。同时，这批散文以酣畅笔墨渲染了各种人间感情，为散文表现艺术开拓了新意境。

20 世纪 80 年代开始，散文的发展格局起了新变化。以巴金为代表的作家们以披肝沥胆的真诚和深邃痛切的思考，对"文革"悲剧进行反思，把散文创作从单纯控诉和声讨热潮中引向对自我个体及社会文化生态的反思和审察，拓宽和掘深了新时期散文的思想内容，为本时期散文谱下了一首瑰丽激越的乐章。巴金心血凝成的五卷本《随想录》，以其“不隐瞒，不掩饰，不化妆，把心赤裸裸地掏了出来”的巨大真实力量震撼了文坛。杨绛《干校六记》和《将饮茶》，写了“干校”劳动和生活情景，不动声色地写出对现实的抗争和对人生的解剖。萧乾《北京城杂忆》、袁鹰《秋水》、新凤霞《以苦为乐》等散文，以及赵丽宏《死亡余响》、苏叶《总是难忘》、宗璞《霞落燕园》等中青年作家的散文，都站在时代的高度上，对历史进行思考和总结，以启示今天和明天。

80 年代文坛百花争艳的绚烂局面，促进散文进一步突破了“回顾”与“反思”的格局，呈现多元发展态势。努力追赶和反映新生活，挖掘新时代人们的意识观念和精神面貌的散文作品陆续问世，如王蒙的《桔黄色的梦》、杨羽仪的《水乡茶居》、贾平凹的《爱的踪迹》与《心恋》、赵丽宏的《诗魂》、和谷的《无忧树》、薛尔康的《留恋果》等等。敢于以深沉的忧患意识直面种种现实问题的佳作陆续推出，如苏叶的《能不忆江南——常熟印象》、王英琦的《河，就是海？》、张辛欣的《回老家》、阎豫昌的《深山杜鹃红》等等。一些中青年女作家，在表现自我真情的袒露上，显示出令人感叹的胆量和勇气。王英琦散文集《漫漫旅途上的独行客》是对以往的散文外感式抒情的突破；曹明华《一个女大学生的手记》被誉为“文坛罕见的散文”；李佩芝和梅洁的散文也表现了作家惊人的主体人格力量。游记散文和新型的记人散文，也取得了令人瞩目的成就，如汪曾祺的《天山行色》、苏叶的《索溪的月亮》、叶梦的《羞女山》，以及贾平凹的“商州”系列作品、何为的《北海道之旅》、冯亦代的《漫步纽约》、王蒙的《访苏心潮》与《旅美花絮》、冯骥才的《雾里看伦敦》、杨绛的《回忆我的姑妈》、刘海粟的《回忆康南海先生》、刘亚洲的《恩来》等等。

本时期的散文在艺术上首先恢复了散文在历史长河中固有的多姿多彩。思维空间得到了拓展，新的开放式散文结构得以建立，尤其是一批“四不像”作品，令人耳目一新。同时，还大胆借用姊妹艺术的表现手法，如采用意识流、蒙太奇等手法，抒写感觉与情感，由此把散文从单纯和狭窄的空间解放了出来。

80 年代至 90 年代，散文创作出现了大的突破和变革。一是变革方向逆向化。散文变革是在文艺界缺乏思想和理论准备的情况下到来的，散文热是由读者、市场先表现出来，再向文学的中心推进，出现社会心理影响市场，市场调节出版，出版促进创作的局面。二是在这场变革中，散文思维和观念得到进一步创新，突出表现为大众意识、现实意识、思辨意识成为散文创作的内容，散文走向普通人们生活，走向现代人们心理，走向人生的纵深思考地带，对风雅、空灵、轻浅反拨，对旧模式进行了否定。这一切都反映了蕴含在社会发展、时代变革、审美观念演替过程中的客观要求。

第一节 巴金·杨绛

巴金在新时期文坛的地位主要是由散文确定的，其重要作品就是五卷本《随想录》。

1977～1986年，巴金写成了四十二万字左右的五卷《随想录》，包括《随想录》、《探索集》、《真话集》、《病中集》、《无题集》。这部作品，是作者对中国文坛的新奉献。这部作品是对刚刚过去的那场中国人民遭受的灾难的反思与总结。作者在作品中多次谈到，自己所从事的写作，和在作品中抒发的爱和恨都是"为了希望对国家，对人民有所贡献"。

五卷《随想录》，主要包括以下两层内涵：

其一，突出反映了知识分子的自审意识。作家和众多知识分子在"文革"中经历了一条十分耐人寻味的畸形的心理历程。悲剧过后，作品带着满身伤痕站起来，首先就"从彻底解剖自己开始弄清楚当时("文革")发生的事情"[①]。作家将自己推上灵魂的审判台，拷问和反观自己性格中乃至灵魂中的弱点：过于听话，过于天真，过于软弱，贪恋生命以至到苟活的地步。在《十年一梦》中，作家精辟剖析自己的"奴在心者"。说自己"信神最虔诚的时期中，我学会了编造假话辱骂自己，自己羞辱自己，自己践踏自己。"当别人大吼"打倒巴金"时，他也高举右手响应。"文革"刚刚发动时，他就随着郭沫若公开表示自己的著作应当全部烧毁，在学习会上承认自己"写的全是毒草"。在"造反派"的大棒下"默默忍受毫不申辩"，成了"逆来顺受的软弱臣民"。作家对此回顾并进行深层次的挖掘与评估，自然体现出作家的大智大勇和浩然正气，同时，也为我们的民族为什么在相当长的时间内陷入灾难找到了原因：民族人格尤其是作为大众精英与代表的知识分子的人格委顿、贫弱，以及自"五四"以来知识分子身上突出的理性意识和怀疑精神的失落，使我们的社会在混沌中倒退，无疑这是一场民族悲剧。因此，巴金在《随想录》中将自己比作"箭垛"，表达自己"煎熬"中的忏悔，是对民族振兴的一大贡献，是对美好未来的呼唤。集子中《小狗包弟》一文，看似在写一条狗的遭遇，实则是作家对往事的忏悔，对自身的责备，对那个时代的批判，是从觉醒了的知识分子心中流

① 巴金：《真话集》。

淌出来的诗篇。作家写道:"在我眼前出现的不是摇头摆尾,连连作揖的小狗,而是躺在解剖桌上给割开肚皮的包弟。我再往下想,不仅是小狗包弟,连我自己也在受解剖。不能保护一条小狗,我感到羞耻;为了保全自己,我把包弟送到解剖桌上,我瞧不起自己,我不能原谅自己!"作家这样自责,不单是出于自己灵魂得到安宁,而是意在引起对疗救民族"劣根性"的注意!

其二,《随想录》蕴藏着对全人类的爱。巴金总是把一时一地一个民族的历史悲剧,用人类意识去观照与思考,这反映出他具有的博大胸怀和卓识远见。"文革"对中国人民是一场史无前例的大灾难。巴金没有把这场灾难仅仅看做一国之不幸,而认为是"人类历史上另一大悲剧",是"同全世界人民都有很大的关系"。所以,他表示,要"向别国人民交代","要子孙后代永记住这个惨痛的教训"。巴金从事创作之初衷就是"爱人类爱世界的理想","爱那需要爱的,恨那摧残爱的",到了晚年创作《随想录》时,也一再表明其创作目的在于"为了给人间添一点温暖"。因此,《随想录》中渗透着坚实内涵的人类意识。在《我和文学》一文中,他说:"我对一位日本朋友说:我们遭逢了不幸,可是别的国家的朋友免掉了灾难,我们也算是一个反面教员吧。"这种伟大的爱心留给后世的将是一笔巨大的精神财富,警示人类在未来的道路上不再重演类似的历史悲剧。一部《随想录》,绝非仅仅是一般的文学作品,它是巴金半个多世纪历练人生的精华。

新时期巴金散文的艺术风格达到了随兴之所至、顺势行文而能涉笔成趣的境界。文学的最高技巧是"无技巧",是"返璞归真"。巴金的散文就达到了这种"无技巧"的境界。具体表现于以下几方面。其一,是真情的流露。巴金在《随想录》中写道:"我愿意一点一滴地做点实在事情,留点痕迹。我先从容易办到的做起。我准备写只是记录我随时随地的感想,既无系统,又不高明","我还要争取写到八十……我要把我的真实的思想,还有我心里的话,遗留给我的读者。"巴金在拼着自己最后的余光写下文字留给读者,其真情、真言与真心最为宝贵。其二,对各种散文笔法的娴熟运用。《随想录》中,虽然没有将意识流、蒙太奇、象征等手法引入,但对叙述、议论的绵密自然乃至白描、巧妙构思、启承转合、首尾照应等散文"常用技巧"的运用,可以说达到了出神入化的地步。回忆萧珊的几篇作品,把夫妇俩真诚情感以及萧珊对他的关照,可谓写得入木三分。《小狗包弟》一文,把小狗包弟逗人喜爱的动态写得活灵活现。至于在《二十年前》一类的文章中,更生动地描绘了自己那副胆战心惊、惊恐不安、手足无措的模样与心理状态。这些都表明作家的功夫到了"炉火纯青"的地步。

巴金新时期的散文作品,包括他八万多字的《创作回忆录》,既是散文发展史上的一座丰碑，更是他奉献给人类的智慧。

杨绛(1911～)，祖籍江苏无锡，出生于北京。

杨绛从乡土和血缘中吸取了灵气，而又深得博大深厚的北国文化的滋养。因此，她在经历了十年劫难后，仍以其特殊的才情，为新时期散文文苑献上了一朵朵鲜花。

杨绛散文的内容中最为突出的是对旧日人生的追忆，在追忆中展示出一个丰富的古色古香的世界。她的作品《回忆父亲》、《回忆姑母》和《论钱钟书和〈围城〉》及《忆傅雷》等散文，描绘出了古中国书香门楣浓厚馥郁的文化氛围。《忆父亲》一文就这样写道："我在高中时还不会辨平仄声。父亲说，不要紧，到时候自然会懂。有一天我果然四声都能分辨了，父亲晚上踱过廊前，敲窗考我某字什么声。我考对了他高兴而笑，考倒了他也高兴而笑。父亲的教育理论是孔子的'大叩则大鸣，小叩则小鸣'……"写父亲这种传播智慧之果的方式，令人不禁随作家一起回到了旧日温馨的家庭之中。作家还以其灵巧的笔触，描绘出对情感世界深刻的领悟和知之稔熟。在《论钱钟书和〈围城〉》一文中，描写钱氏兄弟童年时戏刺女裁缝乖巧的女儿宝宝的细节，并议论道："兄弟俩觉得这番胜利当立碑纪念，就在隔扇上刻了'刺宝宝处'四个字……这大概是顽童刚开始'知慕少艾'的典型表现。"这表现了作家对人性的深刻理解。此文还写有："许君上课时注意一女同学，钟书就在笔记本上画了一系列的《许眼变化图》。"作家还将他们夫妇俩在牛津读书时的一段轶事写进了本文：有一次，钱钟书趁杨绛午睡未醒之际，在她脸上画了一个大花脸，"他没想到我比宣纸还吃墨，洗净墨痕，脸皮像纸一样快洗破了，以后他不再恶作剧，只给我画了一幅肖像，上面添上眼镜和胡子，聊以过瘾。"在同时期散文中，像杨绛这样带着微笑凝练地道出夫妇两心相契的确实很少。同样，过去时光中黯淡的日子也被杨绛摄人作品。40年代处于沦陷区上海的日子是最难熬的了。钱钟书曾回忆过：那时的生活主要是靠杨绛的剧本上演所得而维持。但作家写这段时光仍带着平淡和气的语调。作"灶下婢"的她，"经常给煤烟染成花脸，或熏得满眼是泪，或给滚油烫出泡来，或切破手指"。杨绛描写过去岁月的这些散文，显示了她修养的高深和对人生洞察的透彻。

杨绛以独特的视角描写"文革"对知识分子心灵的残害。《干校六记》是这一类散文的代表。这本散文集的六篇散文《下放记别》、《凿井记劳》、《学圃记闲》、《"小趋"记情》、《冒险记幸》、《误传记妄》叙述了动乱年月"干校生活"即衣食住行劳以及内心的感情活动。《"小趋"记情》中，写一只通人性的小狗"小趋"与"我"关系融洽，"'小趋'来作客，我得招待它吃饭"，"我得把饭碗一手高高擎起，舀一匙饭和菜倒在自己嘴里，再舀一匙倒在纸上，用另一手送与‘小趋’，不然它就不客气要来舔我的碗匙了”。情趣斐然的叙述，反映了作者处于逆境中仍不失热爱生命的真诚。在反映“文革”生活的作品中，作家还以隐迂曲折的方式向读者传递了大儒及知识分子处理个人与社会关系的独特方式，这确实是混乱年代既不伤害他人又保护自己的智者妙方。《丙午丁未年纪事》一文中写道：“秋凉以后，革命群众把我同组的‘牛鬼蛇神’和两位领导安顿在楼上东侧一间大屋里。屋子有两个朝西的大窗，窗前挂着芦苇帘子。经过整个夏季的曝晒，窗帘已陈旧破败。我们收拾屋子的时候，打算撤下帘子，让屋子更轩亮些……出于‘共济’的精神，我还是大胆献计说：‘别撤帘子’。他们问‘为什么?’我说：‘革命群众进我们屋来，得经过那两个朝西的大窗。隔着帘子，外面看不见里面，里面却看得见外面。我们可以早作准备。’他们观察实验了一番，证明我说的果然不错。那两个大破帘子就一直挂着，没有撤下来。”这反映了那个特殊年代里，知识分子的心灵深处仍存一股反抗的力量。这还是“春风吹就能再生的理想不灭的原因”。

杨绛散文突出的艺术特征是反讽艺术的使用。《冒险记幸》一文之中，作家写她自己在大雪天，冒着风险去看望在另一处接受改造的夫君，于暗夜中踏雪而归，而归途上“有一眼沤肥的粪井，井很深”。“不久前，也是看电影回去，我们连里一位高个儿年轻人失足落井。他爬了出来，不顾寒冷，在‘水房’——我们的盥洗室——冲洗了好半天才悄悄回屋，没闹得尽人皆知。我如落井，谅必一沉到底，呼号也没有救应。冷水冲洗之厄压根儿可不必考虑。”这里的“不必考虑”，则深含一种彻骨的恐惧，这是那个灾难年代毫无自卫力的知识分子的必然心态。《丙午丁未年纪事》一文中，作家描写“文革”初期经历的游街窘境时，竟用了这样的笔法：“我戴着高帽，举着铜锣，给群众押着先到稠人广众的食堂去绕一周，然后又在院内各条大道上‘游街’。他们命我走几步就打两下锣，叫一声‘我是资产阶级知识分子！’当时虽然没人照相摄人镜头，我却能学孙悟空让‘元神’跳在半空中，观看自己那副怪模样，背后还跟着七长八短一队戴高帽子的‘牛鬼蛇神’。那场闹剧实在是精彩极了，至今回忆，想象中还能见到那个滑稽的队伍，而我是那个队伍的首领!”明明是极为难堪的场面，而作家却选择了一种谐谑性的叙述方式，在这种超然的叙述态度的背后，是以中国知识分子对人生宇宙的透彻领悟和忍辱精进以及顽强得近乎荒诞的精神力量为后盾的。

总之，杨绛的散文，叙述的似乎都是一些生活琐事，但从中却展示了人生的沧桑感、变迁感以及许多生活哲理，读后令人掩卷深思。

第二节 柏杨·三毛

柏杨(1920～2008),原名郭衣洞,出生于河南开封。

柏杨三十多年来,写作不辍,著作浩繁。他是台湾第一个因写杂文而声名大噪的作家,在海内外拥有众多的读者。

柏杨自60年代起,开始杂文创作。他以犀利的笔触,议论时事、抨击时弊。他首创"酱缸"学说,对于国人历经几千年而相沿不衰的因循苟且、勇于内斗的气质发酵、整个文化中的那种倾轧的习惯,无不予以辛辣讽刺,尤其是他的《丑陋的中国人》[①]。柏杨通过对我国旧文化遗毒的观察和思考,探讨和批评了旧中国遗留下来的"国民性"的阴暗面,提出了一个非常尖锐的问题:"我们中国人有高贵的品质,但是为什么几百年以来,还不能使中国脱离苦难(贫穷落后)?"他揭示其外因是帝国主义的侵略,内因是封建传统的束缚,并着重从内因方面作了一些不无鉴戒意义的研讨。柏杨主要针对台湾现实有感而发,但其中许多独具慧眼的深刻见解,同样引起大陆读者共鸣。他那丰富的阅历、深刻的思想、犀利的笔锋及批判的勇气,令人拍案叫绝。

柏杨杂文具有独到的艺术风格。他感情强烈,不平则鸣;文笔恣纵,挥洒自如;幽默风趣,大胆泼辣。像鲁迅的杂文那样,柏杨手中的笔也是一把锋利的刀。"书生报国无它物,唯有手中笔如刀。"故乡多柏树,也多杨树,柏树冰雪长寿,有鳞鳞的叶子、龟裂深褐的灰色;杨树笔直通天,风来时哗哗作响,动人心魄。这是他笔名的由来,也是他性格的写照。曲折的人生经历,使柏杨洞悉众生百态,而内心又保持天真与豪放。外表嬉笑怒骂的他,实则愤世嫉俗。《谈人生》、《谈社会》、《谈女人》等杂文正是积淀于胸中的正气、怒气、激荡之气和郁闷之气在心灵与现实的碰撞中全然的释放,毫无顾忌,痛快淋漓。"他向一切看不惯的东西挑战,中国人社会里种种可笑、可气、可怕的真理与中华民族蕴藏着的巨大的创造可能性中间的悲剧性矛盾,在许多方面都被他的笔尖触及。"[②]读柏杨的杂文,无论大学教授、村民商贩、家庭主妇还是年轻学生,都有心领神会的微笑,也还有冷不防正中痛处的惶惶然。《女人的名字:强哉骄》、《文人无行乎?

---

① 发表于美国中文杂志《台湾与世界》和台湾《自立晚报》副刊,是柏扬 1984 年 9 月 24 日在美国依阿华大学的长篇演讲。

② 里程:《十年铁窗三部书——台湾作家柏杨印象记》,《台湾文学选刊》1985 年第 4 期。

文人相轻哉》、《发思洋之幽情》、《恶补三大病源》等杂文，无一不是在向市侩习气以及庸俗的小市民生活进行猛烈攻击。冷嘲热讽的杂文中，我们感觉得到一个富于民族正义感，对故土、家园、朋友有着深厚的爱的“傲骨锋棱”的知识分子的良心在跳动。

柏杨的文章既流利又幽默，经常会有一些精练深刻、发人深思的语句，譬如广为人知的一段：

> 每一个中国人都是一条龙，中国人讲起话来头头是道，上可以把太阳一口气吹灭，下可以治国平天下。中国人在单独一个位置上，譬如在研究室里、在考场上，在不需要有人际关系的情况下，他可以有了不起的发展。但是三个中国人加在一起，就成了一条猪、一条虫，甚至连虫都不如，因为中国人最拿手的是内斗。有中国人的地方就有内斗。[①]

柏杨杂文的语言，清淡时如淡云微月，浓重时又似狂风急雨，而最令人惊服的是他的率真与大胆。柏杨常常采用新鲜形象的比喻、机智灵动的反语和夸张，熔“谈话风”和谐趣美于一炉，像《鸭子嘴》、《酱缸特产》、《恐龙型人物》、《尿入骨髓》等等，都是把深重的感慨痛彻心扉地和盘托出，对中国数千年旧思想的垃圾积淀毫不留情地进行了扫荡。

柏杨的杂文观察独到、剖析透彻，行文汪洋恣肆，不避权贵、不畏众议，极尽辛辣尖锐，易给人留下鲜明的印象，但也难免为人所不乐闻。他的文中确有不少偏激之辞，但温文尔雅、无病呻吟、歌功颂德本来就不是柏杨的风格，用他自己的话来说，“自己何尝不知道‘闷’为上策，但想说的话还是止不住往外冒”。作为一个有勇气讲真话的作家，从“美的东西首先是真的”这一美学观点来说，柏杨是有着许多过人之处的。

三毛(1943～1991)，原名陈平，祖籍浙江，出生于重庆。

三毛及其作品，给人们提供了一种观察世界和生命的独特视角。从60年代初发表作品起，到80年代中期的二十多年间，三毛显示出惊人的创作能力，她先后出版了《撒哈拉的故事》等近二十部作品集。这些作品，打上了她富有传奇色彩经历的烙印，事实上是她自身生命的全面抒写。流浪和写作合而为一地体现着三毛全部人生价值，这二者是如此不可分割，从而使她的作品呈现出明显的阶段性。三毛的作品是灵魂漫游的足迹，充满了深切的人间真意和浓厚的人道主义情怀。不管是早期“雨季”的忧郁

---

① 柏杨:《丑陋的中国人》，湖南文艺出版社1986年版。

感伤、中期漂泊的奇异际遇，还是后期回归的深沉平和，都无一例外地表达着同样的主题，即对至高的真、至全的善与无限的美的执著追寻。作为一名得到广泛接受的作家，三毛及其作品的存在，超出了通俗和流行的意义：她的作品，不是对狭隘自我悲欢的记叙，而是站在普泛的高度，对美好善良人性的诚挚呼唤。三毛有着深厚的古典文学功底，行文中体现出传统文化和诗学对她的极大影响，儒家仁礼观念深植于她的内心，其间又混合着禅与道的超然，作品显得时而含蓄温婉，时而热烈活泼。其朴素纯净的语言、轻松洒脱的写作风格和明朗而略带郁郁的格调，牵动了千万读者的心。

从迷上文学伊始，三毛就力图显示出与众不同的写作个性。生性敏感忧郁的三毛，早年由于受到过多的精神创伤，急于用笔倾诉。试笔之作《惑》，记录下青春时代的迷乱和孤独。那类似“我从哪里来，又到哪里去”的反复追问，将这种千丝万缕的心绪扩展到无以复加的境地，其中还渗透着神秘荒诞的生与死的思考。《雨季不再来》集，收入了这一时期的作品，它“代表了一个少女成长的过程和感受，它也许在技巧上不成熟，在思想上流于迷惘和伤感，但它的确是一个过去的我”[①]。这些在孤寂愁苦的年少心态中产生的作品，展示了一颗不安灵魂的纷乱与焦灼，更为重要的是，它们昭示了某种观察思考社会人生的方式，这是一种纯然审美的人生态度，它在自我精神的探求中远离了尘世的烟尘。《雨季不再来》的伤感并非一己的伤感，而带有“成长过程”的普遍情绪；它不仅描写人生图景，还要探寻人生要义，这一命意奠定了三毛全部作品的基调。《雨季不再来》之后，三毛从渴求外界的赐福到对痛苦不幸的达观，从稚嫩的追问到以生命作答，完成了一次次超越。

精神流浪的意向，始终支配着三毛。空旷辽远的撒哈拉沙漠于她似乎是一块坚实的立足之地，同时是她观照生命、继续进行心灵探索的支点。三毛的大量作品，写成于她出国留学和在沙漠寄居的这段时间。也许是“撒哈拉”这一刻骨铭心而无法解开的情结，也许是自我放逐后的身心自由，三毛感到拥有了真正的人生。《倾城》作为留学生涯的代表作品，它捕捉到刹那间闪过的一抹灵光，隐隐透出某种对不可企及之美的慨叹；《西风不识相》中倔强勇猛的三毛，让人惊讶她是否就是那个曾在“雨季”中孤苦奔跑的忧郁女孩。寄居撒哈拉沙漠后，三毛以《白手起家》展开了拥有人间挚情和欢爱的精神旅程，从此流浪以“家”的方式进行，并编织起一个个海市蜃楼般的梦幻。在沙漠上安家，这本身就折射着人类悲怨的浓重投影。这里的“家”恰如茫茫大漠的一小圈绿洲，两人空间的宁静抗衡着外面世界的喧嚣，这种抗衡意味着与命运和生存的苦痛

---

① 三毛：《当三毛还是在二毛的时候》，《雨季不再来·自序》，湖南文艺出版社1993年版。

作搏斗。三毛这一时期的作品，精致的结构、空灵的文字间弥漫着氤氲之雾，尽管经受了大漠风沙的沐浴，飘逸中仍未褪去淡淡的忧伤。在撒哈拉这片“没有花朵的荒原”上，不仅仅由于对异族文化的爱，也不仅仅是追求奇特诡谲的生活方式，更是一种悲天悯人的情怀，使得三毛对这片荒漠的芸芸众生倾注了巨大的同情和关切。与其说三毛感兴趣的是大漠居民“走路的姿势，吃饭样子，衣服色彩式样”等等，不如说她更注重发掘生命个体存在的意义（如宗教信仰）。《悬壶济世》囊括了一切表达慈悲的可能方式，诙谐的笔调显示出豁达的襟怀。《爱的寻求》揭示蒙昧状态下人所承受的悲苦与哀戚。《一个陌生人的死》、《哑奴》中生存惨状和人性窒息的展示与博大爱心的虔诚表达形成强烈对比。但善与美是不可磨灭的。《巨人》写了具有刚强韧性品质的少年形象，他像一个伟岸的巨人屹立在天地之间；《这样的一生》里一群老人平凡而充实的生命轨迹留给人不尽的启迪。

离开撒哈拉是三毛生活的一次转折。一件重大变故（丈夫荷西猝然去世）改变了三毛的生活道路与创作方向。她的作品不断出现苍凉的死亡主题。她沉湎于对往昔岁月的追忆之中。荷西作为得而复失美丽人生的幻影，在三毛笔下得到反复吟咏。《梦里花落知多少》、《背影》等集在这种追忆和吟咏中，在更高层次上回到忧郁“雨季”的命意：对生之奥秘的追问。这一再度追问消除了年少的迷惘，而带着心智成熟后的理性，却又增添了一丝无可名状的宿命色彩，仿佛每一次欢乐背后隐藏着悲哀，短暂的幸福酝酿着巨大的悲剧。她在中南美之行后写下的游记集《万水千山走遍》里，仍未摆脱这层阴影的笼罩，异域风情在她心里引起的不再是惊异，而陡生几分沉郁。

三毛没有创作出震撼整整一个时代的宏篇巨制，但是她的作品中真诚的悲悯情怀却令人难以忘却。可以说，三毛用以支撑她生命和作品大厦的正是这种悲悯情怀，或广泛仁爱，爱既是她生命追求的制高点，又是其作品拥有活力的核心。这颗自卑又高傲、寂寞又热烈的灵魂，使人们在她那充满艰辛与坚韧的心程中看到了生命本身的绚烂多彩。她“用云一般的生命，舒展成随心所欲的形象”，无论感受甜蜜或是悲凄，“她都无意矫饰”[①]。她的作品是一曲曲天籁之声。

---

① 司马中原：《仰望一朵云》，《温柔的夜》湖南文艺出版社 1993 年版。

第三节 徐迟·贾鲁生

徐迟(1914～1996),浙江吴兴人。

徐迟的创作涉及小说、诗歌、散文等诸方面,但给他带来盛名的却是报告文学,特别是新时期他以独特的风格和成就确立了在报告文学领域的重要地位。

徐迟报告文学的主要特点是集中表现知识分子,讴歌知识分子的人格和精神。他突破了20世纪50年代以来常见的那种"事迹介绍式"的呆板写法,在纵向介绍人物经历的过程中,放手写人物的精神、品格、气质。从此,知识分子的形象辉煌地出现在中国文学人物的画廊上。

他的作品中,老一辈科学家高举爱国主义旗帜,跨越民主革命和社会主义革命两个时代。《地质之光》中的李四光,早在20世纪20年代就在国际地质学界异军突起,在落后的旧中国开始创建先进的地质力学。他把学术研究和争取民族解放和独立的斗争紧紧地联系在一起。几十年中,他走遍祖国的峰峦峡谷,但始终守口如瓶,绝口不提中国的矿产分布。直到人民共和国成立,他才尽情呈现胸中的宝藏,透露了新华夏海沉降带的秘密,终于使石油从中国大地喷薄而出,粉碎了所谓"中国贫油"的谬论。作品除了介绍李四光地质力学方面所取得的震惊世界的成就外,着重描写他追求光明、热爱祖国的精神世界。他拒绝参加蒋介石的接风宴,不接受国民党给他的地质研究所所长的职位,蔑视国民党外交部要他否认中华人民共和国的密令,巧妙地转道瑞士回国。作者以浓墨重彩生动地再现了爱国科学家的人格力量。新中国热烈欢迎他的归来,周恩来总理登门共商科技发展大计,给李四光提供了施展才华的充分条件。他不负众望,用自己的学识、智慧,为祖国描绘出石油、煤炭、金属、非金属、稀有金属及分散元素等矿产资源的壮丽远景,以自己事业的大发展印证了他早年充满爱国主义感情的预言:"我们的结论是:随着地球旋转加快,亚洲站住了,东非、西欧破裂了,美洲落伍了。"

《祁连山下》中的画家常书鸿,《生命之树常绿》里的蔡希陶,还有《在湍流的涡漩中》的周培源,都是献身科学事业的爱国知识分子,展现他们或抛弃国外优厚的生活待遇,或安身于茫茫原始森林,描述他们怀着一颗赤子之心,为新中国科技发展作出极为重要的贡献。

50年代以后成长起来的科学家陈景润，是作家塑造得最动人的形象。《哥德巴赫猜想》中的陈景润的生活道路十分曲折甚至有些传奇色彩。他的生活中，充满了各种考验、磨难，社会上的斗争，个人的经历，对他的个性、心理的影响是非常深刻复杂的。他把全部心智和理性都献给科学事业，这是陈景润性格中最本质的东西。他仿佛生活在数学王国里。在生活上他一无所求，穿着"通风透气"的鞋，啃几口干馍就过一顿。他在病得心力已到衰竭的地步还挣扎着起来，坚持工作。他对善意的误会，无知的嘲讽，恶毒的诽谤，不屑一顾。他在仅六平方米斗室里创立了震动世界数学界的陈氏定理。陈景润在这种极端困苦中所表现出来的那种不屈不挠的人格力量和为科学献身的精神，正是作家所着意刻画的。

徐迟不但反映优秀科学家人格和精神上的共性，还写出了他们独具的个性。陈景润"丑小鸭"的自卑感，异乎寻常的克己，独处的孤僻，以及"谢谢"、"我很高兴"这些谦恭诚恳但却单调贫乏的口头语，都是他的个性及表达方式。李四光、周培源、常书鸿的个性也写得很成功。常书鸿在与叶兰相处的笨拙、迟钝与他对艺术事业的敏锐、执著，这种矛盾统一构成他鲜明的个性。李四光还有着一些诗人气质，周培源还有教育家的特点，等等。这些个性特征，都体现了独特的"这一个"。

徐迟是位诗人，他的诗歌创作实践，帮助他在报告文学表现方法上带有较强的诗人气质和特色。

首先，徐迟的诗人气质使其报告文学含着诗的激情。科学王国本属于理性王国，可徐迟写来，构成胰岛素的五十一个氨基酸竟"像娇嫩的芭蕾舞演员似的穿上红菱鞋，披着柔软的头纱，戴着彩色的长套，施舞而来，单人舞，二人舞，四人舞，组舞和多人舞，舞形婆娑，跳出了各种高难度的翩跹舞姿。先是那三十个舞蹈家，合成了长链，后是那二十个舞蹈家和前者跳起了长链舞，最后他们是旋转、扭曲、叠合，合成了一个罕见的美妙的舞蹈夔纹，交响乐队奏鸣着，为他们合奏着无标题组曲"(《结晶》)。这一段描写，把抽象的理性世界用具体的形象展现出来。作家还注重激情和理智的统一。在《生命之树常绿》里，杜鹃一段是写实，写杜鹃形态、特点、性格。作者以诗人的眼光撷取美的光色，给我们描绘了一幅色彩缤纷、充满诗意的画，并以花的品格暗示著名植物学家蔡希陶的品格，从中悟出人生的哲理。

其次，徐迟追求诗意和叙述的结合。报告文学作为一种特殊的新闻体裁，应该向读者提供具体的信息，所以叙述是必不可少的。徐迟能把知识、事件的介绍和诗的意蕴很好地结合起来。上文引述的《结晶》片断，就是在介绍胰岛素的性质、功用、人工合成的过程及巨大意义之后，生发的情意盎然的叙述文字，而且以氨基酸的旋转与结晶，象征科学家们和谐默契的集体拼搏。徐迟介绍必要的科学知识但省略了专业化的求证过程，侧重从直观印象和感受，用文学语言加以描述，使之汇入整体的艺术构思中。因此，徐迟笔下的"植物学"、"纯数学"、"物理学"都开放着灿烂的花朵，真正成了"抽象思维的牡丹"。就这种把抽象科学王国描述得如此美丽的能力而言，在报告文学领域中，徐迟是首屈一指的。

第三，在语言风格方面，更显出作家的诗人气质和长处。作家善于张开艺术的触角，在普遍的现象中孕育和捕捉诗情，化为具体的形象和意象，语言带着强烈的抒情意味，显得华丽典雅，汪洋恣肆。"他跋涉在数学崎岖的山路上，吃力地迈动脚步，在抽象思维的高原，他向陡峭的蝗岩升登，降下又升登！"(《哥德巴赫猜想》)以此状物叙事，浮想联翩，意象生动。作家的诗意就包含在这种富有表现力的语言中。徐迟还善于从生活中和从古代与外国文学作品中吸取生动的词汇、活泼的句式，或四字排比，或前后对仗，或骈散结合，或长短搭配，造成一种随表现对象的特点而变化的节奏感，包含充沛气势的语调。作家正是这样引导读者分享科学家攀登和成功的喜悦，打破了科学家与读者之间的壁障。

贾鲁生被称为"新生代"作家群中的怪杰。他以特有的勇敢和冒险精神，"混"入丐帮，闯台湾海峡，进西部监狱，由此写出《古老的东方有条龙》、《丐帮漂流记》、《西部在移民》、《性别悲剧》、《孔子与中国》等等作品。

贾鲁生的报告文学的显著特点，首先表现为对社会热点的关注。他感觉敏感。他最早最自觉地把自己的创作与商品经济联系起来。他对席卷而来的商品大潮抱肯定态度。他在作品中，呼唤改革，呼唤自由，呼唤人道主义，同时对社会、对人类、对人性有一种永恒的思考。温州、胶东这两个地方，是当今中国商品经济发展最快因而在人们的观念和生活方式上引起变化最多的两个敏感地带。早在1986年，当温州的暴富和个体经济成为许多作家描写对象时，贾鲁生从一张小报上看到了温州的"抗会事件"，便敏锐地嗅出在温州经济变革背后正在发生着的深刻社会闹剧。他紧盯着温州，从民间金融抗会的闹剧，一直写到令海内外瞩目的大规模造坟活动和纳妾现象。他通过造坟和纳妾这两个社会现象提出了一个值得深思的问题：农民富裕起来之后，却大办婚丧事、买地、盖房、修坟、娶小老婆，追求地主式的生活方式，使商品经济呈现封建化的蜕变。经济变革非但没有带来人们观念的变化，反而出现无道德无文化的畸形。

贾鲁生观察这个时代的角度很独特。他写社会异态，写社会死角里新奇古怪、鲜为人知又有现实意义的人和事，如乞丐、犯人、打狗运动、太平间、海上贸易、书贩子等。

写他们在商品经济初期甚至带点原始积累状态下精神的躁动。在生动展示社会诸相的同时，他找到了一把解剖和疗救当今病态社会的得心应手的手术刀，并由此向社会深层挖去。这样，作品远远超越了事物本身的展示。他的一系列作品使我们感觉到作家在写中国前工业社会资本积累的编年史。

贾鲁生报告文学的又一个特点是采用全景式的表现手法。全景式报告文学，是指从宏观的时空间，通过汇集大量信息以直接展现时代面貌或研究问题为内容的作品。这类作品的价值取向，与刻画典型的报告文学明显不同：它超越了以往单一的描述一人一事的创作模式，而采用一种全方位、多角度地观察问题的方式。在这些报告文学中，没有突出的人物，也没有相对集中的事件，作者采用的是选择众多对表述某一问题具有代表性的事例和人物，从各个角度印证作家已经深思熟虑的对某一问题的见解和解决办法。作品的建构也超越了文学领域，往往以多学科的思维、知识和手段（如历史学、哲学、政治学、社会学、心理学、伦理学）来完成，忧患意识、批判意识、忏悔意识和价值意识在作品中得到充分表现。

在《性别悲剧》中，作家描写了一个妇女群"为一时的光明而扑向永久的黑暗"。她们面临着一个所谓"道德的真理和物欲的真理"的选择，但她们都选择了后者，选择了做妾，这个选择带有巨大的悲剧性，实际上是放弃了做人的原则。最后，作家给予了充满感伤的评价："宁肯舍去光明投向黑暗，舍弃天堂而跃入地狱。文明的进步常常用堕落和毁灭的方式表现出来，我们没必要痛心，愤慨。"作家对社会进步中出现的问题的思考，总是保持着一定的思想深度和超前意识，伴随着一种批判和忧患。这特别体现在《未能走出磨坊的厂长》和《亚细亚怪圈》中。前者说明生产力的最终解放是要依仗人的意识的现代化来实现，后者则提出了在我们这个生产和民主程度不高的国度，古老原始的生产方式有着怎样大的诱惑力。难道我们只能以专制来换取进步吗？所以他的作品从民族素质这一面，对改革能走多远提出了一种质疑。

贾鲁生的报告文学的语言，显得敏捷而有文采，在冷静中常带调侃。语言的力度也随着创作的成熟越来越强，颇具阳刚之气。

第四节 传记文学

在中国文学史上传记文学源远流长。早在两千多年前，司马迁就以其《史记》中的优秀传记文学作品，开传记文学之先河。19 世纪末至 20 世纪初，王韬、梁启超的传记文学实现了从古代到现代的嬗变。从 1919 年"五四"运动到中华人民共和国成立，中国传记文学进入了现代时期。中国传记文学汲取了西方传记文学的优点，摆脱了古典模式和文言文，新的传主代替昔日的帝王将相，传主的范围大大扩展，传记表现的生活面更加宽阔，形式与风格趋向多元化、多样化。在对人性的丰富性和复杂性的挖掘上，不少传记文学取得了突出的成就。

"五四"以来中国第一位重要的传记作家和传记理论家是胡适。他不但动员别人写传记，而且自己也写了几十篇传记和一些理论文章。其中一些传记作品在思想与形式上有一定新意和影响。郭沫若写下了一百一十万字的《沫若自传》，展示了他的革命生涯、政治活动及其丰富而独特的个性，也描绘了一幅波澜壮阔的中国现代史的画卷。郁达夫以他自己的自传，为"新的解放的传记文学出现"作出了贡献！沈从文的《从文自传》，以清新的笔触描述了他的亲身经历和独特个性，写出了一些极富特色的人物，也描绘了一幅幅明朗的风俗画，风情画，风景画。谢冰莹的《一个女兵的自传》是作者人生传奇经历和内心情感的真实记录，具有很高的真实性、文学性和时代性，在当时文坛上独树一帜。萧红的《回忆鲁迅》听凭心灵感情的喷涌和内心记忆的牵引，以看似没有时空或逻辑联系的一个个片断，描绘出鲁迅的饮食起居、音容笑貌、读书写作、亲情友情，描绘出富于个性色彩的生活化的鲁迅形象。

政治家的自传中，最有影响的是瞿秋白的《多余的话》。他在生命的最后时刻严格地解剖自己并表达了对这个世界和对自己的妻子儿女深深的留恋，显得坦诚、率真、沉痛而凄婉。

著名学者朱东润的《张居正大传》描写了明朝著名宰相张居正把整个生命献给国家的精神。吴晗的《朱元璋传》写出了朱元璋从和尚到明代开国皇帝的人生历程和他的独特个性。张默生的《异行传》，主要写他所熟悉的有奇异行为和具有一定至信的平民百姓，在中国现代传记史上具有开拓性的意义：其人物性格鲜明，活灵活现，呼之欲出；材料丰富，细节典型，文字朴实，亲切感人。

延安的传记文学是中国现代传记文学的一个重要的方面。沙汀的《随军散记》以自己亲身感受写贺龙的言谈举止、生活细节，展示他英武飒爽、洒脱风趣的英雄形象和豪爽直率、自信谦逊的独特个性。周而复的《诺尔曼·白求恩断片》以大量典型事例，极其生动地描写了白求恩医生对病员极端热诚、对技术精益求精的精神和献身中华民族解放事业的国际主义精神，展示了他独特的个性和高贵品格。

五六十年代，传记文学主要是为现代英雄人物立传。其中高玉宝的《高玉宝》、吴运铎的《把一切献给党》、梁星的《刘胡兰小传》、黄纲的《革命母亲夏娘娘》、柯蓝的《不死的王孝和》、雷加的《海员朱宝庭》、陶承的《我的一家》、缪敏的《方志敏战斗的一生》、杨植霖的《王若飞在狱中》、陈昌奉的《跟随毛主席长征》，还有《毛主席的好战士雷锋》、《县委书记的榜样——焦裕禄》等，表现了革命党人顽强坚韧、机智勇敢、视死如归的革命精神，有较高的艺术性。但其中一些作品人物缺乏生气，缺少个性，存在公式化、概念化缺点。在这个时期，邓广铭写了《辛弃疾（稼轩）传》和《岳飞传》，北大另一位教授冯至写了《杜甫传》，其学术性和科学性很强。著名学者陈寅恪在晚年孤寂和双目失明、疾病缠身的情况下，呕心沥血，撰写了八十余万字的学术性传记《柳如是别传》，通过诗歌和史实的考证，为柳如是洗冤辩诬，歌颂这位"美人而兼烈女"、"儒士而兼侠女"的奇女子。中国历史上的最后一位皇帝溥仪的《我的前半生》把自己极其特殊、罕见的大起大落的人生际遇真实而客观地写了出来，并细致地展示了自己如何丧失人性，又如何恢复了人性。作者还向我们展示了神秘的宫廷生活、残酷的王室斗争、日满的外交密谋、战犯改造的内幕，具有很高的历史认识价值和史料价值。

"文化大革命"中，传记创作也趋于没落。只有作为"检查交待"的《彭德怀自述》和陈白尘的《文革日记》因传主的凛然正气和记叙的真实而具有较高的价值。

随着"四人帮"的覆灭和改革开放的深入，传记写作也展现了蓬勃发展的新气象。传记的内容和形式以及数量、质量、规模都得到了极大发展；西方现代传记作品和研究文章大量引入，对传记的研究也开始活跃。

新时期较早出现且又很有价值的传记作品是作家、学者、艺术家的自传、回忆录和他传。茅盾的《我走过的道路》与夏衍的《懒寻旧梦录》，除记述自己半生的经历和创作活动外，还记述了现代史上的不少重要事件，提供了中国现代文化史和文学史的重要而翔实可靠的资料。两部传记都写得客观、冷静、简洁、明晰，显示出高度的文学功力和大家风范。

表现鲁迅的传记有很多种，较早的有王士菁的《鲁迅传》、曾庆瑞的《鲁迅评传》、吴中杰的《鲁迅传略》、林非与刘再复的《鲁迅传》、林志浩的《鲁迅传》、彭定安的《鲁迅评传》、陈漱渝的《民族魂》、王晓明的《无法直面的人生——鲁迅传》等，各有风格，各具特色。刘白羽经过四十多年的酝酿，于1984年写出了《大海——记朱德同志》，以恢宏笔力写出了朱德的崇高人格和博大心怀。从1995年开始，经过五年的时间，他写出了九十多万字《心灵的历程》，描写了自己由一个破落家庭子弟走向革命的艰难曲折而又不断成长的过程。作者把个人的命运与党、国家和民族的命运紧紧相连，写出了他接触过的从领袖到党政军高级领导、文化名人、国际友人到国民党头面人物。可以说《心灵的历程》既是作者心灵的闪光，又是时代和历史的一面镜子，达到了很高的艺术境界。

其他艺术家的自传、回忆录和他传也大量涌现。徐悲鸿夫人廖静文的《徐悲鸿一生》，以生死不渝的感情和丰富感人的材料，写出了徐悲鸿奋斗的一生及其独特的性格。著名艺术家新凤霞的《新凤霞回忆录》，著名舞蹈家吴晓娜的《我的舞蹈艺术生涯》，也很有特色。演员刘晓庆的《我的路》、《我这八年》、《从电影明星到亿万富姐儿》，开启了影视、体育明星写作自传、回忆录的热潮，体现了作者顽强的奋斗精神和强烈的敬业精神，直爽地宣泄了自己的情感，鲜明地表达了自己的独特个性，写得新鲜、爽快、泼辣，具有独特的魅力。赵忠祥的《岁月随想》则显得冲淡、平和、幽默、风趣。倪萍的《日子》以散文笔法写作，表现出较强的抒情色彩和较高的文学修养。杨澜的《凭海临风》、姜昆的《笑百人生》、姜丰的《温柔尘缘》、黄宏的《从头说起》等，都有自己的特色。此外，还有体育明星的自传、回忆录，如陈祖德的《超越自我》、聂卫平的《围棋人生》等，也很受欢迎。这些传记发行时都很火爆，是当代传记文学的一大景观。

新时期，学人传记逐渐繁荣，对“文化热”和“人文精神”的发展，起着推波助澜的作用。20世纪80年代出现的学人传记同50年代出版的知识分子传记(如司马迁、李白、杜甫、欧阳修、苏东坡、朱熹、文天祥、王阳明、李贽、龚自珍、林则徐、谭嗣同等人的传记)不同的是:后者主要是以政治思想评价为主导，而忽视传主在学术文化上的贡献及其学人风骨;而前者则将重点放在历史上文化精英的学术生命和文化品格的发掘和再现上。新时期的学人传记还包括近现代的著名学者康有为、梁启超、严复、赵元任、胡适、鲁迅、郭沫若、闻一多、朱自清、周扬等人的传记。其中，影响大的当推陆键东的《陈寅恪的最后二十年》、程伟礼的《信念旅程——冯友兰传》、高建国的《顾准全传》、张冠生的《费孝通传》、李辉的《萧乾传》、戴光中的《胡风传》、凌宇的《沈从文传》以及魏根发、祁淑英夫妇的《钱学森》，还有季羡林的《牛棚杂忆》、韦君宜的《思痛录》等学者的回忆录，这些作品都在不同程度上塑造了传主的文化人格，肯定了传主的文化贡献，表现了对于知识分子乃至全人类的生存意义的探究和追寻，具有深刻的反思性，闪耀着高尚的精神光辉。

领袖和党史人物传记写作也取得了很大的成绩。毛泽东、周恩来、邓小平等人的传记大量出现。其中，肖三的《毛泽东的青少年时代》、权延赤的《走下神坛的毛泽东》与《走下圣坛的周恩来》、叶永烈的《国共风云——毛泽东与蒋介石》、毛毛的《我的父亲邓小平》与《我的父亲邓小平文革岁月》、王朝柱的《开国领袖毛泽东》，都有较高的价值。中共历史上的重要人物也都有传记或回忆录，如铁竹伟的《霜重色愈浓》、陶斯亮的《一封终于发出的信》、罗瑞卿女儿点点的《非凡的年代》、景希珍的《在彭总身边》、东方鹤的《张爱萍传》、王稼祥夫人朱仲丽的《黎明和晚霞——王稼祥文学传记》以及《李大钊传》、《贺龙的脚印》、《任弼时传》、《董必武传》、《方志敏传》、《林伯渠传》等，都是较有影响的作品。曾志的回忆录《一个革命的幸存者》，写得极为真诚、大气，把自己的优点、错误、缺点，都展现出来；在写我们党组织功勋时，也揭示了缺点和失误，时代感很强。叶永烈在写作《傅雷传》、《爱国的"叛国者"——马思聪传》、《毛泽东和蒋介石》之后，还写了江青、张春桥、姚文元、王洪文"四人帮"的长篇传记，在题材的开拓上有所建树。

表现历史人物的传记和评传也得到了发展。朱东润连续写出了《梅尧臣传》、《杜甫叙论》、《陈子龙及其时代》等学术传记。匡亚明的《孔子评传》，结合孔子的生平和时代背景，深入系统地探讨了孔子的思想及其哲学与伦理学和政治学价值。北京大学教授陈贻焮的《杜甫评传》三卷一百零八万字，是有史以来最长的学术传记，对杜甫的一生及其思想性格的发展作了生动的描述。冯尔康的《雍正传》、董蔡时的《左宗棠评传》、章开源的《开拓者的遗迹》、杨国桢的《林则徐传》、苑书义的《李鸿章传》，还有《王国维评传》、《司马迁评传》等也较好。

新时期还有一些作家为外国名人编写了篇幅较长、材料翔实、水平较高的传记作品，如李显荣的《托洛茨基评传》、陈子骅的《克鲁泡特金传》、解力夫的《纵横捭阖斯大林》、《身残志坚罗斯福》、《临危受命丘吉尔》、《坚韧不拔戴高乐》、《盗世奸雄希特勒》、《专制魔王墨索里尼》、《战争狂人东条英机》等。

新时期还出现了大量企业家的传记及普通人的传记，如写香港富翁陈嘉庚、包玉刚、李嘉诚等的传记，写大陆企业家荣毅仁、步鑫生、胡子昂的传记等。其中较有影响的是桑逢康的《荣氏家族》、汪卫兴与倪冽然的《船王包玉刚》、傅子玖的《陈嘉庚》及杨国桢的《陈嘉庚》等。企业家传记的作者往往要受到传主及其家属的影响，因而时常有渲染夸张传主优点及隐讳其缺点的情况。

叶永烈不仅是著名的科普作家，也是著名的传记文学家。他写的传记文学作品有红色三部曲即《红色的起点》、《历史选择了毛泽东》、《国共风云——毛泽东与蒋介石》，

《陈云之路》、《中共中央一枝笔——胡乔木》、《毛泽东的秘书们》、《爱国的“叛国者”——马思聪传》、《倾城之恋——梁实秋与韩菁清》、《雾中奇案——戴厚英的心中历程》、《是是非非何智丽》、《名人沉浮录》、《名人风云录》等，还有黑色系列长篇“四人帮”全传(《江青传》、《张春桥传》、《姚文元传》、《王洪文传》)以及《陈伯达传》，还有《历史悲歌——反右派始末》、《1978 年中国命运大转折》、《商品房大战》、《黑红内幕——叶永烈采访手记》、《追寻历史真相——我的写作生涯》等。

仅就目前已经写出的传记文学作品看，从创作的规模之大、数量之巨、影响之广、发行量之高，叶永烈可以说是中国当代传记文学第一人。2000 年作者编辑《叶永烈文集》，其中，纪实文学达二十七篇，而这中间传记文学又占了一大半。其次，从传记文学在读者中的影响看，也是最大的。他的传记文学作品，印数往往是十万、二十万，成为畅销书。台湾《传记文学》杂志在发表叶永烈的传记文学作品时称叶永烈“是历史家、也是传记家，也是最有成绩的作家”。香港在 1998 年把“中华文学艺术家金龙奖”的“最佳传记文学奖”授予了叶永烈，美国传记文学研究所聘请叶永烈为顾问。叶永烈为中国传记文学赢得了声誉，为中国传记文学的发展作出了重要的贡献。

叶永烈传记文学的特点有四个方面：

第一，有气魄、有胆识、有胆量，敢于写一般作家不敢涉及的人物和事件。叶永烈在粉碎“四人帮”以后开始从事传记文学写作。他首先“用带泪的笔”写出了在反右斗争和“文化大革命”中备受侮辱、打击、迫害的一批才华横溢、成就卓著的高级知识分子的传记。他写了傅雷、马思聪、贺绿汀、章伯钧、罗隆基、葛佩琦、王造时等等。这些著名高级知识分子的命运，是中国知识分子悲剧命运的缩影。作者用他锋芒犀利的笔，批判了极“左”路线对他们的残酷迫害，让我们永远记住极“左”路线的危害；同时，作者也写出了这些知识分子热爱祖国、忠于事业、刚正不阿、献身真理的高尚人格，颂扬了这些备受苦难的民族精英。

第二，大气魄、大手笔、大制作，大气磅礴。叶永烈曾经用下述九个字来概括自己的作品：“大题材，高层次，一把手。”的确是这样。叶永烈不但具有敢于开拓高度敏感性的、富于风险的题材的魄力，而且还具有善于驾驭这些关于高层次、一把手的大人物的磅礴浩大的传记文学系统工程的能力。叶永烈以超乎常人的魄力、毅力和能力，一鼓作气，以二十年的时间，写出了知识分子系列、黑字系列、红字系列等洋洋数百余万字的巨著。每部作品都写得史实清楚，形象鲜明，笔酣墨饱，元气淋漓。

第三，关注热点，追踪热点。采写现代重大题材和当代风云人物，善于从旧闻中发掘出新闻，擅长从独家采访中发掘出第一手资料，披露人所未知而又欲知的秘史要闻。

这是叶永烈有别于当代众多传记文学作家的又一突出特点。作者对自己的传记文学写作有一个规划，这就是“写当代的重要人物，通过人物反映历史”。他特别写从来没有人写过的大人物或热点人物。他说：“我的本意并不在于写某人的一生，而是在于通过这些政治人物的生涯，折射时代，写出时代的命运。”正因此，他选择了毛泽东、陈云、胡乔木这些红色政治人物，江清、张春桥、王洪文、姚文元、陈伯达等黑色政治人物以及著名知识分子作为他的传主。这就使他的作品具有鲜明的时代特征和热点性质。

第四，历史的真实性和写作的文学性相结合。作者在踏上传记文学（纪实文学）的创作道路时，就决定走“中间道路”即介乎党史专著和历史小说之间，既求历史的准确，又讲究作品的可读性。作者不仅追求总体的本质的历史的真实，更通过大量的全面的深入的艰苦的采访和调查，掌握第一手材料以保证史料的准确性。同时，作者又十分重视作品的文学性。作者在采访时非常重视对被采访对象的形象性材料的观察和资料的搜集。在写作时，作者往往能写出人物的风采和个性。作者十分重视作品的立意构思和布局。

总之，由于叶永烈把史家的严谨与文学家的功力结合起来，把历史的真实性、科学性与文学的生动性和艺术性结合起来，因此，他的传记文学作品，既真实可信，又生动活泼，可读性强，读者面广。

铁竹伟从1971年开始发表作品，著有传记文学《一个人和一个城市》（合作）、《从沙场到十里洋场》（合作）、《陈毅传》（合作）、《廖承志传》、《穿过硝烟的握手》（合作）、《农民企业家》（合作），大型纪录片《周恩来》撰稿、艺术专题片《百年恩来》（二十集）撰稿，纪录片《雨花魂》撰稿等。

《霜重色愈浓》是她的代表作。作者从1981年底开始，经过三年多时间的采访才写出了这部优秀作品。她查阅了中央档案馆、军委档案馆及新华社图书馆藏的四千多本“参考资料”。她采访了陈毅的亲属子女以及先后在陈毅和周恩来身边工作过的同志。以后，她又投入了大量的精力和时间，采访了叶剑英、徐向前、聂荣臻、王震、谭震林、廖承志、阿沛·阿旺晋美、李德生、张爱萍、杨得志、谷牧、方毅、宋任穷、陈丕显、江渭清、张劲夫、肖华、杨成武、刘志坚、傅崇碧、秦基伟等老一辈革命家和各级领导。她不仅从他们那儿了解了陈毅同志的许多丰富、生动的材料，而且从他们讲述的他们个人在“文革”中的经历和思想认识过程，逐渐触摸到了“堪称老一辈革命家的优秀代表的陈毅元帅的博大胸怀和思想感情的脉搏”，表示“竭尽全力追求真实展现陈毅元帅的神采风韵”。

作者写出了陈毅对战友、同志、亲人的真挚强烈的感情。他对刘少奇、邓小平等领导被打倒十分愤慨，对自己的战友被批斗十分痛心。在1966年10月工作会议以后，他请了陈丕显、叶飞、江华、曹狄秋、李葆华、魏文伯、谭启龙等到家中家宴，畅谈了他对文化革命、对林彪、对时局的真实看法，勉励老战友"无论多么困难都要坚持原则，坚持斗争，不能当墙头蒿草，哪边风大，就跟哪边跑!"作者也写了周恩来和叶剑英等在文化革命中的艰难奋斗，以及他们同陈毅的战友情谊。写了陈毅与他的夫人的深情厚爱，写了他和孩子们的父子之情。通过这些，作者为我们塑造了一个叱咤风云而又多情善感的老帅形象。在具体写作时，作者注重在尖锐的矛盾斗争中，在同林彪、"四人帮"一伙的生死搏斗中，在关系国家军队人民的前途命运的激烈冲突中，来刻画陈毅，来展示他的刚直不阿、坚毅不屈、宁为玉碎不为瓦全的性格。作者还运用了大量的细节描写和心理描写，充分展示人物的内心世界，并表现丰富的内容。如写陈毅听到林彪在天安门上讲话，心里很不是滋味，于是回忆起林彪在井冈山上临阵脱逃的旧事，既让我们了解了林彪的为人，更为陈毅的远见卓识和抵制"文革"提供了历史的依据。再如，在中央政治局的一次扩大会议上，江青张狂地要刘少奇到清华去作检讨，"听取革命小将的控诉和批判"之时，作者写道："会场里寂静无声。大家被这突如其来的喊声震惊了……坐在刘少奇旁边不远处的陈毅气得脸发白，手直颤。他为了镇定情绪，伸手向身边的同志要了支烟，打火机'咔嚓、咔嚓'响了好几下，烟才燃着。他深深地吸了一口，连同心中的愤怒一同吐了出来。"江青更张狂地威逼刘少奇时，"陈毅终于忍不住了。他用劲摁灭手中大半支烟，猛然站起身，逼视着江青，反驳道：'你们让少奇同志到清华去作检讨，要是下不了台怎么办？回不来怎么办？后果你们想了没有？……为什么非要他去清华作检查?'"作者又引用了一位当时已经靠边站的会议参加者的回忆，说明陈毅发言的背景和险恶形势，连他都知道，陈毅敢当面顶撞江青，为刘少奇说话，"他恐怕自己也差不多了。后来，果真如此。"而作者运用了丰富的想象，小说的笔法，详细地生动地描写陈毅发言前的表情、抽烟的动作、发言的气势，也写出了陈毅心中波澜、复杂的情绪。

第七章　少数民族文学

20世纪中国的少数民族文学，顺应着社会转型与文化转型而与时俱进，创造了自己的辉煌。

人类自身的发展是纷纭万状，很不平衡的。从1775年开始，“欧洲即世界”的全球天平便已形成，中国成了列强侵略的一个重要目标。特别是1840年以来，列强凭借其工业文明的优势，轰开了封建的农耕文明中国的大门，一是侵占、分割中国领土，二是索要大量战争赔款，三是利用索赔的担保品——海关税、常关税、盐税等截留中国财源，控制中国财政，左右中国政局。这样一来，苛政、战乱、匪祸以及愚昧和落后便成了套在中国各族民众身上的枷锁。救亡图存与呼唤精神觉醒，力图以民主、进步、现代化的崭新形象融入世界民族之林的时代主题，便成了中华儿女的共同使命。

正是基于这一时代主题的追寻，从19世纪末发展到今天，中国经历了三种社会模式和主流文化的选择，即：以日本君主立宪模式为样板的戊戌变法与民族民主思潮，以英、美模式为标准的辛亥革命运动与资本主义、民主主义，以及以苏俄模式为前导的社会主义。历史已经证明，前两种选择都失败了，但它们都为中国特色社会主义道路的形成与发展，为中国各族人民精神的觉醒与提升，提供了某种参照价值和社会成本。在各民族一律平等的新观念的引导下，顺应世界人类学学科的新发展，30年代中国的民族学研究取得了突出的成就，像林惠祥等的《中国民族史》等专著，迄今仍为学界所称引。特别是“五四”新文化运动所高扬起的“民主”与“科学”的大旗，不仅为中国输入了现代意识，而且随着三次大论争的出现，即“问题”与“主义”的论争、科学世界观与玄学世界观的论争以及关于中国社会性质的探讨，对马克思主义的中国化更有着不可忽视的意义。20世纪中期，中国各族人民能够独立支撑东方战场，在第二次世界大战中打败日本帝国主义，提高中国的国际地位，显然有着自身转型的必然性。

随着转型的不断深入，“20世纪，无论是对于中华民族整体来说，还是对于中华民族所属的五十六个不同民族个体来说，都堪称是一个非同寻常的时间段。在这个世纪里，中国经历了偌多前所未见的、天翻地覆的社会变迁，物质文化和精神文化的所有方面都在发生着剧烈的震荡与蜕变。而正是这些剧变，把生息于这片土地上的各个民族，不断引向了较历史上的任何时期都更为相似的命运际遇，各民族的文学，也随之展现出一系列相近的创作征象与书写特点。"[①]这突出表现为两个方面：一是大中华观念的确立与认同，一是文化文学交流深度化。

在超稳定发展的漫长岁月里，形成了以汉族为主体，以汉族文化为强势文化的民族共同体——中华民族。而在中华民族内部，由于各民族自身发展的不平衡性以及母族心理认同的作用，一些少数民族同胞又是以或隐或显的压抑心态来融入中华民族大家庭的。著名苗族作家沈从文以其构建的"湘西世界"而名垂青史，可他总以自己的苗家身份而保持着对新文坛的有距离的介入。1933 年在致施蛰存的一封信中就这样写道：上海《萌芽》遭禁，谣言纷起，"不妨处之以静，持之以和，时间稍久，即无事矣"[②]。老舍更是众望所归的旗帜性人物，可他长期不愿公开承认自己的满族身份，直到新中国成立后，他才基于族体回归意识而创作了《茶馆》、《正红旗下》(未完稿)等不朽之作，并以满族作家的身份为"中国当代少数民族文学事业的发展和繁荣，起到了决定性作用"[③]。跟老舍一样，许许多多少数民族诗人、小说家和剧作家、艺术家们，他们并不埋怨历史，而是凭着民族文化意识的自觉来抗争自然的禁锢和社会的禁锢，"从自己的影子里走出来"，"挣断自己尾巴""走到新天地里来"。土家族作家蔡测海在其《茅屋巨人》、《远处的伐木声》中所提出的这一理念，正可视为少数民族同胞对"大中华"理念的真切诠释与坚守。

依据文学交流方式与总体结构的演变，学者们一般认为，人类文学的历程大致可划分为民族文学时代，近现代文学时代，总体文学时代，一体化世界文学时代。人类文学在发展过程中已经经历和将要经历的各个时代之间，存在着一种辩证的、逻辑的结构，体现了历史与逻辑的统一。

文学是人类情感交流和审美交流的手段之一，人类的文学现象正是基于人与人之间、人与自我之间进行情感交流与审美交流的愿望而产生的。人与人、人群与人群、民族与民族之间的交流所导致的差异的发现，精神视野的扩大，审美感受的丰富，艺术手段的发展，价值观念的更新，极其有力地刺激着人的想象力和进取心，唤醒着人的创造激情和竞争精神，因而构成了人类文学发生发展的基本动力。

概略言之，20 世纪中国少数民族文学交流，大体上表现为由内部交流向外部交流

① 关纪新主编：《20 世纪中华各民族文学关系研究》。
② 孔另境编：《现代作家书简》，上海生活书店 1935 年版。
③ 关纪新主编：《20 世纪中华各民族文学关系研究》。

发展的基本态势。基于民族共同体所面临自身发展的同一性，无论是汉族抑或是少数民族文学，共同的选择只能是走出旧我，融通世界，融铸新己。汉族文学基于历史形成的强势文化条件，首先直面外部世界的新潮流，以救亡和启蒙（包括自我启蒙）为己任，从而也为兄弟民族文学拂扬起阵阵新风，而少数民族文学也正是首先通过与汉族文学的交流而开拓新宇的。当西风东渐之际，在鲁迅、郭沫若、茅盾、巴金、曹禺等新文学大师相继涌现的同时，老舍、沈从文、马宗融、端木蕻良、萧乾、玛拉沁夫、陆地、黎·穆塔里甫、张承志等兄弟民族文学领军人物也纷纷凸显文坛，至于以满族、蒙古族为主体的东北作家群，以《滇潮》为凝聚点的马子华、柯仲平、张子斋等白族作家群，以李乔为代表的彝族作家群等等，在沟通文学内部交流方面所做的努力，早已是有口皆碑的事实。与之同时，兄弟民族文学的强项，通过交流，也在一定程度上丰富和提升了汉族文学。汉族文学史上历来缺少史诗和叙事长诗，而傣族就有五百多首长篇叙事诗，藏族的英雄史诗《格萨尔王传》，抒写军事民主制时代藏族英雄开拓疆域的征战故事，"全诗据估计有一百五十万行"，其"规模之宏大，气宇之轩昂，是世界诗歌史上的罕见记录"[①]。这无疑丰富、光耀了我们的民族文学。到了20世纪后期，少数民族文学沿着中国特色社会主义道路飞跃发展，最终走出弱势文化的宿命，与汉族文学一道开始了跟世界文学的对话，焕发出自己动人的风采。新中国成立后，"在特定的社会政治条件下，'文学为政治服务'进一步衍化为'文学是阶级斗争的工具'，不仅文学的审美本性被抹杀，文学的社会本性也被扭曲，从而造成了文学的泛政治化和文学本体的失落"。随着新时期的到来，文学终于回到了文学自身，回到了人本位[②]。对应世界文学和国内文坛的潮起潮落，基于母族文明的深度探询和当下生存的理性深思，面对现实主义——现代主义——后现代主义的万象纷呈，少数民族文学正不断地释放出自己独特魅力。凭着对母族文化的执著守望，鄂温克族作家乌热尔图以其深挚而忧郁的古歌和小说《丛林幽幽》而被视为"天鹅绝唱"。享誉海内外的彝族诗人吉狄马加有不少作品被译成法文、英文而广为流传，他一直把红、黄、黑三色作为彝族文化的精髓，以一个现代人的历史意识和审美意识来关注民族，讴歌土地，高扬着爱祖国、爱人类的大旗，"追求鲜明的民族性和世界性的统一"[③]，令世人为之心动。至于以磅礴大气的人类意识而震撼人心的《心灵史》，更是把回族作家张承志推到了一个新的高峰。新近涌现出来的藏族作家阿来，更是走出了仿作的樊篱，以"权力"、"族别"、"时间"来构建康巴藏族的独特语

---

① 关纪新主编：《20世纪中华各民族文学关系研究》。

② 陈传才著：《中国20世纪后20年代文学思潮》，中国人民大学出版社2001年4月出版。

③ 吉狄马加：《我与诗》，《中国文学（外文版）》，1990年第3期。

境与思维向度，用他的长篇小说《尘埃落定》为我们营造了亦真亦幻、韵味无穷的审美境界，更是令人叹赏不已。如果说20世纪前期和中期，中华民族文学的新生主要是在搞"拿来主义"的话，那么，到了20世纪后期，它的繁荣与辉煌就已经开始趋向于"送去主义"了。

第一节 小说

当代少数民族作家的小说创作，不但为当代中国小说的繁荣作出了卓越的贡献，而且以其别样的风貌，在中国当代文坛占据着重要的地位。阿来、乌热尔图、韦一凡等人是其中的杰出代表。

阿来(1954～)，藏族，四川阿坝人。

藏族作家阿来长期生活在汉藏杂居的阿坝地区，他既对藏文化有着深入的体验和理解，也对汉文化及语言有着相当的领悟和把握。神奇独特的雪域藏文化的熏陶和濡染，是阿来作品的生命来源和创作根基。20世纪90年代末期，阿来曾有过一次漫游大草原的心灵之旅。这次旅程使他自觉地贴近母亲肌肤的土地，并对这片熟悉的土地进行重新打量和思考。"他的双脚沾满露水，他的情思去到了天上。"从雄鹰的翅膀划向天穹的姿势中，他感到了自由与力量；从青稞、燕麦与野花的色彩与摇曳中，他看到了美丽与庄严；当风吹过原野，当笑声从林中传来，他辨认着人们内心的渴望与敬畏……这次漫游对他的文学创作有着不可忽视的影响。他的小说创作基本上都以民族区域的生活为背景，演绎着这片藏汉杂居土地上人们的种种悲欢。阿来的小说最终为他带来了全国性的声誉，并作为当代中国最杰出的作家之一产生着世界性的影响。其代表性的小说作品有长篇《尘埃落定》、《空山》，中短篇小说集《旧年的血迹》、《月光下的银匠》、《遥远的温泉》、《奥达的马队》等。其中《尘埃落定》于2000年以极高的得票率获得第五届茅盾文学奖，也一度成为长篇小说排行榜的榜首，被誉为文学界的"飞来峰"。

作为一个用汉文写作的四川藏族作家，阿来的与众不同是与生俱来的。他身处变化巨大的时代，却面朝着久已逝去的历史，寻绎着自己从中走来的传统，思考着正在走去和将要走去的未来之路。人物于是在各自存在的场景和历史中出生、活动和消亡。

在他笔下，常常见到的是耸立的废墟、荒芜的驿道以及始终伴随的梦境和梦境中的各色人物、爱恨生死。一路读来，往事如烟，一切都成了传说和故事，痕迹若有若无，不由让人感慨丛生、唏嘘不已。

较早创作的《老房子》，在历史碎片的描述中似乎展示出一个可以还原和想象的陈年故事：新中国成立前夕，白玛末代土司扔下年轻太太进城念书；太太被胡宗南残部的军士轮奸后又与守门人莫多仁钦发生性关系，孩子难产而死；末代土司做了新政权的干部后要跟太太离婚；"文革"中，太太自杀，莫多仁钦变成一个神志不清的老头……但，这一故事并不像传统小说那样清晰地逻辑性地呈现在观众面前，而是碎片式地扑朔迷离地现出一鳞半爪，正如民歌和传说在民间传承一样。事实上，阿来保持着对于民间传说的特殊兴趣。小说写得既像悠远的牧歌，又像代代相传的传说。

《空山》是阿来沉寂了一段时间后发表的新作，包括两部具有系列色彩的小说：《随风飘散》和《天火》。小说描述一个主要由藏民族聚居的村庄的族群记忆，交织着关于人性的仇恨与悲悯，民族的文化与历史以及人的存在与消亡带来的种种感受与思考。《随风飘散》中，故事发生在20世纪50年代的一个叫机村的边远藏区小山村。小说中的格拉自幼与有些痴呆的母亲桑丹相依为命。母亲从来不参加生产队的集体劳动，娘俩一直靠村民的施舍度日。因为格拉是私生子，他时刻承受着来自村里人的鄙视和嘲弄。"机村不可能对他娘俩特别好，他也就对所谓好与不好没什么感觉。"但是，还俗僧人恩波的儿子兔子却和格拉莫名的亲近。但是，因被指责给兔子招来了花妖魅惑，格拉母子俩流浪他乡。等到两人最终归乡时，恩波一家深深忏悔，主动给予格拉母子生活支持。在村庄通车的时候，兔子被扔来的一枚鞭炮炸伤。机村人冤枉格拉是扔鞭炮的人，只有兔子相信那个鞭炮不是格拉所扔，兔子还要起誓证明格拉的清白。当兔子染病不愈身亡后，格拉百口莫辩含冤死去，而灵魂却一直等到给母亲猎取好食物后，才随清风飘散。小说写得飘逸而灵动，作者将丰富的想象力和饱满的感情收缩在对人与人之间关系的抒写以及对人物的内心刻画上，通过讲述发生在两个孩子之间的悲剧，展示机村人的内心世界。在阿来笔下，机村发生的这场悲剧被富有想象力的笔触描画成了一段段心灵之间不断叩问的场景。

《天火》的故事仍然发生在机村，但时间已经是"文革"时期。小说中，多吉是机村祖传的巫师。在机村人眼里，他能识风向，放火不会烧着森林。为了让地上长出供牛羊吃的青草，每年多吉都会领头放火烧荒，因此被公安抓进牢房，然后很快被村民保释。又一年初冬，当多吉照例领头烧荒而被抓入牢房时，却突然发觉，县城街道上的红旗和红标语"像失去控制的山火，纷乱而猛烈"——文化大革命爆发了。这次，多吉被打成了反革命分子，警察局的老魏也受牵连被撤职查办。在一次批斗会结束，车子开往野外的途中，多吉逃出囚车，跳下悬崖并侥幸逃生，躲入山洞。而与此同时，一场不知起因的森林大火烧毁了大片的森林，正向机村蔓延。在救火过程中，信奉神灵的机村人和入驻机村的救火者发生了矛盾，地质工程师放出神湖水想扑灭大火，结果神湖塌陷，湖水消失，火却越烧越旺。最终机村在大火过后陷入了一片死寂……

阿来的短篇小说也在延续着同样的伤感与诗意。《遥远的温泉》在过去的传说与现实的碰撞中对历史进程进行了别开生面的反思。《奥达的马队》带领读者跟随这块土地上最后一支马队行进在即将不再崎岖的山路上，营造出一种略带悲凉的气氛和有些悲壮的情怀……

《尘埃落定》是阿来最为著名的作品，也是他的第一部长篇小说。这部小说以一个傻子的视角描写了藏族土司制度的灭亡过程。在麦其土司的辖地上，没有人不知道土司家第二个女人生的儿子是个傻子，那个傻子就是“我”。“我”的父亲是皇帝册封的辖制数万人众的土司，母亲是一个皮毛商人从汉地买来送给病死了老婆的土司的续弦，“我”是土司酒醉后的产物，所以是个傻子。那时皇帝已经成为历史，但新的国民政府还承认满族皇帝赋予土司的权力，尽管我们分不清楚白色汉人和红色汉人。小说从“我”记事开始展开，那时我十三岁，已经在美丽的侍女卓玛的引领之下初尝男女之事，似乎进入了成人的世界。“我”随着父亲一道迎接土司父亲从四川军政府请来的贵客。这个省府大员和他带来的兵士不仅帮助父亲使不安分的邻居旺波土司俯首称臣，而且使麦其土司的领地开满了美丽的罂粟花。罂粟花熬制成鸦片，运往内地，换来滚滚不尽的银子。麦其土司的暴富引来其他邻居的艳羡和仇恨，旺波土司一次次派出忠诚的奴隶前往麦其庄园乞求罂粟种子，甚至不惜搭上一颗颗人头。“我”受父亲委派到麦其家的土地上巡行，发现旺波土司的领地上长满的罂粟花以及花下一颗颗的人头，罂粟花是从人的耳朵里长出来的。于是，麦其家为了保有罂粟的独家种植权，在几年之内发动数次战争，不过终究没能阻止罂粟花在各个土司的领地上蔓延开来。但是，罂粟花的普遍种植并没有给土司们带来丰厚的回报——由于连年种植罂粟，土司们的土地上粮食变得奇缺，饥荒于是在风调雨顺的年份里蔓延。在此之前，麦其土司家里由于“我”的建议而改种了粮食并获得了丰收。作为傻子的“我”也因此引起了父亲和哥哥的重视和敌意。麦其土司趁机将粮价抬高了十倍，并将土司家的两个儿子派到南方和北方的边境上。“我”用炒熟的麦子使拉雪巴土司臣服，使狂傲的茸贡土司将绝色的女儿送来做“我”的妻子。“我”按照自己的意愿建立了一个边境市场，人们南来北往在这里做起了生意，南方边境的哥哥却打了败仗。家里来信让“我”回家，一场争夺土司宝座的战争在父亲、哥哥和“我”之间暗暗展开。虽然“我”屡建奇功，父亲还是逊位于哥哥，“我”决定从此不再说话。“我”美丽放荡的妻子也与新继位的土司搅在了一起，大地震荡，新土司还没将宝座捂热，就很快被世仇杀死。父亲重回土司宝座，并重新焕发出活力。“我”回到了北方边境，把所有的土司们都请来，让他们尽情寻欢作乐，并预言式地告诉他们：“土司快没有了。”

白色汉人和红色汉人的战争在东方继续，解放军开山修路的炮声从茸贡边境传来，“我”不顾一切奔回麦其官寨，见到母亲用温酒吞下鸦片烟泡，干净体面地死去。父亲这最后一个土司在炮弹的呼啸声中与城堡同归于尽。“我”也看到自己死在床上，渐渐变冷的样子。一切尘埃落定。

虽然，阿来在《尘埃落定》中描写的对象具有十分的独特性，但他却并不是以展示奇特的生活风貌和特异的风俗为出发点。在他看来，小说应该以“普遍的眼光”看待族别和地域文化，从而表达“普遍的意义”和“普遍的历史感”。在这部小说中，他想揭示的是所有人间都存在的秘密：关于权力和时间的秘密。麦其土司家族只是“权力的普世性”的一个表现。作者在小说一开篇就交代了特定背景和人物关系中的权力结构及其社会功能：

> 土司。
>
> 土司下面是头人。
>
> 头人管百姓。
>
> 然后是科巴，然后才是家奴。

此外，还有随时可以变化的人：僧侣、手工艺人、巫师、说唱艺人。

作为权力的拥有者，土司在自己的辖地范围内高高在上，主宰一切，享受一切。虽然“我”是个傻子，但因为“我”是土司的儿子——小主子，“我”也就享受着侍女桑吉卓玛的贴身服务，奶娘德钦莫措的无限关照，也随意对冒犯了主子的家奴索郎泽郎进行鞭打和悬吊……

土司的权力来自更大的权力掌有者——朝廷，其物化凭据是清朝皇帝颁发的五品官印和一张地图。虽然此时已经改朝换代，但那深藏箱底的官印和地图还有着非凡的权力，一旦发生争端，取将出来，便可证明持有者的“钦定”身份和权力范围，自然也可以拿着它到“中华民国四川省军政府”去告状。

然而，这里的朝廷册封也好，土司制度的等级也好，都呈现出明显的地域特征和时间特性。事实上,《尘埃落定》正是以特定时间内的独特地域权力事象来揭示深层的"权力的普世性"。故事发生的时间是独特的,是在改朝换代之际,土司制度濒临消亡之时。在描述了权力的结构之后,故事在具有独特地域色彩的背景中仍然围绕权力而展开。土司与头人、土司与土司、土司家庭内部以及土司与家奴、百姓之间,权力争夺以千姿百态的方式一一呈现,对人的命运发生着深刻的影响。在掌权者与无权者的对立中,权力使人分化。结果,在掌权者的压迫下,无权者要么反抗,要么屈服。任何权力结构之下,都有反抗者,也都有屈服者。于是,《尘埃落定》中顺从的管家、侍女、行刑人、被霸占的查查寨头人之妻,也出现了反抗、流血和死亡:央宗的丈夫被暗杀身亡,多吉仁次的两个儿子则使得麦其土司的两个继承人相继丧命……"我"虽然似傻非傻,却也很快品出了权力的味道,由衷感叹"当一个土司,一块小小土地上的王者是多么好啊",也面对权力带来的流血、死亡不免恐惧陡生,从而在权力的角逐中生出逃避之心。

事实上,阿来对于作品的特异性了然于心,但他更倾向于"寓言式小说"。他是想面对现实中权力对生命的制约、对掌权者(和无权者)的影响以及权力如何从"潜在的暗力"上升为"戏剧化的冲突",乃至"血与火的拼争"之类的问题。他成功地用一个小地方的权力纷争揭示了关于权力的普遍世象。

在揭示这一世象时,阿来用了一个特殊的视角,也塑造了一个特殊的形象:傻子。这个傻子是土司制度灭亡的见证人和亲历者,他以独特的呆傻和近乎智慧的直觉让这一段历史呈现得真实质朴而又扑朔迷离。傻子是麦其土司酒后与汉人妓女所生。他为人处世的基本方式是凭本能、靠直觉,直奔主题,所以常常比正常人、聪明人更能看清事物的本质,透视事情的真相,接近事物的本真。他为麦其土司几次重大决策所出的主意都比聪明的哥哥与老谋深算的父亲高出一筹,他没费多大气力便娶到了当地最美丽的姑娘塔娜,更不费吹灰之力便使麦其家成为当地最强大的土司——似乎他有着与天相合的大智慧。但他在日常生活中又常常犯傻。他是麦其土司家许多重大事件的参与者,却又始终是一位旁观者、局外人;他是土司家族新生活的创造者,却又是土司制度的牺牲品。他既是这个世界的宠儿,又是与这个世界格格不入的人,他既是历史与现实的见证者,未来的预言家,又始终是生活在梦中的人。他常常在每天醒来之后反问自己:"我在哪里?我是谁?"《尘埃落定》通过生命的消亡和封建土司制度的溃灭让人读出人生的悲凉和历史的沧桑,给人一种沉甸甸的感觉。而传递这种感觉的,主要就是小说中进行着人生无望的努力和痛苦挣扎的主人公"傻子"。"傻子"形象具有丰富的审美价值,他是作家切入生活的审美视角,故事的叙述者和结构小说的情节线索;作为土司文化与土司社会的存在的象征,他又是作家精心塑造的审美化了的人物形象，在他身上积淀了深刻的历史文化内涵，寄托了作家对于民族、历史和人生的独特思考。

作为具有浓郁藏族风情并揭示人类普世性问题的小说，《尘埃落定》既体现了民族的特殊性，也体现出人类的普遍性。阿来一直都是用汉语写作，但他却是用清新、明净、纯粹的汉语书写着藏族人的故事，表达出的是浓浓的藏族人的人情意味。这种跨族别的写作状态为阿来小说的独特性和普世性打下了基础，也为阿来带来了许多矛盾之处。语言是民族记忆和文化最纯粹、最本真的介质，抛弃本民族的语言而用汉语写作，自己民族中人往往难以认可，汉语对于其他民族而言，则是难以驾驭的工具和文化。事实上，像其他身处边缘的少数民族作家一样，自从进入汉语写作圈，阿来就一直处在自己民族的文化与汉文化的矛盾中，按他自己的说法，他从小就在“两种语言之间流浪”。经过一个痛苦的过程，阿来成功地用汉语写作藏族的生活和故事，表现出“肉体和精神上的双重混血儿”的特征。其实，这种双重混血的特征内在的存在于阿来身上。阿来生活的四川西北部，很久以来汉藏杂居，呈现出两种不同类型的文化混合的状态。阿来身处其中，既浸润着藏族血脉，又混合了汉族的文化观念，并在此基础上产生新的文化观念，从而形成他写作时的双重文化观念和跨族别写作的姿态。这些观念和姿态，给他的作品带来了明显的影响。书写时的双重视角，人物价值观的矛盾和双重心态，身份确认的难度带来的难以回归的独特感受，都是与其跨族别写作密切相关的。

阿来最先以诗歌进入文学创作领域，并感受到“接近民歌就是接近灵魂”。他用心、用耳去“听”各种声音，也用心描述着眼前、心中的山川草原、沟壑树木。他关注自然、历史和灵魂，他成了从藏区山间路上走来的“康巴歌者”。转向小说创作后，阿来仍然保持着这一固有特色，并使其小说充满一种伤感悠远的诗意。这种诗意，既来自于阿来对于这片土地上历史与现实的独特领悟，也得益于不同一般的叙事策略。阿来小说往往不采用客观理性的叙事，而是以多重叙事视角的重叠展现不同角度人物内心的丰盈感受，使其呈现复调色彩，共同形成和消融读者对于人生、人性、命运等的深刻而美好的感受。阿来在小说中书写得多的不是生活事件和人物形象，而是自己对生活事件、历史命运、民族沉浮、人生本相的各种复杂体验，他使回忆性叙事和现实性叙事恰到好处地交织在一起，让人真幻莫辨。

阿来的小说还有一种超越逻辑的特性，这既加强了表达的诗意，又具有魔幻色彩。而他的诗意形成，与他的小说语言清新、纯粹、富有创造性密切相关。

乌热尔图(1952～)，鄂温克族，黑龙江甘南人。

乌热尔图也是当代具有较大影响和独特性的小说作家。他的小说数量并不算多，也少有大部头的作品，但是，他却以独特的题材和风格在当代少数民族作家中脱颖而出。

鄂温克族长期以来生活在大兴安岭密林深处，以狩猎为生，保持着原始、古朴、淳厚和粗犷的气息。这种独特的生活，成了乌热尔图笔下的独特资源。他的小说写出了自己民族鲜为人知的民风民俗，展现自己民族在长期与大自然斗争和共存过程中的勇气、智慧和阳刚之美。乌热尔图主要的小说作品有《琥珀色的篝火》、《越过克波河》、《雪天里的桦树林》、《七叉犄角的公鹿》、《老人和鹿》、《森林里的歌声》、《一个猎人的恳求》、《丛林幽幽》、《你让我顺水漂流》、《小说三题》等。

对于自己的民族以及自己笔下的世界，乌热尔图有着相当的自觉。他说："我的创作属于一种封闭式的，自己的生活固定在一定的区域内，对这个区域，这个封闭式的区域不停的思索，这是我创作的特点，这就是对敖鲁古雅这个几百人的小区域进行不断观察，进行创造的。"乌热尔图又说："……北纬 52 度，东经 122 度的丛林地带成为我的圣地，被那些具有特殊忍耐力的猎人们成功地保留下来的狩猎文化，在一些人的眼中是难以理解的，带有奇妙色调的历史陈迹、独特的文化符号。但她是我崇敬的母体，是我精神的寄托，是提供我热能的矿床，是支撑我登高望远的山峰，是我生命的一部分。"正是带着这样的自觉，乌热尔图坚守着自己的民族文化。在现代社会快速的发展过程中，他深刻地感受着民族文化被侵蚀的痛楚，也在其中坚守着自己民族文化的纯正。与其他少数民族作家一样，他们勉力地担当着民族文化的传承者和代言人的角色，如同逝去的年代中，那些口传故事者和歌手一样。乌热尔图用他的作品记录并表现着大兴安岭北麓的这部分鄂温克猎民的生存状态、生存环境及其独特的民族文化历史。他也成功地写出了鄂温克猎民独特的生产生活方式，写出了他们深入肌髓的与自然融为一体的民族文化意识。

乌热尔图"表述鄂温克人的完整声音"的努力，使他的作品具有"田野记录"的特点。尤其是早期的小说，往往描写鄂温克人在森林中的生存智慧、勇气和淳朴天性。在鄂温克人心中，鹿是高傲的，也浸透着一种抗御世俗神圣的、崇高的人性美和文化精神，也有着一种原始图腾的意味，鄂温克人与这些充满灵性的动物之间也上演了一幕幕感人至深的真情故事。《老人与鹿》中，双目失明的老人每年定期到山里，听鹿鸣而过的声音。他的子孙一次次用鹿哨为他传来这样的声音，在清新明媚的林间传递这至真至纯的亲情，也传递着对于森林的无所不在的依恋和热爱。《七叉犄角的公鹿》中，

"我"虽然还带着小男孩的调皮，但已经深深领悟了人与自然、人与动物之间相依相存的关系。面对猎捕，他奋不顾身地保护着一只七叉犄角的公鹿，其用心和真情，让外人感动和羞愧。在描述这些动人的情怀时，固守民族文化的立场常常使作者停下笔来，旁逸斜出，去拂拭、考证随机发现的鄂温克部族的历史碎片，并坚持着对母族文化的"不可剥夺的自我阐释权"。

乌热尔图早期的小说在民族风情的描述中抒写着纯净人心，显得单纯、轻灵以致底蕴清浅。他早期笔下的主角往往是儿童，"充满渴望的、纯真的童音"，也充满了淳朴山林中的单纯希望与纯净心灵。但到了《丛林幽幽》、《小说三题》等作品时，则思想深沉、忧虑深远，因而显得沉郁凝重，具有一种透肌彻骨的悲悯。

《丛林幽幽》是乌热尔图为数不多的中篇小说之一，也是他富有代表性的作品之一。它是关于那头大熊及出生前在母腹中被大熊摁过一掌的体毛发达的婴儿的故事。整部作品带有鲜明的魔幻色彩。赫戈蒂是一头巨大的熊。它不仅力大无比，且有着一种超常的神秘力量，作品通篇都弥漫在这种"超常"的神秘气氛中。在梦中，阿那金的妻子怀孕了，她梦见巨熊赫戈蒂在她的腹部按了一掌，孩子生下来，通体长着黑毛，取名额腾柯。和其他的孩子相比，额腾柯显得非常特别，他不但浑身长满黑毛，还力大无比，他的父亲试图将他弃之山野，但被巨熊赶着抱了回来。额腾柯的性成熟也特别早，11 岁就在别的部落招惹是非，在本部落也不规矩，因此，被逐出部落。就在额腾柯逃走的一刹那，他发出一声不同凡响地地道道的熊嚎。所有这些，都在向人们证实着一个问题：额腾柯与巨熊赫戈蒂有着某种内在联系。然而，当整个营地的男人在熊的巨掌下束手待毙时，额腾柯却回来了，与母亲合力杀死了赫戈蒂。此时，人们才发现，那头大熊竟然是部族的祖先。整个故事像一个久远的谜，充满了神秘色彩和古老的气息。在此，乌热尔图展示了鄂温克人除了鹿以外的另一个远古图腾形象：熊。作者极力表现它的原始野性，不可触犯的眼神，不可抵挡的气势，面对营地包围上来的猎刀、猎枪以及猎犬，它并无一丝惊慌，很沉稳、从容，似乎"想让所有的人记住，只有它才是林子的主人，在森林里任何地方享有同样的自由"。这样的描写很容易让人联想起生态主题，但是，乌热尔图本身的民族立场是更值得特别注意的，也是在理解这一小说时更需关注的。作为少数民族，随着现代化的来临，乌热尔图感受到的更多的是强势民族对于少数民族的文化入侵，本民族生存空间和文化的丧失，生命的挫伤。在小说中，面对日益扩张的狩猎，森林已经逐渐萎缩，作为远古图腾的巨熊面对狩猎者，正如少数民族面对强势文化的侵入一样，激起的是生命的活力。巨熊作为鄂温克部族的远古图腾，正可以视为一个古老民族在现代社会现实困境中的隐喻——虽伤犹傲，虽死犹生。

弑祖,犹如献祭仪式,熊的原始强力伴随一腔浓血灌注到子孙的精血之中。幽幽丛林中,充溢着不可理喻的原始神秘性,满含着困兽犹斗的勇气和力量,也内蕴着作者深切的对于本民族文化和生命力的固守和呼唤。

当然,乌热尔图的小说中生态关怀也是比较明显的。他笔下的鄂温克人几乎都是自然之子,千百年来,他们在森林中与自然共呼吸,相互依存,现代化的来临不仅从文化侵入的角度改变着这个部族的生活方式和文化形态,也一体两面地改变着他们与自然之间的关系。原有的森林渐渐减少,绿地正在失去,动物的啸声、足迹也渐渐远去。生态问题天然地存在于乌热尔图的小说之中,他也是较早表现出生态忧患的作家。早在 1981 年,乌热尔图就创作了《老人和鹿》。这篇小说也被认为是乌热尔图生态小说的代表性作品,集中体现了他成熟的生态观和强烈的"生态灾难"忧患,形象地说明了人类正在向其大限步步逼近的危机和困境,伤心地谴责了人类因贪婪而导致森林资源枯竭的残酷行径。老人和孩子走进树林,老人熟悉每一棵树、每一条河。他边走边抚摸它们、和它们说话。他告诉孩子:"这里的河、树、鸟儿、鹿都是我的朋友。他们帮助过我,帮我活到现在。"他每年都要来这里住上几天,听野鹿的声音,看太阳从野鹿身后升起来的美景。他说林子里的声音才是真正的歌。老人静坐了一夜,期待着黎明的到来。然而初升的太阳只给他带来了温暖的光而没有别的,他失望忧伤,寄希望于明天。他整整躺了一天,像个病人。当第二个黎明到来的时候,他突然听见了鹿鸣,激动得浑身颤抖,可第二声鹿鸣骤然使他脸色阴暗、身体瘫软下去,他识破了那是孩子哄他的鹿哨。他知道这里已经没有鹿了,一只也没有了。他告诫孩子:"人永远离不开森林,森林也离不开歌","就像爱你的兄弟,就像爱你的母亲,那样爱吧,爱吧。"之后,凄惨地叫了一声,魂归自然。这篇小说的艺术表层空灵洁净,哀婉忧伤,好似纯真童话,但艺术深层却蕴藏着作家的生态预警和生态关怀。象征着生态和谐的"老人和鹿",在人类贪婪野蛮的暴行下已经遭到破坏:"鹿没有了","人也消逝了"。这是多么可怕的场景啊!作家明显在预示:人类正在面临生态灾难的威胁和灭绝性的危险,这是人类的大悲剧,也是世界的末日。

不过,乌热尔图的生态意识并非来自宣传,他对待自然的态度是与生俱来的。他对人与自然的认识不是受 20 世纪末世界生态文学浪潮的冲击形成的,也不是从生态环境保护宣传那儿得来的,而是从森林里带出来的。乌热尔图曾经是狩猎鄂温克这个独特的文化群体中的一员,他属于这个群体顽强留存下来的狩猎文化。他们自古以来就在森林中生活,他们是真正的"森林百姓",是拥有丰富野生动植物资源的大兴安岭真正的主人。在整个狩猎鄂温克民族的意识深处,早就有属于生态意识的一部分,他们已与大自然融为一体,是真正的"自然界中的人"。他们从来就没有征服自然、改造自然的意识与欲望,而把自己当做自然的儿子,像儿子热爱、善待母亲一样,热爱、善待森林母亲。也就是说,鄂温克人早已形成了与森林互养互惠的观念,他们吮吸森林母亲的乳汁,也时刻不忘回报、反哺自然的养育之恩;他们有发现、欣赏、崇尚自然的眼光,并与美的自然同呼吸共命运,而决不会破坏、糟蹋、蹂躏他们赖以生存的"摇篮"。因此,乌热尔图文学的生态意识不是强加进去的,而是自然流露出来的。20世纪末,乌热尔图对生态的关注更是上升到理论层次。他写了一系列的理论文章探讨生态问题,比较直接甚至是强硬地激烈地在向这个世界进行警示。

和阿来的小说一样,作为具有神秘色彩的民族生活,乌热尔图的小说也具有一定的魔幻色彩,这种魔幻色彩在阿来那里往往是不合逻辑的细节、不合常规的人物和故事,在乌热尔图的小说里,魔幻色彩则更多地表现为人与森林、人与自然之间的灵异、感应以及神秘的氛围。

韦一帆(1942～),壮族,广西上林人。

相比而言,壮族作家韦一凡的小说则没有多少魔幻色彩,他的作品单纯清楚得多。他主要有短篇小说《她的故事》、《姆姥韦黄氏》、《对面人家》、《工程师的父亲》、《村禁》等,中篇小说《隔壁官司》、《碰撞》、《酸荔枝,甜荔枝》、《歌王别传》等和长篇小说《劫波》。他的小说大多致力于描写当代社会生活和社会思潮的浪花,以积极的态度来反映和显示矛盾与斗争,赞扬新生事物,鞭挞落后思想,有着鲜明的时代性和倾向性。

《她的故事》在充满青春气息的氛围中肯定了"红棉花"带领全村人踏实钻研、改造良田的故事。《对面人家》描写了邻居之间的造房的纠纷,赞扬了田胜男独立自强,依法维护自家权益的行为,批判了以陈自如为代表的农村男子的陈旧观念和习俗。小说在矛盾冲突的展开中富有喜剧意味,明朗而富有生气。《姆姥韦黄氏》描写了一个善良的壮族妇女的一生,赞扬了她朴实善良的美好品性。《隔壁官司》在常见的邻居纠纷中塑造了一个不怕强势、不徇私情的法官,表达出对于法治社会的信心和乐观态度。

韦一凡致力于为新时代的壮族人民塑像,企图描写出他们崭新的时代精神。其中最为成功的是对壮族农村妇女和青年人的描写。韦黄氏性格善良而坚强,形象平凡而内心丰富;黄玉梅泼辣大胆、立志科学种田,改造良田;苏玉珍敢于冲破陈规陋习,新事新办;吴志华虽然年轻,却能够不屈服于权力压制,依法办案;石丽芳逐渐在法律的支持下变得勇敢,坚决抵制不法行径;善良的桂香在婚姻受到挫折的情况下,坚强不屈,自学成材,成了乡村出名的种植大户。他们都展现出壮族人民在新的时代中的风貌。

在展示壮族人民崭新风貌的过程中，小说体现出鲜明的壮乡特色。小说中的人物生活在壮族聚居的地区，具有壮族人民特有的风俗习惯。小说中不时穿插的表达感情的明亮歌声，就是壮乡特色的鲜明体现之一。《她的故事》中，“我”有意追求“红棉花”，碰到她正踩水过河，于是在晚霞铺满的河边向她唱开了情歌：

一朵红棉河中开，
心想采花不敢采。
力大挑得一江水，
连水连花挑起来。

回报这首情歌的是一瓢水泼到“我”的脸上，以及飞过来的锈着壮锦的头巾——这是壮族姑娘和小伙子定情的表示。这一场景的描写美轮美奂，将壮族青年那种大胆、泼辣、浪漫、乐观、开朗表现得极富韵味。《碰撞》中关于狗蛇宴的描写，在独特的壮乡风俗中见出这一民族的淳朴、乡间关系的自然与矛盾，也是极富民族特色的段落。《歌王别传》整篇贯穿着对歌的描写，更是将壮族随处可歌的民族性格展现在读者面前。作者笔下的壮乡风俗蕴涵在泥土气息当中，人物之间的矛盾无不采自乡间生活的家长里短，既有鲜明的时代气息，又来源于壮乡的田间地头，使得整个文风体现出朴实明朗乐观单纯的色彩，也浸透着壮族人民的心理和气质。

最能体现韦一凡小说创作艺术才华的是长篇力作《劫波》。小说叙述了韦姓家族两朝三代人的爱恨恩仇，虽然只是壮族文化沉淀中普普通通的故事，却又渗入了强烈的时代意识。小说中写的故事在以前的壮族人民繁衍生息的土地上随处可见，作者在这些普通的事件中，深入挖掘，以现代文化的视角，进入到壮族传统文化的深层，让读者看到了平凡事件之后的触目惊心的荒唐无稽的真相。旧社会的白鹤村，族长头人羊胡三爷韦万田独霸全族财产，一手遮天，维持着旧有的以乡规族法为统治教条的封建宗法秩序。族民韦良山、韦良才、韦满姑不堪忍受这种控制和愚弄，带头清查羊胡三爷所管的“族帐”。羊胡三爷为此恼羞成怒，使用权力迫害他们，使得他们妻离子散。新社会建立后，当初被迫害的韦良山掌握了党政大权，但却没给村里带来美好的生活。在极“左”路线的大背景下，原有的封建宗法观念阴魂不散，逼得韦家人走投无路，濒临绝境。直到新时期，白鹤村人才摆脱了宗法族规和极“左”路线的共同羁绊，逐渐改变落后面貌，走向改革开放的新局面。白鹤村曲折的发展道路，是无数个有着同样宗法观念的乡村历史变迁的真实投影，韦良山等人的坎坷遭遇也是当代中国许多普通壮族人民悲剧命运的艺术写照。这部作品富有深沉的历史感和强烈的现实感，也就更具有思想深度与力度。

在新中国诞生之后，少数民族如何移风易俗，跟上时代步伐，改变落后面貌，表现出崭新的精神和风貌？少数民族作家如何在汉语为主的文化体系里，在创作中既向主流靠拢，又在作品中体现出民族特色和时代特色？在这两方面，韦一凡的小说，可以说是非常具有代表性的。他的小说正是代表了众多的少数民族作家在当代社会普遍采取的视角和姿态，因而具有特别广泛的意义。

第二节 诗 歌

诗歌是我国少数民族源远流长的艺术形式，也是最具魅力的艺术形式之一。新中国成立以来，我国少数民族的诗歌创作更是迎来了新的高峰，涌现了像彝族诗人吉狄马加、阿库乌雾，白族诗人晓雪，维吾尔族诗人铁依甫江等优秀诗人。

吉狄马加(1961～)，彝族，四川昭觉人。

吉狄马加1982年毕业于西南民族学院，曾任中国作家协会书记处书记，现任青海省副省长。1985年出版诗集《初恋的歌》，1990年出版诗集《一个彝人的梦想》，1991年出版诗集《罗马的太阳》，1992年出版诗集《吉狄马加诗选》，1998年出版诗集《遗忘的词》。他的诗不但在国内深受欢迎，而且还被翻译成多国文字，在世界文坛产生不小的影响。

吉狄马加是一个民族感很强的诗人，他的诗歌具有鲜明的民族传统特色。他在《一种声音》中说："我写诗是因为我的父亲是彝族，我的母亲也是彝族。他们都是神人支呷阿鲁的子孙"。种族的自我认同使吉狄马加找到了坚实的文化基点，他深深地沉浸于本民族的文化当中，抒发着对本民族的自豪和对故土的依恋之情。同时吉狄马加又不仅仅是沉溺于本民族传统，而是把对自己民族的独特感情放到国家以及世界的视野当中去。张兴勃在评论他时，指出："诗人融注在诗歌实践中的最高审美追求，是在根植于自己民族生活和民族文化深厚土地时，能伫足人类文明发展的时代高地，以现代人的历史意识和美学意识观照着自己古老民族文化心理结构中的传统积淀，探究着这个民族灵魂的深邃内核与整个现代世界文化、现代人类精神的复杂对应。"陈元通也认为:“诗人的个性气质与文化情态既烙印着本民族的胎记,又融通于整个中华民族文化和世界文化的源流……”吉狄马加在《我与诗》中也说:“我在创作上追求鲜明的民族性和世界性的统一。我相信任何一个优秀的诗人,他首先应该属于他的民族,属于他所生长的土地,同样也属于这个世界。”①

吉狄马加沉浸于本民族的文化当中,歌咏着对自己民族的挚爱:“我是这片土地上用彝文写下的历史/是一个剪不断脐带的女人的婴儿/……啊,世界,请听我回答/我——是——彝——人”(《自画像》)。他的很多诗都包含了他对彝族文化精神的依恋和热爱,但同时他又不自闭于彝族文化本身,而是将它投向世界民族文化的大背景之中,倾吐他对人类精神积淀的结晶——文化的神圣情感。为此他写了像《在绝望与希望之间——献给以色列诗人耶夫达·阿米亥》、《自由》、《感恩大地》、《回望二十世纪——献给纳尔逊·曼德拉》、《献给土著民族的颂歌——为联合国世界土著人年而写》,在这些诗当中充满了对苦难的悲悯、自由和平的渴望以及人的尊严的歌唱。“我不知道/耶路撒冷的圣书/最后书写的是什么/但我却知道从伯利恒出发,有一路公交车/路过一家咖啡馆时/那里发生的爆炸,又把/一次绝望之后的希望/在瞬间变成了泡影”(《在绝望与希望之间——献给以色列诗人耶夫达·阿米亥》)。

但同时,在吉狄马加的诗歌当中又充满着忧郁和忧伤,这主要根源于他对本民族未来的担忧。20世纪中国文学形成以来,民族性、传统性与世界性、现代性便是一对矛盾。在吉狄马加的内心深处也感受到了这一对矛盾的冲突,这使他的诗时而充满温馨和希望,时而又满是忧郁和愁怨。

就是那种旋律
多么熟悉而又深沉的旋律
它就像母亲的乳房,它就像妻子的眼睛
就是那种旋律
它幻化成燃烧的太阳,它披着一身迷人的星光
就是那种旋律
不知是谁推开了彝人的木门
一串金黄的泪滴流进了火塘

《回忆的歌谣》

① 均转引自关纪新主编的《20世纪中华各民族文学关系研究》,民族出版社,2006年版。

我站在这里
我站在钢筋和水泥的阴影中
我被分割成两半
我站在这里
在有红灯和绿灯的街上
再也无法排遣心中的迷惘
妈妈,你能告诉我吗?
我失去的口弦是否还能找到

《追念》

在吉狄马加内心深处既有对自己古老民族打破封闭、走向世界的殷切希望,同时也在担忧自我民族的传统因外界的诱惑而淡化甚至消亡。这是新时期以来走向世界的中国少数民族诗人特有的文化心态。

吉狄马加诗歌的另一个显著特色就是对红黄黑三种色彩的崇拜。红黄黑三色是彝族文化的象征,也是吉狄马加诗歌世界的主要颜色。"我写诗/是因为有人对彝族和红黄黑三种色彩并不了解"(《一种声音》)。红黄黑三色文化是吉狄马加诗歌的根基和支柱。红色是火文化,象征神圣和光明;黄色是精神文化,象征善良和友谊,象征像金子一样珍贵的品德和道义;黑色是铁文化,象征坚韧和刚强,深沉和凝重。吉狄马加对红黄黑三色的偏爱也是对彝族文化的执著。

我梦见过黑色
我梦见过黑色的披毡被人高高地扬起
黑色的祭品独自走向祖先的魂灵
黑色的英雄结上爬满了不落的星
……
我梦见过红色
我梦见过红色的飘带在牛角上鸣响
红色的长裙在吹动一支缠绵的谣曲
红色的马鞍幻想着自由自在地飞翔
我梦见过红色
但我不会不知道
这个人类血液的颜色
从什么时候起就在祖先的血管里流淌

我梦见过黄色
我梦见过一千把黄色的伞在远山歌唱
黄色的衣边牵着了跳荡的太阳
黄色的口弦在闪动明亮的翅膀
我梦见过黄色
但我不会不知道
这个世上美丽和光明的颜色
从什么时候起就留在了古老的木质器皿上

《彝人梦见的颜色》

这首诗是对彝人精神的素描,象征着他们对英雄的崇拜、勇士的赞扬和爱情的追求。吉狄马加的很多诗更是直接以颜色作为诗的名字,如《黑色的河流》、《黑色狂想曲》等。

浓厚民族特色的表现手法也是吉狄马加诗歌的重要特色之一。首先,吉狄马加的诗歌采用了极具民族地方色彩的意象,如"瓦板屋"、"木梯"、"火塘"、"岩石"、"山冈"、"森林"、"猎人"、"獐子"、"猎狗"、"鹰"、"太阳"、"苦荞"等与凉山彝民生活息息相关的意象。其次,吉狄马加在诗歌中大量运用比喻、拟人、排比、复沓等民间歌谣惯用的修辞手法,以及"烘云托月"、"乌云藏月"、"隔雾观花"等彝族诗歌特有的表现技巧。第三,吉狄马加还自觉借鉴西方现代诗歌的抒情方式,大量运用通感和象征手法来营造意象。

吉狄马加立足于本民族的传统文化,并以之作为观察本民族外部世界的出发点,同时又以世界意识来反观本民族文化传统,这使他的诗歌具有超越其他诗人的眼界,他也成了近四五十年来我国最有成就的少数民族诗人之一。

铁依甫江·艾里耶夫(1930～1989),维吾尔族,新疆霍城县人。

铁依甫江自幼参加农业劳动,喜爱民间文学,能背诵上千首民歌。求学时接触苏联的许多优秀作品和中亚突厥语诸民族的古典诗作。20世纪40年代穆塔里甫的革命诗篇对他的影响很深。1962年起为专业作家。1979年当选为中国作家协会副主席,并任民族文学创作委员会主任。铁依甫江十五岁开始创作,曾以"居尔艾提"(勇敢)的笔名发表作品。早期的诗作反映了维吾尔族人民反对国民党反动统治,追求自由、渴望解放和为新生活斗争的决心,并抨击了本民族中的封建势力及宗教迷信,从而使这位年轻的诗人成为当年"三区革命"年代令人瞩目的小号手。中华人民共和国成

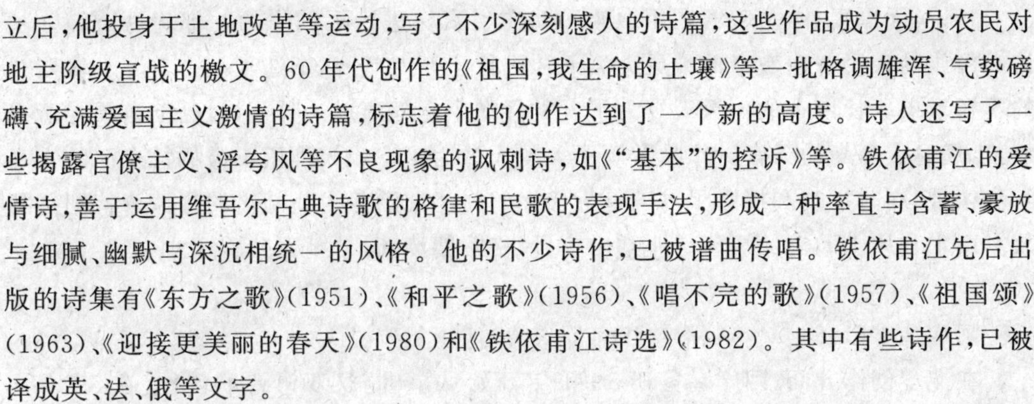

立后，他投身于土地改革等运动，写了不少深刻感人的诗篇，这些作品成为动员农民对地主阶级宣战的檄文。60 年代创作的《祖国，我生命的土壤》等一批格调雄浑、气势磅礴、充满爱国主义激情的诗篇，标志着他的创作达到了一个新的高度。诗人还写了一些揭露官僚主义、浮夸风等不良现象的讽刺诗，如《“基本”的控诉》等。铁依甫江的爱情诗，善于运用维吾尔古典诗歌的格律和民歌的表现手法，形成一种率直与含蓄、豪放与细腻、幽默与深沉相统一的风格。他的不少诗作，已被谱曲传唱。铁依甫江先后出版的诗集有《东方之歌》(1951)、《和平之歌》(1956)、《唱不完的歌》(1957)、《祖国颂》(1963)、《迎接更美丽的春天》(1980)和《铁依甫江诗选》(1982)。其中有些诗作，已被译成英、法、俄等文字。

铁依甫江的诗歌创作分为三个时期。1945 年发表处女作《给当兵哥哥的信》到 1949 年新中国成立是他诗歌创作的第一个时期，追求光明和幸福是那时他的诗歌的主要内容。新中国成立后至 1978 年是他诗歌创作的第二个时期，诗人在这个时期主要通过创作讴歌新时代党的领导、各民族的大团结以及社会主义新生活。1978 年至 1989 年是他诗歌创作的第三个时期，诗歌内容更加深广，表现手法也更加成熟。铁依甫江写的最多的是政治抒情诗，爱情诗和讽刺诗也有很大成就。铁依甫江的讽刺诗的表现手法独特。其独特性有三：第一，准确而形象地抓住讽刺对象带有典型性的语言、情态和细节，给以合理的夸张构成讽刺；第二，善于运用拟人、比喻等手法，把抽象的事物、现象、道理具体化，把讽刺对象滑稽可笑甚至丑恶的面目形象地展示出来；第三，幽默风趣的语言也是铁依甫江讽刺诗在表现手法上的重要特点。

晓雪(1935～)，白族，原名杨文翰。云南大理人。

晓雪幼时家贫，寄居在外祖父家。经常听外祖母讲述民间故事，这是后来晓雪的叙事诗取材于民间文学题材的原因之一。他读中学时，读到了鲁迅、郭沫若、蒋光慈和艾青的著作及许多文学名著，这对他后来走上文学道路，影响很大。1954 年以后，用苍洱星、晓雪等笔名发表诗歌四百多首，评论、杂文、散文、报告文学数十篇。晓雪的创作突出表现在诗歌和文学评论方面，已出版的诗集有《祖国的春天》和《采花节》，其中《采花节》收入他在“文化大革命”前后写的长短抒情诗和故事诗近百首。长诗《大黑天神》获全国少数民族文学创作奖。晓雪的诗歌创作中，政治抒情诗、生活抒情诗占很大比重，此外还写了一些取材于民间传说故事题材的叙事诗。他的诗感情真挚，格调清新，在继承民族文学传统方面，作了不少新的尝试。论文集《浅淡集》收入评当代诗歌、各民族民歌和民族民间叙事诗的部分论文，其中关于民族民间文学的一些论文，独具见地。

长诗《大黑天神》是晓雪利用白族民间传说素材进行再创作的一部优秀诗篇。长诗对白族的人民普遍敬奉的神灵大黑天神进行了新的阐释，塑造了一个普罗米修斯式的不朽形象。长诗中的大黑天神为了人类吞噬了全部瘟疫的种子，自己独自承受所有痛苦，远离了高高的天庭。作品歌颂了大黑天神为了造福人类而不惜牺牲自己的崇高献身精神，同时批判和揭露了以玉皇为代表的封建统治势力。晓雪的抒情诗特别是写故乡山水和风土人情的短诗也非常出色，风格明朗清新，含蓄而又飘逸。

阿库乌雾(1964～)，彝族，汉名罗庆春，四川冕宁县人。

在文学创作方面，阿库乌雾于 1984 年开始从事彝、汉双语诗歌创作，在《凉山日报》(彝文版)、《凉山文艺》(彝文版)、《诗歌报》、《星星》等刊物发表彝、汉文诗作三百余首。于 1994 年和 1998 年先后出版彝族母语文学史上第一部现代诗集《冬天的河流》和第一部现代散文诗集《虎迹》，开彝族母语现代主义文学之先河。他还于 1995 年和 2004 年先后出版汉文诗集《走出巫界》和《阿库乌雾诗歌选》。其文学创作成就入编《彝族文学史》、《彝族文学概论》、《当代彝族文学》等著作。他被誉为“彝文现代诗歌之鼻祖”。他的部分诗作入编中小学和大学的《彝语文》教材。《招魂》等十余首诗作被译成英文在美国发表，美国俄亥俄州立大学设立“阿库乌雾网页”介绍其文学成就。

在我国少数民族诗人中，阿库乌雾是一个非常特别的诗人。他的母语散文诗集《虎迹》不仅填补了彝族文学史上无母语散文诗集的空白，而且在他的创作中对彝汉双语创作做出了自觉的探索。与同是彝族诗人的吉狄马加内外包容的诗歌创作方向相比，阿库乌雾更多的是把自己的目光放在本民族原始宗教文化习俗上，具有淳朴而神秘的神巫色彩。同吉狄马加一样，他也感受到了传统与现代的冲突，在他诗中处处流露出他对民族传统文化精神的爱惜和依恋。彝族文化在努力向主流文化靠拢的同时，本民族的文化规范也不可避免地遭到空前损毁，陷入信仰危机和精神的彷徨。在《岩屋》中流露出对因现代文明的进入而导致民族精神异化的担忧。“他们家曾经施过羊肥的那些庄稼，买化肥来施后，一棵棵地相继枯死”，作者在这里借庄稼的枯死象征了民族精神的枯萎。阿库乌雾通过自己的母语创作正在努力重新建构彝族的文化传统，在《母亲》、《石头》、《山寨》、《乌鸦》等诗中，他对本民族的传统宗教文化习俗进行了追溯、反省和自剖。在《鹰·海》中，他则通过象征、暗示、隐喻等艺术手法，展示了本民族传统文化的宗教精神内质，并探索民族精神现代重建的可能。文化救赎和生存忧患也就成了阿库乌雾散文诗所努力凸现的主题。

结束语

当这部《20 世纪中国文学发展史》终于如期编完，已经是 1996 年的盛夏。此时，香港回归祖国开始倒计时，我们离 21 世纪的门槛仿佛也只有一步之遥。面对世纪之交，虽然我们有理由感到些许欣慰，因为我们毕竟以自己有限的心力，参与了 20 世纪中国文学的回顾与展望。然而面对 20 世纪中国文学这一份沉甸甸的遗产，我们有太多的感慨，展望 21 世纪中国文学的发展，我们又有太多的期盼。

“20 世纪中国文学”这一说法大约产生于 80 年代中期。由于它明显包含了一种对这个世纪的文学作总结整合的姿态，因此，它已成为人们在世纪末总结和回顾 20 世纪中国文学发展时广泛采用的话语形式。那么，我们又是从哪些方面来对 20 世纪中国文学进行总结的呢？在我们看来，20 世纪中国文学的发展经历了太多的曲折坎坷，留下了太多的经验教训，而且它们注定要作为这个世纪的文学遗产进入下一个世纪，成为 21 世纪中国文学发展的起点。这之中，至少有以下三个方面的问题我们认为是至关重要的。

首先，正如我们在“绪论”中所说，20 世纪中国文学围绕“文学和人的关系”这一理论与创作的中轴，迂回曲折地繁衍变化。而这“文学和人的关系”的具体内涵和基本趋向便是“五四”时期胡适所说的“活的文学”和周作人提出的“人的文学”，也可以用陈独秀在《文学革命论》中提出的“三大主义”来加以概括：“曰，推倒雕琢的阿谀的贵族文学，建设平易的抒情的国民文学；曰，推倒陈腐的铺张的古典文学，建设新鲜的立诚的写实文学；曰，推倒迂晦的艰涩的山林文学，建设明了的通俗的社会文学。”这里面包含了人的解放和文的解放两个方面，归根到底当然还是人的解放。联系到 20 世纪中国文学乃至整个中国社会发展所处的历史地位，上述两个方面实际上正是 20 世纪中国文学从古代向现代转化的基本内涵。因此，说 20 世纪中国文学发展的基本趋势就是现代化也未尝不可。然而，这一“现代化”主题的确立及其展开却是备尝艰辛，由此滋生的种种问题始终伴随着 20 世纪中国文学的发展。例如，20 世纪中国文学的现代化作为一个历史范畴总是要受到特定时空的制约。从时间维度讲，它只能在对中国古典文学扬弃的基础上得以实现；从空间维度讲，它又只能在与世界文学包括20世纪西方文学的充分交流中得以实现。这就涉及现代与传统、民族化与世界化等一系列错综复杂的问题。20世纪中国文学在其走向现代化的行程中留下的遗憾和教训之一就是，由于种种社会的和文学的原因，我们对文学现代化缺乏清醒的认识，对由此引起的一些重要问题长期未能达成共识，致使我们迈不开现代化的步伐，最终只好把国门关起来自我陶醉。20世纪中国文学奉献出了它所能够奉献出的东西，却远远没有奉献出它应该奉献的东西。又如，就世界上其他国家现代化过程中的经验来看，从传统到现代的转换，都必然伴随着一个经典文学世俗化的过程，突出表现为对于通俗文学和民间文学的重视。20世纪中国文学虽然多次提出文学大众化的命题，并从多方面进行了理论探讨和实践探索，但由于对文学功能理解上的褊狭，直到80年代后期，通俗文学才开始登上大雅之堂，这一文学世俗化的过程也才得以展开。因此，可以说20世纪中国文学现代化主题历经曲折方才确立，其展开也才刚刚开始。它的进一步发展必然要留待下一个世纪来进行。

其次，20世纪中国文学现代化的主题之所以长期未能得到有效确立和充分展开，从客观条件上讲，乃是特定社会历史文化背景的限制导致了文学的“不成熟”。这也是我们在面对20世纪中国文学时所感到的一种无可奈何的遗憾。在“绪论”中，我们曾提到“国家不幸诗家幸”的古训。的确，20世纪是一个“多事”的世纪，也是一个发生了天翻地覆变化的世纪。从辛亥革命、“五四”运动、北伐战争、抗日战争、解放战争，到新中国建立后的历次政治运动、“文革”十年，中国人民经受了一次次残酷的战争烈火的冶炼，接受了一次次社会革命与政治斗争风雨的洗礼。这不断发生的重大事件以及不断改变着的社会人生，也总是不断地撞击着中国文艺工作者的心灵，不断地激起他们的创作欲望和创作冲动，使他们创造出无愧于时代和人民的作品。从这个意义上讲，20世纪的中国对于文学是一个巨大的馈赠。但是也应该看到，贫穷、落后、战争和动乱毕竟也给社会发展和人民生活带来巨大的、多方面的破坏作用。普遍的贫困落后限制了人们的生活水准和精神境界，救亡图存的需要和颠沛流离的生活影响着文学工作者的生活方式和行为方式、价值观念和审美追求，无情的政治运动和思想斗争更使“缺少安全感的作家有鉴于身前身后发生的无数文学悲剧，宁可以丢失创造性为代价，来换取稳妥的同时也求得苟且的策略”[①]。一句话，经济上的贫困与政治上的斗争限制

① 谢冕：《论中国当代文学》，《文学评论》1996年第2期。

了读者的审美需求、作者的创造心态和文学流通所必要的自由开放。而这些都是文学要取得更大成就的必要条件。从这个意义上讲，20 世纪的中国对于文学发展的限制又显得相当苛刻。我们所熟悉的一些有才华的文学家的“失语”、“转向”乃至“消失”均可看做是这种限制的一种结果。他们包括郭沫若、茅盾、巴金、沈从文、何其芳、胡风、冯至以及艾青等人。显然，这其中包含了深刻的甚至是惨痛的历史教训。如果脱离这样的社会历史文化背景的限制，奢谈文学的繁荣和成就，是不可能有什么积极成果的。因此，当我们在总结 20 世纪中国文学成败得失的时候，与其说文学的“不成熟”，不如说历史尚未给文学提供使其“成熟”的条件。我们祈愿文学的繁荣和成熟，就得从改造那些限制文学发展的客观条件着手。正是因为如此，我们把新时期以来确立的“和平与发展”的战略看做是新的文学繁荣和成熟的坚实基础。

第三，20 世纪中国文学现代化的主题之所以长期未能得到有效确立和充分展开，还涉及一个对文学规律的正确认识和把握的问题，涉及文学发展的自律和他律的问题。中国社会过去长期在一种非理性的超经济的状态下运行，社会物质生产缺乏合理的社会分工。与之相关，社会精神生产也一直缺乏合理分工，加上中国古代泛审美文化和科举制度等的影响，文学被视为“经国之大业，不朽之盛事”，在人们的精神生活中占据了过于崇高的地位。这就一方面把文学对于国家社稷的责任看得过重，经常要求文学承担难以承担的重负；另一方面又把文学自身规律的作用看得过轻，忽视文学自身规律的作用，使得文学的发展常常处在一种脱离文学自身规律的轨道上运行，自然难以取得更大的成就。这种现象在 20 世纪中国文学发展的过程中时有发生，作家自觉不自觉地违背创作规律去图解政治概念。政治家则从政治斗争的需要出发，要求文学无条件成为政治斗争的工具和武器，甚至人为地掀起一场又一场的所谓“文学运动”，或以粗暴的行政干预解决文学理论或创作中的不同意见分歧。然而，20 世纪中国文学正反两方面的经验都告诉我们，什么时候按照文学自身的规律办事，文学就得到健康发展；什么时候违背文学艺术的规律，文学的发展就会受到挫折乃至陷入深渊。这里的问题在于，文学作为一种社会意识形态，在社会生活中起着重要作用，不可能不受到一般社会历史规律（他律）的制约；同时，文学作为一种特殊的社会现象，又具有自己的传统和自身的规律（自律），如何协调这两者之间的关系、取得一种适当的“度”，就成为促使文学健康发展的一个关键。而这一问题的解决，则要取决于社会主义市场经济基础上社会分工的进一步完善、社会民主和法制的进一步健全以及全社会在更高水准上的文学共识。

在对 20 世纪中国文学进行总结回顾的同时，我们注意到 90 年代以来中国文学发生的一系列变化。这些变化与我们以往熟悉的 20 世纪中国文学显示了较大的疏离，使它们看上去不像是这个世纪文学的尾声而更像是下个世纪文学的先兆。

从表面上看，90 年代的文学是 80 年代以来所谓新时期文学的延续。但实际上，随着新时期社会生活的发展，特别是随着社会主义市场经济体制的逐步确立，90 年代的文学已经并且正在发生一些重要变化。这些变化大体可以归结为以下三个方面。第一，文学功能的边缘化。这主要是指原来居于支配中心的文学教化功能逐渐走向边缘。文学不再以表现优美和崇高为唯一目的，也不再以生活教科书自居，而是仿佛成了用后就扔掉的消费品。文学的娱乐功能得到了突出，这就又从另一个侧面刺激了休闲文学的发达。第二，文学机制的市场化。过去，促进文学发展的机制主要有两个方面，一是作家的内在激情，二是某种行政命令。它们一般都与经济利益无关。但是当市场经济的效益法则取消了文学曾经享有的特权，作家、评论家以及出版社都只能毫无例外地首先选择经济效益，然后才谈得上所谓的社会效益。这就不可避免地导致商业化写作、赢利性出版和按质论价消费现象的出现，从而使整个文学机制趋于市场化。第三，文学形式的通俗化。即适合大众口味的文学形式在大众传媒刺激下得到迅速发展。电视剧成为这个时代的小说，流行歌曲的歌词则成为这个时代的抒情诗。简单而又轻松的武侠小说、言情小说和随笔走俏。文学的大众化在不经意中得到前所未有的实行。

面对上述 90 年代世纪之交所出现的文学现象，一些人曾表现出困惑和忧虑。文学界也就社会主义市场经济与文学发展的关系、文学的雅与俗、90 年代中国文学走向等问题展开了广泛的讨论。我们认为，90 年代中国文学发生的上述变化尽管对文学的发展带来巨大冲击，也的确出现了许多新的亟待研究解决的问题，但如果从一种更为开阔和发展的眼光、从中国社会和中国文化的现代化进程来看，上述现象在总体上又包含了相当的合理性和必然性。中国社会的发展，明显缺乏一个近代意义的产业革命和与之相应的价值转换过程。它所带来的后果之一就是现代化进程被延误了。我们今天所面临的社会主义市场经济以及由此带来的文化和文学上的冲击理应放在这样一种背景下来加以理解。因此，90 年代文学发生的重要变化，不过是在社会发展从社会主义计划经济向社会主义市场经济转轨过程中文学所发生的必然“转型”。如果拿 90 年代的文学与 80 年代的文学相比较，我们认为，90 年代的文学不仅是新时期文学的深化，更是新时期文学以至整个 20 世纪中国文学的一次重大转折。新时期文学实际上是以题材的爆炸性和主题思想在政治伦理等方面的富有挑战性而取胜的。换言之，可以认为，新时期文学基本上和此前的 20 世纪中国文学一样，属于传统的、超经济和意识形态语境下的文学，而 90 年代文学最突出的表征则在于它已逐渐过渡为社会主义市场经济语境下的文学。应该肯定，新时期文学在意识形态话语背景下所取得的成就是相当突出的。人道主义、主体性等话题不仅在文学界、理论界掀起过轩然大波，而且也构成了作家笔下最激动人心的主题意向，有力地推动了社会发展和人的解放。其所造成的"轰动效应"将使后来的文学永远无法企及。但80年代的文学既没有能够有效解决中国文学因社会意识形态和文化传统的巨大压力而过于沉重的问题，更无法解决中国文学长期缺乏坚实的经济基础而难以适应社会主义市场经济的问题。因而文学转型是不可避免的。90年代社会主义市场经济语境下的文学从微观上看可以说是与社会主义市场经济的接轨，在宏观上则可以看作是中国文学现代化进程中"世俗化"阶段的展开。这一文学转型意义重大。它不仅对既有的文学秩序造成冲击，更为建立适应社会主义市场经济条件下的文学新秩序提供了新的机缘；它不仅使我们加深了对20世纪中国文学的理解，也为我们理解下一个世纪的文学提供了一把入门的钥匙。

因此，展望即将到来的21世纪中国文学，我们充满了信心和激情。这信心来自于我们对中国改革开放和社会主义市场经济深入发展的坚信不移，来自于20世纪中国文学所取得的辉煌成就及其所奠定的坚实基础。尽管目前我们还难以具体描绘21世纪中国文学发展的具体情景，但我们深信，21世纪的中国文学必将是更加开放的文学。这是一种完全打破了积弱已久的闭关锁国病态心理的文学，也是世界各国人民不断加深理解，寻求对话的文学。交通、通讯的发达和共同的利益需要将使21世纪的国家、民族和地区之间的文学交往进一步扩大，中国的作家、评论家将因这种扩大的交往而逐渐获得更为开阔的文学视野和更为深刻的人类情怀。我们自然不必把自己的文学定位于在国外去获奖，但我们应该争取使国家和民族的独特性与人类的普遍性产生深刻的契合，应该争取出现世界级的文学大师，应该争取对于人类的文学事业有更大的贡献。21世纪的文学也必将是更加自由的文学。这不仅是指领导国家的党和政府将在深刻总结历史经验教训的基础上，在促进社会主义民主与法制建设的基础上，为文学的发展提供更加宽松自由的外部条件，更重要的是，21世纪的中国作家和评论家将在逐步摆脱种种人为的限制、摆脱对于钱袋的依赖和对于文学规律的被动服从的基础上，获得一种更为自由的创造心态，从而创造出更加自由生动的文学。21世纪的中国文学还将是更加成熟的文学。它将在逐步完成从计划经济向社会主义市场经济过渡的基础上，形成适合社会主义市场经济体制的新的文学机制。文学将以其独特的方式对社会发展和精神文明的建设发挥更大的作用，社会经济和文化的发展，又为文学提出更高的市场需求和强有力的支持。与此同时，文学心态也将更加成熟。作家不再是一种职业而是一种生活方式，高品位的文学消费不再是奢侈而是生活的必需，文学的生产和流通也不仅仅是由于经济利益的驱动而是更加高尚的文化追求。文学的传播方式也将因高科技技术而更加多样便捷。凡此种种,都让我们对新世纪的文学充满了憧憬。

也许,这一切都还只是一个梦。但只要我们都有一种新的渴望和新的追求,今天的梦想就将成为明天的现实。让我们携手共进,迈向新的文学世纪!

大事记

1901 年

5 月　《教育世界》半月刊创刊于上海，罗振玉编辑，教育世界社发行。除发表教育方面的文章外，还发表文艺评论和翻译作品。

春末　《世界繁华报》创刊于上海，李伯元编辑。发表小说、艺文志、野史、时事嬉谈、谭丛。

1902 年

2 月　《新民丛报》创刊于日本横滨，梁启超编辑，新民丛报社发行。辟有小说、文苑、学术、国事、地理、教育、海外、丛谈等栏目，1907 年 11 月停刊，共出 96 号。

本月　梁启超的剧本《劫灰梦传奇》发表于《新民丛报》创刊号上，揭开了本世纪"戏剧改良"的序幕。

11 月　《新小说》月刊创刊于日本横滨，梁启超编辑，新小说社发行，第二卷起由中国上海广智书局发行。该刊"专在借小说家言，以发起国民政治思想，激励其爱国精神"。主要刊登小说及文艺论文、剧本、诗歌等。1906 年 1 月停刊，共出 24 期。

本月　梁启超的文章《论小说与群治之关系》发表于《新小说》第 1 期上，提出"今日欲改良群治，必自小说界革命始；欲新民，必自新小说始"的"小说界革命"口号。

1903 年

4 月　"说部丛书"开始由商务印书馆出版，到 1924 年止，共出 14 集，收外国文学作品译述 400 多部。

5 月　《绣像小说》半月刊创刊于上海，李伯元主编，商务印书馆出版。该刊以"远摭泰西之良规，近挹海东之余韵"，"藉思开化天下愚"为宗旨，主要刊登著译的小说、戏曲及歌谣等。1906 年 4 月停刊，共出 72 期。

夏　邹容的《革命军》和章炳麟的《驳康有为论革命书》发表于上海《苏报》上。6 月，邹、章被捕入狱，《苏报》被封，时称“苏报案”。

9 月 21 日　刘鹗的长篇小说《老残游记》发表于《绣像小说》第 9 期至第 18 期上，1906 年由上海商务印书馆出版单行本。

本年　金松岑的《孽海花》发表于《江苏》第 8 期上。后由曾朴修改并续写成书。该小说 10 回本于 1905 年由小说林社出版，30 回本于 1931 年由真美善书店出版。

本年　李伯元的长篇小说《官场现形记》发表于 1903 年至 1905 年的《世界繁华报》上，64 回本于 1906 年由世界繁华报馆出版。

本年　吴趼人的长篇小说《二十年目睹之怪现状》连载于《新小说》第 1 卷第 8 期至终刊，1906 年至 1910 年由上海广智书局出版单行本。

1904 年

6 月　“小说林”丛书由上海小说林社陆续出版。1906 年止，共收创作和外国文学作品译述 60 余种。

9 月 10 日　《新新小说》月刊创刊，陈冷血（陈景韩）主编。该刊“纯用小说家言，演任侠好义，忠群爱国之旨，意在浸润兼及，以一变社会腐败堕落之风俗习惯”。多载创作的侠义小说和翻译的侦探小说。约 1907 年 4 月停刊。

10 月　《二十世纪大舞台》半月刊在上海创刊，仅出两期，柳亚子、陈去病等编辑。该刊“以改革恶俗，开通民智，提倡民族主义，唤起国家思想，为唯一之目的”。提倡戏剧改良，为本世纪我国最早的专业戏剧杂志。

本月　王国维的《叔本华与尼采》发表于《教育世界》第 84 号至第 85 号上。

1905 年

9 月　“小说丛书”由上海时报馆等陆续出版，到 1907 年 8 月止，收翻译作品 10 种。

秋　中国第一部电影《定军山》，在北京丰泰照相馆拍摄完成。

1906 年

11 月　《月月小说》创刊于上海，吴趼人、周桂笙、许伏民等编辑，群学社发行。该刊主张“借小说之趣味，之感情，为德育之一助”，提倡短篇小说，也注重翻译和小说理论建设。1909 年 1 月停刊，共出 24 期。

冬　春柳社在日本东京成立，主要成员有李叔同、曾孝谷、欧阳予倩、吴我尊、陆镜若等。该社是 20 世纪中国第一个话剧演出团体。翌年，在日本公演《茶花女》和《黑奴吁天录》等话剧。

1907 年

2 月　《小说林》月刊创刊于上海，曾朴任总经理，黄人和徐念慈主编，主要撰稿人有包天笑、陈鸿璧、吴梅等。该刊主张“小说者，文学之倾向于美的方面之一种”，“殆合理想美学、感情美学而居最上乘者”。主要刊登著译小说、小说论著及批评等。1908 年 10 月停刊，共出 12 期。

10 月　春阳社在上海成立，王钟声组建，是 20 世纪中国最早的新剧剧团。该社在国内演出《黑奴吁天录》等话剧。

1908 年

2 月　鲁迅的《摩罗诗力说》发表于日本东京出版的《河南》月刊第 2 号至第 3 号上，介绍欧洲浪漫主义文学思潮。

8 月　苏曼殊编译的《文学因缘》由日本东京博文馆出版，收近百首英译中国古诗。

本年　王国维的《人间词话》发表于《国粹学报》第 47、49、50 期上。

1909 年

2 月　周作人和鲁迅合译的《域外小说集》第 1 集在东京出版（7 月出版第 2 集），1921 年由上海群益书社再版。

11 月 13 日　“南社”在苏州虎丘正式成立，取“操南音不忘其旧之意”，主要成员有陈去病、柳亚子、高旭、苏曼殊、马君武、宁调元、吴梅等人。主张以诗文“鼓吹新思想，标榜爱国主义”。

1910 年

7 月　《小说月报》创刊于上海，商务印书馆发行，1921 年 1 月以前，由恽铁樵、王蕴章先后主编，徐卓君、胡寄尘、许指严等为主要撰稿人，刊登小说、旧体诗词、戏剧和翻译文学作品。

1911 年

10 月 10 日　辛亥革命爆发，清王朝被推翻。翌年 1 月 1 日中华民国成立。

1912 年

4 月　“小本小说”丛书由上海商务印书馆陆续出版，到 1928 年 7 月止，主要收林纾及商务印书馆编译所翻译的欧美日小说 30 余种。

1913 年

2 月　钝根编选的“戏考”丛书，由上海中华图书馆陆续出版，到 1925 年 10 月止，共出 40 册，收戏曲 500 多回目。

9 月　影片《难夫难妻》由亚细亚影戏公司出品，郑正秋编剧，郑正秋、张石秋导演，依什尔摄影。这是 20 世纪中国第一部故事片。

本月　徐枕亚的长篇小说《玉梨魂》由上海民权出版部出版。

本年　亚细亚影戏公司在上海成立，郑正秋、张石川、依什尔（杜俊初）组建，为 20 世纪中国第一家电影制片公司。

1914 年

1 月　吴双热的长篇小说《孽冤魂》由上海民权出版部出版。

5 月 1 日　《小说丛报》月刊创刊于上海，徐枕亚主编，上海图书公司发行。撰稿人有李定夷、吴双热、姚鹓雏、刘铁冷等，刊载小说、著译及谐林、弹词、新剧等。1918 年 8 月停刊，共出 44 期。

6 月 6 日　《礼拜六》周刊创刊于上海，前后共出 200 期。王钝根、孙剑秋、周瘦鹃主编，上海中华图书馆发行，主要撰稿人有陈蝶仙、吴双热、程小青等。该刊宣称“买笑耗金钱，觅醉碍卫生，顾曲苦喧嚣，不若读小说之省俭而安乐”。1916 年 4 月休刊，1921 年 3 月复刊，1923 年 2 月停刊。

本月　“林译小说丛书”由上海商务印书馆出版，共两集，收林纾翻译的外国文学作品 100 部。

11 月　南开新剧团在天津成立，由南开学校校长张伯苓倡导。该社“借演剧以练习演说，改良社会，及后方作纯艺术之研究”。

1915 年

9 月 15 日　《青年杂志》月刊创刊于上海(后迁往北京),陈独秀主编,群益书社发行。从第 2 卷起改名《新青年》。该刊高举"科学和民主"旗帜,提倡新道德反对旧道德,提倡新文学反对旧文学。1918 年以后,宣传社会主义思想。1926 年 7 月停刊。

11 月 15 日　陈独秀的文章《现代欧洲文艺史谭》发表于《青年杂志》第 1 卷第 3 号至第 4 号上。

1916 年

10 月 10 日　上海《时事新报》开辟"上海黑幕"专栏,征集中国黑幕作品。1918 年,路滨生编《中国黑幕大观》及其《续集》,出现"黑幕小说"热潮。

1917 年

1 月 1 日　胡适的文章《文学改良刍议》发表于《新青年》第 2 卷第 5 期上。

2 月 1 日　陈独秀的文章《文学革命论》发表于《新青年》第 2 卷第 6 期上。

同日　胡适的《白话诗八首》发表于《新青年》第 2 卷第 6 期上。

5 月 1 日　刘半农的文章《我之文学改良观》发表于《新青年》第 3 卷第 3 期上。

6 月　陈衡哲的短篇小说《一日》发表于《留美学生季报》新第 4 卷夏季第 2 号上。

7 月 1 日　刘半农的文章《诗与小说精神上之革新》发表于《新青年》第 3 卷第 5 期上。

11 月 7 日　俄国十月社会主义革命取得胜利。

1918 年

1 月 15 日　《新青年》组建编辑部,由陈独秀、钱玄同、高一涵、胡适、李大钊、沈尹默等轮流编辑。随后,鲁迅加入编辑部。该刊从第 4 卷第 1 期起发表的文章与作品一律采用白话和新式标点。

3 月 4 日　《时事新报》副刊《学灯》创刊,张东荪、郭绍虞、宗白华、李石岑等编辑。该刊主要撰稿人有郭沫若、沈雁冰、叶圣陶、郑振铎、冰心、王统照、徐玉诺、陈望道等。1927 年 2 月 24 日停刊。

3 月 15 日　王敬轩(钱玄同)的《给〈新青年〉编者》和刘半农的《复王敬轩书》两文以《文学革命之反响》为题发表于《新青年》第 4 卷第 3 期上,此即"五四"新文学运动中的“双簧戏”。

4月15日 《新青年》第4卷第4期开始辟“随感录”专栏，发表以时事评论为主的杂文，主要撰稿人有陈独秀、刘半农、钱玄同、鲁迅、周作人等。

同日 胡适的文章《建设的革命文学论》发表于《新青年》第4卷第4期上。

5月15日 鲁迅的短篇小说《狂人日记》发表于《新青年》第4卷第5期上，此为中国现代文学史上第一篇白话小说。

同日 胡适在北京大学文科研究所作的讲演《论短篇小说》，发表于《新青年》第4卷第5期上。

6月15日 《新青年》第4卷第6号出“易卜生专号”，发表的文章有胡适的《易卜生主义》、袁振英的《易卜生传》，以及易卜生的戏剧作品《娜拉》和《国民之敌》等等。

7月1日 李大钊的文章《法俄革命之比较观》发表于《言治》季刊第3册上。

7月15日 周作人在北京大学文科研究所作的讲演《日本近三十年小说之发达》，发表于《新青年》第5卷第1期上。

10月15日 《新青年》第5卷第4期出“戏剧改良专号”。

11月15日 李大钊的文章《庶民的胜利》和《BOlSHEVISM 的胜利》以及蔡元培的文章《劳工神圣》，发表于《新青年》第5卷第5期上。

11月19日 新潮社在北京成立，傅斯年、罗家伦、徐彦之发起，汪敬熙、杨振声、叶绍钧、康白情等人参加。该社创办《新潮》月刊和出版丛书，介绍外国名著。

12月15日 周作人的文章《人的文学》发表于《新青年》第5卷第6期上。

12月22日 《每周评论》创刊于北京，李大钊、陈独秀、胡适等人先后主编。该刊设时事社论、新文艺、随感录、文艺时评等栏目。1919年8月停刊，共出37期。

1919年

1月19日 周作人的文章《平民的文学》发表于《每周评论》第5号上。

1月 黄侃、刘师培等发起成立国故月刊社，并于3月20日出版《国故》月刊，以“昌明中国故有之学术”为宗旨，声称保卫国粹。

2月15日 周作人的诗歌《小河》发表于《新青年》第6卷第2期上。

3月2日 周作人的文章《思想革命》发表于《每周评论》第11号上。

3月15日 俞平伯的文章《白话诗的三大条件》发表于《新青年》第6卷第3期上。

同日 胡适的独幕剧本《终身大事》发表于《新青年》第6卷第3期上。

5月4日　“五四”运动爆发。

6月16日　《民国日报》副刊《觉悟》创刊，多发表文学创作和评论文章。该刊主要撰稿人有沈雁冰、沈泽民、蒋光慈、孙俍工、白采、刘大白等。

7月1日　少年中国学会在北京成立。发起人李大钊、王光祈等。在南京、成都和法国巴黎设有分会。该会“本科学的精神，为社会的活动，以创造少年中国”，创办有《少年中国》月刊。

7月20日　胡适的文章《多研究些问题，少谈些“主义”！》发表于《每周评论》第31号上。

8月17日　李大钊的文章《再论问题与主义》发表于《每周评论》第35号上。

10月30日　胡适的文章《论国故学——答毛子水》，发表于《新潮》第2卷第1期上。

12月8日　李大钊的文章《什么是新文学》，发表于《星期日》社会问题号。

1920年

1月30日　郭沫若的诗歌《凤凰涅架》，发表于《时事新报·学灯》上。

1月　《新诗集》第1编由上海新诗社出版部出版。

3月　胡适的诗集《尝试集》由上海亚东图书馆出版；王世栋选辑的《新文学评价》（上下册）由上海新文化书店出版。

7月　《台湾青年》文艺月刊创刊于日本东京，1922年2月15日改名《台湾》，蔡培火主编。该刊反对殖民文化侵蚀，追求民族文化革新。主要撰稿人有甘文芳、赖和、周定山、陈逢源、张焕璺、庄遂性等人。

8月潘家洵译的《易卜生集》由上海商务印书馆出版。

10月10日　郭沫若的诗剧《棠棣之花》发表于《时事新报·学灯》增刊上。

1921年

1月4日　文学研究会在北京成立，发起人有郑振铎、沈雁冰、叶圣陶、王统照、许地山、耿济之、周作人、郭绍虞、孙伏园、蒋百里、瞿世英、朱希祖等12人，提出“为人生的艺术”的口号，注重文学创作和西方文学的译介，创办《文学周报》、《诗》、《晨报·文学旬刊》，出版文学丛书。

1月10日　《小说月报》从第12卷第1期起，由沈雁冰接编，进行全面改革，宣传为人生的艺术，提倡现实主义。郑振铎、叶绍钧先后继任该刊主编。主要撰稿人有鲁迅、老舍、巴金、丁玲、冰心、庐隐、张闻天等。1932年停刊，前后共出22卷258期。

4月10日　郎损即沈雁冰的文章《春季创作漫评》，发表于《小说月报》第12卷第4期上。

5月　民众戏剧社在上海成立，由沈雁冰、陈大悲、熊佛西、欧阳予倩、郑振铎等13人发起。该社“以非营业的性质，提倡艺术的新剧”，注重戏剧的社会功利性，提倡“爱美剧”，创办《戏剧》月刊。

5月31日　《戏剧》月刊创刊于上海（民众戏剧社刊物，上海中华书局出版），刊登戏剧论文和剧作。主要撰稿人有陈大悲、沈雁冰、汪仲贤、蒲伯英、郑振铎、王统照、瞿世英等。1922年4月30日停刊，共出2卷10期。

6月下旬（或7月上旬）　创造社在日本东京成立，郭沫若、成仿吾、郁达夫、张资平等发起，郑伯奇、田汉、王独清、周全平、穆木天、何畏、李初梨、冯乃超等参加。早期强调“本着内心的要求从事艺术活动”，倾向浪漫主义；后期倡导无产阶级革命文学。创办有《创造》、《洪水》等刊物，出版创造社文学丛书。

7月　中国共产党第一次代表大会在上海举行。

8月　“创造社丛书”由上海泰东图书局、光华书局和创造社出版部，以及青年书店、大兴书局等出版，到1930年，共收创作和翻译作品60多部。郭沫若的《女神》由泰东书局出版。

10月10日　《小说月报》第12卷第10号出“被损害民族的文学号”，译介波兰、捷克、塞尔维亚、芬兰、乌克兰、希腊、亚美尼亚等国的文学作品。

同日　晨光社在杭州成立，汪敬之、潘谟华发起，主要成员有汪敬之、潘谟华、魏金枝、冯雪峰等。该社以“研究文学，增加读书的趣味”为宗旨。出版《晨光》周刊，多刊登诗和散文。

10月12日　《晨报副刊》在北京创刊，系《晨报》第七版改版，单独印行，孙伏园主编（后由徐志摩接编）。该刊偏重介绍新思想和新知识，提倡新文艺。鲁迅、冰心、周作人、王统照、陈大悲等在该刊上发表作品。1928年6月5日停刊。

10月17日　“台湾文化协会”在台北成立，蒋渭水指导，主要成员有林献堂、蔡惠如、连温卿、王敏川等，以“助长台湾文化之发达为目的”，致力于文化启蒙活动。

10月　郁达夫的短篇小说集《沉沦》由上海泰东图书局出版，系“创造社丛书”之一。

11月　北京实验剧社成立，由何玉书、李健吾、陈大悲、陈晴皋等发起，该社“以实验的精神”和“爱美的性质”，提倡现代的戏剧，从事戏剧理论、创作及翻译。

12月4日　鲁迅的小说《阿Q正传》连载于《晨报副刊》。

12月　胡适的《胡适文集》(1～4册)由上海亚东图书馆出版。

本年　戏剧协社在上海成立，主要成员有汪仲贤、欧阳予倩、谷剑尘、应云卫、洪深等。该社重视舞台实践和剧本的创作与改编。1933年9月停止活动。

本年　"文学研究会丛书"由上海商务印书馆出版，到1948年5月，收文学创作、论著和翻译百余部。

1922年

1月　《诗》月刊创刊于上海，文学研究会编，叶绍钧、朱自清、刘延陵、俞平伯等主持，中华书局发行。该刊主要刊登诗歌、诗论和翻译作品。

本月　《学衡》创刊于南京，吴宓创办并主编，中华书局发行，该刊以"昌明国粹，融化新知"为宗旨。1933年7月停刊，共79期。

本月　谢六逸的文章《西洋小说发达史》，连载于《小说月报》第13卷第1号至11号上。

2月　张资平的长篇小说《冲积期活化石》，由上海泰东书局出版，系"创造社丛书"之一。

年初浅草社在上海成立，主要成员有林如稷、陈炜谟、陈翔鹤、冯至、邓均吾等人。该社声称"不敢高谈文学上的任何主义，只真诚地忠于艺术"。创办《浅草》杂志。1925年2月解散。

4月4日　湖畔诗社在浙江杭州成立，主要成员有应修人、冯雪峰、潘谟华、汪静之等。该社以写爱情诗著称，曾出版《湖畔诗集》及《支那二月》月刊。1925年停止活动。

5月　《创造季刊》创刊于上海，郁达夫、郭沫若、成仿吾先后任主编。泰东图书局发行。该刊要求"打破社会因袭，主张艺术独立"，以发表创作为主，兼发表论著和翻译。1924年2月18日出至第2卷第2期停刊，共6期。

本月　周作人、鲁迅、周建人合译的《现代小说译丛》，由上海商务印书馆出版。

7月10日　沈雁冰的文章《自然主义与中国现代小说》，发表于《小说月报》第13卷第7号上。

9月　瞿秋白的散文集《饿乡纪程》，由上海商务印书馆出版，系"文学研究会丛书"之一。

秋　弥洒社在上海成立。胡山源、钱江春、赵祖康发起，唐鸣时、顾敦傑等参加。

该社之名取 Musa(文艺女神)的音译。主张“不识名,不识利;我们一切作为,只知顺着我们的 Inspiration(灵感)”。创办《弥洒》月刊,出版《弥洒社创作集》。1927 年停止活动。

10 月　王统照的长篇小说《一叶》,由上海商务印书馆出版,系“文学研究会丛书”之一。

11 月　闻一多、梁实秋的诗论合集《冬夜草儿评论》,由北京清华文学社出版。

1923 年

1 月 5 日　《小说世界》创刊于上海,叶劲风、胡寄尘先后主编。主要撰稿人有徐卓吾、陈蝶仙、包天笑、程小青、林纾等。1929 年 12 月出至第 18 卷第 4 期停刊,共 264 期。

1 月 10 日　《小说月报》自第 14 卷第 1 期起出“整理国故与新文学运动”栏目,发表郑振铎、顾颉刚、王伯祥等人宣传整理国故的文章。

1 月　胡适创办《国学季刊》,倡导整理国故。

本月　冰心的诗集《繁星》,由上海商务印书馆出版,系“文学研究会丛书”之一。

3 月 10 日　朱自清的长诗《毁灭》,发表于《小说月报》第 14 卷第 3 号上。

3 月　绿波社在天津成立,赵景深、于庚虞、焦菊隐等人发起,以共同研究文学为宗旨,并创办《诗坛》、《绿波》等刊物。林如稷、冯至、陈翔鹤等组织“浅草社”,创办《浅草》季刊。

4 月 15 日　《台湾民报》在日本东京创刊,1927 年 7 月迁到台湾发行。该刊以启发台湾的文化为宗旨,辟有《文艺》专栏,介绍大陆及欧美文学运动思潮,刊登台湾作家的作品。

5 月 13 日　《创造周报》在上海创刊,郭沫若、郁达夫、成仿吾等先后编辑,《中华新报》和泰东图书局先后出版发行。主要刊登评论、创作和翻译。1924 年 5 月 19 日终刊,共出 52 期。

5 月 27 日　郭沫若的文章《我们的新文学运动》和郁达夫的文章《文学上的阶级斗争》,发表于《创造周报》第 3 期上。

5 月　“新潮社文艺丛书”由周作人主编,新潮社出版,到 1932 年,收创作及翻译作品近 10 部。

7 月 21 日　《创造日》在上海创刊,成仿吾、郁达夫主编,该刊声称“想以唯真唯美的精神来创作文学和介绍文学”。1923 年 11 月 2 日停刊,共 101 期,1927 年 3 月上海光华书局出版单行本《创造日汇刊》。

8月21日　章士钊的文章《评新文化运动》，发表于上海《新闻报》上。

8月　鲁迅的短篇小说集《呐喊》由北京新潮社出版，系“新潮社文艺丛书”之一。

9月　周作人的散文集《自己的园地》，由北京晨报社出版部出版；闻一多的诗集《红烛》，由上海泰东图书局出版；郑振铎译泰戈尔的诗集《新月集》，由上海商务印书馆出版。

12月31日　沈雁冰的文章《“大转变时期”何时来呢》，发表于《文学》第103号上。

12月　新月社在北京成立，主要成员有胡适、徐志摩、梁实秋、闻一多、梁启超、陈西滢等。

本月　鲁迅的《中国小说史略》(上册)，由北京新潮社出版(下册于1924年6月出版)；东方杂志社编的文论集《写实主义与浪漫主义》，由上海商务印书馆出版。

1924年

1月　《南国》半月刊创刊，田汉、易漱瑜创办。该刊“欲在沉闷的中国新文坛鼓动一种清新芳烈的艺术气”，刊登有郭沫若、宗白华、郁达夫等人的通信和田汉的剧作，以及戏剧、电影、出版物的批评。

本月　“文学研究会通俗戏剧丛书”，由上海商务印书馆出版，到1934年7月收创作和翻译的剧本9种。

2月24日　郭沫若的中篇小说《漂流三部曲》，连载于《创造周报》第41、44、47期上。

4月　印度诗人泰戈尔访华。《小说月报》在1923年9、10月连出两期(第14卷第9、10期)“泰戈尔号”。

5月17日　恽代英的文章《文学与革命》，发表于《中国青年》第31期上。

6月　瞿秋白的散文集《赤都心史》，由上海商务印书馆出版，系“文学研究会丛书”之一。

8月1日　蒋光慈的文章《无产阶级革命与文化》，发表于《新青年》季刊第3号上。

8月20日　《洪水》周刊(后改为半月刊)在上海创刊，周全平、倪贻德等编辑，光华书局和创造社出版部出版发行。该刊注重社会批判，倡导革命文学。1927年12月15日停刊，共出3卷36期。

11月9日　《狂飙周刊》在北京创刊，平民艺术团编辑，高长虹、向培良、尚钺、黄鹏基、高歌、高沐鸿等主要撰稿。1927年1月30日停刊，共出34期。

11月17日　语丝社在北京成立，主要成员有孙伏园、鲁迅、淦女士、周作人、林语堂、章衣萍、顾颉刚等10余人。该社创办刊物《语丝》，提倡散文，注重社会批评和文明批评。1930年停止活动。

11月　"小说月报丛刊"由上海商务印书馆出版，到1925年4月，出5集，收文学理论、创作和翻译作品60部。

本月　春雷社在上海成立，蒋光慈、沈泽民等组织，在《民国日报·觉悟》出版周刊《文学专号》，发表论文及创作，宣传革命文学。

12月13日　《现代评论》周刊在北京创刊，胡适、陈源、王世杰等主编，主要撰稿人有高一涵、康有壬、徐志摩等。该刊登载社会评论和文艺评论，以及闻一多、胡也频、杨振声、沈从文、凌叔华等人的文学作品。1927年7月迁至上海，1928年12月终刊，共出9卷209期。

12月　"未名丛刊"由北平未名社、上海北新书局等出版，鲁迅主编，到1935年10月，收翻译的文学理论和作品24部。

本月　朱自清的诗文集《踪迹》，由上海亚东图书馆出版；梁宗岱的诗集《晚祷》，由上海商务印书馆出版，系"文学研究会丛书"之一；田汉的剧作集《咖啡店之一夜》，由上海中华书局出版；鲁迅翻译的日本厨川白村的《苦闷的象征》，由北京新潮社出版，系"未名丛刊"之一。

1925年

1月1日　蒋光慈的文章《现代中国社会与革命文学》，发表于《民国日报·觉悟》上。

1月　许地山的短篇小说集《缀网劳蛛》和朱湘的诗集《夏天》，由上海商务印书馆出版，系"文学研究会丛书"之一；柔石的短篇小说集《疯人》，在宁波升华印书局自费出版；蒋光慈的诗集《新梦》，由上海书店出版。

4月24日　莽原社在北京成立，主要成员有鲁迅、高长虹、向培良、韦素园、韦丛芜、李霁野、台静农、黄鹏基、尚钺等，编辑出版《莽原》杂志，主张社会批评和文明批评，重视文学创作。1926年8月解体。

5月10日　沈雁冰的文章《论无产阶级艺术》，发表于《文学周报》第172、173、175、176期上。

5月　丁西林剧作集《一只马蜂及其他独幕剧》，由北京大学现代评论社出版。

7月　《甲寅》周刊在北京复刊，章士钊主编，公开宣称“文学须求雅驯，白话恕不刊布”。1927年2月停刊，共出45期。

8月　未名社在北京成立，鲁迅支持，主要成员有韦素园、韦丛芜、李霁野、台静农、曹靖华等，偏重于外国文学的介绍，出版未名丛刊和未名新集。1931年解散。

10月　沉钟社在北京成立，主要成员有杨晦、陈炜谟、陈翔鹤、冯至等。该社编辑《沉钟》杂志和丛书。1934年2月停止活动。

11月　鲁迅的杂文集《热风》，由上海北新书局出版；李金发的诗集《微雨》，由北京北新书局出版。

12月　郭沫若文论集《文艺论集》由上海光华书局出版；周作人的散文集《雨天的书》，由北京新潮社出版。

本年　“新潮社文艺丛书”由北新书局出版，周作人主编，到1932年7月，收小说诗歌散文创作及翻译作品7种。

1926年

1月　傅东华翻译的《社会的文学批评论》（美国的蒲克著）和《诗学》（亚里斯多德著）、郭沫若的小说戏剧集《塔》，由上海商务印书馆出版；蒋光慈的中篇小说《少年飘泊者》由上海亚东图书馆出版。

3月16日　《创造月刊》在上海出版，上海创造社出版部发行，郁达夫、成仿吾先后主编，主要撰稿人还有郭沫若、张资平、蒋光慈、穆木天、冯乃超、李初梨、段可情等。1929年1月出至第2卷第6期停刊。

4月1日　《诗刊》在北京创刊，系《晨报》副刊之一，徐志摩、闻一多、饶孟侃先后主编，宣称为诗歌“构造适当的躯壳”，追求“诗文与各种美术的新格式与新音节”，提出建立新格律诗的系统理论。

4月　郭沫若的剧作集《三个叛逆的女性》，由上海光华书店出版；许钦文的短篇小说集《故乡》，由上海北新书局出版，系“乌合丛书”之一；刘半农的民歌集《瓦釜集》由北京北新书局出版；许杰的短篇小说集《飘浮》，由上海出版合作社出版。

本月　“乌合丛书”由上海北新书局出版，鲁迅主编，到1937年6月，收创作作品约7种。

5月1日　郭沫若的文章《文艺家的觉悟》发表于《洪水》第2卷第16期上；之后，又在《创造月刊》第1卷第3期上发表《革命与文学》。

5月　冰心的散文集《寄小读者》由北京北新书局出版。

6月1日　成仿吾的文章《革命文学与它的永远性》发表于《创造月刊》第1卷第4期上。

7月1日　广东国民政府发表北伐宣言。

7月10日　老舍的长篇小说《老张的哲学》，连载于《小说月报》第17卷第7期至12期上。

8月　鲁迅的短篇小说《彷徨》，由北新书局出版。

11月　李金发的诗集《为幸福而歌》，由上海商务印书馆出版，系"文学研究会丛书"之一；沈从文的戏剧小说诗文合集《鸭子》，由北京北新书局出版。

本年　"世界名著选"，开始由上海创造社出版部出版，到1928年，收翻译的世界名著19部。

1927年

1月　《洪水》第3卷第25期发表成仿吾的文章《完成我们的文学革命》，之后又发表郁达夫《无产阶级专政和无产阶级的文学》、长风的《新时代的文学的要求》，以及觉先等人的《完成文学革命的回声》等文章，开始了"革命文学"的讨论。

本月　蒋光慈的诗集《哀中国》，由汉口长江书店出版；冯沅君的短篇小说集《卷葹》，由北京北新书局出版，系"乌合丛书"之一。

2月18日　鲁迅在香港青年会作了《无声的中国》的演讲。

3月10日　老舍的长篇小说《赵子曰》连载于《小说月报》第18卷第3期至8期和第10期至11期。

3月20日　李霁野、韦素园翻译的《无产阶级的文化与无产阶级的艺术》(苏联特洛斯基著)，连载于《莽原》第2卷6期至8期3月

本月　鲁迅杂文集《坟》，由北京未名社出版。

4月　郭沫若的诗集《瓶》和穆木天的诗集《旅心》，由上海创造社出版部出版，系"创造社丛书"之一；冯至的诗集《昨日之歌》，由上海北新书局出版，系"沉钟丛刊"之一。

5月　"世界少年文学丛刊"，由上海光明书店出版，到1949年11月，收小说、剧本、童话、故事等9类翻译作品，共70余部。

本月　"儿童文学丛书"，由上海光华书局出版，到1934年8月，收小说、诗、故事、谜语等类作品的编著及编译70余部。

本月 李金发的诗集《食客与凶年》和鲁迅的杂文集《华盖集续编》，由上海北新书局出版。

6月12日 鲁迅的文章《革命时代的文学》发表于《黄埔生活》周刊第4期上。

7月 鲁迅的散文集《野草》和《朝花夕拾》，由北京北新书局出版；成仿吾文论集《使命》，由上海创造社出版部出版。

10月21日 鲁迅的文章《革命文学》发表于《民众旬刊》第5期上。

秋冬 南国社在上海成立，其前身为南国电影社，田汉主持，基本成员有左明、唐槐秋、陈凝秋、唐叔明等。该社内设文学、绘画、音乐、戏剧、影片等部，以戏剧演出为主，创办有《南国》杂志。1930年9月停止活动。

11月 11个国家的30多位革命作家在莫斯科聚会，讨论国际无产阶级文学问题，并决定成立世界革命文学国际局。

12月 冯乃超、李初梨、彭康、许幸之、沈起予、朱镜我等留日学生回国抵上海，参加创造社活动。

本月 熊佛西的《佛西戏剧集》(第1集)，由北京古城书社出版。

1928年

1月1日 《太阳月刊》在上海创刊，系太阳社文艺刊物，蒋光慈、钱杏邨等编辑。该刊倡导无产阶级革命文学运动。同年7月出至第7期停刊。

同日 郭沫若的文章《英雄树》发表于《创造月刊》第1卷第8期上，倡导无产阶级文学运动。随后，成仿吾的《从文学革命到革命文学》、蒋光慈的《关于革命文学》、李初梨的《怎样地建设革命文学》等文章，与之呼应。

1月15日 《文化批判》月刊在上海创刊，成仿吾编辑。该刊宣称“将从事资本主义社会的合理批判”，“将贡献全部的革命的理论”，并“加以通俗化”。同年5月出至第5期停刊。

同日 冯乃超的文章《艺术与社会生活》，发表于《文化批判》创刊号上，对鲁迅等人开始进行“清算”。之后，钱杏邨的文章《死去的阿Q时代》、李初梨的文章《请看我们中国的Don Quixote的乱舞》、郭沫若的文章《桌子的跳舞》等，与之呼应。

1月 叶绍钧的长篇小说《倪焕之》，连载于《教育杂志》第20卷第1号至12号上。

本月 闻一多的诗集《死水》，由上海新月书店出版。

3月10日 《新月》月刊在上海创刊，徐志摩、闻一多、梁实秋、胡适、邵洵美、余上沉等先后担任编辑。该刊宣称遵循“健康”与“尊严”两原则。1933年出至第6卷第7期停刊。

3月12日　鲁迅的文章《“醉眼”中的朦胧》，发表于《语丝》第4卷第11期上，回答太阳社和创造社的“清算”。随后又有鲁迅的《文学与革命》、冯雪峰的《革命与智识阶级》、茅盾的《从牯岭到东京》等文章，与之呼应。

4月　“世界文学名著”，由上海商务印书馆出版，到1950年2月，收世界文学名著150余种。

6月　胡适的《白话文学史（上）》和陈西滢的杂文集《西滢闲话》，由上海新月书店出版。

7月10日　彭康的文章《什么是“健康”与“尊严”——〈新月的态度〉底批评》，发表在《创造月刊》第1卷第12期上，之后，又有冯乃超的文章《冷静的头脑》和鲁迅的文章《新月社批评家的任务》、《“硬译”与“文学的阶级性”》和《“丧家的”“资本家的乏走狗”》，对《新月》及梁实秋的“人性论”予以批判。

9月10日　《无轨列车》半月刊在上海创刊，施蛰存、戴望舒、杜衡等主编，上海第一线书店发行。同年12月停刊。

9月20日　《大众文艺》月刊在上海创刊，郁达夫、陶晶孙等主编，主张“文艺应该是大众的”。主要撰稿人有鲁迅、柔石、郑伯奇、冯乃超、沈端先、华汉等。1930年6月出至第2卷第5、6期合刊停刊。

本月　洪深的《洪深剧本创作集》，由上海东南书店出版。

10月　丁玲的短篇小说集《在黑暗中》和朱自清的散文集《背影》，由上海开明书店出版；鲁迅的杂文集《而已集》和刘大杰的论著《表现主义的文学》，由上海北新书局出版；王任叔的长篇小说《阿贵流浪记》，由上海光华书局出版；欧阳予倩的剧本《潘金莲》，由上海新东方书店出版。

11月　朝花社在上海成立，鲁迅发起和主持，主要成员有柔石、王以仁、崔真吾、许广平等。该社介绍东北欧文学，输入外国版画，并创办《朝花》杂志。1929年底停止活动。

本月　熊佛西的《佛西论剧》，由北平朴社出版。

12月30日　中国著作者协会在上海成立，由郑振铎、郑伯奇、夏衍、李初梨、潘梓年、朱镜我、潘汉年等42人发起。

本月　“文艺理论小丛书”由上海大江书铺出版，到1932年9月，收鲁迅、陈望道等翻译的苏联和日本的文艺论著6种。

1929 年

2月　韩侍桁辑译的《近代日本文艺论集》，由上海北新书局出版；王独清的诗集《埃及人》，由上海世纪书局出版。

4月　戴望舒的诗集《我的记忆》，由上海水沫书店出版；鲁迅的文艺论文译集《壁下译丛》，由上海北新书局出版。

5月1日　《南国月刊》在上海创刊，田汉主编，现代书局发行。1930 年出至第 3 卷第 6 期停刊。

同日　田汉的剧作《名优之死》，发表于《南国月刊》第 1 期上。

5月　"新俄丛书"由上海光华书局出版，到 1930 年 4 月，收翻译的苏联文艺政策及著作 4 种。

6月　鲁迅翻译的《艺术论》（苏联卢那察尔斯基著），由上海大江书店出版。

8月　施蛰存的小说集《上元灯及其他》，由上海水沫书店出版；冯至的诗集《北游及其他》和杨晦的独幕剧集《除夕及其他》，由北平沉钟社出版，系"沉钟丛刊"之一；冯雪峰翻译的《艺术与社会生活》（俄国普列汉诺夫著），由上海水沫书店出版。

9月　《新文艺》月刊在上海创刊，上海水沫书店发行。戴望舒、杜衡、刘呐鸥、施蛰存、杨邨人等编辑，提倡新感觉主义。1930 年 4 月出至第 2 卷第 2 期休刊，1940 年 10 月复刊，1941 年 1 月出至新 1 卷第 3 期停刊。

10月　李何林编的《中国文艺论战》，由上海中国书店出版；鲁迅翻译的《文艺与批评》（苏联卢那察尔斯基著），由上海水沫书店出版。

11月　上海艺术剧社成立，郑伯奇、夏衍等负责，主要成员有冯乃超、钱杏邨、孟超、许幸之、陈波儿、石凌鹤、司徒慧敏等，提出"普罗戏剧"口号，创办《艺术月刊》，进行戏剧演出活动。1930 年 4 月被查封。

本月　摩登社在上海成立，主要成员有陈白尘、赵铭彝、左明、郑秋里、陈凝秋、周起应、陈鲤庭等。该社以"努力完成民众戏剧"为宗旨，创办《戏剧周刊》与《摩登》月刊，并多次组织戏剧公演。1930 年下半年停止活动。

本月　柔石的长篇小说《二月》，由上海春潮书局出版；林伯修翻译的《理论与批评》（苏联高根等著），由上海前夜书店出版。

本年　张恨水的长篇小说《啼笑因缘》，连载于上海《新闻报》副刊《快活林》上。

1930 年

1月1日　《萌芽月刊》在上海创刊，鲁迅、冯雪峰、柔石主编，主要撰稿人有楼适夷、夏衍、张天翼、殷夫等，着重介绍无产阶级文艺理论和苏联及弱小民族的文学，发表新人作品。同年5月出至第5期被禁，6月改出《新地月刊》仅1期。

1月10日　《拓荒者》月刊在上海创刊，现代书局出版。蒋光慈主编，主要撰稿人有钱杏邨、洪灵菲、戴平万、阳翰笙、王任叔、夏衍、郭沫若、郑伯奇、冯乃超、李一氓、朱镜我、殷夫等。1930年5月出至第5期停刊。

2月16日　鲁迅、冯雪峰、夏衍、冯乃超、郑伯奇、洪灵菲、钱杏邨等12人在上海召开以"清算过去"和"确定目前文学运动底任务"为内容的讨论会，决定成立"左联"。

2月　《大众文艺》编辑部举行文艺大众化问题的讨论会，沈端先、冯乃超、许幸之、孟超、郑伯奇、蒋光慈、洪灵菲、潘汉年等11人出席。《大众文艺》、《拓荒者》等刊物，相继发表鲁迅、郭沫若、钱杏邨等人关于文艺大众化的文章。

3月2日　中国左翼作家联盟在上海成立，鲁迅、夏衍、冯乃超、钱杏邨、田汉、郑伯奇、洪灵菲等为常务委员会委员，周全平、蒋光慈为候补委员，内设秘书处、组织部、宣传部、工农工作部、编辑部、总务部等6个工作部门，建立马克思主义文艺理论研究、大众文艺、创作批评等委员会，并创办《世界文化》、《前哨》、《北斗》、《十字街头》等刊物，在北平、东京建立分盟，在天津、保定、广州、武汉、南京、杭州等地设支部或小组。1936年春自行解散。

3月19日　上海戏剧运动联合会成立，由南国社、艺术剧社、摩登社、剧艺社、辛酉社等10个戏剧团体联合组建，主要成员有左明、应云卫、孟超、夏衍、朱穰丞等，创办《戏剧新闻》、《艺术信号》等刊物，多次进行戏剧演出活动，开展"时代的社会的群众的戏剧运动"。同年8月23日改名为中国左翼剧团联盟，9月又改名为中国左翼戏剧家联盟。

4月　李何林编的论文集《鲁迅论》，由上海北新书局出版；刘呐鸥的小说集《都市风景线》，由上海水沫书店出版；凌叔华的小说集《女人》，由上海商务印书馆出版。

5月　《骆驼草》周刊在北京创刊，周作人主持，废名、冯至编辑，主要撰稿人有徐祖正、俞平伯、梁遇春等。同年11月停刊，共出26期。

本月　茅盾的长篇小说《蚀》，由上海开明书店出版。

本月　"文学研究会世界文学名著丛书"由上海商务印书馆出版，到1939年10月，收翻译的外国文学作品14种。

6月1日　陈立夫、陈果夫邀集王平陵、潘公展、朱应鹏、傅彦长等人，在上海发起"中国民族主义文学运动"，并发表《民族主义文学运动宣言》，宣称文艺的最高意义是"民族主义"，攻击无产阶级革命文学。

7月10日　《南国》月刊第2卷第4期出“苏联电影专辑”。

7月　鲁迅编辑的《戈里基文录》和翻译的《艺术论》(苏联普列汉诺夫著),由上海光书书局出版。

9月30日　国民党中央执委会发出取缔“左联”,通缉鲁迅等的密令。

10月　中国左翼文化界总同盟(简称“文总”)在上海成立,为“左联”、社联、剧联以及左翼新闻、教育、音乐、美术等联盟组织而成,创办有《文化月报》、《文化斗争》等刊物。

本月　前锋社编的论文集《民族主义文艺论》,由上海光明出版部出版;阳翰笙的长篇小说《地泉》,由上海平凡书店出版;阿英的文论集《文艺与社会倾向》,由上海泰东图书局出版。

11月6日　世界革命作家第二次会议在苏联哈尔柯夫召开,“左联”派萧三参加,并加入国际革命作家联盟。

1931年

1月17日　李伟森、胡也频、柔石、冯铿、殷夫五位左联成员在上海被捕,2月7日被秘密杀害。

1月　《诗刊》季刊在上海创刊,徐志摩、陈梦家、邵洵美先后主编,新月书店发行。1932年7月出至第4期停刊。

2月　周作人的文论集《艺术与生活》,由上海群益书社出版;王独清的诗集《死前》,由上海乐华图书公司出版。

3月16日　《文艺新闻》周刊在上海创刊,袁殊、袁牧之、楼适夷、冯雪峰等编辑,主要撰稿人有鲁迅、瞿秋白、周扬等,刊登文艺新闻,兼及文艺评论。1932年2月出至第47期后休刊。

4月18日　巴金的长篇小说《家》,连载于上海《时报》上。

4月　傅东华翻译的《比较文学史》(法国洛里哀著),由上海商务印书馆出版。

7月　张天翼的长篇小说《鬼土日记》,由上海正午书局出版;张伯符翻译的《戏剧论》(美国汉米尔顿著),由上海世界书局出版。

8月15日　《涛声》周刊在上海创刊,曹聚仁编辑,主要撰稿人有陈子展、鲁迅、陶行知、黄芝岗等。该刊提倡理性,注重社会批评。1933年11月出至第2卷第46期停刊,共82期。

8月20日　史铁儿(瞿秋白)的文章《屠夫文学》,发表在《文学导报》第1卷第3

期上，批判“民族主义文艺”。之后，茅盾、鲁迅等人纷纷著文，展开对“民族主义文艺”的论战。

8月 “世界文学名著”丛书由上海启明书局出版，到1949年5月，收翻译的外国文学作品70余种。

本月 “文艺创作丛书”由上海湖风书局出版，到1933年3月，收魏金枝、李辉英、张天翼、蒋光慈、郁达夫、穆时英的作品17种。

9月18日 日本帝国主义发动侵略中国的“九一八”事变。

9月20日 《北斗》月刊在上海创刊，丁玲主编，主要撰稿人有鲁迅、瞿秋白、冯雪峰、沈从文、叶圣陶、胡风、周扬、戴望舒、徐志摩、夏衍等，发表创作及理论研究、文艺批评等。1932年7月出至第2卷第4期停刊，共出8期。

9月 “新中国文艺丛书”，由上海新中国书局出版。到1936年9月，收施蛰存、巴金、丁玲、沈从文、郑振铎、靳以等人的作品19部。

11月15日 “左联”执行委员会的决议《中国无产阶级革命文学的新任务》，发表于《文学导报》第1卷第8期上。围绕决议中提出的“大众化问题”，《文学导报》、《文学》、《北斗》等刊物发表了周扬、冯雪峰、瞿秋白、田汉等人的有关文章。

12月25日 《文化评论》月刊在上海创刊，胡秋原编辑，声称“我们是自由的智识阶级，完全站在客观的立场”“抨击一切非真理的思想”。在创刊号上，胡秋原发表了《文艺非至下》和《阿狗文艺论》两篇文章，并引起论争。1932年4月出至第4期停刊。

1932年

1月5日 鲁迅给沙汀、艾芜的信《关于小说题材的通信》，发表于《十字街头》第3期上。

1月20日 《北斗》第2卷第1期讨论“创作不振之原因及其出路”，郁达夫、鲁迅、叶圣陶、郑伯奇、茅盾等21人著文应征。

2月3日 鲁迅、茅盾、周扬、郁达夫、冯雪峰、陈望道等43人联名发表《上海文化界告世界书》，抗议日本帝国主义发动的“一·二八”事变。

3月13日 中国电影家协会在上海成立，主要成员有卜万苍、孙瑜、许治、金焰等，提出以研究电影艺术、肃清电影界帝国主义封建主义残余为宗旨。

4月 阿英编的报告文学集《上海事变与报告文学》，由上海南强书局出版。

5月1日 《现代》月刊在上海创刊，施蛰存、杜衡、汪馥泉先后主编，上海现代书局发行。主要撰稿人有戴望舒、李金发、穆时英、艾青、何其芳、鲁迅、茅盾、郭沫若、巴金、周扬、瞿秋白、冯雪峰、靳以、张天翼等。1935 年 5 月出至第 6 卷第 4 期停刊，共出 34 期。

5 月 23 日　瞿秋白的文章《“自由人”的文化运动——答复胡秋原和〈文化评价〉》，发表于《文艺新闻》第 56 期上，开始对“自由人”和“第三种人”进行批评。之后，又有冯雪峰、鲁迅、周扬等著文进行批评。

6 月 10 日　卓别林抵达中国上海访问。

7 月 8 日　《每日电影》在上海创刊，系《晨报》副刊之一，姚苏凤主编，主要撰稿人有洪深、夏衍、郑伯奇、阿英等，宣传电影理论和思想。1936 年 1 月 20 日停刊。

7 月　“现代文学丛刊”由上海中华书局出版，到 1949 年 12 月，收文学理论、创作和翻译作品 60 余部。

8 月　老舍的长篇小说《猫城记》，连载于《现代》第 1 卷第 4 期至第 2 卷第 6 期上。

9 月 16 日　《论语》半月刊在上海创刊，林语堂、陶亢德等主编，提倡“幽默”与“闲适”的小品文，主要撰稿人有周作人、刘半农、邵洵美、章克标等。1937 年 8 月休刊，1946 年 12 月复刊，1949 年 5 月停刊，共出 177 期。

9 月　上海文化界举行庆祝高尔基创作 40 周年纪念活动。

本月　中国诗歌会在上海成立，主要成员有蒲风、穆木天、任钧、杨骚、柳倩、田间等，致力于诗歌大众化的工作，推进发展现实主义新诗歌运动，并创办《新诗歌》杂志。

本月　周作人的论著《中国新文学的源流》，由北平人文书店出版；鲁迅的杂文集《三闲集》和冰心的小说集《姑姑》，由上海北新书局出版；谢冰莹的小说集《前路》，由上海光明书局出版。

10 月　鲁迅的杂文集《二心集》，由上海合众书店出版。

本月　全苏作家同盟组织委员会在莫斯科召开第一次代表大会，批判“拉普”的“唯物辩证法的创作方法”，并提出社会主义现实主义创作方法。

11 月　洪深的剧作《五奎桥》，连载于《文学月报》第 4 期至 5、6 期合刊上。

本月　“汉译世界名著”由上海商务印书馆出版，到 1950 年 4 月，收社科名著 240 多种。

12 月　黄人影编的《创造社论》，由上海光华书局出版。

1933 年

1 月　茅盾的长篇小说《子夜》，由上海开明书店出版。

2月9日　中国电影文化协会在上海成立，洪深、夏衍、田汉、蔡楚生、史东山、孙瑜、应云卫等31人任执行委员，并发表《中国电影文化协会宣言》，1934年停止活动。

2月17日　英国文学家萧伯纳来华访问。

3月　苏汶编的《文艺自由论辩集》，由上海现代书局出版。

4月　郭沫若的文论集《孤鸿》，由上海光华书局出版。

5月　茅盾的短篇小说集《春蚕》，由上海开明书店出版。

6月　鲁迅等著的《创作的经验》，由上海天马书店出版；阿英的文论集《现代中国文学论》，由上海合众书店出版。

7月1日　《文学》月刊在上海创刊，鲁迅、茅盾、陈望道、傅东华、郁达夫、郑振铎、叶绍钧、王统照等任编委，主要撰稿人有艾芜、沙汀、张天翼、欧阳山、周扬、胡风、沈起予等，发表创作，兼及文艺批评。1937年11月出至第9卷第4号停刊，共出52期。

7月　瞿秋白编的《鲁迅杂感选集》，由上海春光书局出版。

8月6日　《夜哨》周刊在东北创刊，系《大同报》文艺副刊，陈华编辑，金剑啸、罗烽、舒群、萧红、白朗、萧军、邓立、金人等主要撰稿，刊登小说、诗歌、独幕剧等。同年12月24日出至第21期停刊。

9月1日　《大公报·文艺副刊》在天津创刊，沈从文、萧乾先后主编，主要撰稿人有朱自清、周作人、巴金、李健吾、凌叔华、林徽音等。1937年6月30日出至第355期停刊。

9月　王统照的长篇小说《山雨》和杨骚的诗集《春的感伤》，由上海开明书店出版。

10月　鲁迅的杂文集《伪自由书》，由上海北新书局出版。

11月1日　周扬的文章《关于"社会主义的现实主义与革命的浪漫主义"——"唯物辩证法的创作方法"之否定》，发表于《现代》第4卷第1期上。

本年　"良友文学丛书"由上海良友图书印刷公司出版，赵家璧主编，到1946年11月，收创作和译著54部。

1934年

1月1日　《文学季刊》在北京创刊，郑振铎、靳以主编，主要撰稿人还有老舍、巴金、吴组缃等，刊登创作和文艺理论，兼及古典文学研究和外国文学译介。1935年12月出至第2卷第4期停刊。

本日　洪深的电影剧本《劫后桃花》，发表于《文学》第2卷第1号至2号上。

1月　沈从文的中篇小说《边城》，发表于《国闻周报》第11卷第11期至16期上。

本月　洪深的文论集《洪深戏剧论文集》，由上海天马书店出版。

3月　鲁迅、茅盾应美国人伊罗生之邀，编选中国现代短篇小说选《草鞋脚》；鲁迅的杂文集《南腔北调集》，由上海同文书店出版。

4月5日　《人间世》半月刊在上海创刊，林语堂主编，陶亢德、徐訏编辑，提倡“以自我为中心，以闲适为格调”的小品文。1935年12月出至第42期休刊，1936年1月复刊，同年4月出至新第2期停刊。

5月4日　鲁迅的文章《论“旧形式的采用”》，发表于《中华日报·动向》上。之后，陈子展的文章《文言——白话——大众语》、陈望道的文章《关于大众语文学的建设》、胡愈之的文章《关于大众语文》、叶圣陶的文章《杂谈读书作文和大众语文学》、鲁迅的文章《门外文谈》等先后发表于《申报·自由谈》上，就文艺大众化中的“大众语”问题开展讨论。

5月6日　台湾文艺联盟在台中成立，由赖和、赖明弘、张深切、黄得时、吴希圣、蔡愁洞、赖庆、何集璧等发起，以“振兴台湾文艺”、“推翻腐败文学”、“实现文艺大众化”为宗旨。1937年于无形中解散。

5月　“创作文库”丛书由上海生活书店出版，傅东华主编，到1937年6月，收作品20余部。

7月1日　曹禺的话剧《雷雨》，发表于《文学季刊》第1卷第2期上。

7月　茅盾的文章《庐隐论》，发表于《文学》第3卷第1期上。之后，茅盾陆续写有《冰心论》、《徐志摩论》等多篇作家论。

9月16日　《译文》月刊在上海创刊，鲁迅、茅盾、黄源等编辑，主要撰稿人还有黎烈文、胡风、傅东华、巴金、耿济之、曹靖华、孟十还、丽尼、周扬、卞之琳、陆蠡等，译载各体诗文。1935年9月休刊，1936年3月复刊，1937年6月停刊。

9月20日　《太白》半月刊在上海创刊，陈望道、傅东华、郑振铎、朱自清、黎烈文、徐懋庸、叶绍钧、郁达夫、曹聚仁等11人组成编委，以刊登杂文为主。1935年9月停刊。

10月10日　《水星》半月刊在北京创刊，卞之琳、沈从文、巴金、靳以、李健吾、郑振铎等编辑，主要撰稿人还有老舍、冰心、周作人、芦焚、李广田、何其芳、臧克家、朱自清等。1935年9月出至第2卷第6期停刊。

10月　《世界文学》双月刊在上海创刊，伍蠡甫主编，主要译介世界各国文学，也兼及中国文学。1935年9月停刊。

11月15日 《台湾文艺》月刊在台湾创刊，系台湾文艺联盟机关刊物，主要撰稿人有张深切、黄得时、雷石榆、刘捷、杨逵、赖和、杨华、郭永谭等。1936年8月28日停刊。

12月 鲁迅的杂文集《准风月谈》，由上海兴中书局出版。

1935年

1月 中共中央政治局在遵义召开会议。

2月 梁宗岱的译著《诗与真》，由上海商务印书馆出版。

3月 "良友文库"由上海良友图书印刷公司出版，到1936年9月，收创作及翻译作品16部。

4月16日 周扬的译作《论自然派》（别林斯基著），发表于《译文》第2卷第2号上。

5月15日 由赵家璧主编、上海良友图书印刷公司印行的《中国新文学大系》，开始分册出版。全书共10分卷，编选1917年至1927年间的文艺理论、作品，蔡元培作总序，胡适、郑振铎、茅盾、鲁迅、郑伯奇、周作人、郁达夫、朱自清、洪深、阿英等编选并作分卷导论。

本月 "世界文库"由上海生活书店出版，郑振铎主编，到1947年4月，收古今中外各体文学作品140多部。

本月 "文化生活丛刊"由上海文化生活出版社出版，巴金主编，主要收文学作品及社科译著近50种。

7月 傅东华主编《文学百题》，由上海生活书店出版；李劼人的长篇小说《死水微澜》，由上海中华书局出版。

春末夏初 《风云儿女》由电通电影制片公司出品，田汉、夏衍编剧，许幸子导演，袁牧之、王人美主演，吴印咸摄影。其插曲《义勇军进行由》，由田汉作词，聂耳作曲。

8月 萧红的长篇小说《生死场》和萧军的长篇小说《八月的乡村》，由上海奴隶社出版。

9月 《宇宙风》半月刊（后一度改旬刊）在上海创刊，林语堂、陶亢德主编，"以畅谈人生为主旨"。抗日战争时期先后迁往广州、重庆、桂林等地，1947年8月在广州出至第152期停刊。

10月 周作人的散文集《苦茶随笔》，由上海北新书局出版。

11月8日 萧三在莫斯科根据王明、康生的指令，致信"左联"，要求解散组织，另组抗日民族统一战线的文艺团体。

11月　“文学丛刊”由文化生活出版社出版，巴金主编，到1949年6月，共出10集，收中长短篇小说、散文、诗歌等作品160部。

本月　“译文丛书”由上海文化生活出版社出版，黄源主编，到1953年5月，收外国文学译著58部。

12月12日　上海文化界救国会成立，由沈钧儒、邹韬奋、周建人等发起，发表275人签名的《上海文化界救国运动第一次宣言》，要求抗日，声援“一二九”运动。

12月21日　周立波的文章《关于“国防文学”》，发表于《时表新报·每周文学》第15期上，明确提出“我们应当建立崭新的国防文学”的口号。之后，何家槐的文章《国防文学的内容》、张尚斌（周立波）的文章《“国防文学”和民族性》、周钢鸣的文章《民族危机与国防戏剧》、波（茅盾）的文章《需要一个中心点》等，就《“国防文学”、“国防戏剧”、“国防电影”、“国际音乐”等口号各抒己见。

12月28日　《台湾文学》月刊在台湾创刊，杨逵、叶陶等创办，赖和、吴新荣、郭水潭、王登山等参与编辑，主要撰稿人还有杨守愚、王诗琅、赖明弘、赖庆等。

12月　艾芜的小说集《南行记》、沈从文的小说集《八骏图》、鲁彦的小说集《雀鼠集》、卞之琳的诗集《鱼目集》、张天翼的小说集《团圆》、丽尼的散文集《黄昏之献》，由上海文化生活出版社出版；苏汶的长篇小说《叛徒》，由上海未名书屋出版；蒲风的诗集《六月流火》，在日本东京出版。

本年　张恨水的长篇小说《金粉世家》，由上海世界书局出版。

本年　“现代创作文库”由上海万象书屋出版，徐沉泗、叶忘忧编，到1940年，收鲁迅、郭沫若、郁达夫、周作人、叶绍钧、徐志摩、田汉等人选集20种。

1936年

1月1日　周扬的文章《现实主义试论》，发表于《文学》第6卷第1号上，由此引起典型问题的论辩。论辩的文章以《文学》为阵地，主要有胡风的《现实主义底一“修正”——现实主义论之一：关于“典型”底普遍性和特殊性问题答周扬先生》、周扬的《典型与个性》等。

1月　鲁迅的短篇小说集《故事新编》，由上海文化生活出版社出版；李长之的论著《鲁迅批判》，由上海北新书局出版。

3月　李广田的散文集《画廊集》、何其芳与卞之琳及李广田的诗歌合集《汉园集》、沈从文的散文集《湘行散记》，由上海商务印书馆出版；唐弢的杂文集《推背集》，由上海天马书店出版。

4月15日 《作家》月刊在上海创刊，孟十还主编，主要撰稿人有鲁迅、茅盾、胡风、萧军、萧红、张天翼、罗淑、叶紫、郑伯奇等，以刊登创作和文艺论文为主。同年11月15日停刊。

本月 茅盾等的《作家论》和胡风的文论集《文艺笔谈》，由上海文学出版社出版。

5月5日 徐行的文章《我们现在需要什么文学》，发表于《新东方》第1卷第3期上，在此前后还发表《评"国防文学"》、《再评"国防文学"》等文章，对"国防文学"提出不同意见。随后在《文学界》第1卷第1期至2期上，周扬、郭沫若各发表题为《关于国防文学——评徐行先生的国防文学反对论》、《国防·污池·炼狱》的文章，予以论辩。

5月 《中苏文化》在南京创刊，中苏文化协会主办，王昆仑、侯外庐负责，以介绍苏联文艺为主，也刊登文艺创作、文论和翻译作品。1937年10月迁到汉口，改为《抗战特刊》(半月刊)；1938年自第2卷起迁重庆(后改为月刊)；1946年10月迁回南京。

本月 鲁迅编的瞿秋白著译文选《海上述林》，由上海诸夏怀霜社出版。

6月1日 小雅诗社在北京成立，主要成员有吴奔星、李章伯等。该社创办《小雅》双月刊，主要撰稿人有李长之、路易士、芦焚、李金发、施蛰存、戴望舒、陈残云等。次年6月停刊。

6月7日 中国文艺家协会在上海成立，郭沫若、茅盾、王任叔、王统照、周立波、沙汀等432人发起。

6月 埃德加·斯诺编的小说选集《活的中国——现代中国短篇小说选》，在英国伦敦出版；鲁迅的杂文集《花边文学》，由上海联华书局出版；陈白尘的剧作《石达开的末路》，由上海文学出版社出版；叶灵凤的长篇小说《未完的忏悔录》，由上海今代书店出版；洪深剧作集《农村三部曲》，由上海杂志公司出版。

本月 周立波翻译的报告文学《秘密的中国》(基希著)，开始发表于《文学界》上。

7月1日 鲁迅、胡风、巴金、茅盾、曹禺、曹靖华、聂绀弩、吴组缃、田间、萧军等人签名的《中国文艺工作者宣言》，发表于《现代文学》创刊号上。

7月 朱光潜的文艺理论著作《文艺心理学》，由上海开明书店出版。

9月5日 《中流》杂志在上海创刊，黎烈文主编，主要撰稿人有鲁迅、茅盾、张天翼、艾芜、老舍、靳以、郑伯奇、巴金、叶圣陶、胡风、田间、何其芳、端木蕻良等。1937年8月出至第2卷第10期停刊，共出22期。

9月 老舍的长篇小说《骆驼祥子》，开始连载于《宇宙风》上。

本月 茅盾主编、孔另镜助编的报告文学集《中国的一日》，由上海生活书店出版。

10月1日　鲁迅、郭沫若、茅盾、巴金、林语堂、谢冰心、包天笑、陈望道等21人的《文艺界同人为团结御侮与言论自由宣言》，发表于《文学》第7卷第4期上。

10月19日　鲁迅在上海逝世。

10月　《新诗》月刊在上海创刊，编委为卞之琳、孙大雨、梁宗岱、冯至、戴望舒等。1937年7月出至第2卷第4期停刊。

11月　艾青的诗集《大堰河》，自印出版。

冬　中国诗刊社在广州成立，主要成员有黄宁婴、陈残云、温流、鸥外鸥、蒲风、雷石榆、周钢鸣等，活动于广州、桂林、香港等地，创办《广州诗坛》(后改名《中国诗坛》)，1949年春停止活动。

12月　刘西渭(李健吾)的文论集《咀华集》，由上海文化生活出版社出版。

12月12日　"西安事变"发生。

1937年

2月　段洛夫编译的《现实主义》(苏·米尔斯编著)，由上海潮锋出版社出版。

同日　台湾总督明令禁止报刊使用中文。

5月　《大公报·文艺》所设"文艺奖金"公布获奖名单：芦焚的小说《谷》、曹禺的剧作《日出》和何其芳的散文集《画梦录》。

本月　《文学杂志》在上海创刊，朱光潜主编，商务印书馆出版。主要撰稿人有沈从文、杨振声、陈西滢、李健吾、林徽音、周作人、钱钟良、周煦良等。1948年11月出至第3卷第6期停刊。

7月7日　侵华日军发动卢沟桥事变。抗日战争全面爆发。

7月28日　上海文化界救亡协会成立。

7月　鲁迅的杂文集《且介亭杂文》、《且介亭杂文二集》、《且介亭杂文末编》，由上海三闲书屋出版；语文社编《通俗化问题讨论集》第1集，由上海新知书店出版；穆木天的诗集《流亡者之歌》，由上海乐华公司出版。

8月7日　由中国剧作者协会集体创作的抗战话剧《保卫卢沟桥》，在上海公演。

8月12日　西北战地服务团在延安成立，丁玲、吴奚如任正副主任，创办《战地》杂志，9月组织演出团赴山西前线，编选《战地报告丛刊》。

8月13日　淞沪战争爆发。

8月20日　上海戏剧界救亡协会组建的13个抗日救亡演剧队，到各地开展抗日救亡宣传活动。

8月24日 《救亡日报》在上海创刊，后迁往广州、桂林等地发行，由上海文化界救亡协会主编，郭沫若任社长，阿英主编，夏衍任主笔。巴金、王任叔、茅盾、胡愈之、郭沫若、夏衍、邹韬奋、郑伯奇、张天翼、郑振铎等为编委。侧重刊登小说、街头剧、大鼓、歌曲等短小通俗的文艺作品。1941年3月1日被查禁。

8月25日 《呐喊》文艺周报（后改为旬刊）在上海创刊，系《文学》、《中流》、《译文》联合编辑，茅盾主编，巴金发行。9月5日第3期后改名为《烽火》周刊。主要撰稿人还有王统照、刘白羽、田间、郑振铎、周文、骆宾基、靳以、师陀等，刊登小说、散文、诗歌、报告文学。1938年10月出至第20期停刊。

8月 《中国诗坛》月刊（原名《广州诗坛》）创刊，1946年6月停刊。蒲风、黄宁婴、雷石榆等主编，主张诗人投入抗战洪流，做人民大众的歌手。主要撰稿人有芦荻、吕剑、洪遒、李又华、林山、黄鲁等，杂志先后于广州、桂林等地出版。

9月3日 孩子剧团在上海成立，吴新稼任团长，由“第三厅”直接领导，1942年被解散。

9月11日 《七月》周刊（后改为半月刊、月刊）在上海创刊，先后在汉口、重庆出版。胡风主编，主要撰稿人有艾青、田间、鲁藜、S. M（阿垅）、彭燕郊、邹荻帆、曹白、萧军、萧红、丁玲、端木蕻良等，主要刊登特写、小说、诗、剧本及文艺论文。1941年9月出至第7集第1、2期合刊后终刊。

10月 埃德加·斯诺的游记《红星照耀中国》，由伦敦又兰公司出版，中译本改名为《西行漫记》，由上海复社1938年出版。

11月12日 上海沦陷。上海部分文艺工作者进入英法租界继续从事抗战文艺活动，史称“孤岛文学”。

本月 《抗战戏剧》半月刊在武汉创刊，田汉、马彦祥、洪深编辑，刊登剧本、戏剧运动论文。次年7月出至第13期终刊。

12月31日 中华全国戏剧界抗敌协会（简称“剧协”）在汉口成立，张道藩、田汉、阳翰笙、洪深等25人为常务理事，次年2月创办《戏剧新闻》。

1938年

1月1日 《抗到底》半月刊在武汉创刊（第15期后迁重庆），老向（王向辰）编辑，主要撰稿人有冯玉祥、老舍、赵望云、苏子涵、贾午、亦五等，偏重通俗文艺的倡导和创作。1939年11月20日出至第26期停刊。

1月11日 《新华日报》在武汉创刊（后迁往重庆），潘梓年任社长，华岗、吴克坚、章汉夫、熊复先后主编。1947 年 2 月 28 日停刊。

1 月 29 日　中华全国电影界抗敌协会在武汉成立(后迁至重庆),夏衍、田汉、阳翰笙、蔡楚生、洪深、史东山、袁牧之、沈西苓、赵丹、应云卫等 71 人为理事。

1 月　报告文学作品丛刊"抗战中的中国",由汉口华中国书公司出版,到 1941 年 4 月,收洪深、阳翰笙、马彦祥、陈白尘等人作品 7 部。

本月　郭沫若的诗集《战声集》,由广州战时出版社出版;阳翰笙的剧作《李秀成之死》,由汉口华中图书公司出版。

3 月 27 日　中华全国文艺界抗敌协会(简称"文协")在汉口成立,同年 8 月迁至重庆,在上海、昆明、桂林、广州、香港、延安等地先后建立分会,1945 年 10 月 14 日改名为"中华全国文艺界协会"。

本月　朱作同和梅益主编的报告文学集《上海一日》,由上海华美出版公司出版。

4 月 1 日　国民政府军事委员会政治部第三厅在武汉成立,郭沫若任厅长。

4 月 16 日　《文艺阵地》创刊,茅盾、楼适夷主编,先后在广州(香港)、重庆出版,主要撰稿人有老舍、以群、楼适夷、刘白羽、曹靖华、沙汀、聂绀弩、艾芜、巴人、舒群等。出至第 7 卷第 4 期停刊。

本日　张天翼的短篇小说《华威先生》,发表于《文艺阵地》创刊号上。由此引发"暴露与讽刺"问题论争。

4 月　老舍的文论集《老牛破车》,由上海人间书屋出版;刘白羽的通讯报告《游击中国》,由上海杂志公司出版。

5 月 4 日　《抗战文艺》在武汉创刊(后迁往重庆),为"文协"会刊,老舍、夏衍、田汉、孔罗荪等 33 人为编委,主要撰稿人有郭沫若、茅盾、郁达夫、叶圣陶、老舍、巴金等。1946 年 5 月出至第 10 卷第 6 期停刊。

5 月 14 日　茅盾、郁达夫、老舍、冯乃超、胡风、丁玲、夏衍、胡秋原、王平陵、郑伯奇等 18 人联名发表《给周作人的一封公开信》。

5 月　艾青的长诗《向太阳》,发表于《七月》第 3 集第 2 期上。

本月　"战地报告丛刊"由汉口上海杂志公司出版,到 7 月,收碧野、田涛、姚雪垠、李辉英等人的报告文学 10 部。

6 月 15 日　鲁迅先生纪念委员会编纂的《鲁迅全集》(共 20 卷),由上海复社出版发行。

7 月　胡风的文论集《密云期风习小纪》(又名《看云人手记》),由上海海燕书店出版。

8月7日 陕甘宁边区文协、延安战歌社和西北战地服务团等团体联合发表《街头诗运动宣言》，并在延安举行第一次"街头诗运动日"。

8月20日 《战歌》诗刊在昆明创刊，雷石榆、罗铁鹰主编，昆明救亡诗歌社编辑，"文协"昆明分会出版，刊登诗论、诗评和创作、翻译作品。1941年1月出至第2卷第3期停刊。

9月11日 陕甘宁边区文艺界抗敌联合会在延安成立，丁玲、田间、成仿吾、任白戈、沙汀、周扬、柯仲平、刘白羽等任执行委员。1939年5月改为"文协"延安分会。

10月 毛泽东发表《中国共产党在民族战争中的地位》，提出"民族形式"问题。1939年至1940年间，文艺界开展了文艺民族形式问题的讨论。

12月1日 梁实秋接任《中央日报》副刊《平明》主编，发表《编者的话》，提倡写"与抗战无关的材料"。由此，引起了一场"与抗战无关"的论争。

12月 香港青年戏剧协会成立。该社与在港的中国旅行剧团、中华艺术协会戏剧组、上海海关救亡长征团等社团举办大规模演出活动，使香港"开遍许多戏剧之花"。

1939年

1月11日 《鲁迅风》周刊（后改为半月刊）在上海创刊，中国文化服务社出版，冯梦云、王任叔、文载道（金性尧）等先后编辑，主要撰稿人有景宋、唐弢、锡金、柯灵等。

2月 《笔阵》在成都创刊，为"文协"成都分会机关刊物，李劼人、邓均吾、罗念生、毛一波、曹葆华、任钧、周文、萧军、叶圣陶、陈翔鹤等为编委，主要刊登小说、诗歌、文论。1944年5月5日出至第30期终刊。

3月 洛蚀文编的《抗战文艺论集》，由上海文缘出版社出版。

4月15日 《戏剧岗位》月刊在重庆创刊，熊佛西主编，刘念渠、王小函等参与编辑，华中图书公司发行，刊登戏剧理论、剧作和评介文章。1942年5月出至第3卷第6期停刊。

本月 "现代戏剧丛书"由上海戏剧出版社出版，到1941年7月，收田汉、于伶、阿英、夏衍、欧阳予倩等人的剧作10部。

6月14日 作家战地访问团在重庆成立（"文协"组织），王礼锡任团长、宋之的任副团长，以群、方殷、李辉英、杨骚、罗烽、白朗、杨朔、葛一虹等13人组成。

9月 《中国文艺》在北平（北京）创刊，张切深、张铁笙、林榕先后任主编，主要撰稿人有周作人、张我军、闻国新、毕基初、袁犀、石雨、寒流、关永吉、吴兴华等。该刊发表创作和翻译作品、文论和作家论，辟出"满洲作家特辑"，并介绍国统区、解放区、沦陷区及外国文艺动态。1943 年 11 月停刊。

10 月 1 日　《文艺新闻》在上海创刊，蒋锡金主编，主要报导上海孤岛文艺动态。1940 年 2 月出至第 11 期停刊。

10 月 19 日　香港《大公报·文艺副刊》为纪念鲁迅逝世 3 周年，邀请香港文艺界人士许地山、刘思慕、宋钰、黄文俞、郁文等 21 人参加座谈会，发起讨论“民族文艺的内容与技术问题”。之后又连发 5 次专刊，讨论民族形式问题。

本月《艺术与生活》创刊于北平，袁笑星主编。先后推出“新诗特辑”、“海外小说特辑”、“女子创作特辑”、“农村创作三部曲”、“散文之辑”、“艺术与生活之辑”、“世界艺坛介绍之辑”、“色情文学争论特辑”，等等。1944 年 6 月停刊。

12 月 1 日　《浅草》在上海创刊，系《大美晚报》文艺副刊，柯灵主编，主要撰稿人有夏衍、于伶、王统照、王任叔、丰子恺、李健吾、许广平、楼适夷、唐弢、钟望阳等。1940 年 4 月 26 日停刊。

12 月 4 日　台湾文艺协会在台北成立，由在台的日本作家西川满、滨田隼雄、北原政吉等人及台湾作家郭水谭、黄得时、张文环、吴新荣、杨云萍、龙瑛宗等人组成，标榜艺术至上主义。

本年　“七月文丛”由胡风主编，上海海燕书店和桂林远方书店先后出版，到 1949 年 12 月，收文艺论著和作品 17 种。

本年　“七月诗丛”由胡风主编，到 1951 年 1 月，收诗集 19 种，共两辑。第一辑由上海希望社和桂林南天出版社出版，收诗集 13 部；第二辑由泥土社出版，收诗集 6 种。

1940 年

1 月 1 日　《文艺台湾》日文双月刊(后改为月刊)在台北创刊，系台湾文艺家协会机关刊物，西川满主编，赫公孝彦、池田母毓雄、邱炳南、黄得时、中山侑、龙瑛宗等任编委，初期标榜“文艺至上”，1942 年后强调有深厚殖民主义政治色彩的“文艺奉公”。1945 年停刊，共出 60 余期。

1 月 4 日　陕甘宁边区文化协会召开第一次代表大会。毛泽东在会上作《新民主主义政治与新民主主义文化》的报告。

1 月 15 日　《文学月报》在重庆创刊，罗荪编辑，主要撰稿人有欧阳山、戈宝权、宋之的、葛一虹、张天翼等，注重文学理论、批评、创作和译介。1941 年 12 月出至第 3 卷第 2、3 期合刊后停刊，共出 15 期。

3 月 24 日　向林冰的文章《论“民族形式”的中心源泉》，发表于《大公报》(重庆)

上。由此引起“民族形式中心源泉”问题的讨论。

4月1日 《战国策》综合性半月刊在昆明创刊，陈铨、林同济、雷海宗等创办，1941年12月3日又在《大公报》（重庆）辟《战国》副刊。以两刊为阵地，形成“战国策派”。

4月25日 《现代文艺》月刊在福建永安创刊，王西彦、靳以编辑，改进社出版，主要撰稿人还有葛琴、唐弢、司马文森、巴金、臧克家、张天翼等。1942年12月出至第6卷第3期停刊，共出33期。

6月20日 戏剧的民族形式问题讨论会在重庆举行，田汉主持，阳翰笙、葛一虹、黄芝冈、光未然、史东山、陈白尘、章泯、吴作人等出席。

6月 林语堂著、白林译的长篇小说《瞬息京华》，由北京东风书店出版；陈铨的剧作《蓝蝴蝶》，由长沙商务印书馆出版。

8月20日 《野草》月刊在桂林创刊，夏衍、孟超、秦似、聂绀弩、宋云彬编辑，多发表评论和杂文。1943年6月出至第5卷第5号休刊；1946年10月在上海复刊，1948年8月出至新第11号停刊。

9月 “第三厅”被撤销，文化工作委员会成立，郭沫若任该会主任委员。

10月1日 《小说月报》在上海创刊，联华广告图书公司出版，顾冷观、陆守伦、丁景唐等编辑，主要撰稿人有包天笑、张恨水、程小青、胡山源、徐卓吾、鲁思、李子华等。1944年11月出至第45期停刊。

10月 曹禺的剧作《蜕变》，由长沙商务印书馆出版；王任叔的论著《论鲁迅的杂文》，由上海远东书店出版；梅娘的短篇小说集《第二代》，由长春文丛刊行会出版。

11月1日 《戏剧春秋》月刊在桂林创刊，白虹书店出版，田汉主编，欧阳予倩、夏衍、杜宣、许之乔编辑。1942年10月出至第2卷第4期停刊，共出10期。

11月23日 《抗战文艺》编委会举办“一九四一年文学趋向的展望”座谈会，郭沫若、王平陵、田汉、黄芝冈、叶以群、姚蓬子、艾青、老舍、宋之的、阳翰笙、冯乃超、欧阳山、罗荪、葛一虹等14人与会。

本年 卞之琳的诗集《慰劳信集》，由昆明明日社出版；袁水拍的诗集《人民》，由新民社出版；曹葆华、天蓝、周扬译的《马克思、恩格斯、列宁论艺术》在延安出版。

本年 “现代文艺丛刊”由福建永安改进社出版，共五辑，收艾芜、聂绀弩、王西彦等人的创作和翻译作品20余种。

1941年

1月15日 延安鲁迅研究会在延安文化俱乐部举行成立会，决定编辑出版《鲁迅研究丛刊》,计划每年一册。

2月10日 “文工会”主办《新蜀报》副刊“七天文艺”创刊,为理论、批评、介绍的综合性副刊。

本月 国民政府军事委员会政治部成立戏剧指导委员会,主任张治中,副主任郭沫若。目的是指导该部所属剧团、剧社及演剧队,推动剧运。

3月20日 《抗战文艺》第7卷第2、3期合刊出“关于小说人物描写的意见”特辑。刊有巴金、茅盾、以群、老舍、胡风等的文章。

3月25日 李平心的《论鲁迅的思想》,由上海长风书店出版。1947年改名《人民文豪鲁迅》,由心声阁印行出版。

4月8日 《华商报》在香港创刊。夏衍、范长江、邹韬奋、廖沫沙、胡仲持等主持编务工作。该报副刊《灯塔》多发表杂文和散文。

27日 “文工会”在重庆抗建堂举行文艺讲演会。老舍主讲小说创作方法、郭沫若主讲诗歌的创作、孙伏园主讲散文的创作。

5月1日 《华北文艺》创刊,华北文艺社编辑,蒋弼主编,共出6期,同年10月终刊。

16日 《解放日报》在延安创刊,博古(秦邦宪)任社长。

17日 《大众生活》新一号在香港出版,主编邹韬奋,千家驹、茅盾、胡绳等任编委。

本月 胡风编的《民族形式讨论集》由华中图书公司印行,收有郭沫若、茅盾、周扬、以群、胡风、艾思奇、何其芳、向林冰、葛一虹等人的有关文章。

6月1日 《时代文艺》创刊于香港,周鲸文、端木蕻良主编。先后发表以群、刘白羽、艾芜、萧红、端木蕻良、胡绳等的作品或文论。

7月5日 《西北文艺》创刊,文协晋西分会主编。第1卷为月刊,第2卷改出季刊,1942年6月15日停刊。

11日 郭沫若、茅盾、老舍等264人联名致苏联科学院会员书,响应他们向全世界文化界发出的“反对文化与科学最恶毒的敌人——法西斯强盗”的呼号,表示中国文化、文艺工作者将“更其奋发,更坚决地加强我们的斗争,更紧密的同苏联全体人民携起手来,扑灭我们共同的敌人”。

17日 周扬的文章《文学与生活漫谈》,开始连载于《解放日报》。

8月15日 《文化杂志》在桂林创刊,由邵荃麟主编,该刊出至第16期停刊。

9月1日 《笔谈》半月刊在香港创刊,茅盾编辑。主要撰稿人有郭沫若、胡风、叶以群等。出至第7期终刊。

12日 《解放日报》文艺栏召开座谈会，诗人、作家、文艺理论家等数十人参加。会上一致主张加强文艺界的团结，发扬民主作风，建立创作批评，提高文艺理论水平和创作水平，以及在文艺战线上开展反形式主义与反主观主义的斗争。

15日 《文艺生活》月刊在桂林创刊，司马文森编辑。该刊出至第3卷第18期停刊。1946年1月复刊，1948年1月迁香港出版。

16日 《解放日报》副刊《文艺》创刊，丁玲、舒群先后任主编。出至第111期停刊。

16日 郭沫若在重庆作《今天创作底道路》，对“暴露与讽刺”、“与抗战无关”论等问题发表个人见解。此文在桂林出版的《创作月刊》和成都出版的《笔阵》先后发表。

本月 艾青的诗歌理论专著《诗论》，由桂林三户图书社印行。

10月5日 新中国剧社在桂林成立，田汉任名誉社长，杜宣任社长。该社公演《大地回春》等多种剧目。

10日 中华剧社召开成立大会，该社由原中央电影制片厂、中央电影乐团、中国青年剧社等单位的电影戏剧工作者为骨干组成。先后在重庆、成都等地演出《屈原》、《天国春秋》、《大地回春》、《法西斯细菌》、《南冠草》等剧。

本月 茅盾的长篇小说《腐蚀》，由华夏书店出版。

11月15日 《谷雨》文艺月刊在延安创刊，编委会有艾青、丁玲、舒群、萧军等人，共出6期。

26日 郭沫若的历史剧《棠棣之花》，在重庆抗建堂首次演出。

18日 日军攻占香港。茅盾等进步作家在东江游击队的帮助下转移至桂林。

1942年

1月15日 《文艺杂志》在桂林创刊，由王鲁彦编辑，从第1卷第5期起，由王西彦、端木蕻良接编，第3卷第3期停刊。1945年5月复刊于重庆，由邵荃麟编辑。

20日 张天翼的长篇小说《金鸭帝国》，连载于《文艺杂志》第1卷第1期至6期、第2卷第1期至6期上。

2月2日 《国民公报》副刊《诗垦地》创刊，主要诗作者有邹荻帆、绿原、冀汸、谷风等。翌年5月29日停刊，共出25期。

16日 《文聚》半月刊在昆明创刊，林元和马儿俄编辑，西南联大文聚社出版。主要撰稿人有朱自清、李广田、方敬、卞之琳等。

2月17日　王实味的文章《政治家·艺术家》，发表于《谷雨》第1卷第4期。

3月9日　丁玲的《"三八"节有感》，发表于《解放日报》副刊《文艺》。

13日　王实味的《野百合花》，连载于《解放日报》副刊《文艺》第1～2期和23日副刊第106期。

4月14日　《解放日报》刊登列宁的文章《党的组织和党的文学》。

4月16日　周扬的文章《唯物主义的美学——介绍车尔尼雪夫斯基的〈美学〉》，发表于《解放日报》上。

本月　卞之琳的《十年诗草》，由明日社印行；冯至的诗集《十四行集》，由桂林明社出版；老舍的长诗《剑北篇》，由文艺资助金管委会印行出版。

5月2日～23日　延安文艺座谈会召开。毛泽东在会上作了两次讲话。

6月20日　《文学修养》月刊在重庆创刊，由青年写作指导会编辑，该刊宗旨为：指导青年写作，选拔青年作家。

25　《文学报》在桂林创刊，孙陵编辑发行。多刊小说、散文、诗歌。

9月1日　《文学批评》创刊于桂林，王郁夫编辑。宗旨为文学理论的研究、介绍和批评。

同日　《文化先锋》在重庆创刊，国民党中央文化运动委员会主办，张道藩发行，1948年10月终刊。

同日　戈茅的文章《关于人性问题》，发表于《群众》第7卷第24期上，批判王实味的观点。

15日　《文学创作》月刊在桂林创刊，熊佛西、萧铁主编，出至第3卷第2期停刊。

本月　《解放日报》刊出批判王实味的专页，发表有范文澜的文章《论王实味同志的思想意识》、伯钊的文章《继〈读"野百合花"〉有感之后》、陈道的文章《"艺术家"的"野百合花"》。13日至18日，延安文艺界召开座谈会，批判王实味，通过三项提案和关于王实味的三点决议。会议结束后，"文抗"理事会决定接受文艺界座谈会的提议，开除王实味的会籍。

9月9日　《青年文艺》在桂林创刊，葛琴主编，出至第1卷第6期终刊。

本月　《人世间》在桂林创刊，凤子编辑，1944年停刊，1947年3月在上海复刊。

本月　梁实秋《"关于"文艺政策》一文，发表于《文化先锋》第1卷第8期上。

本月　沈从文的文章《文艺运动的重造》，发表于《文艺先锋》第1卷第2期上。

11月30日　《东方文化》第1卷第6期出"确立东方本位文化特辑"。

同日　《苏联文艺》在上海创刊，罗果夫编辑。

同日　施蛰存的文章《文学之贫困》,发表于《文艺先锋》第 1 卷第 3 期上。

12 月 25 日　白尘的文章《读书随笔——文学的衰亡》,发表于《文艺先锋》第 1 卷第 6 期上,批评施蛰存的文学贫困论。

同日　中国艺术剧社在重庆成立,主要负责人于伶等。该社演出《祖国在呼唤》、《家》、《清明前后》等剧本,1946 年转移到上海,与上海剧艺社合并。

1943 年

1 月 1 日　秧歌剧《兄妹开荒》,由延安鲁艺演出,文艺整风后产生的第一个秧歌剧。

同日　《戏剧月报》在重庆创刊,编委有郁文哉、陈白尘等,次年 4 月停刊,该刊共出 5 期。路翎的中篇小说《饥饿的郭素娥》,在桂林南天出版社印行。

本月　杨华(叶以群)的一组文章《文艺时论之一:关于文艺底民族性》、《文学的商业性和政治性——文艺时论之二》、《文艺时论之三:文艺与真实》、《文艺时论之五:"拿货色来看"和"文学贫困"》、《文学时论之六:文学的"自由"与"统制"》,先后发表于《新华日报》上,或直接或间接批评国民党当局的文艺政策。

3 月 10 日　《天下文章》月刊在重庆创刊,由吴祖熙、周彦、徐昌霖编辑。

4 月 17 日　钟华的文章《略论"文艺时论"》,发表于《中央日报》上,批评发表于《新华日报》的杨华的《文艺时论》。

本月　袁犀的长篇小说《贝壳》,由北平新民印书馆出版;沙汀的长篇小说《淘金记》,由文化生活出版社印行;茅盾的长篇小说《霜叶红于二月花》,由桂林华华书店出版发行。

6 月 30 日　《中原》季刊在重庆创刊,郭沫若主编,主要作者有茅盾、阳翰笙、蔡仪、力扬等。1945 年 10 月终刊。

本月　臧克家的诗集《泥土的歌》,由今日文艺社出版发行。沈从文的论文集《云南看云集》,由国民图书出版社出版。沈起予的长篇报告文学《人性的恢复》,由文艺奖助金管理委员会出版部发行。梅娘的短篇小说集《鱼》,由北平新民印书馆出版。

7 月 7 日　《民族文学》月刊在重庆创刊,由陈铨主编,出至 1944 年 1 月终刊。

10 月　赵树理的短篇小说集《小二黑结婚》,由新华书店出版。

10 月 19 日　毛泽东的《在延安文艺座谈会上的讲话》,发表于《解放日报》上。

11 月 10 日　张爱玲的中篇小说《金锁记》,发表于上海《杂志月刊》第 12 卷第 1 期上。

11日 《戏剧时代》在重庆创刊，洪深、吴祖光等编辑，出至第1卷第6期后停刊。

本月 中共中央宣传部《关于执行党的文艺政策的决定》，发表于《解放日报》上。

12月3日 胡风的长篇论文《现实主义在今天——应(时事新报)1944年元旦增刊征文作》，发表于《时事新报》上。

本月 《文学评论》在桂林创刊，雷破空主编。该刊注重文艺理论的研究，也不忽视文学创作的评价。

1944年

1月1日 《当代文艺》在桂林创刊，熊佛西主编，出至第6期停刊。

同日 毛泽东《在延安文艺座谈会上的讲话》部分内容，发表于《新华日报》副刊上。

4月1日 《青年文艺》在重庆创刊，邵荃麟、葛琴等主编，主要撰稿人与《文艺阵地》相同。共出6期。

8日 周扬的文章《马克思主义与文艺——〈马克思主义与文艺〉序言》，发表于《解放日报》上。

16日 “文协”召开第六届年会。邵力子、茅盾、曹禺等150余人出席。胡风宣读代表文协五位理事起草的文协年会长篇论文《文艺工作底发展及其努力方向》，提出“主观战斗精神”、“人格力量”、“战斗要求”，作为克服文艺不良倾向和实现现实主义的必要条件。

本月 何其芳和刘白羽受中共中央委托到达重庆向国统区文艺工作者传达毛泽东《在延安文艺座谈会上的讲话》，协助中共中央南方局开展文艺整风。

4月 《晋察冀日报》发表题为《贯彻文艺为工农兵服务的方针》的社论。

29日 黄药眠的文章《读了〈文艺工作底发展及其努力方向〉以后》发表于《云南日报》上，对胡风起草的“文协”成立六周年纪念会论文提出异议。

本月 苏青的长篇小说《结婚十年》，由四海出版社出版。

9月 力扬的诗集《我底竖琴》，由诗文学社出版。

10月 《飚》在上海创刊，张信锦编辑，邵光定发行，12月出版第2期后停刊。

本月 艾青的诗集《雪里钻》，由新群出版社出版；臧克家的诗集《十年诗选》，由现代出版社出版。

12月20日 《文学新报》在重庆创刊，萧蔓若编辑，该刊多登载文学创作与文学批评文章。

1945 年

1月18日　周恩来、董必武联名从延安给当时在重庆主持中共中央南方局工作的王若飞发电报《关于大后方文化人整风的问题的意见》，指出：目前，只限于党内文化人整风，检讨的中心应多从目前实际出发，顾及大后方环境。

本月　《希望》月刊在重庆创刊，胡风主编，出至第2集移至上海出版发行。

3月25日　以群以《文哨》编辑部名义主持召开“我们的方向”座谈会，夏衍在发言中首次提出大后方文艺“面向农村”的口号。

4月29日　黄药眠写成论文《论约瑟夫的外套——读了〈希望〉第一期〈论主观〉以后》，批驳舒芜的《论主观》一文的观点。

4月　胡风的评论文集《在混乱里面》，由作家书屋刊行；沙汀的长篇小说《困兽记》，由重庆新地社出版；茅盾的长篇小说《第一阶段的故事》，由重庆亚洲图书社出版。

5月4日　《文哨》月刊在重庆创刊，由以群编辑，出至第1卷第3期后停刊。

本月　何其芳的诗集《夜歌》，由诗文学社出版，为“新文学丛书”之四。

6月　袁犀的短篇小说集《时间》，由北平文昌书店出版。

7月　路翎的长篇小说《财主底儿女们》上卷出版；老舍的长篇小说《骆驼祥子》，由美国布考克公司出版，译名为《黄包车夫》。

本月　《世界文学季刊》创刊于重庆，杨振场、李广田主编。

9月　郭沫若的散文集《波》，由重庆群益出版社出版。

11月14日　重庆《新民报》“晚刊”发表毛泽东《沁园春·雪》。

11月28日　重庆《新华日报》发表剧本《清明前后》与《芳草天涯》两剧的座谈记录。发言者大多赞扬《清明前后》而批评《芳草天涯》，提出大后方文艺所要反对的主要倾向是有害的非政治倾向，并认为《芳草天涯》属非政治倾向的作品。

12月5日　默涵的文章《从何处着眼》，发表于《新华日报》上，认为文学批评标准主要应从政治意义着眼，政治价值是批评作品的第一价值。

本月　柯蓝的中篇小说《洋铁桶的故事》，由冀中新华书店发行。

1946 年

1月6日　《文联》半月刊创刊于上海，茅盾、以群主编。出至第7期停刊。

同日　茅盾的文章《八年来文艺的工作成果及倾向》，发表于《文联》创刊号上。

9日　王戎的文章《“主观精神”和“政治倾向”》，发表于《新华日报》上。

10日 《文艺复兴》月刊创刊于上海，郑振铎、李健吾编辑，出至第4卷第2期停刊。

20日 《文坛》月报创刊于上海，魏金枝主编，同年5月10日出至第3期停刊。

23日 画室的文章《题外的话》，发表于《新华日报》上，就《清明前后》和《芳草天涯》两剧讨论提出的"政治与文艺"关系问题发表意见。

本月 老舍的长篇小说《四世同堂》第一部《惶惑》，由良友复兴图书印刷公司印行。

本月 《新文学》半月刊在上海创刊，孔另境主编。

本月 《中原·文艺杂志·希望·文哨联合特刊》出版。

本月 钱钟书的长篇小说《围城》，连载于《文艺复兴》第1卷第2期至6期、第2卷第1期至2期、第4期至6期上。

本月 《北方文艺》半月刊在张家口创刊，周扬主编。

4月3日 戏剧工作者协会筹备会在重庆举行第一次学术讲演会，郭沫若作《抗战八年来之历史剧》的讲演，阐述抗战历史剧创作概况、起因及作用。

12日 文联社在重庆中苏文化协会举行文艺座谈会，议题为"抗战八年文艺检讨"。艾芜、臧克家、阳翰笙、杨晦分别报告了八年来的小说、诗歌、戏剧及文艺理论状况。阳翰笙对抗战文艺作了充分肯定，但认为抗战文艺作品"是有点右倾的"。之后，郭沫若、邵荃麟在总结抗战文艺成绩的文章中，也持这一观点。

22日 胡风的《民族战争与文艺性格》，由希望社印行。

同日 朱光潜的《我与美学及其他》，由开明书店出版。

5月4日 《抗战文艺》终刊号第10卷第6期出版，刊有老舍的文章《文协的过去与将来》和胡风的文章《关于清算过去》，对"文协"的工作进行总结。

6月阳翰笙、蔡楚生、郑君里等组成华影艺社，并拍摄影片《八千里路云和月》。

同日 延安电影制片厂成立，9月正式开拍《边区劳动英雄》(陈波儿、伊明编剧，瞿强、冯白鲁等导演)。

同月 国泰影业公司成立，并拍摄了《无名氏》(于伶编剧，应云卫导演)、《忆江南》(田汉编剧，应云卫、吴天导演)等影片。

8月 文华影业公司在上海成立，吴性裁独资经营。拍摄影片有《假凤虚凰》、《艳阳天》和儿童影片《春》等。

9月1日 沈从文的文章《一种新的文学观》，发表于《文潮月刊》第1卷第5期上。

24日　中华全国文艺协会港粤分会编辑的《文艺丛刊》在香港出版。

本月　《东北文艺》创刊于哈尔滨，由东北文艺编辑会编辑。

本月　孙犁的短篇小说集《荷花淀》，由东北书店发行。

本月　东北电影制片厂成立，袁牧之任厂长，拍摄了《桥》、《光芒万丈》等八部影片。

11月3日　沈从文的文章《从现实学习》，发表于上海《大公报·星期文艺》上。

本月　老舍的长篇小说《四世同堂》第2部《偷生》，由晨光出版公司印行。

本月　文艺界开展对"纯正文艺论"、"中间路线"文艺的批判。

本月　陈白尘的讽刺喜剧《升官图》，由重庆群益书店出版。

本月　台湾作家吴浊流的长篇小说《胡太明》(后改名《亚细亚的孤儿》)出版。

1947年

1月1日　艾青的诗集《反法西斯》，由读书出版社出版。田间的诗集《给战斗者》，由上海希望社出版。老舍的长篇小说《我这一辈子》，由惠群出版社出版。予且的长篇小说《心底曲》，由中央书店出版。

2月25日　《新诗歌》在上海创刊，薛汕、李凌、沙鸥编辑，同年6月出至第5期停刊。

本月　苏青的长篇小说《续结婚十年》，由四海出版社出版。

4月　臧克家的诗集《生命的零度》，由新群出版社出版。艾芜的长篇小说《故乡》，由上海自强出版社出版。唐弢的杂文集《短长书》，由南国出版社出版。萧乾的报告文学集《人生采访》，由文化生活出版社出版。

5月5日　上海《大公报》发表社评《中国文艺往哪里走》。

本月　《文化报》在哈尔滨创刊，萧军主编。

7月　柳青的长篇小说《种谷记》，由大连光华书店发行。

10月　《中国作家》在上海创刊，中华全国文艺协会主编，共出3期。

本月　黄谷柳的长篇小说《虾球传》，连载于《华商报》上。

1948年

1月8日　上海《大公报》发表社评《自由主义者的信念》。

本月　阮章竞编剧、梁寒冰作曲的大型歌剧《赤叶河》，由太行新华书店印行。

2月　戴望舒的诗集《灾难的岁月》，由上海星群出版社出版。

3月29日　《白毛女》在香港演出，引起轰动效应。

3月　《大众文艺丛刊》在香港创刊，邵荃麟编辑。

7月1日　《小说》在香港创刊，编委有茅盾、巴人、葛琴、孟超等。

本月　《文学战线》在哈尔滨创刊，东北文协编辑。

8月　东北文艺界发起对萧军批判。宋之的、金人主编的《生活报》首发其难。刘芝明发表《关于萧军及其〈文化报〉所犯错误的批评》。后中共中央东北局作出《加强党对文艺工作的领导》的决定，撤销了萧军《文化报》编辑等职务。

本月　艾青的诗集《黎明的通知》，由文化供应社发行。

本月　丁玲的长篇小说《太阳照在桑干河上》，由光华书店出版。

9月　老舍的短篇小说集《月芽集》，由晨光公司出版；草明的长篇小说《原动力》，由哈尔滨东北书店发行。

10月　上海《文汇报》在香港复刊，副刊《新文学》，茅盾主编。

12月　周立波的长篇小说《暴风骤雨》，由东北书店发行。

1949年

4月　中国人民解放军北京市军管会接管原中央电影企业公司第三厂，并成立北京电影制片厂。

本月　欧阳山的长篇小说《高干大》，由北京新华书店发行；孔厥、袁静的长篇小说《新儿女英雄传》连载于《人民日报》上；王大化等的歌剧《兄妹开荒》，由新华书店出版。

7月2日～6日　中华文学艺术工作者全国代表大会开幕，朱德代表中共中央致辞；郭沫若作题为《为建设新中国的人民文艺而奋斗》的报告；茅盾作专题报告《在反动派压迫下斗争与发展的革命文艺》；周扬作《新的人民的文艺》专题报告；周恩来作《政治报告》。

7月9日　中华全国文学界联合会正式成立，并于本月23日召开第一次全体会议，选举郭沫若为主席，茅盾、周扬为副主席。

24日　中国全国文学工作者协会正式成立，茅盾任主席，丁玲、柯仲平任副主席。

27日　《人民日报》发表毛泽东的题词"推陈出新"。

8月22日　上海《文汇报》开始发表文章讨论小资产阶级人物可否作文艺作品主角的问题。

8月25日　《人民文学》创刊，茅盾任主编，艾青任副主编。

10月1日　中华人民共和国在北京成立。

1950 年

2 月 29 日　中国民间文艺研究会在北京成立，郭沫若任理事长，老舍等任副理事长。

4 月 1 日　《人民戏剧》创刊，全国剧协编辑。

8 月 10 日　文化部和全国文联筹办文学研究会，丁玲、张天翼、沙可夫等 12 人组成筹委会。

9 月 10 日　《北京文艺》创刊，老舍任主编。

11 月 27 日　文化部主持召开全国戏曲工作会议在京开幕。周恩来接见代表时指出，要以歌颂人民、反映人民真实生活的戏曲报答人民。这次会议着重批判了戏曲工作中的反历史主义的倾向。

12 月　《武训传》拍摄完毕，开始在北京、上海放映。

1951 年

2 月 26 日　《人民日报》、《光明日报》开始发表文章，批评电影《武训传》。

4 月 3 日　中国戏曲研究院成立。毛泽东题词"百花齐放，推陈出新"。周恩来题词"重视与改造、团结与教育，二者不可缺一"。

5 月 16 日　《人民日报》转载《文艺报》第 4 卷第 1 期至 2 期上有关批判电影《武训传》的文章，并加编者按，号召对该片做进一步的深入讨论。随后，又发表社论《应当重视电影〈武训传〉的讨论》，随即，全国展开了对电影《武训传》的群众性批判运动。

6 月 15 日　《解放军文艺》创刊。

本月　《人民日报》和《文艺报》发表批判萧也牧创作倾向的文章和读者来信。

7 月 14 日　第六届国际电影比赛会开幕，中国影片《钢铁战士》获"和平奖"，《白毛女》获"特别荣誉奖"，《新儿女英雄传》导演史东山获"特别荣誉奖"。

9 月　《新华日报》发表综述稿《对于〈关连长〉的批评》、《对〈吴一颂〉和〈生活与创作〉的批评》。

11 月 24 日　北京市文艺界召开整风学习动员大会，胡乔木、周扬分别作《文艺工作者为什么要改造思想》、《整顿文艺思想，改进领导工作》的讲话；丁玲作《为提高我们的刊物的思想性、战斗性而斗争》的讲话。全国文艺界的整风学习陆续展开。

1952 年

1 月 20 日　《剧本》月刊创刊，中国文化部艺术事业管理局、中华全国戏剧工作者协会编辑。

3月10日　《文艺报》第5号发表社论《对资产阶级展开思想斗争是革命的迫切任务》,同时刊载一组批评上海文艺界存在的资产阶级倾向的文章。

15日　苏联各报发表苏联部长会议关于以斯大林资金授予1951年文学艺术方面有卓越成绩者的决定。中国作家作品获奖的有:丁玲的小说《太阳照在桑干河上》(二等奖)、贺敬之与丁毅的歌剧《白毛女》(二等奖)、周立波的《暴风骤雨》(三等奖)。

5月10日　《文艺报》第9号至16号展开"关于塑造新英雄人物形象的讨论",先后发表文章26篇。探讨塑造英雄人物形象的问题,同时对文艺创作中公式化、概念化提出批评。

6月8日　《人民日报》转载舒芜发表于《长江日报》的《从头学习〈在延安文艺座谈会上的讲话〉》一文。文中检讨了他在《论主观》一文中所持的观点。

12月　全国文协召开"胡风文艺思想讨论会"。《文艺报》次年第2～3号分别刊登了林默涵、何其芳在会上的发言《胡风的反马克思主义的文艺思想》、《现实主义的路,还是反现实主义的路》。

1953年

1月10日　《文艺报》第1号发表社论《克服文艺落后现象,高度地反映伟大的现实》,号召全国文艺工作者深入生活,加强学习,掌握社会主义现实主义的创作方法,创造出高度反映现实的作品。

10月6日　第二次文代会闭幕。全国文联定名为中华全国文学艺术界联合会。主席郭沫若,副主席茅盾、周扬;全国文协改名为中国作家协会,主席茅盾,副主席周扬、丁玲等。

本年　"现代诗社"在台湾成立,纪弦(路易士)等负责,创办《现代诗》杂志。

1954年

3月24日　文化部召开第四次全国文化工作会议,指出:文艺创作落后于现实,有放松思想领导的现象;对新的作家作品缺乏应有的支持,对旧的有毒素的思想缺乏警惕和斗争;对待民族艺术传统往往产生"左"或"右"的倾向等等。

5月3日　中国人民对外文化协会成立,楚图南任会长,丁西林、阳翰笙、洪深为副会长。

6月30日　侯金镜的文章《评路翎的三篇小说》,发表于《文汇报》第12号上。对

《洼地上的"战役"》、《战士的心》等提出了批评。

7月28日 第八届国际电影节在捷克斯洛伐克卡罗维罗利闭幕。中国影片《智取华山》、《梁山泊与祝英台》获剧本奖。

本月 胡风向党中央提出关于文艺问题的30万字的"意见书"。

9月 李希凡和蓝翎的文章《关于〈红楼梦简论〉及其他》发表于《文艺报》上(原载《文史哲》),由此开始,全国展开对《红楼梦》研究中的资产阶级立场、观点、方法的批判,同时展开了对胡适"唯心主义"的批判。

本月 "蓝星诗社"、"创世纪诗社"在台湾成立。

10月31日~12月8日 全国文联和作协主席团先后召开第八次联席扩大会议,就《红楼梦》研究中的资产阶级唯心主义倾向、《文艺报》在此问题上的错误问题作了结论,并作出《关于〈文艺报〉的决议》,改组《文艺报》编辑部。周扬在会上作《我们必须战斗》的报告。

1955年

4月1日 郭沫若的文章《反社会主义的胡风纲领》,发表于《人民日报》上。

4月11日 《人民日报》发表社论《展开对资产阶级唯心主义的批判》。

5月13日 《人民日报》公布胡风等人的第一批材料及舒芜的《关于胡风反党集团的一些材料》,并发表胡风的《我的自我批判》。随后,中国文联和中国作协主席团举行联席扩大会议,讨论胡风问题,并通过决议,开除胡风中国作协会籍,撤销其所担任的中国作协理事、《人民文学》编委及文联全国委员会中的职务。

12月 中宣部召集关于"丁、陈事件"报告会。

1956年

2月15日 《文艺报》第8号发表张光年、林默涵等的文章,并加编者按,就典型问题展开讨论。

5月 毛泽东在最高国务会议上的讲话中提出"百花齐放,百家争鸣"的方针。

1957年

1月25日 《诗刊》创刊,刊载了毛泽东的《致臧克家等同志的一封信》,并发表了《沁园春·长沙》等18首诗词。

9月1日 《人民日报》发表社论《为保卫社会主义文艺路线而斗争》。

10月　《文艺报》、《文艺学习》开始批判“写真实”论。

本月　吴强的长篇小说《红日》，由北京中国青年出版社出版。曲波的长篇小说《林海雪原》，由人民文学出版社出版。老舍的剧本《茶馆》，由人民文学出版社出版。

1958年

1月11日　茅盾的《夜读偶记——关于社会主义现实主义及其他》，开始连载于《文艺报》上。后结集由百花文艺出版社于同年5月出版。

本月　《文艺报》第2期转载经毛泽东修改的《再批判》专栏按语，指出要对王实味及丁玲延安时期写的《野百合花》、《“三八”节有感》进行再批判。

本月　杨沫的长篇小说《青春之歌》与冯德英的长篇小说《苦菜花》，分别由作家出版社和解放军文艺出版社出版。

4月8日　中国作协召开文学评论工作会议，指出：当前评论工作的根本任务应该是促进社会主义文艺迅速和健康发展，对各种反社会主义的文艺思想倾向继续进行批判。

5月　毛泽东在中国共产党第八次全国代表大会第二次会议上的讲话中，主张文学艺术创作应采用“革命现实主义与革命浪漫主义相结合的创作方法”。

本月　梁斌的长篇小说《红旗谱》，由中国青年出版社出版。

6月　何其芳的文章《关于新诗的“百花齐放”问题》、郭小川的文章《诗歌向何处去》、卞之琳的文章《关于新诗发展问题》，发表于《处女地》上。

1959年

3月11日　《文艺报》第7期辟《文艺作品如何反映人民内部矛盾》专栏，讨论赵树理的《锻炼锻炼》。

5月3日　周恩来邀请八大代表和政协委员中部分文艺界代表及在京部分文艺工作者，举行座谈会，在会上作《关于文学艺术工作两条腿走路的问题》的讲话。

6月16日　吴晗的文章《海瑞骂皇帝》，发表于《人民日报》上。

6月～7月周扬、林默涵、邵荃麟等在北戴河开会，讨论改进文艺工作的方案，提出“文艺10条”。

7月　白先勇、王文兴、陈若曦、欧阳子等在台湾成立“现代文学社”，形成现代文学派。

1960 年

《文艺报》等一些报刊发表评论《创业史》的文章，对梁生宝形象给予肯定，对梁三老汉较少提及。

1961 年

由罗广斌、杨益言合著的长篇小说《红岩》，由中国青年作家出版社出版。

1962 年

5 月 23 日 《人民日报》发表《为最广大人民群众服务》的社论。

8 月 2 日～16 日 中国作协在大连召开"农村题材短篇小说创作座谈会"，邵荃麟提出"写中间人物"和"现实主义深化"的主张。

本年 周谷城的文章《艺术创作的历史地位》，发表于《新建设》上，表明他对"时代精神"的看法，即认为在阶级社会里，不同阶级相互对立的"各种思想意识，汇合而成为当时的时代精神"，并广泛流行于社会。次年，陆续有文章作出或褒或贬的呼应。其中有：金为民的文章《关于时代精神的几点疑问》，发表于《光明日报》上；姚文元的文章《略论时代精神》，发表于《光明日报》上。

1963 年

12 月 人民文学出版社出版了《毛主席诗词》，收有毛泽东的 37 首诗词。

本年 郭小川的诗集《甘蔗林——青纱帐》，由北京作家出版社出版；沈西蒙等的《霓虹灯下的哨兵》，由中国戏剧出版社出版。

1964 年

本年 《台湾文艺》在台湾创刊，吴浊流创办。

7 月 在京剧现代戏观摩演出大会的总结会上，康生诬称影片《早春二月》、《舞台姐妹》等为大毒草。随后，毛泽东在中宣部一请示报告上作批示，认为还有其他影片均需批判。全国迅速展开对上述影片的批判运动。

1965 年

11 月 姚文元的文章《评新编历史剧〈海瑞罢官〉》，发表于《文汇报》上。

1966 年

2月 《林彪同志委托江青同志召开的部队文艺工作座谈纪要》问世。

5月4日 中共中央政治局扩大会议在北京举行，16日 通过《中国共产党中央委员会通知》，决定在全国开展“文化大革命”。

25日 北京大学聂元梓等贴出第一张大字报。

本年 《文学季刊》在台湾创刊。

1967 年

4月1日 戚本禹发表《爱国主义，还是卖国主义？——评反动影片〈清宫秘史〉》。从此，报刊上陆续发表文章，不点名地攻击刘少奇。

5月8日 《人民日报》、《红旗》杂志发表经中共中央政治局常委扩大会议讨论通过的编辑部文章《“修养”的要害是背叛无产阶级专政》。

11月6日 《人民日报》、《红旗》杂志、《解放军报》发表编辑部文章《沿着十月社会主义革命开辟的道路前进》。

1968 年

10月5日 《人民日报》在编者按中发表毛泽东关于“广大干部下放劳动”的号召，各地普遍开办“五·七干校”。

1971 年

4月 白先勇的短篇小说集《台北人》在台北晨钟出版社出版；聂华苓的长篇小说《桑青与桃红》在台湾《联合报》连载。

6月 “主流诗社”在台北成立，并创办《主流诗刊》。

1972 年

2月 长篇小说《虹南作战史》，由上海人民出版社出版，被认为是实现“三突出”原则的经典之作。

1973 年

7月～8月 台湾《龙族评论专号》出版，《文季》创刊，从而引发自1972年秋开始的对现代主义文学的集中讨论。

1974 年

2 月 28 日 《人民日报》发表初澜的文章《评晋剧〈三上桃峰〉》，批判文艺界“回潮”。同时，江青指认《园丁之歌》是修正主义教育路线老调重弹。

本年 余光中的诗集《白玉苦瓜》在台湾大地出版社出版，并引起轰动。

1975 年

8 月 31 日 《人民日报》发表短评《重视对〈水浒〉的评论》。

1976 年

1 月 在毛泽东、周恩来的关心支持下，《诗刊》、《人民文学》、《人民戏剧》等一批文艺刊物相继复刊。

4 月 5 日 北京数十万市民自发在天安门前举行悼念周恩来逝世的诗文朗诵活动。此称“四五”诗歌运动。

11 月 《人民文学》编辑部召开短篇小说创作座谈会，就保证作家创作个性和个人爱好、做到题材风格多样化等问题进行讨论。

1977 年

8 月 17 日 彭歌的长文《不谈人性，何有文学》，发表在台湾《联合报》上，对乡土文学进行批评。此后台湾各大报刊相继发表对乡土文学进行批评的文章，黄春明、王拓、陈映真等乡土派作家著文反驳。

8 月 29 日 台湾第二次全岛性的文艺大会在台北召开，会议的中心议题是讨论如何对待正在勃兴的乡土文学。

11 月 20 日 《人民日报》编辑部邀请文艺界人士召开座谈会，就批判“文艺黑线”专政论和文艺界拨乱反正等问题进行讨论。

11 月 《人民文学》11 月号发表刘心武的短篇小说《班主任》。

1978 年

1 月 徐迟的报告文学《哥德巴赫猜想》在《人民文学》上发表，全国各大报刊纷纷转载。《诗刊》发表《毛主席给陈毅同志谈诗的一封信》。

5月27日　中国文联第三届委员会第三次扩大会议在京召开，宣布中国文联及下属各协会立即恢复工作。

12月18日～22日　中国共产党十一届三中全会在北京召开。

本年　苏叔阳的剧本《丹心谱》、宗福先的剧本《于无声处》、卢新华的短篇小说《伤痕》、魏巍的长篇小说《东方》等作品相继问世。

1979年

4月　中国作协第一届全国短篇小说奖评选揭晓，刘心武的《班主任》、莫伸的《窗口》等25篇作品获奖。

5月3日　中共中央批转总政的请示报告，决定撤销1966年《林彪同志委托江青同志召开的部队文艺工作座谈会纪要》。

9月15日　国际写作中心主持人台湾作家聂华苓举行的华人作家文学交流活动"中国周末"在美国首次进行。中国作家萧乾、毕塑望应邀参加。

10月31日　中国文学艺术工作者第四次全国代表大会在京召开。邓小平致贺词。《人民日报》于11月17日发表评论员文章。

1980年

1月23日　全国剧本创作座谈会在京召开，就《女贼》、《假如我是真的》等有争议的剧本进行探讨。胡耀邦作长篇讲话。

3月　第二届全国优秀短篇小说颁奖会在京举行，茹志鹃的《剪辑错了的故事》、高晓声的《李顺大造屋》等25篇作品获奖。

5月7日　谢冕的文章《在新的崛起面前》发表于《光明日报》上。随后，蓝翎在《人民日报》发表《"看不懂"的断想》一文，对该文提出异议，引发各地报刊就"朦胧诗"问题进行讨论。

30日　第二次全国少年儿童文艺创作授奖会在京举行，叶圣陶、陈伯吹等人的作品获奖。

6月6日～19日　法国森日尔·波利尼亚克基金会主办的中国抗日战争时期文学国际讨论会在巴黎举行，中、英、美、德等国200多人出席会议。

17日～26日　中国当代文学学会首次学术讨论会在广州举行，就17年文艺运动若干问题进行了讨论。

7月8日　《北京晚报》发表刘心武的短评《他在吃蜗牛》，后又刊出陈峻峰的评论

《我失望了》,由此引发对王蒙的小说《风筝飘带》中"意识流"创作手法的争鸣。

12日～18日　中国现代文学研究会首次学术讨论会在包头市举行。

26日　《人民日报》发表社论《文艺为人民服务、为社会主义服务》,提出文艺的"二为"方向。

9月17日　《人民日报》发表傅佑、马秀清的来信《改善党对文艺的领导,把文艺搞活》,同时开辟以此文为题的讨论专栏。

10月15日～23日　第二次全国马列文艺理论学术讨论会在天津南开大学召开,集中就人性、人道主义问题进行讨论。

1981年

3月2日～3日　《文艺报》编辑部在京举行中篇小说创作座谈会,并从第7期起开辟"中篇小说评论特辑"专栏。

10日　《诗刊》第3期发表孙绍振的《新的美学原则在崛起》,第4期发表程代熙对该文的评论文章。4月29日,《人民日报》对孙绍振一文作了简介并选载了程代熙的文章。《诗探索》第6期刊出6篇对孙绍振文章的讨论文章。

24日　1980年第三届全国优秀短篇小说颁奖仪式在京举行,徐怀中的《西线轶事》、李国文的《月食》等30篇作品获奖。

4月20日　《解放军报》发表特约评论员文章,对白桦的剧本《苦恋》进行讨论;次日,《时代的报告》出版增刊,刊出对白桦剧本的评论文章。

5月25日　1977年～1980年全国中篇小说、报告文学、新诗评奖在京揭晓。谌容的《人到中年》等15部中篇小说、徐迟的《哥德巴赫猜想》等30篇报告文学和张万舒的《八万里风云录》等34首新诗获奖。

7月22日　《文艺报》发表王春元的《关于马克思主义的"新人"说》;第14～24期该报就如何塑造社会主义新人形象发文讨论。

11月4日　《人民日报》发表评论员文章《认真讨论一下文艺创作中表现爱情的问题》。

5日　《作品与争鸣》编辑部在京召开爱情题材作品座谈会,就《醉入花丛》、《女儿桥》等作品进行探讨。随后,《人民日报》就此次座谈会综述材料发表《提高社会责任感,正确描写爱情》一文。《光明日报》在"关于文艺创作如何表现爱情问题"的讨论专栏里,发表四篇文章讨论《北极光》等作品。

1982 年

3 月 11 日　《十月》编辑部在京举行“《十月》文学奖”颁奖大会。白峰溪的剧本《明月初照人》等 33 篇作品获奖。

22 日　1981 年第四届全国优秀短篇小说颁奖大会在京举行。赵本夫的《卖驴》、王润滋的《内当家》等 22 篇作品获奖。

4 月 29 日　广东作协、《作品》编辑部联合召开“遇罗锦长篇小说《冬天里的童话》作品座谈会”。《人民日报》、《文艺报》、《解放军报》等报刊也发文参与争鸣。

6 月 7 日　《文艺报》刊登《毛泽东同志给文艺界人士的十五封信》。

10 日～16 日　中国当代文学学会等单位联合在广州暨南大学召开“台湾、香港文学学术讨论会”。

19 日～25 日，中国文联第二次全委会在京举行，通过了《文艺工作者公约八条》。

7 月 5 日～10 日　第 28 届欧洲汉学家大会在英国剑桥召开，唐弢在会上作了题为《中国现代文学从接受外来思潮到建立民族风格》的发言。

8 月 1 日　《上海文学》第 8 期发表刘心武等人评论高行健的《现代小说技巧初探》的文章，从而展开“现代派”的讨论。《文艺报》第 10 期开辟“现代派文学”问题讨论专栏。《读书》、《人民日报》等报刊也发表此类探讨文章。

9 月　从本月起至 11 月，台湾举行“文艺季”活动，先后召开“新诗座谈会”、“传统诗座谈会”、“小说座谈会”等。

12 月 15 日　茅盾文学奖首届授奖大会在京举行。周克芹的《许茂和他的女儿们》、魏巍的《东方》、姚雪垠的《李自成》(第二卷)、莫应丰的《将军吟》、李国文的《冬天里的春天》、古华的《芙蓉镇》等 6 部作品获奖。

1983 年

1 月 7 日　《文艺报》第 1 期继续 1982 年开辟的“现代化与现代派问题”的讨论专栏，着重就徐敬亚的《崛起的诗群》等文的观点展开讨论。

24 日～29 日　《文学评论》、《文艺研究》等在京联合召开新时期文学与人性、人道主义问题的学术讨论会。同年 10 月 7 日　中国社科院文学研究所召开关于人性、人道主义在当前创作中的表现的讨论会，对《离离原上草》、《女俘》等作品展开讨论。

2 月 7 日　《文艺报》发表王元化的文章，对《人啊，人!》、《离离原上草》、《我们这个年纪的梦》等作品进行批评。

3月24日　中国作协举办的第一届全国优秀新诗(诗集)、第二届全国优秀报告文学和中篇小说、第五届全国优秀短篇小说颁奖大会在京举行。艾青的诗集《归来的歌》、鲁光的报告文学《中国姑娘》、李存葆的中篇小说《高山下的花环》、蒋子龙的短篇小说《拜年》等作品获奖。

4月《文学评论》、《作品》等报刊发表文章,讨论如何评价"知青文学"。

6月20日　"《当代》文学奖"评奖揭晓,王安忆的长篇小说《命运交响曲》、焦祖尧的报告文学《心儿向明天》、白桦的诗《壮丽的凋谢》等作品获奖。

7月19日　《人民日报》陆续发表《新时期社会主义文艺的正确纲领》、《人民需要艺术,艺术需要人民》、《加强文艺队伍的团结》等一组评论员文章。

8月21日～23日　京、津等地文联在北戴河联合召开"城市文学理论笔谈会",就"城市文学"有关问题进行探讨。

9月5日～6日　中国作协创作研究室在京举行"当代作家论"写作座谈会。入论的作家有王蒙、张洁、高晓声、汪曾祺、张贤亮、古华、茹志鹃等22位。

11月10日　中国文联召开座谈会,就贯彻中共十一届二中全会精神,抵制和消除精神污染问题进行讨论。

1984年

1月3日　胡乔木在中共中央党校作的题为《关于人道主义和异化问题》的讲话在《理论月刊》第2期上发表。《人民日报》、《红旗》等报刊相继转载。

20日　《人民文学》第1期发表从维熙的中篇小说《雪落黄河静无声》。《文学报》、《作品与争鸣》等报刊就此围绕如何表现知识分子问题展开讨论。

2月17日　台湾《自立晚报》副刊和《台湾文艺》杂志社联合在台北举办"台湾文学讨论会"。

3月19日　中国作协1983年全国优秀短篇小说颁奖大会在京举行,陆文夫的《围墙》、史铁生的《我的遥远的清平湾》等20篇作品获奖。

4月14日～18日　西柏林自由大学汉学家库宾教授等发起的中国当代文学讨论会在西柏林举行,就1979年以来王蒙、张洁、蒋子龙等作家作品进行讨论。

5月15日　《文学评论》发表刘再复的《论人物性格的二重组合原理》一文。《文艺报》第9期起就刘再复的观点开辟"复杂性格"问题讨论专栏。

8月28日　上海文艺出版社为《中国新文学大系》(1927～1937)隆重出版举行会议。

9月2日～8日　中国现代文学研究会在哈尔滨召开第三届年会，就现代文学史的编撰和现代作家的评价等问题进行讨论。

本月　《福建文学》编辑部主办的双月刊《台湾文学选刊》问世。

11月13日～21日　中国民间文学研究会在石家庄召开第四次代表大会。大会期间，成立了中国故事学会、中国歌谣学会、中国新故事学会三个团体。

1985年

1月5日　《文艺报》从第一期起开辟专栏"怎样看待文艺、出版界的一个新现象"，就武侠、言情、侦探小说问题进行讨论。

3月17日～22日　《文学评论》编辑部等单位联合在厦门召开全国文学评论方法讨论会。

4月2日　中国作协第3届全国优秀中篇小说、优秀报告文学和1984年全国优秀短篇小说颁奖大会在南京举行。李存葆的《山中那十九座坟茔》等20部中篇小说和27篇报告文学以及梁晓声的《父亲》等18篇短篇小说获奖。

6月5日　《批评家》杂志社在太原召开"晋军崛起"讨论会，就郑义的《老井》、成一的《云中河》、李锐的《红房子》等作品进行讨论。

7日～30日　王蒙、张洁等14位中国作家应邀参加在西柏林举行的"地平线85"第3届世界文化节"中国文化周"活动。

7月6日　《文艺报》刊出阿城的《文化制约着人类》一文，展开"关于寻根问题"的讨论。《作家》、《小说潮》也发文加入争鸣。

本月　李何林主编的大型文学丛书《中国现当代作家文库》由黄河文艺出版社开始推出，共100卷，本年出版20卷。

8月6日　《杂文报》发表的《何必言称鲁迅》与《青海湖》发表的《论鲁迅的创作生涯》两文，贬损鲁迅。次年2月15日，《人民日报》转载《文艺报》的文章《不要恣意贬损鲁迅》，新华社亦进行报道，全国各大报纸转载。

9月5日　胡乔木在中国陶行知研究会和基金会成立大会上指出，对电影《武训传》的批判"是非常片面、极端和粗暴的，这个批判不能认为完全正确，甚至也不能说它基本正确"。

10月19日　文化部、国家民委等联合主办的首届全国少数民族题材剧本颁奖会在南宁举行，《金花银花》、《森吉德马》等25个剧本获奖。

10月29日～11月2日　中国社科院文学研究所、外国文学研究所等30多个单位联合发起的中国比较文学学会成立大会暨首届学术讨论会在深圳举行。

11月5日 《读书》编辑部在京召开当代文学中的文化意识座谈会，对当代文学中的历史、哲学、文化意识和西方文化思想等问题进行讨论。

12月10日 第二届茅盾文学奖评选揭晓，李凖的《黄河东流去》、张洁的《沉重的翅膀》、刘心武的《钟鼓楼》等作品获奖。

1986年

1月6日 人民文学出版社与中国当代文学研究会在京发起诗歌对话会，就“新生代”诗人问题进行讨论。

3月13日 第2届全国优秀新诗(诗集)评奖大会在京举行，艾青的《雪莲》、杨牧的《复活的海》等16部诗集获奖。

4月16日 《红旗》发表陈涌的《文艺与方法论问题》一文，对刘再复有关文章的观点进行批评。此后，《文艺报》、《文学评论》等多家报刊围绕刘、陈观点进行讨论。

6月28日 第三届全国优秀剧本创作奖在长春举行颁奖会，《秋风辞》、《田野又是青纱帐》等13个剧本获奖。

7月3日～9日 文艺界的300多人在京举行茅盾诞辰90周年纪念会，会后召开历时5天的茅盾研究学术讨论会。

9月 人民文学出版社出版了《毛泽东诗词选》，共收诗词50首。

9月7日～12日 中国社科院文学研究所在京召开新时期文学10年学术讨论会。刘再复的《论新时期文学主潮》长篇发言引起讨论。

10月19日 中国作协在京举行纪念鲁迅逝世50周年座谈会。美国波恩大学汉语系举行鲁迅作品国际座谈会。日本、比利时等国也举行了多种讨论会和纪念活动。

12月11日～15日 《中国作家》及8家出版社在厦门联合举行全国长篇小说座谈会。

1987年

2月5日～8日 香港举行“小说家庭——一次文学与电影的对话”活动，作家古华、导演凌子风、黄健中与港台作家、导演、影评家一起，讨论小说改编成电影的艺术规律问题。

3月5日～8日 首届“华文文学研讨会”在厦门举行。

6月1日 首届全国电视文艺研讨会在京召开。

10月14日　首次鲁迅、周作人比较研究学术讨论会在京举行。

12月25日　《文艺报》举行座谈会研讨如何使“俗”文学与“纯”文学互相借鉴、取长补短等问题。

1988年

4月28日　中国史沫特莱、斯特朗、斯诺研究会会长黄华举行记者招待会，宣布中国“3S”研究会与全国8家报刊将从5月1日起联合举行“《西行漫记》与我”征文活动，以纪念《西行漫记》发表50周年。

5月2日　中国作协第4届中篇小说、报告文学及第8届短篇小说优秀作品评选揭晓，《军歌》和《桑树坪记事》等12部中篇小说、《五月》和《系在皮绳上的魂》等19篇短篇小说、《中国农民大趋势》等22篇报告文学获奖。

7月16日　中国社科院文学研究所与《文学评论》编辑部在京召开“关于胡风文艺思想的反思”座谈会。

8月9日　《文汇报》续载王若水的《现实主义和反映论》一文，引起文艺界关于文学的主体性问题的广泛讨论。

11月8日　第5次全国文代会在京召开。

14日　《上海文论》倡导的“重写文学史”问题在京引起热烈反响，文艺理论家、评论家在京举行座谈会。

12月4日　全国108家期刊共同发起的“中国潮”征文评选揭晓，《蔚蓝色的呼吸》、《红色的十字架》等100篇作品获奖。

1989年

1月12日　中国作协举办的全国优秀散文(集)、杂文(集)评选揭晓。巴金的《随想录》、杨绛的《干校六记》、牧惠的《湖滨拾翠》等作品获奖。

3月18日　《文艺报》发表《中共中央关于进一步繁荣文艺的若干意见》。

5月15日　全国首次胡风文艺思想学术讨论会在武汉召开。

6月　《大后方文学书系》(20卷)，由重庆出版社出版。

本月　《青春》6月号开辟专栏，讨论文学与商品经济问题。

7月　《人民日报》加编者按发表《〈河殇〉宣扬了什么》一文，展开对《河殇》全国范围的批判。

1990 年

3 月 3 日　纪念“左联”成立 60 周年学术讨论会在上海举行。

16 日　《光明日报》等单位在京共同举行“纪实文学创作倾向”座谈会。

5 月 21 日　中国艺术研究院等 15 个单位在京联合举行纪念毛泽东《在延安文艺座谈会上的讲话》发表 48 周年学术研讨会。

7 月　北京大学比较文学研究所召开“后现代主义与中国当代先锋文学”讨论会。

8 月 1 日　20 世纪中国小说史国际研讨会在京召开。

11 月 2 日　国家教委社会科学发展研究中心、中国社科院文学研究所等单位联合在济南召开文学主体性问题讨论会。

12 月　《中国新文学大系》(1937～1949)共 20 卷，由上海文艺出版社出版。

1991 年

3 月 1 日　中宣部、文化部发布《关于当前繁荣文艺创作的意见》。

本月　《文学评论》编辑部在京举行“新写实主义”问题讨论会。

5 月 20 日　全国民族文学、民间文学暨沈从文学术讨论会在湖南凤凰县举行。

27 日　“创造社”国际学术研讨会在京召开。

7 月 1 日～6 日　全国文学史理论问题研讨会在大连召开。

10 月 29 日～11 月 3 日　《文学评论》等 16 家单位在重庆联合举行全国新时期文艺论争学术讨论会。

本月　“文学研究会”成立 70 周年研讨会在济南召开。

11 月 7 日～10 日　中国社科院等单位主办的首次“胡适学术研讨会”在安徽召开。

1992 年

3 月 7 日　第 2 届中国纪实文学“巨龙杯”长篇报告文学评选揭晓，刘贵坚的《生命之源的危机》等 8 部作品获奖。

21 日　《中国作家》1991 年度中篇小说评选揭晓，陈源斌的《万家诉讼》等 9 篇作品获奖。《文艺报》编辑部举行获奖作品座谈会。

5 月 15 日　《中国解放区文学书系》(共 22 卷)，由重庆出版社出版。

16 日　中国作协主办的“1990～1991 年度全国优秀报告文学评奖”在京举行颁奖，《无极之路》等 33 部作品获奖。

28 日 《文艺理论研究》编辑部等单位在成都联合召开全国文艺批评学术讨论会。

8 月 21 日～25 日 首届国际老舍学术讨论会由北京语言学院在北京召开。

9 月 18 日 《文艺报》召开"文学价值观"讨论会。

本月 北京大学中国语言文学所等单位联合在京召开"走出 80 年代中国文学"研讨会。

10 月上旬中国社科院文学研究所、外国文学研究所等 17 个单位联合在河南大学召开"1992 年全国中外文学理论学术讨论会"。

11 月 14 日～18 日，中国社科院在京召开"郭沫若与中国现代文化的发展"国际学术讨论会。

1993 年

3 月 6 日 《文汇报》加编者按发表《严肃文学往何处去》一文，刊出徐中玉、孙甘露、张汝伦、宗福先等 13 人的座谈发言。

4 月 4 日 以林忠民为团长的亚洲作家文艺基金会访问团抵达上海，授予巴金"资深作家敬慰奖"。

6 月 24 日 经巴金和冰心呼吁，江泽民与邹家华批示，中国现代文学馆获准建立，国家投资 9600 万元，建筑总面积为 24 000 平方米。

9 月 《上海文学》在"批评俱乐部"专栏里，先后发表王晓明、陈思和、陈平原、钱理群等中青年学者的文章，就"文学危机实质是什么"、"知识分子的人文精神哪里去了"等一些文艺界关注的问题，阐明自己的见解。

11 月 28 日 我国首次文稿拍卖会在深圳举行，叶永烈的《毛泽东与蒋介石》、魏明伦的《巴山鬼话》、朱晓平的《魔龙》等 23 部作品在拍卖之列。

12 月 13 日 "庄重文学奖"在人民大会堂举行颁奖仪式，陈建功、史铁生、铁凝、刘恒、刘震云、李锐等 31 名作家获奖。

1994 年

1 月 "陈伯吹儿童文学奖"评选揭晓，李心田的小说《分糖》、张宏的童话《巷清风》等 20 篇作品获奖。

5 月 17 日 第一届"巨人"中长篇儿童文学奖颁奖在京举行，秦文君的《男生贾里》、李子玉的《古猿人北征》、项小米的《小轮和海》等作品获奖。

9月27日　中国微型小说学会、新加坡作协联合举办的“春兰”世界华文微型小说大赛评选揭晓，章平（比利时）的《赶车》、连秀（新加坡）的《回乡魂》、章海生（中国）的《猎手》等23篇作品获奖。

12月16日　“炎黄杯”人民文学奖和“《当代》文学奖”在京举行颁奖仪式。周而复的《长城万里图》、王火的《战争和人》、王蒙的《活动变人形》、张炜的《古船》、陈忠实的《白鹿原》等作品获奖。

31日　由中国作协和中华文学基金会推出的《走向21世纪文学之星丛书》在京面世。本年度出版的有林和平、袁敏、王观胜、沈嘉禄等15人的小说、散文和评论集。

本月　全国文艺理论界、哲学界专家学者汇集于广州暨南大学，就语言学转向与文学批评的有关问题进行讨论。

1995年

2月　《钟山》、《大家》、《作家》、《山花》东西南北四家刊物商定实行“文学联网”，在同一月份四家刊物共同发表同一作家的不同作品。

本月　为纪念中国抗日战争胜利50周年和世界反法西斯战争胜利50周年，解放军文艺出版社决定出版大型系列丛书《中国抗日战争文学纪实》，包括23部长篇小说。

3月27日　中国作协第4届主席团第5次会议结束，通过了《无愧时代，面向未来，努力开创社会主义文学的新局面》的决议。

4月　中国文联决定今年将办10件实事，包括“百名文艺家万里采风活动”、建立文艺人才和文艺管理人才培训基地、加强文联的舆论阵地建设等。

6月下旬　中国戏剧家协会、中国歌剧研究会联合在京举行《白毛女》研讨会，纪念歌剧《白毛女》诞生50周年。

7月上旬　“跨世纪儿童文学研讨会”在京召开。

28日　中宣部、中国作协联合主办的全国文学创作工作会议在长沙举行，提出“把繁荣长篇小说、影视文学、儿童文艺”三大任务落实到实处的号召。

本月　“出版界的世纪工程”——《中国新文艺大系》50卷问世。《文艺报》在28日刊出陈荒煤、张炯等人的评述文章。

8月20日　中宣部、《人民日报》文艺部等联合在吉林召开农村题材文艺创作会议。这次会议是继60年代大连农村题材创作座谈会和80年代农村题材小说座谈会之后又一次重要的农村题材文艺创作会议。

本月　《作品与争鸣》第1、3、8期推出批判“痞子文化”问题；郭沫若、茅盾被《大师文库》排除在外，于是引起文学理论界对“大众文学”的热烈讨论。

9月5日　文艺批评家冯牧、诗人邹荻帆同在北京逝世。

9月8日　女作家张爱玲在美国洛杉矶家中逝世，享年76岁。

9月22日　《人民日报》发表赵应云的《警惕“殖民主义”的苗头》一文，认为“文学艺术和社会科学领域出现了一些不健康的‘殖民文化’倾向”，“值得我们警惕”。于是，《光明日报》、《解放日报》、《文艺报》、《中华读书报》等报刊相继转载或组织笔谈，形成了一场有关“殖民文化”与文学的论争。

本月　莫言长篇小说《丰乳肥臀》在《大家》第5、6期上发表，随后该小说引起争议。

11月　王安忆长篇小说《长恨歌》由作家出版社出版。

本月　余华长篇小说《许三观卖血记》在《收获》第6期发表，翌年由江苏文艺出版社出版发行。

12月11日　著名作家杨沫在北京逝世。

1996年

1月22日　中共中央召开全国宣传部长会议，规划“九五”期间文化宣传的主要任务，涉及文艺创作问题，江泽民出席大会并与代表座谈，大会于26日结束。

1月20日　剧作家凤子在北京逝世。

1月31日　中国社会科学院文学研究所、厦门大学台湾研究所在北京联合举办台湾文学研讨会，两岸与会学者、作家共同探讨台湾文学定位、日据时期文学、台湾文学研究现状等问题。

本月　史铁生的长篇小说《务虚笔记》发表于《收获》第1期。刘醒龙的小说《分享艰难》发表于《上海文学》第1期。谈歌的小说《大厂》发表于《人民文学》第1期。

2月29日　中国作家协会工作会议于北京召开，会议主要讨论和修订《关于繁荣社会主义文学的五年规划》的问题。

本月　王晓明编选的有关“人文精神”讨论的论文集《人文精神寻思录》由文汇出版社出版。

3月5日　作家孙谦在山西太原逝世。

本月　《小说界》第2期发表韩少功的词典式小说《马桥词典》，同年8月由作家出版社出版，后引起争议。陈染的长篇小说《私人生活》发表在《花城》第2期上。

本月　《中国现代文学理论》杂志(季刊)在台北创刊。

4月25日～27日　中共中央宣传部出版局与新闻出版署图书司联合在福州召开繁荣长篇小说专题研讨会，12家出版社交流了出版经验，并共同研讨了每年出5至10部优秀长篇的计划。

5月5日　诗人艾青在北京逝世，享年86岁。

5月29日　全国第三届优秀儿童文学颁奖典礼在北京举行，秦文君的小说《男生贾里》、冰波的童话《狼蝙蝠》、高洪波的散文《悄悄话》、印易东的诗歌《到你的远山去》等19部作品获奖。

6月20日　作家梁斌在天津逝世，享年82岁。

6月26日　文艺批评家孔罗荪在上海逝世。

7月4日　文化部、中国文联和中国作家协会联合举办茅盾诞辰100周年纪念大会。

8月23日　《小说选刊》编辑部与河北省委宣传部等单位在北京联合召开河申、谈歌、关仁山所谓"三驾马车"的作品研讨会，对其与现实态度、生活关系、艺术风格等进行了研讨。

8月25日　女作家戴厚英在上海寓所遇害身亡。

9月6日　《文艺报》报导，上海文艺出版社着手推出"当代文坛大家文库"，业已出版《巴金七十年文选》、《冰心七十年文选》、《夏衍七十年文选》、《施蛰存七十年文选》、《柯灵七十年文选》等5部。

本月　叶兆言的长篇小说《一九三七年的爱情》在《收获》第5期上发表。

本月　中央文献出版社出版了中共中央文献研究室编辑的《毛泽东诗词集》，共收诗词67首。

10月6日　作家端木蕻良在北京逝世。

10月10日　诗人汪静之在杭州逝世。

10月25日　作家理论家陈荒煤在北京逝世。

本月　《曹禺全集》由河北花山文艺出版社出版，共7卷。

本月　全国省级文学期刊生存发展会议于广西召开，30多家刊物负责人就市场经济冲击下文艺期刊生存发展之道进行探讨。

11月7日　郁达夫诞辰100周年纪念活动于浙江举行。

12月13日　著名作家曹禺在北京逝世，享年86岁。同日，诗人、报告文学家徐迟自杀身亡。

12月16日～20日　中国文联第6次全国代表大会和中国作协第5次全国代表

大会于北京召开，3000 多名文艺家代表出席会议，江泽民出席开幕式并作了重要讲话。大会选出了文联和作协新的领导人。文联主席为周巍峙，作协主席为巴金。

1997 年

2 月　西川主编的《海子诗全编》由上海三联书店出版。

3 月 12 日　作家刘绍棠逝世。

3 月 13 日～14 日　中国作家协会工作会议在北京召开，会议研讨与提议“繁荣文学创作，多出优秀作品”的对策问题。

3 月 19 日　中国作协创作研究部、广东省与深圳市委宣传部于深圳联合召开少年女作家郁秀的长篇小说《花季·雨季》研讨会，称其为“希望之歌”，作品由海天出版社出版。

3 月 19 日　作家张弦在南京逝世。

本月　《中国当代诗人精品大系》丛书由改革出版社出版，其中收入女诗人翟永明《黑夜里的素歌》、西川《隐秘的汇合》、欧阳江河《透过词语的玻璃》、陈东东《海神的一夜》、孙文波《地图上的旅行》、萧开愚《动物园的狂喜》等诗作，共 6 种。

本月　阿来的长篇小说《尘埃落定》，由人民文学出版社出版。

4 月 1 日～3 日　中共中央宣传部在北京召开文艺评论工作座谈会。中心议题是全面贯彻“二为方针”与“双百方针”，改进与加强文艺评论工作，促进文艺精品的创作。

4 月 11 日　王小波在北京逝世，享年 45 岁。

本月　《大家》、《作家报》、《佛山文艺》等单位，于广州召开跨世纪文艺批评研讨会，探讨适应新世纪的文学批评问题。

5 月 4 日　作家李霁野在天津逝世。

5 月 16 日　作家汪曾祺在北京逝世。

5 月 22 日　新华社播发《中共中央关于进一步做好文艺工作的若干意见》新闻稿。

本月　鬼子小说《被雨淋湿的河》在《人民文学》第 5 期上发表。

6 月 7 日　剧作家于伶在上海逝世。

6 月 16 日～17 日　杭州大学举办新派武侠小说家金庸作品学术研讨会。80 多位海内外学者、作家与会，讨论其创作成就与特色，并探讨武侠小说的发展问题。

7 月 28 日　韩少功状告张颐武等 8 人损害名誉权及《马桥词典》事件，海口中级人民法院受理，直到 12 月 24 日双方才达成书面谅解。

8月 《20世纪末中国诗人自选集》由湖南文艺出版社出版，收入王家新《游动悬崖》、欧阳江河《谁去谁留》、西川《大意如此》、陈东东《明净的部分》等10位诗人的诗作。

11月6日 儿童文学作家陈伯吹在上海逝世。

11月10日 台湾作家陈映真作品研讨会在北京召开。

12月29日 第4届茅盾文学奖揭晓，王火的《战争和人》、刘斯奋的《白门柳》、刘玉民的《骚动之秋》、陈忠实的《白鹿原》(修订本)获奖。

1998年

1月 林贤治的思想随笔《胡风"集团"：20世纪中国的政治事件和精神事件》在《黄河》第1期上发表。

本月 刘震云的长篇小说《故乡面和花朵》同时在《钟山》、《花城》第1期上发表。

2月6日 剧作家丁毅逝世。

3月 韩东、朱文发起文坛"断裂"行动，并主编"断裂丛书"，其中收有楚尘、海力洪、金海曙等新锐作家的作品，次年海天出版社出版。

4月3日 诗人张志民在北京逝世。

4月20日 首届鲁迅文学单项奖在北京举办颁奖活动。其中史铁生的《老屋小记》获优秀短篇小说奖，邓一光的《父亲是个老兵》获中篇小说奖，邢军纪的《锦州之恋》获优秀报告文学奖，李瑛的《生命是一片叶子》获优秀诗歌奖，何为的《何为散文集选》、林祖基的《微言集》获优秀杂文散文集奖，樊骏的《认识老舍》获优秀理论评论奖。

4月29日 作家方纪在天津逝世。

本月 季羡林散文集《牛棚杂记》由中央党校出版社出版。

5月18日 海口市中级人民法院对作家韩少功状告张颐武、王干等侵害名誉案作出了一审判决，韩少功胜诉。

7月 余华获意大利格林扎纳·卡佛文学大奖。

8月21日 批评家冯健男在天津逝世。

9月 余华长篇小说《许三观卖血记》由海南出版社出版。

9月12日 诗人罗洛在上海逝世。

10月7日 作家茹志娟在上海逝世。

10月12日 作家陈登科在合肥逝世。

10月20日 沈从文国际学术研讨会在湖南省湘西举行。

10月29日～31日　台湾作家黄春明作品研讨会由中国作协等单位在北京举行，两岸三地著名学者、专家共50余人应邀与会。对其作品的内涵、艺术特征、意义进行研讨。

10月30日　诗人公木在长春逝世。

本月　台北举行"两岸作家展望21世纪文学研讨会"。

11月　《钟山》编辑部在南京召开"新生代作家小说创作学术研讨会"。

12月19日　学者、作家钱钟书在北京逝世。

本月　张洁长篇小说《无字》由上海文艺出版社出版。

本月　韦君宜散文集《思痛录》由北京十月文艺出版社出版。

1999年

1月5日　作家、翻译家叶君健在北京逝世。

1月13日　诗人鲁藜在天津逝世。

本月　《萌芽》期刊与北大、复旦等七所高校联合举办"新概念作文大赛"，韩寒等一批少年作家崭露头角。

本月　铁凝的中篇小说《永远有多远》在《十月》第1期发表。李洱的中篇小说《葬礼》也在《收获》第1期发表，周梅森的长篇小说《中国制造》也在《收获》第1期、2期连载。

2月3日　文化部、中国文联、中国作协、北京市政府，在北京联合举办老舍诞辰100周年纪念座谈会，怀念老舍对文艺事业的卓越贡献。

2月11日　作家、翻译家萧乾在北京逝世。

2月28日　作家冰心在北京逝世，享年99岁。

4月29日　作家姚雪垠在北京逝世。

本月　香港中文大学举办香港文学国际学术研讨会。

本月　作家苏雪林在台湾台南逝世，享年104岁。

6月5日　作家王汶石在西安逝世。

6月26日　文艺理论家蒋孔阳在上海逝世。

本月　《中国古典文学研究》期刊于台北创刊，由中国古典文学研讨会出版。

7月6日　作家高晓声逝世。

7月29日　作家袁静逝世。

8月香港《亚洲周刊》评选出20世纪中文小说100强，鲁迅《呐喊》名列榜首。

9月24日　作家王西彦在上海逝世。

本月　珠海出版社推出卫慧长篇小说《像卫慧一样疯狂》，后该小说引起争议。

10月5日　作家、批评家唐达成在北京逝世。

11月　王朔在《中国青年报》上发表《我看金庸》一文，全面否定金庸小说，引起全国激烈争议。

本年　由人民文学出版社推出凌力的长篇小说《梦断关河》、西川的诗，华夏出版社推出李佩甫的长篇小说《羊的门》等。

2000年

1月5日　女作家谢冰莹在美国旧金山逝世，享年93岁。

2月2日　作家李準逝世。

2月11日　诗人阮章竞在北京逝世。

2月16日　首届冯牧文学奖在北京颁奖，8位中青年文学工作者分别获青年批评家奖、文学新人奖与军旅文学创作奖。

3月23日　诗人昌耀在西宁逝世。

本月　铁凝长篇小说《大浴女》由春风文艺出版社出版。

4月12日　作家张长弓逝世。

本月　迟子建长篇小说《满洲国》发表于《钟山》第4期。

5月15日　翻译家戈宝权在南京逝世。

本月　毕飞宇小说《青衣》发表于《花城》第3期。

5月23日　中国现代文学馆在北京开馆。

6月19日　作家柯灵在上海逝世。

本月　首届老舍文学创作奖于北京揭晓，刘恒小说《贪嘴张大民的幸福生活》、凌力小说《梦断关河》等10部作品获奖。

本月　90年代"两岸三地文学现象国际学术研讨会"于香港举行。

7月王安忆的长篇小说《富萍》在《收获》第4期上发表。

本月　台湾诚品股份有限公司出版《诚品好读月报》创刊。

9月上海作协等单位发起组织的百名评论家评选出了90年代"最有影响的十名优秀作家"。他们中有王安忆、余华、韩少功、陈忠实、贾平凹、史铁生、张承志、莫言、余秋雨等。"十部优秀作品"有：《长恨歌》、《白鹿原》、《马桥词典》、《许三观卖血记》、《九月寓言》、《心灵史》、《文化苦旅》、《活着》、《我与地坛》、《务虚笔记》。

10月12日　居住法国的华裔华文作家高行健获2000年度诺贝尔文学奖。“授奖词”说高行健以“语言的丰富机智，为中文小说艺术和戏剧开辟了新的道路”，代表作为《灵山》、《绝对信号》。

10月26日　文化部、国家广电总局、中国文联、中国作协在北京联合举办纪念夏衍诞辰100周年座谈会。

11月11日　第5届茅盾文学奖揭晓及颁奖大会于浙江省桐乡市乌义镇举行。张平的《抉择》、阿来的《尘埃落定》、王安忆的《长恨歌》、王旭烽的《茶人三部曲》(1、2)等4位作家的代表作获奖。

12月2日　诗人、翻译家卞之琳逝世，享年90岁。

本月　宗璞的长篇小说《东藏记》在《收获》第6期上发表。

“大事记”编写说明：此“大事记”参考和利用了杨匡汉主编的《20世纪中国文学经验》(东方出版社2006年出版)中1995至2000年“大事记”中的内容，特此说明。

本书第一版执笔人名单及分工情况

苏光文　绪论，第三编第一章 1—5 节，第二章、第四章、第五章“概述”部分，全书统稿。

王本朝　第一编第一章 1～3 节，第二编第一章 1～3 节，第一、二编统稿。

何　休　第一编第二章 1～3 节。

汪正龙　第二编第一章第 4 节。

　　　　第二编第二章“概述”部分、第 2 节。

张顺发　第二编第二章第 1 节。

张治中　第二编第二章第 3 节。

蒲健夫　第二编第二章第 4 节，第四章第 1 节，第五章第 1 节、第 3 节，第三编统稿。

邓经武　第二编第二章第 5 节。

何希凡　第二编第二章第 6 节。

李文平　第二编第三章第 1 节、第 2 节“闻一多，徐志摩”部分。

胡兆明　第二编第三章第 2 节“冯至”部分、第 3 节“卞之琳”部分，第三编第三章第 2 节“蒲风”部分。

姚万生　第二编第三章第 3 节“李金发·戴望舒”部分。

刘云生　第二编第四章第 2 节。

杜春海　第二编第五章第 2 节，第三编第二章第 3 节。

康　葵　第三编第二章第 1 节。

张桃洲　第三编第二章第 2 节，第五章第 1 节“丰子恺”部分，第五编第一章第 5 节，第五章第 2 节“三毛”部分。

杨凡周　第三编第二章第 4 节。

雷　康　第三编第二章第 5 节。

李元进　第三编第三章第 1 节

姚　辉　第三编第三章第 2 节“臧克家”部分、第 3 节，第五编第二章第 2 节。

雷业洪　第三编第三章第 4 节

张　勇　第三编第四章第 1 节。

刘　沫　第三编第四章第 2 节。

谢荣昌　第三编第四章第 3 节，第四编第一章 1～2 节，第四第四章第 2 节，第五编第四章第 3 节，第四编统稿。

董小玉　第三编第五章第 1 节“梁实秋”部分。

王　涛　第三编第五章第 2 节，大事记 1901～1940 年部分。

萧体元　第四编第二章 1～2 节，第五编第四章第 1 节。

高天金　第四编第二章第 3 节。

吴祖汉　第四编第二章第 4 节。

黄　岚　第四编第三章第 1 节。

赵心宪　第四编第三章第 2 节。

胡国强　第四编第三章第 3 节，第五编第二章第 6 节，全书审稿。

尹　燕　第四编第五章第 1 节，第五编第五章第 2 节“柏杨”部分。

吴廷美　第四编第五章第 2 节。

刘　方　第五编第一章 1～4 节，第二章“概述”部分。

陈　慧　第五编第二章第 1 节。

董　剑　第五编第二章第 3 节“刘心武·张洁·路遥”部分。

曾利君　第五编第二章第 3 节“莫言”部分、第 4 节“铁凝”部分，第 7 节。

萧礼荣　第五编第二章第 4 节“张承志·王安忆，梁晓声”部分。

涂　鸿　第五编第二章第 5 节。

唐　云　第五编第二章第 8 节“‘新写实’作家群”部分。

吴晓川　第五编第三章“概述”部分、第 3 节。

傅宗洪　第五编第三章第 1 节。

傅　华　第五编第三章第 2 节。

　　　　第五编第三章第 4 节。

范奎山　第五编第四章“概述”部分、第 2 节。

袁智忠　第五编第四章第 1 节、第 4 节。

陶红第　五编第五章第 1 节。

何雁第　五编第五章第 3 节。

周晓风　结束语，第五编统稿。

刘东玲　大事记 1941～1970 年部分。

王友光　大事记 1971～1996 年部分，第一编第二章第 3 节，第五编第二章第 8 节"'先锋派'作家群"部分。

本书第一版执笔人名单及所在学校情况

四川师范学院　傅宗洪、吴晓川、傅华、何希凡

重庆师范学院　周晓风、萧体元、李文平、胡兆明、唐云

渝州大学　蒲健夫

贵州大学　张顺发

四川达县师范专科学校　张治中、黄岚

四川内江师范专科学校　邓经武、范奎山

四川宜宾师范专科学校　姚万生

四川成都师范专科学校　张勇

四川绵阳师范专科学校　杨凡周、刘沫

四川乐山师范专科学校　雷业洪

四川自贡师范专科学校　刘方

四川康定师范专科学校　萧礼荣

四川广元大学　高天金

四川外语学院　吴廷美、何雁

四川三峡学院　何休

西南民族学院　涂鸿

云南师范大学　陈慧

云南昆明师范专科学校　董剑

云南教育学院　张布琼

安徽阜阳师范学院　汪正龙

重庆教育学院　赵心宪

四川内江教育学院　刘云生

四川川北教育学院　杜春海

四川德阳教育学院　　雷康

四川达川教育学院　　李元进

四川南充教育学院　　姚辉

四川绵阳教育学院　　吴祖汉

西南师范大学　　苏光文、董小玉、王本朝、尹燕、康葵、王涛、张桃洲、王友光、刘东玲、袁智忠、陶洪、曾利君、胡国强

四川攀枝花大学　　谢荣昌

第一版后记

终于完成了这漫长的精神之旅。必须承认，这行程本身同它所经过的那些精神王国一样，充满了惊险与神奇。这是一整个世纪的游历，尽管这一世纪不过是人类历史的一瞬——它的两端，一端接着幽深的过去，另一端指向遥远的未来——我们仍感到了它的厚重和漫长，感到了它的独异性和它作为历史过渡的不容忽视性。

我们正处在"世纪末"的文化语境。在这面临着社会转型和涌动着新的变革的重大时刻，对一个世纪以来的文化进行反顾和沉思是相当必要的。而文学，作为文化一面极富敏感性的镜子，理应被予以全面分析和评价。本书的写作，正是在这样的背景下得以展开。大家已经看到，本书试图站在一个世纪向另一个世纪迈进的门槛，透过茫茫的岁月烟尘，审视和检索这一世纪以来中国大地上在文学领域出现和发生的重要人物、事件、运动和现象。这一审视和检索，无疑带着一定个人见解的成分，但我们觉得它更透出了较为显明的"世纪末"的眼光，即我们的工作不是进行某种即兴的随感而发的议论，也不是作出某种谵妄的厚此薄彼的结论，而是对经过了历史沉淀和时代选择后留下的我们的文学珍宝作出较为公允的认识和评判。但这并不是说，本书的写作已达到了相当的高度和深度，本书的推出只是意在唤起"世纪末"对中国文学进行更为全面探讨的热情。这是我们的愿望，也是我们的责任。

让历史的长河，涤荡掉一切喧嚣和鼓噪的泡沫吧。毕竟，"历史将收割一切"。我们将继续等待历史的回答。

以"文学和人的关系"立论，来构建我们对 20 世纪中国文学思考的总体框架，可以说是本书的一大特色。它显然有别于过去文学史着眼于文学与历史、文学与政治或文学与审美的视角。文学与人，在各自内涵的不断丰富和深化中相互渗透相互影响，它们的共生关系以及围绕这一关系的观念演变轨迹，贯穿着 20 世纪中国文学的发展进程，也成为我们考察 20 世纪中国文学的一个切入点。这种考察，是在辩证唯物主义世界观和历史观的指导下进行的，这使得我们将对 20 世纪中国文学的研究纳入历史的和美学的双重范畴：一方面，任何人都不是孤立、抽象的人，而是"一切社会关系的总和"，任何文学现象也不是偶然的、零碎的现象，而是与整个历史发展相联系、有着一定历史动因的必然生成；另一方面，"文学和人"这二者都不是僵化的、静止的，而是有着丰富意蕴和内在之美的“鲜活”的历史参照物，因此，“文学和人的关系”是符合客观规律、发展着的动态结构。所以，通过“文学和人的关系”来观照20世纪中国文学，我们便采用历史的和美学的相结合的研究方法。本书的写作实践大抵遵循了这一方法和原则。这是本书的第二个特色。要充分贯彻这一原则，我们必须在上述对“文学和人的关系”性质有着清醒认识的基础上，以稳重、开放的心态对待20世纪中国文学的每一发展阶段，以冷静、严谨而又不失灵活的态度去评价20世纪中国文学的总体成就；我们决不拔高、吹捧已有历史公论的文学现象和人物，也不贬低、挞伐已成历史陈迹的文学现象和人物。这是本书的第三个特色。由于对“文学和人的关系”的强调，我们在全面评估20世纪中国文学的成就时，十分看重作家所担当的角色地位及其贡献。在具体写作即对作家作品进行描述过程中，我们摒弃了主题题材、人物形象及艺术特色的三段论模式，代之以着眼于作家主体意识和个体体验的全新描述方式，力求在客观把握和微观透视作家作品的基础上，全面展示其所达到的思想深度和艺术上的独创性与审美特性。

也正是“文学和人的关系”这一立论的角度，不可避免地造成了某种偏颇和遗漏，这是我们在写作过程中已经意识到了的。如作家作品的立章立节和某一特定文学发展阶段和个别人物、个别文学现象的历史定位。再如1976年以后文学特征的把握问题。我们认为，1976年以后的文学在20世纪中国文学发展过程中有着重要地位，它既对优秀文学传统作出了某种回应，又显示了不可遏止的多元发展态势，并很大程度上影响着下一世纪的文学走向——恰恰是这一阶段文学的复杂性、多元性和动态性特征，我们在评估它时采取了审慎态度，特别是90年代中后期的文学状况更是如此，不是由于它缺乏实绩，而是我们觉得，一些切近的且重要的文学现象也许还有待时间的积淀，不过，我们已经大致指出了这一阶段的发展趋势。

本书是集体劳作的产物。“集体劳作”既易于发挥“集体优势”，又不可避免的会留下不尽人意的缺失，存在着参差不齐的现象。

所有的缺憾，我们期待在为时不远的将来予以修正和弥补，并请各位方家不吝指教。

本书是52位作者和28所高校通力协作的成果，并吸收了近年来的研究成果，在此深表谢忱。另外，对各位写作者的辛勤劳动和各单位的大力支持表示诚挚谢意。最后，我们还要感谢西南师大出版社的领导和同仁为本书的顺利出版所作的努力。

主编者

1996年6月16日

第二版后记

1996年问世的这套《20世纪中国文学发展史》，实际上是一部并不完整的世纪文学史。其"不完整"主要是指缺武侠小说的描述、缺少数民族的描述，更缺1996～2000年的文学状况的描述。这些缺失，之所以到今天才得以弥补，一是因为原来的撰写者中，退休的退休，去世的去世，调动的调动，改行的改行，学校的名称也多有改变，原班人马难于聚集一起再行议论此事；二是囿于一种也许不该有的顾虑——担心补上去的部分难以做到"天衣无缝"而会留下明显的"疤痕"。但是，出于一种责任心的驱使，苏光文、胡国强、王本朝、蒲健夫等人商议后一致认为还是补齐为好，使之成为一部名实相符的20世纪中国文学发展史。

在这次修订与增补过程中，苏光文和胡国强通读了原史著并作了一些修改和增补。对于新增的内容，苏光文、胡国强在审读时，根据需要与要求，作了删改，有的删改得还较多，还有个别的不合要求的未被采用，作为主编的他们有这个责任、义务、权利，这也是事先约定了的，也是不得已而为之的，请执笔人谅解。

为了全书体例的一致，"绪论"中增加了"文学论争"概述，由苏光文执笔；第二编第一章增加了"多种文学观念的论争"，由巫桂英执笔；第三编第一章第一节增加了另三次文学论争，由苏光文执笔。传统诗词即旧体诗词，一直伴随20世纪中国文学的发展，成为20世纪中国文学的重要构成部分，因此，第四编第三章的第三节增加了较多的内容，由胡国强执笔。80～90年代少数民族地区的少数民族文学十分活跃，成就显著，因此，在第五编里增加了一章即第六章少数民族文学，本章概述部分由蒲健夫执笔，第一节小说部分由冉红音执笔，第二节诗歌部分由臧海涛执笔。武侠小说在20世纪中国文学发展史上几起几落，先后出现众多名家名作，因此，在第五编里增加了"武侠小说"专章，由西南大学韩云波执笔。第五编第五章散文增加了一节传记文学，由郭久麟执笔。增加较多的是第五编的第二章和第四章，旨在努力描述这两章所列作家中的一些作家在1996～2000年间的文学作品。其中，王蒙、张贤亮部分，由张舒敏执笔；贾平凹部分，由张武军执笔；刘心武、张洁、莫言部分由陈迪执笔；王安忆、韩少功、铁凝部分由吴军校执笔；梁晓声部分由高阿蕊执笔；冯骥才部分，由龚秋萍执笔；苏叔阳、沙叶新、高行健、王兴东、王渐滨、李宏林部分，由刘佳宁执笔；第五编第一章第五节创作概述增加部分、第六节台港澳文学创作概述以及“后先锋派”部分，由粟多贵执笔；“网络文学”部分，由董晨峰、王璐执笔；大事记增加部分，由粟多贵执笔。将执笔人一一具名于此，一则著作权之需，二则以明责任。

新增补上去的这些部分内容，怎么样？特别是增加的作家作品描述部分内容与原有的描述内容是否“文从字顺”？只好请读者与专家评说了。

这部文学史书原先存在的纰漏和修订与增加后存在的不足，只好待机一并修正与弥补了。

新增加的部分内容，融入了执笔人近几年的教学与研究的心得，也吸收了近几年同行们的有关研究成果，在此表示谢忱。在书稿校对中，粟多贵、巫桂英、吴军校，担任了部分书稿的校对，在此对他们表示感谢。

此书增订工作得到了西南大学育才学院王长楷院长、曹廷华副院长的大力支持，他们对于新增内容提出了宝贵意见。担任新增工作的青年教师和老教师多在西南大学育才学院文学与新闻传播学院任教。在此，衷心感谢西南大学育才学院和文学与新闻传播学院的领导的大力支持。这部文学史经修改增订后能再次公开出版发行，还得特别感谢西南师范大学出版社周安平社长和李远毅总编辑的长期支持。

主编者

2008 年 3 月 30 日